Frank Jordan

ARES

Kein Fall für Carl Brun

fontis

MIX
Papier aus verantwortungsvollen Quellen
FSC www.fsc.org FSC® C014138

Bibliografische Information der Deutschen Nationalbibliothek
Die Deutsche Nationalbibliothek verzeichnet diese Publikation in der Deutschen Nationalbibliografie; detaillierte bibliografische Daten sind im Internet über www.dnb.de abrufbar.

Der Fontis-Verlag wird von 2021 bis 2024 vom Schweizer Bundesamt für Kultur unterstützt.

Dieser Roman erschien in einer ersten Fassung im Jahr 2020 beim «Natalia Lichtschlag Buchverlag», Grevenbroich, dem an dieser Stelle aller Dank gilt für den großen Einsatz und das ebenso große Commitment.

Umschlag: René Graf, Fontis-Verlag Basel
(basierend auf dem Vorentwurf von «Lichtschlag Medien Meerbusch»)
Foto Autorin: © by Monika Hausammann
Satz: Justin Messmer, InnoSet AG, Basel
Gedruckt in der Tschechischen Republik

ISBN 978-3-03848-243-7

The Cast

Deutschland (Regierung & Dienste) sowie international:

- **Arndt Steffen:** Kanzleramtschef
- **Bahlow Franz:** Kurzzeitig Bundeskanzler, heute Verteidigungsminister
- **D'Alessio Brian:** Chef USEUCOM und damit auch Oberbefehlshaber der NATO für Operationen
- **Erhardt Guido:** Ex-Chef Bundesnachrichtendienst BND, heute Leiter der «Unity Bank»
- **Grabowsky Christian:** Berater des deutschen Bundeskanzlers, vorher Strategie- und Sicherheitsberater in den USA
- **Hessberg Eric:** Bundeskanzler, verheiratet mit Joan Hessberg
- **Hessberg Joan («Jo»):** Bundeskanzler-Gattin, verheiratet mit Eric Hessberg
- **Juchatz Peter:** Leiter des Bundesnachrichtendienstes (BND)
- **Kunze Georg:** Regierungssprecher
- **Marquardt Sibel («Sib»):** Europäischer Auswärtiger Dienst, Vorsitzende «East StratCom Task Force»
- **Mieling Sven:** Mitarbeiter McKinsey und in dieser Funktion ehemaliger Berater des Verteidigungsministeriums
- **Monti Corrado:** Ehemals Weltbank und Internationaler Währungsfonds, heute Europäischer Investitionsfonds EIB
- **Portner Jérôme:** Vize-Kanzler
- **Zidek Juli:** Bundesnachrichtendienst (BND), Doppelagentin, Vermittlerin zwischen dem BND und den Amerikanern; in Wahrheit Mitarbeiterin des israelischen Geheimdiensts

Deutschland (Mitarbeiter)

- **Kron Michael:** Fahrer von Bundeskanzler Eric Hessberg
- **Nolan Alex:** Fahrer von Christian Grabowsky
- **Wegener Marie:** Büroleiterin von Bundeskanzler Eric Hessberg

Frankreich

- **Comte Julien:** Deckname für Marouan Ghouar
- **DJ Azeera (alias Kebdani Essia):** Erfolgreichste DJane, bestbezahlter Electronic-Dance-Music-Act weltweit
- **Dutertre Raffael («Raffa»):** Seit Kindertagen naher Freund von Essia Kebdani
- **Ghouar Marouan (vor der Zeit als Manager: Ahmed Merac):** Tour-Promoter und Manager von Essia Kebdani alias DJ Azeera
- **Kebdani Essia (alias DJ Azeera):** Erfolgreichste DJane weltweit
- **Lydia:** Private Masseurin von Essia Kebdani alias DJ Azeera
- **Merac Ahmed (als Manager mit neuem Namen: Marouan Ghouar):** Tour-Promoter und Manager von Essia Kebdani alias DJ Azeera
- **Meyzie Jérôme:** Sozialhilfe-Empfänger und IT-Spezialist

Schweiz (Regierung & Dienste)

- **Alder Jens:** Ehemals Leiter eines Operations-Teams beim Nachrichtendienst des Bundes (NDB), danach für den NDB unter der Tarnung als Kulturattaché an der Schweizer Botschaft in Berlin
- **Besson Pierre:** Früherer Bundesrat und Bundespräsident
- **Burger Josef («Jo»):** Interimsmäßiger Chef des Nachrichtendienstes des Bundes (NDB)
- **Gärtner Matthias:** Stabschef Verteidigungsdepartment
- **Hiller Christoph:** Vormaliger Chef des Nachrichtendienstes des Bundes (NDB)
- **Lanzetti Vincent:** Chef Operationen Nachrichtendienst des Bundes (NDB)
- **Ludwig Oskar:** Bundesrat, Finanz- und Justizdepartement
- **Meier-Matter Franziska:** Bundesrätin, Militärdepartement, Oberste Befehlshaberin der Armee
- **Sauter Steffen:** Langjähriger Weggefährte von Bundesrat Oskar Ludwig, heute sein Pressesprecher und sein engster Vertrauter

Nachrichtendienste Schweiz & Israel (Carl Bruns Team)

- **Balmer Lorenz:** Schweiz, Geheimdienst, IT-Spezialist des Teams
- **Beria Miho:** Israel, Geheimdienst, Operationen
- **Blum Nouriel («Nour»):** Schweiz, Geheimdienst, Beschaffung und Auswertung, Ex-Militär
- **Brun Carl:** Schweiz, Geheimdienst, Teamleiter, Ex-Militär
- **Haldemann Luc:** Schweiz, Bekannter von Nik Horn, der den Kontakt mit Guido Erhardt bei der «Unity Bank» herstellte
- **Horn Nik:** Schweiz, früherer Investmentbanker, stieß nach einem eigenen Deliktfall contre-cœur und quasi zur Abbitte als freier Mitarbeiter zum Team
- **Yakin Boas:** Israel, Geheimdienst, Operationsplanung, Überwachung
- **Karlin Dana:** Israel, Geheimdienst, Beschaffung und Auswertung, Spezialgebiet Naher Osten, Schwerpunkt Iran
- **Krall Andreas:** Deckname («alter ego») von Carl Brun
- **Pedro Semih:** Israel, Geheimdienst, inoffizieller Mitarbeiter in Spanien
- **Perroulaz Sava Nina:** Schweiz, Geheimdienst, das «Muttertier» von Bruns Truppe, Beschaffung und Auswertung, Ex-Militär
- **Rachmanowitsch Yuri:** Israel, Chef des Geheimdiensts
- **Raible Christoph: («Gresch»):** Journalist, Chefredakteur
- **Refaeli Joaf:** Israel, Geheimdienst, Beschaffung und Auswertung
- **Röthlisberger Valentin («Vali»):** Schweiz, Geheimdienst, Überwachungsspezialist
- **Van Laer Piet (früher: Hauser Piet**): Schweiz, Geheimdienst, Beschaffung und Auswertung, Ex-Militär
- **Vidali Jezreel («Jez»):** Schweiz, Geheimdienst, Beschaffung und Auswertung, Ex-Bundespolizei, Carl Bruns Frau
- **Zidek Juli:** Eigentlich beim deutschen Bundesnachrichtendienst (BND), aber Doppelagentin (deshalb doppelt aufgeführt), Vermittlerin zwischen dem BND und den Amerikanern; in Wahrheit Mitarbeiterin des israelischen Geheimdiensts

Februar

Spanien, A Coruña

Der Tag, an dem Ben Kramer starb, war derselbe, an dem er sich eingestand, dass alles eine Lüge war. Alles. Eine Lüge, die sich Politik nannte. In Wahrheit gab es so was längst nicht mehr. Weder Politik im Sinn der langfristigen und tragfähigen Sicherung eines Gemeinwesens noch Parteien. Weder «links» noch «rechts». Es gab bloß das System, das große Spiel, und alles drehte sich darum, es zu erhalten und maximal davon zu profitieren, während einige «Regierung» spielten. Jeder log: Kameraden, Vorgesetzte, Politiker, Anwälte, Richter, Konzernchefs, Angestellte, Gewerkschafter, Psychiater, Patienten. Einfach jeder. Er selbst zuerst. Und er fragte sich, in voller Kampfmontur im Truppentransporter sitzend, ob es zu schaffen wäre, durch all den Betrug und Selbstbetrug hindurch zur Wahrheit zurückzufinden. Oder zumindest zur ernsthaften Suche danach. Einen Versuch war es wert, und Zeit, so glaubte er, hatte er genug.

Man musste klein anfangen. Das galt für alles. Für Großes wie die Wahrheit erst recht. Sein Name war Benjamin Kramer. Alter 41. Größe 1.91 Meter, Gewicht 87 Kilo, Haarfarbe braun, Augenfarbe braun. Herkunft Blankenberg, Mecklenburg-Vorpommern, Deutschland. Eintritt in die Bundeswehr mit 17. Übertritt zum Kommando Spezialkräfte mit 22. Einsätze in Mali, im Sudan, in Afghanistan, Irak, Syrien und in der Ukraine.

Spätestens ab hier wurde es schwierig, zwischen «der Wahrheit» und «seiner Wahrheit» zu unterscheiden. Ob es überhaupt möglich war, wusste er nicht. Vielleicht müsste man sich damit begnügen, ein paar Tatsachen aus den Schichten dessen herauszuschälen, was bloß Meinung war und was Glaube.

Der Truppentransporter, ein Mercedes-Benz der Axor-Reihe, bretterte jetzt über den glatten Asphalt in eine Rechtskurve. Kramer wurde mitsamt den knapp 70 Kilo der Ausrüstung gegen seinen Nebenmann gedrückt. Ein Amerikaner. Rufname «Lone», ehemals US Special Forces, «Green Berets».

«Keine Namen», hatte eine der Formeln gelautet, die ihnen in den ersten Tagen eingehämmert worden waren. «Nie. Zu niemandem. Wenn man anfängt, Namen preiszugeben, und wenn jemand herausfindet, wer deine Freunde sind, und anfängt, Fragen zu stellen, dann kann das sehr schnell zu einem Sicherheitsproblem werden. Und Sicherheitsprobleme wollen wir hier nicht.»

Er brauchte nicht erst nach hinten durch die Einstiegsluke des LKWs zu sehen, um zu wissen, dass sie eben den sogenannten «zivilen Bereich» des rund 20 Quadratkilometer großen Geländes mit den Wohn-, Schulungs- und Konferenzräumen verlassen hatten und jetzt entlang der beiden Start- und Landepisten, vorbei an den Schießanlagen, der Fallschirmlandezone und an den Ausbildungseinheiten für das Training im Nahkampf, an Sprengkörpern, Brandbomben und Schusswaffen in Richtung ihres Ziels, «der Stadt», rasten.

Lone war Gruppenscharfschütze wie er selber. Squad Designated Marksman, kurz SDM. Dass die Amerikaner, obwohl zahlenmäßig in der Minderheit, hier nicht nur sprachlich, sondern auch in Sachen Ausbildung, Ausrüstung und Grundaufbau der Verbände und Einheiten das Sagen hatten, war schnell klar gewesen. Es unter «Lüge» zu verbuchen, wäre daher dumm – Kramer teilte es der Rubrik «Nicht erwähnte Tatsachen» zu.

«Leute wie uns kann man auf drei Arten motivieren», hatte der Mann, der sich Torsten nannte, beim ersten Gespräch zu ihm gesagt. «Erstens, wenn es um das Ideal der Freiheit für die eigenen Leute geht. Zweitens, wenn es um Kameradschaft geht. Und drittens, wenn es darum geht, jemanden zu töten. Um Freiheit und Kameradschaft geht es hier nicht. Egal, was man Ihnen in den kommenden Tagen sagen wird: Denken Sie darüber nach, bevor Sie irgendwas unterschreiben.»

Mit «irgendwas» hatte Torsten einen Siebenjahresvertrag inklusive Geheimhaltungserklärung gemeint. Auch hierzu hatte er etwas zu sagen gehabt: «Die Geheimhaltungsklausel gilt bereits für dieses Gespräch und ab hier für alles, was Sie tun, sehen und hören werden. Reisen, Reiseziele, Pläne, Unterkünfte, Crews, Einsätze, Hotels, Kameraden, Ausrüstung, Vorgesetzte. Alles. Was Ihnen wie Tinte erscheint, ist Blut, Kramer. Wer redet, ist raus.» Stimme und Mimik hatten zu einer sehr weitläufigen Interpretation des Wortes «raus» eingeladen.

Er hatte nachgedacht. Allerdings nicht viel länger als kurz zuvor, als ein ehemaliger Kamerad ihm die Kontaktnummer von Torsten gegeben hatte mit der Information, es würden in ganz Europa und darüber hinaus Leute aus militärischen Spezialeinheiten für ein «Sonderprojekt» gesucht. Da hatte es nicht viel nachzudenken oder abzuwägen gegeben. Wenn einer 15 Jahre lang jährlich 270 Tage im Einsatz oder im Training gewesen und aus Flugzeugen gesprungen war oder Schnellboote gefahren hatte und plötzlich Versicherungen verkaufen sollte – das war kaum zu schaffen. Es war schlicht zu hart. Außerdem fehlte für andere Berufe meist die Qualifikation. Man war dazu ausgebildet, an vorderster Front zu stehen und zu töten, bereit, selbst getötet zu werden. Adrenalinschub: Level unendlich. Das machte süchtig – das wurde man nie wieder los. Der Versuch kam dem Unterfangen gleich, das Leben selbst loszuwerden. Und nicht zuletzt: Es fiel schwer, nach endlosen Monaten ohne Einkommen und bei untätiger Sinnleere ein Angebot abzulehnen, bei dem einer im Monat mehr verdiente als in einem ganzen Jahr bei der Armee oder in einem Zivilberuf. Steuerfrei.

Er hatte unterzeichnet und damit, so der Wortlaut im Vertrag, freiwillig das Risiko akzeptiert, «beschossen, verstümmelt und/oder getötet zu werden». Letzteres «durch Schusswaffen oder anderes Kriegsgerät, durch den Absturz eines Flugzeugs oder Helikopters, durch Scharfschützen, Landminen, Artilleriefeuer, Panzerfaustgranaten, Autobomben, Erdbeben oder andere Naturkatastrophen, durch Gift, Volksaufstände, Terroranschläge, im Nahkampf oder durch Krankheiten, usw.»

«Ziemlich umfangreicher Risikokatalog für einen Job, bei dem es um Objekt- und Personenschutz geht», hatte er in Torstens Richtung bemerkt.

Der Mann hatte gelacht: «Standard, Kramer. Heute bist du am Arsch, wenn du dir nicht jeden noch so makabren Furz unterschreiben lässt.»

Gleich nach diesem Gespräch war das zum Tragen gekommen, was der Vertrag als «unverzüglichen Einsatz» bezeichnet hatte: Er hatte zwölf Stunden Zeit bekommen, um zu packen, sich von wem auch immer zu verabschieden und an den Treffpunkt zu gelangen. Mitten in der Nacht war er mit rund 60 anderen an Bord eines Transportflugzeugs – einer Propellermaschine von Lockheed – gegangen und an den Ort geflogen worden, wo sie Torstens Auskunft gemäß diverse Eignungs- und Sicherheitstests und – bei Bestehen – ein mehrwöchiges Training zu absolvieren hätten. Erst am zweiten Tag hatte er erfahren, dass das Gelände, auf dem sie sich befanden, in Polen lag. Das war jetzt drei Jahre her. Und trotz der Routine der Rotationen, den Einsätzen, dem endlosen Training war die Erinnerung an die Begeisterung dieser ersten Tage um keinen Deut verblichen. Den anderen Neuen war es ähnlich ergangen. Als sie an ihrem Zielort die letzte Straßenbiegung genommen hatten und durch das mit Nato-Draht, Kameras und Betonsperren gesicherte Tor in eine Sicherheitsschleuse und von da auf das Gelände gefahren waren, wo er für die kommenden Monate leben würde, war ihm sofort klar gewesen, dass das hier gigantisch war. Nach einem Vierteljahrhundert finanziellen und kompetenzmäßigen Ausblutens konnte man von solchen Anlagen bei den regulären Truppen des Heers nur träumen.

Waren sie während der vorangegangenen drei Stunden über Pisten gefahren, von denen nur mit unendlich viel gutem Willen von «Straßen» gesprochen werden konnte, änderte sich dies hier schlagartig. Die Piste wurde zur Autobahn, das Gelände war übersichtlich, alles, was er sah, perfekt gepflegt. Später erfuhren sie, dass der Bau beziehungsweise Umbau der Anlage – es handelte sich um eine ehemalige Ausbildungseinrichtung der polnischen Streitkräfte – ein ganzes Jahr gedauert hatte.

Sie waren zum zivilen Bereich gelangt. Wohnhäuser, Verwaltungs- und Schulungsgebäude waren gruppiert um ein Zentrum mit Restaurants, Supermarkt, Waffen und Sportgeschäften, Buchhandlung, Kino, Fitnessräumen und Kiosk. Gleich an das dorfähnliche Zentrum schloss sich ein riesiger Bereich zur Reinigung von Waffen mit Dutzenden von Tischen auf Brusthöhe und Hochdruckreinigern an, der den Übergang zum Flugfeld, dem See zum Training von Landungsaktionen, den Schießständen und den restlichen Ausbildungseinheiten markierte. Das Herz der Anlage indes schlug im Hintergrund, weit abgeschlagen von Häusern, Hallen, Parcours und Teichen: «die Stadt». Eine originalgetreu zu Übungszwecken nachgebaute Pseudostadt, zu deren Ausstattung Fahrzeuge jeder Art und Hubschrauber ebenso gehörten wie die Tatsache, dass hier nebst Farbpatronen auch scharfe Munition zum Einsatz kam.

Kramers Erinnern und das reale Geschehen überschnitten sich: Der Truppentransporter hielt etwas außerhalb der Stadt auf einem Gelände, das «die Basis» genannt wurde. Natürlich war es eine andere Stadt als jene damals in Polen, aber nicht minder gespenstisch in ihrer täuschenden Echtheit. In Wirklichkeit war es hier wie dort keine ganze Stadt, sondern ein Stadtteil, der in der Realität ungefähr 50.000 Einwohner zählen würde. Im Zentrum lag hier ein großer rechteckiger Platz, der komplett von mehrgeschossigen Häusern umgeben war und zu dem es aus dem umliegenden Chaos eines Altstadtquartiers mit seinen Gassen und Gässchen, Läden, Kneipen, Plätzen, Parkanlagen und Kirchen zwölf Zugänge gab. Irgendwo da würde im Lauf der nächsten 24 Stunden ein «verheerendes Ereignis» der T-Kategorie stattfinden. «T» stand für Terrorismus.

Ihre Aufgabe während der nächsten Tage wäre die Sicherung des Ereignis-Zentrums, der anliegenden Quartiere, die Unterstützung der Hilfskräfte und die Bekämpfung von Kriminalität und Plünderungen sowie die Verhinderung von Unruhen. Alles täuschend echt dank Einsatz eines sogenannten Mapped-Reality-Systems, das durch die passgenaue Überlagerung der Realität mit einem virtuellen Szenario jedes noch so grausige Detail eines solchen Ereignisses lebensecht auf die Netzhaut und in die Gehörgänge projizierte.

Jede Straße, jeder Treppenaufgang, jede Wohnung, jeder Garten – alles war perfekt erfasst und abgeglichen. Außerdem war zu Analyse- und Kontrollzwecken jeder Winkel mit Kameras vollgestopft. Konzeption und Bau der Anlage mussten gigantische Summen verschlungen haben. Vom Betrieb ganz zu schweigen. Hätte man ihm vor drei Jahren erzählt, dass so etwas existiere, dass ein System dieser Art und Komplexität in solchem Umfang überhaupt denkbar war, hätte er gelacht. Heute war es Normalität und Gegenstand von Witzen, wenn einer ein VR-Tool wie Brille oder Zielfernrohr beschädigte und es hieß, «MARIA» wäre darüber not amused. «MARIA» war der Name, den irgendwer einmal dem VR-System verpasst hatte. Er ging zurück auf die Mutter aller künstlichen Intelligenzen aus dem Film «Metropolis» aus dem Jahr 1927. Im Vergleich zum naiven Bild des Maschinenmenschen von damals war die neue «MARIA» nicht weniger als eine Rechnerstadt unter «der Stadt», was bei den zum Betrieb der Anlage notwendigen Rechnerkapazitäten nicht einmal abwegig war.

Der Transportlastwagen hielt mit einem Ruck. Kramer ging geduckt zur Ausstiegsluke. Halb kletterte er hinunter, halb sprang er. Hier würden sie zusätzlich zur regulären Ausrüstung – Waffen, Munition, Schutzweste, Funkgerät, Rucksack, Nahrungsmittel – Headsets, VR-Brillen, Handschuhe und die mobilen Akkus fassen. Den Zeitpunkt des «Ereignisses» würden sie erst erfahren, wenn es geschah. Von Stunde X an sollte vom Alarm über die taktische Einsatzplanung bis hin zum Einsatz alles so echt wie möglich ablaufen. Bis dahin würden sie warten.

«Sie», das waren 9 Züge à 12 Mann beziehungsweise 27 Kommandos à 4 Mann. Kramer und Lone bildeten eines der Scharfschützen-Zweierteams ihres Zugs und würden die Kameraden während des Einsatzes von einem übersichtlichen Standort aus sichern und unterstützen.

Kramer ging mit Lone und den anderen über den Parkplatz in Richtung der Baracke. Sie brauchten sich längst nicht mehr abzusprechen über das Was und Wie des Zeitvertreibs bis zum Einsatz. Die meisten von ihnen würden schlicht und einfach schlafen, bis der Alarm kam. Sie hatten eine der brutalsten Trainingswochen überhaupt hinter sich, und ihnen war eine sogenannte «Walk Week» – ein paar Erholungstage, während derer man Sportschuhe tragen durfte, ohne darin rennen zu müssen – in Aussicht gestellt worden. Dass die vor Erschöpfung auch in der größten Hitze frierenden Männer stattdessen zu einem Einsatz in der Stadt gepeitscht wurden, überraschte längst keinen mehr. Die Wirklichkeit eines echten Kampfgeschehens war noch viel brutaler, und wer aufgab, starb nicht nur selber, sondern riss auch Kameraden mit in den Tod. Trotzdem war die Stimmung gedrückt und gereizt an diesem Tag.

Erneut wanderten Kramers Gedanken zurück. An Schlaf war damals während der ersten Zeit in Polen nicht zu denken gewesen. Zusammen mit den anderen Neuen war er unter einer Lawine von Informationen, Tests, Gesprächen und Einführungsveranstaltungen begraben worden. Die kurzen Ruhezeiten hatten kaum gereicht, um auch nur einen Hauch von Ordnung in die schiere Masse des Neuen zu bringen – von Ruhe ganz zu schweigen. Was blieb und auch heute die Erinnerung daran dominierte, war der Enthusiasmus dieser Tage. Das und der unbedingte und unbändige Wille, alles zu glauben.

Sämtliche Geräte wie Tablets und Smartphones waren ihnen bereits in Deutschland abgenommen worden. Von jetzt an gäbe es keine Kommunikation mit der Außenwelt mehr. Was sie von draußen noch erfuhren, lieferte ihnen das Satellitenfernsehen, mit dem jede Zwei-Mann-Wohneinheit ausgestattet war.

«Jeder von Ihnen weiß aus eigener Erfahrung, wie es um die nationalen Streitkräfte bestellt ist», hatte der Mann gesagt, der sie am zweiten Morgen um sieben nach dem Frühstück in einem der Schulungsräume in Empfang genommen und sich als Florian vorgestellt hatte. «Ich glaube nicht, dass es übertrieben ist, zu sagen, dass einige der nationalen Armeen völlig heruntergewirtschaftet und so gut wie am Ende sind. Die Ausbildungsmöglichkeiten, die zu den wertvollsten Bestandteilen der Sicherheits- und Militärmaschinerie eines Landes gehören, sind den Budgetstreichungen als Erstes zum Opfer gefallen, stammen noch aus dem Zweiten Weltkrieg und sind vollkommen unzureichend.

Man ist mit den veränderten Herausforderungen unserer Zeit völlig überfordert. Und das Allerwertvollste – die besten Männer – verschleißt man in kürzester Zeit. Darum sind Sie hier. Die Besten der Besten aus den Reihen von Elitetruppen rund um den Globus, um eine dringend notwendige Generalüberholung der ausgebluteten nationalen Verbände möglich zu machen. Denn ohne Unterstützung von außerhalb ist das heute nicht mehr realisierbar. Erst *wir* machen eine Transformation hin zur Wiedererlangung hundertprozentiger operativer Bereitschaft möglich. ‹Wir›, das haben Sie vielleicht bereits festgestellt, sind ein Netzwerk von Kommandotruppen und Sondereinheiten. Auf dieser Anlage befinden sich nebst dem Personal rund 14.400 Mann. Insgesamt gibt es ein Dutzend solcher Einrichtungen im europäischen Raum. Unter anderem in Polen, Tschechien, Deutschland, Spanien, Schweden und Frankreich. Oder anders gesagt: Wir sind im Extremfall in der Lage, schneller und kostengünstiger als jede Armee – von der NATO ganz zu schweigen – eine Streitmacht von einer oder mehreren Divisionen an jeden beliebigen Ort zu entsenden. Und natürlich fragen Sie sich jetzt, was zur Hölle das mit Objekt- und Personenschutz zu tun hat. Die Antwort ist einfach: Alles. Klassischen Objekt- und Personenschutz, wie man ihn über Jahrzehnte hinweg verstand, gibt es außer im Showbusiness nicht mehr. Das wissen Sie ebenso gut wie ich. Personen- und Objektschutzeinsätze sind heute Kommando-Unternehmen. Entsprechend sind die Anforderungen an die Ausbildung der Leute, die ihn gewährleisten sollen: Aufstandsbekämpfung, Scharfschützentraining, psychologische Kriegsführung und militärischer Nachrichtendienst gehören ebenso dazu wie Verhörmethodik. Damit dies möglich ist, muss a) maximale operative Flexibilität und b) Geheimhaltung gewährleistet sein. Die Tatsache, dass Sie nie erfahren werden, ob wir einen Namen haben und wenn ja, welchen, und wem wir unterstellt sind, spricht für sich. Denn: Uns gibt es im Grunde gar nicht. Wir hinterlassen keine Fußabdrücke. Nie. Nirgends. Und nur ein sehr kleiner Kreis von Personen weiß, dass wir, einmal vor Ort, nicht zu den regulären Sicherheitskräften des jeweiligen Landes gehören.

Im Umkehrschluss bedeutet das auch, dass wir in rechtlichem Niemandsland operieren. Was auch immer geschieht, was auch immer die Situation von Ihnen erfordert: Sie können rechtlich nicht belangt werden. Weder von Privatpersonen noch von nationalen Behörden. Offiziell einem Koordinator für Terrorismusbekämpfung im Rang eines Sonderbotschafters des Europäischen Auswärtigen Dienstes unterstellt, unterliegen unsere Einsätze keiner verfassungsmäßigen Einschränkung und keiner Militärgerichtsbarkeit. Und es steht weder einem Politiker noch einem Gericht zu, darüber zu urteilen, wie unsere Arbeit und unsere Operationen beaufsichtigt, befehligt und ausgeführt werden, und wie über Ausbildung, Stationierung, Bewaffnung, Einsätze, Entsendung, Zusammensetzung, Planung, Analyse, Leitung und Überwachung entschieden wird. Falls aber doch einmal etwas passieren sollte, was in juristischer Hinsicht kritisch werden könnte, dann werden wir Sie notfalls mitten in der Nacht in ein Auto packen und außer Reichweite bringen. Oder anders gesagt: Sie haben nichts zu befürchten. Auch dann nicht, wenn ein Einsatz von Ihnen das Äußerste erfordern sollte. Und das wird es.»

Der Mann hatte innegehalten und den Blick über die Männer schweifen lassen, als wolle er ihnen Zeit geben, Fragen zu stellen. Der Raum, der anfänglich von einer morgendlichen Geruchsmixtur aus Zahnpaste, Aftershave und Duschgel erfüllt gewesen war, hatte jetzt wie eine Mannschaftskabine in der Halbzeit gerochen. Keiner von ihnen hatte nachgehakt. Die Fragen nach der Vereinbarkeit einer solchen Organisation mit den Prinzipien der Souveränität und der Selbstbestimmung von Nationalstaaten, mit dem in Demokratien oft nur durch langwierige und lästige Debatten zu erringenden Rückhalt der Bevölkerung für Einsätze jeder Art, waren nicht gestellt worden. Kramer konnte nur für sich beantworten, warum er geschwiegen hatte: Der Abgleich seiner persönlichen Erfahrungen mit dem, was der Mann sagte, hatte Übereinstimmung ergeben. Der Lösungsansatz erschien drastisch, aber notwendig. Er hatte keine andere Möglichkeit gesehen. Wenn die nationalen Streitkräfte wieder fit werden wollten, mussten sie sich für eine bestimmte Zeit auf das Kerngeschäft der Ausbildung zur Kampfhandlung konzentrieren und Zusatzaufgaben wie Logistik, Personen- und Objektschutz auslagern können.

Auch in dem Punkt, dass diese Aufgaben heute viel weitreichender waren als noch vor 20 Jahren, hatte er ihm recht gegeben. Und nicht zuletzt war er einfach nur froh gewesen, wieder dabei zu sein. Bei der Truppe – auch wenn bereits zu diesem Zeitpunkt klar gewesen war, dass sie genau das *nicht* waren: eine Truppe. Sie waren ein loser Haufen zum Töten ausgebildeter Desperados, eine hochbezahlte Prätorianergarde, eine im Gegensatz zu den regulären Militärverbänden radikal verkleinerte, ausschließlich einsatzorientierte Profiarmee. Ein Söldnerheer.

Die größte Lüge war indes eine andere: jene nämlich, die da sagte, sie wären ein vorübergehendes Phänomen, eine zeitlich befristete Lösung zur Entlastung.

«Jeder von Ihnen hat einen Siebenjahresvertrag unterzeichnet», hatte Florian gesagt. «Das ist die Dauer, von der wir denken, dass sie ab jetzt noch nötig sein wird, um die eben skizzierten Ziele zu erreichen. Wenn während dieser Zeit kein verheerendes Ereignis stattfindet, ist danach Schluss. Sämtliche Ausbildungs- und Trainingslager wie diese hier werden den nationalen Streitkräften übergeben, und Sie, meine Herren, werden in Rente gehen, eine Strandbar eröffnen oder im Keller Ihres Hauses einen illegalen Schießstand betreiben können.»

Die Wahrheit sah anders aus: Sie waren nichts Temporäres, sauber Definiertes oder einfach Entlastendes. Sie waren ein Krebs der aggressiven Sorte, den man gezielt in den Kreislauf der europäischen Sicherheitsmaschinerie hatte einsickern und sich im ganzen Körper verteilen und festsetzen lassen. Sie waren hier, um zu bleiben. Sie würden den Wirt nicht töten, aber sie würden ihn kontrollieren.

Ohne dass irgendwer jemals davon erfuhr, waren sie maßgebender Teil des Geschehens, das 2013 in der Ukraine seinen Anfang genommen hatte und das trotz konzentrierten medialen Wegsehens nach wie vor aktuell war. Kramer war in Spanien anlässlich des Unabhängigkeits-Referendums als Teil der spanischen Streitkräfte in Katalonien im Einsatz gewesen, während ein anderer Teil ihrer Leute auf der Gegenseite für Unruhe bis hin zu Gewalt gesorgt hatte. In Frankreich als Teil der Gendarmerie-Truppen zur Zeit der Gelbwesten-Proteste und als Agents Provocateurs auf Seite der Protestierenden. In Italien bei den Aufmärschen für oder gegen mehr Migration. Dasselbe in Deutschland als Teil der Polizeikräfte bei Kundgebungen der Opposition und bei Anti-Rassismus-Demonstrationen und den Aufmärschen der Heil-Klima-Brigaden. Sie waren überall. Politische Gipfel, Großveranstaltungen, Demonstrationen, Kathedralenbrände,

Anschläge. Unerkannt, nie Spuren hinterlassend und nie gutartig. Das Ziel war nie Sicherheit, sondern ihre Verhinderung. Nie die Eingrenzung von Gewalt, sondern Eskalation.

Jeder von ihnen war in den ersten Tagen diversen psychologischen Tests unterzogen worden. Auch das eine Lüge. Mehr noch: ein Witz. Das Evaluationsgespräch am Ende und nach rund 120 Stunden ohne Schlaf ein grotesker Slapstick. Mitwirkende: Kramer, ausgelaugt bis zur Teilnahmslosigkeit, eine dicke Frau in einem khakifarbenen Hosenanzug und ein kleiner, ausgemergelter Mann, der ab und zu in einem Dossier blätterte, dessen Seiten, soweit Kramer es sehen konnte, leer waren. Auf Vorstellung und Einleitung hatte man verzichtet.

«Wie fühlen Sie sich?», hatte der Kleine gefragt, sich, die Arme auf den übereinandergeschlagenen Oberschenkeln verschränkend, nach vorne gelehnt und ihn durch die Strähnen seines graubraun gewellten Haares und die runden Brillengläser angestarrt, während seine mageren Finger an losen Fäden des gemusterten Strickpullovers herumgespielt hatten.

«Sie sind müde», hatte die Dicke an seiner Stelle hervorgestoßen. Sie schien in der Umklammerung des robusten Stoffs ihres Anzugs an Atemnot zu leiden. Trotzdem hatte sie triumphierend geklungen.

Kramer hatte auf eine Bestätigung durch Gesten oder Worte verzichtet. Auch im weiteren Verlauf des Gesprächs war sein Mitwirken nicht erforderlich gewesen. Die beiden hatten ihre Nummer abgezogen und am Ende festgestellt, dass sämtliche Tests in seinem Fall darauf hinausliefen, dass er in der Lage sei, mitzumachen. «Es geht nicht darum, festzustellen, ob Ihre bisherigen Einsatz-Erfahrungen negative Spuren hinterlassen haben», hatte der Kleine gesagt.

«Posttraumatische Belastungsstörung, PTBS», war vom hinteren, im Dunkeln liegenden Teil des Raums, wohin sich die Frau zurückgezogen hatte, ergänzt worden. Sie hatte an einem großen Holztisch gesessen, wo sie etwas zu essen schien. Vielleicht hatte sie auch eine Waffe gereinigt. Kramers dumpfer Blick hatte ihm keine eindeutigen Signale geliefert. Was sie von da an beigetragen hatte, war für ihn nur noch bedingt verständlich gewesen. Ihr dürrer Zwilling schien damit jedoch keine Probleme gehabt zu haben.

«Genau», hatte er bestätigt, ohne seine eidechsenhaft starrende Haltung aufzugeben. «Jeder, der im Einsatz war, hat PTBS in mehr oder weniger starker Ausprägung. Die meisten nicht von dem, was sie gesehen, sondern von dem, was sie getan haben. Unsere Aufgabe hier ist nicht, festzustellen, ob Sie eine solche Hölle mit sich herumtragen, sondern einzuschätzen, ob Sie es können.»

Ende der Evaluation. Was sie bedeutete, war Kramer eindrücklich demonstriert worden, als er Lone, den Amerikaner, kennengelernt hatte. Der zweite Scharfschütze seines Zugs. Sein Partner. Eine schwere Persönlichkeitsstörung auf zwei Beinen. Ein vollkommen empathiebefreiter Blender und zwanghaft sorgloser Lügner. Ein größenwahnsinniger Irrer, in dessen Koordinatensystem es nur die Punkte «Ich», «Jetzt» und «Feind» gab. Und Lone war nicht der Einzige hier, der so tickte.

Kramer schreckte auf, als der Alarm kam. Kaum hatte er sich auf die Pritsche gelegt, war er eingeschlafen. Draußen war es jetzt dunkel, und für Sekunden oder Minuten, das konnte er nicht genau sagen, war nichts anderes zu hören als die Geräusche Dutzender Männer, die sich aus Schlafsäcken wanden und aus dicht an dicht stehenden Feldbetten erhoben, Material zusammensuchten, schusssichere Westen anzogen, Helme aufsetzten, Rucksäcke auf den Rücken wuchteten und ein letztes Mal Gewehre und Munition kontrollierten. Einrastende Verschlüsse, das Schaben von Stoff auf Stoff, sich dehnende Bettfedern, gepresster Atem, gedämpfte Rufe von draußen, Laufschritte.

Giftgrün leuchteten die Wolken durch das tragbare Nachtsichtgerät im Licht des Vollmonds, als Kramer nach draußen kam. Die geschäftige Stille wurde durchbrochen vom sich nähernden Knattern von Hubschrauberrotoren. Kramer schätzte, dass es vier waren. Dann kamen auch schon die Flutlichter, die das Gelände vor der Baracke in harte Helligkeit tauchten. Er steckte das Gerät ein. Die Scheinwerfer von zehn Humvees, wie die spanische Armee sie einsetzte, schnitten eine blendend scharfe Schneise durch die Szenerie. Dann wurden sie ausgeschaltet.

Es folgte das Briefing. Es war kurz. Ausgangslage: In einer weitläufigen Parkanlage, die am Rand der Stadt lag und in der ein Großevent mit rund 60.000 Besuchern stattgefunden hatte, war ein Bombenanschlag verübt worden. Täter und Opferzahlen noch unbekannt. Es wurde weiterhin geschossen. Höchste Terrorwarnstufe. Ihre Aufgabe: Sicherung und Unterstützung der Bergungs-, Räumungs- und Versorgungsteams vor Ort. Es folgte die Einsatzplanung der Gruppen anhand von detaillierten Karten. Keine 15 Minuten später saß Kramer zusammengepfercht mit den elf Männern seines Zugs in einem der geländegängigen Fahrzeuge in Richtung des Anschlagsorts.

Dort angekommen, brach via VR-Brille die virtuelle, aber täuschend echte Version der Hölle über sie herein. Es war das blanke Chaos. Durcheinander, unübersichtlich, kaum Sicht durch Staub und Rauch. Panische Schreie von Menschen waren zu hören, Schusswaffenlärm, das Stöhnen von Verwundeten, die von Zivilpersonen und Rettungskräften aus dem Radius des Geschehens geschleift und getragen wurden oder sich noch selbst in Sicherheit hatten bringen können. Es war überhaupt nicht klar, wer schoss und was im dunstigen, von Scheinwerfern beleuchteten Dickicht dieses Horrors geschah. An der nordwestlichen Ecke des Parks sprangen Kramer und die Männer seines Zugs vom Humvee und brachten sich im Laufschritt hinter einer Baumgruppe in Deckung. Auch hier wurde unablässig gefeuert. Kramer sah Frauen und Kinder aus ihren Autos springen und an der Straße entlangkriechen, um nicht erschossen zu werden.

Lone deutete auf das Dach des Appartementgebäudes auf der gegenüberliegenden Seite der Straße. Nur vier Stockwerke. Flachdach. Optimale Sicht auf das Gelände des Parks, um die Kameraden zu decken, die sich am Boden in das Zentrum des blutigen Gewühls vorarbeiten würden. Kramer und die anderen verstanden. Geduckt verließen die beiden Scharfschützen zusammen mit vier anderen die Deckung. Kurz darauf war eine Explosion zu hören: Sie hatten die Eingangstür des Hauses gesprengt.

Während die Kameraden eine Wohnung nach der anderen klärten, die Bewohner so gut es ging beschwichtigten und sie anwiesen, sich am Boden sitzend ruhig zu verhalten und das Gebäude nicht zu verlassen, rannten Kramer und Lone die Treppen hoch und gelangten auf das Dach. An der gemauerten Dachumrandung, die ihnen einen gewissen Schutz bieten würde, richteten sie ihren Posten ein. Kurz darauf wurde die Tür zum Dach von einem Kameraden geöffnet. Kramer nickte in seine Richtung, und der Mann verschwand. Sie waren bereit.

Bevor Kramer sich mit seinem Gewehr auf die Unterlage legte, die sie sich aus zwei Europaletten und einem kaputten Liegestuhl eingerichtet hatten, riss er den Helm vom Kopf. Er hasste das Ding. Und seit er vor Jahren bereits mitbekommen hatte, dass selbst Pistolenpatronen leicht eindrangen, sah er nicht ein, warum er sich dessen Tragen antun sollte. Im Rahmen eines realen Geschehens würde er ihn nur aufbehalten, um sich des Nachtsichtgeräts zu bedienen, was hier aber aufgrund der VR-Brille, die alles perfekt simulierte, nicht notwendig war.

Jetzt sah er die vier Männer, die das Gebäude geklärt hatten, erneut die Straße überqueren und im Schattenwurf der Baumgruppe verschwinden. Gleich darauf begann der Zug vorzurücken. Langsam lichtete sich auch der Rauch im Park, und nach und nach wurde das Ausmaß dessen, was dort geschehen war und noch geschah, sichtbar.

Er schob die VR-Brille nach oben und ersetzte sie durch die Version des Zielfernrohrs seines MK 11, eines leichten Scharfschützengewehrs, das normalerweise nur in den USA, in Israel und in Australien zum Einsatz kam. Für Einsätze wie diesen hier, wo von Anfang an klar war, dass er, wenn überhaupt, seine Schüsse aus kurzer Distanz abgeben würde, zog er diese vielseitige Waffe einer .300er vor. Sie war weit praktischer und aus dieser Entfernung nicht minder tödlich. Das Problem mit dem Zielfernrohr in einer virtuellen Realität: Das Bild, das man sah, wurde zweidimensional, und für einen Scharfschützen, der wie Kramer auch beim Zielen immer beide Augen offen hielt, war das, als beraube man ihn eines Sinnes. Der Szenerie vor ihm nahm das aber nicht das Grauen.

Überall waren Menschen. Hunderte, Tausende. Laufend, liegend, kriechend. Trümmer. Schutt. Verbogenes Metall. Holzbretter. Geröll. Splitter. Und Staub. Überall Staub. Ein Teppich aus Ästen und Blättern beschädigter Bäume und Sträucher, der, je mehr der Blick sich dem Zentrum näherte, zu einer geschlossenen Decke aus organischem Material wurde. Als wäre alles geschreddert worden.

Ihr Zug rückte unten langsam vor und mit ihm und in seinem Schutz – so wie es aussah – mehrere Sanitätsteams. Inmitten der Menschenmasse waren sie nur schwer auszumachen. Außerdem kamen sie nur sehr langsam voran, da sie nicht nur jede mögliche Ecke dieser Seite des Parks sicherten, sondern auch immer wieder Verletzte zu bergen halfen, panische und orientierungslose Menschen beruhigten und sie anwiesen, den Park zu verlassen und den Weg für die Ambulanzen, die nach und nach eintrafen, freizuräumen. Es konnte Stunden dauern, bis sie die sechshundert Meter Distanz dorthin gemeistert hätten, wo Menschen und Trümmer in grauenhafter Schwärze nicht mehr zu unterscheiden waren.

In diesem Augenblick sah Kramer, wie sich in unmittelbarer Nähe der Männer seines Zugs eine Frau zügig, viel zu zügig, am Rand des Geschehens vorwärtsbewegte. Dann schwenkte sie nach rechts, trat aus dem Schatten der verbleibenden Bäume hervor und ging direkt auf die Männer zu, während sie etwas aus ihren Kleidern hervorzog und ruckartig daran zerrte. Erst nach Sekunden akzeptierte Kramers Gehirn, was geschah: Die Frau hatte eine Handgranate gezündet.

«Sie hat eine Handgranate», gab er die Info mit einer Stimme, die nicht ihm zu gehören schien, an Lone weiter.

«Sie hat eine Handgranate!», rief Lone im selben Moment dieselben Worte in seine Richtung. Lauter, bebend fast, als wolle er seinem Partner jedes Nicht-glauben-Wollen austreiben. «Du musst schießen!»

«Aber …» *Es ist eine Frau!* Kramer glaubte das, was er mehr dachte als fühlte, regelrecht vor sich leuchten zu sehen.

«Verdammt! Schieß endlich!», schrie Lone. «Die Granate darf keinen Schaden anrichten. Unsere Männer …»

Unten bewegte sich der Zug geradewegs auf die Frau zu.

«Schieß!»

Kramers Zeigefinger umschloss den Abzug. Die Patrone verließ den Lauf. Er feuerte. Die Granate fiel zu Boden. Er schoss erneut, und die Granate ging hoch. Es war das erste Mal, dass er virtuell oder in echt auf einen nicht-männlichen Kämpfer geschossen hatte.

Als der Rauch der Detonation sich legte, stellte er fest, dass keiner seiner Kameraden im Vernichtungsradius gewesen war. Andere Menschen schon. Kramer schätzte die Zahl der Toten und Verletzten auf 40 Personen.

Lone kommentierte das eben Geschehene nicht. Trotzdem hatte sich die der totalen Übermüdung geschuldete anfängliche Gereiztheit noch weiter gesteigert, so dass sie Kramer jetzt fast greifbar erschien. Er schob sie beiseite und tat, was jeder Scharfschütze während des größten Teils seiner Arbeit tat: Er beobachtete, versuchte, alles im Blick zu behalten, und ließ keine Sekunde nach. Erneut entglitt ihm die Zeit, und er hätte nicht zu sagen vermocht, ob Stunden oder bloß Minuten vergingen.

Plötzlich war der unverwechselbare Klang einer Kalaschnikow zu hören, die ein paar Mal abgefeuert wurde. Es ging wie ein Stromstoß durch seinen gesamten Organismus. Jede Hektik unterdrückend, suchte er durch das Zielfernrohr die Menge unten ab, um den Schützen ausfindig zu machen. Lone war schneller:

«Ich hab den Scheißkerl», sagte er. «Beim Brunnen. Auf drei Uhr.»

Kramer sah den Mann. Er trug Alltagskleider und hielt eine AK-47. Als fühlte er, dass er entdeckt worden war, fing er an, wie vom Teufel gehetzt zu laufen. Lone schoss. Kramer sah den Mann zu Boden stürzen und reglos liegen bleiben. Rundherum schrien Menschen und liefen panisch in jede Richtung davon. Lones Schuss war der reine Wahnsinn: ebenso gut hätte er jemand anderen treffen können. Aber Kramer hatte weder die Zeit, etwas zu sagen, noch weiter darüber nachzudenken – schon wurden sie erneut beschossen. Und da drehte Lone durch, wurde wahnsinnig, schnappte über.

Er merkte es nicht sofort. Zu sehr konzentrierte er sich auf das, was unten am Boden geschah. Seine Augen bewegten sich ohne Unterlass und suchten unaufhörlich den ganzen Bereich ab, um irgendeine Art Überblick zu gewinnen. Aber es war unmöglich. Wo vorhin noch auszumachen gewesen war, was Soldaten und was Zivilisten waren, verwandelte sich jetzt alles in eine schiebende, schreiende, zerrende Masse. Wer oder was nicht standhielt, wurde mitgerissen oder schlicht niedergewalzt. Und mittendrin, kaum sichtbar und daher umso gefährlicher, unzählige Feinde.

Plötzlich bretterte ein LKW mitten in die Menge. Leute sprangen heraus und fingen, während sie die Menschen als Schutzschilder benutzten, sofort an zu schießen. Kalaschnikows waren ebenso zu hören wie der laute Widerhall einer Schrotflinte.

Während Kramer durch das Zielfernrohr hektisch die Lage sondierte, einen Terroristen ins Visier nahm, zielte, schoss, erneut sondierte, geriet die Lage völlig außer Kontrolle; sein Feuer wurde zusätzlich mit Panzerfäusten, Handgranaten und Pistolen erwidert. Da legte Lone sein Scharfschützengewehr neben sich auf den Boden, nahm sein M-249 SAW, ein leichtes Maschinengewehr, zur Hand, entsicherte und feuerte eine Salve von 5,56-mm-Geschossen ab. Nicht auf jemanden Bestimmten, nicht länger zielend, sondern mähend. 30 Patronen. Ein Magazin. Dann das nächste. Und wieder das nächste. Magazin um Magazin. Schreiend, brüllend. Und unten auf der Straße unzählige Tote.

Kramer war wie gelähmt; und erst als Lone pausierte, damit der Lauf seiner Waffe abkühlen konnte, wurde ihm klar, was hier gerade passiert war. Der Kerl, der sich sein Partner nannte, war ein verdammter Irrer. Das hier war eine Übung, nichts davon war echt. Aber irgendwann würden sie in genau so eine Lage geraten, und dann Gnade ihnen Gott.

«Sieh dir die Wilden an», rief Lone. «Die sind wie wir: Du knüppelst sie nieder, und sie verlangen nach mehr.» Und einen Blick auf Kramer werfend: «Was ist los, Mann? Schieß, verdammt noch mal. Oder willst du riskieren, dass das hier zu einer Belagerung wird?» Noch während er es sagte, legte er ein neues Magazin ein und ging in Schussposition.

Von da an liefen Kramers Bewegungen wie ferngesteuert ab. Noch bevor Lone eine Salve abfeuern konnte, zog er seine Pistole, eine Springfield TRP Operator mit Kaliber .45, und jagte ihm eine Kugel in den Kopf.

Ruhig stand er auf und riss in der Bewegung die VR-Brille vom

Gesicht. Schlagartig veränderte sich alles. Er sah nur noch die Leute seines Zugs, sah Scharfschützen auf weiter entfernten Dächern liegen. Ansonsten Leere, von der er wusste, dass andere sie auf Dutzenden von Bildschirmen im selben Moment genauso betrachteten wie er selber. Und dass auch er und das, was er eben getan hatte, gesehen und aufgezeichnet worden war.

Geduckt lief er zu der Tür, die ins Treppenhaus führte, rannte ohne ein Geräusch die Treppe hinunter und vergegenwärtigte sich im Rennen die Situation. Er wusste, auf welcher Seite des Gebäudes er raus wollte: hinten. Dann durch den Hof. Auf die Gasse hinter dem Park. Sein Tempo war schnell, die Bewegungen automatisch. Wie man ein Gewehr hält, damit niemand es einem entreißen konnte; wohin man sich bewegt, sobald man einen neuen Raum oder Platz betritt; wie man sich am besten vor Angriffen aus jeder möglichen Richtung schützt – das alles hatten sie beim KSK so lange geübt, bis jeder es im Schlaf beherrschte, und jetzt konnte er sich ganz auf das konzentrieren, was nebst dem eigenen Überleben das Ziel war: Flucht.

Doch dazu kam es nicht mehr.

Als er über die drei Stufen des Hinterausgangs in den Hof kam, trat ein Mann in schwarzem Overall von links hinter einem zerfetzten Sonnenschirm hervor und auf ihn zu. Normalerweise hätte Kramer sofort geschossen. Die Tatsache, dass er es nicht tat, war einzig dem Umstand geschuldet, dass der Kerl lachte. Ein kumpelhaftes, echtes Lachen, mit dem man Kameraden in Empfang nimmt, die – halb Show, halb Streich, halb bitterer Ernst – gerade in wagemutigem Alleingang das Schicksal bezwungen haben. Der Mann hob einen Arm, als wolle er abklatschen oder sich den anderen auf Männerart an die Brust drücken. Kramers Zögern, Entspannen, Ahnen, erneutes Anspannen dauerte nur den Buchteil von Sekunden.

Trotzdem war es zu spät. Der Mann war mit zwei Schritten bei ihm. Kurz sah es so aus und fühlte sich an, als nähme er ihn in die Arme. Klaps auf Taillenhöhe, Klaps zwischen die Schulterblätter. Dann waren die Hände plötzlich an Hinterkopf und Kinn. Der Ruck, mit dem Kramers Genick brach, hatte etwas Behutsames, beinahe Zärtliches an sich.

März

Miami, Ultra Music Festival
Diesmal brauchte sie nicht wie sonst im Schatten des DJ-Pults kauernd zu warten, während die Lichtshow zusammen mit der Stimme des Speakers über sie hinweg raste. Die Lichter blieben vorne am Rand der Bühne, die Scheinwerferstrahlen zogen eine Art dunkle Wand zwischen ihr und der Menge hoch. Dahinter, dort, wo sie stand, die Illusion einer Stille, die nur sie allein sehen konnte. Die stolze Ruhe der Wüste, die sie nicht kannte, obwohl dort ihr Urgrund lag und obwohl sie sich nach ihr sehnte, seit sie denken konnte.

Wie von fern hörte sie das Peitschen der Anmoderation und den Jubel von 40.000 Menschen. Sie brauchte nur auf das Wort zu warten. Der Name, unter dem die Welt sie kannte. DJ Azeera. Er würde durch alles hindurch zu ihr vordringen. Durch den Alkohol ebenso wie durch die Bilder in ihr.

Es war der 86. Gig in diesem Jahr. Als Nächstes standen Las Vegas, Bahrain, Dubai, Ibiza und erneut Las Vegas auf dem Tournee-Plan. Offiziell noch über 178 Auftritte bis Dezember. Sie wusste es besser. Dieser hier war der erste der 48 letzten. Danach käme nichts mehr. Wüste. Stille.

Sie griff nach dem Glas zu ihrer Linken. Ein Gemisch aus Wodka, Jägermeister und Mineralwasser.

«Du musst aufhören mit dem Zeug», sagte Marouan manchmal. «Allah la yuhibu dhlk.» – *«Gott mag das nicht.»*

«Allah mag auch meine Musik nicht», sagte sie dann. «Außerdem schaffe ich es nicht ohne. Allah weiß das. Und du auch.»

«In Basel wird das nicht mehr reichen», hatte er vor ein paar Wochen insistiert.

«Da wird es auch nicht mehr nötig sein.»

Seither schwieg er und beschränkte sich darauf, weiterhin sicherzustellen, dass das Zeug überall bereitstand. Bühnen, Backstage-Bereiche, Hotelzimmer, Studios. Ihre Koordinaten, ihr Gift.

Plötzlich und wie aus dem Nichts war er da; in ihrem Kopf, ihren

Ohren – der Übergang zum Uplift des Tracks, den sie morgen im Studio mit dem Haitianer aufnehmen würde. Sie stellte das Glas ab und griff nach Papier und Stift, die immer in Reichweite lagen. Hektisch kritzelte sie das Thema des Songs hin, dann die «Bridge», den Übergang, der zum Hauptteil führte.

Ihr Herz raste. Es war, als würde sie nach Tagen endlich zum Licht durchbrechen. So war es immer. Es baute sich auf im Innern, bis der Druck kaum mehr auszuhalten war. Manchmal half es, wenn sie sich hinsetzte und ziellos am Laptop herumspielte. Meistens jedoch nicht. Meistens kam der «Dreh» plötzlich, wie jetzt, in einem Moment, in dem sie am wenigsten damit rechnete. Sie betrachtete die Noten. Es war perfekt. Sie blickte über die Schulter, als suchte sie etwas oder jemanden im Dunkel hinter sich. Sie lachte.

Wie von weit her brandete jetzt eine Welle voller Jubel an ihr Ohr. Sanft, als striche sie über Dünen aus Sand. Unwirklich noch und ohne die Fracht einer Wirklichkeit, die sie ohne die Ordnung ihrer Beats nicht überleben würde. Dann kam das Wort, und mit ihm das Licht «A-Z-E-E-R-A!!»

Die Wand wurde durchbrochen. Die Woge der Stimmen aus Zehntausenden von Kehlen hob sie hoch. Ihr Lachen war echt, als sie die Kopfhörer herunterstreifte und blind ins unsichtbare Publikum blickte. Sie wurde der Rhythmus, das Licht, die Klänge. Der Wind, der Sand, die Sterne.

Von all dem wusste außer Marouan keiner. Für die Welt war sie *Azeera.* Der bestbezahlte Electronic-Dance-Music-Act der Gegenwart. Der teuerste DJ der Welt. 26 Jahre alt. Aktuell 56 Millionen Dollar Jahreseinkommen.

Der Mann, den sie als Marouan Ghouar kannte, ihr Tourmanager, stand auf der hölzernen Gerüstplattform im Gestänge der Bühnenkonstruktion. Er sah, wie sie zu Stift und Papier griff. Das war neu. Die Saiten lockerten sich. Als er sie vor zwei Jahren getroffen hatte, war solches noch nicht notwendig gewesen. Sie hatte alles im Kopf gehabt. Tausende Melodien, Fragmente, Übergänge, Beats. Jetzt sah sie über die Schulter in seine Richtung. Sie strahlte.

Essia Kebdani, alias DJ Azeera. Noch vier Jahre weiter wie bisher, dann wäre sie ein Wrack. Die Kadenz war zu hoch und keiner da, der sie bremste. Der ihr sagte, sie müsse schlafen. Sie jagte ihrer eigenen Rechtfertigung nach. Dem Erfolg traute sie nicht.

«Die pushen nicht mich, Marouan», hatte sie einmal gesagt. «Ich stehe da oben, weil man mir den Tripple-Bonus gewährt. Weiblich, Migrationshintergrund, Muslimin. Wenn du, ausgestattet mit diesen Sakramenten, dich einigermaßen in den Altardienst der diktierten Utopie der Gegenwart einpasst, dann bist du quasi heiliggesprochen. Leistung ist bloß ein Nice-to-have.»

Er sagte ihr Tausende Male, das stimme nicht. Ihr Produkt sei gut, ihre Musik großartig. «Hör dir doch die Leute an. Glaubst du im Ernst, die würden dich im Radio rauf und runter spielen, die würden da unten stehen und dich bejubeln und eine Menge Geld dafür bezahlen, wenn du Scheiße produzieren würdest?»

Sie hörte auf ihn. Manchmal schien es, als schaffe sie es, ihm zu glauben. Aber am Ende verlor er immer. Wie sollte es auch anders sein, wenn man gegen einen Toten ankämpfte?

Sie wollte den Segen von einem, der nicht mehr lebte. Ihrem Vater. Er war gestorben, als sie 18 gewesen war. Mit ihm war der Boden, auf dem sie stand, zu Sand geworden. Seither suchte sie anderen Grund und nahm alles, was ihr für Minuten oder Tage Halt bot.

Dieser Umstand wurde vom Management, vom Tour-Promoter, von den Veranstaltern und ihrer gesamten Entourage weidlich ausgenutzt. Das Tempo, mit dem man sie von Termin zu Termin jagte, war mörderisch. Er hatte schon erlebt, dass sie vor Erschöpfung buchstäblich auf die Bühne gekrochen war. Auch jetzt lief sie wieder an der Grenze. Gestern Morgen waren sie von Schweden hierher geflogen. Um 15 Uhr hatte sie ihr erstes Set gespielt. Gleich danach ein Interview mit einem Fernsehsender. Jetzt der Gig hier, der voraussichtlich bis vier, halb fünf dauern würde. Um sechs Uhr dann der Weckruf von der Lobby. Flug nach Vegas. Ab halb zwölf ein zehnstündiger Video-Dreh. Danach ein weiterer Gig. Am nächsten Morgen um acht der erste Interview-Termin, dem über den Tag 13 weitere folgen würden. Und schließlich um 18 Uhr der Flug nach Ibiza für den nächsten Gig.

Ihren ersten großen Streit hatten sie gehabt, als er über die Köpfe des Managements hinweg und hinter dem Rücken ihres Trosses von «Freunden», Masseuren, Friseuren, Köchen, Make-Up-Artisten und Händchenhaltern zwei Sets abgesagt und sie in ihrem Hotelzimmer eingeschlossen hatte.

«Kapierst du nicht, was da abgeht?», hatte er sie angeschrien. «Glaubst du im Ernst, einem deiner Agenten, Veranstalter oder Freunde ginge es um dich? Um Essia? Siehst du nicht, dass du für die bloß ein Synonym für Kohle bist? Haufenweise Kohle und good times, die es abzuschöpfen gilt, bevor du im Produkt-Lebenszyklus die Schwelle zur Rentabilität wieder unterschreitest, ersetzt werden musst und alle weiterziehen?»

«Na und?», hatte sie zurückgeschrien. «Es macht mich glücklich. Und es geht dich einen Scheißdreck an, was ich mit meinem Leben tue.»

«Glücklich? Ausgebrannt und abhängig ist also deine Definition von Glück? Erzähl das einem anderen, Essia, aber nicht mir.»

Sie war still geworden, hatte sich im Bett zusammengerollt wie ein junger Hund, hatte etwas geflüstert. Er hatte sich zu ihr gesetzt, seine Hand auf ihren Kopf gelegt: «Was sagst du?»

«Ich kann nicht anders.»

«Ich weiß.»

Lange war es still geblieben, und er hatte schon gedacht, sie sei eingeschlafen. Endlich eingeschlafen. Er hatte ihren dunklen Lockenkopf betrachtet, die Wangen, die stets rund und kindlich blieben, auch wenn der Körper ausgemergelt war. Er hatte noch nie jemanden kennengelernt mit solch einem Talent. Und noch nie jemanden, der solches Talent mit derartiger Disziplin verband. Sie arbeitete härter als jeder, den er jemals getroffen hatte. Keiner hatte den Erfolg mehr verdient als sie. Und sie würde das nie glauben.

«Ich wünschte, es würde so bleiben», hatte sie in die Stille hinein gesagt.

«Wie?»

«So wie es jetzt ist. Genau jetzt.»

«Dann hör auf. Für eine Weile wenigstens.»

«Ich kann nicht.» Das war es. Das war die wahre Sucht hinter dem Alkohol und den Tabletten. All die Worte in den Interviews von wegen «diese spezielle Verbindung mit den Menschen» bei einem Gig. Alles Schwachsinn. Es war der Rausch, die Sucht. Nur das. Liebe, Rechtfertigung, Anerkennung, die nur andere geben und gewähren konnten. Die Währung all jener, die keinen Sinn fanden in sich, die kein Ziel hatten, keine Bestimmung, keinen Grund. Die Währung unserer Zeit, die im Sekundentakt ihren Wert verlor. Es war nie genug. Wenn auf zehntausend Posts von Fans ein einziger Verriss, eine Beleidigung oder auch nur leise Kritik kam, überwog diese alles andere. Dann trank sie. Dann wollte sie aufhören. Schluss machen.

Damals in dem abgeschlossenen Hotelzimmer hatte er den ersten Schritt getan. Der, dessentwegen er hier war. Dort hatte er zum ersten Mal von Allah gesprochen, hatte gebetet. Nicht mehr als ein Murmeln war es gewesen. Sie war eingeschlafen. Alles, was danach gekommen war, ein Kinderspiel. Er hatte ihr gleichsam nebenbei das gegeben, was sie zeit ihres Lebens gesucht hatte.

Der Mann, den Essia unter dem Namen Marouan Ghouar kannte und den sie kurz nach ihrem Kennenlernen und gegen den Willen des Managements als Tourmanager engagiert hatte, sah sie jetzt zwischen den Bühnenelementen von der Musik davongetragen werden. Ein Arm in der Luft, Kopfhörer über einem Ohr, Blick ins Licht. Glück. Sein richtiger Name war Ahmed Merac. Mitarbeiter der Abteilung «East StratCom Task Force». Ein 2015 gegründetes strategisches Kommunikationsteam des Europäischen Auswärtigen Dienstes, dessen offizieller Auftrag gemäß Website die «proaktive Kommunikation» war. Die Medien nannten sie schlicht «Fake-News-Jäger». Böse Zungen sprachen von «Gegenpropaganda». Es spielte keine Rolle – denn es war alles Fake. Von den über 1000 Mitarbeitern erschienen nur gerade zwei Dutzend auf der offiziellen Lohnliste, und ihr Job bestand allen anderslautenden blumigen Bekenntnissen zu Demokratie und offener Gesellschaft in erster Linie darin, handliche Feindbilder so zu kultivieren, dass sie jederzeit einsetzbar waren. Das bedeutete, dass sie nicht nur Fake-News jagten und medial ausschlachteten, sondern sie in einem ersten Schritt auch produzierten. Alle anderen Mitarbeiter, zu denen auch Ahmed alias Marouan gehörte, waren Agenten und Militärs. Das Ganze zum einen eine perfekt getarnte operative Geheimdienst-Truppe, zum anderen die Verwaltungseinheit einer Streitkraft – und ihr Auftrag hatte mit allem Möglichen, bloß nichts mit Kommunikation zu tun. Die Büros der Organisation waren in ganz Europa verteilt und weit weg von der Brüsseler Polit-Zentrale. Der Hauptsitz befand sich seit kurzem in einer ruhigen Wohnstraße im Hansaviertel Berlins. Und Ahmed Merac alias Marouan Ghouar war nicht DJ Azeeras Tourmanager, sondern Essia Kebdanis Führungsoffizier. Bloß, dass sie das nicht wusste. Ebenso wenig, wie sie wusste, dass diesem Gig hier nicht weitere 47, sondern bloß noch vier folgen würden. Fünf, wenn man Basel mit einrechnete.

✦ ✦ ✦

Berlin, Bundeskanzleramt

Als Eric Hessberg aus dem Bankettsaal, wo die Wahlparty ihren Höhepunkt erreichte, auf die Loggia hinaustrat, atmete er tief ein. Er meinte Tang zu riechen in der frischen Nachtluft. Die Zigarre, an der er drinnen eben noch mit Genießermiene gezogen hatte, landete im Mülleimer neben der Tür. Kurz schien er zu überlegen, ob er ihr den Champagner-Kelch folgen lassen sollte. Er ließ es sein und trat mit dem Glas in der Hand an die Brüstung neben Christian Grabowsky, der eine seiner filterlosen Zigaretten rauchte. Gemeinsam blickten sie schweigend in Richtung Reichstagsgebäude.

«Wie fühlst du dich?», fragte der um ein paar Jahre ältere Grabowsky den frisch gewählten Bundeskanzler schließlich, als er die nur zur Hälfte gerauchte Zigarette zu Boden fallen und liegen ließ, wo er sie kurz ratlos betrachtete.

«Gut», antwortete Hessberg. Und nach einer Pause: «Es ist ja nicht so, als wäre es eine riesige Überraschung.»

«Trotzdem ist es jedes Mal eine große Nummer, wenn es passiert.»

«Wie war das Wahlresultat?»

«Warum fragst du? Was kümmert es dich?»

«Keine Ahnung. Vielleicht möchte ich einfach den Gleitwinkel zur Wahrheit abschätzen können.»

«Die Wahrheit ist das hier, Eric. Du bist der gewählte Bundeskanzler und die Hoffnung der Deutschen.»

«Und du der Kanzlermacher.»

«Ich sehe mich eher als Steigbügelhalter», widersprach Grabowsky.

Eric Hessberg lachte ein kurzes, hartes Lachen: «Netter Versuch, Christian. Aber den Bescheidenen kannst du dort drinnen geben. Anwesende kennen dich zu gut. Also – was gibt's so Dringendes, das dich veranlasst, mich per SMS – was du eigenen Angaben zufolge nur im Kriegsfall zu tun gewillt bist – hier raus zu beordern? Glückwünsche werden's kaum sein.»

«Ein paar Leute machen sich Sorgen wegen der Sache letzthin.»

«Welche …?» Weiter kam Hessberg nicht. Der Schlag, der ihn mitten auf die Brust traf, kam aus dem Nichts. Sein Herz schien auszusetzen. Er schnappte nach Luft, verlor das Gleichgewicht und fand sich eine Sekunde später an den Aufschlägen seines Anzugs und an den Pranken Grabowskys hängen.

«Hör mir jetzt gut zu, Eric», sagte dieser so nah an Hessbergs Gesicht, dass er die Wärme seines Atems auf den Wangen spürte. «Wir hatten einen Job zu vergeben. Du wolltest ihn. Jetzt hast du ihn. Dass das so ist, verdankst du unter anderem der Tatsache, dass wir stets diskret hinter dir saubergemacht und deine Scheiße weggeräumt haben.»

Hessberg, der sich so gut das ging gefangen hatte, hielt die Hände als Zeichen seiner Kapitulation neben sich hoch und versuchte sich an einem Lächeln. «Okay, okay, okay.»

Grabowsky ließ ihn los, wandte sich von ihm ab und erneut der Nacht und dem, was Scheinwerfer ihr abtrotzten, zu. Seine linke Hand glitt in die Jacke des Smokings und barg, als sie wieder zum Vorschein kam, eine weitere Kippe und ein Feuerzeug. Man konnte nicht sagen, ob er es überhaupt merkte, als er sie zwischen die Lippen steckte und anzündete. Das Feuerzeug, ein silbernes Ronson, behielt er in der Hand und betrachtete es, als sähe er es zum ersten Mal. Als er sprach, sprach er zu ihm. Er klang wie ein Vater jetzt:

«Versau es nicht, Eric. Du hast einen hervorragenden Job gemacht bis hierher. Du fragtest vorhin nach Wahlresultaten: Von einem Erdrutschsieg für Eric Hessberg zu sprechen, wäre noch untertrieben. Das ist die Wahrheit. Die wollen dich alle. Du bist der Mann der Stunde. Das ist dein Verdienst. Aber ab hier wird es ernst. Die Zeit für Fehler und Ausrutscher ist vorbei. Es ist etwas anderes, hinter einem massiv gepushten und gutaussehenden Messias und Hoffnungsträger diskret aufzuräumen als hinter dem Bundeskanzler der größten Volkswirtschaft Europas. Von heute an wird jeder hinter dir her sein. Dein eigener Nachrichtendienst, der Verfassungsschutz, deine Partei, deine Regierung und Teile deiner Familie mit eingeschlossen.»

«Warum sagst du mir das? Meinst du, ich wüsste das nicht?»

Grabowsky antwortete, ohne Hessberg anzusehen, mit einer Gegenfrage: «Meinst du, ich wüsste nicht, wo du vorletzte Nacht warst?» Und ohne auf einen Einwand oder auch nur einen Ausdruck der Empörung des anderen zu warten:

«Damit muss Schluss sein, Eric.»

«Christian – ich …»

«Nein – lass. Hör mir einfach nur zu: Bisher waren es nur meine Leute, die dich im Auge behalten und notfalls vor Journalisten abgeschirmt haben. Keiner außer ihnen und mir weiß von deinen gelegentlichen Eskapaden. Aber damit ist es jetzt vorbei. Es gibt zu viele, die dir misstrauen, die deinen kometenhaften Aufstieg, deine Qualifikation für das Amt und deine Motive hinterfragen. Die ahnen, ohne zu wissen, was. Von den ganzen Neidern, die um die eigenen Wänste, Pfründe und Posten fürchten, ganz zu schweigen. Ab heute wirst du einsam sein. Und nüchtern. Tag für Tag. Nacht für Nacht. Und sollte einer meiner Leute auch nur die kleinste Unregelmäßigkeit vermuten, dann lassen wir dich fallen. Du weißt, wie so was läuft. Nur dass du diesmal allein wärst. Glaube nicht, die Tatsache, dass das hier über Jahre vorbereitet worden ist, schütze dich vor irgendwas. Während dieser Zeit wurde auch ein Notfallplan vorbereitet, der jederzeit umgesetzt werden kann.»

«Drohst du mir gerade?», fragte Hessberg.

«Kann man jemandem drohen mit etwas, was er längst weiß? Nein, Eric. Ich erinnere dich bloß daran, was du zu tun hast. Nimm es als den Rat eines Freundes.»

Ein der Nacht zugewandtes Lächeln breitete sich auf Grabowskys jungenhaft hartem Gesicht aus, als er Hessberg neben sich Atem holen hörte. Jetzt käme sie doch noch, die Empörung. Leute wie er brauchten das. Und er ließe es zu. Wer jemanden zusammenfaltete, musste ihm danach auch die Möglichkeit geben, sich wieder aufzurichten, den Dreck abzuklopfen und zu glauben, er stehe aus eigener Kraft auf seinen Beinen. Er habe so was wie die Kontrolle über das Gehege, das er sein Leben nannte.

«Das ist es also jetzt, hm?»

Christian Grabowsky, Ex-Alles-was-einer-sein-konnte – einfacher Soldat, militärischer Strategieberater, Think-Tank-Gründer, Präsidenten-Macher, Geostratege – traute seinen Ohren nicht: Der Kerl bemitleidete sich. Anstatt aus der Haut zu fahren wie ein Mann, greinte er rum. Er ließ sich seine Überraschung, in die sich Züge von Verachtung mischten, nicht anmerken, als er nachhakte:

«Was meinst du?»

«Für mich, meine ich. Das war's jetzt. Ziel erreicht. Spiel zu Ende.»

«Was redest du da? Hab ich irgendwas verpasst?»

«Ach, komm schon, Christian. Ihr wolltet ins Kanzleramt. Es hat euch nicht mehr genügt, bloß einen Verbündeten dort zu haben. Ihr wolltet selbst ans Ruder. Jetzt seid ihr dort, wo ihr hinwolltet.»

«*Wir* sind dort, Eric. Das schließt dich mit ein.»

Eine Weile war es still. Dann kam der Knall, und Grabowsky fühlte eine Woge der Erleichterung mitten durch sich hindurch schwappen. Wenn sie etwas nicht brauchen konnten, dann war es ein Bundeskanzler, der sich bemitleidete. Dem auf einmal Zweifel kamen. Der sich einredete, diese dunkle, schlecht belüftete Ecke in seinem Innern sei ein Gewissen. Oder der – noch schlimmer – regieren wollte.

Er hatte den Anfang des Ausbruchs verpasst. « … Demokratie-Darsteller und Laufbursche!», zischte der andere gerade, als er ihm seine Aufmerksamkeit wieder zuwandte. «Also komm mir nicht mit ‹Wir sind dort›. *Ihr* seid es, und ich habe zu spuren. Gut – ich werde spuren. Das war der Deal. Ich gehöre nicht zu der Sorte Leute, die ihren Teil nicht erfüllen. Aber glaube nicht, mir drohen zu können. Ein Autounfall? Stolpern beim Bergsteigen? Ist das euer Notfallplan? Dann lass dir gesagt sein, dass ich nicht ganz so bescheuert bin, wie ihr das vielleicht gerne hättet.»

«Was meinst du?», fragte Grabowsky erneut, obwohl er genau wusste, dass Hessberg von dem lächerlichen Schließfach bei der Deutschen Bank, den USB-Sticks mit Fotos und den Dokumenten sprach, von denen er sich einbildete, dass sie eine Art Versicherung seien.

«Nicht so wichtig», sagte Hessberg. «Nur so viel: Wenn mir etwas zustoßen sollte, dann macht ihr am nächsten Tag auf sämtlichen Titeln die Eins. Und zu deiner Information: Ich weiß, dass du und deine Leute über das Schließfach bei der DB auf dem Laufenden seid. Aber es gibt nicht nur dieses. Ich mag ein Laufbursche sein. Aber blöd bin ich nicht.»

Wieder war es eine Weile still. «Ich finde das deprimierend», sagte Grabowsky schließlich.

Hessberg schien kurz zu überlegen, ob der andere eines Nachfragens würdig sei. Dann: «Wovon sprichst du? Es läuft doch genau so, wie du wolltest.»

Grabowsky hatte sich um die eigene Achse gedreht, lehnte nun mit dem Rücken an das feuchtkalte metallene Geländer der Loggia und blickte in Richtung der hell erleuchteten Fenster, hinter denen mittlerweile ausgelassen gefeiert wurde, wie es aussah.

«Sieh dir das an. Das ist nicht mein Werk. Ohne dich hätte ich das nie geschafft. Du bist perfekt für den Job. Und damit meine ich nicht nur den Bereich im Rahmen unseres Deals. Auch sonst. Du kannst hier Geschichte schreiben, Eric. *Wir* können es, wenn wir wollen. Weiter gehen. Dinge verändern, nicht nur prägen. Wir können Dinge *machen.* Erschaffen. Durchsetzen. Glaubst du ernsthaft, ich hätte Lust, mich über Monate mit dem Vize-Kanzler herumzuschlagen, diesem fetten, zahnlosen Hofhund?»

Hessberg kam nicht umhin zu grinsen. «Dann bist du einverstanden mit Portners Ernennung?»

«Natürlich. Er ist perfekt.»

Zum ersten Mal, seit sie hier draußen standen, sahen sich die beiden Männer an. In den vergangenen sieben Jahren hatten sie sich fast täglich gesehen. Zu sagen, daraus sei ein Mentor-Protégé-Verhältnis entstanden, würde der Sache nicht gerecht. Es war viel mehr. Und weniger zugleich. Hassliebe.

«Ich glaube, ich sollte wieder rein», sagte Hessberg schließlich.

«Viel Spaß, Herr Bundeskanzler». Grabowsky legte kurz seine Hand auf den Unterarm des Jüngeren.

«Machst du Witze?»

«Ja.»

«Dann bin ich beruhigt. Ich wollte schon anfangen zu denken, du hieltest mich wirklich für einen Idioten.»

«Bis morgen, Eric.»

«Bis morgen», antwortete der Jüngere, wandte sich, eine Hand in der Hosentasche, ab und ging auf die gläserne Schiebetür zum Bankettsaal zu. Auf halber Strecke drehte er sich noch einmal um, ging rückwärts weiter und prostete Grabowsky mit dem leeren Champagnerkelch zu.

«Idiot», murmelte dieser. Es klang auf eine verwunderte Art zärtlich, und einmal mehr gestand er sich ein, dass er es nicht verstand. «Es» war die Tatsache, dass der Großteil seiner Generation, zu der auch Hessberg zählte, so anders war als er selber. Hessberg, mit vollem Namen Eric Friedrich Josef Nicolaus Philipp Franz Karl Hessberg, war in der Tradition und den Werten seiner Familie erzogen worden. Erzkonservatives katholisches Gymnasium, Wehrdienst, Beförderung, Studium der Betriebswirtschaft und der Politikwissenschaften, Dissertation und Doktorat, Geschäftsführung des Familienunternehmens und der angehängten Stiftung und schließlich der Einstieg in die Politik. Und trotzdem war nichts wirklich echt; was solide klang, war nur Schein. Er war kein schlechter Mensch, aber die Form war zu groß.

In seinem – Grabowskys – Fall lag die Sache anders: Er fühlte sich alt, seit er denken konnte. Seit dem Moment, als er sechs Jahre alt gewesen war und seine Mutter sich im wachsenden Wohlstand der Boomzeit angeschickt hatte, den Sinn alles Hergebrachten über Bord zu werfen und durch einen neuen zu ersetzen, und dabei in Sachen Selbstverwirklichung nicht weiter gekommen war als an den Grund eines Glases und eines Tablettenröhrchens. Von da an war er auf der ganzen Welt an der Seite seines Vaters unterwegs gewesen, und ein Gutteil seines Lebens wäre zur stumpfen Warterei verkommen, hätte der Junge, der er damals war, nicht den Krieg für sich entdeckt. Er hatte alles über Kriege, ihre Kunst, Gründe, Vorteile, Möglichkeiten, Ziele und Gefahren gelesen, was er hatte finden können und was Botschaftssekretäre, State Departement- und Pentagon-Mitarbeiter, Sekretärinnen und Serviceangestellte aller Ebenen und Bereiche ihm hatten besorgen können. Korrespondenzen, Memoranden, Reden, Protokolle, Berichte, Memoiren, Rapporte. Nimmersatt.

«Hunger» murmelte er jetzt. Das war die einzige Antwort, die er auf die Frage nach dem Graben zwischen sich selbst und dem Rest seiner Generation jeweils fand und stehen lassen konnte. Sie hatten nie Hunger gehabt. Sie hatten keine Ahnung, was das überhaupt war. Weder kannten sie Hunger nach Nahrung noch jenen nach Inhalt und Sinn, der einen antrieb über jede Grenze hinaus. Einer hatte mal gesagt, gute Zeiten seien gute Zeiten für schwache Menschen. Und umgekehrt.

Wo kann ich unterschreiben?

Er würde Hessberg noch enger führen müssen. Und noch mehr Aufwand betreiben, damit dieser es nicht merkte. Situationen wie jene vorhin durfte es nicht mehr geben. Grabowsky schalt sich jetzt selber einen Idioten. Sieh zu, dass nicht du es bist, der die Sache verbockt, dachte er, während er sich eine weitere Zigarette anzündete.

Er blickte auf die Uhr. Halb zwei. Er gab sich einen Ruck und ging zu der Metalltür, die von der Loggia direkt zum Treppenhaus und zu den Aufzügen führte und die in ihrer grauen Abscheulichkeit perfekt zu dem widerwärtigen Protzbau passte, zu dem sie gehörte.

Sein Wagen stand mit laufendem Motor am Rand des Platzes, auf den der Nordeingang hinausführte. Man musste schon das Zeitliche gesegnet haben oder mindestens im Sterben liegen, um die Bewilligung zu erhalten, hier abgeholt zu werden. Oder aber Christian Grabowsky sein.

Das Ritual des Schlagaufhaltens, Einsteigens und Losfahrens war für den Fahrer wie stets eine Wohltat in seiner stummen Professionalität. Alex' Blick über die Schulter quittierte Grabowsky mit einem kaum wahrnehmbaren Nicken. Nach Hause. Zwei Stunden Schlaf, dann ein Bad, Frühstück um fünf.

Berlin, Schweizer Botschaft

Knapp 200 Meter Luftlinie von dort, wo Grabowsky in den provisorischen Frieden seines Wagens eintauchte, saß zur selben Zeit ein anderer Mann wach in einem Raum, den er, hätte er darauf geachtet, mit ähnlichen Attributen versehen hätte wie jener das Bundeskanzleramt. Aber Jo Burger, interimistischer Leiter des Schweizer Nachrichtendiensts des Bundes, hatte keine Augen für seine Umgebung, sondern nur für den Mann, der ihm am Tisch des als «die Kiste» bezeichneten Zimmers im zweiten Untergeschoss der Schweizer Botschaft schräg gegenüber saß. Ein durch eine Metallkonstruktion im Innern der Betonwände abgeschirmter Raum zwischen Küche und Tiefgarage. Zwei Millimeter dicke, mit einer galvanischen Zinkbeschichtung versehene und miteinander verschweißte Metallpaneele garantierten die Abhörsicherheit. Der ovale Tisch bot Platz für ein Dutzend Leute. Bis auf eine silberne Thermoskanne, Tassen und zwei Aschenbecher – allesamt unbenutzt – war er jetzt leer.

«Wie zuverlässig ist die Quelle?» fragte Burger, nachdem er lange geschwiegen hatte.

«Hundert Prozent, Jo. Ein Mann vom BND.»

«Das will ja nichts heißen.»

«In seinem Fall schon. Wir arbeiten seit über zehn Jahren zusammen. Du weißt, wie es läuft.»

Jo Burger wusste es. Es war das älteste Spiel der Welt. Einige würden sagen, ein Tanz mit wechselnder Schrittfolge, bei dem mal der eine führte, mal der andere. Ein Drahtseilakt, eine Hassliebe, eine Zweckgemeinschaft. Jeder stets Agent und Führer eines Agenten zugleich. Dauerte es an zum Nutzen aller Beteiligten, gehörten solche Kontakte zu den Juwelen in der Krone eines Geheimdienstmannes. Ging es schief, was gleichbedeutend war mit Verrat, dann blieb am Ende oft nur einer übrig. Des anderen Ableben wurde nach dem Motto «Ursache und Umstände des Todes spielen keine Rolle – was zählt, ist die Beerdigung» in allen Ehren und in aller Diskretion abgewickelt. Was oft nichts anderes bedeutete, als dass an die richtigen Leute die dem Ereignis gemäße Summe ausbezahlt wurde. Ja – Jo Burger wusste, wie so was lief.

Der Mann, der ihm jetzt gegenübersaß, war kein anderer als Jens Alder. Ehemals Leiter eines Operations-Teams des NDB, war er vor zwei Jahren und nach dem Knall, im Zuge dessen die eigene Regierung sieben seiner Kollegen öffentlich enttarnt hatte, an die Botschaft in Berlin versetzt worden. Offiziell als Verantwortlicher für interkulturellen Dialog. Kulturen und Gruppen, im Rahmen derer dieser Dialog stattfinden sollten, waren nicht näher spezifiziert.

Damals, vor zwei Jahren, hatten Regierung und Parlament der Schweiz, gezwungen von ein paar Leuten des eigenen Nachrichtendienstes, ein Großreinemachen veranstaltet, wie der kleine Alpenstaat es bis dahin nicht gekannt hatte. Es war im Grunde ein Rennen gewesen und nur darum gegangen, wer schneller reagierte. Der Umstand, dass die entscheidenden Dinge im nebligen Grau der Geheimdienste stattfanden und dass es eine klassische David-Goliath-Situation war, bei der auf der einen Seite eine Handvoll Leute, auf der anderen der ganze Rest standen, machte es für Jo Burger umso erstaunlicher, dass das Schlimmste trotz denkbar schlechter Ausgangslage für sich selbst und seine Leute hatte verhindert werden können.

Carl Brun und sein Team, die vom Moment an, in dem ihnen klar geworden war, dass sie nicht nur gegen die eigene Regierung, sondern auch gegen deren europäische Verbündete arbeiteten, waren an der Ziellinie ihrer Ermittlungen vom damaligen Bundespräsidenten Pierre Besson in Empfang genommen und medial hingerichtet worden. Sie hatten den Exit genommen, waren verschwunden, als hätte es sie nie gegeben – was bis zu einem gewissen Grad auch den Tatsachen entsprach und in der Natur ihrer Tätigkeit lag –, und Besson war via Neuwahlen und als Mit-Initiator und Mit-Koordinator europaweiter Kontroll- und Zwangsmaßnahmen zur Eindämmung der Virus-Krise zum neuen Messias avanciert. Jo Burger, zeit seines Lebens im Geheimen für die Schweiz tätig, war zu diesem Zeitpunkt Mitglied eines fünfköpfigen und den nationalen Sicherheitsbehörden übergeordneten Gremiums gewesen, das die irreführende Bezeichnung «Auswärtiger Ausschuss» führte. Irreführend deshalb, weil dieser Ausschuss ein im Schatten verbleibendes und angeblich nur beratendes Organ war, das die Entscheidungsgrundlagen für die Ausrichtung des Landes in hochsensiblen sicherheitspolitischen Angelegenheiten schaffte. Böse Zungen behaupteten, es treffe die Entscheidungen auch, was nicht ganz falsch war: Seit der Existenz des Gremiums war die Regierung in ihren Beschlüssen noch nie von dessen Empfehlungen abgewichen.

Die neue Regierung unter Pierre Besson hatte den Ausschuss im Zuge der damaligen Neuausrichtung, die im Grunde ein Putsch war, die totale Selbstermächtigung und die Entmachtung des bisherigen Souveräns, der Bevölkerung, kurzerhand abgeschafft. Sauber und dem Schein nach legal mit einem indirekt über das Bundesgericht geführten Federstrich. Und Jo Burger hatte etwas getan, von dem er nie geglaubt hatte, dass er es schaffen könnte: Er war in Rente gegangen. Seine Kollegen im Ausschuss hatten sich, motiviert von Sonderzulagen, Dienstaltersgeschenken, Dienstwohnungen und Titel auf zu diesem Zweck neu geschaffene Posten versetzen lassen. Soweit Jo Burger wusste, war keiner von ihnen je an dem für ihn vorgesehenen Arbeitsplatz aufgetaucht.

Während all dies geschah, hatte in ganz Europa im Kampf gegen die reale Gefahr einer verheerenden Wirtschafts- und Finanzkrise und gegen die medial und politisch optimal genutzte Gefahr einer Gesundheitskatastrophe eine Art Ausnahmezustand geherrscht. Schleichend hatte eine neue Normalität Einzug gehalten, zu der mehr Verbote, mehr Kontrolle, mehr Befugnisse für die Behörden zählten. Und die Menschen hatten es ihrer glücklichen oder unglücklichen Natur, die sich an alles gewöhnte, hingenommen. Eine fast gespenstische Ruhe, die in Wahrheit eine Art Starre war, eine depressive Ergebenheit, ein Abwarten und halbherziges Hoffen, war eingekehrt. Jedwede Maßnahme der EU oder der nationalen Behörden, die das Label «Sicherheit», «Schutz» oder «Rettung» trug, wurde geduldet oder gar begrüßt. Protestkundgebungen gegen die einzig wahre Gefahr, nämlich die Folgen dieses politischen Handelns, waren größtenteils verstummt. Was die Menschen bisher getrennt und gespalten hatte, war weggefegt worden von der Angst, die sie verband. Und keiner achtete auf den anderen Graben, der sich zwischen Regierungen und Regierten jetzt ungeniert und in aller Sichtbarkeit auftat.

Die Wenigen, die sich querstellten und unermüdlich ihre Stimme erhoben gegen die allumfassende Scheinrettung durch Entzug der fundamentalsten Freiheiten, gegen Bargeldverbote, gegen die Aushöhlung der Währung durch Ozeane von Liquidität, gegen die totale Macht, die sich in Brüssel und zunehmend bei globalen Megabehörden zusammenballte, gegen neue Zwangsabgaben und gegen die Verschleuderung kultureller, wirtschaftlicher und bildungsmäßiger Substanz von Generationen, wurden mit dem effektivsten Mittel ausgebremst, das es gibt: dem Kopfschütteln, der Ignoranz und der Ablehnung ihrer Mitmenschen, die zu neuem Sinn und neuem Glauben gefunden hatten. Zu einer Art Kult, dessen letztgültige und höchste Tugend die Angst war.

Europa war Burger vorgekommen wie ein havariertes und in nebliger Flaute liegendes Schiff. Kein Wind, zerfetzte Segel, keine Sicht. Und über allem der graue Himmel einer Stille, die nichts mit der Abwesenheit von Klängen zu tun hatte, sondern mit der Abwesenheit von Leben und Möglichkeiten schlechthin. Buchstäblich zerrissen wurde die Stille im November des folgenden Jahres in der Schweiz vom Schuss aus einem McMillan TAC-50 Scharfschützengewehr, der aus einer Distanz von 2.320 Metern auf einen der «Guten», den Schweizer Bundespräsidenten Pierre Besson, abgegeben wurde und traf, während Annabelle Jordi, seine Justizministerin, fast zeitgleich mit ihrem Wagen auf der Strecke zu ihrem Wohnort von der Straße ab- und ums Leben kam. Warum der Chauffeur den Unfall überlebte, konnte nie geklärt werden. Dies aus dem einfachen Grund, dass er beim Eintreffen von Polizei und Sanitätern nicht mehr am Unfallort war.

Die Ereignisse wirkten auf das Land, als würde es aus einer tiefen Hypnose mitten in einen Zustand des Wachseins, der Aufmerksamkeit und der Reaktionsfähigkeit hineingeschleudert. Und während die meisten sich noch die Augen rieben, brach in den Gehegen des Politischen Panik aus. Pfründe wollten bewahrt, Posten behalten und Peinlichkeiten vertuscht werden. Seilschaften wurden ohne Not gekappt, Nichtwissen grassierte, und Schuldzuweisung war das Gebot der Stunde. Letzteres war denn auch das Einzige, was den Betrieb einte, und man war dankbar und einig, als das eigene Versagen etwas fand, woran es sich festmachen konnte. Dass es sich bei diesem Etwas um den Nachrichtendienst im Allgemeinen und dessen neuen, von Besson inthronisierten Chef Operationen, Vincent Lanzetti, im Besonderen handelte, war in Anbetracht möglicherweise politisch motivierter Morde und der Tatsache, dass Tote die besten Schuldigen abgeben, naheliegend. Dass der Ex-NATO-Mann Lanzetti und seine Leute bereits im Vorfeld für Missfallen gesorgt hatten, das zu einem Gutteil Neid war, erleichterte ihre Demontage bedeutend. Es war die Logik einer Politik, deren Hauptaufgaben darin bestanden, erstens eine gute Show zu liefern und zweitens Affekte zu bedienen. Außerdem liegt die Notwendigkeit, das Personal an der Spitze der Sicherheitsbehörden auszutauschen, in der Natur eines Putsches. Egal, von welcher Seite.

Im Fall des NDB war die alte Besatzung vor zwei Jahren auf Geheiß des nun toten Bundespräsidenten fast vollständig ersetzt worden. Der bisherigen Crew nachgerückt war damals eine zahlenmäßig massiv verstärkte Riege junger, der Ausbildung kaum entronnener Wilder, welche dem Handwerk deutlich weniger Gewicht beimaßen als ihren Ideen davon – eigenen ebenso wie jenen, die ihnen zwanzig Jahre staatliche Bildung eingeimpft hatten. Die für das Gewerbe der Geheimnisse grundlegenden Instinkte für alles Menschliche – einige würden so weit gehen, es Liebe für die menschlichen Schwächen zu nennen – und Erfahrung damit wurden wettgemacht durch Überzeugungen davon und von sich selber. Und so war es denn auch nicht erstaunlich, dass die neuen Spione und ihre Chefs sich vom Tag ihres Antritts an gebärdet hatten, als lebten sie in einem parallelen, extra für sie geschaffenen Universum, während die Realität draußen etwas war, was man in Petrischalen und bestenfalls von oben herab mit Mundschutz und Handschuhen untersuchte. Pannen im In- und Ausland, die ihre Wurzeln in dieser Haltung hatten, wurden nicht nur nicht als solche wahrgenommen, sondern auch von ganz oben gedeckt, vertuscht und verschleiert bis zu dem Zeitpunkt, als dieses «Oben» in der Person Pierre Bessons wegfiel und das ganze Ausmaß der Anmaßung und der Misswirtschaft zutage trat. Der Moment, auf den Jo Burger, ohne dass er es sich je eingestanden hätte, gewartet hatte: der Moment, in dem man ihn zurückrief an die Spitze des nationalen Nachrichtendiensts.

Es war Oskar Ludwig gewesen, der in den frühen Morgenstunden des Tages, der auf Bessons und Jordis Tod folgte, an seiner Tür geklingelt hatte. Der Vater des Geheimdienstoffiziers Carl Brun und ehemalige Finanzminister des Landes. Stumm hatten sich die Männer die Hand gereicht; Ludwig, die Spuren ungezählter wacher Stunden um das harte Kinn, war über die Schwelle des Bungalows getreten, und sie hatten, ohne dass Burger irgendwas angeboten hätte, in den von Bergen von Notizblöcken und Büchern umgebenen Sesseln im Wohnbereich beim Kamin Platz genommen. Die Frage, ob und wann Burger zurückkehren würde, hatte nicht gestellt werden müssen.

Die fast jugendliche Begeisterung, die sich in der folgenden Stunde in Miene und Haltung der zwei in die Jahre gekommenen Männer ausdrückte, hatte ihren Grund nicht in der persönlichen Genugtuung über das Scheitern anderer. Die Möglichkeit der Freiheit war es.

Was bereits vor dem Besson-Putsch seit Jahren schleichend, oft an Parlament und Bürgern vorbei und durch die Hintertür internationalen Rechts stattgefunden hatte, war durch die Lähmung der sich abzeichnenden Krise und mit Übernahme der Exekutive durch Besson und seine Leute offiziell Programm geworden: die Abgabe der staatlichen Souveränität an eine nicht gewählte, aber sich als Regierung gebärdende Zentrale in Brüssel und internationale Organisationen. Der Schweizer Franken war nach jahrelangem inoffiziellem Taktieren offiziell wieder an den Euro gebunden worden und mit diesem während Monaten und im Verhältnis zu Dollar und Gold auf Bewertungs-Tiefs gerauscht, die man sich hierzulande nie hätte vorstellen können und welche den Wohlstand von Generationen verdampfen ließ. Die Entwertung ging so weit, dass einige Unternehmen dazu übergingen, die Löhne allwöchentlich auszuzahlen, um den Leuten die Chance zu geben, von Wechselkursen zu profitieren, die bereits am nächsten Tag wieder unterboten würden. Ohne Federlesens war ein Rahmenabkommen unterzeichnet worden, das die Schweiz institutionell an die wirtschaftlich am Abgrund stehende und nur von den Notenbanken gehaltene EU band, was einem De-facto-Beitritt entsprach und mit ihrer Auflösung gleichzusetzen war. Das Land reihte sich nahtlos ein in die Riege der Nationen, die Staaten nur noch dem Namen nach, tatsächlich aber Verwaltungseinheiten der nicht gewählten Super-Behörde mit Namen EU waren, während Demokratie – egal, ob direkt oder indirekt – zum kontrollierbaren Ventil eingedampft wurde.

Die Menschen, gelähmt von einem Tsunami an Entlassungen und geblendet von der angeblichen Rettung via Abgabe ihrer Selbstbestimmung, hatten stillgehalten. Der Erlass von Gesetzen, die Falschinformation, Hetze und Hass verboten, und die Installation von Agenturen und Staatsstellen, die deren Einhaltung kontrollierten, Gegensteuer gaben und drakonische Strafen verhängten, taten ein Übriges.

Nein – Bessons und Jordis Tod änderte daran nichts. Aber er barg eine Chance, und die beiden Männer, die sich in der Dämmerung jenes Wintertages erneut die Hand reichten, waren bereit, sie zu ergreifen. Koste es, was es wolle.

Die anderthalb Jahre, die diesem Treffen gefolgt waren und die jetzt hinter ihnen lagen, waren ein einziger Kampf gewesen. Ein

Kampf gegen die Angst der Menschen, die von jenen, für die die Freiheit der Bürger den Verlust eigener Privilegien bedeutete, mit allen Mitteln geschürt wurde. Burger, Ludwig und die Gruppe derer, die sich mit ihnen wehrten gegen die abstruse und über Jahre eingebrannte Überzeugung, Freiheit sei gleichzusetzen mit Sicherheit und Letztere nur zu haben durch Abgabe Ersterer, errangen nur nach und nach das Vertrauen der Leute in sich selbst und ihre Wurzeln zurück. Das Vertrauen in die Schweiz und in das, was sie über Jahrhunderte zum erfolgreichsten Staatsmodell Europas gemacht hatte. Die Loslösung der Landeswährung von der Euro-Titanic, ihre Stabilisierung, die erneute Zulassung unlimitierter Bargeldtransaktionen und ein erstes zögerliches Sprießen in Sachen Konjunktur taten das ihre. Dennoch waren sich die stillen Kämpfer in jedem Moment bewusst, dass es noch Jahre dauern würde, um wieder freizulegen, was fünfzig Jahre Wohlstand und Wohlfahrt verschüttet hatten, und dass sie bestenfalls die ersten Meter schaffen konnten, bevor andere ihre Arbeit fortführen oder zunichte machen würden. Aber das durfte keine Rolle spielen. Alles, was sie brauchten, war diese eine Chance, die ihnen gegeben war und die ihnen nur eine weitere Katastrophe entreißen könnte.

Die Möglichkeit einer solchen war denn auch der Grund, warum Jo Burger nach der letzten Sitzung in Bern-Belp diskret und abseits offizieller Protokolle an Bord der viersitzigen Cessna 172 eines Freundes ging, der ihn persönlich nach Berlin flog. Gerufen hatte ihn Jens Alder, der ihm jetzt in «der Kiste» an dem ovalen Tisch schräg gegenübersaß.

«Wie schätzt du die Sache ein?», fragte Burger den dunkelhaarigen und weniger gedrungen als unter Druck wirkenden Mittvierziger.

«*Ich* schätze gar nichts ein, Jo», antwortete Alder. «Mein Kontakt tut es. Und die Tatsache, dass das so ist und dass er es für angebracht hält, mir dies mitzuteilen, ist bestenfalls alarmierend. Du weißt, was bei den Deutschen abgeht, seit diese ganze Scheiße losgegangen ist. Da ist kein Stein auf dem anderen geblieben. Wer in den Reihen der Sicherheitsbehörden seinen Job behalten wollte, musste einen Treueschwur in Richtung Brüssel und quer über den

Atlantik ablegen und geloben, Kraft und Können gegen die eigenen Leute oder zumindest die Querulanten in ihren Reihen einzusetzen. Dass der Mann Kontakt zu uns aufgenommen hat, kann mit der Inkaufnahme der Pulverisierung seiner beruflichen Karriere gleichgesetzt werden.»

«Offenbar hat er aber nicht gezögert, den Treueschwur, wie du es nennst, abzulegen, wie sein Verbleiben in den Reihen des BND nahelegt.»

«Leute tun alles Mögliche. Und Leute ändern sich. Der Kerl ist integer, Jo. Ich kann mir gut vorstellen, dass er einer von denen ist, die glaubten, unter dem Deckmantel der Schein-Gefolgschaft im Innern Gegensteuer geben zu können.»

«Das reicht nicht, Jens. Es kann sich ebenso gut um eine Falle handeln, eine Täuschung. Oder schlicht ein Ablenkungsmanöver, um unsere Kräfte und Leute zu binden. Die Tatsache, dass ich hier in Empfang genommen worden bin, lässt mir diese Möglichkeit ziemlich wahrscheinlich erscheinen.»

«Man ist dir gefolgt?»

«Ja. Sehr diskret, das Ganze. Nur ein einzelner Wagen.» Und ohne Alder die Gelegenheit zu dem Einwand zu geben, das könne auch einfach gängiger Standard sein: «Sag mir noch einmal genau, was dein Kontakt an Informationen hat.»

Alder kam der Bitte nach: «Der Hinweis kam von den Amerikanern. Allem Anschein nach tauchte in markierten Telefongesprächen und Messenger-Mitteilungen vermehrt das Wort ‹Basel› auf. Mal im Zusammenhang mit einer ‹Hochzeit›, mal mit einem ‹Fest›, mal mit einem ‹Gig›. Die Tatsache, dass es sich dabei aufgrund anderer Schlüsselworte um von den NSA-Algorithmen markierte Kommunikationen handelte, führte dazu, dass mein Kontakt sie zur näheren Prüfung erhielt. Er ist eine Art Schnittstelle zwischen BND und den Amerikanern. Personen konnten keine identifiziert, die verwendeten Handys, Smartphones oder PCs nicht zugeordnet werden. Und seit der letzten Erwähnung von Basel vor zwei Wochen herrscht offenbar Funkstille.»

«Was für andere Schlüsselwörter?», hakte Burger nach.

«Von ‹Ware› war die Rede. ‹Material›, ‹Equipment›. Das typische Terroristen-Vokabular, das aber genauso gut vollkommen harmlos sein kann.»

«Gab es Daten, Zeiten, Orte?»

«Einmal war von August die Rede. Ansonsten – wie gesagt – nur die mehrmalige Erwähnung von Basel.»

«Hast du versucht …?» Weiter kam Jo Burger nicht.

«Natürlich habe ich es versucht, Jo», fuhr Alder auf. «Ich habe, soweit möglich, die ganze Stadt auf den Kopf gestellt und versucht, irgendwas zu finden. Im August finden in Basel insgesamt 18 muslimische Hochzeiten statt. Dazu kommen 32 weitere Feste, deren Anlass sich mir nicht erschließt. Nichts Verdächtiges, soweit ich das feststellen konnte.»

«Wie sieht's mit Großveranstaltungen aus?»

«Im August ist Hochsaison: Musikfestivals, Messen, Sport-Veranstaltungen, Kultur-Events – you name it …»

«Und wie schätzt du deinen Kontakt ein?», fragte Burger, während er eine der Tassen zu sich hinzog und sie betrachtete, als frage er sich, wozu sie diene, bevor seine hellen grauen Augen sich erneut auf Alder richteten.

«Der hat während der letzten zehn Jahre gelitten wie ein Schwein beim erfolgreichen Unterfangen seiner Regierung, die Fleischtöpfe Ägyptens mit ‹Befreiung› anzuschreiben und dabei zuzusehen, wie der Großteil seiner Landsleute in eine weitere Knechtschaft hinein marschierte – in der Meinung, nicht etwa schwach, sondern mutig, offen und fortschrittlich zu sein.»

«Gelitten im Sold ebendieser Regierung, hmm? Dem Kerl müssen von den Verrenkungen Tag und Nacht die Gelenke brennen.»

«Ach komm – sieh uns doch an, Jo. Auch wir sind hier. Okay – du bist gegangen. Aber bis zu dem Moment, als es unausweichlich wurde, hast auch du gehofft und vielleicht sogar geglaubt, etwas verändern zu können.»

«Ist es nicht seltsam, dass er gerade jetzt mit der Info zu dir kommt?», fragte Burger, ohne auf Alders Bemerkung einzugehen.

«Was meinst du?»

«Ich meine den Moment der Kontaktaufnahme. Ausgerechnet jetzt, wo bei den Deutschen eine Riege von Technokraten das Ruder übernimmt, die aus ihren Zielen für Europa ebenso wenig einen Hehl macht wie aus ihrem Willen, die Schweiz für jedes Aufmucken zahlen zu lassen. Egal, was es die eigenen Landsleute kostet. Inoffiziell und wirtschaftlich sind wir längst im Krieg, Jens. Und ich wette, der neue Bundeskanzler wird nicht lange warten, ihn direkt oder via EU auch offiziell zu erklären. Und er wird die Leute hinter sich haben. Die Stimmungsmache gegen den ‹EU-Profiteur› Schweiz läuft seit Jahren. Und sie wirkt. Frag einen beliebigen Deutschen auf der Straße, und er wird dir sagen, der Alpenstaat sei ein Rosinenpicker, der Ausländeranteil von 26 Prozent bestehe aus reichen Steuerflüchtlingen, und der Wohlstand des Landes gründe zur einen Hälfte auf Gaunerei und zur anderen auf Nazi-Gold. Und jetzt stell dir vor, in alldem kann der neue Heilsbringer auf das kleine Land zeigen und behaupten, es wäre zudem noch eine Gefahr für die Sicherheit Europas, das im Gegensatz zur Schweiz wirtschaftlich abschmiert. Genau das wird nämlich passieren, wenn wir die Sicherheitsmaßnahmen in und um Basel ohne Angaben von Gründen sichtbar verstärken. Wir liefern ihnen eine perfekte Vorlage, um die Info, ohne dass es nach Politik aussieht, auszuschlachten und mit dem Finger auf uns zu zeigen.»

«Es sei denn …», hob Alder an.

«Es sei denn, was?», blaffte Burger. Er war müde, misstrauisch und gereizt. Nicht Alders wegen. «Die Kiste» war es. Besser: die Tatsache, dass man es für nötig befunden hatte, sie zu gestalten. Abbild all dessen, was in den vergangenen zwei Jahren im eigenen Land und in Europa falsch gelaufen war. Glatte Oberfläche, darunter nichts als Machthunger, Gier und eine groteske Selbstüberschätzung, die mit der Verachtung aller anderen einherging. Designertisch, Designerstühle. Und an der Decke die deprimierenden Reihen eines Sternenhimmels in LED. Burger sehnte sich nach der Ehrlichkeit des alten Raums, nach dem Metalltisch, der Leuchtstoffröhre und dem Gestank kalten Rauchs zurück.

«Es sei denn, sie wüssten bis heute nichts davon und wir holten sie hochoffiziell ins Boot», beeilte sich Alder, der die Stimmung des

Alten richtig einschätzte, zu erklären. «Mein BND-Mann hat die Information nicht weitergegeben. Wir sind die Einzigen, die neben den Amerikanern darüber verfügen. Wie gesagt, ist er eine Art Schnittstelle zwischen den USA und seinem eigenen Dienst. Er prüft das, was die Amerikaner für prüfenswert halten, und gibt es weiter. Dazu ist es in diesem Fall aber nicht gekommen. Kaum hatte er die Daten erhalten, wurde ihm bescheinigt, die Sache würde bilateral und auf der nächsthöheren Stufe geklärt. Das sei aber nicht passiert, sagt mein Kontakt. Die entsprechenden Daten seien schlicht und einfach gelöscht worden. Seiner Meinung nach Grund genug, damit zum Feind zu gehen.»

«Und du glaubst ihm?», fragte Burger.

«Ich habe keinen Grund, es nicht zu tun.»

«Warum tut er das?»

«Wie gesagt, Jo: Er hofft.»

«Wir könnten also theoretisch unter dem Radar des BND ein Team zusammenstellen und auf die Sache ansetzen, um zu klären, ob was dran ist. Allerdings wissen wir beide, wie die Chancen auf Erfolg bei einer solch isolierten Operation stehen. Wir sind nun mal nicht die NSA und auch nicht der BND und verfügen nicht über deren Kapazitäten und technische Mittel. Außerdem besteht die Hälfte der Leute unseres Dienstes immer noch aus Besson-Boys.»

«Hol ihn zurück, Jo», sagte Alder nur. «Zieht vor dem Haus mit den Besson-Boys eine große Show ab und lasst ihn und seine Leute im Hintergrund ermitteln.»

Es war nicht notwendig, einen Namen zu nennen. Die Rede war von Carl Brun, Burgers Ziehsohn, Vertrauter und Vollstrecker seines Zorns gegen die Feinde der Freiheit. Er war der Mann, den Pierre Besson um der eigenen Macht willen geopfert hatte. Wie Jens Alder war er Leiter eines operativen Teams der NDB gewesen. Im Unterschied zu diesem aber kein ausgebildeter Spion, sondern Ex-Militär aus den Reihen einer auf Geiselbefreiung im Ausland spezialisierten Einheit. Sein kleines Team war aus operativer Sicht eine der besten Waffen des NDB gewesen, bis zu dem Moment, in dem sie sich ihrem Auftrag gemäß zum Wohl des Landes gegen die machtgierige Besson-Clique gerichtet hatte. In einem Akt, der einer öffentlichen Hinrichtung gleichkam, war Bruns Team nicht weniger als die Freisetzung eines tödlichen Erregers und die Schuld an der folgenden Krise angehängt und mit dem bundespräsidialen Ruf «Wir werden sie jagen!» zum Abschuss freigegeben worden.

Alder hatte recht: Mit Brun und seinen Leuten würden die Amerikaner und die Deutschen zuletzt rechnen. Offiziell waren sie immer noch auf der Flucht Allerdings gab es für diese sieben Menschen nicht einen einzigen Grund, für das Land, das sie geopfert hatte, auch nur den kleinen Finger zu rühren.

«Weißt du, wo er ist?», fragte Burger schließlich.

«Nein. Und ich habe auch nicht versucht, ihn zu finden. Es hätte keine zehn Minuten gedauert und unsere ‹Freunde›, wie die Ex-Kanzlerin die Amerikaner im Zug des Abhörskandals nannte, hätten es gewusst.»

«Das ist vermutlich richtig.» Burger klang abwesend.

«Wusstest du, dass sie sogar von ihrer engsten Entourage hinter vorgehaltener Hand die ‹Rauten-Ratte› genannt wurde?», fragte Alder. Und als keine Antwort kam: «Wirst du ihn suchen lassen?»

«Das brauche ich nicht.»

✦ ✦ ✦

Schottland, Insel Saint-Caoimhe

Wie jedes Mal, wenn er nach den knapp drei Kilometern vom Festland hierher vom Gas ging, kam es ihm vor, als würde das mit einem 115-PS-Motor ausgestattete Festrumpf-Schlauchboot weniger abbremsen als vielmehr einsinken in ein Trugbild von Wärme und Stille. Die hereinbrechende Dämmerung verstärkte den Eindruck noch, als er durch die Bucht zur Landestelle auf der rechten Seite glitt und längsseits anlegte. Er machte das Boot fest, wuchtete die Rucksäcke mit Einkäufen aus der Box im Bug an Land, schulterte sie und machte sich an den Aufstieg zum Haus.

Als er die letzte der in den Stein gehauenen Stufen erklomm und die Sicht auf die vier Hektar der Insel und das etwas weiter unten gelegene Haus frei wurde, atmete er tief ein. Nicht die Treppe oder das Gewicht der Säcke ließen ihn nach Luft schnappen. Der Himmel war es. Der Widerspruch zwischen dieser jetzt rasch dunkler werdenden Unendlichkeit, an der erste Sterne leuchteten, und dem Eindruck, von weit draußen unter die schützende Decke eben dieses Stücks Himmel nach Hause zu kommen.

Der Atem strömte nicht zurück, der Mann hielt abrupt inne: Im Haus brannte Licht. Und wie der Blick seiner Augen sich auf die hellen Fenster richtete, griff jeder seiner Instinkte nach der Glock 17 an seiner Seite. Carl Bruns bevorzugte Waffe. Zuverlässig, preiswert, präzise. Mit einer geringfügigen Modifikation der Federführungsstange perfekt für ihn. Die Bewegungsabläufe, mit denen er sich duckte, sich der Säcke und der Allwetterjacke entledigte, waren blind, leise und ebenso präzise wie die Waffe. Das Haus lag rund 200 Meter weiter. Der Pfad dahin war leicht abschüssig.

Geduckt rannte er zu der ersten der Steingruppen, die in unregelmäßigen Abständen wie Narben im jetzt dunkelgrauen Grün des Grases klafften. Weiter zur zweiten, zur dritten. Dann löste sich die Spannung in Kopf und Körper ebenso schnell, wie sie sich aufgebaut hatte, und Brun richtete sich zu seiner vollen Größe von einem Meter fünfundachtzig auf. Auf der Fläche hinter dem Haus stand ein Agusta Westland 109. Brun kannte nebst Italien nur noch ein Land, das den Mehrzweckhubschrauber in dieser Ausführung einsetzte – die Schweiz. Entspannt ging er zu der Stelle zurück, wo er seine Säcke und die Jacke deponiert hatte, nahm alles wieder auf und machte sich erneut auf den Weg am Leuchtturm vorbei zum Haus.

Als er die Tür zu dem matt erleuchteten großen Hauptraum des Hauses öffnete, blieb er auf der Schwelle stehen. Im Kamin brannte ein Feuer.

«Dass es einer von euch beiden ist, war klar. Das Doppelpack ist neu. Ich bin nicht sicher, ob es mir gefällt», sagte er anstelle einer Begrüßung.

«An dir ist ein Hotelier verlorengegangen. Du hattest schon immer dieses Talent zu professioneller Herzlichkeit und Gastfreundschaft», kam es aus dem Sessel, in dem Jo Burger saß.

«Wie war die Überfahrt?»

Die Frage brachte Bewegung in Brun. «Gut», sagte er, trat ein, schloss die Tür hinter sich, stellte die Säcke ab und machte ein paar Schritte auf die beiden Männer zu. Jener, der bei seinem Eintreten von einem Buch hochgeschaut hatte, das er, sich zu einer der indirekten Leuchten hinneigend, durchgeblättert hatte, war sein Vater, Oskar Ludwig. Außen- und Justizminister in Personalunion und Bundespräsident der Schweiz.

Händedruck und Mienen straften die nüchternen Worte des Aufeinandertreffens Lügen.

«Was habt ihr den Briten gesagt, als ihr zum Tanken gelandet seid?» fragte Brun. «Schulreise? Geschäftsausflug? Mit dem Hubschrauber?»

«Gar nichts», antwortete Ludwig. «War nicht nötig. Bis nach London hat uns ein Freund mit seiner Cessna geflogen. Dort findet zurzeit die alljährliche Sicherheits- und Anti-Terror-Messe statt», sagte Oskar Ludwig.

«Wie praktisch. Und was sagen die englischen Kollegen zum separaten Hubschrauber und zu eurem Ausflug hierher in den Norden?» Und als die beiden schwiegen: «Sagt mir nicht, ihr ...»

Weiter kam Brun nicht.

«Sieh mich nicht an wie ein frittierter Fisch, Carl. Wir mussten da gar nichts tun. Sie wussten längst, dass Matthias van Cleve ein Schweizer Ex-Geheimdienstler mit Namen Carl Brun ist. Hast du wirklich geglaubt, hier könne ein Ausländer einfach so mir nichts, dir nichts über Strohmänner eine Insel kaufen, ohne dass diese Leute der Sache auf den Grund gehen? Komm schon, Carl ... Und um auf deine Frage zurückzukommen: Sie hatten nichts gegen unseren Ausflug einzuwenden. Unter den üblichen Bedingungen natürlich.»

«Keine operativen Tätigkeiten oder Vorbereitungen zu operativen Tätigkeiten auf britischem Staatsgebiet», ergänzte Brun.

«So ungefähr.»

Als nichts mehr kam, ging Brun zurück zur Eingangstür, packte die beiden Säcke, trug sie in den hinteren Teil des Raums zur offenen Küche und machte sich daran, die Vorräte für zwei Wochen, die er heute in Inverness gekauft hatte, in Kühlschrank und Kästen zu verstauen. Als er fertig war, entkorkte er eine Flasche Pouilly-Fumé, einen Sauvignon Blanc aus dem Loire-Gebiet, von dem er wusste, dass es Ludwigs Leibwein war, füllte drei Gläser und trug sie hinüber zum Kamin, wo die beiden Alten jetzt beide am Feuer saßen.

«Ist das eine Einladung zum Nachtessen?», fragte Burger, als er sein Glas entgegennahm. «Was gibt's?»

«Frittierten Fisch», antwortete Brun und reichte Ludwig das andere Glas. «Wollt ihr mir nicht langsam sagen, warum ihr hier seid?»

Die beiden tauschten einen Blick. Ludwig nickte kaum sichtbar.

«Alder», hob Burger, der stummen Aufforderung Ludwigs folgend, an.

«Jens?», fragte Brun.

«Ja – Jens», bestätigte Burger und schilderte das Wenige, das sie hatten und dem trotzdem das Potenzial innewohnte, die Schweiz in Gefahr zu bringen. Egal, was irgendwann wirklich geschah und wie man dann reagieren würde.

«Ich weiß, wer Alders Kontakt ist», sagte Brun, nachdem Burger geendet hatte. «Er ist eine Sie, heißt Juli Zidek, ist 42 Jahre alt und schläft mit Alder. Nicht gerade das, was ich eine Top-Quelle nennen würde, wenn ihr mich fragt. Außerdem passt es alles zu gut.»

«Du meinst die Wahlen?» Die Frage kam von Ludwig.

«Ja – die Person des neuen Kanzlers einerseits», sagte Brun nach kurzem Überlegen. «Aber vor allem das Märchen, das zu ihm geführt hat und das man ohne zu übertreiben eine perfekte Regiearbeit nennen könnte. Und gerade jetzt passt diese ominöse Info nach meinem Geschmack fast eine Spur zu gut ins Bild.»

«Geht's auch deutlicher?» Burgers Nachfragen war ein Knurren. Bei ihm nie Zeichen von Missfallen, sondern von Konzentration.

Brun saß, die Ellbogen auf die Knie gestützt und das Kinn in den Händen geborgen, in einem 70er-Jahre-Ledersessel, der ihn seit bald 30 Jahren als einziges Möbelstück überall hin begleitete. Er zündete eine Zigarette an und rieb sich dann mit den Handflächen über das Gesicht, ohne seine Haltung zu verändern:

«Okay – die Kurzversion: Nach den Landtagswahlen in Bayern und

Hessen vor zwei Jahren und mitten in dem ganzen Virus- und Konjunktur-Desaster waren die großen Volksparteien so gut wie pleite. Wollte man im Rahmen einer Koalition an der Macht bleiben, musste eine Veränderung her. Man ließ die Kanzlerin das einzig Richtige tun und abdanken und inthronisierte mit Bahlow ihren seit zwei Jahren sorgfältig aufgebauten Gegensatz: einen Finanzlobbyisten, dem die meisten das Gehabe des Wirtschaftsfachmanns abkauften. Dass dieser genauso wie seine Vorgängerin eine Vorliebe für ein Deutschland hatte, das in Europa aufging, fiel nicht ins Gewicht. Was zählte, war, dass man mit einem neuen Namen und einem neuen Gesicht die Hoffnung auf Rettung in der alles überlagernden Krise schüren konnte. Dass er bereit war, mit den Grünen zu paktieren, und die Klimathematik gleich nach der Konjunktur zuoberst auf die Liste setzte, wurde ihm nicht als Opportunismus, sondern als Weitsicht ausgelegt. Aber wie es immer ist, wenn Menschen nicht aufgrund eines Leistungsausweises, sondern aufgrund eines Glaubens ausgewählt werden, war die Enttäuschung vorprogrammiert. Wobei ‹programmiert› durchaus wörtlich verstanden werden kann. Meiner Meinung nach war es nie vorgesehen, dass Bahlow Kanzler bleiben sollte. Als sich nun nach und nach abzeichnete, wes Geistes Kind Bahlow wirklich war und was seine Politik für den realen Alltag der Deutschen in finanzieller und freiheitlicher Hinsicht bedeutete, und als die kalkulierte Enttäuschung zu grassieren begann, war die Bühne bereit für den Neuen, der gleichzeitig ein bekanntes Gesicht aus den guten alten Tagen war. Er geißelte das Bisherige ebenso glaubhaft, wie er das Vertraute beschwor. Und er überzeugte die Mehrheit der Deutschen, einer der Ihren zu sein. Ein radikaler Unschuldiger. Europäer, aber nicht allzu europhil, israelfreundlich, aber jeden Schuldkult verweigernd, amerika-kritisch, ohne plumpes Auf-den-Mann-Spielen, marktliberal, aber trotzdem sozial, global denkend, dennoch dem Vaterland verbunden, konservativ, ohne zurückgeblieben zu sein. Eine Ein-Mann-Demokratie. Politisch die sprichwörtliche ‹eierlegende Wollmilchsau›.»

«Hessberg», kam es aus Ludwigs Ecke.

«Genau. Hessberg. Der Kandidat der sogenannten ‹Mitte›. Was

nichts anderes heißt, als dass er zu jedem politischen Konzept der Altparteien ein im richtigen Moment platziertes ‹Aber› bereit hat, wofür ihm von links bis rechts alle zujubeln. Die Tatsache, dass er mit 49 jung genug ist, um die Millennials zu verstehen, und alt genug, um die traditionellen Werte der Alten zu schätzen – die Herkunft tut da das Ihre dazu –, hat auch geholfen. Und ebenso, dass er absolut keinen Leistungsausweis vorzuweisen hat. Der Kerl ist, was seine Lebensbilanz anbelangt, ein weißes Blatt.»

Brun hielt inne.

«Und weiter?», drängte Burger.

«Musst du noch irgendwo hin?», fragte Brun.

«Ich will es hören», sagte Burger nur.

«Okay», lenkte Brun ein. «Dass Alders Kontakt angeblich ohne Wissen seines Dienstherrn gerade jetzt auf die Idee kommt, eine solche Info mit uns zu teilen, riecht, wenn ihr mich fragt, streng nach dem Versuch, eine Versicherung abzuschließen, von der wir nichts wissen sollen.»

«Und dies, weil …?», kam es von Ludwig.

«Weil das weiße Blatt eben doch nicht ganz weiß ist. Es gibt Dinge über Hessberg, die ausgegraben werden können. Ein Kontakt von mir hat es geschafft. Und bevor ihr fragt: Nein. Nicht in meinem Auftrag. Es war eher ein Zufall, und er dachte, die Info könnte für uns nützlich sein. Aber was ich sagen will: Wenn mein Kontakt es geschafft hat, bei schlechter Sicht und sozusagen zufällig über diese Dinge zu stolpern, dann werden andere, die gezielt danach suchen, es erst recht schaffen, wenn sie wollen. Wenn man in einer solchen Situation dann Schlagzeilen wie zum Beispiel ‹Schweizer Behörde wusste von Anschlagsplänen und unternahm nichts› oder ‹Deutsche Sicherheitsbehörden müssen Job der Schweizer machen› parat hat und sich herausstellt, dass sie den Tatsachen entsprechen, dann geraten kleine Sünden aus der Vergangenheit eines Messias-Kanzlers schnell in Vergessenheit.»

«Wie klein?», hakte Burger nach. «Die Sünden, meine ich.»

«So klein, dass hinterher saubergemacht werden musste. Buchstäblich. Private Clubs, Drogen, Nutten. Wobei letztere nicht immer unversehrt aus der Sache rauskamen, was das Saubermachen erklärt», antwortete Brun.

«Wie sicher ist die Info?», fragt Ludwig.

«Sie stammt von der Reinigungskraft.»

«Und wer aus deinem Bekanntenkreis kennt die?»

«Nik Horn. Indirekt.»

«Wer auch sonst», kam es von Ludwig. Er klang deprimiert, und Brun hätte gern etwas gesagt, um ihm die Sache leichter zu machen. Dass sie auf Leute wie Horn angewiesen seien, der um seiner Hilfe willen bis heute davor verschont worden war, die Konsequenzen eines Totschlags zu tragen. Dass er sich verändert habe. Dass man nicht mit Scheiße hantieren könne, ohne irgendwann selber zu stinken, dass es aber Duschen gäbe.

Er ließ es sein. Sein Vater, den er erst vor vier Jahren kennengelernt hatte, kannte den Morast im Umkreis der staatlichen Futterstelle besser als jeder andere. Er wusste um die Qualität des Wassers, in dem seinesgleichen täglich und medienwirksam Hände und Hosenbeine wuschen. Auch und gerade dann, wenn man selber anders war, andere Ansprüche an sich stellte, nicht am Amt hing, musste man bis zu einem gewissen Grad heimisch sein in dem Dreck. Und man musste die Tatsache akzeptieren, dass Geheimdienstarbeit in puncto Sauberkeit dasselbe mit noch zweifelhafteren Mitteln war. Dieses Akzeptieren konnte einem keiner abnehmen. Auch erleichtern oder verkürzen nicht. Es musste in der Einsamkeit des Innersten geschehen. Immer wieder. Das, oder aufhören. Eine Alternative gab es nicht.

«Wenn ich an eurer Stelle wäre, dann würde ich lieber einer abenteuerlichen Theorie und einem unglaubwürdigen Tipp Glauben schenken, als Fehlervermeidung anzustreben», sagte Brun schließlich. «Was riskieren wir denn schon? Eine diplomatische Krise, einen internationalen Zwischenfall? So what? Nach den letzten beiden Jahren sollte uns das nicht schrecken. Außerdem ist Fehlervermeidung ein erbärmliches Ideal.»

«Und was schlägst du vor?», fragte Burger.

«Wir tun, was sie am wenigsten erwarten: Wir werfen ihnen den

Ball ruhig, gezielt und mit freundlichen Grüßen in ihr Feld zurück und machen zuhause unseren Job. Schließlich liegt Basel im Dreiländereck, und ein paar der Basler Großveranstaltungen finden – Irrtum vorbehalten – auf deutschem oder französischem Boden statt.»

Burger nickte.

«Kann mich einer aufklären?», schaltete Ludwig sich ein.

«Was meinst du mit ‹den Ball zurückwerfen›?»

«Wie gesagt: Wir tun das, was sie nicht erwarten und im Grunde auch nicht wollen – wir spielen die kooperative Schweiz, den fairen Partner, teilen die Info hochoffiziell mit ihnen und lassen sie wissen, dass wir auf unserer Seite mit der geballten Kraft unserer Sicherheitsbehörden aufklären, abriegeln, kontrollieren und kommunizieren. Und wir machen deutlich, dass das Vermeiden von Peinlichkeiten und Fehlern nicht unser Ziel ist und wir bereit sind, uns zu blamieren. Im Grunde ein herzliches Pistole-auf-die-Brust-Setzen. Ihnen bleibt dann nichts anderes übrig, als sich offiziell mit uns und den Franzosen an einen Tisch zu setzen und die Sache gemeinsam anzugehen. Tun sie es nicht, dann wären auf einen Schlag *wir* es, die die guten Schlagzeilen im Köcher hätten. Und das werden sie nicht riskieren wollen.»

«Und dann?»

«Dann versuchen wir, während alle am Tisch sitzen und begeistert kooperieren, der Sache auf den Grund zu gehen.»

«Hinter dem ganzen offiziellen Zirkus, meinst du?»

«Genau.»

«Du sprichst die ganze Zeit von ‹wir›», schaltete Burger sich wieder ein. «Darf ich daraus schließen, dass …?»

«Alte Gewohnheit, Jo. Mehr nicht», blockte Brun die angedeutete Frage ab. Damit stand er auf und ging hinüber zum Küchenbereich.

Zwei Stunden später stand Brun draußen im Dunkeln vor dem Haus wie hunderte Male zuvor und rauchte eine Zigarette. Ohne sich gegen das erleuchtete Fenster drehen zu müssen, sah er die beiden Alten drinnen vor ihren leeren Tellern am Tisch sitzen. Auch das ein Bild, das er schon in ungezählten Versionen gesehen zu haben glaubte. Würde er es nicht glauben, dann hätte er in allem Bisherigen versagt. In seinem Job, in dessen Rahmen sie gemeinsam geliebt, gehasst, verraten, intrigiert, getötet, gerettet, sich die Nägel gekaut und sich gelangweilt hatten. Der Job, der sein Leben gewesen war. Eine Naturgewalt wie die See rundum. Naturgewalten, wie sie ihm aus den Büchern drinnen entgegenschlugen. Smith, Burke, Popper, von Hayek, Mill, Churchill, de Tocqueville, Feyerabend. Geistesgiganten wie Stürme, in die man ohne Kompass und Messgeräte hineingeschleudert wurde. Dort hinein, wo es um alles ging. Er hätte den letzten Verrat, der den Ausstieg und die Flucht seines Teams vor den eigenen Leuten bedeutet hatte, nicht geschafft ohne sie. Hatte eine Naturgewalt durch die andere ersetzt, und jetzt sollte er es wieder tun …

Denn dass einzig *dies* der Grund für Burgers und Ludwigs Kommen war, lag auf der Hand. Seinen Rat brauchte keiner von beiden. Zum Plaudern fehlte ihnen die Zeit. Schließlich wusste er, was da drüben bei ihnen los war, seit Besson und Jordi tot waren und das Land umgehend und vorsorglich auf jede graue und schwarze Liste einer jeden supranationalen Organisation gesetzt worden war, um etwaige freiheitliche Selbstbestimmungsgelüste der neuen Regierungs-Crew im Keim zu ersticken. Vordergründig ließ man sich denn auch unter Druck setzen, erpressen, schwor wöchentlich Besserung und Treue gegen Norden und die EU-Zentrale, streckte aber gleichzeitig die Fühler in sämtliche Richtungen aus. Es war ein Katz-und-Maus-Spiel der klassischsten Sorte. Denn natürlich wussten die EU-Behörden, die UN, die OECD, der IWF und wie sie alle hießen von dem Doppelspiel der Schweiz, konnten es sich aber nicht leisten, mit dem Finger auf sie zu zeigen oder gar die Hunde loszulassen. Sie hätten damit zugegeben, dass die neue Garde am Steuer der Alpenrepublik ihnen die blinde Gefolgschaft verweigerte, und damit riskiert, dass die ganze Farce einer 450-Bürgermillionen-Demokratie mit Namen Europa aufgeflogen wäre. Und dass das nur mühsam unterdrückte Aufbegehren gegen die regelmäßige Verlängerung des Ausnahmezustands und damit verbundener Durchgriffsrechte der Behörden in den anderen EU-Staaten erneut aufgeflammt wäre.

Die Ruhe war bestenfalls brüchig. Zu fragil, als dass man gefahrlos das wahre Gesicht des Regimes zeigen konnte, indem man gewaltsam demokratische Regungen unterdrückte, die noch vor zwei Jahren als lästiges, aber notwendiges Übel gegolten hatten. Auch das radikalste Duldertum konnte an seine Grenzen stoßen und in sein Gegenteil umschlagen. Das, und nur das, war der Grund dafür, dass Ludwig und seine Leute hoffen konnten, die EU und die sie lenkenden Interessen im Dunkeln dazu zu bringen, wieder auszuspucken, was sie zu schlucken im Begriff waren: die Souveränität und nationale Entscheidungshoheit der Schweiz.

Endlich hörte Brun das Geräusch der ins Schloss fallenden Tür, das Zuschnappen eines Benzin-Feuerzeugs.

«Hör zu, Carl ...», hob Burger an, als er bei Brun angelangt war. Dieser ließ ihn nicht zu Ende sprechen.

«Wie schlimm ist es wirklich?», fragte er.

«So schlimm, dass wir uns kurzfristig zu einer Teilnahme an der britischen Messe für Sicherheit und Terrorismusbekämpfung entschlossen haben, bei welcher der Anteil nicht-amerikanischer Dienstleister sich im einstelligen Prozentbereich bewegt.»

«Einstellig, hm?»

«Hinter dem Komma, Carl. Hinter dem Komma.»

«Dann seid ihr wirklich nicht zu beneiden.»

«Jetzt also wieder ‹ihr›?»

«Sieht so aus.»

«Was willst du, Carl? Eine Entschuldigung? Unser Flehen? Einen nationalen Feiertag?»

«Darum geht's nicht, Jo.»

«Und worum geht's dann? Um deine Kraft, den Glauben, den ‹Sinn des Ganzen›?»

Was seine Kraft anbelangte, so brauchte Brun sie in diesem Moment vollumfänglich dafür, die Regung, irgendwo hineinzuschlagen, zu unterdrücken. *«Ja!»*, hätte er am liebsten gebrüllt. *«Ja, genau darum geht es. Um Kraft und Glauben und Sinn.»*

Darum, dass einer tagelang auf den Knien rumrutschen musste, um irgendwo zwischen den Kartons und dem aufgestapelten Gerümpel seiner eingelagerten Hoffnungen ein Körnchen davon zu finden. Darum, dass er es hasste, auf den Knien rumzurutschen, und es noch mehr hasste, wenn andere ihm dabei zusahen. Das Wissen, dass Burger neben ihm genau wusste, was in ihm vorging, machte die Sache nicht besser.

Er zündete sich eine weitere Zigarette an. Zerkaute den Filter. Spuckte den Rauch aus, warf die Kippe nach ein paar Zügen zu Boden und trat sie aus. Der Tank ist leer, alter Mann, dachte er. Und der, der einmal gesagt hat, wir seien alles Verräter, hatte recht.

«Ich brauche ein komplettes Team», sagte er stattdessen. «Meine Leute, Jo. Und Geld. Viel Geld. Außerdem brauche ich Unterstützung von zuhause. Du musst Leute finden, denen du vertraust. Ich brauche Legenden, Unterschlüpfe, Tickets, Waffen. Und ich werde möglicherweise die Kollegen einer anderen Firma an Bord holen müssen. Oder sie wenigstens einladen, an Bord zu kommen. Anders geht's nicht.»

«Und weiter?», fragte Burger.

«Du weißt, was das bedeutet, Jo. Großes Risiko, Gewinnaussichten gering. Bestenfalls. Es kann sein, dass wir beide in einem Jahr wieder genau hier stehen und nicht nur nichts, sondern eine Katastrophe haben. Sollten die Deutschen oder die Franzosen offiziell Wind davon kriegen, dann zerreißen sie uns in der Luft. ‹Internationaler Zwischenfall› wäre dann nur der Kosename dessen, was wirklich abgeht.»

«Darum mach dir keine Sorgen.» Burgers Stimme klang jetzt wie die eines viel jüngeren Mannes. «Wir haben, was unsere Bevölkerung anbelangt, 800 Jahre Querulantentum in der DNA. Ganz egal, was Besson und Konsorten angerichtet haben – glaub mir: Der jämmerlich gescheiterte Versuch, Freiheit durch ihre Abschaffung zu erhalten, steckt den meisten noch in den Knochen. So sehr, dass sie noch nicht wieder richtig wissen, was Freiheit überhaupt ist. Ein Beben, und sei es noch so unangenehm, könnte da sogar positiv wirken.»

«Hast du mir was mitgebracht?», fragte Brun, ohne auf Burgers Einschätzung einzugehen, die er als viel zu optimistisch beurteilte.

«Drinnen», sagte Burger. «Reisepass, Kreditkarten, Führerschein.»

«Und Geld?»

«Jede Menge. Auf dem Konto und auf dem Tisch in der Küche.»

April

Berlin, Insel Schwanenwerder

Als der Wagen durch den sich endlos fortsetzenden Tunnel der Scheinwerferkegel zu der kleinen Brücke kam, die zur Insel führte, fragte sich Eric Hessberg ernsthaft, wie er es schaffen sollte, schon in wenigen Minuten aus dem Fond zu steigen und die paar abgerundeten Stufen zum Eingang der Villa zu erklimmen, die er sich anstatt der Wohnung im Kanzleramt von Beginn an ausbedungen hatte.

Was ihn im Griff hatte, war mehr als Müdigkeit. Vielmehr hatte es Ähnlichkeit mit dem Schwarz-Sehen und der leisen Vorahnung einer sich ankündigenden Ohnmacht. Es schien ihm, als würde sich alles, von dem er bisher geglaubt hatte, er sei es, reduzieren auf einen immer kleiner werdenden Punkt. Oder aber sich rasend entfernen in einer dunklen Unendlichkeit in seinem Innern, die ebenso neu war für ihn: Wut und Furcht. Ein Denken, das panisches Festhalten war. Szenen des Tages wie ein paar Krücken, die ihn auf den Beinen und bei Verstand hielten. Die Weite seines 140-Quadratmeter-Büros, er selber beim Sichten der Nachrichtenlage. Danach die Besprechung im engsten Kreis: Büroleiterin Marie Wegener, Regierungssprecher Georg Kunze und Kanzleramtschef Steffen Arndt. Ihre Gesichter entglitten ihm und machten der greinenden Miene seines Vizes, Jerôme Portner, Platz, dessen immerwährende, sich durch seine Gesichtszüge fressende Verbitterung aus der Tatsache gespeist wurde, dass sein Versuch, es von der anderen Seite des politischen Spektrums her dem US-Präsidenten in puncto Tweet-Frequenz gleichzutun, daran scheiterte, dass er außer Bildern von seinem Frühstück und Null-Statements über irgendwelche zu erledigenden «Erledigungen» in Sachen sozialer Gerechtigkeit nichts mitzuteilen hatte, wofür er täglich die geballte Häme der digitalen Welt zu spüren bekam.

Auch Portners Visage verblasste. Davor schob sich das jenseitig gestrickte Lächeln Phya Anuman Rajadhons, des thailändischen Premiers. Empfang, Mittagessen. Die kleinen Äuglein in dem großen Kopf des armenischen Amtskollegen tauchten auf und verschwanden. Wieder ein Empfang. Gläserklirren, das sich im Gesicht des Friedensnobelpreisträgers aus dem Jahr 2014 verdichtete. Gefolgt von jenem des Jahres 2016. Eine Rede vor der Bundestagsfraktion seiner Partei. Etwas in ihm lachte hysterisch. *Seine Partei.* Ein letztes Schlaglicht, das folgende Dinner. Die Tröge des Politischen.

In diesem Moment kam der Wagen zum Stillstand; Hessberg kollidierte mit sich selbst, und das, was blieb in dem dunklen, vom Keuchen seines Atems erfüllten Fond der Limousine war die kurze Szene während der Kabinettssitzung am Morgen. Der Grund seiner Wut und seiner Furcht. Neben sich am elliptisch geformten Konferenztisch sein Amtschef Steffen Arndt. Ihnen gegenüber, eingezwängt zwischen den Ministerinnen für Soziales und Bildung, sein Kurzzeit-Vorgänger und heutiger Verteidigungsminister Franz Bahlow.

«Steffen – wie sieht's aus?», hatte Letzterer in Richtung des Kanzleramtschefs gefragt.

Hessberg, der sich mehr zum Schein als interessehalber seiner Nachbarin zur Linken, Eva-Maria Josseck, Ministerin für Umwelt und Natur, zugeneigt hatte, wurde nur deshalb darauf aufmerksam, weil Arndt, dessen Job es war, alles zu hören, alles zu sehen, alles im Griff zu haben und zu kontrollieren, was im Kanzleramt und dessen Dunstkreis geschah, der also im Grunde das Kanzleramt *war,* nicht auf die Frage reagierte. Dafür gab es genau eine Erklärung: Er wollte nicht darauf reagieren.

Bahlow hatte, sich nach vorne lehnend, nachgehakt, die Stimme leiser diesmal: «Verdammt, Steffen. Ich muss wissen, wie ....»

Der Rest des Satzes war nicht mehr zu hören gewesen. Arndt hatte gelacht. Ein Lachen so künstlich und grell wie Plastikblumen auf einem verschneiten Grab. Hessberg hatte es noch nie gehört.

«Ich kann vieles, Franz. Aber Gedankenlesen gehört nicht dazu.

Noch nicht», hatte Arndt gesagt. Erneut diese ungeübt wiehernde Heiterkeit. «Was genau soll wie ‹aussehen›? Sprichst du von deinem aktualisierten Etat? Vom Abschlussbericht der Untersuchungen zur Amtsführung deiner Vorgängerin? Vom Frauen-Thema?»

«Die Händelallee. Was sagen die? Weiß man da jetzt endlich mehr?»

Bevor Bahlow seine Fragensalve hatte fortsetzen können, war zum zweiten Mal innerhalb von dreißig Sekunden etwas passiert, was erstmalig war: Christian Grabowsky, der an diesem Morgen anwesend war, weil ein Treffen zwischen dem US-Botschafter und dem Außenminister auf der Tagesliste stand, bei dem er im Vorfeld und im Hintergrund vermittelte, war dazwischen gegrätscht:

«Eric? Können wir? Ich muss nachher …», hatte er sich lauter als nötig und auf seine Armbanduhr tippend an Hessberg gewandt. Eine Geste, die in ihrer routinierten Gespreiztheit so wenig zu der kräftigen Hand, die sie ausführte, wie zu dem ansonsten in Sitzungen schweigsamen Mann passte. Hessberg, dem Schein nach immer noch den Ausführungen seiner Sitznachbarin lauschend, hatte auf die Erwähnung seines Namens reagiert wie ein Erwachender.

«Ja. Klar», hatte er in Grabowskys Richtung bestätigt und die Sitzung, nachdem er Arndt zu seiner Rechten gebeten hatte, sie *kurz* zu halten, eröffnet. Zurück in seinem Büro hatte er als Erstes im Netz nach der Händelallee gesucht. Es stellte sich heraus, dass es sich dabei um eine von Bäumen beschattete ruhige Straße im Hansaviertel in der Nähe des Englischen Gartens handelte.

Er hätte nicht zu sagen vermocht, was genau es war, das ihn an dem kurzen Wortwechsel hatte aufhorchen lassen. Vielleicht einfach die Tatsache, dass man in der Welt des Politischen ein untrügliches Gespür für Verrat und Intrigen entwickelte. Und genau danach hatte es in den Sekunden dieses von Grabowsky unterbrochenen Nicht-Gesprächs gerochen. Es ging eindeutig um etwas, wovon er nichts wissen sollte.

Das allein war indes nicht Grund genug, ihn in den Zustand zu versetzen, in dem er sich aktuell befand. Was wusste er denn schon? Ebenso gut hätte man eine Puppe nach der strategischen Ausrichtung des Ladens fragen können, in dessen Schaufenster sie stand. Die Sache war eine andere: Er wusste, was er war. Er wusste, wem er diente. Richtung und Ziel hinter allen offiziellen Bekenntnissen waren ihm bekannt. Das jedenfalls hatte er geglaubt. Seit heute Vormittag war er sich dessen nicht mehr sicher. Die Möglichkeit, dass der Boden der Lüge, auf dem er stand, ein doppelter war, nahm mit jeder Minute realere Gestalt an. Allein der Gedanke hatte ihn derart in Rage gebracht, dass er während des Rests des Tages all seine Kraft aufwenden musste, um sein Programm einigermaßen Haltung wahrend hinter sich zu bringen.

Ein Tropfen Schweiß, der kalt und einsam unter seinem Arm hervor und an seiner Seite entlang in den Hosenbund rann, brachte ihn in die Gegenwart zurück. Er war zuhause, der Wagen stand auf dem Kiesrund vor der Villa. Wie angeschweißt blieb er im Leder des Fonds inmitten seiner Ausdünstungen sitzen. Der kalte Luftzug schnitt wie eine Klinge in die stickige Wärme, als Michael Kron, sein Fahrer, den Schlag aufriss.

Dann war sie da. Joan. Hellblond. Auf brillante Art billig und von gnadenloser Weiblichkeit. Seine Frau.

Sie kannten sich seit der Uni. Damals war sie nur die Tochter des damaligen amerikanischen Botschafters in Berlin, Henry Kippling, gewesen. Später dann für kurze Zeit und dank vom Vater eingeforderter Schuldigkeiten Model. Berühmt wurde sie durch die Heirat mit einem amerikanischen Baseball-Spieler, der sich die Nägel lackierte und keinen Hehl daraus machte, dass er sich täglich neu und Hals über Kopf ausschließlich in sich selbst verliebte.

Die Ehe hatte vier Jahre gedauert. Als sie zu Ende war, waren Freunde und Scheinwerferlichter beim Ballspieler geblieben, und sie hatte alles versucht, um wenigstens die kleine Zehe wieder ins Helle und in die Presse zu kriegen. Damals war sie, die schon von Natur aus eher üppige Blondine, dick geworden. Hellblond. Schrill.

Es folgten Trash-TV-Formate, inszenierte Wohltätigkeit, ein Kochbuch und eins über Sex. Es half alles nichts. Bis sie sich – keiner wusste, wie – einen alternden englischen Rockstar angelte, auf die

Titelseiten zurück katapultiert und wieder schlank wurde. Der Rockstar schlug sie, verkokste zuerst sein Geld, dann ein Gutteil von ihrem, wurde während der Ehe mehrfach verhaftet und starb schließlich völlig unspektakulär in einem Hotelzimmer im Oman an einem Herzinfarkt. Seine Beerdigung war ihr letzter großer Auftritt.

Keine fünf Minuten danach ließen sie Kameras und Freunde ebenso fallen wie die Familie, und alles ging mit noch mehr Schminke, noch mehr Schmuck und noch weniger Stoff von vorne los. Richtig interessant würde sie allerdings für Klatschformate von TV und Presse erst wieder, wenn ihr gesellschaftlicher Strömungsabriss in den Sturzflug überginge, alles nach einem spektakulären und blutigen Aufprall aussähe und ein Fest der Häme und genussvoll durchlebter Betroffenheit zu werden verspräche. Wäre sie danach nicht tot gewesen, hätte dem einen oder anderen ein spektakulärer Selbstmord optimal ins Konzept gepasst.

Das war der Moment, als sie sich wieder getroffen hatten. An einem regnerischen schwarzen Abend vor bald acht Jahren. Eine schmale, einseitig von einer im Laternenlicht rot schimmernden Mauer und tropfenden Laubbäumen gesäumte Kopfsteinpflastergasse im Eck Alexanderstraße und Stralauer Straße.

Es war die Zeit gewesen, als alles angefangen, als man Hessberg, damals Wirtschaftsminister, sorgfältig orchestriert wegen 700 Euro falsch abgerechneter Spesen medienwirksam aus allen Ämtern und von allen Posten gescheucht, aus der Schusslinie genommen und auf Standby gesetzt hatte. Das Alte war zu Ende, das Neue würde erst in ein paar Wochen beginnen – eine Art Zeitschleife, durch die er sich im Bewusstsein einer Art letzter Freiheit hatte treiben lassen.

Auch an jenem Abend.

Er wusste nicht, wie lange er bereits zu Fuß im Regen unterwegs gewesen war. Woran er sich jedoch deutlich erinnerte, war das Gefühl, das ihn damals Tag und Nacht beherrscht hatte. Das Gefühl einer pochenden Erwartung in dem Wissen, dass, wenn er das, wovon er nicht wusste, was es war, nicht in der kurzen Zeit fand, die ihm vor seiner Abreise in die USA blieb, nie finden würde. Ein Gefühl, das jenem von Weihnachten in Kindertagen glich. Jedes Jahr aufs Neue hatte ihn dieses zitternde Hoffen erfüllt. Wann, wenn nicht an Weihnachten unter dem Baum, sollte einer auch nach Hause finden?

Es war beim Zittern geblieben. Bis zu dem Abend in der schmalen Gasse. Er hatte sie nicht erkannt. Natürlich nicht. Im ärmlichen Licht einer kleinen Lampe hatte sie auf der linken Seite eines Hauseingangs an die Sandsteinmauer gelehnt gestanden und geraucht. Eine sehr üppige, sehr blonde Frau. Auf der rechten Seite der Tür ein ebenfalls rauchendes Grüppchen heruntergekommener Gestalten, deren Zustand er mehr an ihrer Haltung festmachte als an Kleidung oder Gesichtern, die er im Zwielicht des mageren Scheins nicht erkennen konnte.

Der Unterschied hätte auch im grellsten Licht nicht größer sein können. Das Wort *Alleinstellungsmerkmal* ging ihm durch den Sinn. Sie hatte keines, sie *war* eines. Er hatte gar nicht anders gekonnt, als sie sich anzusehen. Ihre Blicke hatten sich getroffen, und noch bevor er sie erkannt hatte, hatte er gewusst, dass er angekommen war.

Als wäre es das Normalste der Welt, dass sie sich in einer Winternacht an der Tür zu einer Essensausgabe trafen, hatte er die Straße überquert. Und ohne es zu wissen, war ihm klar gewesen, dass er bleiben würde, wenn sie ihn ließe.

Ihre Begrüßung war beinahe flüchtig ausgefallen, selbstverständlich und wie nebenbei. In derselben Bewegung, mit der sie sich nach vorne geneigt hatte, um Rauch aushauchend einen Kuss auf seine Wange anzudeuten, war die Kippe auf den Boden geworfen und ausgetreten worden. Sie war ihm voraus ins Haus gegangen, hatte den Raum durchquert, in dem gegessen wurde, den Teil mit der Speisezubereitung und -ausgabe, und war in ein kleines, hohes, hell erleuchtetes Zimmer getreten. Anordnung von Tischen und Stühlen war die eines Klassenzimmers. Und genau das war es auch, wie er später erfahren hatte.

Er war geblieben. Nach kurzer Verhandlung, die im Grunde bloß eine Einladung und deren Annahme gewesen war, hatten sie dort in dem nur von Kerzenlicht und den Neonröhren aus dem Küchenbereich beleuchteten Ort des Provisorischen, der zum Ort seiner

Heimkehr wurde, gegessen. Er selber eingehüllt in etwas, das halb ihr Duft, halb ihre Wärme zu sein schien. Ob sie viel gesprochen hatten an diesem Abend, und wenn ja, was, daran konnte er sich nicht erinnern. Ebenso wenig hatte es vieler Worte bedurft, um diesem ersten Abend weitere folgen zu lassen. Gemeinsame Mahlzeiten, Kaffees, Spaziergänge und schließlich Nächte.

Joan war die krassestmögliche Umkehrung all dessen, was sich bisher seine «Freundin» oder «Lebenspartnerin» genannt hatte. Seine Frau. Wie eine weitere Selbstverständlichkeit waren genau diese Worte da gewesen, als er sie eines Morgens auf den Ellbogen gestützt im Schlaf betrachtet hatte. Als sie erwacht war, hatte sie ihn ihrerseits ins Auge gefasst:

«Ich werde nicht deine Rache sein an jenen, die dich gängeln, Eric», hatte sie gesagt, als sei sie seinen Gedankengängen gefolgt. «Ich weiß, dass ich das Gegenteil all dessen bin, was deine Entourage sich für dich und für sich selber wünscht.»

«Lass sie wünschen», hatte er nur gesagt. «Das ist allein ihr Problem. Für die Öffentlichkeit werden wir so oder so der geschasste Minister und die Trash-Queen sein. Vorerst zumindest.» Und das Thema wechselnd: «Was tust du dort in dieser Suppenküche?»

«Ich unterrichte auf privater Basis jugendliche Ex-Süchtige», antwortete sie. «Alkohol oder Drogen. Meist beides.»

«Und? Hast du Erfolg?»

«Sehr selten. Aber eine sensationelle Frequenz.» Sie hatte gelacht. «Es ist ein reges Kommen und Gehen. Spätestens dann, wenn sie kapieren, dass der Unterrichtsraum keine geheizte Notschlafstelle ist und ich ihnen nicht in Therapeutensprache und im Minutentakt ihre psychologische Temperatur messe, um irgendwelche halbgaren Diagnosen zu stellen, für die natürlich keiner was kann, hauen die meisten ab und machen den Nächsten Platz, und so weiter und so fort. Einer von fünfzig kommt immer zurück. Für diesen einen tue ich es.»

«Was ist mit der anderen Joan?», hatte er weitergefragt. «Die von den Trash-TV-Formaten und den Yellow-Press-Titelseiten?»

Vor das blaue Dunkel ihrer Augen hatte sich, er wusste nicht, wie, etwas geschoben, das ihn ausschloss. «Schadet es jemandem außer mir?», hatte sie gefragt und die Frage selbst beantwortet: «Nein. Tut es nicht. Außerdem habe ich keine Lust, darüber zu reden. Ich mach Frühstück. Wenn ich nicht gleich etwas zu essen kriege, überlebe ich die nächste Stunde nicht.»

Sie hatten das Thema seither nie mehr berührt.

Hätte er raten müssen, was Liebe sei, dann hätte er auf das gesetzt, was er in diesem Moment gefühlt hatte. Auch heute noch. Er hielt sie am Arm fest, als sie, ein weißes Laken um sich gewickelt, vom Bett hatte aufstehen wollen: «Heirate mich, Joan.»

Wenn sie im Nachhinein von ihrer Hochzeit als der «kleinen Feier» sprachen, dann war das wortwörtlich gemeint: Außer ihnen beiden, Christian Grabowsky und dem eingeflogenen Journalisten einer deutschen Zeitung – beide fungierten als Trauzeugen – war keiner im Standesamt von New York zugegen gewesen, der darüber hätte berichten können. Trotzdem hatte die Nachricht in der Heimat wie eine Bombe eingeschlagen und einen Tag später auf Bildschirmen und in Printmedien landesweit die Front- und Startseiten belegt.

Dass es bloß der Schritt eines wohlinszenierten Ganzen war und nicht der medial ausgeschlachtete Abgang zweier Halbprominenter – darauf wäre keiner gekommen. Die Tatsache, dass er kurz darauf und in aller Stille eine nicht näher definierte Beratertätigkeit in einem Think-Tank für internationale Studien und für dessen europäisches Pendant aufnahm, war nur noch eine Randnotiz wert gewesen.

Mehr, als er jetzt ihre unscharfe Silhouette im diffusen Licht sah, fühlte er ihre Präsenz. Er hätte nicht zu erklären vermocht, was genau es war. Ihre Wärme, ihre Kraft, ihre Sanftheit – es spielte keine Rolle. Es war, als hätte man ihm gerade noch rechtzeitig eine Garotte am Hals gelockert.

Er stieg aus dem Fond der Limousine, fasste ihre Hand und zog sie mit sich die Stufen zum Eingang hoch und ins Haus. Nach ein paar Schritten wandte er sich noch einmal um:

«Danke für Ihre Geduld, Michael.» Der Fahrer, dem die Worte galten, nahm sie mit einem Nicken zur Kenntnis.

«Was war los da draußen?», fragte sie, kaum dass die Tür hinter ihnen ins Schloss gefallen war.

«Nichts. War ein langer Tag …»

«Komm erst mal.» Jetzt war *sie* es, die ihn in Richtung der Sitzgruppe beim Kamin auf der rechten Seite des riesigen Salons führte, in den die Eingangshalle fließend überging. Wenn etwas den Namen «Wohnlandschaft» verdiente, dann dieses Arrangement. An Tagen, an denen sie Empfänge zu geben hatten, was unausweichlich war, sah es hier freilich ganz anders aus. Sofa und Sessel waren dann modisch in der kalten leeren Mitte des Raums in einem gegen den Eingangsbereich offenen, riesigen U angeordnet. Grauer Wollstoff in eckiger niedriger Form auf dunklem Granit. Sobald das Notwendige aber ein Ende nahm, wuchtete Joan die einzelnen Elemente in ein lockeres Halbrund, das sich halb gegen den Kamin, halb gegen den Garten hin öffnete, verteilte Kissen, Felle, Decken und Teppiche. Kerzen, Vasen, üppig bestückt mit grünen Zweigen und roten Beeren im Winter, Sonnen- und Feldblumen im Sommer.

Jetzt sah er die Decke und die Delle, wo sie bis zu seiner Ankunft gesessen hatte. Ein aufgeschlagenes Buch, ein Glas am Boden. Er ließ sich in die gegenüberliegende Ecke des Sofas fallen. Wie sehr er diese Momente liebte. Egal zu welcher Zeit. Sie am einen Ende der Couch, er in fast vier Metern Distanz am anderen. Zwischen ihnen nichts. Und davon so viel, dass auch der intimste Moment im Bett nicht an solche Nähe heranzureichen vermochte.

Im Vorbeigehen auf dem Weg zu ihrem Platz ließ sie in einer fließenden Bewegung ein Glas Whisky mehr in seine Hand gleiten, als dass sie es ihm reichte. Die Beiläufigkeit der Geste, die Selbstverständlichkeit des bereits hundertfach Erlebten – nein: größere Nähe gab es nicht.

«Was ist los, Eric? Was war vorhin da draußen los? Du wirktest, als hättest du ein Gespenst gesehen», wiederholte sie die Frage von eben, während sie sich mit angezogenen Knien in ihre Ecke schmiegte und nach dem Rotweinglas am Boden griff.

«Da läuft irgendwas, Joan», antwortete er und sah sie an, als fürchtete er, nicht verstanden zu werden. «Da läuft etwas hinter meinem Rücken.»

«Natürlich läuft da etwas hinter deinem Rücken, Eric. Dein Rücken ist der einzige Grund, warum wir hier sind», sagte sie belustigt von ihrem Glas hochschauend. «Christian und seine Leute wollten ins Kanzleramt. Unsere Aufgabe war es, mit ihrer Hilfe reinzukommen und ihnen die Türen von innen zu öffnen. Jetzt sind sie drin, und wir haben in der Tür zu stehen und den Leuten draußen zuzulächeln. Es ist das alte, alte Spiel, Eric. Sie haben es nach den ältesten Regeln der Welt gespielt. Das ist es, was läuft. Und wir haben uns entschieden, mitzumachen.»

Sie sprach von den vergangenen acht Jahren im Allgemeinen und von den beiden letzten im Besonderen, zu deren Beginn man den Deutschen in der abklingenden Virus-Krise und als Kur gegen die nicht mehr zu ignorierenden Symptome des Vertrauensverlusts und des auf jeder Ebene sichtbaren Bankrotts die vernünftige Berechenbarkeit in der Person Franz Bahlows als Interimskanzler angeboten hatte. Einen mediokren Propheten der Mitte, der die Menschen von der Wahl zwischen rechts und links erlöste, weil er für nichts stand, und der nicht zu Vereinbarendes in seinem Reden und Versprechen so spielerisch und ohne sich etwas auszurenken zusammenbrachte, dass die wenigen Fragen nach der Machbarkeit und Realitätstauglichkeit seiner Visionen, die ein paar Querulanten zu stellen wagten, einfach untergingen. *Wir holen uns das Beste alter Größe zurück und haben Spaß dabei* – das war in Kürze sein Programm. Eine Utopie im Zeichen der lauen Wünsche der Mehrheit, obwohl auch und gerade die deutschen Geschichtsbücher eindrücklich davon zeugten, wie bitter und blutig sich solche Illusionen in der Politik für die gegenwärtige und die zukünftige Generation zu rächen pflegen. Ein Mann, der scheinbar und für eine Zeitlang kittete, was sich unversöhnlich gegenüberstand, und den man unterstützen konnte, ohne im Klima eines neuen religionslosen Eifers, der die Gesellschaft via politische Korrektheit, Rassismus-Debatten und Klima-Ängste durchdrang, Gefahr zu laufen, irgendeinem Extrem zugerechnet zu werden. Man verlor nicht gleich das Gesicht, den Job, Einkommen, Familie und Freunde, wenn man sich für ihn aussprach. Auf den ersten Blick ein Businessmensch und Wirtschaftsweiser, wie die Nation ihn gerade in dem Moment brauchte.

Wer es sich allerdings erlaubte, sowohl die Seuche als auch die anderen Krisen zuvor als künstlich zu erkennen, musste zwingend auf *ihn* kommen. Oder anders gesagt: Waren die Krisen künstlich, dann war er es auch. Genauso aufgebaut für das Jahr seines Auftritts wie Hessberg für die Zeit danach. Demontage inklusive. Als die Politik des billigen Geldes, der man die Misere der letzten zwei Jahrzehnte verdankte, auch diesmal ihre giftigen Früchte zu tragen begann und Menschen und Unternehmen, gleichermaßen zugeschüttet von Wellen immer wertloser werdender Liquidität, wirtschaftlich wenn auch nicht lebten, so doch überlebten, wurde Bahlow den Leuten zu viel. Das Strohfeuer seiner hohlen Beliebtheit erlosch, und er wurde nach Drehbuch unter dem frenetischen Jubel jener, die ihn gewählt hatten, auf dem Scheiterhaufen medialer Hetze verbrannt. Der Wegbereiter für den kommenden Messias in Person Eric Hessbergs war erledigt.

Bahlow war perfekt gewesen für die Rolle. Der Mann war ausschließlich Lobbyist seiner selbst. Einer, der für jede «Sache» des Landes, Europas oder des Planeten so geschmeidig von einem Posten im Vorstand einer Bank, auf jenen einer Brüsseler Expertenrunde, einer NGO oder einer Regierung und wieder zurück wechselte, dass einige aufmüpfige Bürger dies als weiteres Indiz in einer langen Kette auffassten, dass es so etwas wie eine private Wirtschaft oder unabhängige Politik längst nicht mehr gab, dass alles eins sei. Ein großes, glückliches Machtkartell. Es waren indes nur wenige, und sie stellten angesichts der großen Masse derer, die an dem Glauben festhielten, Politik würde für sie gemacht, keine Gefahr dar. Dass die Friedens- und Vernunftschleuder Bahlow heute Verteidigungsminister im Kabinett Hessberg mit engsten Kontakten zu Zulieferern der Sicherheits- und Kriegsindustrie war, störte ihn keine Sekunde lang. Er war plangemäß demontiert und medial erledigt worden und damit aus der durchschnittlichen Aufmerksamkeitsspanne eines Nachrichtenkonsumenten verschwunden. Bis zum nächsten Auftritt.

«Nein, es ist etwas anderes, Joan», hob Hessberg jetzt nach einer kurzen Pause, während der er sein Glas oder dessen Inhalt untersucht zu haben schien, wieder an. «Um bei deinem Vergleich der Türen zu bleiben: Er ist richtig. Aber nur teilweise. Die Kampagne hat uns reingebracht, und wir haben für Grabowsky und seine Leute die Türen aufgemacht. So weit, so gut. Jetzt sind wir drin, und es sieht alles danach aus, als würde man genau das umsetzen, was der Plan war: die zügige Integration Europas in sämtlichen Bereichen. Bankenunion, Gesundheitsunion. Sozialunion, Fiskalunion und so weiter. Geschmeidig durchregierbar. Nicht nur schön, aber notwendig, um den Kontinent zusammenzuhalten. Daran glaube ich sogar. Es leuchtet mir ein. Auch dass es schnell gehen muss, in Anbetracht dessen, was am Ende der Politik der Systemrettung wirtschaftlich über uns hereinbrechen wird.

Ich bin zwar nur eine Marionette, aber sogar mir ist klar, dass das, was aus Europa wird, ebenso entscheidend ist für das Schicksal der Welt, wie die Haltung Frankreichs entscheidend ist für das Schicksal aller europäischen Einigungsbestrebungen, und dass trotz dieser Tatsache Deutschland vorausgehen muss. Der Idealismus der französischen Führungsriege in Sachen europäischer Integration reicht nicht aus, wenn man außer einer Unmenge an Worten und einer überhöhten Vergangenheit nichts zu bieten hat. Die Überzeugung allein, man sei die Grande Nation, ist nicht genug. Es ist, wie so oft, das Geld, das entscheidet.

Deshalb muss Deutschland vorausgehen, auch wenn die Medien gehalten sind, es so aussehen zu lassen, als wären wir und die Franzosen in dieser Sache eineiige Zwillinge. Für all das gebe ich mich gerne her – auch wenn das heißt, dass Europa am Ende auch offiziell nicht mehr den Europäern gehört. Wann hat es das schon? Was aber, Joan, wenn auch das nur die halbe Wahrheit ist? Eine Show? Diesmal nicht für die Menschen draußen inszeniert, sondern für jene, die glauben, eingeweiht zu sein? Für uns? Was, wenn ich die ganze Zeit über blind war für die Wahrheit?»

«Welche Wahrheit, Eric?», fragte sie.

«Das weiß ich nicht, Joan.» Ein freudloses Lachen entrang sich Hessbergs Kehle. «Es sind mittlerweile zu viele Wahrheiten. Aber sieh es doch mal so: Sämtliche Krisen der vergangenen Jahre und die Reaktionen und Überreaktionen der Politik darauf liefen und laufen auf immer weitreichendere, teilweise fast unbeschränkte politische Macht des Supranationalen hinaus. Fakt ist: Am Ende jeder Krise stehen immer neue Zugriffsrechte globaler Organisationen. Das hat die Menschen während der letzten Jahre verändert und geprägt. Nicht nur den Charakter ganzer Gesellschaften, sondern auch den Charakter der Menschen an deren Spitze und darüber hinaus. Diese haben – und sag mir nicht, das sei nicht so – für den Einzelnen da draußen und seine Freiheit längst nur noch Verachtung übrig. Er ist bloß noch ein Werkzeug.

Zu kaschieren versucht man dies je länger je weniger. Der Verfall ist ja nichts Neues – Europa, vor allem Westeuropa, zeigt seit Jahrzehnten Anzeichen davon. Was neu ist, ist etwas anderes: die Tatsache, dass Angst heute auf Angst trifft. Die Jahrhunderte alte Angst der Mächtigen, ihre Macht über Europa zu verlieren, stößt auf die Angst der Bürger vor dem Überranntwerden durch Millionen kulturfremder Menschen, vor dem Klimakollaps, vor Wohlstandsverlust, vor Identitätsverlust und – das ist das Verheerendste – dank dem Virus auch voreinander.

Was passiert, wenn diese Angst zu einer Art Besessenheit großer Mehrheiten hochstilisiert werden kann und sie, ohne es richtig zu merken, inneren Konflikten bis hin zu Bürgerkriegen entgegentreiben? Was, wenn die Überreaktionen der Politik im Zug der verschiedenen Krisen weder Überreaktionen noch eine falsche Reaktion war? Sondern bewusst herbeigeführt von den Leuten hinter Grabowsky, um ganz Europa mit diesem Angstkomplex zu erfüllen?

Die Wurzel der Gefahr eines inneren Krieges liegt ja mittlerweile ausschließlich in dieser überwältigenden Angst der Regierenden und der normalen Menschen, die glauben, die Abgabe von Freiheit beschütze sie vor einem offenen Konflikt. Was, wenn wir nicht für Integration Pate stehen, Joan, sondern nur für diese Angst und ihre Eskalation? Für eine Art Krieg?»

«Endlich klingst du wieder, als misstrautest du der ganzen Sache», sagte Joan anstelle einer Antwort. «Es wurde höchste Zeit.»

«Wie meinst du das?» Hessberg sah sie an wie einer, der sich für einen Augenblick Hoffnung auf einen Irrtum erlaubt. Bittend fast.

«Eric – Misstrauen ist der Kern von all dem hier», sie machte eine Geste, die den Raum, sie beide und das Universum einzuschließen schien. «Das kann und darf gar nicht anders sein, wo das Fundament eine Lüge ist. Misstrauen garantiert Wachsamkeit. Und das ist das Problem: Du hast in den vergangenen Monaten angefangen zu glauben, was dich und Grabowsky heute verbinde, sei nach allem, was war, mehr als Intrige und Täuschung. Dieser Glaube ist normal. Auch das gehört zum Spiel. Das Müdewerden, Einschlafen, Sich-einlullen-Lassen und Erwachen.

Grabowsky hat dich entdeckt, dich verführt, dich gebrieft, dich begleitet und beschützt. Mein Gott – er hat dich erschaffen, Eric! Und jetzt, wo er dich so weit hat, dass du um des Machterhalts willen mit jedem ins Bett steigen musst, hat er dich genau da, wo er dich haben will: Vertrauen wollend und misstrauen müssend. Und damit immer auch zerrissen, anfällig und aufmüpfig. Optimal führbar. Es wird einfacher, wenn du akzeptierst, dass die Wahl nichts verändert hat. Gar nichts. Für keine Sekunde. Du und ich, wir sind nach wie vor keine Spieler, auch wenn es sich vielleicht anders anfühlt. Wir sind bloß Figuren. Und solange wir misstrauisch sind, bleiben wir im Spiel. Mit der Wahrheit – welcher auch immer – haben wir beide nichts zu schaffen.»

«Du hast mit allem recht, Joan», sagte Hessberg nach einem Moment der Stille, währenddessen er sie nachdenklich betrachtet hatte. Er klang konzentriert jetzt, sprach langsam wie einer, der sichergehen will, dass die Worte, die er verwendet, die richtigen waren. «Genau das habe ich mir in den vergangenen Tagen auch hundertmal vorgekaut. Bin alles wieder und wieder durchgegangen. Meine Demontage vor acht Jahren, die Versenkung, die politische Wiederauferstehung, die Bewegung, die Kandidatur, die Wahl – die ganze große Show. Ich weiß, wer und was ich bin, Joan. Ich hatte es zugegebenermaßen kurz aus den Augen verloren, das stimmt. Aber das, wovon ich jetzt spreche, ist möglicherweise größer. Und verheerend.

Es geht um einen Wortwechsel zwischen meinem Kanzleramtschef und dem Chef der höchsten Verwaltungsbehörde unserer Streitkräfte – Arndt und Bahlow. Es war purer Zufall, dass ich es überhaupt mitbekommen habe. Es ging dabei um etwas an der Händelallee und um die Frage, ob man da jetzt endlich mehr wisse. Auf den ersten Blick vollkommen belanglos – aber das ist nicht das, was mich stutzig macht. Arndt hat sich zwar gewunden wie ein Aal, aber dafür könnte es hundert Gründe geben: intime Bekenntnisse während eines schwachen Moments, Privatkram, großzügig gehandhabte Spesenabrechnungen – was weiß ich. Aber das war es offenbar nicht; denn dann wäre Grabowsky nicht dazwischen gegrätscht, wie ich es noch nie erlebt habe. Im Gegenteil: Der hätte, wie es seine zweite Natur und sein Job ist, stillgehalten und um Dreck gebetet, der sich in Druck oder Erpressung verwandeln lässt. Hat er aber nicht. Er hat spontan reagiert, verstehst du? Grabowsky. Spontan. Das ist die sprichwörtliche Erdbeere im Kuhmaul.

Was genau er sagte, weiß ich nicht mehr. Die Botschaft war aber klar: Haltet verdammt noch mal eure Fressen, ihr Vollidioten. Und er sagte es in einer Art, die klar machte, dass es hier einzig darum ging, dass ich nichts davon mitbekomme. Ob er mir mein Theater abgekauft hat oder nicht – keine Ahnung. Aber ich schließe aus dem Vorfall, dass mein Kanzleramtschef, mein nächster Berater und mein Verteidigungsminister etwas am Laufen haben, von dem ich nichts weiß und von dem ich vor allem nichts wissen soll. Etwas, das möglicherweise die Verteidigungspolitik betrifft. Und das war nie der Deal.»

Weiter kam er nicht. Joan unterbrach ihn. Er sah, wie ihre Lippen Worte formten. Alles blieb gleich: er, sie, die Haltung, in welcher jeder auf seiner Seite der Coach saß. Nichts veränderte sich, und doch war ihm mit einem Blick auf ihr Gesicht klar, dass die Möglichkeit getrennter Wege existierte. Dass er sie verlieren könnte.

Er war so perplex, dass er nicht zugehört hatte und jetzt nachhaken musste:

«Entschuldige – was hast du gesagt?»

«Ich habe dich gefragt, was das soll, Eric. Was willst du? Exklusive Wahrheit etwa? Ehrlichkeit? Authentisch leben? Das war nie der Deal. Wir haben nicht zu leben. Wir haben stattzufinden. Nur das.» Und mit einem Lächeln fügte sie hinzu: «Vielleicht tröstet es dich, dass wir diesen Umstand heute mit einem Großteil der Menschen und der Welt, wie wir sie wahrnehmen wollen oder sollen, teilen. Das Einzige, was uns beide vom Rest der Leute unterscheidet, sind Kulisse und gesellschaftliche Stufe. Das einzig Echte, was wir haben, ist das hier. Momente wie diesen. Alles andere ist Show.

Wir wussten das, Eric. Wir wollten das. Du kannst die Kulissen nicht verschieben oder niederreißen, bloß weil du irgendwas in dir entdeckst, was vielleicht Interesse ist. Oder ein Gewissen. Die vage Idee von Verantwortung. Du hast genau zwei Optionen: Entweder findest du weiterhin, finden *wir* weiterhin wie geplant statt, oder eben nicht. Und auch wenn es hinter der Wahrheit, die auf uns zugeschnitten ist, eine weitere gibt, eine, von der wir beide nichts wissen und nichts wissen sollen, dann ändert das nichts an der Sache. Mitmachen und keine Fragen stellen – oder aufhören. Eine andere Wahl haben wir nicht.»

Obwohl er mit aller Kraft versuchte, das, was sich verschoben hatte, festzumachen, fand er nichts. Sie hatte, während sie sprach, weder ihre Haltung verändert, noch waren die Stimme oder der Blick anders. Nicht einmal der lockere Griff ihrer Finger um das Glas, das sie auf den Knien balancierte, hatte sich um einen Millimeter verschoben. Er sah Joan. Nichts als Joan. Seine Joan. Das Ende allen Zitterns. Es könnte so bleiben.

Noch war es nicht zu spät. Er könnte das, was vielleicht Interesse war oder die Idee von Verantwortung, wie sie es nannte, in jener staubigen Ecke seiner selbst verstauen, wo der ganze Rest lagerte. Er wollte sie nicht verlieren. «Komm her», sagte er und setzte sich so hin, dass sie zwischen seinen Beinen Platz fand. Sie bettete ihren Kopf an seine Brust.

«Alles gut?», fragte sie.

«Ja – alles gut. Du hast recht. Ich weiß nicht, was in mich gefahren ist. Dabei sollte ich es besser wissen: Schon der Gedanke an ein mögliches Mich-Querstellen erschöpft mich tödlich. Ich bin nicht für Aufstände und Revolten geschaffen, nicht mal für kleine Scharmützel.»

«Du unterschätzt dich maßlos, Eric. Aber du hättest trotzdem keine Chance gegen sie. Das ist schlicht nicht möglich, wenn man es mit Leuten zu tun hat, die Täuschung und Tarnung zu ihrem Beruf gemacht haben und deren einziges Glaubensbekenntnis jenes ist, dass für jeden Betrug eine Prämie ausbezahlt gehört.»

«Glaubst du, Franz Bahlow weiß über all das auch Bescheid? Über all die Wahrheiten?»

«Warum fragst du? Wie kommst du ausgerechnet auf ihn?»

«Keine Ahnung. Vielleicht fände ich es einfach tröstlich, zu wissen, dass einer, bloß ein Einziger da draußen, genau dasselbe sieht wie man selber. Auf der gleichen Stufe, vor derselben Kulisse. Mit denselben Zweifeln.»

«Klingt nach Verbrüderung.»

«Und wenn schon …» Er zog sie näher an sich, bettete sein Kinn in ihr Haar. «Menschen brauchen Brüder.»

«Nicht du, Eric», sagte sie. «Du brauchst nur mich.»

Er lachte, küsste ihr Haar. «Ich liebe dich.»

Sachte schob er sie von sich weg und stand auf, um ihre Gläser zu füllen und in der Küche nachzusehen, was die Köchin für sie vorbereitet und in den Kühlschrank gestellt hatte.

«Ich liebe dich auch», sagte Joan, als er bereits außer Hörweite war. Sie blickte ihm nach, während ihre Hand zwischen den Polstern des Sofas nach dem Handy griff.

✦ ✦ ✦

Marseille – Catalat de Belmont

Zwei Kinder. Ein Junge und ein Mädchen. Mitten im Dschungel von Bassens, einer Cité im XV. Arrondissement von Marseille. Sie die Tochter algerischer Einwanderer, er Franzose. So wurde er auch genannt: Wenn irgendwer innerhalb ihres Kinderradius', der beide Elternhäuser mit einschloss, von «le petit Français» sprach, war klar, dass damit dieser Junge und kein anderer gemeint war – es gab keinen anderen kleinen Franzosen in diesem Viertel der großen Stadt.

Ihr Name war Essia, Essia Kebdani, und für den kleinen Franzosen, dessen Name Raffael Dutertre lautete, war es eine unumstößliche Tatsache, dass er sie heiraten würde, wenn sie alt genug wären. Sie war die Gefährtin, die das Leben selbst ihm zugedacht hatte, was er zur Belustigung der mehrheitlich verschleierten Nachbarinnen und der alten Männer in gehäkelten Gebetskappen, die ihre staubigen Waren auf dem Trottoir für 50 Centimes oder einen Franc feilboten, auch so kundtat. Die Tatsache, dass ausgerechnet Essias Vater dies nicht so sah und ihm erklärte, dass seine Tochter nicht im Alter von 14 Jahren heiraten würde, auch ihn, Raffael, nicht, sondern eine Ausbildung machen, studieren, Erfolg haben, frei sein, reisen, irritierte ihn zutiefst. Es war falsch. Keiner hier machte es so.

Etwas anderes als dieses Hier konnte er sich damals nicht vorstellen, und die Idee, dass sie es verlassen könnte, davonfliegen, ängstigte ihn zutiefst.

Dann waren sie älter geworden, und er hatte zu verstehen begonnen, wovon Essias Vater sprach. Und er hatte dessen Sicht der Dinge adoptiert und sich selbst mit in dieses Bild gepackt, das ein Leben mit ihr zeigte außerhalb der zweitgrößten, ärmsten, vielfältigsten, eruptivsten, intensivsten, schmutzigsten, gefährlichsten und zerrissensten Stadt Frankreichs.

Der schlaksige, magere Junge, der er geworden war und der wenig sprach, erzählte seinen Eltern weniger davon, als dass er es ihnen mitteilte. Sein Vater, ein arbeitsamer, einsamer, magerer, eisenharter Mann, der mit seiner Familie aus Prinzip lebte, wo und wie er es tat, hatte sich ein Stück Brot mit Humus in den Mund gestopft. Dann hatte er gelacht, und noch heute erschien es ihm, als sei es das erste und einzige Mal gewesen, dass er ihn habe lachen hören. Was natürlich falsch war. Der drahtige Mann war der Vater zahlloser warmer mächtiger Gelächter, die so gar nicht zu dem zerfurchten Menschen passten, den er darstellte.

«Da wirst du dich aber mehr anstrengen müssen, mein Freund», hatte er gesagt. «Deine Essia hat bereits einen mächtigen Vorsprung, wie man hört. Klassenbeste, Sportskanone. Eine Schönheit ist sie auch. Sie zu beschützen, wird dann nicht mehr reichen.»

Er hatte die Wahrheit der Worte nicht sehen wollen und hatte sich darauf beschränkt, in pubertärer Aufsässigkeit und in aller Stille wütend zu sein auf den Überbringer solch unsinniger Botschaften. Und dann war sie eines Tages weg gewesen. Ein Collège im Norden, sagte ihre Mutter und strich ihm übers Haar, als wäre er noch der kleine Junge von einst.

Er blieb allein zurück. Ohne Puffer und Filter, die ihm Essia, ohne dass er es gemerkt hatte, gewesen war. Mitten im zunehmenden Kugelhagel einer «Dritten Welt» und in direkter Nachbarschaft zu einer «Ersten Welt», die er freilich nicht sehen konnte, weil man sich auf beiden Seiten den Rücken zuwandte. Er sah andere Jungen in seinem Alter heranwachsen und sterben, bevor sie erwachsen wurden. Sah Familien zerfallen, Väter ausziehen, ihre Söhne die Schule abbrechen und in die illegalen Geschäfte ihrer älteren Brüder einsteigen. Sah den Hafen, einst das Tor zum Orient genannt, seine Bedeutung und Tausende Männer ihre Arbeit verlieren. Darunter sein Vater. Sah die Armut grassieren und die gewaltsamen Versuche, ihr zu entfliehen.

Erst da fing er an, sich anzustrengen, zu lernen und aufzuholen, was er verpasst hatte. Und er begann als Dealer für Ahmed Merac, einen der Caïds des Quartiers, zu arbeiten. Denn er hatte mittlerweile auch begriffen, dass er, wenn er von der Ausbildung her so weit wäre, mehr bräuchte als Wissen, um Essia einzuholen.

Aber so sehr er auch Einzelner blieb und das Eigene hütete – die Stadt, der «Supermarché», wie der Norden wegen seines reichhaltigen Angebots an harten und weichen Drogen auch genannt wird, streckte ihre Hand nach ihm aus. Für eine 10- bis 14-Stunden-Schicht in der Eingangshalle eines Wohnsilos zahlte ihm der Caïd je nach Umsatz im Schnitt zwischen drei- und fünfhundert Euro.

Mit der Zeit wurde es immer mehr, denn die Ärzte, Verkäufer, Unternehmer, Beamten, Banker, die aus dem Süden, aus Aix oder von weit her in den Supermarché kamen, zogen es aus kulturellen oder Gewissensgründen vor, ihre Einkäufe beim «Franzosen» zu erledigen. Er vertickte solche Mengen an Stoff, dass sein Caïd zuerst zwei, dann drei «Hebammen» – alleinstehende Frauen, die für fünf- bis zehntausend Euro monatlich ihre Wohnungen als Lager und Fluchtort zur Verfügung stellten – für ihn bezahlte und er sich mehr als jeder andere Dealer erlauben konnte.

Während der ersten zwei Jahre blieb er seinen Plänen treu, legte jeden Euro zur Seite, nutzte die Zeit des Wartens, um zu lernen, und füllte die endlosen Phasen Langerweile mit Büchern, Plänen und mit Träumen von Leichtigkeit und dem Leben in einer Welt, in einem Land und an einem Ort, die extra für ihn und Essia geschaffen waren.

Als sein Vater starb und er feststellte, dass er ihn und seine Mutter in den vergangenen Monaten nicht nur nicht erlebt, sondern vergessen hatte, als fast zeitgleich Essias Vater starb, als er sie bei dessen Beerdigung auf dem Friedhof wiedersah und sie Lichtjahre von sich entfernt fand, fremd, war er so weit, dass die Stadt ihre Nägel in ihn schlagen konnte. Seine Welt und seine Bestimmung, alles, wofür er gearbeitet, ausgehalten, gewacht, gelernt hatte, war nur noch auf eine Weise erreichbar – mit Dope.

Und während Essia zu ihrem kometenhaften Aufstieg als DJ Azeera ansetzte, wurde Raffael zu seinem eigenen besten Kunden. So lange, bis alles Geld, das er sich erspart hatte, weg war, er unzufrieden wurde, bitter, neidisch und unzuverlässig. Und wie Unzählige vor ihm geriet er in den klaffenden Spalt zwischen drogeninduziertem Größenwahn und Verzweiflung, hinterging seinen Caïd und musste – wollte er sich das bisschen Leben, das ihm blieb, erhalten – fliehen.

Abgebrannt und ausgehungert, mit nichts als endlos leerer Zeit, Schuldzuweisungen und Arroganz, landete er schließlich im Tausend-Seelen-Dorf Catalat de Belmont ein paar hundert Kilometer nördlich seiner Stadt, wo er mehr aus Trägheit denn aus einer bewussten Entscheidung heraus hängenblieb. Er meldete sich im Einwohneramt, gab als Beruf Schriftsteller an und als Herkunft den Schmelztiegel kultureller Buntheit, als der Marseille bei den Kaviar-Sozialisten des Landes galt, und wurde als Folge der damaligen in Ämtern grassierenden Mentalität, die echte und eingebildete «Opfer der Gesellschaft» ohne nachzufragen und ohne Ausnahme adelte, umgehend in einem HLM, einer subventionierten Wohnung, untergebracht und mit Sozialgeld bedacht. Die Summe deckte freilich nicht mal richtig den Budgetposten «Bier», und so ging er dazu über, sich in regelmäßigen Abständen mit Fördergesuchen an die Kulturkommissionen der Gemeinde, des Departements und des Landes zu wenden.

Mit einem glasklaren und messerscharfen, in den Wohnsilos von Marseille geschliffenen Gespür für den herrschenden Zeitgeist reichte er alle paar Monate dreißig extra zu diesem Zweck verfasste Seiten eines angeblich in Arbeit befindlichen Romans ein. Pubertärsuizidärer, als Lebensüberdruss getarnter Müll. Gespickt mit den politisch korrekten Kriecherformeln dieser Tage und mit Worten lauer Gesellschaftskritik, die sich im Grunde auf das immer gleiche Fazit reduzieren ließ: «Wir sind Arschlöcher.»

Das kam an: Trotz der Tatsache, dass keines dieser angeblichen Romanprojekte real war, geschweige denn je fertiggestellt wurde, flatterten nach und nach Werkbeiträge zwischen acht- und zwölftausend Euro, Interviewtermine und Einladungen zu Kulturpreisverleihungen herein. Letztere waren zwar lästig, aber Teil des Spiels, und er brachte sie in der Regel zugedröhnt in unübertrefflich abgehobener Weise hinter sich.

Den Großteil seiner Zeit verbrachte er allerdings in seiner kleinen HLM-Siedlung vis-à-vis des Collèges mit Schlafen, Rauchen und Trinken und in Gesellschaft seiner Nachbarn, in deren Augen er ein «Intellectuel» der Arbeiterklasse und eine Art Held war. Der Rest des Dorfes, die normalen Leute, die arbeiteten und die Steuern zahlten, von denen er lebte, hielten ihn für einen «Abruti» – eines der Arschlöcher seiner Romanentwürfe.

Dann kam die Virus-Sache, und quasi über Nacht wurde alles anders. Die Kulturkommissionen bestanden zwar weiterhin in voller Besatzung, aber das zusammengestrichene Budget schien nur noch für die Löhne ihrer Beauftragten zu reichen, das monatliche Sozialgeld wurde ganz gestrichen, die Anlagen der HLM wurden nicht mehr gereinigt, Bier und Dope konnte er vergessen, Strom und Wasser wurden abgeschaltet, und der Hunger war zurück.

Und da passierte etwas mit ihm oder in ihm, das ihn auch Monate später noch erstaunte: Er wollte nicht nur schreiben, er schrieb. Fieberhaft, frierend, mit leerem Magen, tage- und nächtelang. Außerdem *sah* er. Sah den Dreck in seiner Wohnung, den Müll draußen im gemeinsamen Hof und vor den Türen, sah die Hunde, die ehemals «treuesten Freunde» der HLM-Bewohnerschaft, denen zu Dutzenden die Türen gewiesen wurden und die abgemagert, räudig und mit eingezogenen Schwänzen den Müll durchwühlten.

Und vor allem sah er den Kerl, der er geworden war. Aber entgegen dem, was er zum Zweck des Erhalts von Förderbeiträgen in seine von Schwärze triefenden Gesuche gepackt hatte, lag es nicht in seiner Natur, sich zu zerfleischen, zu grämen und zu verzweifeln an «Umständen» und dem, was vorbei war. Mit derselben Energie wie damals in den Eingangshallen der Wohnsilos seiner Stadt und dem Wissen um sein Ertragen-Können machte er sich daran, die Dinge zu verändern. Um Mitternacht stand er auf und schrieb bis neun Uhr. Dann ging er raus und runter zum Bach beim verwaisten Feriendorf, wusch sich und machte sich auf die Suche nach Arbeit. Nichts wäre ihm zu wenig gewesen oder zu hart. Trotzdem fand er lange nichts. Keiner traute ihm über den Weg.

Besser wurde es erst, als ihm ein Bauer ein paar Kilometer weiter auf Zureden seiner Frau hin den Auftrag zuwies, die Pfosten für den Zaun um eine zwei Hektar große Trüffelzucht zu setzen. Er hatte damals seit zwei Tagen nichts gegessen, und bereits beim ersten Stoß mit den Steckeisen war ihm klar, dass das hier die Hölle würde. Aber die Hölle hatte nichts Neues für ihn, und er zog das Ding schlotternd, schwitzend, kotzend und entgegen der an ihm zerrenden Ohnmacht durch. Schüttelte nur den Kopf, als die Frau kam und ihn einlud, mit der Familie zu Mittag zu essen, und musste am Abend und im Finstern von den letzten drei Pfosten, die noch zu setzen waren, weggezerrt werden. Von da an ging es bergauf. Geld und Lebensmittel, die er verdiente, reichten für ihn und die Hunde. Und seit langer Zeit zum ersten Mal war er glücklich.

Wie glatt die Oberfläche dieses Glücks jedoch war, wie spiegelglatt, merkte er erst, als sein ehemaliger Caïd Ahmed Merac mitten hineintrat und er auszurutschen und ins Leere zu fallen drohte.

Ahmed nannte sich jetzt Marouan und brachte die Stadt in sein Leben zurück. Und mit ihr Essia.

✦ ✦ ✦

Berlin, Dahlem

Es war eins der Häuser mit Bahnhofseele, wie es sie überall auf der Welt gab. Egal, ob sie verloren und verfallen in der Weite einer Landschaft neben Gleisen standen, die es längst nicht mehr gab, in Parks von Nobelvierteln, eingezwängt an engen Durchgängen oder geduckt an Kreuzungen in Großstädten – alle hatten sie etwas Unscheinbares an sich, als seien sie bloß hier, um auf die Größe von Möglichkeiten in der Ferne hinzuweisen.

Gleichzeitig bargen sie hartnäckig Zeitloses in ihrer leichten Seele, zähe Standhaftigkeit und die bescheidene, aber nie flüchtige Wärme einer Heimkehr. Jo Burger hatte Brun angeboten, das Haus für das Team vorbereiten zu lassen, aber der hatte abgelehnt mit der Begründung, es sei besser, so wenige Leute wie möglich in die Sache, die vielleicht gar keine war, hinein zu ziehen.

Die Wahrheit war indes eine andere, und er wusste, dass Burger sie kannte: Es war das Warten, dem er tätig auszuweichen gedachte. Das Warten auf seine Leute, die Ungewissheit darüber, ob sie kommen würden oder nicht.

Sobald der Mietvertrag auf den Namen «Pharmalaw GmbH» unter Dach und Fach gewesen war, hatte er die Anzeige in der wöchentlich erscheinenden Online-Ausgabe der Schweizer Zeitschrift «Dein Tier» in der Kleinanzeigenrubrik «Dies und Das» erscheinen lassen. Zwei Zeilen nur: *Pharmalaw GmbH, Produktzulassungen Pharmaziebereich, Auf dem Grat 10, Berlin.*

Das Inserat war seit 14 Stunden online, und Carl Brun, der den größten Teil seines Berufslebens – was im Grunde mit seinem Leben gleichzusetzen war – wartend verbracht hatte, was ihn bisher aber nicht gestört hatte, versuchte, nicht darüber nachzudenken oder abzuwiegeln. Warten an Busstationen, in Hotellobbys, in Autos sitzend und in Mannschaftswagen, auf Parkbänken, in Restaurants, an Bahnhöfen und Flughäfen. Warten an Mauern gelehnt, auf Betten liegend, rauchend, sitzend, auf und ab gehend. Warten auf Zielpersonen, Informanten, Agenten, Freunde, Feinde, Informationen, Resultate. Warten auf sein Team. Seine Leute. Wie jetzt. Nichts Neues.

Und doch war es anders. Diesmal war die Chance, dass sie kämen, und sei es ausschließlich seinetwegen, geringer als sonst. Alles hatte sich mit ihrem *Not-Exit* vor zwei Jahren verändert. Sie waren von jenen, für die sie ihr Leben gegeben hätten, verraten worden. Enttarnt. Im Grunde zum Abschuss freigegeben.

Dass die Mehrheit der Schweizer Bevölkerung in der Zwischenzeit auf demokratischem Weg entschieden hatte, künftig nichts mehr zu entscheiden und sich stattdessen dem Willen und Gutdünken internationaler Superbehörden und der EU zu fügen, die eigene Einebnung auf kulturelles, wirtschaftliches und finanzielles Mittelmaß unter dem Zauberwort «Inklusion» gut zu finden und künftig im solcherart begrenzten Korridor, wo es kein «zu stark», «zu schwach», «zu links» oder «zu rechts» geben durfte, ihr Glück in überwachter Sicherheit zu suchen, machte die Sache nicht besser.

«Ratten, die unter Laborbedingungen ihren Weg durch Plexiglaskanäle zur Futterausgabe zurücklegen, glauben auch, frei zu sein», hatte Brun zu Burger gesagt. «Warum eingreifen, wenn sie zufrieden sind? Warum ihnen Angst einjagen und mit Freiheit drohen, wo ihnen die Wärme des Stalls so behagt?»

Burger hatte darauf nichts gesagt. Er wusste, dass genau da der Grund lag. Seiner ebenso, wie Bruns. Ihr Urgrund vielleicht. Demokratie bedeutete eben auch, dass der Mehrheit, die solches wollte – die das eigene Leben ohne Probleme zur Verwaltung freigab –, eine Minderheit gegenüberstand. Im Fall der Schweiz und ihrer Selbstaufgabe bestand diese Minderheit aus knapp einem Viertel der Bevölkerung. Aus jenen Menschen, die sich mit aller Kraft gegen die eigene Reduzierung auf Protektoratsniveau gewehrt hatten. Jene, die auch weiterhin Ruf und Beruf riskierten, um der Freiheit von Jahrhunderten willen. Ihretwegen war er jetzt hier. Ihretwegen hielt er die Warterei aus. Und ihretwegen würde er die Sache hier auch mit einer Miettruppe durchziehen, wenn seine Leute nicht kämen. Es ging ja nicht um eine Riesenoperation, sondern lediglich um die diskrete Beschaffung von Informationen über ein paar Telefonverbindungen und den Inhalt einiger Mitteilungen. Sie würden Jens Alders Informantin, dieser Juli Zidek vom BND, unbemerkt auf den Zahn fühlen und abseits der offiziellen Wege versuchen, die verdächtigen Anrufe konkreten Personen zuzuordnen und diese unter die Lupe zu nehmen. Die größte Herausforderung war dabei jene, nirgends anzustoßen und nichts fallen zu lassen.

Als er jetzt den gemieteten VW Passat im Nieselregen vor dem eisernen Gartentor abstellte, die Einkäufe vom Rücksitz nahm und in der Dämmerung des frühen Abends dem in seiner Biederkeit seltsam tröstlichen Plattenweg zur Haustür der Villa folgte, trug er in sich den Eindruck eines Stücks klaren Nachthimmels, das irgendwo im Norden auf dem Wasser treibend auf ihn wartete. Freiheit. Nur das. Die schwerstmögliche Bürde, die einer tragen konnte. Die größte Weite.

Er schloss auf, trat ein, gab der Tür hinter sich mit der Schulter einen Stoß und ging zielstrebig durch eine leere kalte Halle, in deren nordöstlicher Ecke gemäß Grundriss ein Durchschlupf zur Küche liegen musste. Die Pläne logen nicht. Er trat ein. Auch hier schlug ihm Kälte entgegen. Sie hatte nichts mit der Temperatur des Raums zu tun, sondern mit Abwesenheit. Und mit Zweifeln vielleicht. Er schob das Gefühl beiseite und wuchtete die Säcke mit den Lebensmitteln auf den großen Holztisch.

Plötzlich hielt er abrupt inne und drehte sich, in einer fließenden Bewegung um die eigene Achse, erneut der Tür zu. In ihrem Rahmen stand ein Mann, der, obwohl auf den Zentimeter genau gleich groß wie er selber, wuchtiger und größer wirkte. Er hatte den Kopf mit dem unter einer schwarzen Wollmütze zu einem Pferdeschwanz gebundenen Haar in den Nacken gelegt und schien dabei die obere Verkleidung der Mauerlaibung zu studieren.

«Hässliche Hütte, aber gute Arbeit», meinte er endlich, löste den Blick von den handwerklichen Feinheiten des Türfutters und richtete ihn auf Brun, der jetzt, seinerseits unverhohlene Freude in den Augen, die Arme vor der Brust verschränkt, am Tisch lehnte.

«Bevor du jetzt deiner Dankbarkeit für mein Kommen Ausdruck verleihst und mir dein Leben inklusive Seele – sofern vorhanden – als Pfand anträgst: Gibt's Kaffee?»

Piet van Laer, der einmal Peter Hauser geheißen und in einem anderen Leben unter Brun in einer militärischen Sondereinheit gedient hatte, was in ihrem Fall und bei der Natur ihrer Einsätze auf die Formel «mit dem Leben davongekommen» hinauslief, trat endlich über die Schwelle. Brun hatte ihn vor ein paar Jahren und im Rahmen eines unmöglichen Jobs in sein Team beim Nachrichtendienst des Bundes geholt, der damals noch Dienst für Analyse und Prävention geheißen hatte. Dann ein weiteres Mal für einen weiteren Job, der ohne Vorwarnung aus dem Ruder und auf das bekannte «mit dem Leben davongekommen» hinausgelaufen war.

Seit jener Nacht im Schweizerisch-Österreichischen Grenzgebiet, als klar war, dass man sie zuhause nicht mit offenen Armen empfangen würde, sondern vielmehr die Absicht hatte, ihnen den ganzen stinkenden Unrat, der aus der Kloake des Politischen überzulaufen drohte, anzuhängen, hatten sie sich nicht mehr gesehen oder gehört. Und trotzdem war er da.

«Du bist früh», sagte Brun.

«War in der Nähe.» Piet trat an den Tisch, beugte sich über die Plastiktaschen und stocherte in den Einkäufen herum. «Einsatzfraß», verkündete er schließlich das Urteil, als er seine Untersuchung abgeschlossen hatte, lehnte sich neben Brun an den Tisch, holte ein Softpack mit Zigaretten aus der Tasche seiner karierten gefütterten Jacke und hielt es Brun hin. In der Zeit, die der Rauch brauchte, um zur Decke zu steigen, verzogen sich auch die Fragen. *Wo warst du? Wie ist es dir ergangen? Für wen hast du gearbeitet? Warum bist du hier?*

Sie zu stellen und zu beantworten lief stets auf mit Vertrauen verwechselte Vertraulichkeit hinaus, kurzatmige Offenheit, die Türen nachhaltiger zuschlug und besser verschloss als jede Lüge. Kameradschaft hieß Nichtwissen aushalten, Unbekanntes, Distanz. Vertrauen eben.

«Gibt's auch Holz dazu?», fragte Piet, der jetzt ratlos vor dem geduckten Kamin stand, in dessen missmutiges niedriges Eck er seine Kippe mit Daumen und Mittelfinger gepfeffert hatte, während Brun den Inhalt der Säcke in Kühlschrank und andere Schränke verstaute.

«Draußen», antwortete Brun und deutete auf eine Fenstertür am anderen Ende der Küche, die auf eine kleine quadratische Terrasse hinausführte.

Den Rest des Abends verbrachten sie, nachdem Piet mit nassem Holz Feuer und Brun Brote gemacht hatte und nach einer Runde durch das behelfsmäßig möblierte Haus, größtenteils schweigend, jeder eine Flasche Bier in der Hand vor dem Kamin sitzend. Jeder auf seine Art müde von der Reise heute und jener durch die vergangenen zwei Jahre. Worte waren unnötig. Keiner musste bekehrt, überzeugt, überredet oder gar gekauft, keinem mit Pflicht und Verantwortung gekommen werden. Sie hatten in der Vergangenheit über Wochen zusammen in Erdlöchern in Wüsten gehaust, in Zelten, in Verschlägen. Waren nächtelang schweigend und bewegungslos im Dunkeln und im Regen gekauert, nichts als das dröhnende Rauschen des Wassers und den Atem des anderen im Ohr. In Hecks von Flugzeugen, Hubschraubern und in Mannschaftswagen hatten sie sich mit Blicken verständigt, mit Handzeichen, wenn's hochkam. Worte wurden überschätzt.

Außerdem brachte die Nacht ihre eigenen Worte mit, die Bruns Brust weit und die Kehle eng werden ließen: Sein Team traf ein.

Irgendwann, es war um Mitternacht, kam Vali. Valentin Röthlisberger, der Älteste der Truppe und der beste Überwachungsspezialist, den Brun je getroffen hatte. Die Tatsache, dass über Jahre jeder Geheimdienst-Novize der Schweiz und befreundeter Dienste früher oder später durch seine Hände ging, sprach dafür, dass andere das genauso sahen.

Später dann, es ging bereits gegen Morgen, drangen von der Straße das metallene Rollen und der Knall der Schiebetür eines Vans herein.

«Ich setze auf drei», kam es von Piet, der zuerst zu Brun und dann Bestätigung heischend hinter sich zu Vali blickte, welcher dem Feuer halb zugewandt scheinbar dösend am Tisch saß.

Dieser beschränkte sich, ohne die Augen zu öffnen, auf die Andeutung eines Altmännerlächelns, das breiter wurde, als Brun widersprach:

«Vier», sagte er. «Es sind zwei Wagen. Ich setze auf vier.»

Brun behielt recht: Herein kamen wenige Minuten später und beladen mit jeder Menge Gepäck Sava Nina Perroulaz, das Muttertier des Teams, Nouriel Blum, ihr Partner in Leben und Beruf, Lorenz

Balmer, der IT-Spezialist, den Piet einmal den «Asperger-Jungen» genannt hatte, und schließlich die Frau, auf die ein Teil von Brun in jeder Sekunde wartete: Jezreel Vidali. Seine Frau.

Nachdem Besson und seine Clique ihnen bei ihrem letzten Auftrag zum eigenen Machterhalt nicht weniger zur Last gelegt hatten als die Freisetzung eines tödlichen Erregers, der zuerst Europa und dann die ganze Welt in helle Panik versetzte, hatten sie fliehen müssen. Jeder auf sich allein gestellt auf dem Fluchtweg, der für diesen unwahrscheinlichen Fall bereits vor Jahren angelegt worden und der nicht breit genug war für zwei. Das galt aber nicht für das Ziel der Flucht, und als Brun Jezreel in einer Jagdhütte auf einer Waldlichtung im Kocevje, Slowenien, aufgestöbert hatte, hatte der Platz gereicht, um zu bleiben. Eine Weile jedenfalls. Genug Zeit, um zu realisieren, dass, wie das Höchste in allem, das der Mensch erreichen konnte, auch die Liebe ein schmaler Grat war. Genug Zeit, um bei Saubohneneintopf und wässrigem Kaffee der Frage nachzugehen, ob die Summe all dieser Grate Gott sei. Und genug Zeit, um in der Kirche im fünf Kilometer entfernten Dreißig-Seelen-Dorf ein Versprechen zu geben. Dann war er gegangen im Wissen, dass sonst *sie* es wäre, die ginge; an einen Ort in großer Distanz, wo sie neue Kraft für das Wagnis großer Nähe ein paar Wochen später sammeln würde.

Brun blickte in die Runde, als könne er immer noch nicht glauben, dass sie alle hier waren. Allesamt militärisch ausgebildet und für den Krieg geschliffen. Ein Krieg der zum größten Teil daraus bestand, Informationen auszuwerten, welche sie von Menschen erhielten, die sie beschatteten, belogen, erzogen, kauften, unterstützten, lenkten, verfolgten und im Notfall liquidierten. «Aufklärung und besondere Aufgaben», hieß es offiziell.

Bis vor zwei Jahren hatten sie ein Team für sogenannte «spezielle Operationen» des NDB gebildet – Bruns Familie, die man auf dem Altar von Größenwahn und Herrschsucht geopfert hatte. Und die jetzt hier war, um erneut Krieg im Dunkeln zu führen für den kleinen Alpenstaat und für jene seiner Einwohner, die sich mit allen Mitteln gewehrt hatten gegen die Preisgabe der Freiheit und es immer noch taten, ohne eine Chance zu haben.

Mit einem Schlag war die Küche voller Leben. Hände wurden geschüttelt, ruhten auf Schultern und kamen in Nacken zu liegen, Wangen wurden geküsst, Arme gedrückt. Blicke tasteten Gesichter nach Spuren der Veränderung ab und trafen in anderen auf Erkennen. Worte flogen durcheinander, Jacken und Mäntel wurden auf Stuhllehnen gepackt, Taschen bei der Tür aufgeschichtet.

Brun – Teilnehmer und Initiator der ungesehenen Feier – lehnte in der Ecke der Küchenkombi. Er hatte Befangenheit befürchtet, falsche Überzeugung, die sich aus dem Zorn des Verrats speiste, Bereitschaft zum Einsatz, die in Wahrheit der Wille zur Rache war. Seine Furcht war unbegründet, und entsprechend war seine Erleichterung, als er jetzt sah, dass sie auf demselben Stück Grund standen wie er und dass keiner von ihnen vorgab, Vergangenheit sei vergangen, wo sie in Wahrheit die Gegenwart bestimmte.

Er schreckte aus seinen Betrachtungen auf, als Sava, die zu ihm getreten war, etwas fragte.

«Entschuldige. Was hast du gesagt?» Das Lachen, mit dem sie – gespielt vorwurfsvoll die früher roten und jetzt blond gefärbten Locken schüttelnd – seine Worte quittierte, war ansteckend und wies Spuren von Übermut auf.

«Ich sagte, du solltest deine Vaterfreuden dort drüben ausleben. Ich brauche den Platz hier.»

Sprach's und begann mit der systematischen Inspektion der Schrank-Inhalte, holte Pfannen hervor, Schneidebrett, Messer, und bereits wenige Minuten später wurde der vor Stundenfrist noch kalte Raum von Düften echten Essens durchzogen.

Als sie wenig später um den Tisch herumsaßen, jeder seinen Teller gefüllt hatte und sich für Minuten andächtiges Schweigen über diese Spezialisten des Provisorischen senkte, deren einzige Konstante sie einander waren, traf Bruns Blick kurz auf den von Vali, und er wusste, was er bereits geahnt hatte: Es war gut. Alles. Etwas in ihm drin, das er bis dahin zurückgebunden hatte, wurde losgelassen.

Allem Anschein nach erging es nicht nur ihm so. Als er in die Runde blickte, stellte er fest, dass sämtliche Augen – mit Ausnahme von Lorenz, der für die Wahrnehmung von Zwischenmenschlichem ebenso wenig eingerichtet war wie für alles, was sich nicht in eine Formel packen ließ – auf ihn gerichtet waren. Schließlich war es Nouriel, von dem Piet behauptete, er sei schon in Funktionsklamotten und Allwetterschuhen zur Welt gekommen, der die Frage stellte:

«Was haben wir, Carl?»

Brun legte Messer und Gabel in einem kopfstehenden «V» auf seinen Teller und stützte die Ellbogen auf das Holz des Tisches, um sie gleich wieder runterzunehmen, aufzustehen und den für ihn so typischen Lauf aufzunehmen, während er sprach. Hin und her. Hin und her.

«Wir haben von Jens Alder die Information, dass die Amerikaner Mitteilungen abgefangen haben, die auf einen möglichen Anschlag in oder um Basel hindeuten. Die Information kommt von einem von Alders BND-Informanten. Eine Frau. Er schläft zwar mit ihr, ist aber felsenfest davon überzeugt, dass was dran ist. Oder besser: Dass sie, sofern die Info falsch und gestreut ist, davon nichts weiß.»

Es war unnötig zu erwähnen, dass letzteres für die hier versammelten Leute nur insofern eine Rolle spielte, als dass sie die Möglichkeit einer gezielten Falschinformation als Szenario von Anfang an mit einbeziehen mussten.

«Was sagt der Kontakt? Was sind das für Mitteilungen, die die Amis abgefangen haben wollen?»

«Das Übliche», antwortete Brun. «Mitteilungen, die automatisch herausgefiltert und näher überprüft werden, weil sie Schlüsselwörter wie «Fest», «Feiern», «Gäste», «Geschenke» und so weiter enthalten. Offenbar sind während einiger Zeit auffallend viele solche Mitteilungen aufgetaucht, die neben diesen möglichen Code-Worten auch immer wieder den Standort Basel erwähnten.»

«Dann gehen wir also von vier möglichen Szenarien aus?», stellte Piet mehr fest, als dass er fragte.

«Richtig», bestätigte Brun.

Sava zählte an den Fingern ab: «Eine echte Gefahrenlage» – Daumen –, «eine gezielte Falschinformation» – Zeigefinger –, «ein Fehlalarm oder …?» – sie war beim Ringfinger angelangt und blickte fragend auf.

«Eine inszenierte echte Gefahrenlage. Ein Täuschungsmanöver.»

Es war Jezreel Vidali, von deren Stimme Brun glaubte, er trage sie seit tausend Jahren in sich und die er am heutigen Abend zum ersten Mal richtig hörte. Sie gab dem, was jeder wusste, einen Namen. Dass es nämlich für eine Regierung nie ein Zuwenig, sondern nur ein Zuviel an Frieden geben konnte. Zu wenig Gefahr und zu wenige Gelegenheiten, die bewaffnete Macht als Rettung zu verkaufen. Dass Gewalt immer nützlich und alle Macht seit jeher bereit gewesen war, sie notfalls selbst zu initiieren, wenn sie sich nicht von selbst ergab.

«Wir haben also im Grunde wieder mal nichts, aber sollen es verhindern. Sehe ich das richtig?» Nouriels Frage war eine Feststellung.

«Sieht ganz so aus», bestätigte Brun. Was für andere Menschen ein Grund zu Entmutigung und Groll gewesen wäre, war für diese sieben hier Startschuss und Motor zugleich.

Brun setzte sich wieder, zog die Pfanne zu sich heran und häufte sich eine weitere Portion Pasta auf den Teller. Der Menge nach zu urteilen, war er in Gedanken ganz woanders.

«Ich schlage vor, dass wir uns erst mal um das Haus kümmern», sagte er schließlich. «Lorenz?»

«Sechs», antwortete der Angesprochene, der dem Alter in seinem Pass nach ein junger Mann, der Erscheinung und Wirkung nach jedoch ein dünner, hoch aufgeschossener, schlaksiger Junge geblieben war. Er saß vor einem aufgeklappten Laptop. Das Essen im Teller daneben, von dem er sich ab und zu eine Gabel voll in den Mund stopfte, ohne es zu merken, war längst kalt.

«Gut», sagte Brun. «Kann sein, dass unser Hiersein früher oder später jemanden zu einem Besuch motiviert. Und dann will ich wissen, wer es ist. Sind die Kameras outdoor-tauglich?»

«Hmm», kam es aus Richtung des Rechners.

«Okay. Dann los. Piet, Nouriel – übernehmt ihr die Montage im Haus. Ich sehe zu, dass ich draußen fertig werde, bevor die Nachbarn aufstehen. Sava, kannst du …?»

«Lass nur, ich mach das schon», kam Nouriel ihr zuvor, machte sich an einer der schwarzen Taschen beim Eingang zu schaffen und holte sechs Minikameras hervor. Das Gehäuse jeweils nicht größer als eine Zwei-Euro-Münze, das Kamera-Auge selber vom Durchmesser eines durchschnittlichen Zigarettenfilters. Trotzdem würden die batteriebetriebenen Augen ab dem Moment ihrer Inbetriebnahme auf jede Bewegung reagieren und bei Tag und bei Nacht gestochen scharfe Bilder via App auf Lorenz' Rechner senden.

«Danke, Nour. Lass sehen.» Brun trat zusammen mit Piet hinzu. Dann schien ihm etwas einzufallen, und er drehte sich wieder den anderen zu: «Lagebesprechung um zehn. Seht zu, dass ihr etwas Schlaf kriegt. Und Sava ...» – er deutete mit dem Kinn in Richtung Lorenz – «... er auch.»

✦ ✦ ✦

Berlin, Botschaft der Vereinigten Staaten von Amerika

50 Lebensjahre boten genug Platz für jede Menge Titel. Aber egal ob Berater für Sicherheits- und Außenpolitik, Präsident des Council on Foreign Relations, Gründer und Inhaber von Grabowsky Risk Strategy Group, Verteidigungsminister oder Ehrenprofessor für was auch immer: Was Christian Grabowsky in all diesen Funktionen tat, war im Grunde stets dasselbe: Reisen und Reden. Letzteres meistens in erbärmlich heruntergekommenen Räumen mit dem Charme eines Aufbahrungszimmers wie diesem hier. Beides im Interesse jenes Landes, dem er sich selbst verdankte – den Vereinigten Staaten von Amerika. Er glaubte, nichts Politisches und nichts Menschliches – was oft auf dasselbe hinauslief und von deprimierender Durchschnittlichkeit war – sei ihm fremd oder könne ihn überraschen. Als umso unangemessener empfand er den eigenen fast kindlichen Stolz, wenn er an «WIR» dachte. «WIR» stand für *Werte – Interessen – Rückbesinnung* und war die wie eine Revolution gefeierte, spontan entstandene und organisch gewachsene Bewegung, an deren Ende Bundeskanzler Eric Hessberg stand. In Wahrheit ein minutiös geplantes und umgesetztes Konzept, wie jeder Produkt-Launch es erforderte.

Spontan und organisch war dabei gar nichts – im Gegenteil. Probeläufe hatte es genug gegeben. Aber im Vergleich mit «C» in Spanien, «République en Marche» in Frankreich, «Liste Kurz» in Österreich, «MAGA» in der Heimat, dem «Block Poroschenko» in der

Ukraine oder «Operation Libero» in der Schweiz war «WIR» eine Art Meisterstück. *Sein* Meisterstück. Alles andere gelungene Projekte; wichtig, aber nicht entscheidend. «WIR» war eine andere Liga. Von der ersten Analyse vor bald zehn Jahren über die Zieldefinition, die Zielgruppenanalyse und -ansprache bis hin zu den äußersten Verästelungen der Maßnahmen, des Controllings und der Finanzierung war die Operation ein Kunstwerk. So perfekt künstlich, dass sie jeden Vergleich mit der Wirklichkeit für sich entschied.

Außerdem war das hier Europa. Und Deutschland noch dazu. «MAGA» war eine große Nummer gewesen. Aber trotz der Größe verhältnismäßig problemlos in einem Land, dessen Mehrheit nichts so liebte wie Schwarz-Weiß-Konzepte. Die über die Jahre verdichtete Polarisierung hatte zwar auch in Europa und Deutschland mehr davon zugelassen. Aber die Deutschen blieben anders. Hoch spekulativ in einer gleichsam zelebrierten und unbewussten Zerrissenheit. Träumer, Hyperrealisten, vergangenheitsbeschwörende und zukunftsfürchtige Gegenwartsverweigerer. Komplexbeladene Autoflagellanten, radikale Dulder. Eine Bande von Besserwissern, die einander und den Rest der Welt wie Inklusionsschüler behandelten. Pragmatische Grübler und disziplinierte Schaffer, die sich über eine Spesenaffäre, bei der es um 700 Euro ging, über Wochen in Rage redeten und schrieben, während gleichzeitig völlig unbeachtet die Wirtschaft abschmieren, die Währung kollabieren und die Zukunft sich via Transferunion buchstäblich auf Französisch verabschieden konnte. Ja – «WIR» war ein Chef d'œuvre, ein perfekter Mechanismus, in dem jedes kleinste Detail auf alles andere abgestimmt war.

Der Entscheid, die Finanzierung der Bewegung über die Europäische Investitionsbank, die zusammen mit dem Europäischen Investitionsfonds die EIB-Gruppe bildet, und die EZB laufen zu lassen, hatte sich schon in anderen Ländern bewährt und tat es im Fall des letzten und größten Projekts immer noch. Die wöchentlich hunderten Millionen von Förderbeiträgen, Krediten und Bürgschaften, die die EIB aufgrund der politischen Schwerpunktthemen der EU an Firmen, Stiftungen und NGOs vergab, wurden zwar allesamt via Pressemitteilung kommuniziert, fanden aber in den Medien kaum Widerhall. Es interessierte keinen, obwohl über diese Institution, die zwar im Besitz der Mitgliedstaaten, nicht aber an Weisungen der Kommission oder des Parlaments gebunden ist, buchstäblich ungezählte Milliarden in Kanäle sickerten, von denen man weder wusste, wohin sie an ihrem Ende führten, noch ob die reale Möglichkeit eines Rückflusses bestand. Das Ganze finanziert über die Emission von EIB-Anleihen, die nie auf den Markt kamen – wo sie auch keine Käufer gefunden hätten –, sondern direkt von der Europäischen Zentralbank aufgekauft wurden.

Das System war denkbar einfach: Die Gelder flossen von der EIB als Förderbeiträge an verschiedene private Empfänger, die wiederum aus privaten Gründen «WIR» und damit Eric Hessberg unterstützten. Dass eine Marge hängenblieb und die Spenden von der Steuer abgesetzt werden konnten, machte die Sache außerdem für die Unterstützer über den ideellen Wert hinaus, der in Wahrheit ein ideologischer war, äußerst reizvoll.

Der Rest von «WIR» war konsequentes Branding gewesen. Aufbau, Einführung und Weiterentwicklung des Produkts «Eric Hessberg» in einem übersättigten Markt.

Der Grund für Grabowskys Stolz lag in der Natürlichkeit der Sache. Die Vorläufer-Bewegungen waren den Geruch des Inszenierten nie ganz losgeworden. Die Plötzlichkeit, mit der sie dagewesen waren, aus dem buchstäblichen Nichts heraus, roch nach Konzept, Professionalität und großen Summen. Nicht so «WIR». In diesem Fall war die Illusion, dass es sich bei der Bewegung um eine Art evolutionärer Konsequenz handelte, nahezu perfekt gewesen.

«WIR» war aus den Trümmern des Offenbarungseides der Vorgängerregierung entstanden, es war die Erfüllung der Sehnsucht nach Ordnung und heiler Welt mitten im scheinbar tumultartigen Sich-Auflösen des Vertrauten. Dass das Neue, das man den Menschen in der Folge anbot, nichts anderes war als das bewährte Format einer auf das Politische adaptierten TV-Talentshow, welche die niederen Instinkte – Angst, Faulheit, Sehnsucht, Neid, Hoffnung und Häme – ansprach, fiel nicht auf. Sogar bei denen, die bereit und willens waren, überall Verschwörungen zu sehen, hatte Ratlosigkeit grassiert.

«WIR» war Eric Hessberg – ein Einzelner, der die Kraft und den Willen hatte, der Sehnsucht der Menschen eine Stimme zu geben und dafür Tag und Nacht unter Einsatz alles Eigenen zu schuften.

Dass die hochprofessionelle Maschine «WIR» einen Tick zu studiomäßig, zu sauber daherkam und trotz der Tatsache, dass im bestehenden Regime längst kein Mann von echtem Wert mehr Erfolg haben konnte, fiel nicht ins Gewicht. Die Menschen waren dermaßen bereit gewesen, abgeholt zu werden, dass sogar die Omnipräsenz der Kampagne in den sozialen Netzwerken und den elektronischen Medien als Zufall und glückliche Fügung hingenommen wurde. Für jeden war etwas dabei: Feminismus im Gewand eines Prinzen für die Frauen, blanker Sexappeal der Kampagnencrew für die Männer, sozialistische Einhorn-Erotik für die Millennials, Menschlichkeit für die Millionen Neu-Eingewanderter, Kontinuität am Staatstrog für die Beamten, Menschenrechte, Gleichheit und kanalisierte Freiheit für die intellektuelle Elite. Das Ganze neben einem Konkurrenten der Grünen, der eine sogenannt «soziale» Agenda vorantrieb, was bedeutete, dass genehme, sprich: dem Staat nahestehende Unternehmen steuerlich massiv entlastet, dem Bürger zum Erwerb unerschwinglicher ressourcenschonender Güter geraten und ansonsten nahegelegt wurde, an die Magie von Reichtum durch Mangel zu glauben und sich glücklich zu wähnen. Glücklich der Teilhabe an dem großen Sprung nach vorne in eine harmonische Zukunft, in der sich Hyperproduktivität und damit Wohlstand vollkommen grundlos, aber zwingend irgendwann einstellen würden; eine Zukunft, in der es für alle von allem genug gäbe und in der ganz nebenbei von Berlin aus der Planet seiner Gesundung entgegengeführt werden konnte.

Als sich dann herauszustellen begann, dass «grün» und «heil» in lupenrein platonischem Sinn bedeutete, dass die Leinwand der Gesellschaft und der Charakter des Einzelnen mittels Verboten, mehr Zwang, mehr Kontrolle und immer mehr Geld gereinigt werden sollte, fing alles Magische zu bröckeln an, und der Platz für die Stimme der Vernunft in Gestalt des Kandidaten Eric Hessberg war bereit.

Nach dieser Glanzleistung, dem Marathon, der zum amtierenden Hoffnungsträger Hessberg geführt hatte, war es nur logisch, dass das mitgeschnittene Gespräch zwischen Letzterem und dessen Frau, Joan Hessberg, Grabowsky Sorgen bereitete. Bahlow, dieser Idiot …

In diesem Moment wurde die mit Holzimitat verkleidete Tür geöffnet und der Gegenstand seiner unerfreulichen Gedanken trat in Person von Franz Bahlow ein. Ihm folgten Steffen Arndt, der Kanzleramtschef, dessen herausragendes äußeres Merkmal der Körperumfang eines Meeressäugers war. Hinter ihm Peter Juchatz, Chef des BND, und Sibel Marquardt, eines von Juchatz' Ex-Betthäschen und dank diesem Umstand die Chefin der «East StratCom Task Force», dem EU-Büro zur Desinformations-Bekämpfung.

Grabowsky erinnerte sich noch gut an den Wirbel, den es gegeben hatte, als der neugeschaffene Posten an der Spitze der ebenfalls neuen Einheit an eine unbekannte Deutsche vergeben worden war. Wie jedes Mal, wenn so etwas geschah, hatte sich Bahn gebrochen, was nur in einer Welt gedeihen konnte, wo Menschen nicht für ihre Leistungen befördert wurden und in der Positionen und Handlungen nie an Verantwortung gebunden waren. Eine Welt, in der ausschließlich Beziehungen, Parteijargon und Zungenfertigkeit zählten, wo Anmaßung Bedingung ist und alles durchdringt, und wo es hauptsächlich darum geht, die aktuelle Doktrin so laut und so oft wie möglich nachzubeten. Gute Leute taugen nichts bei diesem Spiel.

Das Resultat solcher Selektion waren ein Heer von Sibel Marquardts und Stürme im Biotop des Staatlichen, die nichts anderes waren als der Hass und der Neid ihrer Gattung.

Das allein war erschütternd genug – aber es war nicht das, was Grabowsky schaudern ließ. Früher war einer erst verdorben worden, nachdem die Mühlen des Bürokratischen seinen Charakter ein paar Jahre in der Mangel gehabt und zu Brei verarbeitet hatten. Heute kamen Leute wie Sibel Marquardt bereits so aus den Universitäten. Ihre größte Stärke waren wertmäßige Leere und Nichtwissen. Wo aber keine Werte waren, da konnte auch nichts zu Brei zermahlen werden. Sie waren dementsprechend flexibel, frei von jeder Identität, aber beherrschten die Prozesse perfekt. Sie waren die adaptierbaren Chiffren des Zeitgeistes und der praktischen Erfordernisse.

Dass der politische Vordergrund, zu dem Sibel Marquardt zählte, zurzeit auf Wunsch des machtpolitischen Hintergrunds weiblich gestaltet werden sollte, hatte bei ihrem Aufstieg auch geholfen. Wo all diese Komponenten sich quasi als i-Tüpfelchen noch mit hundertprozentiger Skrupellosigkeit verbanden, da gab es keine Grenzen mehr. Marquardts Karriere stand dafür geradezu sinnbildhaft:

Sie war als Jungpolitikerin der Christdemokraten und mit nichts als einem angefangenen Studium der Sozialwissenschaften in den Finanzausschuss des Bundestags geholt worden und hatte in Ausschüssen des Wirtschaftsministeriums gewirkt, ohne auch nur die geringste Kenntnis von ökonomischen Zusammenhängen zu haben. Später dann in solchen der Familienpolitik und der Sicherheit. Als der Zeitgeist immer grüner geworden war, hatte sie die Partei gewechselt, kurz im Ausschuss Bildung und Forschung gastiert und dann den Sprung in den Verteidigungsausschuss gemacht. Und irgendwo da hatte Juchatz sie in sein Bett geholt und auf den Posten der Leitung der Task Force gehievt.

Als Letzter betrat General Brian D'Alessio, Befehlshaber des USEUCOM, des Europäischen Kommandos der Streitkräfte der Vereinigten Staaten und damit auch Chef der NATO, das freudlose Zimmer. Die Tatsache, dass das Eintreffen der fünf Personen schweigend vor sich ging, ließ das Trauer-Flair des Raums, vor dessen Fenster verstaubte Lamellenblenden bis an den Boden reichten und zwei Gummibäume seit einem halben Jahrhundert ihre Stellung behaupteten, noch deutlicher hervortreten.

Das Zimmer an sich, Bahlows leidende Opportunisten-Visage, die Langsamkeit, mit der die voll ausgereiften Exemplare des warmen Staats-Habitats sich um den Tisch setzten, als hätte er nichts anderes zu tun, als in der Freude über ihr Hiersein zu schwelgen, peitschte Grabowskys latenten Ärger zu einer unsinnigen Wut, und er machte keinen Versuch, sie zu verhehlen, als er seine Stimme weniger an Bahlow richtete, sondern sie geradezu auf ihn losließ:

«Was sollte die Scheiße, Franz? Willst du es ihm auf die Nase binden? Weißt du, was du damit angerichtet hast?», fauchte er ihn an.

Außer Bahlow schien keiner im Raum zu verstehen, worum es ging.

«Was war denn los?», fragte Sibel Marquardt.

«Halten Sie sich da raus!», fuhr Grabowsky sie an und wandte sich erneut dem Gegenstand seines Angriffs zu.

«Jetzt mach mal halblang, Christo …» Das Gefummel von Bahlows Händen, die krampfhaft einen exakt ausgerichteten Stapel Papiere ordneten, strafte den nonchalant-légeren Ton Lügen.

«Komm mir nicht mit ‹Christo›!», fuhr ihm Grabowsky über den Mund. «Kaum war die Kabinettssitzung zu Ende, hat Hessberg die Anwohnerliste der Händelallee angefordert. Was meinst du, wie lange es gedauert hat, bis er auf die Nummer 173 gestoßen ist? Und rate mal, wo er sich abends nach der Partei-Veranstaltung hat hinfahren lassen. Genau! Gut gemacht, Franz! Aber das ist noch nicht alles. Er hat außerdem noch die Zeit gefunden, einen ehemaligen Kommilitonen zu kontaktieren. Sven Mieling.»

«Und wer ist …?»

Grabowsky fuhr fort, als ob er den Versuch Bahlows, eine Frage zu stellen, nicht wahrgenommen hätte: «Der Zufall will es, dass dieser Sven Mieling einer jener Berater unserer ehemaligen Verteidigungsministerin ist, deretwegen ihr die Sache dann um die Ohren flog. Er hatte während der drei Jahre seines Mandats die höchste Freigabestufe und damit Zugang zu allem. Und er ist nicht von der Sorte, die ihre Honorare mit Loyalität in Verbindung bringen. Jede Frage, die Hessberg ihm stellte, hat er mit großer Sorgfalt und noch größerem Vergnügen beantwortet.»

«Was …?» Bahlow verzichtete auf den neuerlichen Versuch, seine Frage auszuformulieren, und ließ mehr aus Pflichtgefühl denn aus Notwendigkeit dieses eine schüchterne Wort zur Decke steigen.

«Nicht viel, zum Glück. Die Tatsache, dass es von all dem auf unserer Seite absolut nichts Schriftliches gibt, scheint sich auszuzahlen», antwortete Grabowsky. «Alles, was er zu bieten hatte, verbleibt in puncto Verlässlichkeit auf der Stufe Gerücht. Die Kooperationen, die Finanzierung, die Rekrutierungen, Truppen, Einsätze. Nichts Konkretes, außer der Tatsache, dass es das Haus an der Händelallee gibt, von dessen Mieterschaft er auf ein ihm nicht bekanntes Projekt schließen kann. Allerdings scheint die Finanzdienstleister-Fassade zu halten, und er steht mit nichts da als einer wirren Ahnung von Verschwörung. Dass er damit gleich zu Joan gerannt ist, um sich auszuheulen – geschenkt.»

«Und die ‹StratCom›?» Bahlow fragte es wie einer, dessen Safe ausgeräumt worden war und der bebend die doppelten Seitenleisten abtastet, um zu sehen, ob die Diamanten, die dort versteckt waren, noch da sind.

«Nein. Kein Wort davon.»

Bahlow stieß den Atem aus. Es klang schon weniger panisch, als er erneut anhob: «Christian, es tut mir …»

Aber auch diesmal ließ Grabowsky ihn nicht ausreden und schnitt ihm das Wort ab. So lief das Spiel, das er besser als jeder andere beherrschte: Mitleid verweigern und Gnade gewähren. Die Menschen akzeptierten oder wussten es nicht: Auch der härteste Kerl wird schwach, wenn ein Überlegener mit Gnade winkt.

«Schwamm drüber, Franz. Wichtig ist, dass Joan ihm – so beurteile ich die Sache – den Kopf gewaschen hat. Kluge Frau. Und außerdem sein schwacher Punkt. Er würde nie etwas riskieren, womit er sie verlieren könnte.»

Bahlow, sichtlich belebt jetzt, riskierte noch eine Frage:

«Was hat er ihr erzählt?»

«Zum Erzählen kam er gar nicht richtig. Sie hat ihn, als er anhob, sofort ausgebremst. Glaub mir: Sie ist knallhart. Sie würde alles tun, um Position und Status halten zu können. Und genau das hat sie ihm zu verstehen gegeben.» Und an Arndt gewandt:

«Trotzdem sollten wir ihn enger führen. Er wäre nicht der Erste, der glaubt, sich bei voller Fahrt rückwärts aus dem Geschirr winden zu können, ohne dass jemand es bemerkt. Und es wäre nicht das erste Mal, dass es gelingt, weil keiner sich so viel Mut oder Blödheit vorstellen kann. Was ist mit seinem Fahrer, den er ums Verrecken selber einstellen wollte? Ist er vertrauenswürdig?»

«Sehr vertrauenswürdig», antwortete Arndt. «Und das ist das Problem: Ich bin nicht sicher, ob er kooperieren würde.»

«Wer einen Puls hat, hat auch einen Preis», ließ Grabowsky einen seiner Lieblingssprüche und sein einziges Glaubensbekenntnis vernehmen. «Biete ihm so viel an, dass er nicht Nein sagen kann.»

«In diesem Fall könnte das schwierig werden.»

«Dann lass ihm die Wahl: Puls oder Preis. Danach sehen wir weiter.»

«Okay.»

«Meine Dame, meine Herren», eröffnete Grabowsky, sich nunmehr an alle wendend, das Treffen, «wo stehen wir? Sind wir mit Konstanz und den anderen Städten im Plan? Konnte mit Spillman inzwischen alles geklärt werden, was die Vorverlegung des Events anbelangt? Finanzierung? Entschädigung des Markeninhabers?»

✦ ✦ ✦

Berlin, Bundeskanzleramt

Endlich glitt die Tür, die sein Büro mit jenem von Marie Wegener verband, lautlos ins Schloss, und wie stets empfand Eric Hessberg diffuse Rachegelüste, von denen er nicht sagen konnte, worauf genau sie gründeten. Er konnte die Frau, die man ihm als Büroleiterin aufs Auge gedrückt hatte, zwar nicht leiden und war sich sicher, dass die Abneigung auf Gegenseitigkeit beruhte. Trotzdem war seine Bereitschaft zum Selbstbetrug nicht ausgeprägt genug, um sich vorzumachen, der nach Ausgleich und Vergeltung heischende Impuls stehe in direktem Zusammenhang mit dieser auf nichtssagende Art bösartigen Person. Der misstrauisch verkniffene, in den unscheinbaren Faltenwürfen der geschlechtslosen Miene kaum sichtbare Mund, die reglosen kleinen Vogelaugen, in denen nichts, aber auch gar nichts zu lesen war – es waren nur Stellvertreterfeinde. Sie wussten es beide. Seit mehr als 30 Jahren einer von Grabowskys getreuesten Adlaten, war sie sich nicht nur ihrer Macht, sondern genauso der Gefühle bewusst, die sie auslöste und anstelle ihres Chefs zu absorbieren hatte. Es war Teil ihres Jobs, und Hessberg geriet von der Wut auf die Frau in eine gegen sich selber, weil er drauf und dran war, das gängige Klischee des emotional und loyalitätsmäßigen Wackelkandidaten gerade einmal mehr bis ans Limit zu erfüllen.

Er stand abrupt auf, trat, die Hände in lächerlicher Ohnmacht zu

Fäusten geballt, an das riesige Panoramafenster, um sich gleich wieder von dem grau zerfließenden Bild, das sich seinem Blick bot, abzuwenden.

Es sah aus, als reiße er sich gewaltsam von etwas los. Bewusst langsam jetzt und jeden Impuls unterdrückend ging er zum Schreibtisch, nahm sachte den Telefonhörer vom Apparat und legte ihn ebenso behutsam daneben. Es war jetzt wichtig, dass er nicht gestört wurde, nachdachte, nichts überstürzte. Nur das.

Joans Gesicht. Er hatte Trauer auf ihren Zügen gesehen letzthin abends am Kamin, und er hatte verstanden: Würde er sich entscheiden, aus dem fahrenden Wagen zu springen, dann würde sie nicht zögern, ihm den entscheidenden Fußtritt zu verpassen. Es ging nicht um Liebe und auch nicht um Schmerz. Es war die Sucht, vermutete er. Die Angst davor, dass man sie erneut einfach wieder abschalten würde. Sie würde nicht riskieren, ein weiteres Mal aus dem Licht der Öffentlichkeit katapultiert zu werden, das ihr eine Art Leben zugestand. Ungesehen würde sie verglühen.

«Vielleicht tröstet es dich, dass wir diesen Umstand heute mit einem Großteil der Menschen teilen.» Nein – von Trost konnte nicht die Rede sein. Aber auch von Überraschung nicht. Er wusste schließlich, wen er geheiratet hatte. Trotzdem fühlte es sich an, als würde man ihn in dem Moment bei lebendigem Leib mitten entzwei reißen.

Denken, nachdenken. Nur das, wenn er nicht kapitulieren wollte, bevor er überhaupt angefangen hatte. Er musste jemanden finden, dem er vertrauen konnte. Jemand Neues. Beinahe hätte er gelacht: Es gab in dem Moment auf der ganzen Erdoberfläche keinen Einzigen, von dem er, dem das «Time Magazine» den Titel «New Leader of Europe» verliehen hatte, mit Bestimmtheit sagen konnte, dass er ihm gegenüber ehrlich sei, loyal.

Von Wohlgesinntheit ganz zu schweigen.

Er sah auf seine Armbanduhr. Eine halbe Stunde, die er theoretisch der Regierungserklärung zu den beschlossenen Steuererhöhungen auf fast allem widmen sollte, was er sich jedoch schenken konnte. Er kannte sie auswendig. Er hatte sich in den vergangenen Wochen so intensiv mit der Materie auseinandergesetzt wie kaum ein anderer, und er hatte im zähen Ringen mit seinen Leuten durchgesetzt, dass man sich wenigstens so nah wie möglich an der Wahrheit zu bleiben bemühte, die da lautete:

«Wir sind pleite, der Planet stirbt, Viren sind überall, und wir brauchen mehr Geld. Wir hatten zwar dank Ozeanen billigen Geldes fast zehn Rekordjahre an den Finanz- und Aktienmärkten, acht Jahre lang eine Wirtschaft, die uns – dem Staat – Rekordeinnahmen bescherte, aber jene, die sagten, es stünde alles auf tönernen Füßen und sei nicht echt, weil von den Zentralbanken via Nullzinsen und Anleihekaufprogramme massiv gepusht, hatten leider recht, und die Vorgängerregierung hat es weder geschafft, in dieser Zeit des künstlichen Booms Reserven anzulegen, noch die politisch motivierte Verschwendungssucht in den Griff zu bekommen. Von unseren europäischen Nachbarn ganz zu schweigen. Kurz: Die Virus-Sache kam denkbar ungelegen, die Lage ist schlimmer als je zuvor, und darum müsst ihr, die ihr bereits heute bis aufs Mark besteuert werdet, noch einen Tick mehr Engagement zeigen, sofern wir euch ein Minimalmaß an Sicherheit bieten sollen und eine Form von Zukunft. Als Gegenzug gibt's zwar auch weiterhin keine Investitionen in Infrastruktur oder Bildung, dafür in absehbarer Zeit ein Grundeinkommen für jeden. Zu wenig zum Leben, zu viel zum Sterben, aber allemal besser als nichts. Und auf jeden Fall besser als das, was euch die Konkurrenz verspricht.»

Das würde er den Leuten heute Nachmittag zwischen einer Gedenkveranstaltung für die Opfer des Virus im Beisein des Bundespräsidenten und eines ranghohen NATO-Vertreters und dem Termin mit einer Mitarbeiterin aus seinem Wahlkreis mitteilen. Und genauso wenig, wie es ihn selber überraschte, würde es irgendjemanden da draußen vom Stuhl hauen – man kannte die Situation längst. Wer nicht seit Jahren im Koma lag, bekam die permanent hohen Preise für Alltagsprodukte bei gleichzeitig kontinuierlich sich quantitativ und qualitativ verschlechterndem Angebot hautnah mit. Längst hatte eine wütende Bescheidenheit zu grassieren begonnen. Wütend deshalb, weil nicht freiwillig. Aber auch hier galt: Die Wut würde verrauchen. Der Mensch, allen voran der deutsche, schickte sich am Ende in alles und war willens, alles zu ertragen, solange seine Unterdrückung nicht allzu offensichtlich wurde und nicht direkt von der eigenen Regierung ausging. Und wenn es an etwas nicht mangelte dieser Tage, dann waren es Feindbilder. Die Russen, die Einwanderer, die man zwar nach wie vor dank entsprechender internationaler Vereinbarungen legal ins Land holte, aber nicht mehr registrierte, die Nachbarländer, die in Sachen Solidarität massiv zu wünschen übrig ließen, die Reichen, die Superreichen, die Banker, die Faschisten an den Spitzen der Visegrád-Staaten … Der Reigen war endlos, das Becken, in dem man sich die eigenen Hände in Unschuld waschen konnte, riesig.

Michael, dachte er jetzt. Michael Kron. Sein Fahrer. Das war die Person. Der Name hatte die ganze Zeit hier direkt vor seinen Augen gestanden, er hatte bloß nicht hingesehen. Der braunhaarige bärtige Hüne war der Einzige, der als mögliche Vertrauensperson und Verbündeter in Frage kam. Der Einzige, den er selbst und ohne Rücksprache mit wem auch immer eingestellt hatte. Grabowsky und Wegener grollten ihm deswegen immer noch.

Krons Dossier kannte er auswendig. Seit 2008 und bis zu seiner Gefangennahme, die er nur durch pures Glück überlebt hatte, hatte er beim Kommando Spezialkräfte des deutschen Heers, kurz KSK, gedient. Der Mann hatte beim Interview von Kameradschaft gesprochen, von Herausforderung und – auf Hessbergs Nachfragen hin – von der Härte der Ausbildung. Ansonsten nichts. Absolute Geheimhaltung, keine Details zu Orten, Zeiten, Aufträgen und Methoden. «Da müssen Sie mich schon foltern, Herr Bundeskanzler, aber ich kann Ihnen sagen, dass auch das nichts bringen wird», hatte er lachend gesagt.

«Zwölf Jahre Kameradschaft, Familie, Todesgefahr – und jetzt das hier? Fahrer? Trauen Sie sich das zu?», hatte Hessberg das Thema gewechselt.

«Das Wissen, dass ich meine Kameraden im aktuellen Zustand gefährden würde, ist Motivation genug.»

«Sie könnten als Ausbilder bei der Truppe bleiben. Ich kann mir vorstellen, dass Leute mit Ihrer Erfahrung …»

«Das geht nicht», war ihm Kron ins Wort gefallen und sich der Verfehlung in derselben Sekunde bewusst geworden. «Entschuldigen Sie bitte. Aber das geht wirklich nicht. Ich kann irgendeinen Job machen, Nützliches gibt's schließlich genug zu tun. Aber ich kann nicht Tag für Tag dabei zusehen, wie die Jungs ausrücken, während ich in der Etappe bleibe.»

«Ist nicht der Wille entscheidend?», hatte Hessberg den offiziellen Leitspruch des KSK zitierend gefragt.

«Glauben Sie mir: Wenn diese Männer für etwas ein Sensorium haben, dann für einen Willen, der sich nicht aus sich selbst nährt und auf alle möglichen Krücken angewiesen ist.»

«Und wie sieht's hier mit Krücken aus? Oder anders gefragt: Lohnt es sich, für jemanden wie mich sein Leben zu riskieren?»

«Das ist nicht die Frage, Herr Bundeskanzler», hatte Kron geantwortet. «Ich will Ihnen nichts vormachen. Hier geht es nicht um Sie. Wenn ich diesen Job will, dann deshalb, weil er sich für mich lohnt. Das muss Ihnen reichen.»

«Und wie sieht dieser Lohn aus?»

«Struktur. Die Notwendigkeit, weiter zu trainieren. Das, was man kann, was man gesehen hat und weiß, in einen Kanal zu lenken, der einen Nutzen hat. Und niemanden gefährdet.»

Hessberg hatte ihn ohne zu zögern eingestellt. Jetzt sah er erneut auf die Uhr. Zwanzig Minuten noch. Schon wollte er den Rufknopf der Sprechanlage betätigen, um eine der Assistentinnen im Vorzimmer Wegeners zu bitten, Michael Kron holen zu lassen, als er innehielt. Er musste anfangen, so zu denken wie Christian Grabowsky. Und er musste vor allem genauso handeln, wie dieser es von ihm erwartete. Kindisch, selbstbezogen, affektsüchtig. Auch das ein Verhalten, das er mit einem Großteil der Menschen teilte und das vertrauliche Gespräche mit dem eigenen Chauffeur im Kanzlerbüro ausschloss. Ein letztes Mal würde ihm die «Sache», derentwegen Grabowskys Leute hinter ihm hatten saubermachen müssen, von Nutzen sein.

* * *

Berlin, Dahlem

«Und warum Berlin? Warum nicht Basel?», fragte Sava, gleichsam die Frühstückstafel aufhebend, in die Runde und gab sich die Antwort im gleichen Atemzug selber: «Die abgefangenen Mitteilungen kamen zumindest teilweise von Handys, die hier eingeloggt waren.»

«Richtig», bestätigte Brun. «Das sagt Alders Kontakt. Sie heißt Juli Zidek und ist Analystin beim BND. Die Mehrzahl der verwendeten Geräte – ausgestattet mit vorregistrierten Karten, die keine Rückschlüsse auf den Nutzer zulassen – konnten zum Zeitpunkt des Versands der abgefangenen Nachrichten dem Aufenthaltsbereich Berlin zugeordnet werden. Aktive Basisstation – also Mobilfunksender – Tiergarten.»

Lorenz' Kopf wandte sich andeutungsweise in Bruns Richtung, ohne indes die Augen vom Bildschirm des Laptops zu lösen, den er, als wär's eine zusätzliche Gliedmaße, überallhin mitschleppte und überall dort, wo er länger als dreißig Sekunden zu bleiben gedachte, aufklappte. Brun verstand: «Handymast Klopstockstraße-Händelallee.»

«Haben wir die Nummern?», fragte Sava.

«Ja. Moment.» Brun notierte aus dem Gedächtnis acht Nummern auf einer Papierserviette. «Versuch, nicht allzu viel Lärm zu machen, wenn du rumschnüffelst», mahnte er Lorenz unnötigerweise und schob das Gekritzel zu Sava, die es an den Angesprochenen am anderen Ende des Tischs weiterreichte.

«Aber das ist nicht der einzige Grund, weshalb wir hier sind», fuhr Brun fort.

«Du willst die Frau, diese Juli Zidek, beschatten», kam es von Piet.

«Ja. Ich sehe keinen anderen Punkt, an dem wir ansetzen könnten. Wir haben die Frau, die Handys und vier mögliche Szenarien. Mehr nicht. Entweder ist alles genau so, wie es sich präsentiert. In diesem Fall ist es – Möglichkeit eins – ein falscher Alarm oder – Möglichkeit zwei – ein echtes Gefahrenszenario. Oder aber nichts ist so, wie es scheint, und es ist eine gezielte Desinformation, ein Täuschungsmanöver des BND, der von der Sache angeblich nichts weiß, und/ oder der Amerikaner. Letzteres entweder, um uns politisch zu blamieren, oder um uns, sprich: die offizielle Schweiz und ihre Sicherheitsorgane, von etwas anderem abzulenken.»

«Was sagt die offizielle Schweiz überhaupt zu der ganzen Sache?», schaltete sich Nouriel ein, der bis dahin schweigend Brotkrümel auf seinem Teller zu kleinen Bergen geformt hatte.

«Die offizielle Schweiz, in dieser Sache vertreten durch Jo Burger, tut genau das, was man vom geltungssüchtigen Interims-Chef des Geheimdienstes eines popeligen Bergvolkes erwartet, wenn er an Informationen gelangt, die das Potenzial haben, ihn imagemäßig über die Grenzen einer Bergwiese hinauszuheben: Er verbreitet ohrenbetäubende Hektik, hat ein Team zusammengestellt und lässt verdeckt und mit der Diskretion eines gebirgstauglichen Traktors ermitteln.»

«Hat es darauf von deutscher Seite bereits Reaktionen gegeben?», hakte Nouriel nach.

«Wenn du damit meinst, ob man das Gelächter der BND-Jungs bis zu uns hört – nein. Scheint alles ruhig zu sein. Als Nächstes wird Burger offiziell Kontakt aufnehmen, sie unter Freunden informieren und um Zusammenarbeit bitten. Gerne auch mit den Franzosen, von wegen Dreiländereck und so weiter.»

«Wann?»

«Heute.»

«Gut», kam es von Vali. «Dann haben wir hier Ruhe.» Und an Brun gewandt: «Was ist mit Jens?»

«Alder? Was soll mit ihm sein?», fragte Brun zurück.

«Ist er mit an Bord?»

«Nein, auf keinen Fall. Das Risiko, dass er versucht, die Frau zu schützen, von der er denkt, wir glaubten, sie sei irgendein Kerl, und damit alles auffliegen lässt, ist zu groß. Er soll ganz normal seine Existenz als Beauftragter für interkulturellen Dialog in der Botschaft, die ihm sowieso keiner abnimmt, weiterleben und sich mit der Frau wie bisher treffen oder nicht.»

«Er wird sich nicht bei dir bedanken, dass du ihn außen vor lässt.»

«Er weiß, wie der Job läuft», beendete Brun die Diskussion. Härter als beabsichtigt. Er blickte hoch in Valis Augen. Alles gut, sagten sie.

Acht Stunden später fand sich das Team erneut in der Küche ein. Mit wenig mehr in der Hand als zuvor. Die Beschattung der Frau hatte einzig ergeben, dass sie bereits beschattet wurde. Außerdem waren die Geräte und Nummern, von denen aus die Mitteilungen mit dem Schlüsselwort «Basel» gesendet worden waren, eine Sackgasse. Weder konnten sie einem Teilnehmer zugeordnet noch per GPS geortet werden. Dies entweder, weil sie entsprechend gebaut oder schlicht alt waren.

Um mehr Platz zu haben, hatten Sava, Jez und Nouriel in der Zwischenzeit Tisch und Stühle aus der Küche in die kahle Halle getragen und zusätzlich den Tisch von der kleinen Frühstücksterrasse hereingeholt. Lorenz hatte bezüglich Temperaturen in der Halle Selbstmitleid anklingen lassen, worauf Sava ihm kommentarlos seine Daunenjacke über die schmalen Schultern gelegt hatte. Dergestalt besänftigt, hatte er den etwas abseits stehenden Terrassentisch mit seinem Equipment in Beschlag genommen, sich die Jacke über den Kopf hochgezogen und seither nichts mehr von sich hören lassen. Von diesem Außenposten her und halb unter dem Daunenzelt hervor kam jetzt seine Stimme, als er sich zu Wort meldete. Wie immer, ohne jemanden im Besonderen anzusprechen:

«Das hier könnte etwas sein.»

«Was meinst du?», fragte Sava nach, bevor Piet oder Nouriel eine Spitze von wegen «Grundlagen der zwischenmenschlichen Kommunikation» oder Ähnliches anbringen konnten.

«Wenn wir davon ausgehen, dass diese Juli Zidek von einem klassischen Viererteam beschattet wird und nicht nur von den zwei Kerlen, die ihr gesehen habt, dann besteht die Wahrscheinlichkeit, dass eine Wohnung in ihrer Nähe zu genau diesem Zweck gemietet worden ist. In dem Abschnitt der Fürbringerstraße, in dem sie lebt, hat in den letzten Wochen nur *ein* Mieterwechsel stattgefunden. Drei-Zimmer-Appartement. Mieter ist eine gemeinnützige Stiftung, die sich ‹Fundamental Values› nennt. Direkt gegenüber von Zideks Haus.»

«Was hast du über den Verein?», fragte Piet.

«Amerikanische Organisation», Lorenz ging in sein vertrautes Stakkato über. «Über hundert Niederlassungen auf der ganzen Welt.

22 davon in Europa und Eurasien. Gegründet 1995. Gründer Christian Grabowsky, Henry Kippling, Andrzej Milosz.»

«Moment», grätschte Brun dazwischen. «Sprechen wir von *dem* Christian Grabowsky? Ehemaliger Verteidigungsminister der USA, Berater von mindestens zwei Präsidenten und Inhaber von Grabowsky Associates?»

«Ja», bestätigte Lorenz. «Von 2011 an bis vor zwei Jahren war auch der neue deutsche Bundeskanzler für den Think-Tank der Stiftung tätig. Als Berater, heißt es.»

«Eric Hessberg?»

Lorenz verzichtete darauf, das Offensichtliche zu bestätigen.

«Wo hat die Stiftung ihren Hauptsitz in Deutschland?»

«Das ist das Interessante: Berlin. Händelallee.»

«Sagtest du vorhin nicht ...?», hob Sava in Bruns Richtung an.

«Ja. Unser Handymast. Klopstockstraße-Händelallee. Vielleicht nur Zufall. Und du hast bestimmt niemanden aufgescheucht mit deiner Schnüffelei?», wechselte Brun, sich erneut an Lorenz wendend, das Thema.

«Keine Chance», antwortete dieser. «Für den Fall, dass man mich zurückzuverfolgen versucht, wird es so aussehen, als sei ich ein ukrainischer Bot, der von einem 80-jährigen, in Rumänien wohnhaften Russen programmiert ist. Die würden sofort aufgeben. Von dieser Sorte sind Hunderttausende unterwegs.»

«Gut», sagte Brun. «Ich verstehe zwar kein Wort, aber ich deute es als Nein. Hast du noch etwas zu den Anrufen beziehungsweise den Nummern und Geräten herausfinden können?»

«Nein. Nur, dass sie in Florida, Spanien und hier in Berlin aktiv gewesen sind.»

«Sieht aus, als kämen wir hier nicht weiter», fasste Piet schließlich die Situation zusammen. «Informierst du Burger?»

Brun wusste, dass das, was so nonchalant daherkam, befrachtet war mit dem Wissen, dass jeder von ihnen ab dem Moment, in dem sie ihre Zelte hier abbrechen würden, wieder allein wäre. Allein in einem Krieg, der nie endete. Auch nicht in Friedenszeiten und während Phasen scheinbarer Ruhe. Für sie hörte er nie auf, und das machte sie zu den Besten ihrer Branche. Sie ließen nie nach in ihrer Aufmerksamkeit und erwarteten stets alles. Weil jeder von ihnen wusste und es bei anderen allzu oft gesehen hatte, dass keiner so anfällig und schwach war wie jener, der den Krieg vergisst, sich aus welchen Gründen auch immer wegzuducken versucht, aufs Ende aller Kämpfe hofft oder gar darüber lacht. Das Leben und Denken dieser sechs Menschen, seiner Leute, war ein stetes Suchen nach Möglichkeiten, Fallen, Unebenheiten, Vorteilen und Chancen. Und vor allem ein immerwährendes Abklopfen von Menschen nach jenem Quantum von Desillusion, Gier, Fanatismus, übersteigertem Selbstwert oder Missionseifer, der sie gefährlich, käuflich oder pfändbar machte. Das war ihr Job und ihr Leben zugleich. Und es bedeutete einen Luxus ohnegleichen, vor diesem Hintergrund mit anderen zusammenzuarbeiten, die man kannte wie sich selber, denen man vertraute, auf die man sich uneingeschränkt verlassen konnte. Eine Seltenheit und eine Wohltat, und alles hatte danach ausgesehen, als könne er, Brun, ihnen diesen Luxus mit dem Job, der keiner war, bieten. Er war noch nicht bereit, aufzugeben. Nicht den Fall und nicht das eben erst zurückeroberte Vertrauen.

«Burger kann warten», beantwortete er Piets Frage. «Für den Fall, dass das hier wirklich bereits das Ende der Fahnenstange ist, will ich die Sache wasserdicht haben. Klopft alles noch einmal ab: Alders Kontakt, Juli Zidek, ihre bisherigen Stationen – beruflich und privat, ihre Einheit, ihre Einsätze, ihre Schwerpunkte, ihren Vorgesetzten, einfach alles. Dann diese Stiftung, ‹Fundamental Values›: Wer finanziert sie, woher kommt das Geld, wohin fließt es. Und Lorenz: Sieh dir noch einmal die Umgebung des Handymasts Klopstockstraße-Händelallee an, wo die Geräte, von denen aus die abgefangenen Mitteilungen gesandt wurden, sich angeblich befunden haben. Und check dabei auch den Hauptsitz dieser Stiftung. Ich will nicht riskieren, etwas zu übersehen. Und sei es nur ein Vater, der die Mitgift für die Hochzeit seiner Tochter in Basel organisiert. Dann sehen wir weiter. Aber erst dann.»

«Und du?», hakte Piet nach. «Was ist mit dir?»

«Dreimal darfst du raten», warf Brun hin.

«Du widmest dich dem Goldstandard der Informationsbeschaffung und triffst eine Quelle.»

«Bingo. Was auch die dich seit Jahren umtreibende Frage beantworten dürfte: *Deshalb* bin ich der Chef.» Sprach's, stand auf, brachte es irgendwie fertig, sich gleichzeitig in seine Jacke zu zwängen und eine Kippe anzuzünden, und war weg.

✦ ✦ ✦

Catalat de Belmont, Frankreich

In ihrer ganzen unerbittlichen Unschuld saß Essia, die Knie bis zum Kinn hochgezogen, einen wollenen Schal um die Schultern und ein Glas ihres Gifts zwischen Schenkeln und Brust eingeklemmt, in der schäbigen kleinen 80er-Jahre-Küche, in der die Schatten des hereinbrechenden Abends kaum Platz fanden. Sie war vor vier Tagen eingetroffen. Nachts, im Dunkeln wie stets seit dem Moment vor wenigen Monaten, als sie zusammen mit Ahmed Merac, der für sie Marouan Ghouar hieß, zum ersten Mal hier aufgetaucht war. Ein Van hielt am Eingang zur Siedlung auf dem Gehsteig, sie stieg mit ihrem Rollkoffer aus, querte den löchrigen Grund des Parkplatzes, ging an den Briefkästen vorbei, die Treppe hoch und war da. Manchmal für eine Woche, manchmal für länger.

Gleich würde er das kalte Deckenlicht einschalten, würde irgendwas Belangloses sagen, würde den Kühlschrank inspizieren, Vorschläge fürs Abendessen machen. Ersteres würde sie nicht hören, letzteres kaum anrühren. Er sah sich selber dort drüben stehen, hantierend, schnipselnd und rührend bemüht, Leichtes in Richtung Pfanne zu sagen, ein Gespräch zu führen, an dem nur einer teilnahm. Dabei hatte er nur eine einzige Frage: *Was soll das?* Er hatte sie mindestens ein Dutzend Mal auf jede erdenkliche Art und in jedem möglichen Zustand gestellt und als letzte Antwort immer nur eine Gegenfrage erhalten: «Ist es dir lieber, wenn ich nicht mehr komme?» Natürlich nicht! Er wollte, dass sie hier war. Blieb. Trotzdem interessierte ihn das Warum ihres plötzlichen Auftauchens. Das Warum von all dem hier. War das zu viel verlangt?

Höchst befremdet von dem rumgreinenden Lappen, als den er sich selbst in diesem Moment sah, stieß er scharf den Atem aus, stellte die Tasse, die er in den Händen hielt, auf die zerkratzte Inox-Fläche beim Spülbecken – lauter als notwendig –, zog den zweiten Stuhl unter dem Tisch hervor und setzte sich so hin, dass sie ihn, wollte sie nicht Augen und Genick verdrehen, ansehen musste.

«Das ist es also jetzt, nicht wahr?», sagte sie, den Blick vom Fenster lösend, vor dem sich in der Dämmerung das gerade eben noch farbenfrohe Durcheinander der Vögel am Futterplatz in ein schwarzweißes Stöbern verwandelt hatte.

«Was meinst du?», fragte er unnötigerweise.

«Der Finger-in-der-Wunde-Moment. Unerbittliche Wahrheit. Der Moment, in dem du mir sagst, dass du dich nicht vom Fleck rühren wirst, bis *die Sache* geklärt sei.» Sie malte Anführungs- und Schlusszeichen um «die Sache» in die Luft. In ihrer Kehle hörte er das Lachen Anlauf nehmen, das so typisch für sie war. Es kam nicht dazu: Das Display ihres Smartphones leuchtete auf. Sie nahm es vom Tisch, wischte darüber, schien etwas zu lesen.

«Wichtig?», fragte er.

«Marouan», antwortete sie und starrte weiter auf den Bildschirm.

«Alles in Ordnung?», hakte er nach.

«Ja.» Es klang abwesend. Und sich gleichsam vom Gerät und den Gedanken losreißend: «Ja. Alles in Ordnung. Bloß ein paar Terminänderungen nächste Woche.»

Wie gerne hätte er sie verschont, so wie all die anderen Male. Wie gerne hätte er eines der Gespräche geführt, das nicht an die Dinge rührte. Wie gerne hätte er ihr erlaubt, sich ein weiteres Mal auf ihren neuentdeckten Gott zu berufen und ansonsten die Ahnungs- und Sorglose zu geben. Aber er mochte nicht mehr. Irgendwas lief hier verdammt schief. Angefangen bei diesem Endzeitlächeln, das sich auch jetzt wieder hinter ihren Augen ausbreitete, über Marouan, der ganz anders hieß und kein beschissener Tourmanager, sondern ein Caïd aus den Drogensupermärkten von Marseille war, bis hin zu dem Gefühl, dass hinter der Story, die dieser ihm aufgetischt hatte, etwas ganz anderes steckte. Essia sei ausgebrannt, hatte er gesagt, sie brauche Ruhe, einen Platz, wo sie abtauchen könne, abschalten und Abstand gewinnen von dem Hyänen-Pack, das sich ihre Entourage, ihr Stab, ihre Fans oder ihr Management nannte.

«Sag, wenn du keinen Bock auf Händchenhalten mehr hast», hatte Marouan ihn, als er plötzlich hier aufgetaucht war, wissen lassen. «Dann finde ich was anderes für sie. Wichtig ist nur, dass sie zwischendurch mal zur Ruhe kommt. Irgendwo, wo keiner sie findet.»

Kein Wort von früher, von dem Betrug, den Schulden und der Flucht.

«Marouan», sagte er, jetzt ihr Stichwort aufnehmend. Und bevor sie ausweichen konnte, fragen, was er meine, Zeit gewinnen: «Marouan Ghouar. Das ist nicht sein richtiger Name. Er heißt Ahmed Merac und ist ein verdammter Drogendealer. Und zwar kein kleiner Fisch. Eher einer von der Sorte, die einen Gabelstapler braucht für seinen Stoff. Arbeitest du für ihn? Und wenn ja: Ist das irgendeine schräge Liebeskiste? Am Geld kann's ja kaum liegen.»

Jetzt brach es doch noch hervor, ihr kullerndes Lachen, das perlend durch die ganze Küche schwappte. Doch anstatt ihn hilflos und aufs Bescheuertste glücklich zu machen wie sonst immer, reizte es ihn jetzt bis aufs Blut. Er wollte vom Stuhl hochschnellen, irgendwo reinschlagen. Es kostete ihn seine ganze Selbstbeherrschung, langsam aufzustehen und wortlos aus der Küche zu gehen.

«Raffael!?»

Er hielt inne. «Was?»

«Ich weiß, wer Marouan ist. Oder war. Es ist nicht mehr wichtig.»

«Schon klar», warf er hin. «Allah hat ihn verändert. Und Allah ist das Einzige, was zählt. Lass gut sein…»

Sie ließ sich von den Worten, die ihr wie Spucke vor die Füße fielen, nicht abschrecken. «Er arbeitete für die Eingreiftruppe der Nationalgendarmerie, die GIGN …»

«Ich weiß, wer und was die GIGN ist. Darf ich dich daran erinnern, dass wir gemeinsam und am selben Ort aufgewachsen sind? Und dass Einsätze der GIGN für uns das waren, was für Kinder andernorts ein Hochzeitskorso mit Bonbons?»

Essia ging nicht darauf ein: «Später war er außerdem für den Atlas-Verbund tätig. Aber das war, bevor wir uns getroffen haben. Der Atlas-Verbund ist …»

«Du wirst staunen, aber ich weiß auch, was die Atlas-Gruppe ist», schnitt er ihr erneut das Wort ab. «Ein ‹europäisches Kompetenznetzwerk im Sicherheitsbereich›, wie es so schön heißt. Für die hat er also auch gearbeitet, ja? Der Kerl ist sich wirklich für nichts zu schade.»

«Wie meinst du das?», hakte sie nach. «Willst du ihm etwa zum Vorwurf machen, dass er die Seiten gewechselt hat? Ausgerechnet du? Echt jetzt?»

«‹Seiten wechseln› – das ist in diesem Zusammenhang sogar für dein allahgetränktes Hirn ein starkes Stück, Essia Kebdani!» Er stieß ein hartes, freudloses Lachen aus. «Ich würde eher sagen, er hat von einer kriminellen Organisation den erstaunlich geschmeidigen Wechsel zu einer anderen vollzogen. Nicht mehr und nicht weniger. Oder wie würdest du einen Zusammenschluss von sogenannten Spezialkräften bezeichnen, dessen Hauptaufgabe es ist, Bürger-Bewegungen, die drohen, die Demokratie überhandnehmen zu lassen, zu infiltrieren und niederzuschlagen?»

«Sagt der Mann, der bis vor nicht allzu langer Zeit auf Kosten der Idioten gelebt hat, die diese Demokratie finanzieren!», knallte sie ihm vor die Brust.

Er horchte auf. Das war neu. Diese Schärfe in der Stimme, die Wachheit. Fast glaubte er, ein Stück jener Essia Kebdani darin zu hören, die nicht niedergeschlagen und abgedriftet Alk in sich reinschüttete, kiffte und ansonsten neuerdings von Allah fabulierte. Endlich. Er musste versuchen, sie da zu halten. Wenn dazu Provokation notwendig war – bitteschön! Nichts leichter, als das Arschloch raushängen zu lassen, das er während des größten Teils seines Lebens gewesen war.

«Vergiss es, Essia. Versuch nicht, abzulenken. Es geht hier gerade nicht um mich, sondern um Marouan alias Ahmed. Ex-Dealer, Ex-Söldner und jetzt also großer Bekehrter und Tourmanager des bestbezahlten EDM-Acts weltweit. Verwaltet er im Namen Allahs auch deine Einkünfte?»

«Mach dich ruhig lustig darüber, Raffa. Du kannst das nicht verstehen.»

Da war es wieder, dieses dumpfe Schimmern, das sich alles Lebendige auslöschend über ihren Blick und ihre Stimme legte. Er musste etwas tun, sonst wäre auch dieser Versuch wieder gescheitert, der vielleicht der letzte war, zu dem er sich aufraffen konnte.

«Dein Vater würde sich im Grab umdrehen, wenn er dich hören könnte», warf er auf gut Glück hin und machte erneut Anstalten, davonzugehen.

Es wirkte. Und wie.

Sie schnellte zu ihm herum, die Augen schwarzes Lodern jetzt: «Lass meinen Vater da raus, Raffa. Wage es ja nicht …»

«Was?», fiel er ihr ins Wort. «Was soll ich nicht wagen? Die Dinge beim Namen zu nennen? Zu sagen, was du selber besser als jeder andere weißt? Dass dein Vater sein Leben gegeben hätte, um dich von der Ideologie des Islam fernzuhalten? Dass er es vielleicht sogar getan hat? Dass sein Job ihn das Leben gekostet hat? Die Überstunden, die er schob, um dich auf eine private Schule weit weg von den Einflüssen eines religiösen, unfreiheitlichen Eiferers schicken zu können? Und dass er, hätte er eine Wahl, womöglich lieber tot bliebe, als hier und heute seine Tochter, von der er wollte, dass sie die erste freie Frau der Familie würde, als Anhängsel eines Kriminellen zu sehen, der ihr Hirn mit Alkohol getränkt durch den Fleischwolf des Islam jagt?»

Er sah es nicht kommen, und als er es hörte, war es zu spät. Mit einem Laut, der ihn an den hohen einsamen Schrei der Käuze der hiesigen Nächte erinnerte, schoss sie hoch. Das Nächste, was er sah, waren ihre zierlichen Finger vor seinen Augen. Gleich darauf ein Brennen da, wo ihre Nägel sich in seine Gesichtshaut schlugen. Und die ganze Zeit über dieser Ruf, der im Grunde ein pfeifendes Wimmern war.

Er bekam ihre Handgelenke zu fassen, drückte sie von seinem Gesicht weg und hinunter und hielt sie schließlich wie in einem Schraubstock vor der Brust fest. Er ahnte nur das ihm so vertraute tränenüberströmte ewige Kindergesicht, als er auf den Lockenkopf hinuntersah, dessen Stirn jetzt, in einen monotonen Rhythmus eintauchend, gegen seine Brust hämmerte.

Dann ebbte es ab. Was blieb, war ein schluchzendes Beben, das aus einer Tiefe hervorzubrechen schien, die nur schwer mit dem zierlichen kleinen Körper in Einklang zu bringen war. Als wäre sie das Kind von damals, zog er sie auf den Schoß, während er sich setzte und sie festhielt.

Er hatte keine Ahnung, wie lange sie da wie eine Skulptur ineinander gegossen verharrten. Der baumlange Kerl mit dem gesund angeschlagenen Selbstwertgefühl und Allahs Fee. Erst jetzt stellte er fest, dass das, was die Küche kalt beleuchtete, der Mond war. Und als wollte er sie vor der Kälte ebenso beschützen wie vor dem Licht, zog er sie noch enger an sich. Sie atmete jetzt ruhig, und er dachte schon, sie sei eingeschlafen, als sie zu sprechen begann:

«Ich habe es versucht, Raffa. Ich habe es wirklich versucht, die erste freie Frau meiner Familie zu werden, wie du eben sagtest. Und ich hatte jede Unterstützung, die sich einer wünschen kann. Du weißt es am besten. Mein Vater, meine Mutter, meine Brüder und Cousins – alle waren sie auf meiner Seite.»

«Was ist passiert?», fragte er.

«Ich», sagte sie. «Ich bin passiert. Baba starb. Und auf einen Schlag war nicht nur sein Traum für mich, sondern auch der größte Teil von mir weg. Was blieb, war bloß ein Mädchen, dem man die Wüste von weitem ansah. Nein – versteh mich nicht falsch: Ich beklage mich nicht. Ich zog hinauf nach Avignon, hatte einen guten Job an einer Schule. Und Freunde. Freunde, für die es kein Problem war, wenn die ganze Truppe am Samstagabend meinetwegen von einem Club zum nächsten ziehen musste, bis man endlich einen Türsteher fand, der einen kannte und einließ. Ich wusste immer, dass das Misstrauen nicht der Fehler der Franzosen und dem herbeigebeteten Rassismus geschuldet war, sondern der Fehler meiner eigenen Leute. Die ‹arabische Krankheit›, so nannte Vater es. Die Sucht und den alles andere auffressenden Willen, alles hier zu verachten und Schuldige für die eigene Misere zu finden. Und wenn sich gerade keine finden lassen, schafft man sie eben selber, indem man so lange provoziert, bis jemand sich wehrt und zurückschlägt.»

Er wusste, wovon sie sprach. Er hatte es selber Dutzende Male erlebt, wenn er mit Kumpels, allesamt Araber, unterwegs gewesen war. Man belegte den Tisch einer Brasserie, und ungeachtet der Tatsache, dass andere Gäste vor einem dagewesen waren, forderte man lautstark, sofort bedient zu werden. Wurde dem nicht umgehend Folge geleistet, fing man an, die Gläser, die noch auf dem Tisch standen, eins ums andere auf den Boden fallen zu lassen. Solches artete nicht selten in eine wüste Schlägerei mit dem Wirt und dem Personal aus, in Verhaftungen und einer Nacht in der Zelle und hatte als Resultat ein weiteres Kneipenverbot zur Folge.

Sieger solcher Scharmützel waren stets seine Kumpels gewesen. Sieger in den eigenen Augen und in denen der Community – Opfer des «Systems», das niemand anderes als sie selbst ein weiteres Mal gezwungen hatten, sie auszuschließen. Dass viele Clubs und Restaurants – egal, ob französisch oder nicht – dazu übergingen, Türsteher anzuheuern, die keinen einließen, welcher auch nur von ferne und bei schlechtem Licht südländisch aussah, erstaunte niemanden außer jene, die es provoziert hatten und die darin bloß einen weiteren Grund sahen für ihre Wut auf die Franzosen und die «Collabos» – die eigenen Leute, die sich weigerten, bei diesem Opferfest mitzumachen.

Das Verrückte daran: Nicht nur die arabischen Medien, sondern auch die westlichen gaben ihnen recht, erhoben sie in einen grotesken Adelsstand von Diskriminierten, ignorierten die Milliarden an Steuergeldern, die in die Banlieues und in Job-, Integrations- und Deradikalisierungs-Programme gepumpt wurden und versickerten, und forderten eine nicht näher definierte Nachhaltigkeit. Dies freilich, ohne je einen Fuß in das von ihnen hochstilisierte multikulturelle Paradies der entsprechenden Quartiere zu setzen oder mit jenen Geschäftsbesitzern vor Ort zu reden, die es vorzogen, auf alles Geld der Regierung zur Aufnahme von Lehrlingen zu verzichten, als Jungs aus der eigenen Gemeinde einzustellen, die nicht selten gar nicht auftauchten, und wenn doch, dann Probleme machten, Kunden beleidigten, den Chef und am Ende den Laden abfackelten. Oder mit einstmals engagierten Lehrern, welche mit Volldampf gegen die Mauern einer Generationen übergreifenden Verweigerung gerast waren und den Schulen der Quartiere bereits vor Jahren desillusioniert den Rücken gekehrt hatten. Oder mit Mitgliedern der jüdischen Gemeinden, die längst nicht mehr dort lebten.

Mehr Geld sollte es richten. Das war der Tenor. Und wenn es nicht funktionierte, dann nur deshalb, weil das Mehr zu wenig und die Franzosen eben doch alle Rassisten waren. Ein Mensch, zumal ein junger, schaffte es selten allein, sich aus diesem zerstörerischen Kreislauf hinaus zu zwängen. Wenn die Familie es irgendwie hinbekam, in der Gemeinde geachtet und verankert und gleichzeitig Brücke zu sein, dann war es möglich. Essias Brücke war ihr Vater gewesen. Raffael, der ihren kometenhaften Aufstieg aus der Ferne mitverfolgt hatte, hatte geglaubt, sie sei längst drüben gewesen auf der anderen Seite. Wohl verwurzelt in der Tausende Jahre währenden Geschichte ihres Berber-Volkes und gleichzeitig frei von den Fesseln einer um vieles später dazugekommenen unterdrückerischen Ideologie. Er hatte sich geirrt: Sie hatte erst die halbe Strecke hinter sich gehabt, als ihr Steg weggebrochen war und sie, als Hülle ins Leere fallend, zurückgelassen hatte.

«Und dann?», fragte er.

«Ich bin mir abhandengekommen. So kommt es mir jedenfalls vor, wenn ich an die Zeit nach Babas Tod zurückdenke. Die Person, die ich ohne ihn war, die auf Arbeit kroch und zum Einkaufen schlich, war mir vollkommen fremd. Und es kostete so viel Energie, diese Unbekannte, diesen Nicht-Menschen am Laufen zu halten, dass ich es schon bald aufgab. Ich kündigte den Job, meldete mich weder am Telefon noch an der Tür und zog mich vollkommen zurück. Wenn ich einkaufen musste, dann tat ich es nachts. Tagsüber versuchte ich zu schlafen, und wenn es nicht klappte, saß ich in dem verdunkelten Studio, in dem ich wohnte, und bastelte an irgendwelchen Sounds herum. Das war das Einzige, was mir Halt gab. Ich hatte ein bisschen Geld gespart, aber es würde nicht ewig reichen, weshalb ich immer wieder etwas an verschiedene Labels in ganz Europa verschickte. Ich glaubte selber nicht daran, aber Tatsache war, dass ich keinen anderen Plan hatte außer jenem, irgendwann mit essen aufzuhören. Mit leben. Es war mir egal.»

«Was ist mit deiner Familie? Deiner Mutter?»

«Sie hatten genug mit sich selbst zu schaffen.»

Essia hielt inne, richtete sich auf, griff nach dem Glas auf dem Tisch, leerte es in einem Zug und ließ sich an seine Brust zurücksacken. «Wir hatten keinen Platz füreinander. Das Leben war eng geworden ohne Baba. Jeder von uns kleiner. Verrückt, nicht?» Eine rhetorische Frage. Sie wartete keine Antwort ab: «Und plötzlich ging alles Schlag auf Schlag. Andy tauchte auf, KTM übernahm mein Zeug und brachte es heraus. Plötzlich wurde meine Musik im Radio gespielt. Es war vollkommen irre. Der Wahnsinn. Und es hat bis heute nicht aufgehört. Du kennst meinen Tourplan.»

«Andy?», hakte er nach. «Wer ist Andy?»

«Der Chef von KTM. Das Label, bei dem ich unter Vertrag bin.»

«Und Marouan? Wie kommt der ins Bild?» Und bevor sie auf die unergründlichen Wege Allahs verweisen konnte: «Wo habt ihr euch getroffen? Wie kommt es, dass du ihn zu deinem Tourmanager gemacht hast? Und dass dein KTM-Andy das abgenickt hat?»

«Getroffen haben wir uns auf Ibiza bei einer After-Show-Party. Und ja: völlig zufällig. Er war mit seiner damaligen Freundin da, und irgendwie hat sich dann alles ergeben.»

«Auf Ibiza. Mit seiner damaligen Freundin», wiederholte er. «Einfach so.» Es klang nach *Und diesen Scheiß soll ich glauben?*

«Schläfst du mit ihm?»

Sie überging die Frage und sagte stattdessen: «Er hat mir ein Ziel gegeben, Raffa. Einen Boden, auf dem ich gehen kann.» Und bevor er wütend werden oder sich in beißenden Spott flüchten konnte: «Ohne ihn wäre ich vielleicht nicht mehr am Leben. Die haben mich zu Tode gejagt. Ich war monatelang ohne Unterbrechung unterwegs. Gigs, Shows, Interviews, Partys, Presse, Videodrehs, Fotosessions. ‹Schlafen können wir in der Maske und im Flieger›, pflegte mein damaliger Tourmanager zu sagen. ‹Die heutigen Sterne leuchten nur kurz. Und nur das bringt Geld: Das Leuchten und das Fallen.› Er hatte recht. Und für die Medikamente und den Alkohol und all das andere Zeug brauchte nicht erst Marouan aufzutauchen, Raffa. Das besorgte mir mein Management palettenweise, um mich am Laufen zu halten. Und auch hier: Nein – ich bin kein Opfer. Ich wollte das so. Ich wollte gejagt werden, wollte alles so schnell wie möglich hinter mich bringen.»

«Und jetzt willst du das nicht mehr?» Er klang heiser, räusperte sich, als versuche er, etwas, das ihm in der Kehle saß, loszuwerden. «Ich meine: Sieh dich an … Ich seh keinen großen Unterschied zu dem, was du gerade beschrieben hast. Wie viele Gigs sind es nächsten Monat? Und das hier …» Es war nicht nötig, den Arm um sie zu lösen, um klarzustellen, dass er das leere Glas meinte.

«Ich bin hier», antwortete sie. «Das ist ein großer Unterschied.»

«Nein. Es ist genau dasselbe – bloß, dass du dir jetzt einreden lässt, alles sei Allahs Wille. Mein Gott! – Essia. Du hast wie viele Follower auf Instagram, Facebook und Twitter? 15, 16 Millionen? Du könntest dein Management längst zum Teufel jagen. Du brauchst sie nicht. Und auch Marouan nicht. Du könntest dein Ding machen, deine Musik, einen, maximal zwei Gigs im Jahr. Wer die Chance hätte, dich zu buchen, würde dir, wenn du es wolltest, die ganze Welt vergolden. Und wenn du keinen Bock hast, dann lass es. Ich versteh's nicht.»

«Du kannst es nicht verstehen. Ich habe Frieden gefunden. Ein Ziel. Weißt du überhaupt, was es heißt, wenn du jahrelang unkontrolliert gefallen bist und plötzlich auf einem Stück Boden stehst, von dem du weißt, dass es halten wird, dass es dir gehört und dass keiner es dir nehmen kann? Alles ist möglich, Raffa. Was vorher Jagd war, Hatz durch andere, ist jetzt mein Tun, mein Wollen. Dass sich das eine mit dem anderen deckt, ist nicht von Belang.»

«Mach mir nichts vor, Essia. Vielleicht glaubst du das ja selber. Aber ich sehe es, wie es wirklich ist. Dieses Stück Boden, von dem du sprichst, das ist nicht deines. Keine Ahnung, was Marouan dir einredet, aber es ist nicht echt, und es existiert nur durch ihn. Wäre er weg, dann würdest du wieder fallen. Du hast den Traum, den ein anderer für dich hatte, durch einen neuen Traum ersetzt und glaubst …»

Während er noch sprach, verkrampfte sie sich plötzlich, kam auf die Beine und lief seltsam geduckt aus der Küche. Er hörte, wie die Tür zur Toilette ins Schloss fiel, wartete, stand dann selber auf und folgte ihr.

Nie im Leben hätte er gedacht, für eine Frau, die auf einer Toilette saß, so viel Zärtlichkeit empfinden zu können. Überhaupt so was wie Zärtlichkeit. Stets hatte er die Frauen, mit denen er zusammen gewesen war, gedanklich derart weiträumig von solch körperlichen Vorgängen getrennt, dass sie in seinem Bild ihrer Schönheit schlicht nicht existierten. Und jetzt stand er da, blickte auf ein sich zusammenkrümmendes Mädchen hinab, das sich, die Arme vor dem Bauch verschränkt, vor und zurück wiegend die Seele aus dem Leib krampfte, und wollte bloß eines: Sie in die Arme nehmen, sie halten, ihr beistehen in dem, was er besser kannte als jeder andere, und das ihm deutlicher als alle Worte sagte, dass er recht hatte: dass alles falsch war. Fake. Der Halt bloß Haltung. Die ganze Allah-Kiste nicht echt, oder das, was sie darüber preisgab, nicht die ganze Wahrheit.

Dieses buchstäbliche Zerrissenwerden vor seinen Augen war der Ausdruck einer Spannung, an deren einem Ende Wunsch, Sehnsucht und Illusion waren, während die Wirklichkeit am anderen Ende lag. Er war sich sicher: Dieser Gott, auf den sie neuerdings schwor, gewährte keine Erlösung durch Gnade, die auf einer unerklärlichen göttlichen Liebe zu aller Kreatur fußte. Dieser Gott verkaufte seine Ware zum höchsten Preis, und jener, der hoffend und schlotternd zahlte, konnte nie sicher sein, dass das, was er zu berappen in der Lage war, reichen würde. Und sei es das eigene Leben.

✦ ✦ ✦

Basel, Hotel «Les Trois Rois»

Das hier war Routine für Marouan. Normalerweise. Sein Job als Tourmanager war der eines Puffers. Puffer zwischen Essia und den verschiedenen Veranstaltern. Zwischen diesen und dem Tour-Promoter. Zwischen Tour-Promoter und Management. Zwischen DJ Azeera und dem Rest der Welt. Die Crew selbst, Zeitpläne für die Reisen der

Crew, Transporte, Soundchecks und Essen, der Merchandising-Verkauf, Verträge, Abrechnungen – Alltag, den er dutzendfach reibungslos organisiert hatte. Manchmal als Freund seiner Leute, manchmal als Feind, als Vater, Tröster, Blitzableiter und Retter. Das zeitgenössische Pendant zum Zirkusdirektor vergangener Tage.

Die Routine kam ihm in diesem Moment zugute. Er war nur halb bei der Sache. Halb kreiste er im Inneren unaufhörlich, taub und stumm für die Außenwelt, um den Moment, der das Potenzial hatte, zur Gefährdung zu werden:

Das Gespräch zwischen Essia und Raffael vom vergangenen Abend – mitgehört wie jedes andere über ihr Smartphone – brachte etwas Neues in die Situation hinein. Eine Instabilität der falschen Sorte. Nicht, dass Essia zu irgendeinem Zeitpunkt ihres Kennens und ihrer Zusammenarbeit über so etwas wie Stabilität verfügt hatte, über Halt und Grund – aber das hier drohte, radikaler zu sein. Weil es die Wahrheit berührte. Nicht die objektive Wahrheit von Tatsachen. Auch nicht jene hinter dem angestrengten Glauben an ihren Gott und seinen Willen, der im Grund nur der Wunsch nach Frieden und einem Ende der Jagd war. Es war die Wahrheit des Möglichen. Des lebbar Möglichen für das Mädchen Essia. Die Wahrheit, die da sagte, dass es ein Ende geben könne, das ein Anfang wäre. Nicht ein Leben als Mittel zum Zweck anderer. Nicht zerrissen, sondern ganz. Nicht ein Abklatsch fremder Träume, sondern eigenes Wollen, eigenes Tun, eigene Schuld. Dass Schuld menschlich war, zu jeder tätigen Existenz gehörend wie das Atmen für den, der leben wollte. Die Wahrheit, dass es nicht falsch war, Essia Kebdani zu sein. Die Wahrheit, dass nicht die Welt sie anklagte, die Menschen – die lebenden und die toten –, sondern einzig ihr Gewissen, das sie als Buße für das enttäuschte Wünschen und Sehnen anderer in Ketten gelegt hatte.

Das war sie, die gefährliche Wahrheit.

Würde dieses gemarterte Gewissen, auf dem der ganze Plan beruhte, frei werden, die Fesseln gelöst, dann würde sie leben wollen. Jenes Leben, von dem ihre Songs handelten, die weltweit Millionen berührten: über die Freiheit und das Recht, als einziger Mensch auf dem Erdenrund an das Eigene zu glauben, die Folgen auf sich zu nehmen und dem Druck, sich mit irgendwas identifizieren und dazugehören zu müssen, nicht nachgeben zu wollen. Einzelner sein. Und sich jeder menschlichen Kontrolle entziehen.

Er wusste nicht, was in Raffaels schäbiger Wohnung passiert war, als die beiden die Küche verlassen hatten. Sie musste ihr Handy dort gelassen haben. Er hoffte, die Sache sei, wie anderswo auf der Welt millionenfach, einfach auf Sex hinausgelaufen. Schwäche, Schutz, Körpersäfte. Der älteste Handel der Welt. Aber er wusste es nicht; seit gestern Abend kein Ton mehr, und das war der Grund, warum er hier und jetzt nicht bei der Sache war.

Kurz wischte er sich mit einer Hand über das Gesicht wie einer, der müde war, rief sich zur Ordnung und konzentrierte sich auf Ort und Zeit.

Bald waren es zwanzig Jahre her, dass das «Ultra Music Festival» als Abschlussveranstaltung der einwöchigen Musikmesse «Winter Music Conference» in Miami Beach ein sattes Minus eingespielt hatte. Die Schätzungen des Defizits hatten damals zwischen 10.000 und 20.000 Dollar gelegen. Die beiden Gründer hatten sich davon nicht entmutigen lassen, sondern – ganz im Gegenteil – die Sache noch größer und professioneller aufgezogen. Zum Erstaunen aller Warner, Kritiker und in vorauseilender Häme sich die Hände Reibender hatte der Plan funktioniert, das Wagnis sich bezahlt gemacht: Heute galt das «Ultra Music Festival», kurz «Ultra», als die größte internationale Festivalmarke mit Ablegern auf sämtlichen Kontinenten und eigener Pre-Show-Tour, der «Road to Ultra», die durch die weltweite Clubbing-Szene tingelte.

Basel beziehungsweise der im äußersten Südwesten Deutschlands unmittelbar im Dreiländereck Deutschland-Schweiz-Frankreich gelegene Ort Weil am Rhein war als Festival-Ort für das «Ultra» neu. Der Grund, warum Organisatoren und Mitwirkende von «Basel» sprachen, war denkbar einfach: Jeder war in der Lage, es orthographisch annähernd korrekt bei Google einzugeben und zu finden, was im Fall von Weil am Rhein zu unnötigen Unklarheiten und Nachfragen von hunderten Tourmanagern, Bühnenbauern, Barbetreibern und anderen Beteiligten geführt hätte. Außerdem hatten sämtliche organisatorischen Treffen der Verantwortlichen von Seiten des «Ultra» und der Behörden bisher in der Brasserie des Hotels «Les Trois Rois» in Basel stattgefunden.

Marouan saß heute zum ersten Mal in einem der Lederstühle des neu designten Restaurants, das über den zu dieser Jahreszeit übermütigen Wassern des Rheins zu schweben schien. Der Rest der Tische war bereits für den Mittagsservice eingedeckt. Bewegtes Sonnenlicht, gebrochen im Wasser und in den Gläsern, besprenkelte flimmernd die ockergelbe hohe Rückwand des Raums. Ab und zu huschte jemand vom Personal in schwarzer Schürze vorbei und wandte den Kopf in professioneller Zufälligkeit in ihre Richtung, um zu sehen, ob alles in Ordnung war, ob noch etwas gewünscht würde.

Essia alias «DJ Azeera» wäre der Haupt-Act des Festivals im August, und entsprechend wurde Marouan als ihr Tourmanager behandelt. Die Jungs und das Mädchen, die organisatorisch verantwortlich zeichneten, gaben sich jetzt zwar seit zwei Stunden alle Mühe, routiniert unberührt und locker rüberzukommen, schafften es aber doch nicht ganz, ihre kindlich wirkende andächtige Bewunderung und Freude zu überspielen, die er, der Mann, der den größten Star der Szene durch seine Nähe zu ihr quasi ausdünstete, bei ihnen auslöste. Ein kaum merkliches Zittern der weißen Hand des Rotlockigen mit dem grünen Knitterschal, als er ihm das Papier mit den letzten schriftlich festgehaltenen Details über den Tisch schob, geschäftsmäßiges Mienenspiel im Gesicht des schwulen Kerls mit dem braunen Topfhaarschnitt, das ausgebremst wurde durch das völlig unbotmäßige Strahlen seiner Bernsteinaugen. Und schließlich die Frau, Mitte zwanzig, die die Verwöhnte und kühl Distanzierte gab und ihn später – darauf wettete er mit sich selber – in sein Hotel begleiten würde.

Bevor seine Gedanken weiter abschweifen konnten, riss er sich innerlich von diesem Bild der nächsten Zukunft los und konzentrierte sich erneut auf seine Tischgenossen und Geschäftspartner. Eines musste er ihnen, allen jugendlichen Verrenkungen und Camouflage-Versuchen zum Trotz, lassen: Sie lieferten hier gerade professionell und kompetent Veranstalter-Know-how auf hohem Niveau.

Ein Schatten streifte ihn. Vielleicht konnte er … *Fang nicht an damit! Keiner ist gut. Keiner.*

« …wir haben vom Tour-Promoter ja die ganzen Unterlagen erhalten», sagte die Blonde gerade. «Trotzdem wäre ich froh, wenn Sie die Liste hier noch einmal durchsehen könnten. Vor allem wegen der Parkplätze sowie dem Catering und den Hotelbuchungen.»

Sie schob Marouan zwei klein beschriebene Seiten über den Tisch. Er holte seine schwarze Lesebrille aus der Brusttasche und griff danach, ohne erkennen zu lassen, ob er die zufällige Bewegung, mit welcher der Zeigefinger der jungen Frau seine Hand streifte, bemerkte.

«Gut, dass Sie mir das noch mal zeigen», sagte er nach einer Weile. «Hier», er drehte die Papiere um, so dass sie sie lesen konnte. «Die Trucks. Wir kommen nicht mit zwei, sondern mit drei. Die Bühnenelemente mussten auf Wunsch der Versicherung stabiler gemacht werden. Stabiler heißt: mehr Gewicht. Zwei Trucks reichen nicht mehr aus. Dasselbe aus anderen Gründen im Fall der Technik. Wir kommen mit zwölf Mann. Außerdem sind neuerdings fünf Security-Teams à vier Mann mit von der Partie. Es sind also ein Truck und 26 Personen mehr als auf dieser Liste.»

«Fünf Security-Teams?», echote der Rothaarige. Er schien seinen Ohren nicht zu trauen. «Echt jetzt?»

«Ja.» Marouan klang bedauernd. «Es gibt da ein paar Fans, die Frau Kebdani sehr ängstigen. Nicht, dass sie eine Gefahr darstellen würden, aber Sie wissen schon … Künstler und ihre Ängste.»

«Dann wird ihre Unterbringung keine Wünsche offen lassen», hakte Topffrisur, der Sascha hieß, ein. «Die ‹Rooftop Suite Les Trois Rois›. Ganzes Dachgeschoss, Penthouse, Zugang nur mit Schlüsselkarte. Drei Zimmer, großer Wohnbereich, Dachterrasse, Jacuzzi, 24-Stunden-Butlerservice.»

«Brauchen wir nicht», antwortete Marouan grob.

Der rothaarige Lockenkopf zuckte zusammen. Marouan rieb sich mit beiden Händen das Gesicht.

«Sorry, Leute», dämpfte er das Gesagte. «Mein Fehler. Bei uns geht im Moment gerade einiges drunter und drüber. Außerdem habe ich seit drei Tagen nicht geschlafen. Ist es okay, wenn ich kurz einen Anruf erledige?»

Sprach's, stand ohne auf Antwort zu warten auf, nahm das Smartphone vom Tisch und ging in Richtung der gelben Wand. Es sah aus, als tauche er in das Flimmern der Lichtsprengsel ein. Das Ganze nicht, ohne das Beste von sich dazulassen: sein Lachen, das er in ungezählten Varianten einzusetzen wusste und das nie seine Wirkung verfehlte. Jetzt gerade war es das eines Mannes, der an sich selber scheitert, es weiß und doch nicht anders kann.

Noch während er den hinteren Bereich der Brasserie in Richtung Lobby durchquerte, wählte er Essias Nummer. Er musste wissen, was war. Sie wenn nötig zurückholen – von wo auch immer. Auf Linie bringen mit dem, was immer funktionierte: Liebesentzug.

Nicht, dass irgendwas, das sie verband, etwas mit Liebe zu tun hatte. Im Gegenteil: Jemanden dazu zu zwingen, aus den falschen Gründen das Falsche zu tun, war in etwa die größte Perversion von Liebe, die es geben konnte. Aber es funktionierte. Immer wieder.

✦ ✦ ✦

Berlin, Treptower Park

Der Regen vom Vortag war in der Nacht weitergezogen und hatte einem strahlenden Frühlingstag Platz gemacht. Obwohl Brun nur zwei Stunden wach auf einer der Pritschen im Obergeschoss des Hauses auf dem Grat unter einem Schlafsack gelegen hatte, fühlte er sich ausgeruht und kraftvoll.

Eine Amsel sang. Mathematik könne die Welt aus den Angeln heben, hatte mal einer gesagt. Das erste Lied einer Amsel im Frühling auch. Eine Wahrheit, die keiner Beweise bedurfte. Das ist das wahre «Wir sind mehr», dachte Brun in Anlehnung an einen der Kampfbegriffe im stumpfen Polarisierungs-Prozess, in den die Politik die Gesellschaft zum eigenen Besten hineinmanövriert hatte und der das Potenzial barg, in Bösartigkeit, Verderben und Tod zu führen. «Wir sind mehr», dachte er, «mehr als Beleg und Beweisbares …»

Kurz fühlte er den Lärm, das Gewühl des Aufruhrs, den er seit Monaten mit sich herumtrug. Seit dem Moment, als man ihn und sein Team verleumdet, verraten und verkauft hatte. Seit dem Moment, als man sie losgeworden und im Schatten einer Krise zur straff organisierten Überführung Europas inklusive Schweiz in ein immer totalitärer agierendes System übergegangen war, dem er von Weitem zusehen musste. Machtlos. Das war das wahre Schlachtfeld in ihm: ein totenstiller Ort, der Ohnmacht hieß.

Er sah Joaf von Weitem auf der miniaturhaft wirkenden Bank sitzen, als er unter dem zu dieser Jahreszeit zartgrünen schleierhaften Blätterdach der mächtigen Buchen hindurchging, die die große Wiese umstanden wie Kinderfrauen vergangener Zeiten die Spielplätze ihrer Schützlinge.

Sie kannten sich seit rund zehn Jahren. Erkannt hatten sie einander in der ersten Sekunde damals in Bern, im «Churasco». Nicht als der magere, auch in der größten Hitze der Grills nie schwitzende Steakbrater in der auf Tex-Mex getrimmten 90er-Jahre-Klitsche, der stets eine Miene ernsthaft verdrossener Belustigung zur Schau trug. Nicht als der Gast, der alle zwei Tage an der Bar sitzend ein fast rohes Steak verzehrte, ohne dass man hätte sagen können, ob er Steak oder Bar überhaupt wahrnahm. Sie hatten sich erkannt als Geheimnisträger. Als Alibi-Existenzen des Verborgenen mit militärischem Hintergrund.

Letzteres vor allem.

Man trug es an sich wie einen Geruch.

Und als Brun es einmal erst kurz vor Sperrstunde zum Essen geschafft hatte, war es das Natürlichste der Welt gewesen, das Restaurant gemeinsam zu verlassen und in einem Einverständnis, das nicht mehr als zweier Worte bedurfte, auf ein Bier in einer nahegelegenen Bar zu gehen. Keiner hatte gefragt, keiner Auskunft erteilt. Aber der Raum des ungesagt Offensichtlichen hatte diesem ersten und allen folgenden Gesprächen eine Tiefe gegeben, die alle Vertraulichkeit der Welt nie zustande brachte. Auch hier: die Bezirke der Kameradschaft.

Die Treffen hatten sich – losgelöst von jedweder Regelmäßigkeit – eingebürgert. Bis Joaf irgendwann mit dem für ihn so typischen trägen Grinsen, das mehr in den Augen lag als auf dem mageren Gesicht mit den scharf hervortretenden Wangenknochen, gesagt hatte, er ginge nach Kanada. Als Truckfahrer.

Das «Churasco» hatte ein paar Monate später dichtgemacht, und Brun war dazu übergegangen, seine Steaks zuhause zu braten. Irgendwann – über Brun und seine Leute war gerade das Undenkbare hereingebrochen, und sie befanden sich auf der Flucht – erreichte ihn via Lorenz die Nachricht, in Berlin sei eben eine Tex-Mex-Klitsche mit Namen «Churasco» eröffnet worden. Es war ein Angebot gewesen, eine Hand, die gereicht wurde.

Brun hatte nie darauf reagiert. Bis jetzt. Er hatte Lorenz genau dieselbe Message auf dem Twitter-Account der israelischen Botschaft posten lassen. Einziger Unterschied: die Berliner Niederlassung des «Churasco» hatte eine andere Adresse. Treptower Park. An der großen Wiese 1.

Jetzt stand Brun neben der Bank und zündete, bevor er sich setzte, eine Zigarette an. Ein paar Sekunden, um festzustellen, dass der andere sich kaum verändert hatte: das auf Millimeter getrimmte Haar, die Linien des Profils, dessen raubvogelartige Schärfe weniger von der Form, sondern einer asketisch wirkenden Magerkeit herrührte, der helle Spott im Blick, der ebenso gut Freude oder zu viel Wissen sein konnte. Der Rest des Mannes steckte in einem weiten Sweatshirt, einem Paar Jeans und Sneakers – ein Outfit, das die jungenhaft drahtige Härte des Körpers noch betonte.

Brun, der wusste, dass genau dies die Beschreibung war, die andere von ihm selber abgeben würden, wenn sie ihn mit Piet verglichen, kam sich jetzt neben diesem menschgewordenen Ausdruck tausender Formen des Hungers massig vor. Schwerfällig fast, und in unangebrachter Weise satt.

Die Zigarette im Mundwinkel, zog er vor die Bank tretend die Lederjacke aus, legte sie auf die Rückenlehne und rollte die Ärmel seines Hemdes hoch. Alles in ruhiger, effizienter Lautlosigkeit, um dem anderen die Möglichkeit zu geben, ihn derselben Musterung zu unterziehen. Auch er würde bis auf die grauen Schläfen keine Veränderung an ihm feststellen können. Brun war – obwohl gegen die Fünfzig – in der Form seines Lebens.

Kurz tauchte das so vertraute Stück Himmel der Insel vor ihm auf. Sein tägliches einsames Kämpfen und Hindurchbrechen für den Moment, von dem er nicht gewusst hatte, ob er je kommen würde: der Moment, in dem andere ihm erneut als Kampfgefährten ihr Leben in die Hände legen können mussten. Kraft, Kampfstärke, Schnelligkeit, Beweglichkeit, Stabilität. Sofort und jederzeit abrufbar. Nächtliche Läufe mit geschultertem Sandsack, bis der Körper nurmehr ein Brüllen war. Der Traktorreifen, die Seile. Und immer wieder schießen – im Kampf, aus der Bewegung heraus, auf der Flucht. Die Sinne kondensiert in Bruchteilen. Denken, das Instinkt war. Das Leben fand in Kampfrichtung statt, egal ob im Einsatz oder nicht. Alles andere wäre: aufgeben …

Erst jetzt wurde ihm klar, dass Jo Burger und sein Vater dies spätestens in dem Moment gewusst hatten, als sie den Fuß auf die Insel setzten. Das Fragen, Ringen und Auf-Antwort-Warten war nur ein Zeit-Geben gewesen: Zeit, um ihn aufholen und an den Punkt gelangen zu lassen, an dem er längst gestanden hatte. Ein Lächeln glitt durch seine Gedanken. Er biss die Kiefer zusammen.

«Dann machen wir unser Verhältnis jetzt also offiziell?», fragte der Israeli in die vorsommerlich blaue, mit Vogelgezwitscher und leisem Wind im Blätterwerk angefüllte Stille hinein.

«Mir war nicht bewusst, dass wir ein Verhältnis haben», antwortete Brun und wechselte das Thema. Egal, wie spöttisch gelassen sich einer gab: Ein Spion blieb ein wildes Tier. Wilde Tiere musste man anlocken, verführen, zähmen – Abkürzungen gab es nicht: «Wie war Kanada?»

«Groß. Katholisch. Bunt. Dasselbe wie hier, bloß mit mehr Platz rundum.» Und nach einer Pause: «Was gibt es zu grinsen?»

«Du bist schwatzhaft wie eh und je.»

«Wir wären nicht da, wo wir sind, würde mehr geredet als geschwatzt. Nur was notwendig ist und wahr.»

«Und was ist wahr?»

«Das, was aufbaut und uns weiterbringt.»

«Ist es nicht genau das, was man offiziell will? Weiterkommen? Indem man jeder noch so kleinen Gruppe, jeder Minderheit eine Stimme gibt? Sie aufbauen, ganz machen?»

«Die kleinste denkbare Minderheit, mein Freund, das bin ich. Und die kommt im offiziellen Diskurs nie zur Sprache. Ich habe bereits eine Stimme. Ich bin nicht auf Menschen oder gar Politiker angewiesen, die mir eine geben.»

«Du und ich – wir arbeiten aber für die.»

«Tun wir das?» fragte Joaf zurück. «Das Letzte, was ich von dir gehört habe, war, dass gegen dich und dein Team von genau diesen Leuten das Schweizer Gegenstück zu einer Fatwa erlassen wurde, deren Inhalt deine Tötung nicht ausschloss.»

«Schnee von gestern. Jetzt bin ich wieder da und arbeite erneut für die Regierung meines Landes.»

«Die ganze Wahrheit liegt vielleicht in diesen Worten: mein Land. Die Wahrheit findet sich in dem, was man beschützt.»

«Und was willst du für dein Land?»

«Ich bin zufrieden damit, wenn ich täglich den Versuch antreten kann, dafür zu sorgen, dass es auch in Zukunft noch existiert. Als konkrete Landmasse und mit einem Namen auf der Landkarte.» Und als würde ihm das erst jetzt auffallen: «Im Grunde dasselbe wie du. Du sitzt nur hier, weil du willst und hoffst, dass dein Land mehr bleibt als das Profitcenter einer nicht gewählten Monsterbehörde in Brüssel. Mehr als eine optimal vermarktete und melkbare Verwaltungseinheit mit Namen Schweiz.»

Ohne diese Aussage zu kommentieren, wechselte Brun erneut das Thema: «Was auch immer wir hier in den nächsten Minuten besprechen oder entscheiden: Ich will die Amerikaner nicht dabei haben.»

«Wer sagt denn, dass sie dabei wären? Und wobei überhaupt?»

«Wir wissen beide, wie es läuft, Joaf. Und wir wissen auch, wer in Deutschland die Hosen anhat. Fakt ist: Sechs meiner Leute und ich sind nicht hier, und wir wollen, dass das so bleibt.»

«Und was genau tut ihr hier nicht?»

«Ich will die Amerikaner nicht dabei haben», wiederholte Brun. «Sag mir nur zuerst, ob das möglich ist oder nicht.»

«Ja.»

«Gut.» Brun schilderte kurz, was sie hatten: Der initiale Hinweis der Amerikaner, welcher über die BND-Frau Juli Zidek gekommen war, die Schlüsselwörter, die wiederkehrende Erwähnung von Basel, in Berlin eingeloggte, nicht zuzuordnende Handys.

«Zidek und unser Mann, Jens Alder, haben seit Jahren ein Verhältnis. Außerdem haben wir gerade erfahren, dass sie überwacht wird», schloss Brun.

«Oder anders gesagt», resümierte Joaf, «ihr habt nichts und kommt nicht weiter.»

«Das trifft es in etwa.»

«Gut.»

«Ich seh nicht, was daran gut sein soll – aber du wirst es mir sicher gleich verraten.»

«Die Infos, die ihr von den Amerikanern habt, Carl.»

«Was ist damit? Habt ihr die auch?»

«Ja und nein. Aber was ich sagen will: Sie sind gut. Die ausgelösten Alarme sind echt.»

«Woher weißt du …», hob Brun an, verstand im selben Moment und ließ sich, hart den Atem ausstoßend, an die Rücklehne der Bank sacken. «Sie kommen von euch. Und in Wahrheit bist *du* es, der Kontakt zu mir aufgenommen hat, und nicht umgekehrt. Das hier, unser Treffen, ist, was ihr von Anfang an wolltet. Fehlt nur noch, dass du mir sagst, Zidek …» – und nach einem Blick in die grauen Augen des anderen, in denen der hellgraue Spott blitzte: «Nein, lass gut sein.»

«Juli Zidek ist eine von uns», bestätigte Joaf Bruns Worten zum Trotz das Offensichtliche.

«Dann wart auch ihr es, die Jo Burger hier in Empfang genommen und diskret begleitet habt, als er nach Berlin kam, um Alder in der Botschaft zu treffen?»

«Ja.»

«Und Zideks Beschattung?», frage Brun auf gut Glück. Und ohne dem anderen Zeit für eine Antwort zu lassen: «Ist das nicht etwas übertrieben? Ihr wusstet doch spätestens ab dem Moment, in dem ich mit meinen Leuten hier eingetroffen bin, dass euer Plan aufgeht.»

«Wir sind nicht euretwegen dort, Carl.»

«Weshalb dann? Und wer, verdammt noch mal, ist ‹Wir›?»

«Was spielt das für eine Rolle?»

«Ich will wissen, mit wem ich meine Leute hier ins Bett schicke. Das schulde ich ihnen.»

«Wozu Namen? Reicht es nicht, wenn ihr wisst, dass es sich bei uns um das Team eines nicht-öffentlich in Erscheinung tretenden nicht-transparenten Dienstes handelt, an dessen Spitze ein kürzlich aus Kanada nach Israel eingewanderter Jude steht?»

«Doch. Das reicht. Sagt dir ‹Fundamental Values› etwas?» Brun fühlte mehr, als dass er es aus den Augenwinkeln sah, wie Joafs scharfes, aber angenehm ruhiges Gesicht sich ihm zuwandte.

«Die Stiftung?» Es war keine Frage, sondern eine Feststellung, und Brun glaubte, eine Spur Hochachtung in des anderen Stimme zu hören. «Ja, sagt mir einiges. ‹Fundamental Values› ist, soweit wir das bis heute feststellen konnten – und glaub mir, wir haben in diesem Fall erst angefangen, Dinge festzustellen –, genau das, was es zu sein vorgibt: fundamentale Werte. Aber nicht demokratische oder humanitäre Werte, sondern ganz einfach Geld. Echtes Geld. Milliarden davon. Und mittendrin Christian Grabowsky, der – offiziell nicht mehr dabei – die Stiftung ausschließlich zur Finanzierung nicht offizieller Anliegen nutzt. Wobei diese Anliegen sich unter dem Sammelbegriff ‹Problemlösungen› zusammenfassen lassen.»

«Bestechung?», fragte Brun.

«Kauf und Verkauf trifft es besser. Kauf und Verkauf von Lösungen, wo für Kompromisse keine Zeit ist oder sein soll. Was die Lösungen anbelangt, so kannst du deiner Fantasie freien Lauf lassen.»

«Dann seid ihr auch über die von dieser Stiftung angemietete Wohnung in Zideks Straße auf dem Laufenden?»

«Das wiederum, mein Freund, sind ebenfalls wir», antwortete Joaf. «Warum Zeit und Geld in eine Tarnung investieren, wenn sie bereits existiert und man bloß noch ein paar Konten zu eröffnen braucht?»

«Dann sind die Konten, über welche die Miete bezahlt wird …»

«… unsere Konten», bestätigte Joaf.

«Okay», sagte Brun nach einer Pause. «Worum geht es hier also? Was habt ihr?»

«Dank der Tatsache, dass ihr euer Geschäft im Gegensatz zur

Schweizer NDB-Amok-Truppe der letzten zwei Jahre versteht, ist eure Ankunft hier, soweit wir wissen, von den Deutschen unbemerkt geblieben. Das Haus auf dem Grat ist sicher. Ich schlage vor, wir treffen uns in» – er sah auf die Uhr – «genau neun Stunden dort. Wir bringen den Nachtisch mit, sorgt ihr für den Rest.»

Sprach's, stand auf und ging davon wie einer, der nichts anderes vor sich hat, als einen Vorsommertag zu erleben.

✦ ✦ ✦

Berlin, Lichterfeld-West

Eric Hessberg kniff die Augen zusammen, als er von zwei muskulösen, nach Rauch und billigem Aftershave stinkenden und in zu eng geratenen Brioni-Anzügen der mittleren Preisklasse steckenden Faktoten aus der Villa an der Baseler Straße in das Blenden der aufdringlichen Unschuld dieses Morgens hinausgeschleift wurde. Er machte sich nicht die Mühe, seine Belustigung darüber zu verbergen, dass ebendiese körperliche Reaktion das einzig Echte an der Szenerie war – das grenzdebile Grinsen eines komplett zugedröhnten Menschen, der die Nacht und mit ihr sich selber in Alkohol, Koks und Körpersäften beiderlei Geschlechts ertränkt hatte.

Das war die «Sache», von der Grabowsky bei der Wahlfeier in der Loggia des Kanzleramts gesprochen hatte. Die «Sache», nach der man beim letzten Mal hinter ihm her hatte saubermachen müssen. Die «Sache», die sich nicht wiederholen durfte. Nie mehr. Und jetzt hatte sie sich wiederholt. Nicht in extremis, nicht so, dass Grabowsky seine Drohung, ihn fallen zu lassen, wahr machen musste. Er würde toben, wenn seine hier irgendwo seit Stunden herumhechelnden Schnüffler ihm davon berichten würden, er würde erneut drohen und mit allen möglichen Waffen herumfuchteln – aber damit hätte es sich dann. Damit konnte Hessberg leben.

Und was noch wichtiger war: Nur so konnte er tun, was er sich zu tun vorgenommen hatte. Denn Tatsache war, Eric Hessberg war weder betrunken, noch stand er unter Einfluss anderer fragwürdiger

Substanzen. Fast schien es ihm, als sei er in seinem Leben noch nie nüchterner, noch nie wacher gewesen. Am Leben.

Endlich, dachte er.

Trotzdem war es kaum auszuhalten. Nicht die Scharade, nicht das Wissen um das Verbotene der vergangenen Nacht: Die fürchterliche Durchschnittlichkeit des Ganzen war es, derer er sich hier und jetzt zum ersten Mal bewusst wurde. Das unterste Mittelmaß dessen, was sich dort drinnen in Samt, Seide, gedämpftem Licht, teurem Champagner, hypnotischen Beats, mit Alabasterhaut und zum größten Teil auf Steuerzahlerkosten als «Anderwelt» der Luxusklasse verkaufte und – so stellte er jetzt fest – doch nicht das Niveau eines Swingerclubs hinter sich zu lassen vermochte. Bieder, billig und von deprimierend pornomäßiger Absehbarkeit. Ein solider Puff im Bahnhofsviertel hatte mehr Klasse als das da. Daran mochte auch die Tatsache, dass es sich bei dem Haus um eine preußische Offiziersvilla mit 22 Zimmern und einem geschätzten Marktpreis von fünf bis sechs Millionen handelte, nichts zu ändern. Ihm war übel bei dem Gedanken, dass er während unzähliger Nächte Teil davon gewe…

Er ließ Gedanken und Gefühl los. Nicht jetzt.

Seiner Rolle entsprechend gab er ein entzücktes Schnaufen von sich, das schon fast ein Grunzen war, als die beiden Muskelpakete ihn in die Obhut seines Fahrers Michael Kron entließen und dieser ihn in Richtung Wagenschlag wuchtete.

Das Haus stand ungefähr hundert Meter von der stillen Pflasterstein-Allee zurückversetzt in einem Garten, abgeschirmt von einer gigantischen Wand aus Bambuspflanzen, die weder zum Jahrhundertwende-Charakter des Ortes noch zur Kastanienallee passen wollte. Auch hier: billigste Kostümierung des Zeitgeists.

Sanft drückte Michael den Schlag zu, ging um den Wagen herum, stieg ein, startete den Motor des Audi A8 und ließ die dreieinhalb Tonnen Leergewicht der höchsten Beschussklasse geräuschlos den Weg zum Tor hinunterrollen. Kaum hörbar und mit dem sanften Understatement von knapp 500 PS beschleunigte der Wagen auf der Baseler Straße. Das wattierte Hämmern der Reifen auf dem Pflasterstein-Belag hatte Wiegenlied-Qualität …

Hessberg riss sich los, durchbrach die Müdigkeit, die ihn zu übermannen drohte, und holte aus der Kühlbox die Flasche mit Salzwasser, die er am Abend zuvor dort platziert hatte. Noch während er sie öffnete und mit verzerrtem Gesicht einen Schluck davon nahm, bat er Michael um dessen Mobiltelefon. Es klang, wie es klingen sollte: kolonial – der Befehl eines Betrunkenen, der sich auch im Zustand größtmöglichen Weggetreten-Seins noch seiner Superiorität bewusst war. Dann vor allem.

Als Michael sich in professioneller Höflichkeit mit dem Hinweis gegen die Order wehrte, des Kanzlers eigenes Smartphone finde sich direkt neben ihm im Fach, wo normalerweise die Akten lägen, fuhr Hessberg auf:

«Was genau an dem Satz: ‹Geben Sie mir bitte kurz Ihr Handy›, verstehen Sie nicht, Michael? Wollte ich mein eigenes benutzen, dann hätte ich das längst getan. Jetzt machen Sie schon.»

Während der Angesprochene das Gerät aus der Tasche seiner Anzugjacke holte und nach hinten reichte, trank Hessberg erneut. Er nahm das Handy entgegen, schaltete es aus und warf es auf den Sitz neben sich. Die Blicke der beiden Männer trafen sich im Rückspiegel. Der eine nachdenklich, fragend, der andere konzentriert.

Die Ringstraße ging jetzt in die Augustastraße über, direkt vor ihnen im blättergesprenkelten Flirren des leuchtenden Morgens lag die gleichnamige Grünanlage. «Halten Sie an. Mir ist schlecht», presste Hessberg hervor. Und noch bevor der Wagen in einer der «Begegnungszone» genannten Buchten zum Stehen kam, öffnete er den Schlag, stürzte an den Rand des Gehsteigs, hielt sich an Stamm einer Platane fest und übergab sich.

Michael Kron sprang, sobald Status von Motor und Wagen es erlaubten, ebenfalls auf die Straße und war mit ein paar Sätzen bei ihm.

«Der Baum ist gefährdet, Michael», stieß Hessberg sabbernd grinsend hervor, während seine Bauchdecke sich erneut verkrampfte und der Magen einen weiteren wässrigen Schwall durch den verkrümmten Menschen hochjagte. Dann schien es vorbei zu sein. Schwer atmend drehte Hessberg sich um, lehnte kurz mit dem Rücken am Stamm des Baums und beugte sich dann wie ein Sprinter, die Hände auf die Knie gestützt, nach vorne. Wer auch immer die Szene beobachtete, sah jetzt sein Gesicht nicht mehr.

«Hören Sie mir zu, Michael», presste Hessberg in Richtung Straßenbelag hervor. Und gleichsam sich versichernd: «Hören Sie mir zu, Michael?»

«Ja.»

«Kann ich Ihnen vertrauen? – Blöde Frage, ich weiß. Aber in meinem widerwärtigen Gewerbe sind blöde Fragen und die Antworten darauf meist die saubersten. Also …? Klopfen Sie mir auf den Rücken, reichen Sie mir Ihr Taschentuch. Und überlegen Sie sich die Antwort, während Sie eine Flasche Wasser aus dem Wagen holen.»

«Sie sind bereits der Zweite, der mir diese Frage stellt», antwortete der Chauffeur, als er mit dem Gewünschten zurückkam und seinem Chef, ihn halb aufrichtend, ein paar Schlucke einflößte.

«Wer?», fragte dieser. «Wann?»

«Arndt.» Und als wäre nicht klar, wer damit gemeint sei: «Ihr Kanzleramtschef. Steffen Arndt. Gestern.»

«Sie sollen mich bespitzeln? Und ihm berichten?»

«Etwas liebevoller formuliert war es schon. Man sei besorgt um Sie. Ihr Wohlbefinden liegt allen am Herzen.»

«Hat er auch verraten, wer ‹alle› sind?»

«Nein.»

«Und was haben Sie geantwortet?»

«Dass ich außer Ihnen keinem empfehle, mir zu vertrauen.»

«Gut.» Hessberg richtete sich, die Hand jetzt in den Unterarm seines Fahrers gekrallt, mühsam auf. Den Kopf hielt er weiterhin gesenkt, während er in stakkatoartigem Flüstern weitersprach: «Die heutige Nacht und mein triebmäßiger Quasi-Amoklauf werden Zweifel in Ihnen wecken und Sie zur Einsicht kommen lassen, dass ich Hilfe brauche. Heben Sie einen Betrag von Ihrem Konto ab und kaufen Sie sich etwas, das außerhalb Ihrer Lohnklasse liegt. Danach gehen Sie zu Arndt und sagen ihm, dass Sie seine Sorge teilen. Dass Sie es sich anders überlegt hätten. Erzählen Sie irgendwas von grober Fahrlässigkeit, von Gefahr für das Ansehen des Amtes, von Ihrem Eid zu meinem Schutz – zum Schutz der ganzen Nation meinetwegen.

Und lassen Sie sich jedes Wort bezahlen. Diese Leute glauben keinem, der etwas umsonst tut. Besorgen Sie außerdem nichtregistrierte Handys für sich selbst und mich. Und Michael – versuchen Sie, Infos über ein Haus an der Händelallee zu beschaffen. Das Objekt mit der Nummer 173. Diskret. Eigentümer, Mieterschaft, Mieterwechsel. Und lassen Sie den Wagen auf Wanzen absuchen, bevor Sie mich in zwei Stunden abholen. Schaffen Sie das?»

Letzteres war eine andere Frage. Sie lautete: *Wollen Sie das?*

Der Fahrer verstand: «Ja.»

«Gut. Dann schleifen Sie mich jetzt zum Wagen zurück.»

Der bärtige, hünenhafte Ex-KSK-Mann tat wie geheißen, legte sich Hessbergs Arm um den Nacken, fasste ihn unter und brachte ihn zum Wagen, wo er ihn, als wäre er ein Kind, im Fond verstaute und ihm den Sicherheitsgurt umlegte.

Der Rest der Fahrt verlief schweigend.

«Danke», sagte Hessberg, als er auf dem Kies-Rondell vor seiner Villa aus dem Wagen kroch und die Hilfe seines Fahrers mit einem unleidigen Handwedeln ablehnte. Seine bleiernen Bewegungen, als er auf die Stufen zur Eingangstür zuging, erinnerten an die asymmetrischen Bewegungen eines Wackeltiers.

✦ ✦ ✦

Frankreich, Catalat de Belmont

Nichts war echt gewesen. Nichts wahr. Nicht ein einziges Wort, keiner der vorgebrachten Gründe. Weder die Sorge noch die angebliche organisatorische Notwendigkeit. Raffael wusste es mit derselben instinktiven Sicherheit, die ihn in den Wohnsilos von Marseille hatte überleben lassen. Die Sicherheit, die nichts anderes war als die Fähigkeit, zwischen der kurzatmigen Schauspielerei von Kunden und Partnern und der Realität zu unterscheiden. Gesichter und Gesten lesen, als wären es Landkarten. Jede Reaktion, jedes Zucken, jedes Ziehen oder das Ausbleiben von alldem. Das vor allem: Gesichter, auf denen gar nichts zu passieren schien. So wie eben auf jenem von Marouan Ghouar, den er als Ahmed Merac kannte und der bei aller professionellen Eile nur nachsichtige Strenge und fromme Gelassenheit ausgestrahlt hatte.

Kurz vor Mittag war die Nachricht auf Essias Handy eingegangen. Der Ort sei «verbrannt», hatte Marouan geschrieben. Irgendjemand habe getwittert, DJ Azeera halte sich inkognito in Catalat de Belmont auf. Zurzeit beschränkten sich die Spekulationen noch auf die sozialen Netzwerke, aber spätestens morgen früh gehe der Zirkus in echt los. Erste Fans hätten sich bereits auf Pilgerreise in ihre Richtung begeben. *«Hole dich um 23 Uhr ab.»* Soweit nichts Ungewöhnliches.

Aber was dann geschehen war, hatte einem Ein-Mann-Überfallkommando geglichen. Sie hatten in der Küche gesessen. Gewartet, wie jedes Mal, bevor sie für Wochen oder Monate verschwand in dem einsamen Dunkel des Ruhms, in dem sie anderen ein Stern war, während nichts und niemand *ihre* Bahn beleuchtete. Stumm. Es hatte nichts zu sagen gegeben nach der vergangenen Nacht.

Raffael hatte sich den ganzen Tag über gefragt, ob er es war, der sie gehalten hatte während der Stunden, die ihrem Quasi-Zusammenbruch gefolgt waren. Oder ob es umgekehrt gewesen war. Er war zu keiner eindeutigen Antwort gelangt.

Der dunkle Van war kurz vor 11 auf den Parkplatz der kleinen Sozialsiedlung eingebogen. Aber diesmal war Marouan nicht wie sonst im Wagen sitzen geblieben. Bei laufendem Motor war er auf den Asphalt gesprungen und, ohne die Wagentür zu schließen, im Galopp auf die Treppe zugerannt. Dort war er ihren Blicken für Sekunden entschwunden und mit einem Knall, mit dem die dünnwandige Wohnungstür gegen die Wand flog, eingetreten. Kurz war sein Gesicht in der Öffnung der Küchentür aufgetaucht. «Los, los, los!», hatte er anstatt einer Begrüßung gerufen und war sofort wieder verschwunden.

Noch bevor einer von ihnen hatte reagieren können, waren durch die dünnen Gipswände zum Nebenzimmer die typischen Geräusche einer Hausdurchsuchung gedrungen. Schubladen auf, zu, Schranktüren, Kissen, Matratzen, die auf Betten knallten. Auch das kannte Raffael aus seiner Vergangenheit zur Genüge. Da war etwas in ihm gerissen; er war, er wusste nicht, wie, auf die Beine geschnellt und zur Küche hinausgestürzt.

Marouan war mit seiner Untersuchung mittlerweile zum Bad gelangt und gerade dabei gewesen, den Spiegelschrank zu inspizieren. Es war reiner Zufall, dass Marouans Hand nicht zerquetscht wurde, als Raffael ihm den Spiegelschrank – von hinten in das enge Bad tretend und mit viel zu viel Kraft für ein Möbel von derart billiger Qualität – vor der Nase zuknallte. Der Spiegel barst, blieb aber hängen.

Marouan hatte ihm sein Gesicht zugewandt. Und da hatte er sie gesehen: die Ruhe, die sich auf Zügen ausbreitet, wenn einer, der es kann, sich anschickte, Lügen zu erzählen. Er hatte schreien wollen, zur Rede stellen, Auskunft verlangen darüber, was der andere verdammt nochmal suche. Drogen etwa? Aber er hatte es sein lassen. Seine ganze Wut wäre aufgelaufen an der glatten Liebenswürdigkeit des besorgten Tourmanagers. Ohne ein Wort hatte Raffael den Rückzug angetreten und – sich an den Türrahmen der Küche lehnend – den anderen seine Inspektion zu Ende bringen lassen.

Nach dem Bad hatte sich Marouan das kleine Wohnzimmer vorgenommen und dann – nach einem kurzen Zögern – den Raum, in dem Raffaels Bett stand, und schließlich die Küche.

«Können wir?» Die Worte waren an Essia gerichtet gewesen. Sachlich, neutral, mit Spuren fürsorglichen Drängens. Sie war zusammengezuckt, als hätte er sie geschlagen. Der Blick, mit dem sie an ihrem Lebens- und Laufbahn-Organisator hing, war der eines Hundes gewesen.

Raffael verstand erst jetzt, nachdem die beiden längst weg waren und der Van davongerast, was sich da zwischen den beiden abgespielt hatte. Es ließ sich in einem Wort zusammenfassen: Liebesentzug. Das ganze Wühlen und Durchsuchen bloß Teil einer Show. Aber das war nicht der Kern der Sache. Der Kern war, dass Liebesentzug immer Strafe war. Strafe für etwas, das einer gesagt oder getan hatte. Als Marouan Essia hier abgeliefert hatte, war zwischen ihnen alles in Ordnung gewesen. Also musste sie in der Zwischenzeit etwas gesagt oder getan haben, was Strafe verdiente. Und da gab es nur eines, was dieses Kriterium erfüllte: ihr Gespräch von vergangener Nacht. Wenn aber Marouan davon wusste, dann konnte das nur bedeuteten: Er hatte mitgehört. Und da gab es wiederum nur eine Möglichkeit.

Raffael, der eben dabei war, im offenen Hof die Hunde zu füttern, kam mit einem Ruck hoch. Eines der Tiere zuckte mit eingezogenem Schwanz zurück. Raffael legte ihm kurz die Hand auf den Rücken. «Keine Angst, Kumpel.» Dann rannte er zu seinem Treppenaufgang, flog die Stufen hoch und ging direkt in die Küche. Da lag es. Essias Handy. Nur halb sichtbar hinter dem Kaffeekocher, wo es zum Laden an die Steckdose angeschlossen war. Sein Blick hatte vorhin darauf geruht, ohne dass er es gesehen hatte.

Er nahm das Gerät vom Netz, setzte sich und betrachtete es, als könne es ihm seine Fragen beantworten. Er aktivierte es. Auf dem Display erschien das Foto von DJ Azeera. Eine filigrane schwarze Silhouette mit erhobenem Arm vor einem tobenden Meer aus Licht und Menschen. Wie klein sie wirkte vor dieser Urgewalt. Und wie mächtig zugleich. Jemand musste das Bild aus dem hinteren Bühnenbereich heraus aufgenommen haben.

Raffael fuhr mit dem Finger über den Touchscreen. Bildschirmsperre. Natürlich. Und gleich dahinter mit Sicherheit SIM- und Browser-Sperre. Er warf einen Blick auf die Uhr an der Wand. Kurz vor zwei Uhr. Jérôme wäre um diese Zeit wach. Und – was noch wichtiger war – weder stoned noch besoffen. Was Marouan konnte, konnte Jérôme schon lange.

✦ ✦ ✦

Französische Vogesen, Val des Anges

Tal der Engel, dachte Marouan, während er, das Handy am Ohr, darauf wartete, dass am anderen Ende jemand antwortete. Kein Name könnte besser passen zu dem versehrten Menschen, der nichts von seinen Flügeln wusste und dessen Seele, ohne dass er es ahnte, rein war. Von Schuld erdrückt, und doch ohne Schuld. Die Ankläger Tote, Abwesende und er selbst, der keine Sekunde lang zuließ, dass das Koordinatensystem des Gewissens ihm Halt bot oder einen Ort zuwies, an dem er sicher wäre. Bleiben könnte. Er jagte Essia genauso wie ihr Management, die Veranstalter, die Fans, der blutsaugende Schwarm ihrer Entourage. Nur anders. Unter der Oberfläche. Gnadenlos hinter der Maske falscher Sorge.

Sie hatte sittsam neben ihm auf dem Beifahrersitz gesessen von dem Moment an, als sie in Catalat de Belmont losgefahren waren. Die Schultern gerade, die Beine übereinander geschlagen, den Blick aufmerksam auf die Straße gerichtet, in sich pochend die Hoffnung auf ein Wort der Erlösung. Nur das. Sie wäre genau so sitzen geblieben, hätte er weiter geschwiegen. Kein Nachlassen, kein Entspannen für den Schuldigen. Denn in ihren Augen war die Strafe des Herausgerissenwerdens verdient. Auch wenn sie keine Ahnung hatte, weshalb. Das spielte keine Rolle. Sie war Essia. Am Leben und hier. Das reichte, um Strafe zu verdienen.

Kurz nach der Einfahrt auf die A7 in Richtung Norden hatte er, den Blick nicht von der Straße wendend, den Arm nach ihr ausgestreckt.

«Tut mir leid, diese Hauruck-Übung», hatte er gesagt. Und als sie nicht geantwortet hatte, die Hand kurz massierend auf ihr Haar und ihren Nacken legend: «Vielleicht ist es besser so. Du siehst nicht danach aus, als hättest du dich erholt. Aber genau das solltest du. Du brauchst Ruhe.»

Da endlich hatte sie geglaubt, dass der Friede echt, Vergebung – für was auch immer – möglich war.

«Wo fahren wir hin?», hatte sie gefragt.

«In die Wüste. Du wirst es lieben.»

Keine fünf Minuten später hatte sie, den Kopf an seinen Oberarm gebettet, geschlafen wie stets, wenn sie die Hatz des Gewissens, die Marter nicht erkannter Schuld und Vergebung hinter sich zu haben glaubte. Erst in der Nähe der Ortschaft Belfort in den französischen Vogesen hatte sie Zeichen des Wachwerdens von sich gegeben.

«Hinten hat's Kaffee.»

Sie war zwischen den Sitzen hindurch in den rückwärtigen Bereich des Vans geklettert. Er hatte sie hantieren gehört, eine Tasse aus einem der Fächer nehmen, die Thermoskanne. Dann ein Sekunden dauerndes Innehalten vor dem Sprung in die Realität von Worten:

«Du auch?»

«Ja. Unbedingt.» Er hatte es geschafft, unbekümmert zu klingen.

Kaffeeduft hatte den Van durchzogen, eine Tasse war nach vorne gereicht worden, sie selbst hatte es vorgezogen, im dem Spalt zwischen den Sitzen kauernd zu verharren. Er hatte ihren Atem gehört. Erst als die Landschaft sich zu verändern begann, als sie erst die Autobahn, dann die Nationalstraße, Belfort und die im anbrechenden Tag düster wirkenden Vogesen-Dörfer und -Dörflein hinter sich gelassen hatten, war Leben in sie gekommen. Zumindest wohl die Hoffnung darauf.

Mit einer gleitenden Bewegung war sie nach vorne auf ihren Sitz gerutscht. Die Aufmerksamkeit, die sie der Landschaft angedeihen ließ, war jetzt die eines Menschen gewesen, der da war. Teilnahm. Wie letzte Außenposten menschlicher Wirkstätten hatten sie handtuchgroße Weiden mit zwei, drei Kühen hinter sich gelassen und waren auf der engen, kaum merklich bergan führenden Talstraße in den Wald eingetaucht, der mehr Wesen als Vegetation zu sein schien. Das Vorhandensein der markierungslosen Fahrbahn ein Akt seines guten Willens.

Je höher sie gestiegen waren, umso dichter war die Dunkelheit geworden, Laubwald in Mischwald, dann in Tannenwald übergegangen. Unversehens eine Lichtung ohne Licht – ein nadelüberdachter Dom. Spärliches bleiches Gras. Mitten darin ein weißes Pferd.

Die Straße teilte sich, Marouan hielt links. Ein unbefestigter Weg jetzt, steil ansteigend. Er hatte regelrecht fühlen können, wie Essia sich auf dem Beifahrersitz verkrampfte. Der Van holperte mit hoher Tourenzahl um die enger werdenden Windungen. Dann endlich hatte sich alles geöffnet, das Halbdunkel sie freigegeben, es war einem Hindurchbrechen gleichgekommen. Essia hatte aufgeatmet, Luft in ihre Lungen gesogen, um sich geblickt und ihn angestrahlt mit ihrem schrankenlosesten Mädchenstrahlen.

«Ich wusste, dass du es mögen würdest», hatte er gesagt und festgestellt, dass auch in ihm sich etwas weitete. Die schroffe, mager bewachsene Kargheit, die sie umgab, sprach weder von Öde noch von Härte, sondern von Wind, von Freiheit und der Möglichkeit, in Ruhe gelassen zu werden. Er hatte das unangebrachte namenlose Wünschen von sich gestoßen und ohne Eile auf das zugehalten, was sich als naher Horizont präsentierte und die runde Kuppe des Berges war, der einem vorgaukelte, nur ein Hügel zu sein. Linkerhand nach hinten versetzt führte die Straße weiter aufwärts.

Ihre Route.

Später.

Erst musste er diesen Anruf erledigen.

Gerade kroch der erste Sonnenstrahl über die Kante dort oben, wo ihr Ziel lag, und traf auf den Fleck, auf den er zusteuerte. Sanft hatte er den Van zum Stehen gebracht, den Motor ausgeschaltet, die Hände vom Lenkrad sacken lassen. Seine Hals- und die Schultermuskeln hatten sich angefühlt, als werfe er etwas Zentnerschweres, Totes ab. Seit Tagen ohne Schlaf, fünfhundert Kilometer Autobahn, der Auftritt in der Wohnung Raffaels in Catalat de Belmont, ihr Sich-Winden im Innersten, die Fahrt hierher, die Farce. Den Kopf erst auf die eine, dann auf die andere Seite neigen, dehnen, Schultern anziehen und sacken lassen. Der Krampf war vorübergegangen. Ein Blick neben sich hatte ihm bestätigt, was er bereits gewusst hatte: Essia schlief wieder.

Endlich ging am anderen Ende jemand ran. Wortlos.

«C'est moi», sagte Marouan leichthin und im Versuch, die Möglichkeiten, die der Ort hier ihn ahnen ließ, das Sehnen nach Was-auch-immer, das Leute wie er verachteten, nicht in seine Stimme sickern zu lassen – *Ich bin's.* «Wir sind früher los als geplant. War eine spontane Entscheidung.» Er klang jetzt schon fast begeistert. «Wir sind gerade irgendwo in der Nähe von Belfort. Hattet ihr nicht da in der Gegend eine Hütte?»

«Ja. Klar», kam die Antwort. «Müsste eigentlich frei sein. Bleib dran. Ich checke das kurz mit meinem Bruder. Der hat die Reservationen im Griff. Nicht, dass ihr dort beim Einlaufen auf die halbe Sippe stoßt.» Das Telefon wurde irgendwo abgelegt. Eine Weile war nichts zu hören. Dann wieder die Stimme – aus großer Distanz. Einzelne Worte waren nicht auszumachen. Offenbar sprach der andere mit jemandem. Dann ein Hörer, der auf einen Apparat geknallt wurde.

«Ihr habt Glück. Keiner dort im Moment. Allerdings auch keine Verpflegung, sagt mein Bruder.»

«Kein Problem. Haben wir alles dabei. Liegt der Schlüssel …?»

«Zisterne. Wie lange rechnet ihr zu bleiben?»

«Keine Ahnung. Ein paar Tage. Ist das okay?»

«Ich klär's ab.» Und nach einer kurzen Pause: «Wenn ich dich schon dran habe: Wie war Basel?»

«Sieht gut aus. Wir liegen mit allem in der Zeit. Nette Leute dort. Sehr professionell.»

Etwas, das wie ein bekümmertes Lachen klang, drang an Marouans Ohr: «Was auch immer das heißt, mein Freund …»

Marouan ging nicht darauf ein, konnte indes nicht verhindern, dass eine Woge blonden Haares und der Duft von «Amouage Epic» durch einen Teil seines Hirns trieb. Er hatte sie richtig eingeschätzt, die Kühle, Distanzierte des Veranstalters – sie hatte ihn auf sein Zimmer begleitet nach dem Meeting. Das Bild, das sich in der Sekunde des Rückblicks einstellte, war ebenfalls kühl, undeutlich, als sähe er es durch das vom Wind aufgebauschte Weiß eines fließenden Vorhangs. Lichtjahre her bereits. Er brauchte Schlaf.

«Was auch immer du dir gerade vorstellst», antwortete er jetzt, «vergiss es. Es heißt bloß, dass die das nicht zum ersten Mal machen. Wie gesagt: Profis. Da ist jede Steckdose genau dort, wo sie sein soll. So zu arbeiten ist eine wahre Freude.»

«Okay. Umso besser.»

«Bis dann.»

Marouan legte auf, ohne auf Weiteres zu warten. Es war besser so. Er wusste, dass der andere es nur mit äußerster Anstrengung geschafft hatte, nicht in die Luft zu gehen, zu brüllen, zu fluchen. Jeder Kontakt war eingestellt worden. Der Anruf hätte nicht stattfinden dürfen. Schon gar nicht von seinem Handy aus und über die Händelallee. Er stellte eine Gefährdung der Operation dar. Der nächsten ebenso wie der übernächsten. Aber was hätte er verdammt noch mal tun sollen? Einen Brief schreiben? Er kannte die aktuellen Nummern nicht. Und anzurufen war immer noch sicherer, als eine E-Mail zu schicken. Er konnte schlecht in dem sicheren Haus des BND dort oben aufkreuzen, ohne sich anzumelden. Es hätten Gäste dort sein können – Geiseln, Gefangene, Zeugen.

Marouan erhob sich von dem Stein, auf dem er gesessen hatte, und schob alles lasche Sich-Rechtfertigen von sich. Er hatte bewusst einen Fehler gemacht, weil er ihn hatte machen *müssen.* Damit galt es zu leben. So einfach war das.

Tief atmete er ein, wandte sich dem sanften Abhang des Berges zu und fand sich – er wusste nicht, woher sie kamen – auf einmal in einer Wolke kleiner blauer Schmetterlinge wieder. Sie schienen unter der Abrisskante im Schatten und unter dem Schirm der Steine genächtigt zu haben. Eine Weile stand er in dem blauen Wirbel, und alles, was er war, kondensierte sich in dem Riss, der ihm, seit er denken konnte, als Seele diente.

Dann war es vorbei.

Er wandte sich um, ging festen Schritts auf den Van zu, öffnete die Schiebetür und holte eine Flasche Wasser und den Gebetsteppich hervor. Zurück zu der Abrisskante. Waschen. Hände, Mund, Gesicht, Ohren, Nase, Nacken, Unterarme, Füße. Murmelnd betend.

Er hatte die Tür des Vans absichtlich mit einem Knall ins Schloss schnellen lassen. Er wollte, dass sie erwachte, wollte, dass sie genau das hier sah: einen Mann beim Gebet. Eine wenn auch nicht perfekte, so doch gute Show. Das Problem war aber, dass es nur noch halb Show war. Dass er auch hätte beten wollen, wäre sie nicht da gewesen. Wenn es keinen Job gegeben hätte, keinen Auftrag.

Er drückte die Stirn so fest auf den steinigen Untergrund, dass es schmerzte. Etwas veränderte sich. Hatte sich längst verändert. Er musste sich in Acht nehmen. Vor sich selbst ebenso wie vor den Leuten, für die er arbeitete.

✦ ✦ ✦

Berlin, Dahlem

Es gab ein paar einfache Regeln, an die Carl Brun sich hielt. Regel Nummer eins: Arbeite nie mit Leuten zusammen, die du nicht kennst oder die dir nicht von jemandem, den du kennst, empfohlen worden sind. Regel Nummer zwei: Halte dich von Mittelsmännern fern. Regel Nummer drei: Meide jeden, der mit Worten wie «Nation», «nationale Sicherheit», «Ehre», «Respekt» oder «Gerechtigkeit» herumfuchtelt wie mit einer geladenen Waffe.

Wobei Regel Nummer drei sich meist mit der Einhaltung von Regel Nummer zwei erübrigte: Jene, denen Rechtssicherheit und Freiheit von Menschen und Unternehmen, die ein Land, eine Region ausmachten, wirklich am Herzen lag, jene, die blieben und dann zu Hochform aufliefen, wenn die Scheiße am Dampfen war, hatten solches nicht nötig. Mittelsmänner hingegen waren gemeinhin, wenn es darum ging, sich erst in anbiedernder Dreistigkeit den Wanst zu stopfen und danach den Arsch auf die Gewinnerseite zu hieven, von einer Behändigkeit und Geschmeidigkeit, die etwas Olympisches an sich hatte. Und weil Carl Brun auch den größten Teil dessen, was sich Politiker nannte, zu der Sorte «Mittelsmann» zählte, blieb der Kreis der Eingeweihten im Rahmen einer Operation stets überschaubar.

Mit dem Einbezug des Israelis brach er Regel Nummer eins bewusst. Tatsache war: Er kannte Joaf Refaeli nicht. Wobei «kennen» bedeutete, dass man zusammen Dreck gefressen hatte und in die Hölle hinabgestiegen war. In unausgesprochenem Wissen und schweigsamem Einvernehmen ein paar Bier kippen, zählte nicht. Aber damit konnte er in diesem Fall leben. Noch gab es nichts, noch war nichts in die Wege geleitet worden, dem die Bezeichnung «Operation» hätte gegeben werden können. Noch waren sie alle unschuldig.

Dass er allerdings auch Regel Nummer zwei brach, wurde ihm erst bewusst, als Joaf wie vereinbart gegen sieben in ihrer provisorischen Einsatzzentrale auf dem Grat eintraf. An seiner Seite eine zierliche, dunkelhaarige und unscheinbare Frau.

Nach ihr ein mächtiger Glatzkopf.

Und schließlich der gutaussehende Mittfünfziger in Anzug, aber ohne Krawatte, von dem jeder im Raum sofort wusste, dass er keine Funktion innehatte und nie innegehabt hatte, sondern Funktion *war.*

Wobei Funktion in diesem Zusammenhang alles bedeutete, was Brun je zu meiden versucht hatte: Sicherheitspolitiker, Agent, Mittelsmann und Diplomat. Im Kreis von Freunden nur «Y» genannt, hieß er mit vollem Namen Yuri Rachmanowitsch und war seit Kurzem hinter jedem präsentierten offiziellen Gesicht der entscheidende, lenkende und riskierende Kopf des wohl effizientesten Geheimdiensts der Welt. Er *war* dieser Geheimdienst. Mehr noch: Er stand für dieses ganze *Land.* Und er war eine lebende Legende.

Nie und nirgends in Erscheinung tretend, galt Rachmanowitsch als brillanter Anwerber von Informanten, der in der Lage war, auch in feindlichsten Gebieten ein feinmaschiges Netz von Zuträgern nicht nur zu erschaffen, sondern über Jahre hinweg zu erhalten. Die Ernte dieser langwierigen Aufbauarbeit waren hochriskante Handstreiche, die buchstäblich Geschichte schrieben. Die Unterwanderung des schiitischen Hisbollah-Netzwerks ging dabei ebenso auf sein Konto wie die Aktion, bei der seine Leute im Januar 2018 aus dem Zentrum Teherans nicht weniger als 110.000 Dokumente mit nuklearen Geheimnissen aus einem Geheimarchiv stahlen und in einer Nacht- und Nebelaktion nach Israel schmuggelten. Und dieser Mann, von dem im Zusammenhang mit all den tollkühnen Operationen, für die er verantwortlich zeichnete, kein einziger Flop bekannt war, stand jetzt lächelnd in der Tür und führte sich auf, als könne er seine Begeisterung darüber, hier zu sein, kaum zügeln.

Das Verrückte daran: Es funktionierte. Es war, als träfen sich hier Bekannte, Vertraute, die sich seit Jahren nicht gesehen hatten. Ein Blick in die stumme Runde seines Teams sagte Brun, dass es den anderen ebenso erging. Und dass sie – das wiederum sagten ihm die Blicke, die sie ihm zuwarfen – ebenso wenig wie er verstanden, wie das möglich war.

Außer Valentin. Der Alte, der an die Tür gegangen war und jetzt schräg hinter den Eintreffenden stand, gab ihm einmal mehr mit einem kaum merklichen Nicken zu verstehen, dass es gut sei. So sein müsse. Seine Entscheidung, Joaf und dessen Leute herzuholen, die richtige.

Brun trat vor, sah in Joafs Richtung. Doch nicht dieser, sondern Yuri Rachmanowitsch trat ihm entgegen. Damit war klar, wer hier mit wem armdrücken würde. All das spielte sich in wenigen Sekunden ab und verdrängte für keinen Augenblick die noch nicht gestellte, aber alles dominierende Frage: Was läuft hier, das diese Leute motiviert, den Kader auflaufen zu lassen? In was für ein Wespennest stachen sie gerade?

Die beiden Männer reichten sich die Hand. Das Ritual des Informationsaustauschs, das im Grunde immer ein Tanz war, konnte beginnen. Brun ließ dem anderen den Vortritt:

«Yuri», sagte dieser.

«Carl», erwiderte Brun.

«Willkommen zurück auf dem Festland, Carl.»

«Danke. Wie war die Reise?»

Damit war die erste Schrittfolge getan. Man hatte sich gegenseitig versichert, dass man wusste, wer der andere war und woher er kam. Und dass man nicht hier war, um zu geben, sondern um zu nehmen. Brun stellte daraufhin seine Leute vor – Sava Nina Perroulaz, Nouriel Blum, Piet van Laer, Jezreel Vidali. Auch das: verzichtbarer und doch notwendiger Bestandteil des Zeremoniells. Und indem er von Rachmanowitsch zu Valentin blickte:

«Ihr kennt euch sicher bereits.»

«Ja. Und es ist mir – einmal mehr – eine Ehre», sagte Rachmanowitsch und zog in Sachen Vorstellung nach. Auf Joaf deutend: «Joaf Refaeli – Beschaffung und Auswertung», auf die Frau in dunkelbraunem zerknittertem Ballonrock, spitz zulaufenden Ballerinas und rosa Shirt: «Dana Karlin – Beschaffung und Auswertung, Spezialgebiet Naher Osten, Schwerpunkt Iran», und schließlich auf den Massigen in kurzärmeligem Hemd und Jeans, die ihre besten Tage längst hinter sich hatten: «Boas Yakin – Operationsplanung, Überwachung.»

Es folgten sich dehnende Sekunden der Stille.

«Okay», sagte Brun schließlich. Er klang wie einer, der gerade eine Empfangsbestätigung des Lieferdiensts unterschrieben hatte und jetzt erwartete, dass der Bote abzog. Zu schroff – er federte ab: «Willkommen.» Und an Joaf gewandt: «Du sagtest was von Nachtisch.»

Joaf hielt eine Plastiktüte hoch: «Halvaschnecken mit Schokolade und Sesam-Eis.»

«Außerdem haben wir ein Gastgeschenk für euch», ergänzte Rachmanowitsch. «Ihr werdet es lieben. Aber dazu später. Ich schlage vor, wir gehen jetzt da rein, widmen uns dem Essen und versuchen, uns gegenseitig davon zu überzeugen, dass wir Freunde sind.»

«Klingt nach einem guten Plan», erwiderte Brun und stellte fest, dass er den Mann mochte.

Sava und Nouriel hatten sich um das Abendessen gekümmert. Es gab verschiedene Salate, Früchte, Fleisch und Käse. Der große Tisch in der Halle wurde gedeckt, Schüsseln aus der Küche gebracht, Brote geschnitten und schließlich Lorenz, der vor seinen Rechnern saß, auf Menschen und Mahlzeit aufmerksam gemacht. Seine Kenntnisnahme der Information fand Ausdruck in der Tatsache, dass er sich den Inhalt des Tellers, den Sava neben ihn stellte, einverleibte.

Woran Brun noch vor Stundenfrist nicht geglaubt hatte: Es wurde ein Essen unter Freunden. Keiner hatte den anderen hergelockt, keiner legte Schlingen aus, keiner schien lügen zu wollen. Das Zurückhalten und Nicht-Teilen von Informationen war selbstverständlicher Teil ihrer Wahrheit. Jener Wahrheit, die da sagte, dass nicht die großen Themen, nicht Politisches, Meinungen und Abgründe es waren, welche das Fundament legten, auf das die Ecksteine des Vertrauens platziert werden konnten, sondern das Einfachste und Grundlegendste, das Menschen verband: Essen. Dieses hier und andere Mahlzeiten an anderen Orten mit anderen Menschen. Speisen, Speisefolgen. Erlebtes und Erduldetes. Es wurde gelacht, einander ins Wort gefallen, gelobt und schließlich der Nachtisch regelrecht gefeiert.

«Naher Osten, hmm?», wandte sich Piet schließlich, den Teller wegschiebend, den mächtigen Oberkörper seufzend zurücklehnend und sich eine Zigarette anzündend, an die Frau, die Rachmanowitsch als Dana vorgestellt hatte. «Schwerpunkt Iran. Ihr müsst entschuldigen, wenn ich gerade schwer von Begriff bin. Aber ‹Iran› schreit in meinen Ohren geradezu nach ‹Russland›. Und ‹Russland› – Berufskrankheit, seht es mir nach – klingt in meinen Ohren verdammt nach: ‹Die Amis sind mit an Bord›.» Und an Brun gewandt: «Ich dachte, das hättet ihr geklärt.»

«Ich auch», erwiderte Brun mit einem fragenden Blick in Joafs Richtung.

«Das ist richtig», antwortete Rachmanowitsch, der dabei war, seinen Dessertteller mit einem Stück Brot in einen Zustand absoluter Sauberkeit zu versetzen, an dessen Stelle. «Genau wie in eurem Fall gilt für uns: Wir sind nicht hier. Es gibt keine Operation. Und es gibt daher auch keine Partner. Bloß Freunde aus der Schweiz und vielleicht ein paar gemeinsame Interessen. Könnt ihr damit leben?»

«Ich denke, ja», antwortete Valentin für Brun und hakte gleich nach, was ihm als Ältestem der Runde zustand: «Trotzdem würden wir es begrüßen, unseren Freundschaftsstatus etwas präziser definiert zu haben. Oder anders gesagt: Warum du, Yuri?» Und ohne den Angesprochenen zu Wort kommen zu lassen: «Du weißt, weswegen wir hergekommen sind. Und du weißt, was wir brauchen und weshalb wir an euch gelangt sind. Aber was wollt ihr von uns? Etwas Unwichtiges kann es nicht sein – schließlich bist du kein einfacher Mitarbeiter eures Dienstes mehr, sondern der Chef des Ladens. Warum die ganze Mühe für etwas, das wir im Grunde auch telefonisch hätten klären können? Versteh mich nicht falsch – aber wir müssen im Moment vorsichtig sein, was unsere Aktivitäten anbelangt. Unser Dienst hat sich, wie du weißt, in den letzten Jahren vor allem mit Quantität hervorgetan. Wir sind ja schon so was wie der Witz der Branche. Wir können und wollen uns kein weiteres Fiasko leisten. Nicht einmal einen kleinen Tritt neben die Spur. Für uns und die Crew in Bern, die zurzeit rund um die Uhr daran arbeitet, die einheitliche, bedenkenlose und in reinem Machtstreben befangene Politik der Vorgängerregierung in eine der Wachsamkeit, der Kooperation und des Vertrauens in die eigene Stärke zu überführen, steht zu viel auf dem Spiel.»

Bevor Rachmanowitsch reagieren konnte, meldete sich Jezreel zu Wort:

«Wenn es wirklich so ist, dass die Amerikaner hier nicht mit an Bord sind, dann einzig aus dem Grund, dass sie etwas tun, von dem ihr vermutet, dass sie euch dabei außen vor lassen. Wenn ihr uns nicht mitspielen lasst, dann dürft ihr auch bei uns nicht mitmachen. Ist es das?», fragte sie.

Das Erstaunen, mit dem die anderen sie betrachteten, galt weniger dem Umstand, dass sie, die selten sprach, etwas sagte, als der schieren Tatsache, dass sie da war. Keiner konnte trotz eines Äußeren, das vom Gegenteil sprach – dunkle, hüftlange, im Moment zu einem Dutt hochgesteckte Lockenmähne, hellgraue Augen, hohe Wangenknochen und Lippen, für die in dunkleren zeitgeschichtlichen Epochen ohne Zögern getötet worden wäre –, derart verschwinden wie sie in einer Leere, die sie nicht nur umgab, sondern Teil von ihr zu sein schien.

Brun konnte nicht festmachen, ob Rachmanowitschs Lächeln diesem Umstand galt oder dem, was sie sagte.

«Ist es so?» Ihr neuerliches Nachhaken hatte etwas schüchtern Drängendes.

«Einer hat mal gesagt, Staaten hätten keine Freunde …», hob Rachmanowitsch an.

« …sondern nur Interessen», ergänzte Nouriel, ihm ins Wort fallend, den Satz. Die gemeinsame Mahlzeit erlaubte, was noch vor Stundenfrist nicht denkbar gewesen wäre. «Charles de Gaulle, wenn ich nicht irre. Aber für unser Gewerbe, das wissen wir alle, gilt, was ein anderer sagte: Wenn du Frieden willst, dann plane den Krieg. Und genau das ist es, was wir alle gerne wissen möchten: Planen wir hier einen Krieg? Oder haben wir ihn schon?»

«Okay.» Rachmanowitsch schien es mehr zu sich selber als zu den Menschen am Tisch zu sagen. «Jezreel hat recht. Ebenso wie du, Nour. Darf ich ‹Nour› sagen?»

Der Mann mit dem grau-blond gelockten und stets zu einem Pferdeschwanz gebundenen Haar, dessen offenes Gesicht Brun kannte, als wäre es sein eigenes, machte, einen Arm aus der Verschränkung vor der Brust ziehend, eine Geste des Vortritts: *Nur zu.*

«Tatsache ist: Wir wissen, dass etwas läuft, aber wir wissen nicht, was», fuhr Rachmanowitsch fort. «Wir haben Informationen, die für sich betrachtet Business as usual sind, zusammen aber ein Muster ergeben, das uns nicht gefällt. Ein Muster, das, wenn es nicht Zufall ist, woran wir nicht glauben, sagt, dass sich hier etwas in Umsetzung befindet, von dem wir nicht in Kenntnis gesetzt worden sind. Und bevor du fragst, Carl: Nein – ich kann nicht ins Detail gehen. Noch nicht. Hier musst du mir für den Moment vertrauen. Oder die Sache abblasen. Von uns wird keiner etwas erfahren. Aber wenn ihr unsere Hilfe wollt, dann gibt es die nur gegen eure Hilfe.»

Brun ging nicht auf letzteres ein: «Sprichst du von den Amerikanern?», hakte er stattdessen nach. «Und wenn ja – von einer der großen Agenturen?»

«Nein. Für einmal nicht», antwortete Rachmanowitsch. «Es sieht nicht danach aus, als wären hier die üblichen Verdächtigen involviert, sondern militärische Dienste.»

«Sprichst du vom USEUCOM? Vom Europäischen Kommando der US-Streitkräfte? Von der NATO? Verdammt, Yuri … Wo werden wir da mit reingezogen? Du weißt, dass weder meine Leute noch ich heikle Situationen scheuen, wenn es Sinn macht. Aber ‹hier musst du mir vertrauen›? Das kannst nicht mal du ernst meinen.»

Der Angesprochene schaute erst zu seinem Mann für Operationen und Überwachung, Boas, dann zu Dana, der Frau mit Schwerpunkt Iran, und schließlich zu Joaf. Es schienen wortlos eine Frage gestellt und Antworten gegeben worden zu sein.

«Es kann sein, dass ihr da längst mit drin hängt, Carl», sagte Rachmanowitsch schließlich. «Wurden eure Armee und Geheimdienstspitzen nicht von der Clique rund um Besson neu besetzt?»

«Doch. Schon. Aber …», hob Brun an.

«Eben», bestätigte Rachmanowitsch, ihn unterbrechend.

«Und sind diese Positionen aktuell nicht mit Ex-NATO-Personal besetzt? Und haben diese Leute nicht ihrerseits im großen Stil eigenes Personal nachgezogen und auf den Positionen der nächstunteren Chargen in Stellung gebracht?» Diesmal wartete er nicht auf Bruns Rückmeldung. Warum auch – die Antwort wusste jeder hier. «Wie gesagt», fuhr er stattdessen fort, «es kann, muss aber nicht sein, dass die Schweiz bei was auch immer mitmacht. Außerdem sind die markierten Anrufe echt. Gib uns eine Stunde, wir legen alles auf den Tisch, was geht, und dann entscheidest du mit deinen Leuten, wie es für euch weitergehen soll. Entweder die Anrufsache klären und nach Hause gehen – oder mit uns zusammen weitermachen. Okay?»

«Einverstanden», sagte Brun.

«Gut», antwortete Rachmanowitsch. Und zu Joaf blickend:

«Your turn.»

«Okay – das wird jetzt etwas lang werden», hob dieser an.

«Aber anders geht's nicht.»

«Keine Sorge», kam ihm Piet entgegen. «Wir haben heute nichts mehr vor.»

«Gut. Also dann. Jedem hier drin dürfte bekannt sein, dass die Idee einer europäischen Armee unter gemeinsamem Oberkommando seit Jahrzehnten ein Traum der EU – und nicht nur der EU – ist und von Zeit zu Zeit immer wieder mal laut gedacht wird. Aber trotz der Tatsache, dass die Medien keinen Versuch gescheut haben, die dringende Notwendigkeit einer solchen Unions-Streitmacht herbeizuschreiben – Stichwort Truppenabbau des USEUCOM –, stieß der Plan in der Öffentlichkeit nie auf Gegenliebe. Die Mehrheit der Menschen Westeuropas glaubt, dass Armeen an sich ein überholtes Konzept und Kriege zivilisatorische Vergangenheit sind, und begrüßt die seit Jahren angekündigte und angeblich durchgeführte Truppenreduktion der Amerikaner. Ich sage bewusst *angeblich,* weil wir nicht sicher sind, ob das stimmt.»

«Nenn die Sache ruhig beim Namen, Joaf», schaltete Rachmanowitsch sich ein und übernahm es gleich selber: «Wir glauben, dass das Gegenteil der Fall ist: Dass nämlich jemand über inoffizielle Kanäle massiv rekrutiert.» Mit einem Nicken bedeutete er Joaf, weiterzumachen.

«Vor acht Jahren traten die Polen an uns heran», nahm dieser den Faden wieder auf.

«Vor acht Jahren?», fragte Sava. Es klang, als spräche sie von der Bronzezeit.

«Wir sind nicht nur ein altes Volk, sondern auch ein geduldiges», antwortete Rachmanowitsch lächelnd. «Außerdem brauche ich keinem hier zu erklären, dass die Wurzeln dessen, was heute politisch umgesetzt wird, weit in das letzte Jahrhundert reichen. Die Mühlen des Politischen, wenn es um das große Ganze geht, mahlen langsam. Aber sie stehen nie still. Und was nun die Polen anbelangt, und bevor jemand fragt, warum ausgerechnet sie: Wie wir auch, haben diese Menschen einen siebten Sinn für militärische Großmachtfantasien. Natürlich haben sie versucht, der Sache selber auf den Grund zu gehen. Allerdings schaut ihnen die EU im Zuge ihrer Politik auch via

INTCEN, dem EU-Geheimdienst, auf die Finger, und sie können außerhalb Polens nicht viel anrichten. Auf mehr als ein paar Namen stießen sie nicht. Die vielversprechendste Spur war ein gewisser Torsten Brückner. Aber seine Spur verlief sich in der F&E-Abteilung eines großen Lebensmittelkonzerns. Da sind sie dann an uns gelangt. Mach weiter, Joaf.»

«Die Informationen, die die Polen hatten, deuteten, wie Yuri eben schon sagte, darauf hin, dass, während medienwirksam erste USEUCOM-Standorte in Deutschland geschlossen wurden, jemand gleichzeitig im großen Stil Personal anwarb. Unsere erste Vermutung war jene, dass es allen anderslautenden Berichten zum Trotz die Amerikaner sind. Schließlich stehen diese zum Schutz Europas und via NATO mit der größten Streitmacht seit dem Ende des Zweiten Weltkrieges an der Grenze zu Russland. Außerdem war es in unseren Augen auch plausibel, dass das Ganze in Verbindung mit dem bereits damals in Verhandlungen befindlichen Militärabkommen zwischen den USA und Polen im Zusammenhang steht. Aber erstens handelte es sich bei dieser geplanten Truppenaufstockung offiziellen Absichten zufolge um nicht mehr als eintausend Soldaten – gemäß unseren Informanten der polnischen Agentur sind die Rekrutierungen allerdings zahlenmäßig weit imposanter –, und zweitens gaben die Zahlen nichts her, was unsere Vermutung bestätigt hätte.»

«Offizielle Zahlen?», hakte Brun, der inzwischen aufgestanden war und rauchend auf und ab ging, innehaltend nach.

«Nein. Wie gesagt: Offiziell hatten wir gar nichts», kam es von Rachmanowitsch.

«Und weiter?», drängte Brun.

«Wir versuchten nun unsererseits, der Sache auf den Grund zu gehen», nahm Joaf den Faden wieder auf. «Gruben nach verlässlichen Informationen zu Truppenbewegungen, Transporten und Finanzierung. Aber Fehlanzeige. Wir fanden nichts, und das ist schlicht nicht möglich. Denn wo angeblich im großen Stil rekrutiert wird, hinterlässt man Spuren. Und seien es auch nur Namen oder Transport- und Verpflegungskosten. Irgendwas. Aber die Zahlen, die wir fanden, stimmten mit den offiziellen Verlautbarungen zu hundert Prozent überein. Also waren entweder unsere Informationen falsch, oder aber …»

«… nicht nur die Rekrutierungen, sondern auch die Finanzierung fanden ausschließlich hier in Europa statt», ergänzte Piet den Satz.

«Oder aber, es ist eine private Organisation, die rekrutiert», sprach Valentin aus, was jeder im Raum dachte und nicht zu denken wagte.

«Genau», fuhr Joaf fort. «Wir erweiterten also den Radius unserer Recherchen. Und da wurde es interessant. Das Naheliegendste war, nach entsprechenden Kommunikationsdaten zu graben. Kontakte zwischen den Verteidigungsministerien der USA, Deutschlands und anderer EU-Staaten sowie zwischen den verschiedenen Abteilungen für Planung, Führung und Strategie. Aber auch hier: Nichts, das über eingespielte Routine hinausreichte. Allerdings stießen wir auf andere Verbindungen, die, so scheint es, intensiver gepflegt wurden als zuvor. Und zwar jene zwischen dem USEUCOM, dem Europäischen Auswärtigen Dienst, dem NATO-Hauptquartier und einzelnen Exponenten des Sicherheitsrats der Vereinten Nationen. So weit, so unspektakulär. Es kann tausend vernünftige Gründe dafür geben. Nicht zuletzt der Zustand verschiedener nationaler Streitkräfte innerhalb der Union, der irgendwo zwischen Wellness-Organisation und Safe-Space mit führungsmäßigem Wasserkopf und Nullwert in puncto Material und Ausrüstung angesiedelt ist, was einen etwas nachhaltigeren Druck vonseiten der EU und der USA sinnvoll erscheinen lassen könnte.»

«Aber das ist ja nichts Neues», warf Nouriel ein. «Es wird seit zwei Jahrzehnten in Kauf genommen oder ist erklärtes Ziel, die nationalen Armeen unter dem Oberbefehl fachfremder Quotenfrauen auf ein Niveau zu dimmen, auf dem Verteidigungsfähigkeit weit nach der Geschlechtergerechtigkeit rangiert. Ist es da nicht naheliegend, dass das USEUCOM sich mit dem reduzierten Europa-Kontingent eher mit der NATO und meinetwegen der EU arrangiert als mit einem Haufen Vereinen, die die Erfordernisse des Zeitgeists ihrer Kernaufgabe voranstellen?»

«Das ist zwar richtig, aber das Geld spricht eine andere Sprache. Sowohl die Verteidigungs-Etats der EU-Länder als auch des USEU-

COM und der NATO sind unseren Informationen und Schätzungen zufolge nicht gesenkt worden, wie es offiziell immer heißt, sondern kontinuierlich erhöht. Der Grund dafür kann zwar durchaus in der natürlichen Entwicklung von Staatsbetrieben liegen – Stichwort ‹sanfter Budgetzwang› –, aber eben auch darin, dass hinter den Kulissen etwas geschieht, von dem wir nichts wissen sollen. Außerdem haben wir zuverlässige Informationen, wonach der allgemeine Zustand der nationalen Streitkräfte zum Zweck der Mittelerhöhung in den Medien massiv schlechter dargestellt wird, als er es in Wahrheit ist.»

«Die Herunterwirtschaftung demzufolge also eine Art Negativ-PR-Kampagne?»

«Ja. So könnte man es nennen.»

«Habt ihr versucht …?», setzte Nouriel an. Weiter kam er nicht.

«Was glaubst du denn?», fiel Joaf ihm ins Wort. «Natürlich. Wir haben so weit wie nur möglich jeden Stein umgedreht. Aber weit und breit findet sich nichts, was auf direkte oder indirekte Neurekrutierungen hindeutet. Dann kam uns vor Jahren und in der angeblich abklingenden sogenannten Euro-Krise der Zufall zu Hilfe – in Form einer E-Mail, die wie im Fall eurer Basler Anrufe markiert und als relevant eingestuft wurde.»

«Gelangte die E-Mail damals auch durch Juli Zidek an euch?», fragte Sava.

«Ja – sie arbeitet seit 15 Jahren beim BND. Dass die E-Mail bei ihr landete, ist im Grunde nichts Besonderes. Solche Dinge zu prüfen ist ihr Job. Was speziell war: Genau wie heute kam es auch damals nicht zu einer Prüfung. Kaum hatte sie die E-Mail in Händen, um eine entsprechende Analyse zu erstellen, wurde ihr bescheinigt, ein Kollege habe das bereits erledigt. Und auch hier wurde das *Geschäft,* wie solches intern genannt wird, nicht klassiert, sondern wurden sämtliche damit in Zusammenhang stehenden Daten unwiderruflich gelöscht. Mögliche Gründe dafür gab es genug. Es konnte schlicht ein Fehler sein, eine technische Panne oder der Versuch, dem Dauerskandal betreffend Privatsphäre, der damals gerade wieder hochkochte, keine weitere Nahrung zu geben. Trotzdem ist es eben nicht normal, und sie machte uns bei der Übermittlung ihrer Daten darauf aufmerksam, woraufhin wir uns die E-Mail vornahmen. Dabei handelte es sich um die begeisterte Mitteilung eines 29-jährigen Spaniers an seine Eltern, die besagte, er habe endlich einen Job gefunden und den Vertrag auch schon unterschrieben. Ebenfalls teilte er ihnen mit, dass er über den Job leider nichts Näheres sagen dürfe und eine entsprechende Vertraulichkeitsvereinbarung unterzeichnet habe, was ihn jedoch nicht daran hinderte, zu verraten, dass seine Vergütung sich auf die Summe von 1.250 Euro belaufe. Pro Tag. Und das mitten in der größten Wirtschaftskrise seit 1929. Ausschlaggebend für uns war aber etwas anderes: Er sprach von Sold und nicht von Lohn.»

«Wow», kommentierte Piet.

«Das war auch unsere Reaktion. Das und der Versuch, den Mann ausfindig zu machen.»

«Und?»

«Ihn hat dasselbe Schicksal ereilt wie seine begeisterte E-Mail: Er wurde gelöscht. Motorradunfall. Große Tragödie, trauernde Verlobte, am Boden zerstörte Familie. Ausgerechnet in dem Moment, als das Leben sich entschieden zu haben schien, es gut mit ihm zu meinen.»

«Habt ihr Kontakt zur Familie aufgenommen?», fragte Brun.

«Ja. Jemand von uns, eine angebliche Freundin, die über die sozialen Netzwerke von seinem Tod erfahren hatte und der Familie einen Kondolenzbesuch abstattete, hat mit der Mutter gesprochen. Thomas, so hieß der junge Mann, war mit 19 in die Armee eingetreten, wo er in die Legión Española kam, eine Eliteeinheit der spanischen Streitkräfte. Nach seiner Ausbildung kam er bei verschiedenen sogenannten Friedensmissionen der UNO zum Einsatz, wechselte aber schon bald zur Grupo Especial de Operaciones, einer Spezialeinheit für Terrorismusbekämpfung. Mit 27 quittierte er den Dienst, es folgten Jahre der Arbeitslosigkeit. Die Freude war groß, als die Familie die Mitteilung erreichte, er habe einen neuen Job. O-Ton der Mutter: ‹Wir wissen nicht, was es war. Ich habe nie erfahren, was er da genau machte. Er hat mir nur einmal eine kleine Kupfermarke von der Größe eines Zwei-Euro-Stücks gezeigt und gesagt, dass er sich damit ausweise›. Die Familie vermutete automatisch, dass er erneut für den Staat arbeitete. Das war's auch schon.»

«Du klingst trotzdem, als käme da noch was», warf Brun ein.

«Richtig. Die Mutter deutete an, dass es, wenn auch keinen seelischen, so doch einen finanziellen Trost für die Hinterbliebenen gegeben habe. Unsere Recherche ergab, dass er sich auf 95.000 Euro belief. Ausbezahlt von einer Stiftung, die sich ‹Esperanza para la gente› nennt. Gegründet im selben Jahr von Leuten aus dem Umfeld des ‹Movimento M-15›, jener Protestbewegung, die erstmals durch spontane parteiferne Demonstrationen gegen soziale, wirtschaftliche und politische Missstände in Erscheinung trat. Das ‹Movimento› gilt als Ursprung der linksalternativen Partei ‹Podemos›, die sich später mit den Kommunisten zu ‹Unidos Podemos› verbündete und heute mit rund 15 Prozent Wähleranteil die viertstärkste Fraktion im Parlament stellt.»

Wäre Joaf einer von ihnen gewesen, das Team unter sich und quasi «en famille», dann wäre Sava jetzt aufgestanden und hätte enthusiastisch und so viel Lärm wie möglich veranstaltend angefangen, die Teller zusammenzuräumen. Piet hätte vielleicht gegähnt, Nouriel auf den zwei hinteren Beinen seines Stuhls zu kippeln begonnen. Und irgendeiner hätte gesagt: Wir *lieben* und *achten* die mathematische Gründlichkeit deiner jüdischen Seele, Joaf – aber komm verdammt noch mal auf den Punkt: Was hat das alles mit uns zu tun?

Sie waren aber eben nicht «en famille», wo solche Sprüche zwischen Respekt und Verwegenheit von absolutem Vertrauen sprachen. Deshalb sagte keiner was.. Tatsache war: In der schwarz-weißen Landschaft ihrer Branche waren ihre Teams Konkurrenten, was oft genug gleichbedeutend mit Feinden war – ein Nachtessen inklusive Nachtisch änderte daran nichts.

Joaf schien zu registrieren, was vor sich ging – ein Lächeln zuckte um seinen Mund, als er fortfuhr. Vielleicht war das einer der seltenen Fälle, in denen für kurze Zeit beides möglich war – der Feind auch Familie. Brun gestattete dem vagen Gedanken, in ihm zu bleiben. Valentin hatte recht: Es war richtig. Das reichte.

«Mit der Stiftung, also dieser ‹Esperanza para la gente›-Sache, scheint alles in bester Ordnung zu sein», fuhr Joaf mit der ihm eigenen Ruhe fort, die, das wurde Brun in dieser Sekunde klar, nicht von

Gelassenheit, sondern von tausenden Gefahren und Gefechten sprach. «… alles im grünen Bereich», hörte er ihn sagen. «Gutachten des Protektorats über Eignung und Zielsetzung, Rechnungslegung, notarieller Segen, Eintrag ins Stiftungsregister – alles da und gesetzeskonform. Interessant wird es bei der Finanzierung. Trotz beachtlicher Spenderzahl bleiben die auf diesem Weg generierten Summen in einem Bereich, die einiges, aber sicher keine Zahlungen wie jene an die Familie des jungen Mannes möglich machen. Die großen Brocken kommen denn auch ganz woanders her; nämlich von der Europäischen Investitionsbank, die zusammen mit dem Europäischen Investitionsfonds die EIB-Gruppe bildet. Die Zahlungen erfolgen auf Antrag der Stiftung und sind in der Höhe unterschiedlich. Mal sind es sehr große Summen im siebenstelligen Bereich, mal Zwanzig- oder eben Fünfundneunzigtausend. So weit, so undurchsichtig. Die meisten Transfers trugen in der internen EIB-Identifikations-Nummer das Kürzel ‹P›, später dann ‹UP›, und wurden von der Stiftung an Podemos beziehungsweise Unidos Podemos weitergeleitet. So weit, so beschissen – pardon! –, was den sogenannten ‹demokratischen Prozess› innerhalb der EU anbelangt. Allerdings dürfte das keinen überraschen, der weiß, dass sich jene Opposition am besten kontrollieren lässt, die man selbst erschafft. Die Tatsache, dass über denselben Kanal auch Gelder an andere NGOs in andere EU-Länder und von da weiter an politische Oppositions-Bewegungen flossen, die teilweise heute an der Macht sind, ist für uns zwar als Information interessant und eines Tages vielleicht nützlich, hat aber mit dem, was wir in Bezug auf den jungen Mann, das USEUCOM und die angeblichen Rekrutierungen herauszufinden suchten, nichts zu tun. Das einzig Außergewöhnliche war, dass im Fall der Zahlung an die Familie des Jungen erstmals ein neues Kürzel auftauchte: ARES. Oder, je nach Lesart, ARES.2.»

«Ares wie dieser griechische Gott?»

«Ja. Der Gott des schrecklichen Krieges, des Blutbades und Massakers, wie es in einer Online-Enzyklopädie heißt. So weit, so passend. Wir durchstöberten daraufhin so leise wie möglich alles, fanden nada, und uns blieb nichts anderes übrig, als das Kürzel für unsere Algorithmen zu markieren und die Sache dann auf Eis zu legen. Es war das Jahr 2015, und wir hatten weiß Gott andere Probleme. Bis vor zwei Monaten. Da blieb eine weitere Mitteilung mit dem Kürzel ARES.2 in unserem Netz hängen. Und da wurde die Sache schlagartig wieder aktuell. Die Mitteilung – in diesem Fall eine SMS – lautete: ARES2 2SDM KIA.»

«Army-Slang?», kam es von Piet. Es war weniger eine Frage als eine Feststellung. Wenn auch ungläubig klingend.

«Genau das denken wir auch. Würde eines der Akronyme isoliert auftauchen, dann könnte es irgendwas sein. Wenn aber zwei da stehen – in diesem Fall SDM für «Squad Designated Marksman», also Gruppenscharfschütze, und KIA für «Killed In Action» – dann hört unser Zufallsglaube schlagartig auf. Und wenn unsere Deutung der Mitteilung richtig ist, nämlich dass zwei Gruppenscharfschützen im Gefecht getötet worden sind, dann klingt das nach FUBAR – «fucked up beyond all recognition». Oder anders gesagt: Irgendwo war zu diesem Zeitpunkt die Kacke am Dampfen – und zwar hier in Europa. Und es riecht auch bei Regen und gegen den Wind nach Amikacke.»

«Das Kürzel ARES.2 lässt sich indirekt via ‹Podemos Unidos› mit der EIB-Gruppe in Verbindung bringen und – zumindest auf Basis großzügig ausgelegter Vermutungen in Bezug auf das Wort ‹Sold› in der E-Mail des jungen Mannes und des Inhalts der SMS – mit einer militärischen Organisation, möglicherweise dem USEUCOM», ergänzte Brun das Offensichtliche. «Gab es eine Antwort auf die SMS? Habt ihr Infos zu der Verbindung? Und was heißt ‹irgendwo hier in Europa›?»

«Zu deiner ersten Frage: Nein es gab keine weitere Kommunikation zwischen diesen beiden Geräten», antwortete Rachmanowitsch. «Zu deiner zweiten Frage: Ja – wir haben eine Ortung. Und vor allem: Wir haben Dritt- und Viertverbindungen, die über eines der Handys liefen. Boas …»

«Handy A», übernahm jetzt Boas, «jenes, von dem aus die Mitteilung versandt worden ist – wurde deaktiviert und blieb es auch. Interessant ist der Ort, wo wir es lokalisieren konnten: Galicien, im äußersten Nordwesten Spaniens, ungefähr hundert Kilometer im Landesinneren, wo außer dem Rauschen dreier Flüsse, die sich dort treffen, nichts zu hören und außer Eukalyptus-Bäumen nichts zu sehen ist. Nichts, außer einwandfreiem Mobilfunkempfang mitten im Nirgendwo. Zu Handy B ...»

«Warte, warte, warte», schaltete sich Brun – in seinem Auf und Ab innehaltend – wieder ein. «Was ist dort in Galicien? Und sag mir nicht, ihr wärt nicht dort gewesen.»

«In der Tat machte dort kurz darauf ein junges, frisch verheiratetes Paar, das zufällig für uns arbeitet, Urlaub», beantwortete Rachmanowitsch die Frage. «In Mera de Arriba, um genau zu sein. Von dort aus unternahmen sie täglich beachtliche Ausflüge ins Hinterland und stießen auf das hier – Boas, die Fotos, bitte ...», wandte er sich an den glatzköpfigen Hünen.

Der Angesprochene holte aus einer Kartonmappe einen Packen auf A4-Format ausgedruckter Bilder und legte sie eines neben das andere auf den Tisch. Seine knappen Bewegungen erinnerten an die eines Croupiers.

Zu sehen war darauf vor allem Blattwerk. Als hätte man einem Fuchs einen GoPro-Camcorder umgeschnallt, der automatisch alle zehn Sekunden ein Bild liefert. Auf einem war das Gittergeflecht eines Zauns zu sehen. Keine Beschriftungen oder Hinweisschilder. Dann das obere Ende des Gitters vor einem Stück von Blättern zerstückelten Himmels: Stacheldraht. Darauf befestigt, quasi wie eine Ziehharmonika, eine dichte Rolle Nato-Draht.

«Sieh an», kommentierte Nouriel. «Wie groß ist das, was hier so gut geschützt wird?»

«Schätzungsweise 700 Hektar», antwortete Boas.

Nouriel kommentierte die Info mit einem leisen Pfiff:

«Ein hoch gesicherter Spielplatz von rund sieben Quadratkilometern Fläche – nicht schlecht. Haben die Frischvermählten vor Ort mit Leuten sprechen können?»

«Nein», antwortete Rachmanowitsch. «Zu riskant. In dieser Gegend wird alles ‹Dorf› genannt, was mehr als ein Haus aufweisen kann. Jeder kennt im Umkreis von hundert Meilen jeden. Wenn da zwei angebliche Touristen rumzuschnüffeln beginnen, wissen das am selben Tag zwischen A Coruña und Oviedo eine ganze Menge Leute. Und wir können es uns nicht leisten, von den Spaniern dabei ertappt zu werden, wie wir in ihrem Hinterhof rumschnüffeln, ohne sie um Erlaubnis gefragt zu haben.»

«Und andere Infos?», insistierte Nouriel. «Luftaufnahmen? Verträge? Grundbucheintragungen?»

«Nichts. Es ist, als würde, was auch immer das dort ist, nicht existieren. Wenn die ihren Zaun aber nicht selber geflochten haben, dann müssen Aufträge vorhanden und Gelder geflossen sein. Und wenn man da nichts findet, dann ist davon auszugehen, dass es sich dabei um schwarze Verträge handelt.»

«Aufträge, die aus irgendeinem Grund der Geheimhaltung unterliegen und nicht eingesehen werden können», ergänzte Brun, was jedem in der Runde klar war.

«Richtig. Boas hat noch etwas anderes, was die Vermutung bestätigt.»

«Was man auf den Bildern nicht sieht», fuhr dieser fort, «sind die Kameras. Unsere Leute schafften nur eine Seitenachse des Geländes, bevor Vertreter des Grundstückbesitzers sie höflich baten, sich doch bitte vom Acker zu machen. Dies nicht, ohne sich ihre Ausweispapiere genau anzusehen. Zwei Personen. Schwarze Overalls. Bewaffnet. SIG Sauer P226, Spezialversion MK25, wie sie bis vor kurzem bei den Spezialkräften der US-Navy, den SEALS, verwendet wurde. Mehr haben wir nicht.»

«Und das zweite Handy?» Die Frage kam von Jezreel. Sie klang jetzt ihrerseits drängend wie eine, die befürchtet, der Packen Bälle, den sie gleichzeitig in der Luft zu halten versuchte, könnte ihr entgleiten.

Boas schien zu verstehen: «Handy B, also das Empfängergerät der abgefangenen Nachricht, war zum Zeitpunkt der Verbindung mit Galicien in Brüssel eingeloggt. Im Europaviertel, genauer: im Triangle Building am Schuman-Kreisel.»

«Der Wirkungsstätte des Europäischen Auswärtigen Diensts», ergänzte Sava. «Wir hatten das Vergnügen vor zwei Jahren. Warum könnt ihr das Handy einem Gebäude zuordnen? Wie ist das möglich?»

«5G-Technik. Höchste Antennendichte in ganz Europa dort. Mindestens alle hundert Meter eine Basisstation.» Die Info kam von Lorenz. Weder hatte er bis jetzt zu erkennen gegeben, dass er dem Gespräch überhaupt folgte, noch hob er den Blick oder hielt in seiner Tätigkeit hinter den beiden Monitoren inne.

Für ein paar Sekunden ließ Brun dem Erstaunen über das schiere Dasein Lorenz' und dessen Verhalten Platz. Es war die beste Art, ihn kennen zu lernen, was in diesem Fall in der Regel mit «sich an ihn gewöhnen» gleichzusetzen war.

«Okay», kommentierte Sava die Auskunft und wiederholte an Boas gewandt Jezreels Worte von vorhin: «Und weiter?»

«Das Handy baute von dort aus weitere Verbindungen auf. Allesamt zu Geräten, die wie im Fall der Basler Anrufe keiner Institution oder Person zugeordnet werden können und die in Frankreich, in Deutschland und in der Schweiz angemeldet waren. Dann eine Weile keine Aktivität, das Handy schien deaktiviert worden zu sein. Der nächste Standort, an dem es sich ins Netz einwählte, war Deutschland. Und zwar …»

«Lass mich raten», warf Nouriel ein. «Aktive Basisstation ‹Tiergarten›.»

«Genau.»

«Ist das das Gastgeschenk, von dem du vorhin sprachst?», wandte sich Brun, der bei seinem Auf und Ab gerade hinter Lorenz oben am Tisch zu stehen gekommen war, an Rachmanowitsch.

«Guter Mann», antwortete dieser. «Aber es kommt noch besser. Boas …»

«Wir haben einen Treffer – und da kommt *ihr* ins Spiel», fuhr der Angesprochene fort. «Eine der Verbindungen nach Frankreich, die von dem Handy aus hergestellt wurde, ist identisch mit einer von der Liste mit den Basler Anrufen. Ohne die entsprechenden Schlüsselwörter zwar – weshalb wir die Verbindung nicht sofort gesehen haben –, aber die Nummern stimmen. Da wir jedoch auch hier weder Handy B noch das Gerät in Frankreich einer Person zuordnen können, bringt uns diese Tatsache allein nicht weiter. Allerdings kam gestern Bewegung in die Sache. Zum einen gab es von dem Gerät in

Frankreich aus einen Anruf in den Iran. Und bevor ihr fragt: Nein – nicht identifizierbar. Für uns in der aktuellen politischen Situation trotzdem Grund genug, Dana mit an Bord zu holen. Früher oder später wird sie die Nummer zuordnen. Das ist immer so. Aber vor allem – und das ist der andere Punkt – scheinen wir nicht die Einzigen zu sein, die sich für dieses Handy interessieren. Gestern Abend wurde es von Frankreich ausgetrackt. Und zwar von einer IP-Adresse in Catalat de Belmont aus, einem Kaff im Norden Marseilles. Die Identifikation konnte einwandfrei zugewiesen werden. Und zwar einem Rechner, der einem gewissen Jérôme Meyzie gehört. Franzose, 32 Jahre alt, Sozialhilfe-Empfänger und, so wie's aussieht, seit rund einem Dutzend Jahren mit seiner Wohnung verwachsen, von wo aus er sich mit Funktionserweiterungen und Problemlösungen im IT-Bereich einen Haufen unversteuertes Geld dazuverdient. Allerdings ist nicht er es, der uns interessiert, sondern die Person, der er die Trackingsoftware aufs Handy geladen hat und die nun unserem Gerät folgt: ein gewisser Raffael Dutertre.»

Bevor die Information ihre Wirkung entfalten konnte, wurde die sich aufbauende Spannung vom Klingelton von Bruns Handy jäh unterbrochen. Er griff in die Gesäßtasche und holte das Gerät hervor:

«Da muss ich ran. Es ist Burger.»

Brun verließ die Halle, durchquerte die Küche und trat auf die Frühstücksterrasse neben dem Haus, die in dem sich der Dunkelheit ergebenden Zwielicht nicht größer wirkte als eine Betonpfütze.

«Jo», sagte Brun anstelle einer Begrüßung.

«Und?», kam es von Burger. Ein Wust von Fragen, komprimiert in einer Silbe. Allen voran diese eine: *Sind sie da? Sind deine Leute gekommen?*

«Die Sache läuft», antwortete Brun. «Können wir reden?»

Etwas, das wie ein Knurren klang, drang an Bruns Ohr: Jo Burger lachte. «Ob wir reden können? Gerade empört man sich hierzulande lautstark über die Spanier», sagte er schließlich. «Es sieht danach aus, dass deren Außenministerium nebst ein paar katalanischen Separatisten im gleichen Aufwasch auch unsere Politiker abhören lässt. In dem Sinn: Ja – wir können reden. Die Chancen, dass Freunde mithören, stehen 50 zu 50, würd ich sagen. Und bevor du einwendest, sie stünden besser, weil wir über ein verschlüsseltes Netz gehen: Die Niederländer haben gerade den Server eines solchen Netzes in Kanada lahmgelegt, sämtliche Daten sichergestellt und gegen 20.000 Leute vom Netz genommen. Wir sind hier in Europa ein einziger großer Freundeskreis. Nichts als Vertrauen und Solidarität, wohin man blickt. Ich bleibe bei 50 zu 50. Also?»

«Wie gesagt: Die Sache läuft», wiederholte Brun. «Allerdings sind wir mit den Nummern und Alders Quelle allein nicht weitergekommen, und ich habe Freunde um Hilfe gebeten. Es sind die Israelis. Und bevor du fragst: Nein – sie sagen, sie seien in dieser Sache solo unterwegs.»

«Die Israelis?», echote Burger. «Wie viele Personen? Ein ganzes Team?»

«Ein kleines Team. Vier Personen. Aber ‹Y› ist mit an Bord.»

«Rachmanowitsch? Was läuft da, Carl?»

«So wie's aussieht eine ziemlich große Sache. Die sind anscheinend vor ein paar Jahren auf Informationen gestoßen, die, soweit ich es verstanden habe, darauf hindeuten, dass möglicherweise unter Mitwirkung des USEUCOM in Europa direkt oder indirekt Leute rekrutiert werden. Dies, während man nicht müde wird, die Reduktion der US-Truppen auf europäischem Boden zu kommunizieren.»

«Wie sicher ist die Info, dass das USEUCOM beteiligt ist?»

«Sicher ist nur, dass es Verbindungen zum USEUCOM gibt.»

«Das USEUCOM unterstützt sogenannt befreundete Streitkräfte im ganzen Sonnensystem. Es kann sich also genauso gut um Rekrutierungen für einzelne nationale Streitkräfte innerhalb der EU oder für die NATO handeln.»

«Ja – im Grunde schon. Der Haken ist aber, dass sämtliche Informationen nur den einen Schluss zulassen: Dass nämlich das Gegenteil der Fall ist und die nationalen Streitkräfte im EU-Raum aufgrund angeblicher Kürzungen der Militärhaushalte in Verbindung mit inkompetenter Führung vollkommen überlastet und teilweise buchstäblich am Ende sind. Von zusätzlichen Mitteln für Rekrutierung,

Ausbildung und Training ist nichts zu finden. Aber irgendwer tut es anscheinend – das zumindest sagt eine abgefangene E-Mail eines spanischen Jungen, der kurz darauf tot war. Und der, der das tut, zahlt nicht nur astronomisch hohe Tagessätze, sondern hält es auch für richtig, die Israelis außen vor zu lassen, was diese nicht gut finden.»

«Okay. Aber das ist deren Problem. Was hat das mit unserem zu tun?»

«Es hat sich herausgestellt, dass wir von unserem Problem mit den markierten Anrufen nur dank ihnen wissen. Die Quelle arbeitet für sie. Nicht wir haben sie an Bord geholt – es ist gerade umgekehrt.»

Jo Burger ließ ein lautes Ausatmen hören – es klang, als hätte er nichts anderes erwartet. «Und weiter?»

«Sämtliche Informationen deuten darauf hin, dass zumindest ein Teil der Leute, die mit diesen Phantom-Rekrutierungen zu tun haben, dieselben sind, die mit unseren Basel-Anrufen in Verbindung stehen und die wir zu identifizieren versuchen.»

«Okay. Was wollen sie?»

«Genau da stehen wir zurzeit», antwortete Brun. «Sobald ich auflege, werde ich ihnen genau diese Frage stellen. Aber vorher muss ich dich fragen …»

«… ob ihr in ganz Europa rumschnüffeln, sackweise Geld verteilen, illegal Informationen beschaffen und Leute befragen dürft, die ihr nicht höflich zur Kooperation auffordern werdet», fiel ihm Burger ins Wort.

«So ungefähr», bestätigte Brun. «Und?»

«Im Grunde haben wir keine andere Wahl. Wir müssen diesen Anrufen nachgehen.»

«Aber?»

«So wie es aussieht weiß jemand, dass du in Deutschland bist. Und wenn dieser Jemand die Amerikaner sind, dann ist es bei deren Kapazitäten nur eine Frage der Zeit, bis sie nach den Leuten deines Teams suchen. Und sie finden.»

«Was ist passiert?», fragte Brun.

«Zwei Autovermieter aus Zürich haben dem Amt des eidgenössischen Datenschutzbeauftragten gemeldet, dass bei ihnen im großen Stil Kundendaten geleaked worden seien. Die Rede ist von einer halben Million Datensätzen inklusive Kreditkarten und Adressinformationen. Und bevor du fragst: Ja – dein *alter ego,* Andreas Krall, ist auch dabei. Dass es für befreundete Staaten aufgrund der Gesetzgebung in puncto Flugsicherheit und Terrorismusabwehr außerdem kein Problem ist, in dringenden Fällen auch ungefragt auf Passagierdaten und Flugpläne jeder beliebigen Gesellschaft zuzugreifen, muss ich dir nicht erklären. Alles in allem ist die Wahrscheinlichkeit also groß, dass sie wissen, dass du in Deutschland bist.»

«Okay – damit kann ich leben. Und ich denke, meine Leute auch. Wie sieht's mit euch aus?»

«Du kennst mich, Carl. Und vor allem weißt du, was wir wollen. Wenn diese Sache schiefläuft, dann sind wir alle weg vom Fenster, und sowohl die offizielle Schweiz als auch die Mehrheit der Bevölkerung kriecht noch näher unter die Fittiche der Zentrale in Brüssel. Ich werde alles tun, um das zu verhindern. Meinen Segen hast du.»

«Apropos ‹offizielle Schweiz› – wie weit seid ihr da?»

«Wie versprochen machen wir eine Menge Lärm bei den Franzosen, die sich traditionsgemäß taub stellen, und bei den Deutschen. Wir haben außerdem eine Task Force ins Leben gerufen, und Ludwig verkündet, er sei willens, Tausende von Stunden zu konferieren und zu kooperieren, um jede noch so kleine Gefahr für uns und unsere Nachbarn abzuwenden. Er macht das hervorragend. Verbreitet jede Menge Hektik, und man scheint uns zu glauben, dass wir kurz vor einem Nervenzusammenbruch stehen. Interessant ist die Reaktion des Kanzleramts: Einerseits wird man nicht müde, uns beizubringen, es handle sich um operativen Klimbim, der in den weltpolitisch relevanten Sphären dieser heiligen Hallen nichts zu suchen habe, andererseits widerspricht man sich gleichzeitig durch die Tatsache, dass man es für nötig hält, den Leiter des Bundesnachrichtendiensts mit der Sache zu betrauen.»

«Immer noch dieser Juchatz?»

«Genau der. Nimmt uns *sehr ernst,* will uns mit *allem, was er hat,* unterstützen und versichert uns täglich seiner *unverbrüchlichen*

Freundschaft. Dass er die Schweiz noch bis vor zwei Jahren als Anachronismus, als Störfaktor und als barbarisches Relikt ‹auf die Speisekarte› der europäischen Großmächte zu setzen gedachte, scheint vergessen. Ebenso seine Freundschaft mit der Pfadfinder-Bande, die hier am Ruder war. Ich traue ihm nicht. Und wenn du mich fragst: Wenn dem etwas schlaflose Nächte beschert, dann sind das sicher nicht die abgefangenen Mitteilungen und die Rückschlüsse, die sie zulassen, sondern einzig die Tatsache, dass wir darauf reagieren, wie wir es tun.»

«Was ist mit den Franzosen?»

«Wie gesagt: schützen Kopfschmerzen vor. Scheinen taub zu sein, sagen nicht viel. Warten ab.»

«Gut möglich, dass wir ihnen einen Besuch abstatten.»

«Unseren Segen habt ihr. Wenn dabei diplomatisches Geschirr zu Bruch geht, dann ist allerdings nicht sicher, ob noch geflickt werden kann, nachdem wir den Kundendatenfluss in Richtung Paris gestoppt haben, zu dem die Besson-Boys des Bundesgerichts unsere Banken verdonnert hatten. Aber ich will meinetwegen für meine Katastrophen-Affinität belächelt und geringschätzig beurteilt werden, wenn ich nicht alles tue, um einen Anschlag auf Schweizer Boden zu verhindern. Solange diese Möglichkeit besteht – egal, wer es plant –, ist es mir absolut egal, zum Narren gehalten zu werden.»

«Okay – ich halte dich auf dem Laufenden.»

Ohne weitere Worte wurde das Gespräch beendet. Und als wäre er während den vergangenen zehn Minuten blind gewesen, stellte Brun fest, dass um ihn her kompakte Finsternis herrschte. Er folgte dem matten Lichtschein, der von der Halle in die Küche und von da zu ihm hinaus drang, trat ein und ging zurück zu den anderen.

«Wie geht's dem alten Mann?», fragte Rachmanowitsch.

«Es ist möglich, dass ich aufgeflogen bin», sagte Brun, ohne auf die Frage einzugehen. «Sie haben den Mietwagen. Und wenn sie den haben, dann haben sie auch Überwachungsfotos von den Grenzübergängen.»

«Okay – wir kümmern uns um den Wagen», sagte Rachmanowitsch nur. Und während er sein Handy hervorholte, um wen auch immer anzurufen: «Das Haus hier ist sauber.»

«Und warum bist du dir da so …?» Und sich selber die Antwort gebend: «Ihr habt schon die ganze Zeit Leute hier.»

Rachmanowitsch grinste, hob in einer entschuldigenden Geste die Schultern und wandte sich ab, um der Person am anderen Ende die nötigen Instruktionen zu erteilen. Als er auflegte, standen er und Brun sich an den jeweiligen Tischenden gegenüber, dazwischen ihre Leute, die abwechselnd vom einen zum anderen blickten. Rachmanowitsch rieb sich die Hände wie einer, der sich anschickt, das Buffet für eröffnet zu erklären, und blickte Brun direkt an. Dieser nickte.

«Raffael Dutertre», sagte der Israeli schließlich und an dem Punkt anknüpfend, an dem ihr Gespräch durch Burgers Telefonat unterbrochen worden war. «Ich schlage vor, wir holen uns den Franzosen und stellen ihm ein paar Fragen.»

«Da ist noch was», sagte Brun, bevor sich die solchen Ankündigungen und Aussichten typischerweise folgende Geschäftigkeit breitmachen konnte. «Burger ist überzeugt davon, dass die markierten Basel-Anrufe für den BND nichts Neues sind und dass dort einzig die Tatsache Unbehagen bereitet, dass die Schweizer reagieren, wie sie es tun.»

«Und woran macht er dieses Unbehagen fest?», fragte Piet.

«Die sind höflich. Kooperativ. Kommuniziert wird von Chef zu Chef. Burger hat gerade eine Art Sinai-Erlebnis.»

«Juchatz mischt mit?» Rachmanowitsch klang ungläubig.

«Sieht ganz so aus», bestätigte Brun.

«Das ändert alles.» Rachmanowitsch ließ sich auf den Stuhl sacken, der am nächsten stand. Brun und die anderen taten Ähnliches.

✦ ✦ ✦

Berlin, Reinickendorf
Grabowsky sah Peter Juchatz im dem Moment, als er den Fuß in das Steakhouse am Eichborndamm setzte. Der 59-jährige Brigadegeneral des Heeres und aktuelle BND-Chef in seinem Maßanzug

mit fliederfarbenem Einstecktuch und dem kurzen, weißen und nach hinten gegelten Haar passte in das von Fleischdünsten triefende dunkle Ambiente dieses Schlachthauses so gut wie ein Goldfisch in einen Hundezwinger. Den herbeieilenden Chef de Service ignorierend, ging Grabowsky geradewegs auf den Tisch zu und ließ über sich ergehen, was Juchatz unter «Begrüßung» verstand: Er wurde mit erstaunlicher Kraft und ohne jede Eleganz an eine harte Brust gezogen, geküsst, linke Seite, rechte Seite, und erst dann eingeladen, Platz zu nehmen. Das Ganze bis auf den letzten Teil wortlos.

Erst als sie sich an einem der bösartig kleinen, scharfkantigen Holztische, die neben toten Tieren die Spezialität des Hauses waren, gegenüber saßen, ergriff Juchatz das Wort:

«Es tut mir *unendlich* leid, Christian, dich so *kurzfristig* herbitten zu müssen. Aber in der aktuellen Phase scheint mir ein persönliches Treffen wirklich sicherer. Außerdem kennst du meine Schwäche für das hier.»

Die letzte Aussage wurde von einer ausladenden Geste untermalt, und Grabowsky fragte sich zum x-ten Mal, wo der Mann, der seit über 30 Jahren für den deutschen Geheimdienst tätig war, sich die professionell gelangweilte Affektiertheit einer Charity-Lady antrainiert hatte, die in krassem Widerspruch nicht nur zu seinem gewaltigen Fleischverzehr, sondern auch zu seiner eigenwilligen Sprache und den Glanzpunkten seiner beruflichen Laufbahn stand.

Sie gaben ihre Bestellung beim Chef de Rang auf. Ein halbes Rind für Juchatz, einen Salat für Grabowsky, der schon seit Jahren kein Fleisch mehr aß. Mineralwasser für beide.

«Also», gab Grabowsky schließlich das Stichwort «die aktuelle Phase …»

«Die *Schweizer,* Christian.» Juchatz klang begeistert.

«Was ist mit den Schweizern?»

«Sie haben angebissen. Könnte gar nicht besser laufen. Erinnerst du dich an Jo Burger? Die haben ihn, wie du weißt, nach Bessons Tod aufgetaut und wiederbelebt. Zumindest vorübergehend. Und der Idiot ist gerade dabei, Hektik zu verbreiten in einem Ausmaß, zu dem nur ein *aufgetauter Idiot* fähig ist, der um jeden Preis sein letztes Spiel gewinnen will.»

«Geht es etwas deutlicher?», fragte Grabowsky in seiner für ihn typisch glatten Ruhe und nahm einen Schluck von dem Mineralwasser, um die gereizte Ungeduld in seinem Innern, die sogar ihn selber irritierte, zu dämpfen.

«Burger hat sofort nach Erhalt der Infos über die markierten Anrufe zusammen mit Oskar Ludwig eine *Task Force* ins Leben gerufen. Eine Art Spezialeinheit aus den Reihen des NDB, in der es von größenwahnsinnigen inkompetenten Studienabgängern nur so wimmelt. Du weißt, in was für einer Lage er ist. Nicht zu beneiden. Er kann die aktuelle Crew nicht einfach auf die Straße setzen und muss mit dem arbeiten, was beim großen Umbau von vor zwei Jahren reingeholt wurde. Jedenfalls macht dieser Haufen bei uns und bei den Franzosen offiziell und inoffiziell so viel Lärm, dass die Medien früher oder später Wind davon kriegen werden.»

«Was will er offiziell?», hakte Grabowsky nach.

«Genau das, was wir uns erhofft haben: Ein *Gemeinschaftsprojekt.* Durchsichtig wie Quellwasser. Will nicht, dass man ihm und seinen Leuten im Fall des GAUs, also eines *Ereignisses* auf Schweizer Boden, den Schwarzen Peter zuschieben kann. Und glaub mir, Christian: Dafür wird er *alles* tun. Der Mensch ist so, wenn es um sein Vermächtnis geht – sieht nur noch den Köder, ist blind für den Haken.»

«Und inoffiziell?», fragte Grabowsky weiter.

«Inoffiziell aktivieren seine Leute jeden jemals geknüpften Kontakt, treiben Schulden ein, begleichen eigene Rechnungen und verteilen massenhaft Geld, während sie jeden ihnen zugänglichen Winkel absuchen. Bei aller Inkompetenz – fleißig sind sie, die Idioten.»

«Was, wenn die Idioten gar keine Idioten sind und Burger da drüben bloß eine Riesenshow abzieht?», warf Grabowsky ein, nachdem ein Kellner die Teller mit einem Gestus vor sie hingestellt hatte, als brächte er nicht ein Stück argentinischen Viehs, sondern das frische Herz eines Menschenopfers dar. «Was, wenn die nur vorgeben, uns zu informieren, während sie uns nur täuschen? Wenn die drakonischen Maßnahmen und harten Kontrollen nur Worte sind, um uns glauben zu machen, sie griffen härter durch in Sachen Terrorismusbekämpfung als der Rest Europas, während in Wahrheit bloß der Dorfpolizist an der Ecke steht und mit dem Bäcker plaudert? Was sagt der Chef ihres Nachrichtendiensts – dieser Ramazotti? Für irgendetwas bezahlen wir ihn ja schließlich.»

«*Lanzetti,* Christian. Der Mann heißt Lanzetti», antwortete Juchatz. «Und er sagt genau das: dass die Aufregung im Hühnerstall echt sei und dass Ludwig und sein Wachhund, Burger, zu Zugeständnissen in ungeahntem Ausmaß bereit seien, um die Schweiz einigermaßen heil und neutral durch die Sache hindurch zu bringen.»

Grabowsky ging nicht auf die Einschätzung Juchatz' ein. So sehr er ihn in einer fundamentalen Menschlichkeit mochte, dessen unerschütterliche Widersprüchlichkeit und die nonchalante Prinzipienlosigkeit, an der er in all den Jahren, die er ihn kannte, festgehalten hatte – gerade jetzt fiel es ihm schwer, ihn zu ertragen. Nicht der Infos wegen – die waren, wenn auch nicht überraschend, so doch im Grunde erfreulich.

Was ihm in diesem Moment derart auf dem Magen lag, dass ihm schon beim Anblick des Salats übel wurde, war sein Schützling – Bundeskanzler Eric Hessberg. Anstatt die Füße in seinen neuen, mit Steuergeld finanzierten Luxuspantoffeln still zu halten, scherte er aus wie ein bösartiges Balg. Er hatte nicht gelogen, als er gesagt hatte, dass sie einen Plan B hätten. Einen Plan B, der ohne Bundeskanzler Eric Hessberg auskam. Aber Plan B war suboptimal, und er war noch nicht bereit, Hessberg für verloren zu erklären. Und da war er wieder, der *Mechanismus Juchatz,* in dem Karriere und Erfolge dieses Mannes begründet lagen. Trieb oder göttliche Gabe – es spielte keine Rolle: Zielsicher, ohne Vorwarnung und größtmögliche Schmerzen bereitend, stach er in die Beule:

«Gibt's ein Problem?», fragte er, während er sich einen gigantischen Klumpen fast rohes Fleisch in den Mund schob. Und kauend, für einen Nicht-Eingeweihten kaum verständlich:

«Hessberg?» Es klang wie *Eschberg.* Dann deutlicher: «Ich habe gehört, er sei letzte Nacht vom Protokoll abgewichen.» Und mit einem Grinsen: «*Massiv* vom Protokoll abgewichen.»

«Herrgott, Peter – es gibt Hunderte von Problemen», warf Grabowsky hin. «Hessberg ist nicht das größte.»

Juchatz hatte den Mund wieder frei: «Und wenn, dann mach dir nichts draus, Christian. Wir wissen beide, dass unsere besten Freunde nie Menschen, sondern gelöste Probleme sind. So hart das auch ist.» Er klang fröhlich und säbelte erneut an dem Fleisch herum, was ihn nicht davon abhielt, weiterzusprechen: «Du sagtest vorhin, ich solle die Schweizer Idioten nicht unterschätzen. Glaub mir, mein Freund: Nichts liegt mir ferner. Im Gegenteil. Deine Worte sind das Gebot der Stunde, denn – und das wird dir nicht gefallen – was sie an offiziellem Lärm machen, ist bereits bis ins Kanzleramt gedrungen. *Chefsache,* sagen sie und winken mit Bundesrat Oskar Ludwig, dem Außenminister, der vorübergehend auch Polizei und Justiz unter seinen Fittichen hat und als Bundespräsident amtet. Ich kann da nur schwer Gegensteuer geben, obwohl Steffen Arndt bereit ist, mir dafür seine Seele zu überschreiben.» Und erneut maximal Qual bereitend:

«Wusstest du überhaupt davon?»

Nein – Grabowsky wusste nichts davon, dass der Schweizer Bundesrat Oskar Ludwig an den Kanzleramtschef Steffen Arndt gelangt war in dieser Sache. Und auch nicht, dass dieser, wie stets, wenn keine entlastenden Befehle zur Hand waren, Schutz und Geborgenheit in Dienstweg und Protokoll gesucht hatte, anstatt als Erstes ihn zu kontaktieren. Aber Grabowsky tanzte nicht erst seit dem letzten Regen auf diesem Parkett, und wenn es ums Lügen und Täuschen ging, machte ihm keiner was vor:

«Ja, ich weiß.» Er klang müde. «Arndt hat alles feinsäuberlich zu Papier gebracht und in den offiziellen Verteiler gegeben. Die Sache ist durch, aber unter Kontrolle. Und was Hessberg anbelangt – solche Ausrutscher werden nicht wieder vorkommen. Sein Chauffeur hat sich entschieden, mit uns zusammenzuarbeiten.»

«Dieser Michael Kron?», fragte Juchatz. «War der nicht gerade eben noch beseelt von Loyalität, Treue und Gehorsam seinem Kanzler und dessen Amt gegenüber?»

«Schon, ja. Aber Hessbergs Abweichen vom Protokoll, wie du es nennst, hat eben auch sein Gutes: Nach dem Totalausfall kam er angekrochen wie ein Hund. Das Preisschild trug er um den Hals.»

«Und wie hoch ist sein Preis?»

«Verdammt hoch. Aber er ist offenbar nicht ganz richtig im Kopf – er nimmt Euro.» Der beiden Männer Amüsement über diese Ansage war echt. Denn das war die wahre Idiotie und gab deutlicher Auskunft über die potenzielle Gefahr, die ein Mensch darstellte oder nicht, als alle Worte. Erpressungsgeld in einer Währung zu fordern, die gerade dabei war, auf ihren inneren Wert, nämlich null, heruntergedimmt zu werden, rangierte dabei auf der Idiotenskala ganz oben. Kron wäre zwar stets ein Wackelkandidat, aber nie eine Gefahr.

Und noch während die Worte verklangen, schaffte Juchatz es erneut, Grabowsky mit seiner Kunst zu überraschen: Vor seinen Augen wandelte er sich vom geistig mittelmäßig beschenkten Unterweltdandy in den gefühls-, staaten- und heimatlosen Strategen des Krieges im Dienst seiner selbst, der er war. Das gebräunte Gesicht hart zerfurcht, der Blick mit mitleidloser Kälte auf sein Gegenüber gerichtet:

«Christian», hob er an. «Lassen wir die Spielchen. Wir wissen beide, worum es geht. Die Weichen waren in dem Moment gestellt, als der erste Politiker die Parole ausgab, Wachsamkeit sei der Preis der Freiheit. Dass diese Wachsamkeit Krieg bedeutet, davon wollte die sogenannte Öffentlichkeit weder damals noch heute etwas wissen. Wir schon – und wir sind *gemeinsam* in diesen Krieg gezogen. In einen Krieg, vor dem alle die Augen verschließen. Ein Krieg, der mit Mannschaften und Maßnahmen gewonnen werden muss, von denen keiner etwas wissen will. Nichts daran ist sauber. Aber das sieht das Handbuch unseres Gewerbes auch nicht vor, nicht wahr? Wir sind am Ende auch nur Miettruppen, auch wenn jeder von uns sich von Zeit zu Zeit einredet, er sei ein kleines aufrechtes Volk, das aus einer Person bestehe. Wir wissen, dass es nicht so ist, und ich sage dir hier und heute eines: Wir haben in diesem Krieg schon zu viele Schlachten gewonnen, zu viele Milliarden sind geflossen, und wir stehen zu kurz vor dem Ziel, als dass ich irgendeinem Idioten erlauben würde, die Sache jetzt noch zu gefährden. Weder einem außer Kontrolle geratenen Kanzlerdarsteller noch einem sich ein persönliches Denkmal bauenden Greis aus der Schweiz.»

«Du meinst …»

«Glaub mir, Christian – Jo Burger haben wir im Griff. Ich kümmere mich persönlich um ihn, und man ist da drüben sehr davon angetan, mit dem Chef selbst zu tun zu haben. Die kriegen sich kaum ein vor Ehrfurcht und Dankbarkeit. Aber seit dem Zwischenfall in Spanien im Februar ist das Gleichgewicht fragiler geworden. Vor diesem Hintergrund muss der Bundeskanzler solider sein als je zuvor. Wenn solche Sachen sich wiederholen oder gar die Runde machen …»

Er ließ den Satz unvollendet in der Luft hängen und sah Grabowsky herausfordernd an. Dieser lehnte sich in seinem Stuhl nach hinten, zog die Serviette, die ein Kellner ihm irgendwann über die Oberschenkel drapiert hatte, hoch und tupfte sich in einer unnützen Geste den Mund ab. Die Ellbogen auf den scharfkantigen dünnen Lehnen des Holzstuhls ruhend, sprach er in den weißen, jetzt zerknüllten Stoff, den seine Hände bearbeiteten, als er nach einer Weile antwortete:

«Nur damit ich dich richtig verstehe, Peter: Bist du gerade dabei, mir meinen Job zu erklären? Du? Mir?»

Grabowsky legte den Kopf in den Nacken, und alles sah danach aus, als würde er gleich in schallendes Gelächter ausbrechen. Stattdessen ließ er die Hände wie in Zeitlupe sinken. Und obwohl bewegungslos, schien der ganze Mann sich zusammenzuziehen wie eine Sprungspinne. Juchatz stutzte instinktiv bei dem Anblick. Und zum ersten Mal überhaupt streifte ihn der Gedanke, dass er keinen blassen Schimmer hatte. Weder davon, wer oder was dieser Mann war, noch von dem Monster, das er zu erschaffen geholfen hatte und das er so leichthin «die Sache» nannte.

Grabowsky seinerseits sah den Film auf dem erbleichenden Gesicht seines Gegenübers ablaufen. Eine Standpauke jedweder Art war vollkommen unnötig. Es reichte, wenn man einen ahnen ließ, was er um keinen Preis ahnen wollte. Das war der Stoff, aus dem Albträume gewoben wurden. Mehr brauchte es nie. Er klang denn auch versöhnlich, als er sprach:

«Erstens – zu den Schweizer Idioten: Vor ein paar Tagen hat ein gewisser Andreas Krall ein Ticket von Inverness nach Zürich gebucht. Dort angekommen, hat er einen Wagen gemietet. Dieser wurde am gleichen Tag am Grenzübergang Jestetten fotografiert. Seither nichts. Aber wir wissen, dass es sich bei besagtem Andreas Krall um Carl Brun handelt. Ehemaliger Leiter einer operativen Einheit beim Schweizer NDB. Hat sich vor zwei Jahren, als es knallte, auf eine Insel dort drüben verkrochen. Jetzt ist er mit großer Wahrscheinlichkeit in Deutschland, und es ist ebenso wahrscheinlich, dass er da nicht allein ist.»

Und bevor Juchatz irgendwas sagen, abwiegeln, sich rechtfertigen oder, jede Verteidigung fahren lassend, nachfragen konnte:

«Zweitens – dieser Marouan Ghouar geht eigene Wege. Nicht nur, dass er außerplanmäßig die Unterbringung seines Schützlings geändert hat und jetzt in einem unserer Häuser in Frankreich sitzt; er hat sich auch gedrängt gefühlt, irgendeinen Prediger im Iran anzurufen. Erlaube mir, dich daran zu erinnern, dass *du* es warst, der es zu einer Frage von Leben und Tod gemacht hat, dass die ‹StratCom› von dieser Frau geleitet wird. Du wolltest dir beide Hände abhacken lassen für sie und ihre Leute. Ich war einverstanden – warum auch nicht. Es passte. Genau wie dieser Ex-Dealer, Marouan Ghouar. Passte perfekt ins Profil. Was nicht passt, sind radikale Imame. Möchtegern-Agenten, die plötzlich ihre Seele entdecken und selber von Märtyrertum träumen. Sag der ‹StratCom›-Frau, sie solle den Mann reinholen, ihm auf den Zahn fühlen und ihn an die kurze Leine legen. Oder ausschalten. Mir egal. Aber löse das Problem. Und findet diesen Schweizer NDB-Mann, der hier rumschnüffelt.»

Sprach's, erhob sich und warf die Serviette neben seinen fast unberührten Teller. Die Geste kam, aller leichten Eleganz zum Trotz, einem Ausspucken gleich. «Ich erwarte deinen Bericht.»

Peter Juchatz hielt sich aufrecht, bis Grabowskys breiter Rücken durch die gläserne Drehtür des Restaurants und hinter den Zierbüschen neben dem Eingang verschwunden war. Dann erst entspannte er sich. Langsam, konzentriert, als wolle er bei diesem Vorgang jede Faser einzeln wahrnehmen.

Ordnung. Das war es, was er jetzt brauchte. Seine Gedanken und noch etwas anderes in ihm rasten. Im Zentrum das, was allein Einhalt gebieten konnte: die Wahrheit. Die Wahrheit über sich selber und das Müllfahrzeug mit Alternativ-Wahrheiten in ihrem Schlepptau.

Innerlich den Atem anhaltend, wandte er sich der eigenen Person und der Rolle zu, die er innehatte. Der Gestank des undefinierbar vor sich hin Rottenden war besser zu ertragen, solange man, wenn auch mittendrin, so doch auf festem Grund stand und nicht bis zu den Kniekehlen versinkend im Dreck. Zumal, wenn man so teure Hosen trug wie er. Als man ihn 2011 auf den Posten des BND-Chefs berufen hatte, war eines klar gewesen: Nicht er, nicht sein Ruf, seine Erfolge, seine Erfahrung waren gefragt, sondern schlicht einer, der den Job wollte. Das Geld. Damit konnte er leben. Sein Vorgänger, von dem keiner mehr wusste, als dass er ein ehemaliger Investmentbanker war, war anderweitig gebraucht worden. Es wurde vom Aufbau einer Art staatlicher Risikokapitalfirma gemunkelt, was Juchatz einleuchtete. Irgendwie musste die Sache ja finanziert werden. Der Müll, das Fahrzeug, die Müllmänner, seine Hosen. Das Ganze möglichst lautlos. Wie genau das lief, erschloss sich ihm nicht. Und er hatte nicht vor, das zu ändern. Er hatte, was er wollte – er musste bloß zusehen, dass das so blieb.

Solche Dinge wie die Tatsache, dass Sibel Marquardts Mann in Frankreich Haken schlug, gefährdeten dieses Ziel mehr, als es fünfzig Milliarden Euro taten, die über fragwürdige Kanäle in noch fragwürdigeren versickerten.

Juchatz holte sein Handy hervor, scrollte die Kontaktliste durch und tippte die Nummer von Sibel Marquardt an. Passend zu seiner Stimmung hatte sich draußen eine Wolkenbank vor die Sonne geschoben, der Wind frischte auf und zerrte an der Markise und den Zierbüschen, bei denen es sich, wie er jetzt feststellte, um kleine Tannen handelte. Er sah Sibel vor sich, wie sie nach dem Handy griff. Wie sie seine Nummer erkannte. Er sah den Unwillen in ihrem Gesicht, der weggeschoben wurde von der Einsicht, dass sie selber das Spiel hatte spielen wollen. Und dass für den Moment immer noch *er* es war, der die Bank hielt.

Das «Hey», mit dem sie den Anruf entgegennahm, war mehr als höflich und wies Spuren von Wärme auf.

«Wir müssen uns sehen», sagte er nur.

«Okay. Heute Abend? Essen?»

«Nein. Jetzt. Ich bin in einer Viertelstunde da.»

✦ ✦ ✦

Berlin, Steglitz-Zehlendorf

Erste Male haben zwischen zwei Menschen stets etwas theatralisch Ungeschicktes an sich. Eine Art prahlerische Verlegenheit, die ihren Ausdruck ebenso in angespanntem Schweigen wie in enthusiastischem Reden finden kann. Neu, erhebend, unsicher, tastend. Beladen mit der ganzen schöpferischen Kraft von Ungewissheit, Risiko und der Trauer des Nie-Wieder.

Als würden die beiden Männer diesem Umstand Respekt zollen, standen sie eine Weile schweigend nebeneinander am Rand des verwaisten Uferwegs. Der Größere der beiden einen kaum wahrnehmbaren halben Schritt hinter dem anderen. Anstatt die A115 Grunewald-Charlottenburg-Tiergarten zu nehmen, war Michael Kron auf Weisung Eric Hessbergs hin gleich nach der Brücke in den Wannseebadweg eingebogen. Vorbei an der Wasserwacht, dem Hafen, der Segelschule.

«Hier», hatte Hessberg entschieden und, als der Wagen hielt, nicht gewartet, bis Kron ihm den Schlag öffnete. Auch dies ein erstes Mal.

«Danke», sagte Hessberg schließlich in Richtung Fluss und tat damit der ungeschriebenen Regel Genüge, die da sagte, dass er in diesem Stadium der Zusammenarbeit noch der Bundeskanzler war und Kron der Fahrer – und dass in solcher Konstellation nie Letzterer das Gespräch eröffnete.

«Im Wagen sind zwei Abhörgeräte», kam Kron der verklausulierten Aufforderung nach. «Eines im Fahrerbereich, eines im Fond.»

Kurz hielt er inne, als er sah, dass Hessbergs Hände sich zu Fäusten ballten. Als nichts kam, fuhr er fort:

«Beide Wanzen sind aktiv. Extrem hohe Ausgangsleistung. Reichweite unendlich. Wobei das nur eine Schätzung ist. Ich hatte weder

Zeit noch Gelegenheit, den Wagen auseinanderzunehmen. Vielleicht werden die Gespräche im Wagen aufgezeichnet und später abgehört. Der Austausch eines Datenträgers kann im Fuhrpark jederzeit stattfinden.»

«Okay. Gut», kommentierte Hessberg. «Was ist mit Grabowsky? Konnten Sie schon mit ihm reden?»

«Ja, konnte ich.»

Hessberg, immer unter Strom stehend, vorwärts preschend, drängend, wandte sich mit fragend hochgezogenen Augenbrauen zu Kron um, als dieser nicht gleich weitersprach. Er hatte sich noch nicht an dessen Tempo gewöhnt. Langsam, konzentriert, dafür ohne Schlaufen und Umwege.

Kron ließ nicht erkennen, ob er des anderen Ungeduld registrierte oder nicht. Gelassen, die Hände trotz des auffrischenden Windes locker an der Seite, sprach er zum Wasser:

«Ich denke, es ist gut gelaufen. Wie erwartet. Ich habe mir 70.000 Euro von meinem Sparkonto auf ein neues Konto bei einer anderen Bank überweisen lassen. Kenne da jemanden. Er sollte sich bei mir melden im Fall, dass jemand Auskünfte verlangt. Dann bin ich zu Grabowsky gegangen und habe gebeichtet. Zweifel, Sorge um den Kanzler, die Würde des Amtes. Alles für das Land. Hat ihn nicht interessiert. Er wollte nur den Preis wissen und die Währung. Keine zwei Stunden später rief mein Bekannter an. Das Konto war abgefragt worden. Sieht so aus, als wären wir im Geschäft.»

«Wie viel?» fragte Hessberg. «Wie viel kriegen Sie dafür, mich zu bespitzeln?»

«Zehntausend die Woche.»

Diesmal schnellte Hessberg herum. Krons Blick ruhte jetzt auf etwas im Umkreis seiner Schuhspitzen. Dennoch wusste Hessberg, dass ihm keine seiner Bewegungen entging.

«Herrgott! Kron! Was läuft da?» Es klang wie ein Hilfeschrei.

Kron schwieg. Er wusste es auch nicht. Dass «es» etwas Großes war, war spätestens in dem Moment klar gewesen, als man dem Fahrer für Spitzeldienste Summen anbot, die das Gehalt seines Fahrgastes um fast das Doppelte überstiegen.

«Was erwartet Grabowsky von Ihnen?», fragte Hessberg schließlich.

«Dass ich mich zweimal am Tag bei ihm melde. Einmal mittags, einmal abends. Im Notfall auch zwischendurch.»

«Und wie werden Sie ihm das hier erklären? Die Stopps am See? Unsere Gespräche?»

«Ich werde ihm sagen, dass Sie zurzeit labil seien, unruhig, was er mir nach der Nacht im Club glauben wird. Dass Sie irgendwie die Motivation verlieren, den Halt im Privaten, möglicherweise den Verstand. Dass Sie am See Selbstgespräche führen und manchmal mit mir reden. Über Dinge wie Sinn und Ziele und Liebe.»

«Das ist gut», sagte Hessberg, als er festgestellt hatte, dass der andere keine Witze machte, und nachdem er das Bild des ausschließlich mit sich selbst beschäftigten, lauwarm sinnsuchenden und vollkommen von anderen abhängigen Kanzlerdarstellers betrachtet hatte, das Kron in wenigen Worten von ihm zeichnete.

«Das ist sehr gut. Geben wir Grabowsky genau das: eine persönliche Krise. Ein Fest emotionaler Brandrodung und politischer Harmlosigkeit. Weinerliche Menschlichkeit. Kanzler der Herzen. Unreif, ungefestigt, labil und viel zu sehr mit sich selbst beschäftigt, um von Ideen für andere kompromittiert zu sein. Das ist hervorragend, Michael. Perfekt.» Und bereits wieder weiterstürmend: «Haben Sie schon was zur Händelallee Nummer 173?»

«Ich glaube, das reicht nicht», kam es anstelle einer Antwort von Kron.

Hessbergs Ungeduld, eben noch harsch vom Platz gewiesen, kehrte misstönend und triumphierend zurück. Er schnellte zu Kron herum.

«Wie *‹Das reicht nicht›?* Wovon sprechen Sie, Mann?»

Kron ließ sich auch diesmal nicht anmerken, ob seines Vorgesetzten Unmut, der haarscharf an Attributen wie «unreif», «ungefestigt» und «labil» entlangschrammte, in seine Wahrnehmung vorstieß oder nicht. Mit unerschütterter Bedächtigkeit, die in Wahrheit die gnadenlose Präzision des Kommandosoldaten war, fuhr er fort:

«Die Gefühls-Kiste. Grabowsky kennt Sie viel zu gut, um mir das abzukaufen. Genau deshalb hat er mich ja gekauft: Weil er glaubt, dass Sie an mehr zweifeln als an sich selber – nämlich an ihm. Wenn ich da hinkomme mit nichts anderem als der Weltschmerz-Sache, wird er entweder Lüge wittern oder mich für einen Volldepp halten.»

Hessberg, der vor Sekundenfrist genau das getan hatte, nämlich Kron einen Moment lang für einen Volldepp zu halten, zwang sich zur Ruhe. Der Mann hatte recht. Er klang auf professionelle Weise zerknirscht, als er nachhakte:

«Was schlagen Sie vor?»

«Sie vermuten, dass Sie nur deshalb sind, was Sie sind, um etwas zu decken, für das es zwar das Amt, nicht aber Sie braucht. Richtig?»

«Richtig», bestätigte Hessberg überrascht und beschämt von der präzisen Einfachheit, mit der Kron die ganzen Komplikationen in ein paar Worten einfing.

«Okay», fuhr Kron fort. «Die Fäden dieses Etwas, so vermuten Sie weiter, laufen bei Grabowsky zusammen. Ihr eigener Kanzleramtschef, Steffen Arndt, sowie Ihr Verteidigungsminister, Franz Bahlow, sind mit von der Partie. Ob noch weitere Personen daran beteiligt sind, wissen Sie nicht. Die Tatsache aber, dass es externe Räumlichkeiten zu geben scheint, Stichwort Händelallee, lässt darauf schließen. Wovon Sie ausgehen können: Die Sache ist groß, Kosten spielen keine Rolle, und sie betrifft die Sicherheitspolitik. Dass man mich auf die Payroll genommen hat, lässt nur einen Schluss zu: Grabowsky fürchtet, dass irgendwelche Informationen Sie auf die absurde Idee bringen könnten, Ihr Amt einzunehmen …»

«Ach? …»

«Dass Sie verwanzt sind wie ein rumänischer Straßenhund, sollten Sie übrigens auch Ihre Frau wissen lassen», schob er nach kurzem Stocken ein und nahm den Faden wieder auf: «Um also Ihre Frage zu beantworten: Ich schlage vor, wir geben ihm nebst einer persönlichen Krise genau das, was er vermutet: Misstrauen. Wir zetteln, wenn Sie so wollen, ein kontrollierbares Scharmützel an, um Ihre wahren Ziele zu verschleiern. Ein klassisches Täuschungsmanöver. Dürfte Ihnen bekannt sein.»

Hessberg stellte fest, dass die in klare Sätze gefasste Skizze des nur Vermuteten und Bedrohlichen, in dem er zu ersaufen gedroht hatte, ihn beruhigte. Kron war ein Glücksgriff gewesen, und er sollte verdammt noch mal zusehen, von seinem hohen Ross runter und auf jenen Boden zu kommen, auf dem dieser Mann stand.

Seine Zerknirschung hatte jetzt alles Aufgesetzte verloren, war echt und machte einem Tatendrang Platz, den er so seit Jahren nicht mehr gefühlt hatte. Er wiederholte seine Frage von vorhin als Aufforderung an Kron, fortzufahren:

«Was schlagen Sie vor?»

«Wir geben Grabowsky die ganze Wahrheit. Na ja – fast die ganze Wahrheit: das Getuschel an der Kabinettssitzung zwischen Arndt und Bahlow, die Händelallee und Ihr Ersuchen um nichtregistrierte Handys.»

Kron ignorierte das scharfe Einatmen Hessbergs, das bereits Protest war, und fuhr fort:

«Was dann passieren wird, ist das Folgende: Ich werde fest im Sattel sitzen, und Grabowsky wird nicht daran zweifeln, dass ich bereit bin, Sie zum Preis eines Mittelklassewagens hinzuhängen und ihm über jedes Ihrer Worte Bericht zu erstatten. Auch über womöglich geführte Gespräche an irgendwelchen geheimen Handys – Punkt eins. Punkt zwei: Grabowsky wird sich als erfahrener Stratege genau dieselben Gedanken machen wie wir, und er wird zum selben Schluss kommen: Wahrheit als taktische Maßnahme ist auf kurze Sicht die beste Verteidigung. Auch wenn es nur ein Stück davon ist. Er wird Ihnen einen Knochen hinwerfen und hoffen, dass er Sie eine Weile beschäftigt und dies ihm Zeit verschafft. Ein diplomatischer Zwischenfall, eine andere Krise – irgendwas. Seien Sie darauf gefasst. Und schließlich Punkt drei: Denken Sie daran, dass Sie ab jetzt das Tempo vorgeben. Kauen Sie an dem Knochen rum, und verlangen Sie dann mehr: Er wird es Ihnen geben müssen, wenn er Sie unter Kontrolle behalten will. So sparen wir Zeit, erhalten vielleicht sogar ein paar Infos und können Umwege vermeiden.»

«Gut. Und die Händelallee? Konnten Sie da schon etwas in Erfahrung bringen?», wiederholte Hessberg seine Frage von vorhin.

«Nein.» Kron hatte sich um die eigene Achse gedreht und betrachtete jetzt die sattgrüne Blätterwand auf der anderen Seite des Uferwegs. «Ich habe jemanden darauf angesetzt. Guter Mann. Von der Truppe. Treffe ihn morgen. Dann werden wir erste Informationen haben. Melde- und Handelsregister geben nicht viel her. Niederlassung eines italienischen Finanzdienstleisters. Eine Art Handelsplattform für Schrottkredite. Typisches FinTech-Unternehmen. ‹UnityBank›. Glaubt man dem Wenigen, das an Informationen vorhanden ist, dann ist dort eine Handvoll Heiliger am Werk. Sie vermitteln nicht nur paketweise toxische Kredite von Banken, Versicherungen, Energieversorgern und so weiter, sondern kaufen sie auch selber, um sie an Fonds, Family-Offices und an die EZB weiterzuverkaufen. Mit dem Erlös vergeben sie Kredite an alle möglichen Firmen in ganz Europa. Großer Segen für die Wirtschaft. Konjunkturfördernd. Risikobereitschaft. Bürger entlasten. Reine Menschenliebe. Wenn Sie mich fragen, dann stinkt so viel Güte zum Himmel. Aber ich bin ja auch kein Spezialist. Ich kann schießen, aber von Bilanzen habe ich keine Ahnung. Könnte Ihr McKinsey-Mann da graben?»

«Mein McKinsey-Mann?» fragte Hessberg. «Mieling?»

«Ja. Genau der.»

«Ich werde sehen, was ich tun kann. Fahren wir», sagte Hessberg nur. «Und geben Sie Gas. Die Morgenlage ist heute um eine Stunde vorverschoben wegen der München-Reise. Ich bin voraussichtlich im Lauf des Abends zurück. Wegener wird Ihnen die genauen Zeiten noch durchgeben.»

Und während er bereits mit hochgezogenen Schultern, den Mantelkragen jetzt gegen den Wind mit einer Hand umklammernd, in Richtung Wagen stapfte:

«Konnten Sie die Handys besorgen, von denen Sie Grabowsky brühwarm Bericht erstatten wollen?»

Kron, der ihm folgte, bejahte die Frage und teilte ihm mit, sein Gerät liege ausgeschaltet in der Ablagebox im Fond des Wagens.

«Altes Modell. Jahrgang 1996. Nicht zu orten.»

«Sehr gut. Danke», antwortete Hessberg und blieb an der Tür des Wagens stehen. «Solange wir noch nicht da drin sitzen: Die Idee, Mieling zu kontaktieren, ist gut. Wenn er sich hier nicht selber zum

Fenster hinauslehnen will, dann hat er sicher jemanden bei der Hand, der dazu bereit ist. Ich brauch nicht mehr als fünf Minuten.»

«Zwei – sonst schaffen wir's nicht», antwortete Kron, öffnete den Schlag, beugte sich über die Sitze, holte das Handy hervor und reichte es Hessberg.

Der Anruf dauerte drei Minuten. Die anschließende Fahrt zum Büro nutzte Hessberg zur Überarbeitung der Rede, die er heute anlässlich einer Klausurtagung der Europäischen Volkspartei in der bayerischen Landeshauptstadt halten würde.

Keiner von beiden achtete auf den verschmutzen alten VW-Polo, der auf dem Parkplatz der Segelschule stand.

✦ ✦ ✦

Französische Vogesen, Val des Anges

Draußen, hinter einem der kümmerlichen Fenster des unscheinbaren, von zwei mächtigen Tannen beschirmten und zwischen Steingruppen und Büschen kaum sichtbaren Holzhauses, hing ein zäher, dicht gewobener Regenvorhang. Essia hatte ihren Kopf auf Marouans Brust gebettet. Sie riss den Blick von dem Bild, dessen ganzer Reiz sich für sie in den Worten «dort und nicht hier» fassen ließ, los. Es half nichts, sich wegzuducken …

Sie hatte vorgegeben, sich verführen zu lassen. Sie hatte ihm zu verstehen gegeben, das hier sei das Ende ihres Brauchens, Wünschens und Wollens. Nur dieses eine Mal vor ihrem Abgang. Warum? Sie wusste es nicht.

Vielleicht, weil auch sie nicht immun war gegen den Traum des Ganzseins? Müde der Tatsache, den Haufen loser Bruchstücke anderer, der sie geworden war, in zwei Mädchenhänden zu halten? Jedes Lächeln aus einem Dutzend fremder Mienen zusammengesetzt, jeder Moment ein anderer Akt, eine andere Rolle, ein anderer Mensch. Nicht mehr als Antwort auf das Fragen und Hoffen in den Augen eines Gegenübers. So kam man zwar durch, aber man hatte irgendwann keinen blassen Schimmer mehr, wer man war. Und dann suchte man sich für Stunden oder Minuten einen anderen und vereinigte sich weniger mit ihm als mit der Illusion von dessen Ganzsein, Ruhe und Kraft. Und wenn es vorbei war, zerfiel man erneut in tausend Teile, und der Mensch, den man sich ausgesucht hatte, entpuppte sich als ein weiterer unschuldiger Betrüger, der von seinen Lügen nichts wusste, weil es die eigenen waren.

Was blieb da anderes als Verachtung?

Wie jetzt. Wie jedes Mal.

Den anderen loszuwerden war die logische Konsequenz. Die gnadenlose Kälte, mit der sie ihre Typen abservierte, hatte bei ihrer Entourage einen quasi-legendären Ruf. Marouan hatte es in den vergangenen zwei Jahren als ihr Tourmanager mehrmals erlebt und selber mitgeholfen, erst bittende, dann greinende und grollende Männer auf Distanz zu halten und in die Wüste zu schicken.

Dass er jetzt selber in die Falle getappt war und selbstverständlich davon ausging, dass in seinem Fall alles anders war, steigerte ihr Unbehagen noch. Sie wog ihre Fluchtmöglichkeiten ab. Es gab zwei: Weg von diesem Ort oder weg von der Wirklichkeit. Aufstehen und gehen oder trinken und die Lüge mit einer noch größeren Lüge überdecken.

Marouan rührte sich. Sie wusste nicht, ob er geschlafen hatte. Aber in dem Moment, als er sie von sich wegschob, sich aufsetzte und ihr in die Augen sah, wusste sie etwas anderes mit Bestimmtheit: dass ihre Gedanken und ihr Unbehagen der letzten halben Stunde unnütz gewesen waren. Weil das Problem sich längst gelöst hatte.

Was sie bereits in den vergangenen Tagen geahnt und nicht hatte festmachen können, sah sie jetzt für Sekunden in seinem Blick kondensiert: das eigene Unwohlsein, das Verachtung war. Ob für sich selber oder für sie, spielte dabei keine Rolle.

Das hier war einmalig gewesen. Es gäbe kein wehleidiges Betteln um Nähe, keine Beteuerungen, kein kindisches Stampfen und Schmollen. Keine Wut, kein Türenknallen, kein Sich-Fassen, kein Gehen, kein Zurückkommen in tausend Varianten. Es war vorbei.

Allerdings – und auch das wusste sie mit Bestimmtheit – gäbe es etwas anderes. Auch dieses sah sie jetzt deutlich, und noch bevor sie das Wort dazu fand: Wahn. Dass Marouan wie sie selbst Stückwerk war, hatte sie längst gewusst. Es lag in ihrer DNA, in ihrer Geschichte, an der Stadt, die sie hervorgebracht hatte. Aber Marouan hatte es stets geschafft, was in und an ihm zerfetzt und zerrissen war, zusammenzuhalten. Der Leim eine Art gerissene Lebensliebe, Leichtsinn, Neugier, Risikobereitschaft und Humor. Das vor allem.

Egal, wo sie waren, wer sie umgab, welche Herausforderungen und Hindernisse es zu bewältigen galt: Marouan war Menschen und Problemen stets mit einem Zwinkern Marke «Noch schnell ein Pferd stehlen» begegnet, mit einer grinsenden Gelassenheit und einem Lachen im Schlepptau, das die eigenen Unzulänglichkeiten ebenso gnadenlos bloßstellte und im Grunde liebte wie die der anderen. Einer jener Freien, die das Leben durchschaut haben, das Letzte längst überwunden, und die dem Vorletzten ins Gesicht lachen. Keine Angst weit und breit. Das war sein Urgrund gewesen. Das Fundament, auf dem auch sie in den vergangenen Jahren Platz und Halt gefunden hatte. Wann es zu bröckeln und sie selber wegzusehen begonnen hatte, konnte sie nicht sagen. Es musste eine Weile her sein, denn jetzt, das wurde ihr klar, war außer ein paar losen Brocken nichts mehr da. Sie selber längst ins Rutschen geraten.

Er stand auf und verließ wortlos und ohne sie anzublicken das Zimmer.

Kurz darauf hörte sie durch das Prasseln der Regentropfen auf dem schütteren Dach das Fließen des Wassers im Bad. Er wusch sich. Reinigung, Gebet, Erlösung. Das war es, was alles verändert hatte. Das war der Feind. Das Gift, das aus Lebensfreude verbissenes Fürwahrhalten, aus Willen Wahn, aus Wissen Glauben gemacht hatte. Humor und Lebensliebe verschlungen, Heiterkeit zur Sünde erklärt, den Tod zum höchsten Ideal.

Er hatte sie zum Glauben führen wollen und sich selbst bekehrt. Sie war dabei bloß gefolgt. Wie immer.

Essia setzte sich auf, stopfte sich zwei Kissen in den Rücken und stemmte sich mit aller ihr zur Verfügung stehenden Kraft gegen den Impuls, aufzustehen und sich etwas zu trinken zu holen. Erst musste sie die Worte finden, um zu wissen, was hier geschah und womit sie es zu tun hatte. Ohne die Worte wäre sie verloren.

Marouan Ghouar, alias Ahmed Merac, sah sich, als stünde er neben sich: einen Mann, der sich gereinigt hatte, den Gebetsteppich hervorgezerrt, das Haus im Laufschritt verlassen, und der jetzt im strömenden Regen in der Weite einer Mondlandschaft stand. Nass, der Erde nur dem Anschein nach näher als dem Himmel. Zerrissen. Alles, was er zeit seines Lebens zu hassen und zu verachten gelernt hatte, in der eigenen Person vereinigt, die zugleich Darsteller und Publikum war.

Man brauchte keine Lager, wenn eine Lehre Denk- und Verhaltensmuster fordert, neben denen Stromzäune und Barackendächer wie ein Bild von Freiheit anmuteten. Man brauchte auch keine Menschen. Affenhafte Nachahmungskunst und eine dürftige Lebensauffassung genügten. Der Mensch ist Mensch, wenn er eine Wahl hat. Was ist der Wert eines Menschen, der etwas tut, weil «man» es tut, oder weil andere es von einem verlangen? Er wählt nicht. Er handelt aus Gründen, die er nie kannte. Wie das Vieh. Und bildet sich – die Stirn an den Boden gepresst und mit gekrümmtem Rückgrat – ein, dass er frei sei.

Keuchend stand Marouan im strömenden Regen. Er zitterte, ohne es zu merken – nicht vor Kälte, sondern vor Wut. Er wollte sich niederwerfen und konnte es nicht. Er wollte bereuen, beten, heimkehren – und fand nichts als Hohn in sich und Zweifel.

Bei Regen und Schlamm darf man Gebete zusammenlegen. Fatwa 18081. Wie ein dunkler Lichtstrahl durchbrach der Gedanke das Chaos in seinem Innern, von dem er nicht mehr zu sagen vermochte, was noch Denken, was schon Fühlen war. Und was nichts von beidem.

Man müsste gehorchen können. Bloß das. Rechte Hand auf die linke. *Preis sei Dir, o Allah, und Lob sei Dir, und gesegnet ist Dein Name, und hoch erhaben ist Deine Herrschaft, und es gibt keinen Gott außer Dir.* Wer bist Du, Gott, der Menschen erschafft, um sie nur dann zu lieben, wenn sie allem, was sie ausmacht, entsagen? Dessen Wahrheit bedingt, dass einer lügt und täuscht und taktiert? Der Leben nur dann gibt, wenn einer zu töten bereit ist? *Mein Herr, vergib mir, vergib mir.*

Marouan verlor den Faden des Gebets, die Worte. Nur sein Körper erinnerte sich noch des Geforderten, warf sich jetzt endlich nieder, richtete sich auf, warf sich erneut nieder. Verlor die Zeit, bis das graue Licht rot wurde, weil ihm Blut mit Regen vermischt von der Stirn in die Augen lief. Da erst fügte sich die Wirklichkeit wieder zu einem Stück zusammen. Jene Wirklichkeit, in der er den Job hatte, Essia zu opfern. Und zwar so, dass sie es wollte. Bloß ein Job. Keine Pflicht. Dazu hatte er es erst dann gemacht, als er das Bild ihres verglühenden Lebens nicht länger ertragen und zugelassen hatte, dass der Glaube nach ihm griff.

Mit einer fließenden Bewegung kam er auf die Beine. Kurz schwindelte ihn, die Muster des Teppichs tanzten vor seinen Augen. Er spuckte aus, betrachtete den hellen Fleck auf dem dunklen Gewebe, rollte es dann zusammen und ging zurück zum Haus. Er nahm die zwei Tritte, die zum Eingang der Küche hochführten, trat ein, warf den Teppich in die Ecke beim Herd und ging in den Raum, der – mit viel gutem Willen betrachtet – ein Wohn- und Esszimmer darstellte.

Sein Smartphone lag auf dem Tisch. Er fuhr über das Display, holte Sibel Marquardts Nummer hervor und stellte auf Lautsprecher, ohne das Gerät in die Hand zu nehmen. Während es klingelte, rubbelte er sich mit einem Tuch, das neben dem Ofen an einer Leine gehangen hatte, die Haare trocken.

«Wir müssen uns sehen», sagte er, als sie ranging.

Ihr Lachen war von gereizter Sorglosigkeit. «Du bist innerhalb der letzten fünf Minuten bereits der Zweite, der mich mit exakt diesen Worten begrüßt», sagte sie. «Was gibt's?»

«Ich muss dich sehen», wiederholte er dumpf und ohne auf die Frage einzugehen. «Wir haben ab morgen Pressetermine in Berlin. Hotel Adlon. Sieh zu, dass du es einrichten kannst.»

Ohne auf eine Antwort zu warten, beendete er mit einem Fingerstrich die Verbindung. Sie würde toben. Und gleichzeitig wissen, dass sie genau das geliefert kriegte, was sie gewollt hatte. Ihn.

Er fühlte sich jetzt besser. Er folgte seinen eigenen nassen Spuren zurück in die Küche, holte eine kleine Pfanne aus dem Schrank unter der Spüle und füllte Wasser ein.

Er sah Essia erst, als er sich zum Herd umwandte. Der Gebetsteppich hatte sich entrollt. Sie stand da und sah abwechselnd auf ihn und auf den gut sichtbaren Spuckefleck auf dem wasserdurchtränkten Stoff.

«Zeit zu packen, Kleines», sagte er nur. «In einer Stunde müssen wir los.»

✦ ✦ ✦

Französische Vogesen, Belfort

Die auf dem Asphalt vor der giftblauen Fassade in einem launischen Quader von rechteckigen Blumenkästen aus verwittertem Waschbeton verteilten Metallstühle und -tische atmeten den Charme einer 80er-Jahre-Krankenhaus-Cafeteria. Wer immer sich hinter dem Namen Raffael Dutertre verbarg: Er war entweder geizig oder aber erwerbsmäßig nicht auf der nahrhaften Seite der Gesellschaft tätig, was sich heute meist auf die Kurzformel «beim Staat oder in seiner Nähe» bringen ließ. Wer sich ein Hotel aussuchte, das aussah wie eine willkürlich zusammengewürfelte Anhäufung ausrangierter Baucontainer, konnte sich im Grunde kein Hotel leisten, und Brun fragte sich, warum einer es in diesem Fall nicht vorzog, im Auto an einem Bach zu nächtigen.

Er zwang sich ein weiteres Mal, das klebrige Teeglas von der schmierigen Tischfläche zu heben und einen Schluck daraus zu nehmen. Sein Blick wanderte dabei zum Eingang, über dem ein spitzes gläsernes Vordach in die Luft stach. Ob der graue Belag darauf Moos war oder Schimmel oder die Spiegelung der verwaschenen Regenstriemen am aufklarenden Himmel, konnte er nicht ausmachen.

Auf der hinteren Seite des Gebäudes gab es eine weitere unscheinbare Eingangstür für das Personal. Dort saß ein älterer Herr auf dem Parkplatz bei geöffneter Fahrertür in einem Wagen an der Sonne und las die lokale Zeitung «Le Pays». Valentin.

Vorne an der Zufahrt zur platanengesäumten Avenue Capitaine De Laurencie schließlich saßen zwei Frauen auf einer Bank im Schatten eines Baumes und unterhielten sich. Sava und Dana.

Piet, Nouriel und Joaf saßen in einem geparkten Van unter den

Platanen an der Avenue, während Jezreel in einem hellblau-grauen Plastikstuhl der gleichfarbigen Hölle lümmelte, die sich ohne jede Bescheidenheit «Lobby» nannte.

Rachmanowitsch war kurz vor Belfort ausgestiegen und in einem Wagen, den ein Freund für ihn bereitgestellt hatte, allein weitergefahren. Sie würden sich später in einem sicheren Haus, das der BND hier in der Gegend unterhielt, treffen.

Es war zehn Uhr vormittags, und das Handy von Raffael Dutertre hatte sich bisher noch nicht von der Stelle gerührt, wo Lorenz es bei ihrer Ankunft mitten in der Nacht geortet hatte.

Eine Weile war es still gewesen in der großen kahlen Halle des Hauses auf dem Grat in Berlin, als Brun mit der Info herausgerückt war, dass die Deutschen und ihr Nachrichtendienst in der Person Peter Juchatz keinerlei Erstaunen, Unruhe oder gesteigertes Interesse in Bezug auf die markierten Anrufe zeigten. Bei jedem Geheimdienst der Welt wäre bei solchen Neuigkeiten Nervosität ausgebrochen. Eine Art operativer Panik, die im Grunde das Jagdfieber war, das die kalten Krieger aller Zeiten nie loswurden. In diesem Fall nichts, außer diplomatischen Höflichkeiten.

«Was – verdammt noch mal – läuft hier?», hatte Piet schließlich in den fast gleichen Worten wie kurz vor ihm Jo Burger und Eric Hessberg die Ratlosigkeit über die Lage zusammengefasst, die keine war. Die Frage, der sein ruhiger Blick folgte, war an die gesamte Runde gerichtet gewesen. Als bestünde die Möglichkeit, dass einer von ihnen die Hand heben und sie beantworten könnte.

Die Stille, die gefolgt war, war eine von der Sorte, in der jedem klar wird, dass ein Feind in der Nähe ist, man aber noch keinen blassen Schimmer hat, woher man das weiß. Nur das rasend klickende Ticken von Lorenz' Tastatur war zu hören gewesen.

«Im Grunde ändert es nichts», hatte Rachmanowitsch nach einer Weile gesagt. «Wir wissen damit nur mit etwas größerer Bestimmtheit, dass ihr hier gerade in bester neueuropäischer Unionstradition verarscht werdet. Und wir wissen weiter, dass man uns entgegen aller öffentlichen Beteuerungen – die zugegebenermaßen in letzter Zeit etwas zweischneidig waren – nicht als Freunde dabeihaben will. Unsere einzigen Spuren sind einerseits dieser Raffael Dutertre, der seit gestern eines der markierten Handys trackt …»

«… und Spanien», hatte Sava ergänzt.

«Genau», hatte Rachmanowitsch bestätigt. «Dieser Ort, wo vor Kurzem irgendetwas derart massiv schiefgelaufen ist, dass zwei Gruppenscharfschützen auf der Strecke geblieben sind. Wenn wir mehr wissen wollen, müssen wir näher ran. An diesen Raffael Dutertre ebenso wie an diesen Ort in Spanien. Freiwillig wird keiner mit uns reden. Also holen wir uns, was wir brauchen. Und zwar ohne vorher ein Gesuch einzureichen.»

«Wir müssten mindestens zwei Teams mit sechzehn Leuten haben», hatte Brun zu der braunen Tischplatte vor sich gesagt. Und den Blick hebend: «Analysten, Auswerter, Beschatter, Abhörspezialisten, Fahrer …»

«Dein Ernst?», hatte Boas nachgehakt, der sich bisher zur neuen Situation noch nicht geäußert hatte. «Warst nicht du es, der mit – warte: Waren es diese sechs hier? – mit sechs Leuten also, vor zwei Jahren barfuß in Moskau war? Ebenfalls ohne irgendwelche Formulare einzureichen?»

«Genau deshalb sage ich das», hatte Brun geantwortet. «Ihr wisst alle, wie das gelaufen ist und dass wir da drüben nur mit Unmengen von Glück wieder rausgekommen sind.»

«Ich würde sagen, es war ein voller Erfolg», hatte Rachmanowitsch kommentiert und hinzugefügt, dass er – nebenbei bemerkt – das Adrenalin der Leute im Raum riechen könne und vorschlage, dass man sich jetzt einfach Gesichter und Unterarme schwärze und losziehe, um den Franzmännern und den Spaniern auf den Zahn zu fühlen.

«Okay», hatte Brun eingelenkt. Er wusste, dass Rachmanowitsch und Boas recht hatten. Sie hatten keine andere Möglichkeit. Und jeder hier wollte es. Er selber mit eingeschlossen.

Die Sache des Sich-Aufteilens war rasch geklärt gewesen: Boas und Lorenz würden hier die Stellung halten und versuchen, mehr über die Einrichtung in Spanien zu erfahren, von wo aus die Mitteilung im Februar versandt worden war. Der Rest von ihnen würde schlicht und einfach Raffael Dutertre entführen.

«Belfort ist ideal», hatte Rachmanowitsch verkündet, als Lorenz mitgeteilt hatte, dass Dutertres Handy dort sei und sich nicht mehr vom Fleck rühre. «Der BND hat ein Gästehaus ein paar Kilometer nördlich in den Hügeln.»

«Der BND …?», hatte Brun nachgehakt, und als er Joafs Grinsen sah, verstanden: «Alles klar. Warum Zeit und Geld in eine Tarnung investieren, wenn es sie längst gibt …»

«Bingo.»

Irgendwann um drei Uhr in der Früh waren sie in Belfort eingetroffen und direkt durch die verstörend hässlichen Außenbezirke der Stadt – eine Spezialität der Franzosen – zu dem Hotel gefahren, in dem Dutertre oder zumindest sein Handy sich seit dem Abend befand. Unterwegs hatten sie von Lorenz nach und nach die Informationen erreicht, die er zusammen mit Boas in Berlin über Dutertre ausgrub:

Alter 32, geboren und wohnhaft bis Mitte 20 im Norden von Marseille, Franzose, Vater Hafenangestellter, Mutter Hausfrau. Erster Kontakt mit dem ausführenden Arm des Gesetzes bei Volljährigkeit. Nichts Besonderes in diesem Winkel der Welt: Verstoß gegen das Betäubungsmittelgesetz. Allerdings schien es, als habe besagter Arm ihn von da an nicht mehr losgelassen oder aber er selber sich daran geklammert: Schlägereien, Sachbeschädigung und Körperverletzung bildeten einen wiederkehrenden Reigen in seiner umfangreichen Akte.

Was ganz wie die traurige Banalität eines verkorksten Ghetto-Kindes aussah, war es in diesem Fall aber nicht: Als führe er parallel zu dem deprimierenden Kleinkriminellen-Dasein eine zweite Existenz, schloss er gleichzeitig ein Studium in Mathematik, Physik und zeitgenössischer Literatur ab. Als er 25 war, starb sein Vater, und er selber verschwand aus der Stadt und tauchte erst Monate später etwas weiter nördlich in dem Städtchen Catalat de Belmont wieder auf, dem er fortan straffrei und vollkommen legal als Kulturschaffender und Sozialhilfe-Empfänger auf der Tasche lag.

Vor zwei Jahren, als die bisher feiste öffentliche Hand auf einen Schlag zur Kralle abmagerte, die es gerade noch schaffte, genug für sich selbst zusammenzuraffen, verschwand er auch hier von den Listen. Mehr noch: Die Listen an sich verschwanden, und weder von Dutertre noch von seinem kulturellen Schaffen und Anschaffen blieb die geringste Spur. Er existierte nur noch als Eintrag im Einwohnerregister, das keine Auskunft darüber gab, womit er von da an sein Leben bestritt.

Brun zwang sich zu einem weiteren Schluck der zuckrigen Brühe, zündete sich eine Zigarette an und versenkte den Blick in den Stadtplan von Belfort, den er zwischen Oberschenkeln und Tischkante balancierte. Doch anstatt das zweidimensionale Abbild der Industrie- und Garnisonsstadt, ihre historischen und kirchlichen Prachtbauten, die Fassadenmalereien, die Zitadelle oder den See mit dem Turm des ehemaligen Forts zu sehen, hatte er das Engelsgesicht dieses Jungen vor Augen, der längst kein Junge mehr war. Das letzte Bild, das Lorenz ihnen geschickt hatte, musste ein paar Jahre alt sein und war anlässlich eines Interviewtermins aufgenommen worden. Der Schädel war darauf kahlrasiert, das Gesicht weiß mit grünlichen Bartschatten und von teigig-fetter Dumpfheit, die etwas von gelangweilter Arroganz gehabt hätte, wären da nicht die Augen gewesen, die noch genauso klar und hoffend staunten wie die des großen, schlaksigen 18-Jährigen in der Polizeiakte von damals.

«Das Einzige, was wir wissen, ist, dass er ein großer Junge ist», war Boas' Stimme über Lautsprecher in die Dunkelheit des Vans gedrungen, wo Brun, Piet, Jez, Vali, Joaf und Dana es sich so gut wie möglich bequem gemacht hatten. Rachmanowitsch hatte das Steuer übernommen. An Schlaf war nicht zu denken gewesen.

Sava und Nouriel waren ihnen im Abstand von ein paar Kilometern im PKW gefolgt.

«Alles klar», hatte Brun die Info kommentiert. «Ihr habt's gehört, Leute. Sava, Nour?»

«Alles klar», hatte Nouriel per Funk bestätigt. «Wir kassieren jeden ein, der knapp zwei Meter groß ist und mindestens einen Zentner auf die Waage bringt.»

In diesem Moment signalisierte das Blitzen eines sich brechenden Sonnenstrahls Brun, dass die Glastür des Hotels geöffnet wurde. Er hob den Blick und sah Jezreel unter das Glasvordach treten. An ihrer Seite ein baumlanger magerer Kerl. Jezreel lachte über irgendwas, was er sagte, stellte ihren Rucksack auf den Boden und holte etwas hervor, das Brun von seinem Platz aus als Stadtplan identifizierte.

Brun sandte von seinem Handy aus eine Mitteilung an den Rest des Teams, die aus einem einzelnen Punkt bestand. Als Jezreel und der Mann sich nach weiteren Worten und einigem Gestikulieren und Lachen in Richtung Parkplatz in Bewegung setzten, sandte Brun eine weitere Nachricht, ein «P» diesmal, stand auf, klebte einen Fünf-Euro-Schein unter das Glas und folgte ihnen. Und wie jedes Mal in einer Einsatzsituation zerfiel die Wirklichkeit, die ihn umgab, in Zeitlupe in voneinander getrennte Splitter aus Geräuschen und Bildern:

Das Klirren eines zu Boden fallenden Löffels in seinem Rücken. Zwei Kinder mit schlenkernden Schulranzen, die größer waren als sie selber, rannten in Richtung Avenue. Spatzen fielen wie eine Handvoll grauer Papierfetzen flatternd aus dem Grün einer Platane auf ein Stück Boden herunter, auf dem eine halbe Semmel lag. Eine Frau in rosa Plüsch-Pantoffeln und ihrem mit einem Bleistift hochgesteckten Haar sah den Kindern nach. Das Lied einer Amsel schlang sich wie ein Band um die Szenerie. Hellblau. Eine Katze legte sich auf den Asphalt beim Hoteleingang. Zwei Frauen schlenderten in seine Richtung. Und endlich hörte er, worauf er die ganze Zeit – von der er wusste, dass sie nicht mehr als ein paar Sekunden gedauert hatte – gewartet hatte: den heiseren Klang eines V6-Motors, der mit hoher Drehzahl näher kam.

Die Splitter fügten sich wieder zusammen zu dem pochenden Gleichzeitigen, das sie waren. Eine abgelegene Außenstation seines Hirns registrierte noch die Kühle, die ihn umfing, als er in den Schatten des Weges trat, der hinter das Hotel führte.

Er kam in dem Moment auf den Parkplatz, als ein Mercedes Vito der 447er-Baureihe in viel zu hohem Tempo von der Avenue über einen dünnen Grasstreifen auf den Parkplatz zuraste. Jezreel und der Mann, den sie als Raffael Dutertre identifiziert hatte, taten, was jeder Mensch auf der Welt tut, wenn eine potenzielle Gefahr droht: Sie blieben wie angewurzelt stehen und starrten während des kurzen

Moments der Lähmung vor der Flucht auf den schlenkernd verlangsamenden und schließlich ein paar Meter vor ihnen zum Stehen kommenden Van.

Von da an ging alles Schlag auf Schlag. Die Schiebetür des Kleinbusses mit französischen Nummernschildern wurde aufgewuchtet. In der Öffnung erschien Piet, hinter ihm Joaf. Jezreel und Dutertre standen immer noch. An die Stelle instinktiver Fluchtbereitschaft war gespanntes Interesse an dem Geschehen auf ihre Züge getreten. Die zwei Männer sprangen aus dem Van, und alles sah danach aus, als steuerten sie rennend die Vorderseite des Hotels an. Es folgte der einzige Tanz, den Brun je in seinem Leben beherrschen würde: das perfekte Zusammenspiel Einzelner, die ohne Worte und ohne sich zu kennen wussten, dass sie auf demselben Grund standen, sich an derselben Landkarte orientierten. Wachsamkeit, Disziplin, Können und die Bereitschaft, dem letzten Abgrund zu begegnen. Für sich selbst oder für den anderen. Gefährten eben.

Brun wusste noch vor Jez' erster Bewegung, was jetzt kommen würde. Er hätte es zeichnen können, hätte man es von ihm verlangt.

Während Dutertre wie gebannt auf die sprintenden Männer starrte, machte Jez einen kaum wahrnehmbaren Schritt hinter ihn. Als Piet und Joaf auf ihrer Höhe waren, zog sie ihn – eine Hand auf seiner Stirn, die andere an seinem Hals – in einer fließenden Bewegung nach hinten und nach unten.

Noch bevor Dutertre auch nur mit Worten oder Geräuschen reagieren konnte, war Piet da, fasste ihn unter den Achseln, während Joaf seine Beine in den Schraubstock seiner Arme klemmte. Und als wiege der jetzt wild strampelnde Mann keine zehn Pfund, hoben sie ihn hoch, rannten zum Van zurück und warfen ihn hinein wie einen Sack Mehl.

Joaf und Piet sprangen hinter ihm an Bord. Jez folgte. Brun war bei ihnen, als der Van bereits fuhr. Die Tür wurde zugeschlagen, und sie rollten im Schritttempo um das Hotel herum und fädelten sich in den Verkehr auf der Avenue in nördlicher Richtung ein. Im Abstand von ein paar hundert Metern folgte ihnen ein Twingo, in dem ein älterer Mann und zwei Frauen saßen – Vali, Dana und Sava. Ein Blick auf die

Uhr sagte Brun, dass die ganze Sache von dem Moment an, als er von dem Tisch aufgestanden war, genau 49 Sekunden gedauert hatte. Sie hatten mit einer Minute gerechnet.

Dutertre bewegte sich im Fußraum und machte Anstalten, irgendwas unternehmen zu wollen. Piet, der auf einem der seitlich angebrachten Sitze kauerte, setzte ihm einen Fuß zwischen die Schulterblätter.

«Du hast die Wahl, Raffael», ließ er ihn in perfektem Französisch wissen. «Entweder machst du großes Kino – dann schalten wir dich vorübergehend ab. Oder aber du beschränkst dich darauf, unsere Fragen zu beantworten. Und versuch, das Gleichgewicht zu halten. Es wird gleich ein bisschen holprig werden.»

«Wie lange?», fragte Joaf in Richtung Fahrersitz, auf dem Nouriel saß.

«Wenn der Verkehr so bleibt, ungefähr eine Dreiviertelstunde», kam die Antwort.

«Hast du gehört?» Piet klang beinahe väterlich, als er die Frage, die keine war, an Raffael stellte. «Eine Dreiviertelstunde. Und wenn wir da sind, hast du's schon fast hinter dir.»

«Wer sind Sie?», fragte Dutertre anstelle einer Antwort.

Brun wechselte einen Blick mit Piet und deutete ein Nicken an. Ein «Verdammt noch mal» am Ende der Frage hatte Dutertre nicht ausgesprochen. Die Aufmüpfigkeit, die dieselben Spuren gelangweilter Arroganz aufwies wie das Foto von Dutertre, war dennoch deutlich zu hören gewesen. Zeit, dem Kerl ein paar Manieren beizubringen. Mit der ruhigen Wucht einer Schubraupe pflanzte Piet ihm die flache Rückseite seiner Hand ins Gesicht.

«*Wir* stellen die Fragen. Können wir uns darauf einigen, Raffael?»

Die Tonlage seiner Stimme hatte nichts von der Wärme von vorhin eingebüßt, was die Gewalt der Geste aber nicht minderte. Im Gegenteil – sie unterstrich sie noch. *Wenn es nicht anders geht, dann werden wir dich töten. Aber wir werden es liebevoll tun,* sagte sie.

Über den Innenraum des Wagens senkte sich jetzt die Stille von Menschen, die wussten, dass die nächsten Sekunden über die Qualität der folgenden Stunden entscheiden würden. Und obwohl es für einen Außenstehenden so ausgesehen hätte, als interessiere es keinen der fünf Anwesenden im Speziellen, war doch alles Hören auf jene Ecke gerichtet, in der Dutertre nach dem Schlag hinter dem Fahrersitz kauerte. Jezreel hatte ihren Kopf an die Außenwand des Vans gelegt, die Augen geschlossen. Joaf fingerte an einem Smartphone herum, und Brun selber versuchte, seine Nackenmuskulatur dadurch zu lockern, dass er den Kopf erst auf die linke, dann auf die rechte Seite legte.

Dann explodierte die Szenerie. Dutertre kam, so gut wie das in einem Kleinbus ging, mit einem Ruck auf die Beine und schien bereit, alles kurz und klein zu schlagen, was sich ihm in den Weg stellte. Brun wusste, dass Piet dasselbe Grinsen zwischen den Zähnen hatte wie er selber. Ein Informant, der sich überschätzte, war tausend Mal einfacher zu befragen, zu belügen und zu führen als einer der schweigsamen, in sich gekehrten, still leidenden Sorte.

Dutertre wies sich gerade der Kategorie eins zu.

Und Piet tat genau das, was es brauchte, um ihn in dem Glauben zu lassen, er hätte nicht nur eine Chance, sondern sei ihnen im Grunde überlegen: Er gab sich den Anschein, überrumpelt zu sein, ließ sich nach hinten fallen, als Dutertre ihm seine Hände gegen die Brust wuchtete, und erweckte den Eindruck eines Mannes, der auf Hilfe angewiesen sei. Brun spielte mit, riss Dutertre, der jetzt Anstalten machte, sich auf Piet zu werfen, von diesem weg, nahm ihn in den Würgegriff und drückte ihm die Halsvenen zu. Bereits nach sechs Sekunden war er bewusstlos.

«Das Gästehaus ist bereit», meldete in diesem Augenblick Joaf, der während des Gerangels mit Rachmanowitsch korrespondiert hatte.

«Gibt's auch was zu essen?», fragte Piet sich aufrichtend. «Ich komme um vor Hunger.»

«Nur, wenn die letzten Gäste etwas dagelassen haben», antwortete der Israeli. Und ergänzte auf Bruns fragenden Blick hin: «Sieht so aus, als wäre bis gestern noch jemand dagewesen. Ungemachte Betten, Geschirr, Kippen und …»

«Und?», hakte Brun nach.

«Ein Gebetsteppich.»

«Sag das noch mal!» Nouriel, der jetzt auf der Departementstraße außerhalb Belforts auf dieselben Hügel zuraste wie vor Kurzem Essia Kebdani mit Marouan Ghouar, hatte sich im Fahrersitz zur Seite geneigt, um besser hören zu können. Und als die Antwort nicht sofort kam: «Sagtest du gerade: *Gebetsteppich?*»

* * *

Berlin, Hotel Adlon

Das Wort Negligé musste genau in dem Moment an seinen Platz im deutschen Sprachschatz gefallen sein, als die erste Frau sich ein fadenscheiniges und sie kaum berührendes Stück gewirkter Nachlässigkeit übergestreift hatte wie jenes, in das Sibel Marquardt in dieser Sekunde schlüpfte. Spitzen von der Farbe grauen Sands fassten mauvefarbene Seide ein, das Ganze den zierlichen, perfekt proportionierten Körper der 36-Jährigen.

Sie ging um den Tisch herum, der den Schlafbereich der Junior-Suite vom üppig gepolsterten Salon trennte. Als sie kurz innehielt, war nicht auszumachen, ob sie es tat, um sich konzentriert und mit gespreizten Fingern das lange, glatte und bis zur Taille reichende Blondhaar zu kämmen, oder schlicht, um Marouan, der im Bett saß, die Zeit zu geben, sie in aller Ruhe zu betrachten.

In Wahrheit war es beides und gleichzeitig nichts davon: Sie suchte ihre Handtasche. Und sie dachte nach:

Es war kurz nach ein Uhr gewesen, als Peter Juchatz gestern, wie telefonisch angekündigt, in ihr Büro in der Händelallee gestürmt war, und ihr war sofort klar gewesen, dass er direkt von Grabowsky kam. Aber anstatt wie sonst, wenn dieser ihm eine Brandbombe hegemonialer Verachtung in die Schaltzentrale seiner Seele gefeuert hatte, war es diesmal nicht die Gekränktheit des moralischen Allesfressers gewesen, dem man diese Wahrheit in Form geheuchelten Respekts unter die Nase gerieben hatte, die ihn so aufgebracht hatte. Es war etwas anderes, das sich durch die Schichten dilettantischer Geziertheit ihres Mentors und Ex-Geliebten gefressen und unverhüllt auf seiner Stirn und in seiner Stimme gelegen hatte: Sorge. Echte Sorge und eine Spur von Angst. Kein wehleidiges Sich-Aufplustern im Arne-Jacobsen-Designsessel diesmal. Die Hände in den Hosentaschen, hatte er sich ans Fenster gestellt und eine Ewigkeit schweigend in die Baumkronen gestarrt. Für einen Augenblick hatte er sie an den Mann erinnert, den sie mit Mitte zwanzig kennengelernt hatte. Als er endlich sprach, war die Stimme ruhig gewesen, die Botschaft kurz.

«Dein Orientale hat sich allem Anschein nach auf den Weg zu Gott gemacht.»

«Er ist nicht mein Orientale», war sie ohne Elan dazwischen gegrätscht.

«Wie dem auch sei», er hatte geklungen, als lächelte er, «er tut es mit der Diskretion von Leuchtspur-Munition in einer Qualität, dass Grabowskys Leute davon nicht nur wach wurden, sondern regelrecht aufgeschreckt sind. Ruft Imame im Iran an, macht ohne jede Sicherheitsvorkehrung in Selbst- und Sinnsuche, verlässt vereinbarte Standorte und treibt deine Leute von der ‹StratCom› vor sich her.» Pause. Den Kopf in ihre Richtung drehend: «*Deine* Leute, Sib.»

Und wieder zu den Baumkronen:

«Ob sein Schützling überhaupt noch sein Schützling oder schon seine Verbündete ist, weiß kein Schwein. Der Kerl ist ein operativer Albtraum, Sib. Das muss aufhören. Hol ihn rein, rück ihm den Kopf zurecht. Drohe ihm. Leg ihn um und verscharr ihn gleich hier hinter dem Haus. Egal was. An dieser Sache hängt schlicht zu viel dran, als dass wir uns Fehler leisten könnten.»

«Sprichst du von deiner Zukunft, wenn du ‹zu viel› sagst?», hatte sie gefragt. Die Gehässigkeit hatte ihr nicht gelingen wollen. Juchatz hatte es schneller bemerkt als sie selber:

«So läuft das in unserem Geschäft, Sib. Es kann nicht jedes Mal gut gehen», hatte er gesagt und dabei tröstend geklungen.

«Aber diesmal muss es das.» Und sich wiederholend: «Da hängt schlicht und einfach zu viel dran.»

Sie hatte eingelenkt: «Ich weiß.»

Juchatz hatte sich um die eigene Achse gedreht. Im Gegenlicht des

Fensters hatte sie seine Züge nicht sehen, wohl aber hören können, dass er zum ersten Mal, wenn er mit ihr alleine war, in seinen gespreizten Öffentlichkeitsmodus verfiel: «Genau *das* frage ich mich gerade: Ob Sibel Marquart *weiß,* was *ihr Mann* tut. Hat er dir *zufällig* auch mitgeteilt, ob er vorhat, auf seinem Weg zu Gott wie vereinbart in Konstanz und Basel Halt zu machen?»

«Ja. Hat er. Organisatorisch ist alles aufgegleist. Du weißt das. Du hast meinen Bericht. Wir sind soweit, wenn ihr es seid.»

«Und unter *welchem Blickwinkel genau* sollte ich das Verhalten deines Mannes während der letzten beiden Tage deiner Meinung nach dann betrachten? Künstlerische Freiheit? Trotzphase? Migräne?»

«Hör zu, Peter …»

«Nein – hör du mir zu. Einen Mann zu führen bedeutet nicht ‹organisatorisches Funktionieren›. Scheiß auf Organisatorisches. Das kann jeder halbwegs funktionsfähige Spätentwickler. Einen Mann führen heißt, seine Seele besitzen. Seine Interessen, seine Träume, seine Langeweile, sein Gewissen und das, worauf er wartet und wofür er betet, ohne es zu wissen. Es heißt, ihn zu kennen. *Er* sein. Seine Wahrheit sein, seine einzige Wahrheit. Mit ihm leiden und für ihn, wenn er es nicht selber kann. Lieben, hassen, hoffen und Däumchen drehen. Das vor allem. Es ist das Gefährlichste. Perfekt organisierte Operationen sind schiefgelaufen, weil einer die Langeweile seiner Leute nicht im Griff hatte. Und genau diesen Eindruck habe ich hier. Wo auch immer dein Mann ist, Sib – physisch oder mental: Sieh zu, dass er wieder zurückkommt. Zu dir. Freiwillig. Egal, ob er dabei lügt oder nicht. Für uns sind Lüge und Wahrheit gleich viel wert und geben uns dieselben Informationen. Wir müssen sie nur auseinanderhalten können.»

«Ich treffe ihn morgen.»

«Gut. Du weißt, was du zu tun hast.» Juchatz war, die Hände immer noch in den Hosentaschen, an sie herangetreten und hatte sie betrachtet, als sähe er sie zum ersten Mal. Das Lächeln, das er schließlich zustande brachte, hatte Spuren von Trauer aufgewiesen. Sekunden nur. Er hatte ihr in abwesender Zärtlichkeit einen Kuss auf die Wange gedrückt. *«Mach's gut, Sib. Und halt mich auf dem Laufenden.»*

Dann war er weg gewesen, und sie hatte sich etwas gegenüber gesehen, das ihr bisher vollkommen fremd gewesen war: Angst. Angst davor, dass die Dinge, so wie sie waren, nicht gut waren, nicht richtig. Mehr noch: dass alles eine Fälschung war und sie selber auf etwas stehend, das so dünn war, dass es jederzeit einbrechen und sie ins Dunkle fallen könnte …

Als sie jetzt ihre Handtasche am Boden neben der Tür zum Bad entdeckte, wo sie sie vor Stundenfrist fallen gelassen hatte, setzte sie sich, die Haare in einer Geste, die aufreizend das Mitwirken beider Arme erforderte, über eine Schulter streifend, in Bewegung. Sie hob die Tasche auf und holte, mit trägem Tänzergang in Richtung des Erkerfensters gehend, ein silbernes Zigarettenetui hervor. Ganz darauf konzentriert, sich den Widerwillen vor dem Qualm nicht anmerken zu lassen, öffnete sie das Fenster, das, wie der Name der Suite kundtat, auf das Brandenburger Tor hinausging.

Mit einem Lächeln, das ihren Göttern, die alle ihre eigenen Züge trugen, Dank zollte, nahm sie die Gehässigkeit in der Stimme hinter sich zu Kenntnis, die sich erkundigte, ob die Qualmerei wirklich sein müsse. Sie brauchte ihn im Kriegsmodus, um zu wissen, wo er stand. Die vertrauensselige Dämlichkeit eines dopaminbesoffenen Männerhirns war von keinerlei Nutzen.

«Seit wann schläfst du mit ihr?», fragte sie anstelle einer Antwort und ohne ihren Blick von dem sonnenbeschienenen Platz zu ihren Füßen zu wenden. Die dünnen Pfützen und feuchten Stellen, die der Regen der vergangenen Nacht hinterlassen hatte, verliehen der Szenerie einen Anstrich zerbrechlicher Frische.

Es war ein Schuss ins Blaue. Er traf.

«Was spielt das für eine Rolle?», schnappte er zurück. «Außerdem war es eine einmalige Sache.»

«Oh – wie wunderbar.» Rauch ausstoßend, wandte sie sich zu ihm um. «Wäre es angebracht, dass ich mich bei dir bedanke?»

Sie wusste genau, dass Marouan ihr den Zynismus nicht abkaufen würde. Körper, Blick, Haltung – die gesamte Benutzeroberfläche der Person Sibel Marquardt war damit nicht vereinbar. Sie war die optisch perfekt gestaltete Schnittstelle zwischen ihrem jeweiligen Gegenüber und dem Haufen Anweisungen in ihrem Innern, der ihr als Seele diente. Es war die Leere einer ganzen Generation, der man via staatliches Bildungssystem Kompetenzen anstelle von Kenntnissen, Informationen anstelle von Wissen, Wirkung anstelle von Wurzeln, Konsens anstelle von Kritik mit auf den Weg gegeben hatte. Wer allerdings behauptete, Menschen wie Sibel Marquardt seien der lebende Beweis für die Unzulänglichkeit und das Scheitern ebendieses Systems, der irrte – sie waren seine Krönung. Der Höhepunkt einer Zivilisation, die alles Eigene bewusst abgeschafft, vergessen und durch perfekt funktionierende Gleichgültigkeit ersetzt hatte, mit dem Resultat, dass jeder zufällig und sinnlos einzig für sich selbst und den Moment in der Gegenwart existierte.

Sibel Marquardt liebte das Leben, wie sie es kannte; sie liebte, was sie tat und sich selbst, aber sie trauerte auch: um Halt, Grund, Herkunft, Vergangenheit und die Möglichkeit von Tiefe und Zielen, die sie nur ahnte. Ihre Generation war das Ende der Geschichte, zu der sie bereits keinen Zugang mehr hatte.

Jetzt sah sie, wie er die Decke zurückschlug, mit Schwung auf die Beine kam, in ein Paar dunkelblaue Shorts schlüpfte und auf sie zuschlenderte. Die Gelassenheit eines Menschen, der sich seiner selbst nicht zu vergewissern brauchte, in jeder Bewegung. Dunkle Bartschatten wie Bruchstellen im Gesicht. Das Lächeln bloß eine Verschiebung in dem kantigen Relief der Züge. Ein Bild von einem Mann, sagte der erste Blick.

Fremd, sagte der zweite. Ewig fremd.

Es mochten bloß Millimeter sein, die abwichen vom Eigenen – in der Gesamtheit ergaben sie die Distanz eines Volkes, einer Rasse, einer Welt. Der Winkel der Schlüsselbeine, der hohe Ansatz des Beckengürtels, der Übergang zu den Oberschenkeln – gleiche Gene, andere Ausprägung. Wie der Geruch, die Haarfarbe, die Haut. Unerlaubtes Gedankengut. *Das Konzept der Rasse ist das Ergebnis von Rassismus und nicht dessen Voraussetzung,* so der Konsens der Korrekten und Kultivierten und der Inhalt irgendeiner «Erklärung» irgendeines humanistischen Komitees, das sich den zeitgeistig kriecherischen Multikulturalismus auf die steuerfinanzierte Fahne geschrieben hatte.

Sibels Instinkt sagte etwas anderes. Ein mit zittrigem Atem ausgestoßenes Lachen, als sie Marouans Mund an ihrem Hals fühlte, halbherziges Zurückstoßen, Sich-Winden, während sie tastend die Zigarette an der metallenen Außenseite des Fensterrahmens auszudrücken versuchte.

«Warte», sagte sie.

«Komm ins Bett. Wir haben noch eine halbe Stunde.»

«Eben. Wir müssen reden.»

Sie verstärkte den Druck ihrer Hände gegen seine Brust, als er keine Anstalten machte, von ihr abzulassen. Als er es schließlich scheinbar halbherzig doch tat und nun seinerseits über ihre Schultern hinweg die Szenerie vor dem Fenster zu betrachten schien, sah sie deutlich, was sie schon bei seinem Eintreten in die Suite gewusst hatte – das Pflaster an der Stirn bestätigte es nur: Sie hatte in Marouan Ghouar keinen Mitarbeiter, keinen Verbündeten, keinen Partner mehr. Er war weg. Übergelaufen. Hatte sich zumindest in Teilen von sich selber umdrehen lassen und wusste es noch nicht mal.

In seinen Augen lauerte die Schwärze eines Abgrunds, aus dem keiner heil zurückkehrte. Peter Juchatz hatte recht. Aber das brauchte nicht zwingend schlecht zu sein. Es war gut möglich, dass Marouan zum Verräter geworden war, zum Amok laufenden Deserteur, zum Terroristen in Allahs Namen – aber er war immer noch *ihr* Verräter, ihr Terrorist, ihr Überläufer. Sie brauchte ihn nicht auszutauschen, sondern bloß dafür zu sorgen, dass es so blieb.

Sie wollte sich gerade zwischen ihm und der Fensterbank hervorwinden, als er einen Schritt nach hinten machte.

«Mein Gott, wie das Zeug stinkt», sagte er und reichte ihr damit den Stock, mit dem sie ihn K.o. gehen lassen konnte.

«Seit wann stört dich das?», fragte sie und ließ ihm keine Zeit zu antworten: «Nein, sag nichts. Ich weiß es. Seit du mit der unschuldigen, einmaligen, reinen, perfekten Essia Kebdani schläfst. Was kommt als Nächstes? Liebe etwa? Allah?»

Der Schlag kam so schnell und mit solcher Heftigkeit, dass sie nicht die Zeit hatte, sich wegzuducken. Vor Schmerz zusammengekrümmt, die Hand erst die Wange, dann die blutige Nase betastend, sah sie zu ihm hoch und lachte.

«War das schon alles? Und jetzt, Marouan Ghouar? Wirst du mir jetzt erklären, was ich im Licht deiner neuen Erkenntnis für eine Hure bin? Und was für eine Heilige deine Essia? Dass ich ihren Namen gefälligst nicht in den Mund nehmen und beschmutzen solle? Oder den deines neuen Gottes? Meinst du, ich wüsste nichts von dem Anruf bei diesem iranischen Vorbeter? Ich mag in deinen Augen eine Hure sein – aber bescheuert bin ich nicht.»

Er trat auf sie zu, umfasste mit beiden Händen ihren Kopf, presste seine Stirn mit fest geschlossenen Augen an die ihre, als könne er so verhindern, in das Innere seines Hirns und seiner Seele zu sehen.

«Es tut mir leid», flüsterte er. «Es tut mir leid, es tut mir leid, es tut mir leid.»

Sie überwand den Instinkt des Hasses, legte ihm ihrerseits die Hände an den Hals, in den Nacken. Küsste ihn. Die unerlässliche Pflicht des Lügens mit jedem Mittel in ihrem Fall. Taqīya in seinem. Vielleicht. Man war nie sicher.

Diesmal sagte er nichts, als sie sich wenig später verschwitzt am Boden sitzend und halb an ihn, halb an die Rückseite des Sofas gelehnt eine weitere Zigarette anzündete. Hätte sie es nicht schon vorher begriffen, wäre es spätestens jetzt nach diesem bemühten, zornerfüllten Akt klar gewesen: Er hatte die Religion gewechselt. Hatte jene der hedonistischen Triebe, des adrenalingepeitschten Genusses und des gehetzten und triumphierenden Spielers eingetauscht gegen die Weltanschauung des Lichtträgers und Kriegers eines gnadenlosen Gottes. Ihn zurückzubringen von da, lag nicht in ihrer Macht.

Der Ort lag zu weit weg.

Das Einzige, was sie tun konnte, war, die wechselhaften Loyalitäten eines Mannes, der glaubte, sich vom einen losgesagt und zum anderen bekehrt zu haben, nach Kräften zu fördern. Seine Zerrissenheit zu heilen und ihm zu versichern, dass ihr Weg und Allahs Wege sich nicht gegenseitig behinderten oder gar ausschlossen, sondern deckten.

«Es ist besser, wenn das hier ein Ende hat», hörte sie sich selber sagen und beglückwünschte sich zu der strengen Kälte in ihrer Stimme, die eine Spur jener Verachtung aufwies, die er geradezu ausdünstete. Verachtung für sich selber und für den Menschen neben sich.

Er reagierte wie erwartet, als er sich, einen Tick zu spät und einen Tick zu halbherzig zu ihr herumfahrend, aufrecht hinsetzte:

«Ist es wegen vorhin? Wegen Essia? Hör mal – es tut mir leid, Sibel. Glaub mir.» Und sie am Kinn fassend und ihren Blick sich wiederholend in den seinen zwingend: «Es tut mir leid.»

«Ich weiß. Aber damit hat es nichts zu tun», antwortete sie. «Es ist der Job, Marouan. Ab jetzt darf es nichts anderes mehr geben. Keine Drinks, keine außerplanmäßigen Treffen, keinen Spaß. Und keinen Schritt neben die Spur. Das gilt für dich ebenso wie für mich.»

«Die Sache mit Essia …», hob er an und klang erleichtert.

«Hörst du mir eigentlich zu?», unterbrach sie ihn. «Es geht nicht um dieses Mädchen oder darum, was du mit ihr hattest oder hast. Es geht darum, dass es ein Risiko ist. Und Risiken muss ich eliminieren. Ich will dich nicht ausschalten, Marouan. Aber solche Aktionen wie der Standortwechsel von vor ein paar Tagen und dieser Anruf in den Iran … Was verdammt noch mal sollte das? Was dachtest du, was passiert, wenn du hinter meinem Rücken die ‹StratCom› kontaktierst und darum bittest, ein BND-Gästehaus für dich klarzumachen? Dass ich nichts davon erfahre? Dass der Anruf wie durch ein Wunder durch das Raster fällt?»

Eine Weile war es still in der Suite. Sibel Marquardt schien es, als könne sie regelrecht hören, wie die Dinge an ihren Platz fielen und sich das einstellte, was sie brauchte: Ordnung. Als er schließlich antwortete, wusste sie, dass sie ihn für diesmal auf den Weg zurückgelotst hatte, wie Grabowsky es ausdrückte. Ein letzter Schubser, und sie könnte für den Moment sicher sein.

«Der Anruf war dumm», raffte sich Marouan endlich doch noch zu einer Lüge auf. «Aber ich brauchte Infos. Das Mädchen löchert mich mit Fragen, wenn sie nüchtern ist. Ich kann nicht die Deutung jeder Absonderung des Propheten aus dem Ärmel schütteln.»

«Keiner kann das», warf Sibel ein. «Nicht einmal der Gesandte Gottes selber.»

«Ja, aber die Masche ‹Schweigen und Beten› zieht auf Dauer nicht. Sie weiß von früher her noch viel.» Und wieder auf den Anruf zurückkommend: «Soll ich noch mal Kontakt aufnehmen? Druck machen? Drohen?»

«Der Mann ist tot», warf sie hin. «Explosion einer alten Gasleitung im Haus. Tragisch, die Sache.»

«Scheiße! Sib! Warum? Der hatte doch keine Ahnung!»

«Warum? Wo einer neben die Spur gerät, gibt es fast immer Tote und Verletzte. Du weißt das sehr, sehr gut. Und es hat dich bisher nicht interessiert. Auch sonst keinen. Und es wird auch keinen interessieren, wenn beim nächsten Mal *du* es sein solltest. Standardvorgehen.»

Und die Sache abhakend und zum nächsten Punkt übergehend: «Warum der Ortswechsel?», fragte sie in dem Wissen, dass er sich mit jeder Antwort der Stelle näherte, an der sie auf ihn wartete. Dem Punkt, an dem er glauben würde, dass sie ihm glaubte. Von hier aus würden sie zusammen in die Hölle hinuntersteigen. Und ihr Job war es, ihn davon zu überzeugen, es ginge dem Himmel entgegen.

Erneut machte sie im Klang seiner Stimme Erleichterung aus, als er jetzt antwortete. Und neue Sicherheit, die etwas Mutiges an sich hatte. Jeder Mensch hat – meistens, ohne es zu wissen – die Fähigkeit, einen anderen zu rühren, so wie etwas an Marouan sie in diesem Moment rührte. Man musste aufpassen, dass es die eigene Seele nicht in Mitleidenschaft zog.

«Das war operative Notwendigkeit.»

«Inwiefern?»

«Dieser Jugendfreund, Raffael Dutertre, bei dem ich Essia zwischen den Gigs manchmal untergebracht habe, um sie aus allem rauszunehmen – er liebt sie, seit er denken kann. Bisher war das nützlich. Aber er hat Ambitionen entwickelt, sie zu retten. Und sie hatte angefangen, das in Erwägung zu ziehen. Ich musste sicherstellen, dass sie weiß, dass sie bereits einen besten Freund hat. Mich. Die Hütte bei Belfort war das Erste, was mir in den Sinn kam. Wir haben sie bei ‹Atlas› ein paar Mal genutzt. Es schien mir kurzfristig das Sicherste zu sein. Und sie lag auf dem Weg. Essia ist zu bekannt, Sib. Mittlerweile können wir in keinem Bergdorf mehr Halt machen, ohne dass irgendein Idiot mit einer Autogrammkarte oder einem Stück Unterwäsche angerannt kommt, das er signiert haben will. Ich brauchte schlicht ein Versteck.»

Während er noch sprach, war sie aufgestanden und sammelte jetzt ihre Kleider zusammen.

«Okay», sagte sie, während sie sich ein letztes Mal bückte, um ein weiteres Stück Stoff vom Boden zu klauben. Eine weiße Bluse. Nicht mehr bügelfrisch. Sie hielt sie prüfend gegen das Licht, das der grotesk kunterbunte Tag draußen durchs Fenster sandte, schien ein Urteil zu fällen und setzte sich, den Haufen neben sich packend, aufs Bett. Nackt bis auf ein Goldband, das sie um den Hals trug – das Geschenk einer der zahllosen berufsbedingten Affären –, rollte sie erst den einen, dann den anderen halterlosen Strumpf zupfend über die Beine hoch. Sie sah ihn nicht an, als sie weitersprach:

«Und was gedenkst du jetzt zu tun? Es käme bei ihr sicher nicht gut an, wenn du sie während den Tour-Pausen in ein Hotelzimmer einsperrst. Brauchst du eine sichere Wohnung? Ein Haus?» Sie schlüpfte in ihre Unterwäsche.

«Sie hat sich in den Kopf gesetzt, in die Wüste zu wollen», sagte er.

«In die Wüste.» Es klang weniger nach einer Frage als nach einem sinnlosen Echo.

«Ja», bestätigte er. «Sinnsuche. Wurzeln. Heimat. Was weiß ich. Sie braucht nur Stille. Berge tun's auch. Hast du was in der Schweiz?»

«Muss es ausgerechnet der Schrebergarten Europas sein? Um die 200 Einwohner pro Quadratkilometer?»

«Und Touristen. Jede Menge Touristen, Sib», wandte er ein. «Wer von Fremden lebt, hat die Angewohnheit, nicht allzu viele Fragen zu stellen. Außerdem gibt's Flugplätze in handlicher Nähe und jede Menge radikaler Moscheen. Zudem gäbe es mir einen Grund, in Konstanz zu sein, ohne dass sie mich mit Fragen löchert.»

«Okay. Gut. Ein befreundeter Dienst hat ein Haus in den Freiburger

Voralpen. Ich werde sehen, was ich machen kann», sagte sie nach kurzem Nachdenken, während sie die in Dreiergruppen angeordneten Knöpfe ihrer Bluse mit spitzen Fingern einhakte. Es dauerte ewig.

Marouan kam währenddessen auch auf die Beine und war innerhalb einer Minute fertig angezogen. Jeans, Sweatshirt, mit grauem, glattem Fell besetzte Stiefeletten und ein blaues Halstuch aus jener Art Knitterstoff, wie er in früheren Tagen für Kinderwindeln zum Einsatz gekommen war. Das Ganze abgerundet von einer Pilotenbrille mit dunklem Rand, die er sich auf Höhe des Haaransatzes auf die Stirn setzte.

«Ich geh dann mal», verkündete er und klang zögerlich. Dann schien er sich einen Ruck zu geben, trat von hinten an sie heran und zog den Reißverschluss des Rocks hoch, in den sie eben geschlüpft war. Dann umfasste er ihre Taille und drückte sie an sich:

«Es tut mir leid, Sib, das von vorhin.»

«Ich weiß. Vergiss es. Es ist nicht immer einfach, die Nerven in Schach zu halten. Das Adrenalin. Wir sind nur Menschen», sagte sie, klang dabei wie Juchatz am Vortag und wusste in dem Moment, dass seine Worte ein erster Abschied gewesen waren. Genauso wie die ihren jetzt.

Sie schüttelte die kalte Kralle ab, die nach der Innenseite ihrer Kehle griff, und war dankbar, ihm nicht in die Augen sehen zu müssen. «Wie lange seid ihr noch in Berlin?»

«Bis morgen.»

«Gut. Ruf mich morgen Abend an. Dann weiß ich mehr.»

«Okay», sagte er, drückte ihr, immer noch von hinten, einen Kuss auf die Wange und ging ohne sich umzusehen davon. Als der kurze Flur vor der Zimmertür ihn verschluckte, entspannte sie sich.

Wir sind Feiglinge, dachte sie. Jeder von uns.

Sie wartete, bis sie die Tür ins Schloss gleiten hörte, bevor sie sich erneut auf die Kante des zerwühlten Bettes setzte. Ihre Hand zitterte, als sie nach dem Handy auf dem Nachttisch griff.

Im Whirlpool einer Suite ein Stockwerk höher, in der Imperial Suite, um genau zu sein, lag Essia Kebdani in der geborgten Geborgenheit warmen Wassers und nahm den auf 220 Quadratmeter um sie her ausgebreiteten Luxus nicht wahr. Dies einerseits, weil solches ihre Normalität war. Andererseits und vor allem aber deshalb, weil ihr Vorsatz von letzthin, wach zu bleiben und Ordnung zu schaffen, bloß ein Traum gewesen war. Der Traum eines Mädchens, das sich für einen Moment eingebildet hatte, es brauche den anderen, weil es ihn liebe, und dass, wenn die Liebe zu Ende sei, sich auch das Brauchen erledigt hätte. Ein Irrtum. Unscheinbar und verhängnisvoll.

Es verhielt sich gerade umgekehrt.

Als sie diese einfache Wahrheit kristallklar und blendend in der schneidenden Kälte des Nüchtern-Seins hatte stehen sehen, war sie im Handumdrehen eingeknickt und hielt sich seither an jener Variablen fest, die dem Gleichungssystem ihres Lebens als eine Wahrheit diente, die sich praktischerweise und in großen Mengen trinken ließ und die das Denken zu einem Fühlen machte. Ohne die scharfen Kanten und anderen Widrigkeiten der Wirklichkeit. Eine Art Wahn des Flüssigen, der seinen Ausdruck fand in dem vollen Glas und den genau 698 Litern Wasser, die sie umhüllten.

Sie war sich nicht sicher, ob ihre Entourage bei ihrem Eintreffen hier in Berlin über sie hergefallen oder ob sie selber in sie eingetaucht war. Alle waren sie da gewesen, waren um sie herum geschwirrt, es war gelacht worden, geküsst, umarmt, Fragen gestellt, ohne auf Antworten zu warten, getrunken, gestreichelt, durch Haare gefahren und noch mehr getrunken. Wie jedes Mal, wenn sie nach einem Abtauchen bei Raffael zurückgekommen war. Das Ganze im Grunde ein lautes, ausgelassenes Aufatmen. Erleichterung, die mit ihr als Person nur insofern zu tun hatte, als dass sie das Geld verkörperte, von dem sie alle lebten.

Es würde weitergehen.

Das Leben ein endloser Reigen ungezügelter Schönheit.

Und trotzdem … war diesmal alles anders gewesen.

Mehr als die anderen war *sie* es diesmal, die aufgeatmet und vor Erleichterung geweint hatte. Sie hatte sich in die offenen Arme dieser Menschen gestürzt und mit ihnen hier in der Suite die ganze Nacht hindurch gefeiert, als hinge ihr Leben davon ab. Denn wenn die Stille, die Erlösung, von der sie geglaubt hatte, sie herbeizusehnen, so wäre wie die letzten Tage mit Marouan, dann wollte sie sie nicht. Dann zog sie es vor, weiter von diesen Menschen durch ein Leben gejagt zu werden, das zwar kein Innehalten und kein Erbarmen kannte, das ihr aber vertraut war. Ebenso vertraut wie die Stimme, die jetzt vom vorderen Salon her ihren Namen rufend an ihr Ohr drang und ihrer Masseurin Lydia gehörte.

«Ach, Liebling! *Da* bist du!»

Essia lächelte mit geschlossenen Augen bei der Feststellung, dass sie die junge Frau mit den dichten Augenbrauen und dem langen dunklen Haar an jedem Ort der Welt an dem frischen Babypuderduft erkannt hätte, der sie stets umgab wie etwas, das sie an sich trug wie ihre Kleidung. Sie fühlte Lydias Hand an ihrem Gesicht.

«Mein Gott! Das Wasser ist schon ganz kalt. Komm, Kleines. Komm! Raus hier!»

Halb stand sie auf, halb ließ sie sich von Lydia ziehen, die sie in ein großes Frotteetuch hüllte und ihr über den Rand der Wanne half. Bei der Massageliege packte Lydia sie in noch mehr weichen Stoff und drehte die Heizung auf.

Als sie als Nächstes zu sich kam, vermochte sie nicht zu sagen, ob es die Wirkung der Massage war oder ob sie in der Zwischenzeit geschlafen hatte. Lydias versierte Hände bearbeiteten ihren Nacken. Und sie selber war wach, klar, fühlte sich frisch. Dem hier würden rund zwei Stunden Maske folgen. Danach drei Interviews. Später am Abend ein Gig in einem Club. Ein Single-Stage-Event im Rahmen der Promotion-Tour «Road to Ultra». Für sie die Straße nach Basel.

Etwas in ihr krampfte sich zusammen.

«Entspann dich, Liebes», hörte sie Lydia sagen.

«Schschsch … So ist gut. Entspann dich. Lass los.»

Sie füllte ihre Lunge mit zitterndem Atem. Ließ los. Lydias feingliedrige, starke Hände gingen dazu über, ihre Schultern zu bearbeiten. Und da waren sie auf einmal. Kleine Worte nur. Aber mit der ganzen Fracht dessen beladen, was Freiheit war:

Ich muss nicht. Ich darf das.

Etwas in ihr kam auf die Beine, war ganz aufgeregt, konnte es nicht fassen. Es war so einfach. Lydias Stimme weit weg jetzt. Sie brauchte sich nicht zu ducken, herumzuschleichen und um Erlaubnis zu betteln, sie selbst sein zu dürfen. Nicht das Management, nicht den Tour-Promoter, nicht ihr Personal, keinen Veranstalter. Nicht ihren toten Vater und auch nicht Marouan. Sie konnte weitermachen. Oder aufhören. Leben oder bloß Sein. Ihre Wahl, ihre Entscheidung, ihre Verantwortung. Alles war möglich, alles erlaubt.

Es waren nicht ihre Worte, die sie da dachte. Jemand hatte sie vor Kurzem erst zu ihr gesagt. Sie hatte ihre Bedeutung nicht verstanden. Jemand, der es gut mit ihr meinte.

«Wie geht es ihr?», hörte sie Marouan fragen, der geräuschlos in den Raum getreten war. Die Wirklichkeit seiner Stimme legte sich wie ein lähmender Firnis über sie und ihre Gedanken, und es blieb ihr keine Zeit, sich daran zu erinnern, dass es *Raffael* gewesen war, der die Worte von Freiheit zu ihr gesagt hatte.

Sie nahm nicht mehr wahr, ob Lydia antwortete. Fast augenblicklich schlief sie ein.

✦ ✦ ✦

Französische Vogesen, Val des Anges

Der Rest der Fahrt verlief schweigend, und Brun vermutete, dass jeder im Van auf seine eigene Art damit beschäftigt war, das Adrenalin und die situationsbedingte Unsicherheit im Griff zu haben.

Dutertre hatte sich nach Wiedererlangung seines Bewusstseins dazu entschieden, den Ball vorerst flachzuhalten. Er kauerte in seiner Ecke hinter dem Fahrersitz, hielt sich an dessen Rücklehne und einer an der Seitenwand des Vans entlanglaufenden Stange fest. Er sah aus wie ein im Sitzen Gekreuzigter, der das Stück Boden zwischen seinen Knien fixierte, als könnte von dort Erlösung kommen. Seine schiere Größe und die Magerkeit unterstrichen den Eindruck stumm ertragener Marter noch. Den feisten, teigigen Kunstschaffenden mit den hoffenden Jungenaugen vom letzten bekannten Foto gab es nicht mehr. An seine Stelle war ein zäher, ausdauernder und leidensbereiter Mann getreten, in seinen Augen die gefährliche Glut eines Freien. Eines Liebenden. Es kam meist auf dasselbe hinaus. Nur der Liebende lebt als Befreiter.

Unwillkürlich wanderte Bruns Blick zu Jezreel. Der Van holperte jetzt mit hoher Tourenzahl bergan. Sie schienen die befestigte Straße verlassen zu haben. Kiesel und Steine, die gegen das Blech spritzten, verursachten eine Geräuschkulisse, als stünden sie unter Beschuss.

Als der Wagen langsamer wurde und schließlich hielt, brach eine Stille über die Szenerie herein, die Brun an das Drosseln eines Bootsmotors beim Einfahren in eine Bucht erinnerte, die er in einem anderen Leben gekannt hatte. Fast konnte er das Einsinken des Rumpfes in den sanften Wellengang fühlen. Er kam als Erster auf die Beine, wuchtete die Schiebetür auf und ging an Land. Über den sonnigen Himmel jagten weiße Wolkenfetzen nach Süden. Es war merklich kühler hier oben als unten in der Stadt.

Joaf, Piet und Jez kletterten ebenfalls aus dem stickigen Innenraum. Nour kam um den Wagen herum. Ein paar Sekunden standen die vier auf dem, was ein kleines, von Tannen gesäumtes Plateau war, als wären sie vom Himmel gefallen. Die Rundkuppen der Berge, die sie, so weit das Auge reichte, wie die mächtigen Rückgrate urzeitlicher Tiere umgaben, verstärkten den Eindruck noch.

Dann brachten zwei Dinge gleichzeitig Bewegung in das Tableau: Aus dem Wagen ließ sich Dutertre auf die Beine kommend und auf Französisch Verwünschungen ausstoßend vernehmen, von dem kleinen Holzhaus her rief Rachmanowitschs Stimme etwas, das wie «Willkommen zuhause!» klang.

Als Dutertre seine knappen zwei Meter ebenfalls ins Freie wuchtete und zu den anderen trat, hätte jeder Außenstehende auf den ersten Blick vermutet, dass er zu ihnen gehörte: Keiner drehte sich zu ihm um oder kümmerte sich anderweitig um ihn. Wohin hätte er auch fliehen sollen in dieser Leere, an wen sich um Hilfe wenden? Er war in jeder Hinsicht unbewaffnet und hatte keine Ahnung, wer die Leute waren, die ihn hierher verschleppt hatten. Und wenn er etwas gelernt hatte in den Wohnsilos seiner Stadt, dann war es, dass ein Mann, der in einem Loch sitzt, nicht noch tiefer graben, sondern sich um seine Verteidigung kümmern sollte. Überleben war nicht die Quadratur des Kreises. Jeder mit durchschnittlicher Intelligenz ausgerüstete Spätzünder war dazu unter normalen Umständen in der Lage.

Fast schreckte er auf, als eine Pranke vom Ausmaß einer Baggerschaufel auf seiner Schulter zu liegen kam. Sie gehörte dem Kerl, auf den er sich im Van gestürzt hatte. Raffael grinste: Auch wenn er mittlerweile in hervorragender körperlicher Verfassung war, kam der Versuch, mit diesem Mann fertig zu werden, reiner Dummheit sehr nahe.

«Es ist immer eine Freude zu sehen, dass es unseren Gästen gut geht», sagte Piet in Dutertres Erheiterung hinein und schubste ihn in Richtung des Holzhauses, das hier in dieser unwirtlichen, fast schon menschenfeindlichen Gegend mitsamt seinen verlorenen und einsamen Tannen wirkte, als hätte die Flut von Jahrtausenden es irrtümlich auf dem mächtigen Faltenwurf der Landschaft liegen gelassen.

Dutertre setzte sich in Bewegung und folgte dem ausgezehrt wirkenden Mann, der der Gruppe vorausging. Beim Näherkommen sah er, dass das chaletartige Haus von einer schmalen Terrasse umgeben war. Zwei Stufen führten zu einer Fenstertür, in der ein Mann in Funktionsklamotten stand, den Raffael noch nicht zu Gesicht bekommen hatte. Dieser trat einen Schritt zurück und machte ihnen Platz.

«Und der Rest?», hörte Raffael ihn zu jemandem sagen, der nach ihm kam.

«Unten an der Kreuzung. Sie veranstalten ein Picknick für den Fall, dass die BND-Haushälterin aufkreuzen sollte», antwortete der Mann, dessen Stimme Raffael jetzt als die des Fahrers wiedererkannte.

«Gut.»

Der Raum, in den sie traten, war eine Küche. Unbewohnt, aber kürzlich benutzt. Neben der Spüle standen Gläser, Tassen, schmutzige Teller. Gegenüber auf dem Herd ein Aschenbecher, ein Feuerzeug. Abdrücke von Schuhen und Füßen auf dem weißen Kachelboden, Krumen und Asche.

«Menschen, die weiße Platten in Küchen verlegen, sollte man das Wahlrecht absprechen», sagte der Mann, den Dutertre angegriffen hatte und der ihn jetzt halb vor sich herschiebend, halb ihn geleitend in Richtung der nächsten Tür lotste. Sie führte in einen kleinen, engen Bereich, von dem aus eine Treppe in den oberen Stock hochging.

«Toilette ist gleich rechts.» Rachmanowitsch drängte sich an Piet und Raffael vorbei und deutete auf die Tür zu einem Kabuff unter den Treppenstufen. Dann öffnete er eine weitere Tür zu ihrer Linken.

So wie es aussah, handelte es sich um eine Art Wohnzimmer. Niedrig, holzgetäfelt und von stickiger Wärme. Drei kleine, in Karos unterteilte Holzfenster blickten nach Süden und Osten. Irgendjemand hatte es fertiggebracht, hier drinnen neben dem bollernden Speckofen nicht weniger als ein Bett, ein altmodisches Buffet, einen langen Holztisch für mindestens acht Personen und eine Sitzgruppe unterzubringen. Dass der Raum jetzt außerdem noch sechs Personen aufnahm, ohne dass er einfach auseinanderfiel, hatte etwas Magisches.

«Setz dich», sagte der Mann mit den angegrauten Schläfen, den Raffael mit dem sicheren Instinkt des ewigen Wasserträgers als einen der Chefs der Crew ausgemacht hatte, zu ihm.

«Wir sind nicht per Du», antwortete er, folgte aber der Aufforderung und ließ sich in aufsässiger Lässigkeit in einen von drei 50er-Jahre-Rohrsessel fallen. Das Sitzmöbel war so niedrig, dass ihm die Knie bis ans Kinn reichten. Er streckte die Beine unter dem kleinen Tisch aus. Es sah aus, als säße ein Erwachsener in einer Kinderspielecke.

«Im Krieg ist man immer per Du, Raffael», ergriff jetzt der Magere mit den hohen Wangenknochen zum ersten Mal, seit sie hier waren, das Wort. «Und bevor du fragst: Ob wir im Krieg sind, hängt jetzt ganz von dir ab.»

Auch dieser Mann sprach ein fast fehlerfreies Französisch. Akzent und Sprachmelodie deckten sich mit denen des Mannes, der sie hier erwartet hatte. Sie unterschieden sich von denen der anderen.

Die Frau mit den dunklen langen Locken und den bodenlosen Augen hatte noch kein Wort gesagt. Untereinander sprachen sie deutsch und einen Dialekt, den er nicht einzuordnen vermochte. Als er jetzt den Blick zu dem Mann hob, der zuletzt gesprochen hatte, um in halbherziger Arroganz einen gelangweilten Kommentar hinzuwerfen, stockte er:

In diesen Augen erwartete ihn kein Einzelner, sondern eine stumme, dunkle Armee, ein ewiger Krieg und die Unbeugsamkeit von Tausenden, für die Flucht keine Option mehr war. Für ihn in diesem Moment umso mehr – die Kralle der Furcht, die ihn für Sekunden packte, drängte zu Eile, zu einem ungeordneten, panischen und blinden Sprint. Das hier war eine andere Liga als die Muskelspiele rivalisierender Gangs, denen, egal wie sie endeten, immer etwas Leichtes, Pubertäres, fast Kindliches anhaftete. Seele und Geist seiner ehemaligen Kunden – egal, ob aus ihnen professionelle Süchtige, Banker oder Gärtner wurden – kamen reifemäßig und schockartig am Prellbock jenes Alters zu stehen, in dem sie die Droge in ihren Körper ließen. Der Junkie in ihnen blieb ein ewiger Jugendlicher, oft ein Kind. Sie als Dealer waren die Glückshändler in dieser Peter-Pan-Welt, ein Teil von ihr und sie ein Teil ihrer selbst. Verantwortungslos, sich selbst überschätzend, narzisstisch, kindisch, einsam und ängstlich. Und auch wenn es Tote gab, Abrechnungen, Fehden, Rache und Kämpfe um Häuserecken, Wohnblöcke und Stoff: Es blieb ein ewiges Spiel auf den gleichgültigen Straßen der Stadt.

Doch das hier war definitiv keines.

Erst jetzt fiel ihm auf, dass in der ganzen Zeit noch keine Namen außer seinem eigenen gefallen waren. Instinktiv setzte er sich auf dem Stuhl, so gut es ging, gerade hin.

«Hören Sie», hob er an. Alles Selbstgefällige war aus seiner Stimme gewichen. Der Magere tauschte einen Blick mit jemandem, der hinter Raffael stand und den er nicht sehen konnte.

«Ich weiß nicht, wer Sie sind und was Sie von mir wollen. Aber ich weiß mit Bestimmtheit, dass, soweit es mich betrifft, ich mit keinerlei Krieg etwas zu tun habe.»

«Umso besser», antwortete der Mann, wandte sich um die eigene Achse, machte einen Schritt nach links und setzte sich, die Füße auf einen der Stühle stellend, auf die hölzerne Tischplatte. «Dann ist das hier nämlich ganz schnell vorbei. Wasser? Kaffee?»

Dutertre, der es gewohnt war, überall, wo er hinkam, aufgrund seiner Größe den Überblick zu haben, war sich mit unangenehmer Deutlichkeit des Umstands bewusst, dass die fünf Personen in dem

Raum allesamt auf ihn heruntersahen. Fast übermächtig war der Drang, aufzustehen. Er rang ihn nieder.

«Nein, danke», sagte er.

«Gut.» Und nach einem weiteren Blick zu einer der Personen, die er nicht sehen konnte, die aber, so riet er, nickend ihr Okay gab: «Du hast vor Kurzem eine nicht zugelassene Software auf deinem Smartphone installiert und damit das Handy eines anderen Teilnehmers getrackt. Richtig?»

Wie eine Lawine stürzte die Erleichterung über Dutertre herein. Beinahe hätte er aufgelacht.

«Richtig», antwortete er. Und mit neuer Selbstsicherheit: «Sind Sie deswegen hier?» Es klang wie: *Ist das alles? Ist das Ihr verdammter Ernst?*

«Ja und nein», beantwortete der Magere die Frage. «Schau, Raffael – es ist uns vollkommen egal, ob und durch wen du dein Handy mitten in der Nacht aufrüsten lässt, ob die Software verboten ist, was du Jérôme dafür bezahlt hast und ob dieser die Einnahmen bei der Zweigstelle des Finanzamts in Lalinde auch sauber deklariert. Interessiert uns alles nicht. Was uns aber interessiert, ist die andere Nummer. Besser: die Person, die das Handy benutzt, das du bis hierher getrackt hast und das jetzt ausgeschaltet und verschwunden ist. Wer ist das, Raffael?»

Da war sie wieder, die Kralle, die seinen Brustkorb umklammerte. Wer waren diese Leute, die mit der Selbstverständlichkeit alter Bekannter die Namen, Zeiten und Orte seines Alltags handhabten? Sich gegen den Druck stemmend, füllte er seine Lunge mit Atem und konzentrierte sich auf die Frage:

«Er nennt sich Marouan Ghouar. Sein richtiger Name ist Ahmed Merac. Er ist der Tourmanager von Essia Kebdani, alias DJ Azeera.»

Raffael nutzte den kalkulierten Überraschungseffekt, um in die Runde, also auch hinter sich zu blicken. Der Mann, auf den er im Van losgegangen war, holte ein Handy hervor und verließ das Zimmer.

Zufrieden stellte Raffael fest, dass die Blicke, mit denen die vier verbleibenden Personen sich ansahen, etwas von Fassungslosigkeit an sich hatten. Der Grund dafür war allerdings nicht, wie er fälschlicherweise vermutete, die Wichtigkeit und Exklusivität der Info, sondern das glatte Gegenteil. Das Bewegungs- und Kommunikationsprofil, das sie als das eines möglichen Terroristen identifiziert hatten, gehörte dem Tourmanager einer kulturellen Eintagsfliege. Und der Kerl, den sie entführt hatten, entpuppte sich als Groupie, schlimmstenfalls als krankhafter Fantast. Sie hätten ebenso gut einem international tätigen Messestandbauer oder einem Zirkusartisten folgen können.

Jezreel, die sich in gleicher Haltung wie Joaf neben diesen auf den Tisch gesetzt hatte, gewann als Erste die Oberhand über Enttäuschung und Absurdität der Lage. Sie sah Dutertre, die Ellbogen auf die Knie gestützt, das Kinn auf die Fäuste, für Sekunden nachdenklich an. Als sie das Wort ergriff, siezte sie ihn.

«Sie folgen nicht dem Mann, sondern der Frau. Ist das richtig?»

Ein Kunde, der nicht bezahlen konnte, hatte ihm mal ein Paar Handschuhe in Zahlung gegeben. Dunkelbraunes Veloursleder. Ihre Stimme erinnerte Raffael daran. «Ja», antwortete er. Und nach einer Pause: «Naja – irgendwie beiden. Wo er ist, da ist sie nicht weit. Außerdem hat sie ihr Smartphone bei mir liegenlassen.»

«Wie das?»

«Wie was? Liegengelassen eben. Vergessen.»

«Sie kennen sie persönlich?»

«Ja. Natürlich. Was denken Sie denn? Ich sei irgendein Perversling, der sie stalkt?» Und ohne auf eine Antwort zu warten: «Wir kennen uns seit immer schon. Wir sind zusammen aufgewachsen.»

Der Magere neben der Frau scrollte auf dem Bildschirm seines Handys, das er so hielt, dass sie ebenfalls draufsehen konnte.

«Okay. Nur damit ich das richtig verstehe: Die Frau, die zurzeit der bestbezahlte DJ der Welt ist und öffentliche Auftritte ausschließlich inmitten eines Pulks von mindestens zwanzig Personenschützern, Pressefritzen und professionellen Händchenhaltern absolviert, besucht ihren Jugendfreund in Catalat de Belmont, einem …», Blick aufs Display, «… Zweitausend-Seelen-Dorf? Einfach so? Ohne dass die Presse Wind davon bekommt?»

«Nein, so war das nicht.» Raffaels Antwort war ein Rufen. Jezreels Blick erhaschte Bruns Lächeln in seinem Rücken.

Ihr Gast war dabei, in den Musterschülermodus zu kippen. In jenen Zustand, in dem die Geisel um jeden Preis kooperieren will, der Liebling sein, Leistung zeigen, in der wahnwitzigen Hoffnung, man würde ihn dann nicht nur gehen lassen, sondern ungern gehen lassen. Er vergisst zwar nicht, wo er ist und mit wem, doch er ist vollkommen auf den Inhalt des Gesprächs konzentriert, glaubt an die Möglichkeit von Kooperation auf Augenhöhe und ist auf eine rührende Art davon überzeugt, die Sache im Griff zu haben. Emotionen bleiben in dieser Phase im Hintergrund und sind doch die Triebfeder: Jeder will gemocht werden.

Jezreel brauchte nur fragend die Augenbrauen zu heben, um ihn zu vorwärts stürmendem Weiterreden zu animieren: «Ahmed, ich meine Marouan, tauchte eines Tages einfach mit ihr auf. Das ist jetzt ein paar Monate her. Sagte, Essia müsse mal raus aus dem Zirkus. Inkognito und ohne die ganzen Speichellecker und Abgreifer. Damals blieb sie eine Woche. Dann verschwand sie wieder. Ein paar Wochen später dasselbe Spiel.»

«Und was tut sie, wenn sie bei Ihnen ist?»

«Eigentlich nicht viel mehr als schlafen und arbeiten. Neue Stücke, neue Sounds. Die machen sie kaputt. Ihr Management, und auch all die anderen. Essia steht seit Jahren am Abgrund, und diese Leute tun nichts anderes, als immer noch einen weiteren Schritt zu verlangen. Und noch einen. Und noch einen. Sie hat längst keinen Grund mehr unter den Füßen, keine Kraft. Wenn Marouan sie bei mir anschleppte, dann war das jedes Mal eine Art Rettungsaktion, ein Zurückkriechen an den Rand mit letzter Kraft. Sie schlief und hörte auf mit der Sauferei und mit dem Dope für ein paar Tage, schrieb Lieder, saß tagelang an ihrem Computer. Aber das hat sich verändert. Aus irgendeinem Grund will sie sich nicht mehr erholen, nicht mehr zurück, sondern sich da hinunterfallen lassen.»

«Ist das der Grund, warum Sie diese Trackingsache angeleiert haben und ihr folgen? Um sie zu …retten?»

Also doch ein Liebender, dachte Brun, der hinter Dutertre neben dem Bett an die Wand gelehnt stand. Wenigstens damit hatte er richtig gelegen.

In diesem Moment kam Piet zurück ins Zimmer, nickte Brun zu und nahm seinen Platz bei der Garderobe wieder ein. Er hatte die Namen Ahmed Merac und Marouan Ghouar an Lorenz durchgegeben. Dieser würde sie überprüfen. Nicht, dass man sich davon etwas erhoffte, aber es gehörte nun mal zum Job. Wie das Warten, die Langeweile, die Leerläufe. Echte Geheimdienstarbeit war vollkommen anders, als die Menschen sie sich gemeinhin vorstellten. Natürlich gab es all die Dinge, wie sie in Filmen dargestellt wurden, auch: globale paramilitärische «Der Zweck heiligt die Mittel»-Operationen, Propaganda, Manipulation, Erpressung, Intrigen, Verleumdung, Infiltration von Parteien, Menschenraub, Folter, Einschüchterung, Sabotage, Morde und militärische Coups. Aber in der Regel sah alles anders aus – vor allem dann, wenn es sich um den Nachrichtendienst eines kleinen Landes wie der Schweiz handelte: Botengänge, Recherchen, Überwachungen, Informationen sammeln, auf Fehler und Lügen abklopfen, abgleichen, erneut überprüfen, verwerfen und von vorne anfangen. Unterkünfte organisieren, Geld, Transportmittel, Ausweise, Reisen, Kuriere, Reinigungskräfte und Quartiermeister. Überall auf der Welt. Warschau, Aden, Berlin, Beirut, Bagdad, Damaskus, Moskau, Mogadischu – es spielte keine Rolle. Ihre Arbeit war immerwährendes, diszipliniertes, manchmal von Erfolg gekröntes, manchmal das Hirn lähmendes, vergebliches Graben und Schürfen.

Der Name Marouan Ghouar würde nichts hergeben. Ahmed Merac bestimmt auch nicht. Aber das musste man bombensicher haben. Schriftlich und für die Ewigkeit belegt.

Brun hatte den Faden der Befragung verloren. Die Worte «GIGN» und «Atlas-Verbund» holten ihn schlagartig zurück. Dutertre war bereits weiter und sagte gerade etwas von Hörigkeit und dass der Kerl Essia buchstäblich alles verkaufen könne, ohne dass sie es in Frage stellen würde.

«Für Marouan ist das nur eine Episode, wie alles in seinem Leben. Er ist vielleicht temporär auf Sinnsuche, was weiß ich. Aber Essia sucht einen Vater. Den ersten hat sie verloren und es nie verkraftet.

Wenn sie diesen neuen jetzt auch verliert, ist es zu Ende. Und wenn es zu Ende ist, ist sie es auch.» Er saß immer noch aufrecht in seinem Stuhl, lehnte sich aber jetzt, die Hände um die runden Armlehnen gekrallt, nach vorn in Jezreels und Joafs Richtung.

«Und Sie wollen ihr mit dieser Aktion hier klarmachen, dass *Sie* es in Wahrheit sind, den sie braucht?», fragte Jez.

Raffael ließ sich in das harte Gestänge des Stuhls zurücksacken, als würde ihm die Aussichtslosigkeit und Idiotie seines Unterfangens bewusst. Ratlos starrte er einen Moment auf seine Hände, die nutzlos in seinem Schoß ruhten. Dann hob er den Blick, schaute Jez an, Joaf, ließ ihn zum Fenster abgleiten, zur Monstrosität des Buffets und schließlich auf den kleinen Tisch neben sich und auf das Glas, das jemand darauf hatte stehen lassen. Verloren und gedankenlos griff er danach, drehte es vor den Augen in der Hand, als biete der von Fingerabdrücken übersäte durchsichtige Stoff eine Lösung, und roch daran.

Brun wollte gerade in die Gesprächslücke grätschen, um nochmals auf die Atlas-Sache zurückzukommen, als der Blitz einschlug. Dutertre kam mit einem Sprung auf die Beine und streckte das Glas erst in Jez' und Joafs Richtung, dann, als von dort keine Reaktion kam, die diesen Namen verdiente, sich um die eigene Achse drehend Brun, Piet, Nouriel und Rachmanowitsch entgegen.

«Sie war da!», rief er. «Hier! Das ist das Zeug, das sie immer trinkt. Wodka mit Jägermeister.» Er sagte *Jegermesteer.* Und als würde er eins und eins zusammenzählen: «Sagten Sie vorhin im Wagen nicht etwas von einem Gebetsteppich?» Noch während er das Wort ausstieß wie eine Art Siegesschrei, stürzte er in Richtung der Tür.

«Wowowow», kam es ruhig von Piet, der sich ihm in den Weg stellte. In dem niedrigen Raum wirkte die Bewegung des mächtigen Mannes, als würde sich weniger ein Mensch, sondern eine tragende Wand verschieben. «Langsam. Nicht so schnell.»

«Der Aschenbecher», stieß Raffael hervor. «In der Küche. Auf dem Herd.»

Piet verstand, öffnete die Tür und kam kurz darauf mit dem verbeulten goldbronzenen Gefäß zurück. Dutertre streckte die Hand danach aus.

«Setzen Sie sich», sagte Piet.

Es schien Dutertre viel Kraft zu kosten, der Aufforderung zu folgen und sich nicht erneut in kindischer Wut auf den Klotz in seiner Karojacke zu stürzen. Als er sich setzte, tat er es steif wie gegen den Willen seiner Glieder. Piet stellte den Aschenbecher vor ihn auf den kleinen Tisch. Dutertre beugte sich darüber und hielt kurz darauf triumphierend eine Kippe in die Höhe.

«Hier. Sie war da! Sehen Sie? Das sind ihre! Nelkenzigarillos.» Er klang, als hätte er soeben das Rätsel um die Entstehung des Lebens auf der Erde entschlüsselt. «Sie war da», wiederholte er.

Ein Handy klingelte. Es war Piets. Erneut verließ er das Zimmer. Stille senkte sich über die sechs Menschen, während jeder für sich Ordnung in das Durcheinander zu bringen versuchte, in dem mit einem Mal nichts zum anderen zu passen schien. Und hinter allem schlug der harte Puls von Hoffnung, die schon Ahnung war. Die Ahnung des Jägers von einer Beute. Das instinktive Wissen, einen Fall zu haben.

✦ ✦ ✦

Berlin-Mitte, Parkhaus Rathauspassagen

Michael Kron, ehemals Führer eines KSK-Scharfschützenzuges und heute Fahrer und Personenschützer des Bundeskanzlers Eric Hessberg, war in der Lage, überall, in jeder Position und zu jeder Zeit innerhalb von maximal zwei Minuten einzuschlafen. Wer antritt, für sein Land das Härteste auf sich zu nehmen, was man einem Menschen in einer sogenannten Demokratie zumuten konnte, hatte Interesse, diese Fähigkeit nicht nur schleunigst zu erlernen und zu beherrschen, sondern täglich zu vervollkommnen. Fünf Sekunden, eine Minute – sie entschieden über Erfolg und Scheitern von Missionen. Über Leben und Tod von Geiseln und Kameraden.

Das war hier und jetzt, während er bequem im Fahrersitz eines Mercedes-Kombis saß, freilich nicht der Fall, aber dennoch vonnöten. Er hatte seit 48 Stunden nicht mehr richtig geschlafen und wusste, dass seine Augen rot gerändert waren. Das war kein Problem für einen, der tage- oder wochenlang auf sich allein gestellt irgendwo bei jeder Witterung im Gras liegen und einen Waldrand beobachten konnte. Man musste es bloß wissen. Und man musste wissen, dass die eigenen Leute in derselben Lage waren.

Er holte eine winzige Tube mit künstlicher Tränenflüssigkeit aus der Jackentasche und drückte eine Dosis davon in jedes Auge. Grabowsky, den er gleich treffen würde, brauchte nicht zu wissen, dass sein Kontaktmann nicht die gemächliche und von unzähligen Pausen geprägte Routine eines Fahrers, sondern den psychologischen Drahtseilakt und mentalen Gewaltmarsch eines Doppelagenten lebte.

Im Rückspiegel sah er die Limousine am schmalen Ende des Parkhauses um die Ecke gleiten und auf sich zurollen. Er ließ einmal die Warnblinker aufleuchten. Der Wagen fuhr in die freie Parkbucht neben ihm, und Kron stieg aus. Anstatt jedoch wie jeder normale Mensch um das Heck herum zum anderen Wagen zu gehen, umrundete er die Motorhaube. Er wollte das Gesicht des Fahrers sehen. Dieser tat ihm den Gefallen und beobachtete sein Manöver überrascht hochschauend, bevor er rasch den Kopf senkte.

Eins zu null für Kron.

Der Name des Mannes war Alex Nolan, und Kron hatte über ihn nicht mehr herausfinden können, als dass er seit über zehn Jahren für Grabowsky tätig war. Er trat so gut wie nie in Erscheinung, und wo es unvermeidlich war, schien es, als hätte er jeden wahrscheinlichen oder möglichen Aufnahmewinkel und jede potenzielle Kamera im Kopf: Sein Gesicht war in all den Jahren nie eingefangen worden. Es gab körnige Aufnahmen von seinem Profil, vom Hinterkopf und vom Schirm einer Mütze, die das Gesicht verdeckte. Das Aussagekräftigste, was Kron hatte finden können, war ein gestochen scharfes Bild, das ihn von hinten zeigte, während er Grabowsky den Schlag der Limousine aufhielt. Es war in Davos in der Schweiz am Weltwirtschaftsforum vor zwei Jahren entstanden. Das Bemerkenswerte daran war die Hand an der Wagentür: eine wohlgeformte, kräftige Männerhand, übersät mit etwas, das nur Splitternarben sein konnten. Sie verdeckten fast vollständig die Buchstaben eines Tattoos an der Handkante.

Erst nach mehreren Anläufen mit der Lupe hatte Kron die vom Ärmel nicht verdeckten Buchstaben als «INS» identifiziert und diese dem Motto «Who dares wins» des SAS, der ältesten weltweit operierenden militärischen Spezialeinheit der British Army, zugeordnet. Es war ein Schuss ins Blaue gewesen – die Buchstaben hätten auch etwas ganz anderes bedeuten können. Der Blick, den er aber eben gerade erhascht hatte, bestätigte ihm, dass er mit großer Wahrscheinlichkeit richtig lag. Es war der Blick eines aus der Zeit gefallenen Menschen, wie er Militärs auf der ganzen Welt eigen war, wenn sie von den Schlachtfeldern eines Krieges in den Bereich des Zivilen zurückzukehren versuchten und feststellten, dass dieses Zivile, zu dessen Verteidigung sie ausgezogen waren mit nichts als ihrem Leben, nicht nur keine Ahnung hatte, was Krieg war, sondern sich auch nicht dafür interessierte. Dass sie nicht für die Menschen gekämpft hatten, sondern für das Amt. Nicht für die Freiheit von Bürgern, sondern für die Macht von Politikern. Es war der Blick aus dem Dunkel einer separaten Welt, wo Millionen von Jungen noch hofften, während die Männer, die sie geworden waren, längst hassten.

Kron blieb vor der hinteren Tür der Limousine stehen. Ebenfalls ein Mercedes – in diesem Fall allerdings versehen mit dem Zusatz Maybach. Fünf Tonnen gepanzerter Luxus. Zu haben ab rund anderthalb Millionen Euro.

Erst als die Scheibe sich senkte und Grabowsky ihn mit knappen Worten anwies, auf der anderen Seite einzusteigen, setzte er sich wieder in Bewegung.

Noch während er in das kamelhaarfarbige Interieur des Fonds eintauchte, stellte er fest, dass Grabowsky nicht allein war. Der Mann, der neben Grabowsky saß, war ungefähr in dessen Alter, dunkelhaarig, und erinnerte ihn vage an einen verstorbenen Schlagersänger, was an der Föhnwelle oder dem von schweren Lidern verhängten Blick liegen mochte.

Blitzschnell entschied Kron, die Karte «Loyalität Marke Unverbrüchlich» zu spielen, mit dem einzigen Zweck, herauszufinden, wer der Kerl war.

Er ließ sich den zwei Männern gegenüber in die Polster nieder.

Vorsichtig, als fürchtete er, die Sitze seien aus Glas und könnten unter den 90 Kilo seines Körpers zermalmt werden.

«Haben wir einen Deal? Ich meine: Haben Sie und ich einen Deal?», fragte er, Grabowsky direkt anblickend, während er den Fremden ignorierte.

«Natürlich, Michael. Warum fragen Sie?»

Kron war sich nicht sicher, ob Grabowskys Lächeln nachsichtige Geduld, Mitleid oder Erstaunen ausdrückte.

«Weil hier nicht bloß Sie und ich sitzen.»

«Das ist okay, Michael.» Grabowsky klang, als spreche er zu einem verwilderten Kind. Kron war sich sicher, dass das der Ton war, den er bei seinem Fahrer und Personenschützer anschlug.

«Das ist Guido Erhardt. Mit mir einen Deal haben bedeutet, mit *ihm* einen Deal zu haben.»

Erst jetzt löste Kron seinen Blick von Grabowsky und sah dem anderen direkt in die Augen. Dieser starrte zurück.

Kein Nicken, kein Lächeln.

Guido Erhardt: Lebensdaten unbekannt, Fotos nicht existent, besondere Merkmale unbekannt, aktuelle Tätigkeit unbekannt. Das Einzige, was man von dem Mann mit Bestimmtheit wusste, war, dass er von 1998 bis 2011 Chef des Bundesnachrichtendiensts gewesen war. Ein weiterer parteiloser Soldat einer heimatlosen Vergangenheit.

Grabowsky schaltete sich in das stumme Maßnehmen der beiden Männer mit der Frage ein, wo sie stünden und was es gebe, das nicht am Telefon geklärt werden könne.

«Eric Hessberg wird instabil», antwortete Kron, scheinbar jedes Misstrauen fahren lassend.

«Er wird es nicht, Michael, er ist es», sagte Grabowsky mit der Langmut eines Mannes, der sich erst dann auf die Möglichkeit des Wartens einstellte, wenn alle anderen längst wieder gegangen waren. «Darum sitzen wir hier: um diese Instabilität einigermaßen unter Kontrolle zu halten.»

«Nein. Das meine ich nicht», erwiderte Kron. «Emotional oder besser: privat, trifft das zu. Das Leiden an der Welt, an der schieren Existenz. Sinnfragen – you name it. Aber beruflich verlagert der Bundeskanzler sein Gewicht ganz bewusst. Und zwar nicht auf Ihre Seite.»

Wie mit Hessberg vereinbart, berichtete er vom Verdacht seines Vorgesetzten, dass etwas hinter seinem jugendlichen Kanzlerrücken liefe, von dem er nichts wissen sollte, von seinen bisher fruchtlosen Nachforschungen zur Händelallee 173, von den Handys, die er, Kron, hatte besorgen müssen, und schließlich von einem Gespräch, das er von einem ebendieser Telefone aus mit seinem ehemaligen Kommilitonen Sven Mieling geführt hatte. Letzteres keine Erfindung, bloß nicht die ganze Wahrheit – ein Schachzug, für den Hessberg und Kron sich bei ihrem letzten Halt am See entschieden hatten.

Bis zu diesem Moment hatte Grabowsky ohne sichtbare Regung zugehört, und Kron tippte darauf, dass ihm das Meiste längst bekannt war. Erst als der Name von Hessbergs ehemaligem Uni-Kumpel fiel, schien er eine Art lebloses Interesse zu entwickeln.

«Und?», wollte er wissen, «haben Sie mitgekriegt, worum es dabei ging?»

«Besser – Hessberg hat darüber gesprochen. Musste sich Luft verschaffen. War ziemlich aufgebracht. Mieling hat ihn in seinem Verdacht bestätigt. Laut Hessberg zeichnet Mieling ein Gesamtbild vom Heer, das schlimmer nicht sein könnte – ein Riesenapparat, aber hohl und schwindsüchtig.»

«Hört, hört», kam es von Grabowsky, und Kron wusste in dieser Sekunde, dass er ihn genau da hatte, wo er und Hessberg ihn brauchten. Der Blick, den er Erhardt zuwarf, war der eines Menschen, der sich so sicher fühlt, dass er sich Belustigung erlauben konnte, und der sein Gegenüber schlicht für zu blöd hält und zu einfältig, um in dieser Sicherheit die nackte Überheblichkeit des Machtmenschen auch nur zu ahnen.

«Wo er recht hat, da hat er recht. Neu ist das allerdings nicht.»

«Schon klar», Kron war jetzt ganz Bemühen um Gefallen.

«Dieser Mieling sagte aber auch was von Aufzeichnungen, die ein ganz anderes Bild ergäben. Das Abtakeln der Streitkräfte sei nicht Versagen, sondern eine Art Image-Strategie. Und zwar nicht nur in Deutschland, sondern in der ganzen EU. Während das Motto der nationalen Streitkräfte scheinbar ‹Mehr Frauen, mehr Freizeit, mehr Gefühl› laute und Verteidigungsfähigkeit unter ‹ferner liefen› figuriere, laufe in Wahrheit und im Hintergrund etwas ganz anderes. Und während der französische Präsident die NATO öffentlichkeitswirksam für hirntot erkläre, finde in Sachen Nordatlantik-Bündnis zwar tatsächlich etwas Irreversibles statt, aber nichts, was auch nur im Entferntesten einem Ende seiner Funktionsfähigkeit oder seiner Aushöhlung ähnle. Das Gegenteil sei der Fall. Die Ausgaben der USA für militärische Abschreckung in Europa seien bis 2016 und in aller Stille verdoppelt worden. Und seither noch einmal. Truppen und Material würden öffentlichkeitswirksam reduziert, aber in Wahrheit würde seit Jahren auf Teufel komm raus aufgestockt. Dasselbe gälte auch für die Etats anderer nationaler Streitkräfte und der NATO in etwas geringerem Maß.»

Kron hielt kurz inne, und Grabowsky nutzte die Gelegenheit, um kundzutun, was er bis jetzt von Krons Ausbeute an Informationen hielt: «Und deshalb wollten Sie ein persönliches Treffen, Kron? Herrgott! Über all das ist Hessberg informiert! Was glauben Sie denn, was ich ihm löffelweise zu verabreichen versuche, wenn seine Aufmerksamkeitsspanne mal die Fünf-Sekunden-Schallmauer durchbricht? Gleichstellungsanliegen etwa? Die NATO rüstet ab, die NATO rüstet auf. Die USA will Truppen abziehen, die USA sendet 20.000 Mann. Die USA drohen mit Budgetkürzung, die USA verdoppeln ihr Militärbudget für Europa. Es ist das ewige dämliche alte Spiel, das wir seit ungefähr 70 Jahren spielen. Es nennt sich Innenpolitik. In den USA ebenso wie hierzulande. Dass Hessberg das mit einem Haufen Halbwissen in seinem Gehirn zu einer kruden Verschwörung mit sich selbst als Hauptdarsteller einkocht – geschenkt. Aber Sie …?»

«Das ist nicht der Punkt. Mieling sagt offenbar, dass weder Personal noch Material noch Geld über die bekannten und bisherigen Kanäle flössen. Tatsächlich sehe es aufgrund der Datenlage danach aus, als sei seit dem Antritt des neuen Präsidenten nichts passiert. Keine Männer, keine Waffen, keine Bezahlung. Als sei Europa ein gigantisches schwarzes Loch, in dem hunderte Milliarden von Dollar und ganze Bataillone einfach verschwänden. Gleichzeitig gäbe es aber Hinweise auf massive Rekrutierung aus den Reihen von Spezialkräften für eine ganz neue Art kleiner bis mittelgroßer kompakter Einheiten, die an geheimen Orten und in einer Art Rotationsverfahren im EU-Ausland und unter US-Regie ausgebildet würden. Mieling spricht von einer Art Phantom-Armee. Er hat Norwegen, Frankreich, Deutschland, Spanien und Polen als vermutete Standorte erwähnt.»

Grabowskys Ausbruch, der folgte, war im Vergleich zu seiner normalerweise an den Tag gelegten anmaßenden Zurückhaltung von so distanzloser Fulminanz, dass er Kron fast überzeugt hätte. Aber eben nur fast: Keiner konnte ganz aus seiner Haut. Da half es auch nichts, unablässig den Namen Gottes anzurufen und zu fluchen. Die Japaner hatten recht: Beim Schach und im Leben wird ein König nie zum Bauern. Auch Grabowsky nicht, und auch dann nicht, wenn er liegt. Ein weises Volk.

«Finanzierung?», schnappte er, nachdem er Mieling und Hessberg mit sämtlichen Bezeichnungen beehrt hatte, die der menschliche Stoffwechsel hergab. «Schwarzes Loch? Was für ein gigantischer Schwachsinn! Wir sind in den Zwanzigerjahren des zweiten Jahrtausends. Wir haben eine Schuldenkrise, eine Euro-Krise, eine Bankenkrise und eine EU-Krise hinter und möglicherweise vor uns! Natürlich sind die Kanäle neu! Wir haben neue Geldwäscherei-Standards, neue Bankregulierungen und eine Million von Beamtenhirnen, die wild entschlossen sind, jeden verdammten Euro einer Kostenstelle zuzuordnen. Ihnen brauche ich nicht zu sagen, was in der Ukraine los ist, Kron. Ob Sie und ich das gut finden, spielt keine Rolle. Tatsache ist aber, dass wir da drüben mit der größten Streitmacht seit dem Zweiten Weltkrieg an der Grenze des Russen campen und es danach aussieht, als würden wir bleiben. Aber heutzutage können wir nicht mehr einfach sagen: *Hier, Jungs, das Geld für euren Sold, für Verpflegung und Infrastruktur. Könnt es Ende des Monats auf dem Konto der NATO abholen. Ach ja, übrigens: Ablösung ist unterwegs.* So läuft das nicht. Alles muss in mundgerechten Happen, püriert, lauwarm und am besten mit Strohhalm serviert werden. Am Ende und quasi als Zielvorgabe steht dann irgend so ein Alibi-Schwachsinn wie die ‹Defender›-Übungen, über die man kommunikativ und finanziell alles abbuchen kann. Offiziell sollte im Rahmen dieser Manöver eine schnellere Verlegbarkeit von Truppen über den Atlantik und durch Europa geübt werden. Wie hanebüchen das ist, brauche ich Ihnen nicht erst zu erklären. Es ist ungefähr so, als würde Volkswagen Deutschland in aller Stille und unter dem Radar der Öffentlichkeit sein Stammwerk Schraube um Schraube über fünf Jahre hinweg ab- und es in Polen wieder aufbauen. Und wenn es in fünf Jahren dort in voller Gänze und betriebsbereit längst steht, würde die Konzernleitung verkünden, man fange jetzt damit an, Transport, Auf- und Abbau zu trainieren, während in Wahrheit nur noch der Betriebsrat und ein paar Sekretärinnen anreisen. Das ist es, was ‹Defender› von Anfang an bedeutet hat: ein groß angelegtes Scheinmanöver mit dem einzigen Zweck, dem guten alten Gleichgewicht des Schreckens, das wir alle so vermissen, neues Leben einzuhauchen und es via Heiße-Krieg-Drohung am Leben zu erhalten. Und zwar mit freundlicher Unterstützung des Russen. Dass bemitleidenswert gelangweilte McKinsey-Leute aus den trockenen Steppen des unteren Kaders dahinter alle möglichen Verschwörungen sehen, ist verständlich. Phantom-Armee. Was für ein …»

Grabowskys Reservoir an Darm- und Blasenworten schien leer und er kurz über diese Tatsache erstaunt zu sein. «Wobei», sagte er schließlich, «die Fantasie dahinter ist zugegebenermaßen beachtlich.»

Letzteres wurde Beifall heischend erst in Krons, dann in Richtung des schweigsamen Guido Erhardt gesagt. Die bemühte Komik fand weder auf dem einen noch auf dem anderen Gesicht den gewünschten Widerhall. Während Kron dumpf und ganz humorloser Befehlsempfänger auf Weisung zu warten schien, ging auf Erhardts Gesicht Tektonisches vor. Dem Mann gefiel nicht, was er hörte.

Aber – so glaubte Kron – es war nicht Wut, das diese Kiefer sich verspannen, die gebräunte Haut schlaff werden und die abknickenden Schlagersängeraugen starr werden ließ. Nicht Enttäuschung, Schmerz, Verzweiflung über die sich abzeichnende Möglichkeit, ein Vermögen auf den Kämpfer in der falschen Ringecke gesetzt zu haben. War es vorhin beim Einsteigen noch die angewiderte Arroganz des Stabsoffiziers gewesen, der zu seinem Leidwesen und hinter den

Parolen von «Gemeinschaft» und «Kameradschaft» in der Realität gezwungen war, die Mannschaftslatrinen zu nutzen, so war es jetzt die Glätte nackter Bestürzung und lähmender Fassungslosigkeit, welche sich durch die schlaffen Gesichtsmuskeln fraß. Und offenbar war seine Rolle in dieser Sache so zentral, dass Grabowsky solche Verstimmung nicht ignorieren konnte.

Vor Krons Augen spielte sich nun auf dessen Zügen und in Sekunden ein stummer Kampf ab: ein Machtmensch, der sich um der Macht willen selber niederringt, um den anderen, den er braucht, bei der Stange und ruhig zu halten. Als er wieder sprach, war er ganz vorausschauendes Kümmern und souveräne Besorgnis. Das eben Thematisierte schien er vollkommen vergessen zu haben:

«Wie sieht's aus mit der Absturzgefahr? Stichwort: Clubs, Alkohol, Frauen, Männer? Wie labil schätzen Sie Hessberg da wirklich ein?», fragte er Kron. Und fügte, bevor dieser antworten konnte und, so erschien es Kron, an die Adresse von Erhardt hinzu:

«Sehen Sie, es ist im Grunde nicht wichtig, mit wem er spricht, was er vermutet oder welche abenteuerlichen Ideen er ausbrütet, um sich in dem Veranstaltungs- und Sitzungsmarathon, der sein Leben ist, nicht zu Tode zu langweilen. Glauben Sie mir, Kron, das tut jeder. Es gibt in solchen Positionen genau drei Sorten von Menschen: Jene, die sich zu Tode arbeiten; jene, die sich zu Tode sorgen; und jene, die sich zu Tode langweilen. Gemein ist allen die künstliche Hektik. Der verzweifelte Versuch, dem Amt und sich selber Sinn zu geben.»

Und sich wiederholend: «Jeder tut es. Der eine bloß etwas früher als der andere. Wenn es ihm hilft, durchzuhalten, dann soll es mir recht sein. Denn das ist am Ende das, was zählt: Hessberg muss durchhalten. Und zwar ohne sichtbare Eskapaden. Der Mann ist gut. Er kann Großes verändern. Vor allem verbessern. Aber dafür muss er sauber bleiben. Eine Nacht wie kürzlich darf es nicht mehr geben.»

Und in das kurze Schweigen hinein, während Kron wartete, ob noch mehr käme: «Also, Michael? Ihre Einschätzung?»

«Ich nehme ihn ernst», sagte Kron. «Ich bin im Grunde immer da. Er vertraut mir. Und zwar bis an den Punkt, an dem ich ihn sehr eng führen und es wie Freundschaft aussehen lassen kann. Er weiß, dass ein neuerlicher Absturz zur Folge hätte, dass ich weg und er von da an alleine wäre. Und er weiß ebenso, dass er dazu nicht der Typ ist. Ich sehe diesbezüglich keine Gefahr. Aber was ist mit dieser anderen Geschichte? Diesem Mieling? Ich kann da etwas bremsen, aber es liegt nicht in meiner Hand, ihn davon abzuhalten, sich in irgendwas hineinzusteigern.»

«Wir regeln das. Wir werden mit dem Mann sprechen, ihn wenn nötig bezahlen. Auf dieser Gehaltsstufe wirkt das immer. Zu viele Wünsche schon erfüllt, zu wenige übrig in finanzierbarer Nähe. Was Sie tun können, ist das Folgende: Fördern Sie sein Interesse. Füttern Sie ihn mit Informationen. Studien, Memos, Protokolle, Berichte, Konzepte, Arbeitspapiere. Ich lasse Ihnen Unterlagen zukommen. Schütten Sie ihn so damit zu, dass er, wenn ihm die Sache ernst wäre, erst mal ein Jahr lang lesen müsste, um auch nur die geringste Ahnung von der Komplexität der Materie zu haben. Das wird seine Lust am Weiterspinnen der Theorie nicht nur rasch, sondern von jetzt auf sofort massiv dämpfen. Er ist kein Langstreckenläufer.»

Und als wären die letzten Sätze nicht bloß Erklärung, sondern Abschluss, Befehl und Segen zugleich, neigte sich Grabowsky nach links und machte Anstalten, nach dem Türgriff zu greifen. Kron verstand. Er war entlassen. Er öffnete die Türe selber und stieg grußlos aus.

Das Geräusch des sich schließenden Wagenschlags hatte etwas surreal Samtenes an sich. Auch als die Limousine kurz darauf aus der Parkbucht glitt, wirkten Bild und Ton wie eine Szene unter Wasser.

Kron ging zu seinem eigenen Wagen und ließ sich in die abgekühlte Härte des Leders fallen. Das Treffen und die Tatsache, dass Erhardt mit von der Partie war, hatten ihm drei Dinge bestätigt: Die Sache war groß, geheim und schmutzig. Und da war noch etwas: Kron war sich sicher, dass Grabowsky alles, was er berichtet hatte, längst wusste. Auch das, was er im Grunde nicht wissen konnte: die Treffen am See, Mieling, die «Verschwörungstheorien» Hessbergs.

Kron hoffte, sich zu täuschen, denn wenn er richtig läge, bedeutete das zweierlei: Zum einen, dass Grabowsky von seiner Doppelrolle wusste, und zum anderen, dass es in unmittelbarer Nähe des

Bundeskanzlers ein Leck gab. Und da kam nur eine Person in Frage: Joan Hessberg.

Er öffnete das Handschuhfach, holte das Nokia hervor, setzte SIM-Card und Akku ein und sandte eine SMS an die Nummer des Mannes, der die Händelallee 173 unter die Lupe nahm und den er in einem Gespräch mit Hessberg als «Guter Mann. Von der Truppe» beschrieben hatte. Denn auch das war seltsam: Grabowsky war auf das buchstäblich Naheliegendste, eben diese Händelallee, mit keinem Wort eingegangen, und Kron hatte auf die Frage an sich selber, was er in dessen Position tun würde, nur eine Antwort gefunden: Rot-Null. Sofortige Evakuierung. Bis dahin Unpässlichkeit vortäuschen.

✦ ✦ ✦

Berlin, Rotes Rathaus – Monbijoupark – Friedrichstraße

Christian Grabowsky hatte, wenn auch aus anderen Gründen, eine ähnliche Empfindung wie Michael Kron nur Minuten zuvor, als die Limousine aus dem Parkhaus auf die Karl-Liebknecht-Straße fuhr: Es kam einem Auftauchen gleich. Allerdings unter falschen Vorzeichen. Das gleißende Licht des Tages, in den sie im Schritttempo hineinkrochen, die granitgrauen Farben hinter den getönten Scheiben, das schiere Leben da draußen ließen den Druck im Inneren des Wagens in einer Weise unnatürlich erscheinen, die darin weniger geübte Menschen, als Grabowsky und Erhardt es waren, möglicherweise nicht ausgehalten hätten.

Die beiden Männer schienen diesem Umstand Respekt zu zollen, während jeder seine Truppen sammelte in dem Krieg, von dem die Welt draußen nichts ahnte. Erst als der Maybach den Monbijoupark hinter sich gelassen und auf die Oranienburger Straße fuhr, erst als eine Wolke sich vor die Sonne schob und das Grau draußen sich dem Licht im Innern anpasste, schien Platz für Worte zu sein. Erhardt sprach zuerst.

«Das gefällt mir nicht, Christian. Dass Hessberg nach Adressen und Personen gräbt, nach Standorten und ganzen Truppenverbänden – fine. Von mir aus. Kann er machen. Aber er muss verdammt noch mal die Finger von dem Geld lassen. Wenn er von der Händelallee 173 weiß, dann stößt er früher oder später auch auf die ‹UnityBank›. Wir können es uns nicht leisten, dass einer hier zu graben beginnt. Wir stehen mittlerweile bei fast 240 Milliarden Euro. Das ist viel zu viel für einen so kleinen Schrottkredite-Vermittler, wie wir es angeblich sind. Offiziell sind auf unserer Plattform lediglich Kreditpakete im Wert von 1,4 Milliarden vermittelt worden. Das kleine FinTech-Unternehmen von vor zehn Jahren ist in Wahrheit ein Klotz. Und wenn wir uns bewegen, geht das nicht mehr, ohne verdammt viel Lärm zu machen. Wenn du mich fragst, war es ein Fehler, ‹Unity›, die ‹StratCom› und ‹Fundamental› am selben Standort unterzubringen. Das schreit ja geradezu nach Klumpenrisiko.»

«Da hast du möglicherweise recht», antwortete Grabowsky. «Aber es gibt keine Verbindungen zwischen der Stiftung und ‹Unity›, oder?» Und ohne auf Antwort zu warten: «Wir brauchen nur noch ein paar Wochen, Guido. Zwei Monate. Dann hat sich das ganze Versteckspiel sowieso erledigt.»

Erhardt ging nicht auf die letzten Worte ein. Stattdessen sagte er: «Doch, Christian, es gibt eine Verbindung.»

«Und die wäre?»

«Corrado Monti.»

Der Name hing im Raum, während der Wagen an der Kreuzung Friedrichstraße-Reinhardtstraße an der Ampel stand. Er ließ das orchestriert Unüberbrückbare zwischen ihrer Welt hier drinnen und jener da draußen, in der gerade eine Traube Menschen über den Zebrastreifen ging, eine Trambahn sich bimmelnd näherte, eine Frau und ein Mann lachend aus einem Restaurant traten und sich gegenseitig Feuer gaben, in atemberaubender Klarheit hervortreten. Das war die wahre «Spaltung» der Gesellschaft – und die einzig echte. Alles andere bloß Shitstorm-taugliche und empörungsmäßige Dauer-Erregung.

«Links-Rechts»-, «Weiß-Schwarz»- oder «Mann-Frau»-Debatten – alles nützliche Nebenschauplätze und Stellvertreterkriege, im Schatten derer sich fast ungestört eine Art alles umfassendes Management-System etabliert hatte, das die Grenzen zwischen Politischem und Privatwirtschaftlichem nur noch zum Schein aufrechterhielt. Die in aller Stille vollzogene Hochzeit zwischen Big-Business und Big-Gouvernment.

Exemplarisch für dieses sich medienwirksam immer noch «Marktwirtschaft» nennende Regime austauschbarer Technokraten standen der Name und die Laufbahn Corrado Montis. Gestartet war er sozusagen ab universitärer Presse als Direktor der Weltbank, von wo der Wechsel ins italienische Finanzministerium und kurz darauf zu Goldman Sachs International in London folgte.

Als Nächstes dann die Berufung ins Direktorium des Internationalen Währungsfonds, von dem er bereits nach zwei Jahren als Vorsitzender in den Währungs- und Finanzausschuss der Europäischen Union wechselte. Dass er gleichzeitig das Direktorium des Europäischen Investitionsfonds EIB innehatte und damit Kläger und Richter zugleich, also quasi fleischgewordener Interessenskonflikt und Aushebelung des Gewaltenteilungsprinzips war, ging im Zug der sogenannten Euro-Krise und der Rettungsmaßnahmen unter.

Auch die Tatsache, dass er nebenbei noch Mitbegründer, Mitinhaber und Aufsichtsrat eines kleinen italienischen FinTech-Unternehmens mit Namen ‹UnityBank› war, ließ auf keinem Radar journalistischer Kompetenz eine Warndiode aufleuchten. Der Mann war die Verkörperung des Abschieds von allem, was auch nur entfernt mit Marktwirtschaft, also mit freiem und freiwilligem Tausch von Gütern und Leistungen, zu tun hatte. Er war – mehr noch – geradezu die Verkörperung ihres Ersatzes durch ein gigantisches bürokratisches Netzwerk von Profiteuren aus den höchsten Sphären von Wirtschaft und Politik.

Corrado Monti repräsentierte in nahezu perfekter Weise die Transformation Europas in ein staatliches Großkartell, in welchem Ländernamen nur noch Marken waren, Handlungsspielraum einst souveräner Nationen nahe Null, Debatten reine Show und Problemlösungen und Rettungen schöne Bezeichnungen für knallharte Bail-Ins zugunsten der im Schatten verbleibenden Spielmacher. Eine schöne neue Welt, in der Regierungen und Großkonzerne ein Konglomerat von Managern bildeten, die einander den Ball zuspielten und es wahlweise Verhandlungen, Streit, Schutz oder Rettung nannten.

Das Personal, das beinahe beliebig von der einen in die andere Funktion wechselte, von der einen Fassadenwelt in die andere, war dabei nicht nur Teil des Systems, sondern die zellartige Grundsubstanz dieses monströsen Organismus. Anschauungsbeispiele waren Legion. Der vormalige Goldman-Sachs-Topmann Mario Draghi tätigte einen Transfer zur Europäischen Zentralbank, während der Kommissionspräsident José Manuel Barroso zu Goldman Sachs umzog. Guy Verhofstadt, Mitglied des Europäischen Parlaments und Leiter der Liberalen-Fraktion, kassierte jährlich 190.000 Euro als Berater für Fonds, welche in die Ausbeutung von Erdgas aus Schiefergestein unter anderem in der Ukraine investierten. Und schließlich wechselte der Ex-Parteichef der Sozialisten, Sigmar Gabriel, in den Aufsichtsrat der Deutschen Bank, von der jedes Kind wusste, dass sie in den kommenden zwölf Monaten mit großer Wahrscheinlichkeit sehr große Summen «staatlichen» Geldes benötigen würde, um auch nur halbwegs auf den Beinen zu bleiben.

Der genialste Schachzug indes war, den Selbstbedienungsladen mit Casino-Charakter «Kapitalismus» zu nennen, zu dessen Zähmung man gleichzeitig den Mittelstand ausblutete und auf Verzicht und neue Bescheidenheit einschwor. Das Ganze lupenrein demokratisch legitimiert.

«Was ist mit Monti?», fragte Grabowsky jetzt.

«Das, was immer ist», kam es von Erhardt. «Geld. Kann den Hals nicht voll genug kriegen. Wollte, dass wir eine private Stiftung seiner Tochter über ‹Unity› finanzieren. Ich habe abgelehnt.»

«Und wo ist das Problem?»

«Ich habe dem Frieden zuliebe die Verbindung zu ‹Fundamental Values› hergestellt. Druck gemacht. Monti bekam, was er wollte. Die Beiträge wurden bewilligt, alle waren glücklich. Bis einem unserer Leute aufgefallen ist, dass Monti, dieser Idiot, zumindest auf dem Papier als Stiftungspräsident amtet. Wir haben sofort reagiert und ihn ersetzt. Aber Tatsache bleibt, dass irgendwo in einem Stiftungsregister in Rom der Name Monti mit ‹Fundamental Values› in Verbindung gebracht werden kann.»

«Wie hoch schätzt du die Chance ein, dass in den kommenden paar Wochen jemand darauf stößt und anfängt, Fragen zu stellen?»

«Im Grunde sehr gering. Das Problem ist dieser Freund von Hessberg. Sven Mieling. Er gräbt. Zwar denkbar ungeschickt, aber er stellt Fragen.»

«Kannst du etwas präziser sein?»

«Um es bildlich zu sagen: Er hat versucht, via Kontaktformular und am helllichten Tag eine Strickleiter über die Firewall der ‹Unity-Bank› zu kriegen. Wie gesagt: Denkbar ungeschickt, das Ganze. Es dauerte keine zwei Sekunden, bis wir Namen und Adresse hatten. Tatsache bleibt aber: Er weiß von der ‹Unity Bank›, er stellt Fragen, und meine Erfahrung mit solchen Leuten sagt mir, dass ein vorübergehendes Scheitern ihn nur umso mehr anspornen kann. Spezialisten sind die Schlimmsten. Nur ein Kapitel kennen, aber glauben, über das ganze Buch Bescheid zu wissen. Du selber nanntest es mal eine Art Ludendorff-Syndrom. Bezahlen reicht da nicht, Christian. Zumal die Sache jetzt, wo ich weiß, dass er Hessbergs Mann ist, noch einmal ganz anders aussieht.»

«Gut», kam es von Grabowsky.

«Gut?», echote Erhardt.

«Wir kümmern uns darum.»

«Passt.»

Ein versöhnliches und wohlgeordnetes Schweigen senkte sich nach diesem Wortwechsel über den Fond und die beiden Männer, während draußen in einer anderen Realität Lichtfunken auf dem Wasser der Spree aufblitzten.

«Was ist der Zweck dieser Stiftung?», fragte Grabowsky, nachdem sie das Kanzleramt passiert, Alt-Moabit hinter sich gelassen hatten und in die deprimierende Zweckmäßigkeit der Bartningallee eingetaucht waren.

«Die von Montis Tochter?»

«Hmm.»

«Die Rechte von Frauen afrikanischer Herkunft in Handwerksberufen.»

Als die Limousine in die Händelallee und in die Tiefgarage der

Nummer 173 glitt, lachten die beiden Männer noch immer. Sie lebten in einer Zeit, in der sich buchstäblich keiner mehr für nichts zu schade war. Entweder man nahm es als den unterhaltsamen Teil dessen hin, was absehbar in alles umfassender Zerstörung und in Verfall enden würde, oder man nahm sich das Leben.

Erst als der Wagen hielt, endete die Erheiterung so abrupt, als hätte man sie abgeschaltet. Sie reichten sich die Hände, und Grabowsky wiederholte seine Worte von vorhin: «Wir kümmern uns darum.»

Erhardt entfernte sich in Richtung der matt glänzenden Aufzugskabinen. Erst als er verschwunden war, betätigte Grabowsky den Knopf, der die Scheibe zwischen Führerstand und Fond steuerte, und ließ seinen Fahrer wissen, dass er hier in der Züge diskreter Eleganz aufweisenden kleinen Tiefgarage ein paar Anrufe zu erledigen wünschte.

Alex Nolan kommentierte diese Information mit einem stummen Nicken und ließ die Scheibe wieder hochgleiten. Die Situation war nicht neu. Ob es an dem Ambiente der von indirektem Licht beleuchteten und in sanften Beigetönen gehaltenen Wänden lag, an der Überschaubarkeit des Orts oder schlicht an dem Fakt, sich unter der Erde zu befinden – sein Boss mochte den Platz, und sie hatten hier bereits Stunden gestanden, während derer Ersterer seinen Geschäften nachging, über Papieren brütete, las oder einfach nur dasaß.

Christian Grabowsky seinerseits zögerte nur kurz, bevor er über die Freisprechanlage Peter Juchatz' Nummer wählte. Als die beinahe körperliche Präsenz der geziert-begeisterten Stimme Juchatz' in den Wagen platzte, als träte er selbst mit großer Geste durch eine Flügeltür, konnte sich Grabowsky ein bewunderndes Lächeln nicht verkneifen. Aus eigener Erfahrung und aus Berichten anderer wusste er, dass der Kerl das durchzog. Immer. Egal, wie gefährlich die Krise, wie groß der Erfolg, wie furchtbar die Katastrophe; ob gerade seine Front zerbröckelte oder er einen Sieg errang: Er blieb sich immer treu. Bei aller menschlichen Schwäche – das musste ihm erst einmal einer nachmachen.

«*Christian.* Ich habe bereits versucht, dich zu erreichen. Wegen der

Sache mit diesem *Schweizer.* Wir sind da auf ein paar *sehr interessante …*»

«Beim nächsten Mal, Peter», unterbrach ihn Grabowsky. «Ich rufe wegen etwas anderem an.»

«Aber es ist wichtig», insistierte Juchatz. «Du solltest dir *wirklich* anhören, was meine Leute …»

«Nicht jetzt.» Grabowskys Stimmlage hatte sich auf ein bedrohlich tiefes Level gesenkt, und sogar Juchatz schien zu akzeptieren, dass er hier nicht weiterkäme.

«Was gibt's?», fragte er, Tonlage und Wortwahl dem Gegenüber anpassend.

«Lass einen gewissen Sven Mieling überprüfen. McKinsey-Mitarbeiter. War als Berater für das Verteidigungsministerium tätig. Ich will alles, was es über den Kerl zu wissen gibt. Alles. Und … Peter?»

«Ja?»

«Es ist dringend. Lass die Amerikaner das erledigen. Ich will spätestens morgen Resultate.»

«Wie du willst. Sonst noch etwas?»

Grabowsky, der genau wusste, dass der andere in den Worten «die Amerikaner» das gehört hatte, was er wirklich meinte, nämlich «unsere Leute», schlug einen versöhnlichen Ton an:

«Nein. Für den Moment ist das alles. Verzeih bitte den Überfall. Es ist gerade ziemlich hektisch.»

«*Überhaupt kein Problem,* Christian», vermeldete Juchatz, der augenblicklich zu seiner großzügigsten Dienstfertigkeit zurückfand. «Aber wir sollten uns in den kommenden Tagen *wirklich* treffen. Stichworte ‹Schweiz› und ‹Gästehaus›.»

«Sag es mir jetzt. In zwei Sätzen.»

«Also, was den Schweizer, diesen *Carl Brun,* anbelangt, der in Deutschland eingereist ist …»

«In zwei Sätzen, Peter.»

«Erstens: Er ist vermutlich nicht allein. Und zweitens: Die Sache mit der unplanmäßigen Nutzung unseres Gästehauses ist geklärt.»

«Was heißt ‹vermutlich›?», hakte Grabowsky nach.

«Als der Mann vor zwei Jahren sozusagen zum Abschuss freigegeben worden war, verschwand er wie der Rest seiner Leute von der Bildfläche. Als aber ein halbes Jahr später über diverse Mittelsmänner eine Privatinsel im Norden Schottlands verkauft wurde, gab es sofort Gerüchte, dass der Käufer kein anderer als eben dieser Carl Brun war. Gewissheit gab es allerdings nie. Man nahm es in unseren Kreisen hüben wie drüben zur Kenntnis und ließ die Info liegen.»

«Und weiter?», fragte Grabowsky, für den das alles nichts Neues war.

«Als die diesjährige Anti-Terror-Messe in London stattfand, nahm zum ersten Mal auch eine Schweizer Delegation teil. Und zwar der Doyen des Nachrichtendienstes des Bundes, Josef ‹Jo› Burger, sowie Oskar Ludwig. Letzterer Außen- und Justizminister in Personalunion. Außerdem der Vater von Carl Brun. Die Informationen, die besagen, dass die beiden in London Heathrow nur aus der Cessna gestiegen seien, um auf einen Helikopter zu wechseln, der sie in den Norden Schottlands auf eine Insel flog, sind belastbar. Die waren bei Brun. Und wir wissen beide, was das heißt: Die haben ihn reingeholt, Christian.»

«Sind wohl doch nicht die Idioten, für die du sie gehalten hast», konnte sich Grabowsky nicht verkneifen hinzuwerfen. «Aber wie kommen deine Leute von da zu der Aussage, er sei vermutlich nicht allein?»

«Touché!», kam es von Juchatz. Die Zerknirschung klang begeistert. «Nun, der Schweizer NDB war nicht immer der bunte Haufen größenwahnsinniger Irrer, der er jetzt ist. Da gab es verdammt gute Leute. Und Brun und sein Team waren deren Kronjuwelen. Die Meisten von ihnen mit militärischem Background. Top ausgebildet. Das Beste, was in der Branche zu finden ist. Vertrauen sich blind. Wer Brun kennt, weiß, er würde nie alleine operieren. Kategorisch. Nie ohne seine Leute.»

«Und was tut ihr?»

«Wir suchen.»

«Dann sucht verdammt noch mal schnell. Diese ganze Sache mit den markierten Anrufen muss taktische Ablenkung bleiben und darf nicht aus dem Ruder laufen. Die sollen meinetwegen einen runden Tisch organisieren, eine Task Force gründen, jede Menge Kommissionen ins Leben rufen und ansonsten stillhalten. Das war und ist der Plan. Sieh zu, dass sich alle wieder beruhigen.»

Grabowsky brach die Verbindung grußlos ab und blieb einen Moment lang regungslos sitzen. Ein Befehlshaber brauchte zwei Dinge: erstens einen Plan und zweitens Reserven. Aus einer ausklappbaren Box holte er ein anderes Handy hervor. Der Moment, die Front an ihrer schwächsten Stelle durch den Einsatz der Reserve zu verstärken, war gekommen. Die SMS, die er an einen im Nordwesten Spaniens eingeloggten Teilnehmer versandte, war denkbar kurz: OPCHERIS. Anschließend legte er das Handy zurück und signalisierte Alex mit einem einmaligen Klopfen an die Verbindungsscheibe, dass er losfahren könne.

Als wäre ein Algorithmus in Gang gesetzt worden, löste das erwartete Eintreffen der SMS aus Deutschland auf dem Gerät in Spanien eine Reihe von Handlungen und Geschehnissen aus. Als Erstes wurde eine Satellitenverbindung zwischen zwei weiteren Endgeräten aufgebaut.

«Es geht los», sagte eine Männerstimme, als die Verbindung stand, die sogleich und ohne Kommentar wieder unterbrochen wurde.

Von da an folgte ein längst definierter Schritt dem nächsten – gnadenlos und ohne die Möglichkeit, etwas zu ändern, rückgängig zu machen oder zu stoppen. Einer dieser Schritte war ein Anruf, der Marouan Ghouar in Konstanz erreichte, wo er mit Essia auf der Suche nach einem Café durch die malerische Innenstadt schlenderte. Sie waren auf dem Weg in die Schweiz, wie sein Schützling es gewünscht hatte.

Sibel Marquardts Stimme war ruhig, als sie die Worte eines ihr unbekannten Mannes in Spanien wiederholte:

«Es geht los. Wo seid ihr?»

«Vor Ort. Konstanz.»

«Perfekt. Einundzwanzig Uhr.»

«Alles klar.»

Draußen vor der Einfahrt zur Tiefgarage der Hausnummer 173 an der Händelallee hatte sich vor Tagen bereits ein Obdachloser häuslich niedergelassen. Weder verschiedene Hinweise durch Anwohner bei der Polizei noch die Aufforderung durch die abkommandierte Streife oder der beherzte Einsatz von zwei Schlägertypen aus dem Haus gegenüber hatten den Mann länger als für ein paar Stunden vertreiben können. Ob es an den sichtbaren Zeichen maximaler Verschmutzung lag oder an dem sinnraubenden Gestank nach Schweiß, Urin und Fäkalien, der ihn umgab wie etwas Greifbares – seit 48 Stunden ließ man ihn nun schon in Ruhe. Er vermutete, dass man seinen Fall den zuständigen Gesundheitsbehörden gemeldet hatte und dass die nächsten, die ihn mit ihrer Präsenz beehren würden, Leute mit großen Spritzen von den psychiatrischen Diensten wären. Höchste Zeit also, zu verschwinden.

Als Christian Grabowskys Limousine die Einfahrt hochfuhr, in die Händelallee einbog und davonglitt, hatte er alles, was er brauchte. Den Kopf unter den Decken, verglich er auf dem Bildschirm seines Smartphones als Letztes noch das eben kurz an einem Fenster der zweiten Etage aufgetauchte Gesicht mit einem der wenigen im Netz vorhandenen Bilder von Guido Erhardt. Bingo! Das war der Kerl. Er sandte eine entsprechende Meldung an Michael Kron.

Erster Auftrag ausgeführt.

Zeit für den zweiten.

✦ ✦ ✦

Berlin, Dahlem

Mitten in einer sternenlosen Nacht waren Brun, Rachmanowitsch und ihre Leute aufgebrochen, in strahlendem Mondschein kehrten sie 24 Stunden später zurück.

Der große Junge, wie Piet nicht davon abzubringen war, Raffael Dutertre zu nennen, hatte reden wollen. Um jeden Preis. Als käme ein bisher unentdecktes Naturgesetz zur Anwendung, waren die Informationen regelrecht aus ihm herausgefallen. Sie mussten sie lediglich aus dem schieren Wust an Gefühl, Hoffnung, Sorge und eisernem Rettungswillen herausschälen, um ein deutliches Bild von dem Mann zu erhalten, dessen Handynummer Teil der Serie markierter Anrufe war, der bislang ihr einziger konkreter Anhaltspunkt war; dem Mann, der seit rund zwei Jahren Marouan Ghouar hieß und als Tourmanager einer weltbekannten Musikerin tätig war.

Das Problem war jedoch, dass dieses Bild zusammen mit den Informationen von Lorenz mehr Fragen aufwarf, als es beantwortete. Wenn Dutertre die Wahrheit sagte – und es gab außer der Möglichkeit, dass er unter Wahnvorstellungen litt, keinen Grund, daran zu zweifeln –, dann hatte sich ein ehemaliger Caïd mit Namen Ahmed Merac aus der Hölle von Marseilles Norden mit seinen wie Legosteinen an die Berge gereihten heruntergekommenen Wohnsilos zwar nicht in einen Bürger des Südens, des Meeres, der Inseln, der Villen und ihren Swimmingpools verwandelt, aber doch eine beachtliche und im Grunde unmögliche Transformation durchgemacht.

Fast schien es, als sei der Mann schlicht und einfach im Spalt zwischen diesen Welten, der Norden und Süden trennte, verschwunden.

Aber Lorenz wäre nicht Lorenz, nicht die liebenswerte emotionale Nullnummer, die ihr absolutes Unvermögen in zwischenmenschlicher Hinsicht mit einem Instinkt für Information wettmachte, der nur mit den 250 Millionen Riechzellen eines Bluthundes zu vergleichen war, wenn er seine Spur verloren und nicht wiedergefunden hätte. Und zwar in einem Übungsprotokoll der GIGN, einer Spezialeinheit der Nationalgendarmerie, vergleichbar mit der deutschen GSG 9 oder dem österreichischen Einsatzkommando Cobra. Bis dahin hatte Dutertre also die Wahrheit gesagt, und es war davon auszugehen, dass sie es heute im Fall Ahmed Meracs mit einem top ausgebildeten Terrorbekämpfer zu tun hatten, der aufgrund seiner Geschichte und Herkunft auch die fürchterliche Beiläufigkeit in der Handhabung des Grauens eines Kindersoldaten in sich trug. Meldeadressen oder andere amtliche Existenzbeweise waren während dieser Zeit nicht zu finden. Aber auch beim ‹Atlas Verbund›, dem von der Öffentlichkeit kaum wahrgenommenen und von der Politik nicht erwähnten europäischen Netzwerk von 38 hochspezialisierten Antiterror-Einheiten, grub Lorenz den Namen aus – auch diese Info stimmte. Dann verschwand Ahmed Merac definitiv, und Marouan Ghouar erschien auf der Bildfläche.

Das Problem hier: Diese neue Person verfügte über eine eigenständige Vita, und rein gar nichts schien sie mit Ahmed Merac in Verbindung zu bringen. Alles war vollständig vorhanden: Geburts-, Ausbildungs-, Wohn- und Arbeitsorte, Sozialversicherungsnummern, Arbeitsplätze, Bankverbindungen – einfach alles.

Glaubte man dieser Version eines Lebens, dann gehörte Marouan Ghouar zu jener sozialen Gruppe der großen Stadt, die es sich hatten leisten können, ins Hinterland zu ziehen, wo Algerier in Wohnblöcken ausschließlich mit Algeriern zusammenlebten, Tunesier mit Tunesiern, Armenier mit Armeniern und Komorer mit Komorern. Was medial als buntes Bild, auf dem Jungs auf Motorrädern und ohne Helme verrückte Figuren aufführen, die meisten Frauen verschleiert und die Metzgereien alle halal waren, in den Rest des Landes hinaustransportiert wurde, war in Wahrheit das fragile Gleichgewicht knallharter, aber freiwilliger Segregation. Der Junge war eine Sportskanone gewesen, hatte irgendwas mit Kommunikation studiert, später eine Anstellung in einer Event-Agentur ergattert und war aus ungeklärten Gründen vor rund drei Jahren zum Tourmanager von Essia Kebdani alias DJ Azeera avanciert.

Lorenz hatte über Lautsprecher in Worte gefasst, was nicht zu übersehen gewesen war: «Wenn das hier nicht echt ist, dann ist es eine professionell gemachte Legende. Könnte von uns sein.»

Das war der Stand der Dinge gewesen, als Rachmanowitsch aus der Küche in das Zimmer getreten war und mit drei Worten buchstäblich Bewegung in die Sache gebracht hatte: «Wir müssen los.» Und dem erstaunten, aber prompt reagierenden Dutertre in hohem Bogen einen Autoschlüssel zuwerfend: «Sie können meinen Wagen nehmen. Stellen Sie ihn unten im Tal einfach irgendwo ab.»

Die sich hinziehenden Stunden auf der Autobahn hatte jeder so gut es ging genutzt, um sich zu erholen und um eine Art Ordnung in das Chaos zu bringen, in dem nichts zusammenzupassen schien. Auf der einen Seite hatten sie markierte Anrufe, die von Muster und Inhalt her durchaus einer Terror-Zelle zugeordnet werden konnten und von denen einer mit ziemlicher Sicherheit mit einem Marseiller Ex-Caïd, Ex-Antiterror-Soldaten und aktuell Tourmanager in Verbindung stand, der, als sei es das Normalste der Welt, mal eben in einem sicheren Haus des BND Unterschlupf suchte und einen Gebetsteppich nutzte. Auf der anderen Seite hatten sie einen neuen Wust loser Fäden, auf die Lorenz und Boas bei ihren Recherchen während ihrer Abwesenheit gestoßen waren.

Der knappe Überblick, den Boas über Telefon vermittelte, hatte nicht dazu beigetragen, die Dinge klarer zu sehen.

Jetzt, zurück in Berlin, Auf dem Grat Nummer 10, wurden Auto und Van, kaum dass sie ausgestiegen waren und bei noch laufenden Motoren, von zwei Gestalten übernommen, die aus dem Nichts aufzutauchen schienen und deren Bewegungen von solch knapper Geschmeidigkeit waren, dass keiner von ihnen Sekunden später auch nur den kleinsten Hinweis auf etwaige Erkennungsmerkmale hätte geben können. Keiner bis auf Valentin, der nicht wie die anderen nach Sichtbarem tastete. Verwundert stellte er fest, dass einer der beiden einen kaum wahrnehmbaren Geruch nach Schweiß, Urin und Fäkalien absonderte.

Stumm gingen sie den schmalen Plattenweg entlang auf das Haus zu, aus dem kein Lichtschimmer drang. Lorenz und Boas hatten entweder für die Abdeckung der Fenster gesorgt oder schliefen. Auch als die Haustür von innen geöffnet wurde, standen noch beide Optionen offen, denn die Person, die sich im Schatten des Eingangsbereichs abzeichnete, war weder Lorenz noch Boas.

«Was zum …?», entfuhr es Brun flüsternd, als er nah genug war, um den Mann zu erkennen, den er in den vergangenen Jahren ebenso zu verabscheuen wie zu schätzen gelernt hatte. Und zwar genau in dieser Reihenfolge.

«Wollen Sie das gleich hier klären, oder können wir das drinnen etwas privater gestalten?», fragte der Mann zurück.

In einer ihm selber deplatziert erscheinende Geste väterlich guten Willens drückte Brun kurz die Schulter des Mannes und trat an ihm vorbei ins Innere des Hauses. Die anderen folgten. Jeder auf seine Weise dem Erstaunen, dem Fragen und der Freude Ausdruck gebend.

Freude deshalb, weil die Präsenz Nik Horns nur eines bedeuten konnte: Lorenz hatte bei seinen Recherchen auf Granit gebissen und war nicht weitergekommen. Oder anders gesagt: Er war auf Geld gestoßen, für dessen Spuren, Flüsse und Wege über Konti und durch Bilanzen er jemanden brauchte, der diese Kanäle nicht nur kannte, sondern die größte Zeit seines Erdendaseins in ihnen gelebt hatte:

Nik Horn – Investmentbanker, kanadischer Neo-Einsiedler, Investor, bußfertiger Totschläger, geläuterter Kokser und bereits zwei Mal und wider Willen eine Art externer Mitarbeiter von Bruns Team, von dem nie jemand erfahren oder gar lesen würde. Bezahlt mit dem vagen Versprechen, ihn für eine weitere Weile davonkommen zu lassen.

Während Nouriel und Sava sich auf ein Nicken beschränkten und im Haus verschwanden, ließ Piet wie Brun zuvor kurz seine Pranke auf Horns Schulter niedergehen. «Ist eine Weile her, Mann.»

Als Nächstes kam Jezreel. Als sie ihn erkannte, stockte das Defilee.

Horn wiederholte, Spuren von Unbeholfenheit weggrinsend, Piets Worte: «Ist eine Weile her, Jezreel Vidali.»

Kurz klammerte sich ihr Blick an Bruns Rücken fest, der im selben Augenblick und außer Reichweite am Ende des Flurs vom diffusen Licht der Halle verschluckt wurde.

Dann gab sie sich einen Ruck. Es brachte nichts, sich in Selbstgeißelung zu winden oder auch nur darüber aufzuregen, dass man sich in jemandem wie Horn wiedererkannte und sich dabei wohlfühlte. Zumal, wenn man schon zusammen gearbeitet hatte, in den Krieg gezogen und gestorben war. Es gehörte zu diesem Job, der keiner war, zu dieser Art Leben. Man gehörte trotz allem der menschlichen Rasse an und fühlte wie andere. Man mochte einen, liebte und nervte sich, hasste, verachtete, verabscheute und hoffte hinter dem Vorhang operativer Notwendigkeiten und alles überlagernden Funktionierens. Und ein Teil von einem selbst hörte nie auf zu träumen, auch wenn man nicht wusste, wovon.

Wir sind eine Generation ewiger Kinder, dachte sie, als sie Horn, an ihm vorbeischauend, kurz einen Arm um den Nacken legte.

«Bist du zufällig hier, oder hat man dir gedroht?»

«Weder noch. Ein zivilisierter Akt freiwilliger Kooperation.»

Er lachte leise, und sie bereute die unnötige Spitze, die dem einzigen Zweck diente, dem ewig feigen Teil ihrer selbst Distanz zu verschaffen. Kurz blickten sie sich an. Dann trat auch sie an ihm vorbei ins Haus und folgte Piet.

«Schön, Sie an Bord zu haben», hörte sie Valentins Stimme hinter sich.

Dann die Halle, kurzes Suchen, Bruns Blick, ein kurzes Nicken. Es war gut.

Boas und Lorenz schliefen nicht, sondern kauerten wie die Steinfiguren über Kirchenportalen im kalten Licht dreier Bildschirme. Boas hob den Kopf und verständigte sich stumm mit jemandem, der hinter Jezreel eingetreten war. Sie warf einen Blick über die Schulter. Rachmanowitsch. Das eben im Van noch entspannte Gesicht jetzt von steinerner Härte. Leute wie sie gerieten nicht leicht außer sich. Es war Teil ihrer Arbeit und notwendig für ihr Überleben, immer und überall alles zu erwarten. Aber dieses allumfassende Erwarten ging mit einem anderen Hand in Hand: mit dem zwingenden Anspruch, von den eigenen Leuten nicht überrascht zu werden. Nie. Von Kurieren, Informanten, Geiseln, Schläfern und gekauften Freunden: ja, vielleicht. Aber nicht von den Menschen, mit denen man sich die Risiken eines Einsatzes, die Angst, die Toiletten, die Gefahr und das Brot teilte.

Als Boas als Antwort auf eine unausgesprochene Frage nickte, glätteten sich Rachmanowitschs Züge, was nur eines bedeuten konnte: Die stumme Antwort seines Mannes besagte, dass er Horn überprüft und dass das, was er gefunden hatte, von der Art war, mit der sie leben und arbeiten konnten.

Brun, der der lautlosen Konversation ebenfalls gefolgt war, hob in einer Geste sich entschuldigender Ergebung die Arme, Handflächen nach vorne:

«Mein Fehler.»

Die Spannung verflüchtigte sich.

«Ich weiß nicht, wie es euch geht, Leute», kam es von Rachmanowitsch anstelle einer weiteren Vertiefung dieses Themas, «aber ich sterbe vor Hunger. Außerdem riecht es hier nach Linsensuppe.»

Die temporäre Klärung brachte Bewegung. Jacken wurden ausgezogen und über Stühle und Geländer gehängt, die Halle füllte sich mit Geräuschen von Schritten, mit Worten, dem Klappern von Geschirr und mit Savas Ruf um Hilfe von der Küche her.

Keine fünf Minuten später hatte jeder einen Teller mit Suppe, einen Löffel und ein Stück Brot in der Hand. Und als wäre es trotz allem zu früh, sich gemeinsam an den Tisch zu setzen, verteilten sich die zwölf Leute über den Raum. Boas und Lorenz bei den Bildschirmen, hinter denen sie vermutlich die letzten 24 Stunden verbracht hatten, Brun an das Treppengeländer gelehnt, Sava auf der dritten Stufe sitzend, Rachmanowitsch Brun gegenüber an einem Fenstersims lehnend. Der Rest auf Stühlen und anderen Sitzgelegenheiten in größtmöglichem Abstand zum Tisch. Gesprochen wurde so gut wie gar nicht.

Dann verschwanden Brun und Rachmanowitsch in der Küche. Man hörte die Tür, die zu der kleinen Terrasse führte, ins Schloss fallen. Was immer in den nächsten Minuten da draußen gesprochen wurde – es bliebe zwischen den beiden Männern. Die kurze Zeitspanne reichte indes, um im Innern des Hauses die Müdigkeit die Oberhand gewinnen zu lassen. Keiner sprach, und als Brun und Rachmanowitsch zurückkehrten, war nicht klar, wer sich nur entspannte, wer döste und wer schon schlief. Einzig Jezreels Augen umfingen Bruns Blick beim Eintreten aus jener unüberbrückbaren ewig wachen Distanz heraus, die in ihrem Fall längst Nähe war.

Rachmanowitschs stimmlicher Input war ein In-die-Hände-Klatschen mit Worten: «Wir brauchen Kaffee. Weiß irgendjemand hier, wie man Kaffee kocht?»

«Kommt gleich», kam es aus dem Hintergrund.

Brun konnte sich ein Lächeln nicht verkneifen. Einer hatte mal gesagt, Valentin sei der einzige Beschatter, der verschwinden könne, noch während er einem die Hand schüttelte. Eben waren sie in der Küche an ihm vorbeigegangen, ohne dass einer von ihnen ihn bemerkt hätte.

«Das ist das Alter», pflegte Valentin herunterzuspielen, was ihn weltweit zum Besten ihrer Branche machte. «Nur das Alter. Es gibt einen Grund, warum Gott seinen Sohn gesandt hat. Auf die Jugend achtet man. Man sieht sie. Man hört auf sie. Wir Alten werden unsichtbar.»

Da war es wieder, dieses Gefühl in Brun, von dem er wusste, dass es eben kein Gefühl war, sondern viel mehr: Familie. Und in diesem Augenblick und mit Valentins Worten wurde ihm klar, was es in Wirklichkeit bedeutete: Diese Art Familie, die sie bildeten, war Familie, wie sie ursprünglich vorgesehen gewesen war. Keine Gefühlsveranstaltung, sondern eine unpersönliche Einrichtung. Mehr noch: ein Amt, ein heiliger Stand. Der einzige und wahre Kreditgeber der letzten Instanz.

Keiner der Anwesenden musste hier sein. Keiner zwang ihn dazu. Vielleicht war er nicht mal richtig davon überzeugt, hier sein zu wollen. Und doch waren sie alle da und blieben. Freiwillig. Das war Familie. Das Beste, wozu die menschliche Rasse es je gebracht hatte.

Und Brun stellte fest, dass es in diesem Augenblick mit ihm geschah, dass er die Israelis als Teil davon zu sehen begann. Und Nik Horn.

Als er hochsah, trafen seine Augen auf Joafs Blick. Ob er sich das Blitzen in des anderen Augen einbildete oder nicht – er wusste, dass jener am selben Ort stand wie er in diesem Moment, der vorüberging, bevor er ihn zu fassen kriegte. Er wurde von Bewegung verschluckt, von Kaffeeduft und dem zitternden Klappern großer Mengen Geschirr, das Piet etwas unbeholfen auf einem Tablett balancierte.

Ein paar Minuten später saßen sie um den Tisch verteilt, und Rachmanowitsch übernahm es, die Erkenntnisse, die ihr Abstecher nach Frankreich und die Befragung Raffael Dutertres gebracht hatten, zusammenzufassen.

«Oder anders gesagt», kam es am Ende von Nouriel, «dank unseres Ausflugs nach Frankreich haben wir mit diesem Marouan Ghouar alias Ahmed Merac eine Person, die alle Merkmale einer BND-eigenen Terrorzelle aufweist.» Und mit einem Blick in die Runde: «Nichts zu danken, Leute.»

In ihrer Arbeit spielten Sarkasmus und Zynismus dieselbe Rolle wie Säure in der Chemie. Sie waren notwendig, Ausgleich und Luft verschaffend in der Spannung und der Intensität des unsichtbaren Krieges, der für die Zeit einer Operation ihr Leben war und von dem sie nie wissen konnten, ob er sich lohnte. Aber die Dosis musste stimmen. Zuviel davon, und sie fraßen sich von innen heraus durch alles hindurch. Durch einen Job ebenso wie durch die Menschen, die ihn zu erledigen hatten.

Ohne auf Nouriels Bemerkung einzugehen, machten Bruns nächste Worte deutlich, dass hier und jetzt kein Platz dafür war:

«So weit unsere Erkenntnis. Lorenz, Boas. Was habt ihr?»

Wie nicht anders zu erwarten, war es Boas, der die Aufgabe übernahm, sie Schritt für Schritt durch den Wald an Informationen und Vermutungen zu lotsen, auf die sie in ihrer Abwesenheit gestoßen waren und die auch die Begründung für Nik Horns Hiersein liefern würden. Er stand auf, ging zur südöstlichen Ecke der Halle und rollte ein Whiteboard heran, das Brun bis dahin nicht aufgefallen war.

«Wurde gestern geliefert», vermeldete Boas zur Erklärung und ohne näher darauf einzugehen, wie, woher und durch wen das Utensil seinen Weg hierher gefunden hatte. Die weiße Kunststofffläche wies vier Kreise auf, in die Namen und Bezeichnungen geschrieben waren. Jener in der Mitte, um den sich alle anderen gruppierten, war jungfräulich leer. Boas tippte auf den ersten Kreis, in den untereinander die Namen Juli Zidek, Sven Mieling und «UnityBank» geschrieben waren.

«Juli hat sich gemeldet?», frage Joaf, bevor Boas das Wort ergreifen konnte.

«Richtig», antwortete Boas. Und an alle gewandt: «Juli Zidek ist …»

«… eurer ‹Mann› beim BND», nahm Piet die Antwort voraus, um zu signalisieren, dass sie sich sehr wohl an den Namen und die Person erinnerten und man mit ihnen nicht zu sprechen brauchte wie mit zurückgebliebenen Dreijährigen. Auch wenn sie Schweizer waren. Boas verstand den Wink und legte los.

«Juli Zidek hat als Vermittlerin zwischen dem BND und den Amerikanern den Auftrag erhalten, eine Überprüfungs-Anfrage an die Kollegen in Übersee zu richten. Ein gewisser Sven Mieling soll durchleuchtet werden. Oberste Prioritäts- und Geheimhaltungsstufe.

Zidek zufolge deutet alles darauf hin, dass die Anfrage direkt aus der obersten Etage kam. Also vom BND-Chef Peter Juchatz oder von jemandem in seinem engsten Umfeld.»

«Und wie kommt sie darauf?», hakte Rachmanowitsch nach.

«Die Tatsache, dass die Recherche-Ergebnisse nicht wie üblich über sie, sondern direkt an die Aufsichtsbehörde geliefert werden sollen. In diesem Fall die Abteilung 7 des Bundeskanzleramts», erklärte Boas.

«Okay. So weit alles klar. Weiter?»

«Sven Mieling, 49 Jahre alt, ist Unternehmens- und Strategieberater und arbeitet seit 14 Jahren für ‹McKinsey & Company›. Geboren in Landau, Südliche Weinstraße, Rheinland-Pfalz, Studium in Frankfurt, Anstellung beim Wirtschaftsprüfer ‹Arthur Andersen› und – im Zuge des Enron-Skandals und der Auflösung der Firma – Wechsel zu ‹Ernst & Young›, wo er bis 2006 blieb und wo Talent und Ambitionen ihn auf Berater-Stufe des mittleren Kaders festnagelten. Das änderte sich auch mit dem Wechsel zu ‹McKinsey› nicht. Was sich änderte, war zweierlei: Sein Gehalt und die Tatsache, dass er von Beginn seiner Tätigkeit an für die Bundesregierung arbeitete. Zuletzt für das Verteidigungsministerium der heutigen EU-Kommissionspräsidentin. Was ihn interessant macht, sind die folgenden Punkte: Erstens hatte er als Berater der Regierung zuletzt die höchste Freigabestufe. Zweitens hat er zusammen mit Eric Hessberg, dem neuen Bundeskanzler, studiert. Drittens hat er in den vergangenen Wochen und denkbar ungeschickt nach Informationen gegraben, nach denen er möglicherweise nicht hätte graben sollen.»

«Und viertens?», drängte Jezreel auf gut Glück und klang dabei, als warte sie weniger auf Informationen als auf eine Bestätigung dessen, was sie ahnte.

«Viertens ist er verschwunden.»

«Wie *‹verschwunden›?»*, fragte Brun nach.

«Abgetaucht, entführt worden, weggegangen, nicht zu finden», kam es von Lorenz, der sich für das, was er als einzig vernünftige Antwort auf Bruns Frage betrachten konnte, nicht die Mühe machte, die Augen vom Bildschirm zu lösen. Piets und Savas Grinsen machte die Runde.

«Danke, Lorenz», rief Sava in seine Richtung und klang liebevoll.

Boas nahm den Faden wieder auf: «Er ist seit gestern nicht bei der Arbeit aufgetaucht. Urlaub fällt als Option auch aus. Zuhause ist er auch nicht. Sein Wagen ist ebenfalls weg.»

«Wonach hat er gegraben?», meldete sich Joaf jetzt. Ähnlich wie Jezreel schien der ganze magere Mensch auf eine Fährte konzentriert zu sein. Etwas, das Wiedererkennen, Freude und ein Stich war, wehte durch Brun hindurch. Die beiden waren vom selben Schlag. Von einem anderen als er.

Boas tippte mit dem Finger auf drei weitere Namen in einem der anderen Kreise auf dem Board: Juchatz, Hessberg, Grabowsky.

«Da wird's interessant», sagte er in Joafs Richtung und tippte auf den Namen «UnityBank» im ersten Kreis. «Mieling hat versucht, sich hier reinzuhacken, ist aber an der Firewall gescheitert. Bei der ‹UnityBank› handelt es sich gemäß Website und Presseberichten um einen italienischen Finanzdienstleister, der sich selber ‹Die Forderungsbörse› nennt. Die Firma ist als erstes Unternehmen in der EU auf die Auktion von Notleidenden Krediten spezialisiert.»

«Zur Erklärung: Man nennt sie auch ‹Toxische Kredite› oder noch besser: ‹Faule Kredite›», ergänzte Brun.

«Korrekt. Zum Beispiel der Nürburgring, einst Betreiberin der Rennstrecke in Adenau, ging über den Auktionstisch der Firma. Auf den ersten Blick also ein klassisches kleines FinTech-Unternehmen, das aus dem gigantischen Sumpf an Schrottkrediten nicht weniger als einen Markt erschaffen will. Forderungen der Europäischen Zentralbank gehen längst in diese Richtung. Das große Geschäft bleibt nämlich hier in der Hand riesiger Beraterfirmen und ist bestenfalls halbtransparent, was nie im Sinn einer auf Geld angewiesenen Superbehörde ist, die für sämtlichen finanziellen Schrott quasi eine Ausfallgarantie ausgesprochen hat. Über das Personal schweigt sich die Website bis auf die Verlautbarungen eines PR-Beauftragten aus. Sven Mieling versucht also, hier reinzukommen, scheitert und hinterlässt jede Menge Spuren. Er hätte genauso gut seinen Personalausweis liegen lassen können. Wir hatten seine IP und Wohnadresse in ein paar Sekunden. Und die IT-Leute dieser ‹UnityBank›, die sich ihre deutsche Meldeadresse, die Händelallee Nummer 173, mit einer Stiftung namens ‹Fundamental Values› und einer Brüsseler Organisation mit dem Namen ‹East StratCom Task Force› teilt, ebenso. Wenige Tage später verschwindet er.»

«Sieh an, da sind sie wieder – die Händelallee und diese Stiftung. Handymast Klopstockstraße-Händelallee», ergänzte Jezreel.

«Bingo», kommentierte Joaf.

«Wowowow», kam es von Piet. «Langsam, langsam. Wir haben also bis jetzt im Kern und belegbar nur eine Verbindung zwischen dem BND und einem gewissen Sven Mieling in Form eines Überprüfungsantrags. Die Verbindung zwischen den anderen, dieser ‹UnityBank›, dem BND, der Stiftung, dieser Task Force und dem Bundeskanzleramt ist immer noch rein hypothetischer Natur.»

«Richtig», bestätigte Boas. «Aber das ist erst der Anfang.»

Sprach's und tippte auf zwei der anderen Kreise auf der Weißwandtafel. Im einen waren die Namen «Esperanza para la gente» sowie «Fundamental Values» zu lesen, im nächsten «endesa/enel», «Vattenfall», «edf» und «PGE Polska Grupa Energetyczna S.A». Im mittleren, leeren Kreis setzte er jetzt – wie eine Spinne ins Netz – die Kürzel «EIB» und «EZB».

«Das hier», kommentierte er, «ist der Grund, warum wir uns entschieden haben, Nik Horn um Unterstützung zu bitten.»

Aller Augen richteten sich kurz auf den Mann, der in weißem Hemd, Jeans und mit nackten Füßen in einem Paar Sneakers steckend, die Hände hinter dem Kopf verschränkt, der Präsentation folgte.

«Keine Angst», fuhr Boas fort, «es ist nicht so kompliziert, wie es auf den ersten Blick aussieht.»

«Dein Wort in Gottes Ohr.» Piet klang nur mäßig überzeugt.

«Unsere Aufgabe während eurer Abwesenheit war es, mehr über diese Einrichtung in Spanien in Erfahrung zu bringen», nahm Boas den Faden wieder auf. «Wir hatten zwei Anhaltspunkte: Erstens die Mails eines verunglückten jungen Spaniers, der einen Job mit horrendem Tagessatz ergattert und dessen Familie nach seinem Tod von einer Stiftung mit Namen ‹Esperzana para la gente› Geld mit dem Vermerk ARES.2 erhalten hat, das via ‹Unidos Podemos› von der Europäischen Investitionsbank kommt. Zweitens hatten wir eine Handy-Antenne, über die von diesem Standort in Spanien aus eine SMS-Kommunikation stattgefunden hatte. Inhalt der SMS: *ARES.2 2SDM KIA,* was auf den Tod von zwei Scharfschützen hindeuten kann. So weit alles klar?»

Das Schweigen, das der Frage folgte, war Bejahen und Drängen zugleich.

«Okay», fuhr Boas fort. «Zur Handy-Antenne in Spanien: Sie gehört dem Mobilfunkanbieter Movistar, der zum Telekommunikationsriesen Telefónica gehört. So weit, so normal. Für uns interessant ist das Folgende: Bei der Antenne handelt es sich um eine Basisstation mit extrem geringer Sendestärke, was bedeutet, dass nur in unmittelbarer Nähe stationierte Mobilfunkgeräte darauf zugreifen können. Außerdem taucht an der Stelle dieser Koordinaten in den offiziellen Verzeichnissen von Movistar keine Antenne auf, was den Schluss nahelegt, dass sie einzig der Versorgung dieser Einrichtung zu internen Zwecken dient. Es war Lorenz' Idee, nach demselben Prinzip Hinweise auf ARES.2 bei den spanischen Energieversorgern zu suchen. Oder anders gesagt: Wir suchten nach dem größten Verbraucher im Umkreis der bekannten Koordinaten nach dem Motto: Irgendwo liegt immer eine Rechnung rum.»

«‹Endesa›», kam es von Sava.

«Genau.» Boas tippte auf den Kreis, in dem neben den Namen anderer großer Energieversorgungsfirmen «endesa/enel» stand. «Da kommt ‹endesa› ins Spiel, und da wird es sehr interessant. Das größte spanische Unternehmen im Bereich der Energieerzeugung und -versorgung liefert in der Gegend an einen Verbraucher mit Namen ARES.2 Strom in einer Menge, die für eine Kleinstadt locker ausreichen würde. Was auch immer da oben in Galicien hinter dem Natodraht verborgen liegt – es ist groß. Der Witz daran: ARES.2 ist gemäß Rechnung nur der Verbraucher. Der Kunde aber ist ‹enel›, der italienische Mutterkonzern von ‹endesa›, der zu rund 24 Prozent im Besitz des italienischen Staates ist.»

Kurz war es still. Dann holte Rachmanowitsch Luft und stieß sie wieder aus wie einer, der sich der Möglichkeit der Vergeblichkeit stellt.

Schließlich erst in die Runde blickend und dann seinen Mann fixierend: «Es kann also sein, dass es sich bei diesem hochbewachten Gelände in Galicien bloß um eine firmeneigene Einrichtung, ein Forschungsprojekt oder ein Kraftwerk der ‹endesa› oder der ‹enel› handelt? Und dass wir die SMS von Anfang an falsch interpretiert haben?»

«Ja. Rein theoretisch ist das möglich», bestätigte Boas. «Aber wir glauben nicht, dass es das ist.» In seiner Stimme klang Begeisterung mit, die fehl am Platz wirkte. Und in Richtung Nik Horn blickend: «Your turn.»

Der Angesprochene stand auf und trat zu Boas.

«Boas hat schon recht, wenn er sagt, es sei nicht so kompliziert, wie es auf Anhieb klingt», hob er an. «Es soll meiner Meinung nach bloß so aussehen. Gemäß ‹endesa›-Rechnung ist ARES.2 also ein Projekt der italienischen ‹enel›. Wenn das so ist, dann muss es bei ‹enel› eine ARES.2-Kostenstelle geben, über die sämtliche Projektkosten verbucht werden. Die gibt es. So weit, so normal. Dieser Kostenstelle müssten Mittel zufließen zur Deckung der Projektkosten. Dabei kann es sich ebenso gut um einen Bankkredit, um Förderbeiträge der öffentlichen Hand oder aber um interne Mittel handeln. Aber da ist nichts dergleichen. Die Mittel kommen weder von der ‹enel› selbst noch vom italienischen Staat oder einer der Hausbanken. Auch nicht von der EIB. Die Mittel kommen von der Firma ‹UnityBank› mit Sitz an der Händelallee Nummer 173 in Berlin.»

«Okay – jetzt wird's kompliziert», unterbracht Nouriel.

«Sagtest du vorhin nicht, diese ‹UnityBank› sei ein italienisches FinTech-Unternehmen? Handelsplattform für Schrottkredite und so weiter?»

«Genau». Horn streckte den Arm in Boas' Richtung aus:. «Gib mir bitte mal den Filzstift.» Er nahm ihn und zeichnete zwischen sämtlichen Kreisen Verbindungslinien. Über das Ganze schrieb er wie einen Titel: «ARES». Dann tippte er auf den Namen «UnityBank».

«Die ganze FinTech-Sache ist zwar richtig und durchaus real, aber sie dient, so wie's aussieht, ausschließlich als Fassade für etwas ganz anderes: Mittel generieren und sie an Empfänger weiterleiten, die in den offiziellen Listen von Kreditnehmern und geförderten Projekten der Europäischen Zentralbank und der Europäischen Investitionsbank» – Horn tippte auf die Kürzel «EIB» und «EZB» – «nicht auftauchen und die nie Gegenstand einer Prüfung durch den Europäischen Rechnungshof sein werden. Oder anders gesagt: Die ‹UnityBank› ist mit großer Wahrscheinlichkeit das Kernelement eines Mechanismus, dessen Hauptzweck darin besteht, Geber und Empfänger sehr großer Summen nirgends auftauchen zu lassen.»

«Ist das eine Tatsache oder bloß eine weitere Vermutung?», hakte Rachmanowitsch nach.

«Sagen wir, eine ziemlich belastbare Vermutung», antwortete Horn. Kurzerhand drehte er das Whiteboard um die Mittelachse, so dass die unbeschriebene Rückseite nach vorn kippte. Er zeichnete einen Kreis, von dem er einen Teil wie ein kleines Kuchenstück abtrennte. Mit einer langsamen Geste wies er auf den ganzen Kreis: «Das ist die ‹UnityBank›. Und das hier», er tippte auf das Kuchenstück, «ist das offizielle Gesicht der Firma. Die Handelsplattform für Schrottkredite. Bisher wurden Kreditpakete in einer Gesamtsumme von rund 1,4 Milliarden darüber gehandelt. Was nirgends kommuniziert wird, ist die Tatsache, dass die ‹UnityBank› selber als einer der größten Käufer von Schrottkrediten unterwegs ist. Und zwar in ziemlich eindrücklichem Ausmaß. Mindestens 200 Milliarden Euro.»

Die Summe stand im Raum wie etwas Greifbares, während jeder versuchte, sie in das richtige Verhältnis zu setzen. Sie entsprach fast einem Drittel der jährlichen Wirtschaftsleistung der Schweiz und ungefähr dem Vierzigfachen ihrer jährlichen Militärausgaben – und immerhin noch dem Dreizehnfachen jener Israels. Allerdings relativierte sich die Zahl sofort, wenn man sich bewusst machte, dass allein die 150 größten Banken der EU auf Schrottkrediten im Wert von mindestens 1.000 Milliarden saßen. Und dass das nur die offizielle Zahl war – nach allen Bilanztricks.

«Die Summe ist zwar stattlich», sagte Horn schließlich, als wäre er den Gedanken der beiden Teams gefolgt, «aber für heutige Maßstäbe noch nicht frivol. Außerdem geschieht, was auch immer da läuft – und vorausgesetzt, wir analysieren das richtig –, seit mindestens acht Jahren und in Tranchen.»

«Aber woher nimmt diese ‹UnityBank› das Geld, um solche Kredite zu kaufen?», fragte Sava. «Die können es ja schlecht selber drucken.»

«Aber genau das tun sie im Grunde. Indirekt.» Obwohl er keine Miene verzog, war in Horns Stimme ein Lächeln zu hören. Er schwang das Weißboard wieder in seine Ausgangsposition zurück und tippte auf das Kürzel «EIB». «Ich denke, es ging bei der ‹UnityBank› beziehungsweise ihrer FinTech-Fassade zuerst darum, als förderungswürdiges Start-up-Unternehmen bei der EIB durchzugehen, was auch geschah. Der Eintrag in das Handelsregister war noch nicht trocken, als bereits 50 Millionen von der EIB als Projektunterstützung flossen. Mit diesem Geld kaufte die ‹UnityBank› 2011 das erste Paket an Schrottkrediten, um es mit Gewinn weiterzuverkaufen. Allerdings nicht über die medial gefeierte Auktionsplattform, die auf dem Papier der Zweck der Firma ist, und nicht mit einer handelsüblichen Marge. Der Käufer des Pakets war in diesem Fall niemand anderes als die Europäische Zentralbank. Die Marge belief sich auf bescheidene 500 Prozent.»

«Was?» Nouriel und Sava hatten das Wort synchron ausgerufen, was Piet ein Grinsen entlockte. Auch Horn lächelte jetzt sichtbar.

«Willkommen in der schönen Welt des gesetzlichen Geldmonopols. Aus 50 Millionen 250 Millionen zu machen, ist ein Klacks. Das Einzige, was es dazu braucht, ist irgendein im Rahmen der sogenannten Euro-Krise verabschiedetes Gesetz, ein paar Buchstaben und einen Knopfdruck. Oder anders gesagt: Alles, was die ‹UnityBank› zu tun hat, ist, Notleidende Kredite mit einem denkbar schlechten Rating, zum Beispiel D, zu kaufen. Hat sie sie einmal in ihren Büchern, lässt sie sie neu prüfen – und wie durch ein Wunder lautet das Rating jetzt auf BBB, was im Grunde schon nicht mehr als notleidend gilt, so dass die EZB sie gemäß ihren eigenen Spielregeln und zum neuen Marktpreis kaufen kann. Und der ‹UnityBank› stehen nach dieser Transaktion für den nächsten Kauf 250 Millionen sauberer Euros zur Verfügung.»

«Also ist diese ‹UnityBank› im Grunde eine ..., eine ...», Brun schien nach einem treffenden Wort zu suchen.

«Gelddruckanlage?», kam ihm Horn zu Hilfe und beantwortete die Frage im selben Atemzug: «Genau. Die Firma ist ein reiner Geldbeschaffungs- und Gelddurchlauf-Mechanismus. Und sie ist IT-mäßig eine Art Hochsicherheitsanstalt, sagt Lorenz.»

«ADX Florence Supermax», kam es hinter den Bildschirmen hervor. Und ergänzend, als könnte das Klarheit schaffen:

«Colorado.»

«Er meint das US-Gefängnis mit diesem Namen», sprang Boas der kurzfristig ratlosen Runde zu Hilfe. «Und er hat recht: Alles, was wir wissen und vermuten, können wir einzig an den Zahlungseingängen auf der Empfängerseite festmachen. Die ‹UnityBank› selber ist eine Black Box. Bis jetzt keine Chance, da reinzukommen. Aber wie gesagt: Das, was wir auf diese Art kriegen konnten, ist ziemlich belastbar. Und es geht, wie Nik vorhin angedeutet hat, nicht bloß um diese Einrichtung in Spanien und die Zahlung an die ‹enel›, sondern um ein Netzwerk, das sich über ganz Europa ausbreitet.»

«Ich brauche mehr Kaffee», schaltete sich Sava ein, bevor Boas zu einem neuen Informations-Bombardement ansetzen konnte. «Wer noch?»

Sie stand bereits, als Horn sich einschaltete: «Warte bitte noch kurz, Sava. Fünf Minuten. Dann haben wir das ganze Bild.»

Savas Innehalten war schon ein Herumschnellen, ihr Blick ein Schlag vor Horns Brust. Der dicke blonde Zopf stand für einen Lidschlag waagrecht in der Luft.

Du traust dem Kerl nicht, Sav, dachte Brun. Er gehört für dich nicht dazu. Er hat dir nichts zu sagen. Auch nach all den Jahren nicht, den Einsätzen für uns, den blinden bußfertigen Gängen in die Hölle – du schaffst es nicht. Und es macht dich fix und fertig. Für dich ist er immer noch der Nik Horn der ersten Tage. Der eisige, einsame, größenwahnsinnige und gefühllose Händler von Produkten, Leistungen, Gefühlen und Menschen. Der gequälte, süchtige und instabile König eines Reichs perverser Machbarkeit und Käuflichkeit.

Hier und jetzt würde sich klären, was bis dahin in der Ecke, in der es lag, hatte übersehen werden können und auf das nun mit Horns Worten ein Lichtstrahl fiel.

Brun löste den Blick von Sava und sah zu Horn hinüber. Er stand entspannt vor dem Whiteboard, wie einer, der wusste, dass er alles bezahlt hatte, dass er frei war und dass, was immer andere heute von ihm dachten oder ihm aufbürdeten, im Grunde längst nichts mehr mit ihm, sondern allein mit ihnen selbst zu tun hatte.

Als Sava in die Runde blickte und feststellte, dass die Augen der anderen nicht ihrem Vor- und Anwurf folgend an Horn hingen, sondern an ihr, verstand sie, holte auf, kam an: Er gehörte längst dazu. Sie entspannte sich, ging die zwei Schritte zu ihrem Stuhl zurück, setzte sich. Hätte sie eine Waffe mit dem Griff in Richtung Horn vor sich auf den Tisch gelegt, hätte die Botschaft nicht deutlicher sein können. Es war gut.

«Stichwort: ‹Netzwerk›», nahm Horn den Faden wieder auf, als hätte es keine Unterbrechung gegeben. «Lorenz hatte die Idee, nach weiteren Zahlungseingängen mit dem Vermerk ARES.2 bei anderen Stromerzeugern in ganz Europa zu suchen. Und – was soll ich sagen – ich habe keine Ahnung, wie er es geschafft hat, aber er ist fündig geworden.»

Er deutete auf den Kreis mit den Namen der Energieunternehmen: «Hier, hier und hier. Bei der ‹PGE Polska Grupa Energetyczna S.A›, einem Energieversorger in Polen mit Sitz in Warschau, bei der französischen ‹edf› und bei der schwedischen ‹Vattenfall›: Zahlungen mit den Vermerken ARES.3, ARES.5 und ARES.7. In Anbetracht der Nummerierung und so, wie ich Lorenz einschätze, ist es nur eine Frage der Zeit, bis er noch mehr findet. Viel mehr.»

Die Stille, die folgte, war die eines unlauteren Sieges. Die Sache nicht beim Namen zu nennen, wäre Selbstbetrug. Schließlich sprach Piet aus, was groß wie ein Haus vor ihnen stand.

«Okay – wir haben eine SMS mit dem Kürzel ARES.2, ein paar verdächtige Anrufe von einer der Nummern und eine Ortung der anderen in – oder in der Nähe – einer wie auch immer gearteten Anlage in Spanien, die sich ‹ARES.2› nennt. Das ist einfach verdammt mager. Die Wahrscheinlichkeit, dass wir hier ein Phantom jagen und dass es bei all dem um irgendeine gigantische Schweinerei im Rahmen der sogenannten ‹großen Transformation› geht, ist groß.» Er klang müde. «Viel zu groß, Leute. Dass sich an dem, was mal ‹Energiewende›, mal ‹Klimarettung› genannt wird, Dutzende von ‹UnityBanks› und NGOs eine goldene Nase verdienen und dass das Personal dieser windigen Profiteure meist dasselbe ist wie jenes, das in den Behörden sitzt und die Gelder verteilt, kann wirklich nur jemanden erstaunen, der seit zweitausend Jahren im Koma liegt. Das nennt sich Politik.»

Piet seufzte, dann sprach er weiter:

«Für mich sieht das alles schlicht und einfach nach dem guten alten Wettbewerb der Gauner aus und nicht nach Bedrohung. Die EZB druckt Geld, zusammen mit der EIB verteilt sie es an irgendwelche Stiftungen, Projekte und Firmen. ‹Fundamental Values›, ‹Esperanza para la gente›, ‹UnityBank›, ‹enel› und so weiter. Dort wird es entweder direkt von ein paar Leuten eingesackt oder an Stiftungen sogenannter Oppositionsbewegungen weitergeleitet. Der größte Skandal dabei sind nicht die Verbindungen, die absolut erklärbar sind, sondern der Beschiss und die politische Einflussnahme auf das, was dieselben Leute unsere freiheitlichen Werte und Demokratie nennen. Aber mehr als das haben wir nicht.»

«Geht mir, um ehrlich zu sein, genauso», kam es von Joaf, der bis jetzt geschwiegen hatte.

«Da ist noch etwas», kam es von Rachmanowitsch. Und als wäre er kurzfristig nicht ganz bei Trost, sprach er in Richtung des dunklen Eingangsbereichs zu jemandem, den keiner sehen konnte:

«Komm rein.»

Aus dem Schatten heraus trat ein Mann. Keiner hatte ihn hereinkommen hören. Dunkler Bart, das Gesicht im Schatten langen Haares, groß. Sogar im Dämmer des Zwielichts, in dem er jetzt stehen blieb, hatte er etwas Verwildertes an sich. Er machte keine Anstalten, näher an den Tisch heran und ins Licht zu treten.

«Schieß los», sagte Rachmanowitsch, ohne Anstalten zu machen, ihn vorzustellen.

«Sie waren vorhin da draußen», kam es von Valentin, bevor der Mann zu Wort kam. «Sie haben den Van weggebracht.»

Anstelle einer Antwort ruhte für Sekunden ein seltsam heller Blick aus dunklen Augen auf dem alten Mann. Ruhig, intelligent und von endloser Geduld. Der Blick eines Mannes, für den sich der Unterschied zwischen tagelanger Monotonie und dem Chaos eines Gemetzels in Sichtfeld, Objektivdurchmesser und günstigster Einschussentfernung erschöpfte. Als er sprach, tat er es mit der konzentrierten Präzision dessen, für den jeder Augenblick Ewigkeit enthielt.

«Vor fünf Tagen wurde ich kontaktiert. Auftrag war die Beobachtung eines Objekts. Personen und sonstige Vorgänge. Eintreffen, Dauer des Aufenthalts, Verlassen. Händelallee Nummer 173. Vermittelt wurde der Auftrag von Michael Kron. Personenschützer und Fahrer des Bundeskanzlers Eric Hessberg. Kron und ich haben zusammen beim KSK gedient. Hessberg ist gemäß Kron der Kunde. Informationen durften nur direkt an Kron, notfalls an Hessberg übermittelt werden. Keine Telefonate, keine SMS. Eindeutig erkannt wurden an der Adresse die folgenden Personen: Christian Grabowsky, Berater des Bundeskanzlers. Brian D'Alessio, Chef USEUCOM und damit auch Oberbefehlshaber der NATO für Operationen. Steffen Arndt, Kanzleramtschef. Peter Juchatz, Chef BND. Guido Erhardt, Ex-Chef BND. Sibel Marquardt, Europäischer Auswärtiger Dienst, präziser: Vorsitzende einer Organisation, die sich East StratCom Task Force nennt. Franz Bahlow, Verteidigungsministerium. Außer diesen Leuten noch 24 weitere. Männer und Frauen. Es ist anzunehmen, dass es sich um Mitarbeiter von einer der drei dort ansässigen Organisationen handelt. Wir haben sie noch nicht identifiziert. Ich habe sämtliche Informationen an Kron übermittelt. Alle bis auf eine: In der Tiefgarage des Objekts fand ein weiteres Treffen statt. Zwischen Christian Grabowsky und Joan Hessberg. Ehefrau des Bundeskanzlers.»

Den letzten Worten folgte ein Blick zu Rachmanowitsch, den dieser mit einem knappen Nicken quittierte, vorauf der Mann halb davonging, halb von der Dunkelheit verschluckt wurde. Eine Fragerunde schien nicht vorgesehen zu sein, und Brun streifte der absurde Gedanke, er habe das eben gerade nur geträumt.

Bevor Ratlosigkeit sich breitmachen und in einer Million Fragen münden konnte, übernahm Rachmanowitsch, der als Einziger mehr zu wissen schien, das Einordnen und Ergänzen der neuen Fakten.

«Wir haben eine Immobilie an der Händelallee Nummer 173, die einerseits die Geschäftsadresse eines Finanzdienstleisters, einer Brüsseler Organisation und einer Stiftung, andererseits der Treffpunkt dessen ist, was man das Who-is-Who der nationalen Sicherheit nennen könnte. Alle sind sie da, alle. Sogar die NATO. Alle, bis auf den Mann, der im Verteidigungsfall die Befehls- und Kommandogewalt der deutschen Streitkräfte innehat: der Bundeskanzler. Er ist definitiv nicht eingeweiht und hat keine Ahnung, was vor sich geht. Und offenbar sucht er Antworten hinter dem Rücken jener Personen, die seine engsten Vertrauten zu sein vorgeben. Ehefrau inklusive. Oder anders gesagt: Er sucht dasselbe wie wir, und er vermutet, was ich auch vermute: Dass hier etwas von höchster Professionalität abläuft, das gigantische Summen verschlingt und das auf einer Geheimhaltungsstufe abgewickelt wird, die so hoch ist, dass es sie gar nicht gibt.»

Und in Richtung Brun gewandt, fügte er an:

«Was mich und meine Leute betrifft – wir haben keine Wahl mehr. Wir müssen weitermachen. Nichtwissen können wir uns nicht mehr leisten. Nichtwissenwollen erst recht nicht. Aber ihr … Für euch sieht die Sache anders aus. Es ist gut möglich, dass an all dem für euch nichts dran ist – die markierten Basler Anrufe, Raffael Dutertre, dieser Marouan Ghouar – alles Zufälle. Und der Rest dieser Sache kann euch im Grunde egal sein. Was wir bis jetzt haben, genügt, um die Schweiz zumindest zu wappnen – so gut, wie das möglich ist.»

«Sehr viele Zufälle», meinte Brun. «Wenn man zudem bedenkt, dass sowohl der engste Mitarbeiter unserer Armee-Chefin als auch der Leiter Operationen des NDB Ex-Nato-Männer sind, stellt sich für uns dieselbe Frage wie für euch: Können wir es uns leisten, nicht genauer zu wissen, was da vor sich geht? Und Gegenfrage – und nimm's mir nicht übel: Die Basler Anrufe kamen dir gelegen. Du brauchtest Leute. Aber nicht irgendwelche Leute, sondern ein Team desperater, enttarnter, ausgestoßener Parias eines Dienstes, den keiner mehr ernst nimmt und auf den du die ganze Scheiße, wenn sie auffliegt, im Notfall abwälzen kannst.»

Rachmanowitsch lächelte auf eine Weise, die von Befriedigung zeugte, in seinem Gegenüber einen zu finden, der nicht nur dachte wie er, sondern am selben Ort stand:

«Und die Frage?»

«Wenn wir bleiben: Gilt das mit dem Abwälzen für uns auch?»

«Ich glaube, das ist das erste Mal in sechstausend Jahren, dass einer fragt, bevor er es tut. Meinen Segen hast du.»

«Klingt nach einer soliden Ausgangslage», kam es von Piet.

«Ich bin dabei, wenn ihr es seid.»

Was den Worten folgte, war eine Art Eruption. Ein Lachen Piets, das hindurchbrach durch Müdigkeit, Anspannung und die Unsicherheit, die ihre Jobs in der Heckwelle des Klüngels aus Politik und ihren Günstlingen seit Jahren prägte. Und vor allem ein dem Umstand Ins-Gesicht-Lachen, dass ihre einzige Gewissheit auch in diesem Fall wieder jene wäre, in etwas hineingezogen zu werden, das sie nicht angezettelt hatten, während ihre Aussichten, damit durchzukommen, so gut wie nicht vorhanden waren.

Keiner am Tisch stimmte hörbar in Piets Gelächter ein. Und trotzdem wich eine große Anspannung von diesen elf Menschen. Es war, als atme der ganze Raum auf, als würde etwas abgeleitet und abfließen und gäbe die Sicht frei auf einen verwüsteten Grund, auf dem sie für den Moment aber stehen und Halt finden konnten.

Aus Richtung der Monitore erklang Lorenz' Stimme, die unterging im Strudel des Ungesagten.

Brun verschaffte sich Gehör:

«Sorry, Lorenz. Was sagtest du?»

«Sven Mieling ist tot», kam die Antwort. «Und es gibt eine neue SMS. Dieselben Antennen wie beim letzten Mal: Spanien und Händelallee.»

Das Klingeln von Rachmanowitschs Handy kam jeder möglichen

Reaktion zuvor. Als er gleichzeitig danach griff, aufstand, den Anruf entgegennahm und sich vom Tisch entfernte, setzte ein zweites Läuten ein.

Bruns Gerät diesmal.

Auch er nahm den Anruf entgegen, blieb aber sitzen und hörte stumm zu, während er sich eine Zigarette anzündete. Als er schließlich auflegte, kam auch Rachmanowitsch an den Tisch zurück. Sie sahen sich an. Und ohne dass etwas gesagt wurde, war jedem im Raum klar, dass Entscheidungen gefallen waren. Dass das Bild sich zwar verdunkelt hatte, aber die Atmosphäre klarer, die Umrisse schärfer geworden waren.

✦ ✦ ✦

Berlin, Staatsoper, Unter den Linden

Wie jedes Mal, wenn Bundeskanzler Eric Hessberg wie jetzt, wenn keine Presse auf der Straße stand, durch einen gesicherten Eingang von der Tiefgarage her eintrat in die dichte Wärme und das vibrierende Ambiente einer exklusiven Soiree, staunte er über das gleichzeitige Vorhandensein und die friedliche Koexistenz zweier vollkommen unterschiedlicher Gefühle in sich: Auf der einen Seite reiner Genuss beim Eintauchen in Fest, Menschenmenge und die augenblickliche Aufmerksamkeit, die das Amt und damit er selber auf sich zog. Auf der anderen Seite nichts als nackte Geringschätzung für das anzügliche Schaustellertum der Anwesenden. Lakaien allesamt, Höflinge, Schmeichler, Klatscher.

Bei der Veranstaltung an diesem Abend handelte es sich um ein Benefizkonzert der Staatskapelle Berlin. Der Erlös des Abends käme der hoch defizitären Opernstiftung zugute und war als Tropfen in den Ozean grotesker Unrentabilität und der Millionen-Zuschüsse aus dem Steuergeldtopf ein reiner PR-Gag.

Der Bundeskanzler würde das Grußwort halten und ebenfalls wie jedes Mal, wenn er lächelnd und grüßend fürchtete, man müsse ihm sein innerliches Zweigeteilt-Sein regelrecht ansehen und jeden Moment würde die Traube von Menschen, die sich um ihn drängte, aufplatzen und die Leute entsetzt zurückweichen, war er froh, in seiner Armbeuge die warme Hand Joans zu fühlen. Sie machte hier den Knochenjob. Und sie war grandios. Sie war es, die verband und kittete, was ohne sie einfach auseinander gerissen wäre. Wo seine launische Distanziertheit durchzubrechen und sichtbar zu werden drohte, war ihre natürliche Vornehmheit von herzlicher Bodenhaftung. Ihre Eleganz zum Anfassen. Ihre perfekt in Szene gesetzte Schönheit nie bar des Augenzwinkerns der ehemaligen TV-Trash-Queen. Er bewunderte sie grenzenlos dafür.

Eben legte sie, die Hand federleicht den Unterarm dessen Gattin berührend, den Kopf in den Nacken und lachte über etwas, das der Chef der Abteilung Planung, Strategie, Presse und Kommunikation des Bundesumweltministeriums von sich gegeben hatte. Er fühlte den Druck ihrer Finger, sah ihren Blick, der ihn herbeorderte, und verzog das Gesicht in einer Weise, von der er wusste, dass sie ihm dieses spitzbübische Flair verlieh, das sein Gegenüber gleichsam adelte und einnahm. Er hatte keine Ahnung, was der Kerl gesagt hatte. Es war unwichtig.

Jener, der mal gesagt hatte, unter dem Regime eines Tyrannen sei im Grunde weniger die Masse der Untertanen zu bedauern als vielmehr der Pulk der Günstlinge, lag richtig. Jener Ring von Personen, die zwischen dem Herrscher und dem Volk standen. Die Funktionäre, die staatlich geförderten Intellektuellen und die ganze wohlhabende Klasse derer, die von Privilegien profitieren, weil sie dem Staat nahestehen, ohne den sie kaum überleben würden. Sie müssen die Wünsche des Tyrannen vorwegnehmen und gefallen. Nicht bloß gehorchen, sondern verehren, seine Freude teilen und alles, was sie zur Person macht, aufgeben. Es zerstört sie als Mensch und ist doch der einzige Weg für diesen Schlag Leute, irgendwie über die Runden zu kommen.

Immer dasselbe Spiel. Seit Jahrtausenden.

In diesem Augenblick materialisierte sich einer der gesichtslosen Assistenten Marie Wegeners an seiner Seite.

«Zehn Minuten», flüsterte er und verschwand wieder.

«Genießen Sie den Abend», hörte er Joan sagen, und wieder berührte ihre Hand wie das Flügelpaar eines Schmetterlings kaum wahrnehmbar seidenen Stoff und entließ die beiden auf eine Art, die besagte, dass sie es vorgezogen hätte, den gesamten Abend in ihrer Gesellschaft zu verbringen.

«Traust du Grabowsky?», fragte er, als sie, für Sekunden unter sich, in Richtung des Bühnenbereichs schlenderten.

«Christian? Natürlich, Eric. Mein Gott – wir leben seit acht Jahren quasi mit ihm zusammen. Was ist das für eine seltsame Frage?»

Sie strahlte bereits wieder, bevor er zu einer Antwort anheben konnte. Eine weitere Begrüßung. Die Bundesbeauftragte für Kultur und Medien mitsamt Partner.

Küsschen diesmal. Man kannte sich, hatte zusammen während des Wahlkampfs ein furchteinflößendes Wochenende «unter Freunden» verbracht. Die Frau hatte eine halbgefrorene Ente kredenzt, matschigen Reis, eine süßsaure Traubensoße, die aus Kernen zu bestehen schien und nach Antibiotika schmeckte. Endlose deprimierende Vertraulichkeit – unverdaulich und nur mit großen Mengen Alkohol zu schlucken. Ein wunderbarer Anlass, verkündete sie jetzt. Und wunderbar, dass man sich treffe.

«Ihr beiden seht einfach umwerfend aus. Das Amt scheint euch zu bekommen!»

Exaltiertes Lachen. Eric Hessberg sah die ganze Zeit über das halbgare Fleisch des blutigen Vogels vor sich. Diesmal war *er* es, der Joan die Finger in den Arm bohrte. Sie verstand und drückte den beiden ihr Bedauern darüber aus, dass man Verpflichtungen – Erics Rede, lästig, Augenverdrehen – habe. Es wäre so schön, wieder einmal einen Abend ganz «en privé» zu verbringen. Ja – man würde telefonieren. Unbedingt.

Und wieder hatten sie ein paar Sekunden für sich. Hessberg sprach, sobald das Paar außer Hörweite war. Schnell, drängend jetzt.

«Ich hab es dir schon mal gesagt, Joan: Da läuft was. Und zwar etwas Großes und hinter meinem Rücken. Erinnerst du dich? Dieser eigenartige Wortwechsel zwischen Arndt und Bahlow, den Grabowsky unterbunden hat? Wo es um die Händelallee ging und darum, ob ‹alles bereit› sei? Ich habe recherchieren lassen, Joan. An der Händelallee hat sich eine Gruppe undurchsichtiger Organisationen eingerichtet, die mit dem USEUCOM, dem BND, Grabowsky und dem Verteidigungsministerium und meinem Kanzleramtschef in Verbindung steht.»

«Das hatten wir doch schon, Eric», sagte Joan lächelnd, während sie ein weiteres audienzwilliges Paar ansteuerte. «Ich dachte, du hättest verstanden, wo unser Platz ist. Warum …?»

Weiter kam sie nicht. Hessberg sprach weiter, während er ihren schlendernden Gang noch verlangsamte:

«Zu der Gruppe gehört auch eine Brüsseler Organisation, die sich ‹East StratCom Task Force› nennt. Es ist ein strategisches Kommunikationsteam des Europäischen Auswärtigen Diensts unter der Leitung einer gewissen Sibel Marquardt, dessen Auftrag sich in der kryptischen Formel ‹proaktive Kommunikation› verbirgt. Was wollen die hier in Berlin? Und warum informiert mich keiner darüber? Und warum geht der Chef des USEUCOM dort ein und aus? Und bevor du einwendest, dafür könne es hundert Gründe – von der Effizienz bis hin zur sich verändernden Gefahrenlage – geben: Das ist alles richtig und möglich. Aber es passt nicht zu dem, was man mir und der Öffentlichkeit bis zum Erbrechen einhämmert: Dass Europa seine Verpflichtungen und seine Verantwortung in Verteidigungsfragen wahrnehmen müsse, dass die Zeit, wo man sich auf Amerika verlassen könne, vorbei sei … blablabla. Warum dann zeitgleich und im Versteckten das Gerüst für eine intensivere Kooperation schaffen – und genau danach sieht es aus –, wo man sich doch angeblich vom Acker machen will? Und dass man mich auch hierüber nicht informiert hat, brauche ich dir wohl auch nicht zu sagen.»

Abrupt hielt Hessberg inne. Sie waren bei dem Paar angelangt. Ein ausgemergelter Fünfzigjähriger mit Gelfrisur. Der zur Schau gestellte Menschenhass schrie aus jeder Falte seines ungebügelten Hemdes und seines Lächelns, dass er bloß Überdruss sei. Müde der Erniedrigung und Verrenkung vorgetäuschter Reaktion und pubertärer Dauerrebellion, deren Grund dreißig Jahre jünger und im Moment sichtbar gelangweilt an seinem Arm hing.

Der gönnerhaft-vorwurfsvolle Ton in der Stimme, die Hessberg begrüßte und im selben Atemzug hinzufügte, es sei höchste Zeit gewesen, einen Anlass wie diesen ganz der Kulturförderung zu widmen, missriet zur hohlen Formel jener, die Inhalte längst durch Jargon ersetzt hatten. Für eine Sekunde schien es dem Mann selber peinlich zu sein. Joan griff indes herzhaft nach seinem Unterarm und teilte ihm strahlend mit, sie sehe das genauso.

«Ich sage seit Monaten zu Eric – nicht wahr, Liebling? –, dass man die Aufmerksamkeit gerade in der Kultur auf das Thema Finanzierung richten muss. So trocken und deprimierend es auch ist. Wir sind uns das selber schuldig. Und der nächsten Generation auch. Man sagte mir, Sie würden heute Abend einen Vortrag halten. Ich freue mich sehr darauf.» Und sich verschwörerisch nach vorne neigend: «Wenn ich ehrlich bin, retten Sie mir den Abend.»

Letzteres flüsternd und von lautlosem Lachen begleitet. Hessberg achtete nicht auf die Antwort des Mannes, stellte aber fest, dass in dessen Augen ein Schatten von Bedauern trat. Ob dieser dem Umstand geschuldet war, dass das Kind an seinem Arm nicht Joan war, oder der Einsicht, dass, wer um zu überleben kroch wie ein Hund, auch getreten wurde wie ein solcher – und sei es auf die charmanteste Art der Welt –, erschloss sich ihm nicht. Er lauerte bloß darauf, erneut den vertrauten Druck von Joans Hand am Arm zu fühlen, der ihm mitteilte, dass sie hier fertig wären.

Als er endlich kam, nahm er den Faden wieder auf, als wären sie nie unterbrochen worden: «Und als sei es nicht genug damit, dass das USEUCOM und diese obskure Task Force quasi gemeinsam Quartier nehmen», fuhr er fort, «gesellt sich außerdem noch Bahlow, mein Verteidigungsminister, dazu, der BND in Person von Juchatz und ein Finanzdienstleister, der irgendwie in Verbindung mit Guido Erhardt, dem ehemaligen BND-Chef, steht. Und mittendrin sitzt Grabowsky wie eine Spinne und zieht die Fäden.»

Hessberg nickte lächelnd in Richtung von ein paar Leuten, während er auf seine Armbanduhr tippte und in Richtung Bühne zeigte. *Sorry, Leute, geht grad nicht – ich muss da rauf.*

Und weiter zu Joan: «Ich weiß, was du sagen willst, Joan. Wir sind Dekoration und Darsteller. Die Geschäfte führt Grabowsky. Geschenkt. Aber warum, verdammt noch mal, ist es dann so wichtig, mir all das zu verheimlichen? Und zwar mit einem Aufwand, der nur den Schluss zulässt, dass da nicht nur etwas Großes und Geheimes läuft, sondern vor allem etwas Schmutziges. Meine Telefone werden abgehört, mein Wagen ist verwanzt. Und ich gehe davon aus, dass auch deine Geräte und unser Haus überwacht werden. Im Ernst: Klingt das nach Business as usual für dich?»

Sie waren in dem Bereich neben der Bühne angelangt, wo Wegeners Assistent sie in Empfang nahm und durch eine Tür bugsierte, als wären sie nicht zwei Menschen, sondern wirklich «das Paket» und «die Lieferung», wie man sie im Jargon der sie stets unsichtbar umgebenden, «Sicherungsgruppe» genannten Menschenbarrikade bezeichnete.

Der Raum, in dem sie landeten, war ein Korridor im Luftschutzkeller-Stil. Klaustrophobische Enge, nackter Beton, ein kompliziertes System sichtbarer Röhren und Leitungen an der Decke. Hessberg kam es für einen Moment vor, als würden sie in die Eingeweide eines gigantischen Organismus eindringen. Fast erwartete er, die Wände atmend sich dehnen zu sehen. Es war merklich kühler hier. Und vor allem stiller.

Joans Stimme klang viel zu laut, als sie sprach:

«Du sagtest vorhin, du hättest recherchieren lassen.» Und in einen Flüsterton wechselnd: «Wie, Eric? Wen hast du mit den Recherchen beauftragt?»

Hessberg wusste weder in diesem Moment noch später zu sagen, warum er auswich, nur die halbe Wahrheit preisgab und Michael Kron unerwähnt ließ. Die einzige Erklärung, die er dafür hatte, war, dass er ein Spieler war. Und dass ein Spieler spielt. Immer. Auch und gerade dann, wenn er alle Quoten gegen sich hat und es weiß. Aber es war das erste Mal, dass er es mit Joan tat.

«‹Recherchieren lassen› ist zu viel gesagt», hörte er sich antworten und sah sich gleichzeitig eine Grenze überschreiten, von der er nicht wusste, ob sie ein Zurück zulassen würde. «Ich habe bloß mit einem alten Uni-Kumpel gesprochen, der eine Zeitlang Zugriff auf klassierte Dokumente hatte. Sven Mieling.»

Joan fuhr zu ihm herum. «Was?»

Ihr Fragen war ein unterdrückter Schrei. Hessberg erschrak. Instinktiv griff er nach ihr und hielt sie an den Armen fest, als befürchtete er, sie könnte fallen. Aus dem Nichts erschienen zwei bewaffnete Personenschützer. Der Assistent stand ratlos daneben. Seine Checkliste sah keinen derartigen Zwischenfall vor.

«Was ist los, Joan? Was ist mit dir?»

«Alles okay. Alles okay», sagte sie schließlich.

Es war weniger eine Antwort auf Hessbergs Frage als eine Anweisung in Richtung der beiden BKA-Beamten. Sie verstanden und machten kehrt. Für Sinnkrisen und andere Verfallserscheinungen waren sie nicht zuständig.

«Was ist los, Joan?», wiederholte Hessberg. Und in Richtung des Assistenten: «Verschwinden Sie. Los!»

«Wir kommen gleich nach», ergänzte Joan, die den Schrecken im Gesicht des jungen Mannes richtig deutete: Bei Marie Wegener gab es für das Abweichen von Protokollen kein Pardon. Würde irgendwas von dem hier bekannt oder – schlimmer noch – sich Joan im Notfall nicht daran erinnern, ein gutes Wort für ihn einzulegen, wäre er beruflich so gut wie tot. Geknickt machte er sich von dannen.

Endlich waren sie allein.

«Sagtest du eben: Sven Mieling?»

Ihr Fragen war ein Flehen.

Hessberg war alarmiert, ohne zu wissen, warum.

«Ja», antwortete er. «Warum fragst du?»

«Sven Mieling ist tot, Eric. Der Name sagte mir nichts, als heute die Trauerkarte mit einem Memo von Arndt betreffend Terminänderungen für nächste Woche eintraf. Mein Gott … es tut mir leid, Eric.»

«Wie?», stieß Hessberg hervor. Seine Hände umfassten immer noch ihre Oberarme. Der Griff war zum Krallen geworden. Sein Blick hatte etwas Wahnhaftes an sich. «Wie, Joan?»

Endlich verstand sie: «Er hat sich aufgehängt. Im Ferienchalet der Familie im Allgäu.»

War das Außerhalb, aus dem heraus Hessberg sich vorhin hatte eine Grenze überschreiten sehen, ein nahes gewesen, war jenes, in das er jetzt katapultiert wurde, in einer anderen Dimension. Roter Nebel bildete sich vor seinen Augen, Hören und Fühlen wurden zu dumpfem Dröhnen. Er selber glitt, fiel für Sekunden, bevor irgendetwas, von dem er nicht zu sagen vermochte, was es war, ihn auffing. Dann war er wieder da. Auf seltsame Art schwerelos jetzt, unverwundbar und ohne dass der geringste Skrupel in ihm übriggeblieben wäre.

Im Dunkeln etwas weiter vorne im Korridor eine Bewegung. Der Assistent.

«Ich komme gleich», sagte Hessberg in seine Richtung. Freundlich diesmal. «Komm, Joan. Wir reden später weiter.»

«Aber ...»

«Alles gut, Joan. Mir geht es gut. Glaub mir. Komm jetzt.» Diesmal war er es, der führte, während Joan sich an seinem Arm hängend mitziehen ließ. Er fasste ihre Hand, drückte sie. *Es ist gut, Liebling. Alles ist gut.*

«Wie viel?», fragte er den Assistenten, als sie bei ihm ankamen.

«Drei Minuten Verspätung. Toleranzbereich», antwortete dieser sichtlich dankbar, wieder auf dem Geleise eindeutiger Handlungsanweisungen zu sein.

Rechter Hand tat sich in der Mauer eine dunkle Öffnung auf. Ein weiterer Durchgang. Kaum beleuchtet. Er war nur ein paar Meter lang, dann folgten ein paar Stufen, die von der Seite her direkt auf die Bühne führten. Der Assistent trat zur Seite und entließ sie mit der bekümmerten Miene einer Mutter, die ihr einziges Kind in die Welt entlässt.

Hessberg hielt Joan immer noch an der Hand, fühlte aber, dass sie sich gefangen hatte und ihr Griff von neuer Kraft war. *Wir beide könnten unschlagbar sein, wenn wir wollten! ...* Er öffnete die Tür oberhalb der Stufen. Vor ihm lag die Bühne. Auf der gegenüberliegenden Seite war eine weitere Tür. In ihrem Rahmen stand wartend der Direktor des Hauses. Als er sie sah, setzte er seine kleine runde Gestalt in Bewegung und ging in kugelndem Gang in Richtung Rednerpult und Mikrofon.

Nach und nach verstummte das Stimmengewirr im festlichen Saal.

Hessberg achtete nicht auf die Worte des Mannes, von dem jeder wusste, dass er sich ausschließlich durch Intrigen, Druck, Bestechung und das belegbare Wissen um die Inkompetenz anderer auf seinem Posten hielt. Die fettleibige Personifizierung dessen, was heute allgemein als «Lokalpolitik», wahlweise «Innenpolitik» bezeichnet wurde.

Seine Gedanken rasten, Fragmente des Grußwortes, das er gleich zu halten hätte, stürzten sich chaotisch vermengend mit dem eben Erfahrenen auf eine Art Kulminationspunkt zu. Er ließ es geschehen. Im selben Moment, als er seinen Namen hörte, das Aufbranden von Applaus, kamen auch seine Gedanken zum Stillstand. Was blieb, war ein einzelnes Wort: Bundeskanzler. Sein Titel, den er ab genau diesem Moment zu seinem Amt machen würde.

Strahlend, Joan an der Hand führend, trat er auf die Bühne. Die Hand des Direktors, die er schüttelte, fühlte sich an wie die eines übergewichtigen Kindes. Er trat an das Rednerpult. Lächelte sein berühmtes Lächeln, von dem er wusste, dass es auf jeden unwiderstehlich wirkte. Fast schien der Saal zu seufzen, als er es der Zuhörerschaft entriss und auf Joan richtete, die schräg hinter ihm stand.

«Liebe Freunde, liebe Gäste», hob er an. «Dass ich heute Abend hier bin – zum Glück hier bin –, verdanke ich allein meiner Frau. Ob dieser Umstand für Sie ein Glück ist, steht auf einem anderen Blatt.»

Pause.

Lachen.

«Bei der Terminplanung für diese Woche hielt ich es für wichtiger, heute Abend dem Ruf des Präsidenten des Europäischen Rates zu einer Sondersitzung mit den anderen Regierungschefs in Brüssel zu folgen, um endlich eine Einigung über den langfristigen Haushaltsplan der EU bis 2029 zu erreichen. Und es war meine wunderbare Frau, die mich davon überzeugte, stattdessen an dieser Benefizveranstaltung teilzunehmen. ‹Was auch immer dieses Budget enthält oder nicht, Eric›, sagte sie zu mir, ‹Deutschland wird den größten Teil dafür zu schultern haben. Um das zu wissen, brauchst du nicht extra nach Brüssel zu fahren›.»

Erneutes Lachen.

Verhalten diesmal – unsicher: Die EU, ihre Funktionen und Symbole zu karikieren – und sei es noch so liebevoll – galt als Ketzerei. Die Scheiterhaufen des Politischen standen bereit, das Netzwerk der Spitzel durchdrang längst alles.

«Aber auch hier, liebe Freunde», fuhr Hessberg fort, « – auch hier in unserer wunderbaren Staatsoper, die auf Ewigem ruht und Zeitloses erschafft und hegt und pflegt, kommen wir – und widerstrebe es uns noch so sehr – um das Thema Geld nicht herum. Wenn wir dieses Haus und unsere jahrhundertealten Institutionen der Kultur so erhalten wollen für jene, die nach uns kommen, dann dürfen wir uns nicht drücken vor zähem Ringen, vor Rechnereien und harten Entscheidungen.»

Jetzt war er drin im Fluss dessen, worin er unschlagbar war, und würde die Rede durchziehen. Würde seine Zuhörerschaft, wie nur er es konnte, aufs Glatteis führen und verunsichern, sie ins Chaos stürzen und ins Ungewisse, ihr Angst einjagen und sie schließlich erlösen. Am Ende wären alle durch die Mangel gedreht, ernüchtert und gleichsam geadelt, glücklich und dankbar, hier zu sein.

Er schaffte es immer wieder.

Aber diesmal kam es nicht dazu.

Gerade als er die Menschen, die ihm zuhörten, noch einen Schritt näher an den Abgrund führte, an dessen Rand man seit Jahren feierte, trat der Assistent aus dem Hintergrund auf die Bühne. Er ging an Joan vorbei, trat an Hessberg heran und flüsterte ihm etwas ins Ohr. Wer nahe genug an ihm dran war, konnte sehen, dass seine Stirn sich kurz in Falten legte. Und er hätte festgestellt, dass nicht Überraschung oder Erschrecken sich auf seinen Zügen spiegelte, sondern die Gelassenheit eines Mannes, der hörte, womit er, ohne es zu wissen, gerechnet hatte.

«Entschuldigen Sie bitte», sagte er knapp in das Mikrofon und folgte dem Assistenten zum Seitenaufgang.

Seine Frau folgte den beiden.

✦ ✦ ✦

Konstanz, Masdar-Naqiun-Moschee

Die Moschee ihrer Kindheit war ein alter Kolonialwarenladen gewesen. Vom Gehsteig war man eingetreten in das von einer rätselhaften Statik gehaltene, bis an die Decke reichende Chaos unzählbarer Dinge, die feilgeboten wurden. Küchenutensilien, Schlüsselanhänger, Datteln, Säcke mit Hirse, Hülsenfrüchte und Reis, Espadrilles, Gebetsteppiche, -perlen und -kappen, Feigen, Süßigkeiten, Javelwasser und glitzernde Mädchenkleider bildeten eine dem Auge verborgene Ordnung, die sich jedem Kinderherz erschloss.

Für Essia war das wöchentliche Durchschreiten dieser magischen Schlucht sich neigender Wände der Gang in eine andere, verzauberte Wirklichkeit hinter der Welt gewesen. Im rückwärtigen Teil des Ladens neben der Vitrine mit den farbigen Süßigkeiten und kaum sichtbar die reich mit einem Mosaik aus farbigen Glasplättchen verzierte Tür, hinter der Gott wohnte.

Diese für das Mädchen von damals feststehende Tatsache hatte nichts mit der Größe des Raums zu tun, in den man eintrat. Die uferlose Stille war es, welche die Stimmen der sich nickend Begrüßenden ebenso zu erfassen schien wie ihre Bewegungen.

Die Stille …

Und die Zeit, die hier eine andere zu sein schien.

Als gäbe es sie gar nicht in dieser Welt.

Als wäre man selber noch gar nicht geboren.

Ein Gedanke Gottes bloß.

Schlummernd, schweigend, unberührt …

Dieses Bild war in ihr erstanden, als Marouan ihr im Hotel, wo sie die Nacht zu verbringen gedachten, den Moscheebesuch vorgeschlagen hatte. Kurz hatte sie sich über die Tatsache gewundert, dass er, dessen Aufgabe in erster Linie darin bestand, sie zu bremsen, ihr einen weiteren Drink gemixt hatte, ohne dass sie danach gefragt hätte. Seine Argumente für den Moscheebesuch – der Imam ein Bekannter aus alten Tagen, Fastenbrechen – waren ins Leere gesprochen gewesen. Ganz und gar unnötig.

Es schien ihr wie ein Zeichen des Himmels zu sein, nach all den Jahren und just am Tag ihrer Reise in die Schweiz, wo Marouan irgendwo in der Stille der Alpen oder Voralpen ein neues Refugium für die Zeiten der Pause für sie gefunden hatte, an den Ort und in die Welt ihrer Kindheit zurückzukehren. Jetzt war die richtige Zeit dafür. Sie wollte dahin zurück.

Dann waren sie vorhin auf dem Weg zur Moschee unter den Bäumen der Reichenaustraße hervorgetreten, und das Bild, das spiegelnd und flimmernd auf der Oberfläche ihres Wodka-getränkten Seins und Erwartens getrieben hatte, war dumpf geworden und verschwunden. Als hätte man es abgeschaltet.

Geblieben war der graue kubische Bau mit Kuppel, an dessen Seite ein Minarett mindestens 30 Meter hoch kriegerisch gen Himmel ragte. Alles Uferlose und Ewige, das der kleine Laden ihrer Kindheit wie ein Juwel in sich geborgen hatte, war hier im jämmerlichen Bemühen seiner weltlichen Abbildung der Lächerlichkeit menschlicher Begrenztheit gewichen.

Ohne es zu merken, verlangsamte sie jetzt ihre Schritte.

«Was ist?», fragte Marouan.

«Ich weiß nicht, ob ich da hinein möchte», antwortete sie und blieb stehen. Geduckt, fast wie in Erwartung eines Schlags. Marouan hatte sie nie geschlagen – aber seit dem Morgen in dem kleinen Holzhaus in Frankreich, als er rausgestürmt war, um zu beten, und mit einem bespuckten Gebetsteppich zurückgekehrt war, hatte ein Teil von ihr damit gerechnet. Unbegründet bis jetzt: Er war danach wieder ganz der Alte gewesen während der letzten Tage in Berlin, und sie konnte sich schlicht nicht vorstellen, wie sie den Marathon von einem Interview in die nächste Maske und zum nächsten Gig und in die nächste After-Show-Party hinter sich gebracht hätte, wäre er nicht bestimmt und zielsicher Raum schaffend an ihrer Seite gewesen wie stets.

«Warum nicht? Was ist los?», fragte er, trat vor sie hin und zupfte auf ungeduldige Weise zärtlich den Schleier zurecht, den sie trug, um nicht erkannt zu werden.

«Ich weiß nicht. Dieses Haus. Es ist kein Gotteshaus. Es ist lächerlich. Unten am Fluss …»

«Nur kurz, Essia», unterbrach er sie. «Versprochen. Ich will nur ganz kurz ein paar Worte mit diesem Bruder wechseln. Er erwartet mich. Dann können wir meinetwegen an den Fluss, wenn du willst. Okay?»

«Okay», sagte sie und atmete tief ein, bevor sie weitergingen auf die beiden Holztüren zu, durch die Männer und Frauen getrennt in die Moschee eintraten.

Erneut wunderte sich der routinierte Teil des ewig nüchternen Profis in ihr, der sie nebst allem auch war: Marouan, der jede Minute ihrer Tage durchtaktete, eilte, kaum hatte er ihr «Okay» vernommen, in Richtung des Männereingangs und verschwand. Kein Checken der Uhrzeit auf dem Handy wie sonst immer, keine Instruktion, wann man sich treffen würde und wo.

Der Gedanke entfloh, bevor sie ihn zu fassen kriegte. Sie ging mit gesenktem Kopf und ohne jemanden anzublicken auf die Tür der Frauen zu, trat ein und direkt in den Waschraum. Im Gebetsraum kniete sie sich so weit hinten wie möglich hin. Es wurde besser jetzt. Das versunkene Bild von früher war wieder da. Verschwommen zwar und undeutlich, aber sie war froh, hier zu sein.

Auf dem Bildschirm vorne trat der Imam in das Kamerafeld. Er sprach deutsch. Sie verstand nicht, was er sagte, und lauschte der Predigt mit geschlossenen Augen, als wäre es Musik. Dann kam von hinten, vom Vorraum her, ein Knall. Sie wusste instinktiv, dass er von einer der schweren Holztüren kam, die gegen die Wand donnerte. Ihm folgten Sekunden einer Stille, die so dicht und allumfassend war, wie sie nur gewesen sein konnte, als noch kein Leben, kein Hauch, kein Flüstern den Äther bewegt hatten.

Essia lächelte.

Das war sie:

Die Stille ihrer Kindheit, in der Gott wohnte.

Als die ersten Schüsse fielen, lächelte sie noch immer. Ob das Schreien erst da einsetzte oder ob sie es bloß nicht gehört hatte, vermochte sie später nicht mehr zu sagen. Es war überall. Und ebenso war mit einem Schlag überall Rauch. Beißender, Atem zersetzender, ätzender Rauch.

Und wieder folgte sie einem Instinkt, als sie den Drang, auf die

Beine zu kommen, unterdrückte und sich stattdessen flach auf den Boden legte. Menschen traten ihr auf die Beine, auf die Hände und in den Leib beim panisch-stolpernden Lauf direkt hinein in das Mündungsfeuer, das dort, wo die Tür war, durch den Rauch hindurch aufflackerte.

Essia fühlte die rauen Fasern eines Teppichs an ihrer Wange. Die Luft klärte sich ein wenig. Sie sah jetzt Schemen von Menschen, hörte nur noch vereinzeltes Schreien. Weiter weg diesmal. Es kam von nebenan, wo die Männer waren. Hier um sie her nur noch Wimmern und vereinzeltes Stöhnen. Das Geräusch einer letzten Salve. Dumpf nur und sich entfernend. Dann wieder Stille. Als Nächstes von weit her, wie aus einer anderen Welt, eine Sirene. Dann packte jemand sie am Oberkörper, riss sie hoch und in ein paar Arme.

«Marouan?»

Keine Antwort. Bloß Atem. Erstickt, weinend vielleicht. Sie klammerte sich an ihn, als würde erst jetzt die Gefahr Realität und sie seines Schutzes bedürfen.

✦ ✦ ✦

Berlin, Dahlem

Brun und Rachmanowitsch kamen fast gleichzeitig zum Tisch zurück und legten ihre Handys hin, als wären sie etwas anderes als harmlose Kommunikationsgeräte. Wortlos wurde eine Frage gestellt und beantwortet. Rachmanowitsch übernahm das Reden:

«Eben haben in sechs verschiedenen Städten in Deutschland Anschläge stattgefunden. Konstanz, Freiburg, Stuttgart, München, Augsburg und Passau. Allesamt in Moscheen, in muslimischen Gemeindezentren und Synagogen. Betroffen sind acht Einrichtungen. Opferzahl bisher unbekannt, aber hoch, da die Muslime den Abschluss des Fastenmonats gefeiert haben. Männer, Frauen, Kinder. Ersten Informationen zufolge muss davon ausgegangen werden, dass es sich bei den Ereignissen um professionelle Arbeit handelt. Die Anschläge fanden allesamt auf die Minute zur selben Zeit statt und liefen überall haargenau gleich ab. Kurz nach Beginn der Predigt drangen jeweils vier Mann in das Gebäude ein, warfen Reizstoffwurfkörper mit Raucheffekt und eröffneten anschließend das Feuer. Augenzeugenberichte lassen auf den Einsatz von Maschinenpistolen schließen.»

Und nach einer Pause:

«Die haben die Menschen einfach niedergemäht und sind dann verschwunden.»

«Hinter die Schweizer Grenze», kam es von Brun.

Die Worte schlugen ein wie etwas mit großer Sprengkraft. Und wie etwas Giftiges.

«Was sagst du da?» Piets Fragen war nicht laut – und trotzdem nah an einem Brüllen.

«Das eben war Jo», erklärte Brun. «Es gibt ein hartnäckiges Gerücht – er selber spricht von gezielt gestreuter, nicht verifizierter Information von deutscher Behördenseite –, wonach vieles darauf hindeute, dass es sich bei den Tätern um eine Gruppe handle, die ihre Operationsbasis in der Schweiz habe.»

Es war Sava, die in Worte fasste, was jeder im Team dachte: «Okay – wie lange ist das jetzt her? Anderthalb Stunden? Zwei? Und schon deutet vieles darauf hin, dass die Schweiz als Planungs- und Rückzugsort gedient hat? Ist das deren scheiß Ernst? Pardon! Aber im Klartext heißt das doch nichts anderes, als dass es genau zwei Möglichkeiten gibt: Erstens, wenn diese Vermutung mehr ist als eine Vermutung, nämlich eine Information, dann bedeutet das, dass die Deutschen davon gewusst und es vorgezogen haben, es für sich zu behalten.»

«Oder zweitens?» Nouriels Stimme sprach davon, dass er Savas Gedanken vorwegnahm und nur hören wollte, was für ihn längst ebenso klar war.

«Zweitens: Wenn es nicht mehr ist als ein Gerücht, dann ist es eine gezielt gestreute Falschinformation, um uns …»

«… zu beschäftigen, indem man uns die ganze Scheiße in die Schuhe schiebt», ergänzte Nouriel, der nicht an sich halten konnte: «Das ist genau dieselbe Nummer wie mit den Basler Anrufen, bloß dass es diesmal offenbar nicht Gotteskrieger, sondern eine Bande abgehalfterter Rassisten sein soll. Für wie beschissen unbedarft halten die uns eigentlich? Glauben die wirklich, die Öffentlichkeit schlucke es, wenn man ihr weismacht, bei uns habe sich unter dem Radar sämtlicher Sicherheitsbehörden eine Art Nazi-Armee gebildet, die nun quasi zum Angriff übergehe? Herrgott …! Das kann doch wirklich nicht deren Ernst sein!»

«Und doch scheint es genau darauf hinauszulaufen», beantwortete Rachmanowitsch die Frage, die keine war. «Kurze Ermittlungsstränge, an deren Ende alles auf einen kleinen Querulanten-Staat von Rosinenpickern hindeutet … Man kennt es ja.»

«Dann sind die Gerüchte also bereits bis zu euch gelangt?», hakte Brun nach.

Rachmanowitsch nickte, und Brun fasste in Worte, was gesagt werden musste: «Machen wir uns nichts vor, Leute. Die Sache ist die: So, wie unser Laden in den vergangenen Jahren unter Hiller und Besson geführt worden ist, wird es voraussichtlich mehr Leute geben, die einer solchen Geschichte Glauben schenken, als solche, die es nicht tun. Sie haben mein ganzes Verständnis. Ich würde sehr wahrscheinlich genauso denken. Hinzu kommt die Tatsache, dass ich es noch nie – ich betone: nie – erlebt habe, dass Politik oder Medien der Möglichkeit widerstanden hätten, einen Schuldigen zu präsentieren. Im Gegenteil: Ich höre schon jetzt die Korken knallen in Fraktionszimmern und Redaktionsstuben.»

Und in Rachmanowitschs Richtung:

«Wie gesagt – es ist in der Tat nichts Neues. Die Fragen, die uns zu interessieren haben und von denen wir uns durch nichts ablenken lassen sollten, sind die folgenden: Was geschieht hier wirklich gerade? Steht es im Zusammenhang mit unseren bisherigen Ermittlungen? Was ist unser Ziel? Und: Ist es immer noch ein gemeinsames Ziel, oder trennen sich unsere Wege hier? Morgen wird es erste Schlagzeiten des Inhalts geben, wonach Schweizer Rechtsextremisten Juden und Muslime abgeschlachtet haben. Männer, Frauen und Kinder. Und dass die Schuld an den Massakern bei den Schweizer Sicherheitsbehörden liegt, zu denen meine Leute und ich gehören. Damit ist umzugehen oder eben nicht.»

Eine Weile war es still in der Halle. Schließlich war es Rachmanowitsch, der das Wort ergriff:

«Als Obama 2014 die Stellungen des Islamischen Staates im Irak bombardieren ließ, war das in Wahrheit ein Täuschungsmanöver von unserer Seite. Auch Abu Bakr al-Baghdadi war einer von uns. Der neue Kalif sowieso. Dass Trump gewählt wurde, geht in Wahrheit ebenso auf unsere Kappe wie jeder in den letzten 20 Jahren aufgetretene Virus mit Pandemiepotenzial. Die Ibiza-Affäre in Österreich, die Migrationskrise, die erste Finanzkrise, die Virus-Krise und bestimmt auch jene, die jeden Moment losgeht – alles in Wahrheit wenn nicht von uns Israelis inszeniert, so doch wenigstens unsere Schuld. Und sei es nur indirekt durch die Tatsache, dass es uns gibt. Jeder halbwegs kritische Blogger wird mittlerweile in den Reihen des Weltjudentums verortet, jede Oppositionspartei, jede verpatzte Gemeinderatswahl …»

Rachmanowisch hielt kurz inne, schaute in die Runde:

«Was ich sagen will: Was ihr möglicherweise gerade erlebt, ist seit Hunderten von Jahren unser täglich Brot. Denn schließlich gibt es nichts Besseres zur Überbrückung von Differenzen als das Band eines gemeinsamen Feindes oder Schuldigen – was oft auf dasselbe hinausläuft. Vergessen sind mit einem Schlag Target-2-Salden, die den Ruin einer ganzer Generation bedeuten; vergessen die Disziplinlosigkeit in Haushaltsfragen der Südstaaten; weggewischt die Bedenken Einzelner, wenn es um die totale Integration Europas geht. Man steht zusammen wie ein Mann gegen den Feind. Und wenn jemand weiß, was es heißt, dieser Feind zu sein und als reale Menschen hinter solcher Scheinwahrheit zu leben, dann sind *wir* das. Im Moment soll es zur Abwechslung wieder mal die Schweiz sein. Ihr. Aber ich wette meine Schusshand darauf, dass es keine 24 Stunden dauern wird, bis irgendwo im Netz die Theorie einer *False Flag* auftaucht. Wir lassen schließlich – so die unterschwellige Meinung – seit Jahrtausenden unsere Kinder für den Baal durchs Feuer gehen. Ein paar tote Juden wären da das Letzte, was uns aufhalten könnte. So sieht es aus, und ich schlage vor, wir tun genau das, was wir bisher getan haben: Wir arbeiten. Zusammen. Wir versuchen die Frage zu beantworten, was hier gerade läuft und ob es in einem Zusammenhang mit dem Bisherigen steht. Wenn ihr mich fragt: Ja. Es stinkt gewaltig. Angefangen bei einem Mitarbeiter von McKinsey, diesem Sven Mieling, der für den deutschen Bundeskanzler offenbar denselben Spuren folgte wie wir, der irgendwie auf dem Radar des BND erschien und überprüft werden soll, und der sich scheinbar aus heiterem Himmel dazu entscheidet, sich im Ferienhaus seiner Familie zu erhängen. Weiter haben wir eine neue SMS, die zwischen denselben Geräten in Spanien und Deutschland ausgetauscht wurde wie die erste. Wortlaut der neuen Mitteilung: *OPCHERIS*. Was das bedeuten soll, wissen wir zurzeit …»

Weiter kam Rachmanowitsch nicht. Die Worte, mit der Jezreel, obwohl sie sehr leise sprach, ihn unterbrach, waren eine weitere Detonation: «OP für Operation, CH für Schweiz, Eris der Name der Operation», sagte sie.

«Wieder ein griechischer Gott?», fragte Piet, bevor die anderen noch richtig verstanden, worum es ging.

«Ja. Eine Göttin diesmal. Jene der Zwietracht und des Streits in der griechischen Mythologie. Ich glaube nicht an Zufall hier. Es passt alles zu gut. Wenn du in kurzer Zeit zwei Dinge gleichzeitig erreichen willst, nämlich angstgetriebenen Zusammenhalt auf der einen und Hass gegen alle, die nicht dazugehören, auf der anderen, dann ist Terror immer noch das effizienteste Mittel. Die Vermutung nicht zuzulassen, dass es eine Verbindung zwischen dieser SMS und einem der größten koordinierten Terroranschläge in der Geschichte der EU geben kann, wäre dumm. Wenn wir mehr wissen wollen, werden wir nicht darum herumkommen, näher ran zu gehen. An diese Anschläge ebenso wie an diese Anlage in Spanien.»

Es war Vali, der sie aus dem Abgrund des Unvorstellbaren holte, in das Jezreels schnörkellose Worte die zwölf Leute gestoßen hatte:

«Im Krieg», sagte er, «– und danach fängt es gerade an zu riechen, auch wenn landauf, landab vom solidarischsten und friedlichsten Europa ever gepredigt wird – verlangt alles Ungeklärte Klärung. Eine sehr alte Wahrheit. Jezreel hat recht – und ich schlage vor, wir halten uns daran. Und dann sehen wir weiter.»

«Aber wie passen dieser arabische Ex-Atlas-Mitarbeiter und Essia Kebdani hier rein?», fragte Sava. «Es passt überhaupt nicht, und gleichzeitig passt es perfekt. Aber ich habe keine Ahnung, warum.»

«Essia Kebdani alias DJ Azeera befand sich zum Zeitpunkt der Anschläge in der Moschee in Konstanz. Ihr Management hat gerade eine entsprechende Pressemitteilung rausgelassen», verkündete Lorenz von seinem Arbeits- und Lebensplatz her. Er klang, als stellte er fest, dass die Milch für sein Müsli alle war. Davon, dass die lapidare Info die Menschen und den Raum selber elektrisierte, schien er nichts zu merken.

Erneut war es Valentin, der die Sache mit der ihm eigenen Ruhe zu Boden holte:

«Apropos Kriegswahrheiten», hob er in Rachmanowitschs und Bruns Richtung blickend an. «Hier ist eine weitere, an die wir uns halten können: Kriege werden durch Stärke gewonnen und nie durch Schwäche verhütet. Darauf können wir uns sicher einigen. Und wir sind uns sicher auch einig darin, dass das für den, der sich daran hält, immer das größere Risiko bedeutet.»

Er sprach langsam, und alles, was gerade eben noch wort- und lautlos brausend alles mit sich zu reißen gedroht hatte, legte sich.

«Solches Risiko ist nicht nur unser Job, sondern auch das, was wir am besten können. Darum schlage ich vor, wir tun es einfach. Carl – du, Jezreel, Nouriel, Sava, Piet, Boas und Joaf, ihr kümmert euch um diesen Ort in Spanien. Ihr fahrt da hin und bringt verwertbare Informationen mit. Yuri – du wirst dich in deiner Funktion mit den Anschlägen und damit mit den Behörden und Botschaftern auseinandersetzen müssen. Das gibt Lorenz, Nik Horn und mir die Deckung, die wir brauchen, um unsererseits die Fühler auszustrecken und uns dieser Sache so anzunehmen, wie es uns ansonsten nicht möglich wäre: persönlich, vor Ort und vor allem schnell. Ich weiß, es verlangt einiges an Organisation, Mitteln und Bewegung – aber es scheint mir das Vernünftigste zu sein. In einer Woche wissen wir dann mehr und können entscheiden, ob es irgendeinen Grund gibt, weiterzumachen oder nicht.»

Und an Brun gewandt:

«Gehe ich richtig in der Annahme, dass wir von Jo grünes Licht haben?»

Brun nickte: «Carte blanche. Alles, was unsere grauen, illusionslosen Herzen begehren – ein Wort genügt, und wir haben es. Geld, Pässe, Fahrzeuge, Equipment. Dass damit allerdings auch das Risiko einhergeht, dass wir uns bereits in einer Woche wieder barfuß oder bestenfalls in Socken auf jeder internationalen Fahndungsliste finden, brauche ich wohl nicht extra zu erwähnen. Wohl aber dies: Wer aussteigen will, der tue es jetzt. Meinen Segen hat er.»

Und als keiner antwortete:

«Gut. Dann schlage ich vor …»

«Warte noch kurz, Carl», bat Valentin. Und auf dessen fragenden Blick hin ihn und Rachmanowitsch gleichsam ins Auge fassend:

«Ich denke, wir sollten Eric Hessberg ins Boot holen. Zumindest den Versuch starten. Alles deutet darauf hin, dass der Mann glaubt, hinters Licht geführt zu werden. Und zwar so sehr, dass er hinter dem Rücken Grabowskys, seines Kabinetts und offenbar auch seiner Frau Recherchen anstrengt, die jetzt vorläufig im Tod jenes Mannes gipfeln, der sie zumindest teilweise für ihn gemacht hat. Und bevor ihr euch entsetzt: Nein – wir gehen da nicht mit Visitenkarten und offiziellem Termin hin, auf Präliminarien jeder Art wird verzichtet. Wir spielen das älteste Spiel der Diplomatie und hoffen, dass er es verstehen wird. Jenes, das darin besteht, ihn quasi als besorgte Privatpersonen aufzusuchen, die ihm einerseits einen wohlerwogenen Überblick über die Situation zur Kenntnis bringen und andererseits zu verstehen geben, dass Geheimhaltung nicht zwingend erforderlich sei. Letzteres dadurch, dass wir es schlicht nicht erwähnen und ihn damit wissen lassen, dass er frei sei, damit zu tun, was ihm richtig erscheint. Kein Druck und nur Trümpfe für ihn. Alle Türen offen. Er kann das Treffen gleich wieder vergessen, oder er kann damit umgehend zu Grabowsky rennen. Klar ist, dass er sofort begreifen wird, dass wir zu irgendeinem Dienst gehören. Aber er braucht sich auch nicht mit der Tatsache zu belasten, welcher es ist. Das spielt weder für ihn noch für uns eine Rolle.»

«Bei allem Respekt: Ich verstehe den Sinn eines solchen Schachzugs nicht», kam es von Rachmanowitsch, dessen verspannte Haltung mehr darüber verriet, was er von dem Vorschlag hielt, als seine Stimme.

Brun konnte nicht ausmachen, ob es ein Lächeln war, das über Valentins Züge glitt, oder bloß ein Schatten, als er antwortete:

«Hessberg ist, glaubt man den Medien, der Kanzler der Herzen. Es ist lange her, dass dieser Posten mit einer derartigen Mehrheit besetzt wurde. Der Rückhalt bei den Leuten ist enorm. Der Messias-Faktor ist nach wie vor stabil. Warum also nicht den Versuch antreten, ihm die Möglichkeit zu geben, diese Position zu stärken? Und zwar durch Informationen, die ihn auch gegenüber Grabowsky in eine Position der Macht hieven könnten. Glaubt mir: Keiner, von dem behauptet wird, er sei das künstliche Produkt, das Resultat eines Konzepts anderer, ist immun gegen die Möglichkeit, diese Gerüchte zu widerlegen, die Macht an sich zu reißen und seinen Erschaffer loszuwerden. Und wenn es das ist, was er will – und darauf verwette ich fünftausend Jahre Macht- und Menschheitsgeschichte –, dann wird er alles tun, um Grabowsky von uns fernzuhalten. Zumindest, bis er mehr weiß.»

«Ich verstehe, was du meinst, Vali», entgegnete Piet, bevor jemand anderes etwas erwidern konnte, «aber ich sehe trotzdem nicht, was das bringen soll. Nehmen wir an, der Kontakt findet statt und er hört uns zu. Sagt vielleicht: ‹Ja, toll›, und geht so weit, uns zu versichern, dass er uns auf jeden Fall den Rücken freihalten wird. Und wie es nun mal so läuft in der Politik: Fünf Minuten später will er davon nie etwas gewusst haben oder hetzt uns die Hunde auf den Hals. Ich sehe da bloß ein zusätzliches Risiko. Stichwort ‹internationale Fahndungslisten›. Könnte sich als Bumerang entpuppen.»

«Du vergisst seine Frau, Joan Hessberg. Glaubt man dem internationalen Tratsch unserer Branche, dann ist sie sein schwacher Punkt. Besser: sein starker Punkt. Frage, wen immer du willst: Hinter jeder vorgehaltenen Hand wird dir einer sagen, vieles deute darauf hin, dass im Grunde *sie* es sei, die alles möglich gemacht habe. Was im besten aller Normalfälle bei Politstars wie den beiden Liebe sei, gehe hier weit darüber hinaus. Hessberg sei wohl Grabowskys

Produkt, Joan Hessberg jedoch sozusagen der Product Manager. Außerdem liebe und verehre er sie abgöttisch. Für sie, so der allgemeine Konsens, würde er buchstäblich alles tun. Das Amt hergeben, auswandern und jede erdenkliche Schuld auf sich nehmen. Nimmt man sie aus seiner Gleichung, dann zerfällt Eric Hessberg zu Staub. Und es ist daher möglich, dass einer, der ihm genau damit droht, auf eine zwar fragwürdige und wacklige, aber kurzfristig nützliche Loyalität bauen kann. Mehr brauchen wir nicht während der kommenden Tage: Jemanden, der einen Grund, hat uns zu schützen. Sei es, weil er damit einen anderen schützt, sei es, weil er sich damit von jenen zu befreien hofft, die ihn unten halten.»

Und an alle gewandt:

«Wie auch immer – eine Überlegung ist es meiner Meinung nach wert. Unsere Chancen stehen nicht schlecht. Und wir können jede Hilfe gebrauchen – und sei es nur dadurch, dass wir Jo im Notfall Beweise dafür liefern können, dass ein solches Gespräch stattgefunden hat. Allerdings sollte die Sache meiner Meinung nach unter maximaler Ausnutzung des Überraschungseffekts über die Bühne gehen. Also heute Nacht. Zurzeit tagt der Krisenstab der Regierung. Hessberg wird todmüde, aufgedreht und im übertragenen Sinn vollkommen unbewaffnet da rauskommen. Das ist das Zeitfenster, das wir ausnutzen sollten. Denn wenn morgen der mediale Amoklauf im Zuge der Berichterstattung rund um die Anschläge seinen Anfang nimmt, wird der Bundeskanzler der meistgefragte Mensch der Welt sein und entweder abtauchen oder den Marathon laufen. Ist dein Mann noch da, Yuri? Der von vorhin? Kann er kurzfristig den Kontakt zu diesem Michael Kron und zum Bundeskanzler herstellen?»

Und ohne eine Antwort abzuwarten:

«Sagtest du nicht vorhin was von Kaffee, Sava?»

✦ ✦ ✦

Berlin, Bundeskanzleramt

Als Eric Hessberg im Bundeskanzleramt eintraf, hatte sein Amtschef, Steffen Arndt, zusammen mit einem Heer von Mitarbeitern und

Marie Wegener bereits alles in die Wege geleitet, damit der in dieser Situation umgehend zu bildende Krisenstab seine Arbeit aufnehmen konnte. Einsatzkräfte, Hilfskräfte, Ämter, Organisationen und Behörden waren alarmiert und hinzugezogen worden. Reserven bereitgestellt, Lotsenstellen vor Ort eingerichtet. Die Führungsräume des Stabs standen bereit, waren gesichert und ausgerüstet.

Arndt selber führte als Leiter Inneres des Stabsdienstes die Kräfte-Übersichten und stellte den Geschäftsablauf sicher. Es war nicht das erste Mal, dass er so etwas auf die Beine stellte.

Im Fall Hessbergs sah das anders aus, und er wurde vom Moment an, als er das Zentrum des Stabs betrat, mitgerissen von einem Sturm der Effizienz und kühler Professionalität, der gleichzeitig etwas Wohltuendes, die Nerven Kitzelndes und Furchteinflößendes vermittelte. Was hier vor seinen Augen ablief, war das Ineinandergreifen der Zahnräder einer Maschinerie, deren Größe und Ausmaß man erst im Ernstfall zu ahnen begann.

Chef Lage und Einsatz in Personalunion war niemand anderes als Peter Juchatz, der Leiter des BND. Zusammen mit einem Team von Leuten des eigenen Diensts, des Verfassungsschutzes, der Polizei, der Rettungsdienste und der Spezialeinheiten aus Militär und Nachrichtendiensten präsentierte er, kaum dass alle versammelt waren, einen Lageüberblick. Er informierte, vollkommen frei von seinem üblichen Gehabe, trocken und in einem emotionslosen Stakkato über den aktuellen Stand der Erkundungen und der Lagemeldungen, über Anzahl und Umfang der Schäden – auch Personenschäden –, über Einsatzschwerpunkte, den Stand der Zusammenarbeit mit den Behörden und Ämtern vor Ort sowie die eingeleiteten Sofortmaßnahmen für Überlebende, Anwohner und Zeugen.

Und obwohl man erst am Anfang der Ermittlungen stand, war Hessberg sofort klar, dass das bisher Bekannte von einer Qualität war, die das Land an sich, seine politischen Konstellationen, die bisher geltenden Rahmenbedingungen für Kooperation und Koexistenz sowie die europäischen Beziehungen verändern konnte. Mit jeder zusätzlichen Information wurde ihm die potenzielle Wucht möglicher Auswirkungen klarer.

Die Anschläge hatten an acht verschiedenen Orten – in Konstanz, Passau, Freiburg im Breisgau, Stuttgart, München und Augsburg – stattgefunden. Vier Moscheen, zwei muslimische Gemeindezentren und zwei Synagogen waren angegriffen worden. Stand jetzt gab es 243 Tote, 105 Verletzte, 72 davon schwer. Sämtliche Angriffe – denn alles deutete darauf hin, dass es genau das war – hatten zur exakt gleichen Zeit stattgefunden. Um Punkt neun Uhr waren jeweils vier Mann in Sturmhauben in die nicht verschlossenen Örtlichkeiten eingedrungen, hatten Rauchbomben mitten unter die Leute geworfen, das Feuer eröffnet und alles, was als Mensch identifizierbar war oder sich bewegte, einfach niedergemäht.

Der Vorgang hatte genau drei Minuten gedauert, dann waren die Männer verschwunden. Eine Ausnahme gab es allerdings: Im Kulturverein des Königreichs Maghreb in Stuttgart hatte einer der Besucher eine illegale Waffe bei sich getragen und das Feuer erwidert. Blut im Eingangsbereich des Kulturzentrums deutete darauf hin, dass er einen der Angreifer verletzt hatte. Die Analyse lief noch, hatte bisher jedoch noch keine Hinweise geliefert.

Weiteren Augenzeugenberichten zufolge war in dem Moment, als die Männer die Lokalitäten verließen, an sämtlichen Orten ein PKW vorgefahren. Jemand wollte Schweizer Kontrollschilder gesehen haben. Die restlichen spärlichen Zeugen hatten nicht darauf geachtet.

Was indes in allen Aussagen übereinstimmte, war, dass die Autos allesamt nicht neu und in schäbigem Allgemeinzustand gewesen waren. Zehnjährige und sogar noch ältere VW-, Mercedes-, Toyota- und Ford-Modelle standen bisher zur Auswahl.

Als Juchatz die Lagepräsentation beendete und das Wort an einen großen, durchtrainierten Mittvierziger in einer Art Kampfanzug übergab, erlaubte Hessberg seinen Gedanken, ein wenig abzuschweifen:

Irgendwann morgen früh um vier oder fünf Uhr würden ihm die aktuellen Berichte geliefert werden, und er würde sie nach ein paar Stunden Schlaf im Bett lesen und ein weiteres Mal das zuwege bringen, von dem Grabowsky nicht müde wurde, es als eine seiner herausragenden Qualitäten zu bezeichnen: die Fähigkeit, in kurzer Zeit schier unbegrenzte Mengen an Information aufzunehmen, einzuordnen und so abzuspeichern, dass er in der Lage war, sie nicht nur ohne zu zögern in eigenen Worten wiederzugeben, sondern sie auch scheinbar spontan weiterzuentwickeln, in andere Kontexte zu stellen und mögliche Konzepte abzuleiten.

Er blickte in die Runde. Der Raum war zu klein für die in ihm befindliche Personenzahl. Am Konferenztisch war nicht nur jeder Platz besetzt, man hatte auch noch zusätzliche Stühle zwischen die anderen geschoben, so dass sich Ellbogen und Knie der dicht gedrängt Sitzenden dauernd berührten. Hinter dieser Stuhlreihe und bis an die Wand standen weitere Personen und folgten Juchatz' Präsentation. Die Luft war zum Greifen. Die wo auch immer aufgetriebenen Früchte glänzten speckig, die Sandwichs wirkten welk, und der Kaffee blieb ebenso unberührt wie die Mineralwasserflaschen.

Ein Teil von Hessbergs Gehirn registrierte die traurige Fracht dessen, was sich hinter dem Wort «Einsatz», über dessen aktuellen Stand der Kampfanzugträger referierte, verbarg. Vokabel um Vokabel bildeten die Worte «Einsatzschwerpunkte», «Befehlsstellen», «Absperrmaßnahmen», «Beweismittelsicherung», «Leichen- und Verletztensammelstellen», «Räumung», «Abstütz- und Sicherungsmaßnahmen für Gebäude» die Glieder einer Kette realen Grauens.

Als der Mann zum Ende kam und Marie Wegener sich zusammen mit Georg Kunze, dem Regierungssprecher, bereit machte, ihrerseits die Fakten zur aktuellen Presse- und Medienlage, zur Presse-Einbindung sowie zu geplanten Konferenzen zu präsentieren, schaltete sich Hessberg zum ersten Mal ein. Später vermochte er nicht zu sagen, warum er ausgerechnet *diese* Frage stellte, auf die hin sich kaum wahrnehmbar für den Bruchteil einer Sekunde etwas wie Betroffenheit auf Juchatz' Gesicht abzeichnete, bevor er kompetent und sachlich wie zuvor Auskunft erteilte. Es ging Hessberg nicht um die Frage, sondern einzig um den Mann im Kampfanzug, der wieder zwischen Juchatz und Franz Bahlow, dem Verteidigungsminister, Platz genommen und den vorzustellen keiner von beiden für notwendig erachtet hatte.

«Wo sind die Einsatzkräfte untergebracht?», fragte Hessberg und fügte erklärend hinzu: «Wenn ich Herrn …»

Fragender Blick.

Zu Juchatz.

Dann zu dem Unbekannten.

Links und rechts am Hals des Letzteren, dort, wo der Kragen seines Anzugs entlanglief, erschienen kurz zwei hektische rote Flecken, um sofort wieder zu verschwinden:

«Markus Reil, Verfassungsschutz», antwortete er.

«Wenn ich Herrn Reil richtig verstanden habe, dann sind pro Ort zwischen 800 und 1200 Mann im Einsatz. Haben wir für diese genug Unterkünfte?»

«Selbstverständlich», antwortete Juchatz, als wolle er den Mann neben sich um jeden Preis vergessen machen. «Wir haben Turnhallen, Schulhäuser und andere Gebäude der öffentlichen Hand entsprechend eingerichtet. Wo dies nicht möglich war, sind Mannschaftszelte aufgestellt worden.»

«Gut. Bitte entschuldigt das Nachfragen. Das ist alles neu für mich», erklärte Hessberg, obwohl jeder im Raum wusste, dass das reines Understatement war. «Machen Sie weiter.»

Es war halb zwei, als Hessberg das Bundeskanzleramt schließlich verließ. Stumm hielt ihm Kron den Schlag auf, und er ließ sich buchstäblich in die Sitze fallen. Nicht, weil er müde war, sondern bis an die Grenzen des Erträglichen verspannt. Kurz hatte er in Erwägung gezogen, in der für ihn bereitstehenden Wohnung im Amt zu übernachten, sich aber dann dagegen entschieden. Er wollte nach Hause, was so viel hieß wie: Er wollte zu Joan.

Die Fahrt verlief stumm. Hessberg wusste, dass auf ihn die Herkulesaufgabe wartete, all das Lose, Einzelne und nur scheinbar voneinander Unabhängige zusammenzubringen und das ganze Bild von allen Seiten zu betrachten: Sven Mielings Recherchen und sein Selbstmord, die Händelallee und ihre Besucher, die Anschläge, ihre beängstigende Professionalität, das viel zu rasch aufgetauchte Gerücht von der Schweiz als Rückzugsort, dieser Markus Reil, sein Erröten, Juchatz' seltsame Rolle als Leiter des Krisenstabes. Aber er wusste ebenso, dass er, um diese Aufgabe angehen zu können, einen leeren Kopf brauchte. Und das beste Mittel, das er kannte, um diesen

Zustand zu erreichen, war, sich auf das zu konzentrieren, was er sah. Nichts anderes.

Durch die getönten Scheiben der Limousine wirkte das Licht der Straßenlaternen wie das schwache Leuchten von Lampen unter Wasser, in deren Schein ab und zu eine einzelne Gestalt oder ein paar geparkte Autos auftauchten und wieder versanken. Er schien gegen sein Erwarten und seinen Willen kurz eingenickt zu sein, als er registrierte, dass der Wagen auf unbefestigtem Untergrund fuhr. Kurz fragte er sich, warum die Außenbeleuchtung vor der Villa sich nicht automatisch einschaltete, um fast gleichzeitig zu realisieren, dass sie nicht zu Hause, sondern im sternenhellen Dunkel des toten Endes vom Wannseebadweg an «ihrem» Platz standen.

Sein erster Impuls war, schlicht und einfach auszurasten. Schon gerann sein Sichtfeld zu einer Zelle dichten Nebels, gegen den er antoben, anrennen, anschreien konnte. Was nahm sich Kron heraus? Was maßte er sich an? Hatte er ihm Anweisung gegeben, hierher zu fahren? Oder dachte er etwa, sie seien so was wie Partner? Das kurze Aufblenden der Scheinwerfer ließ die Blase kindischer Gereiztheit platzen. Im kalten Lichtkegel erhaschte Hessberg für Sekunden die Gestalten dreier Männer.

«Was soll das? Was tun wir hier? Wer sind diese Leute?» Das Fragenstakkato traf auf Krons Hinterkopf. Seine Stimme klang nach größter Konzentration und nach großem Druck.

Kron, der nach den letzten Monaten der Zusammenarbeit sowohl die Qualitäten als auch das unkontrolliert Impulsive Hessbergs kannte, hatte genau gemerkt, was in diesem vorging, als er festgestellt hatte, dass sein Fahrer und Personenschützer seinen Platz als Befehlsempfänger verlassen und sich selbst zum Entscheider gemacht hatte. Als jetzt die Fragen wie eine Salve an Krons Ohr drangen, war er erleichtert und enttäuscht zugleich: Ihn grauste wohl vor Hessbergs launischen Eliteschüler-Aussetzern. Aber er hätte diesen Leuten – wer immer sie auch waren – gerne gezeigt, mit wem sie es im Fall des in der Öffentlichkeit bekannten deutschen Bundeskanzlers *auch* zu tun hatten. Allerdings konnte, was nicht war, noch werden.

«Es sind Freunde. Leute, die sich Sorgen machen. Dieselben wie Sie. Sprechen Sie mit ihnen.»

«Und wer sagt mir, dass *diese Leute*» – Hessberg spuckte die Worte aus, schaffte es aber nicht, die Angst, die sich in seine Stimme geschlichen hatte, zu übertönen – «mich nicht einfach abknallen?»

«Ein Wort genügt, Chef. Dann wende ich den Wagen, und wir waren nie hier. Aber dann ist eine möglicherweise einmalige Gelegenheit, mehr zu erfahren, auch weg.»

Für ein paar Sekunden war es still im Wagen. Kron fühlte seinen eigenen harten, ruhigen Puls in der Brust.

«Kunden», hatte der ehemalige Kamerad, der für ihn die Händelallee ausgekundschaftet hatte, ihm vor wenigen Stunden per Telefon zu wissen gegeben.

«Kunden wie ich?», hatte Kron zurückgefragt und ‹Freunde› gemeint. Menschen, denen man sein Leben anvertrauen würde. Kameraden.

«Langjährige Kunden», hatte der Mann geantwortet, und für Kron war damit die Entscheidung gefallen.

Wem konnte ein Mensch vertrauen, wenn nicht einem, mit dem man verletzt, zu Tode erschöpft, blind, halb verdurstet und unter Beschuss im dritten Stock hinter den zerbombten Wänden eines Hauses im Norden Afghanistans die längsten 14 Stunden seines Lebens verbracht hatte mit nichts als dem Wissen um des anderen Können und einer vagen Hoffnung auf Verstärkung aus der Luft? Die Antwort war klar: Wenn du diesem Menschen nicht vertrauen kannst, dann kannst du keinem vertrauen. Und dazu war Kron nicht bereit.

«Okay. Gehen wir da raus und hören uns an, was sie zu sagen haben», kam schließlich Hessbergs Stimme aus dem Fond.

Die letzte Silbe war noch nicht verklungen, als der Bundeskanzler bereits eigenhändig die Tür des Fonds aufwuchtete und ausstieg. Kron stieg ebenfalls aus. Die geöffnete Wagentür trennend zwischen ihnen, sahen sich die beiden Männer in der hellen Nacht kurz an, und Kron wusste in diesem Augenblick, dass Hessberg Ähnliches durch den Kopf ging wie eben ihm selber:

Wem, wenn nicht diesem einen Menschen?

Brun, Valentin und Joaf atmeten gleichzeitig auf, als die Wagentüren sich nach einer gefühlten Ewigkeit öffneten und die mondbeschienenen Gestalten zweier Männer sichtbar wurden.

«Er ist es», bestätigte Joaf unnötigerweise, was auch die beiden anderen sahen.

Die Entscheidung im Haus auf dem Grat war rasch gefallen.

«Einen Versuch ist es wert», hatte Piet auf Valentins Vorschlag und das Schweigen hin, das ihm gefolgt war, gesagt. «Urbi et orbi, wie mein Vater zu sagen pflegte – zu deutsch: nützt's nichts, dann schadt's nicht. Meine Meinung, Leute. Wenn ein Treffen mit Hessberg dazu führt, dass Grabowsky oder Juchatz und ihre Leute nicht weiter nach uns suchen – und sei es nur, weil Hessberg ein paar Tage Zeit braucht, um zu entscheiden, wie er die ganze Sache am besten für sich ausschlachten kann –, dann ist es das wert. Aber wie gesagt – das ist bloß meine Meinung. Die Entscheidung liegt bei euch.»

Letzteres war in Richtung Brun und Rachmanowitsch gesagt worden.

Es war nach Piets Worten so still geworden, dass das Geräusch der Ventilatoren von Lorenz' Laptops zum Rauschen angeschwollen war. Aus der Küche war viel zu laut Savas knallendes Hantieren zu hören gewesen.

«‹Urbi et orbi›, sagst du, hmm?», war es schließlich von Rachmanowitsch gekommen, der dabei in epischer Konzentration seine Fingernägel betrachtet und schließlich zu Brun geblickt hatte. Ein Blitzen in den Augen, das sich in dessen Miene gespiegelt hatte. Die Entscheidung war gefallen. Die Zeit des Handelns war gekommen.

Sava, die mit einer Kanne frischem Kaffee hereingekommen war, hatte die veränderte Stimmung instinktiv erfasst. Lächelnd, aber ohne das übliche Geplänkel hatte sie rund um den Tisch die Tassen gefüllt, während Rachmanowitsch am Telefon über seinen Kontakt Zeitpunkt und Ort des Treffens mit Eric Hessberg vereinbart hatte. Der Rest der beiden Teams hatte sich, das unvermeidliche Warten in Aktivität übersetzend, in die Planung und Organisation einer unbewilligten Operation in Spanien gestürzt, die es später nie gegeben haben würde.

Jetzt standen Brun, Joaf und Valentin im dichten Schatten der Bäume, die den kleinen Strand, der im Grunde nicht mehr war als eine Lücke im Ufergebüsch, einrahmten. Vom Wagen des Bundeskanzlers durchschnitt der Strahl einer Hochleistungs-LED-Lampe die mondhelle Nacht und verdunkelte das Bild.

«Machen Sie die Lampe aus», rief Joaf. «Legen Sie sie in den Wagen zurück.»

Zeitgleich mit den Worten hatte er seinerseits eine Maglite eingeschaltet und hielt mit ihrem Strahl auf Krons und Hessbergs Füße zum Zeichen, dass er ihnen den Weg weisen würde. Ein kurzes Zögern, dann beugte sich der Mann, bei dem es sich um Michael Kron handeln musste, in den Wagen, richtete sich wieder auf und präsentierte ein Paar leerer Hände.

«Okay. Kommen Sie jetzt hier entlang», wies diesmal Brun sie an.

Die beiden Männer taten wie geheißen und folgten dem Licht der Lampe für genau zwölf Meter.

«Stopp.» Vali schaffte es, seine Stimme in diesem einen Wort versöhnlich klingen zu lassen. Väterlich fast. Alter, Erfahrung und Gelassenheit gebündelt in einer einzelnen Silbe. Und genau darauf bauten sie. Er würde von hier an das Reden übernehmen. Brun und Joaf nur ab und zu ergänzend oder bestätigend eingreifen, um die unerschütterliche Ruhe des Sprechers zu unterstreichen. In der Erinnerung Hessbergs und Krons bliebe nichts anderes haften als die felsenfeste Vertrauenswürdigkeit eines Menschen, der jeden Gedanken an die eigene Außenwirkung und an korrekten Jargon längst hinter sich gelassen hatte und dem es einzig um die Fracht seiner Worte, die Sache und das Tun ging.

«Danke, dass Sie gekommen sind, Herr Bundeskanzler», hob Valentin an. Und in Krons Richtung: «Herr Kron.» Begrüßung und Dank in einem.

Dann hielt er inne, um Hessberg die Gelegenheit zu geben, eine Rangordnung zu klären, die hier draußen keinerlei Gültigkeit hatte. Menschen wie Hessberg brauchten das.

«Wer sind Sie? Was soll das?», herrschte dieser Valentin an.

«Wir sind in den engen Grenzen dessen, was sich um die Händelallee Nummer 173 abspielt, Freunde, Herr Bundeskanzler. Wir wollen dieselben Informationen wie Sie.»

«Für wen arbeiten Sie?»

«In diesem Fall zuerst für uns, dann für Sie, Herr …»

«Hören Sie auf mit diesem bescheuerten ‹Herr Bundeskanzler›», fuhr Hessberg auf, um im gleichen Atemzug eine Art zischenden Lachens auszustoßen: «Wissen Sie, was das Verrückte ist? Nicht, dass fünf erwachsene Männer morgens um halb drei an dem Ort mit der größten Kondomdichte der Welt stehen, wo normalerweise Teenager all das tun, was sie zuhause nicht tun dürfen. Auch nicht, dass Sie mit großer Wahrscheinlichkeit für irgendeinen Nachrichtendienst arbeiten. Das wirklich Verrückte ist, dass es ebenso gut mein eigener Dienst sein kann. Oder der einer anderen, uns nicht wohlgesonnenen Nation. Das ist gelinde gesagt grotesk.»

«Bei allem Respekt», antwortete Vali, als hätte er die ganze Nacht Zeit und könne sich nichts Erbaulicheres vorstellen, als mit Hessberg für den Rest der dunklen Stunden über dessen subjektiv empfundene Verrücktheiten zu sprechen, «es ist nicht grotesk, es ist ernst, Herr Hessberg. Sie wissen das sehr genau. Und zwar spätestens seit dem Moment, als die Nachricht von Sven Mielings Tod Sie erreicht hat.»

Mit einem Schlag war jede Spur aufsässiger Arroganz weg. Der Name schien Hessberg wie ein Schlag zu treffen.

«Sprechen Sie», sagte er. «Warum sind wir hier?»

«Wie gesagt: die Händelallee», wiederholte Valentin und ging zu einer Art Aufzählung über: «‹UnityBank›. ‹Fundamental Values›. Christian Grabowsky. Guido Erhardt. Peter Juchatz. Brian D'Allessio. Sibel Marquardt. Etwas, das sich ‹East StratCom Task Force› nennt. Und schließlich ARES.»

«ARES? A-R-E-S?», hakte Hessberg buchstabierend nach.

«Genau. Sagt Ihnen die Bezeichnung etwas?»

«Außer, dass Ares, wenn ich mich recht erinnere, in der griechischen Mythologie ein Gott des Krieges ist … nein.»

«Wir sind der Meinung, das passe gar nicht schlecht zu dem Kreis von Leuten, der an der Händelallee regelmäßig ein und aus geht.» Und bevor Hessberg antworten oder einen Kommentar abgeben konnte: «Wir wissen zum aktuellen Zeitpunkt auch nicht mehr, als dass ARES etwas Großes sein muss. Dass es Milliarden verschlingt. Dass die Finanzierung zumindest teilweise via EZB und die EIB über diese ‹UnityBank› läuft und dass es jede Menge Strom verschlingt.»

«Strom?», echote Hessberg. «Wollen Sie mich verarschen?»

Valentin überging die letzten Worte: «Ja – Strom. Elektrizität. Wir sind auf eine Einrichtung in Spanien gestoßen, für die es weder Grundbucheinträge, Kataster- oder Zonenpläne noch Bewilligungen gibt. Ein weißer Fleck auf der Karte, der, glaubt man den entsprechenden Abrechnungen, den Strombedarf einer mittelgroßen Stadt aufweist, der bewacht wird wie eine entmilitarisierte Zone und dessen Rechnungen unter dem Stichwort ARES bezahlt werden. Wir vermuten außerdem, dass es ähnliche Einrichtungen in mindestens fünf weiteren europäischen Ländern gibt. Und wir wissen, dass man Sie darüber nicht informiert. Weder über diese Anlagen noch über die beteiligten Personen und die Händelallee Nummer 173, die eine Art Schaltzentrale zu sein scheint.»

«Wie sind Sie auf all das gekommen?», fragte Hessberg, als Valentin innehielt. Und sich selber ausbremsend: «Nein, lassen Sie nur. Ich vermute, das gehört in die Rubrik ‹Spielt keine Rolle›.»

«Richtig», schaltete sich Brun ein. «Angenommen, Sie liegen richtig damit, dass wir für einen Nachrichtendienst arbeiten, dann wissen Sie, was unser Job ist: Unser Land beschützen. Und es hat sich herausgestellt, dass das in diesem Fall gleichbedeutend ist mit ‹Deutschland beschützen›.»

«Und von mir erwarten Sie, dass ich Ihnen sowohl das als auch alles andere, was Sie mir hier erzählen, glaube.»

Es war keine Frage. Trotzdem beantwortete Vali, was beantwortet werden musste:

«Wir erwarten nichts von Ihnen. Wir bieten Ihnen die Möglichkeit eines Wissensvorsprungs. Das ist alles.»

«Geht es auch deutlicher?»

«Nein. Sie wissen, was ich meine, Herr Bundeskanzler.»

Valis Stimme hatte etwas von einer Saite, die um eine Hundertsteldrehung gespannt wurde. Kaum wahrnehmbar.

«Sehen Sie – die Sache ist im Grunde sehr einfach: Wir haben Ihnen heute nichts gesagt, was Sie nicht zumindest bereits geahnt haben. Wir können also hier aufhören und nach Hause gehen. Nichts wird sich geändert oder überhaupt stattgefunden haben.»

«Oder …?»

«Oder aber, wir tun uns für eine begrenzte Dauer zusammen, bündeln Kräfte und Information und gehen *anschließend* nach Hause.»

«Und was genau wollen Sie von mir?»

«Wir brauchen ein paar Tage Ruhe, das ist alles. Dazu können Sie uns verhelfen, indem Sie den Fokus sämtlicher Sicherheitsorgane auf die Ermittlungen im Zusammenhang mit den Anschlägen von gestern Abend richten. Wir wissen aus gesicherter Quelle, dass zumindest von einem unserer Leute bekannt ist, dass er in Deutschland ist, und wir vermuten, dass er gesucht wird. Wollen wir aber mehr über ARES und diese Einrichtung in Spanien wissen, müssen wir unbehelligt reisen können. Interpol- und Verfassungsschutz-Haftbefehle – egal, ob offiziell oder bloß intern – sind dabei erfahrungsgemäß eher hinderlich. Sorgen Sie dafür, dass wir Ruhe haben, und wir teilen sämtliche Informationen, die Sie betreffen, mit Ihnen.»

«Und welche Informationen das sind, bestimmen selbstverständlich Sie.»

«Take it or leave it», ließ Joaf Hessberg wissen. Er klang, als langweile ihn das Ganze hier bis an die Grenze des Erträglichen.

«Und was hindert mich daran, Ihnen mein Okay zu geben und dann das Gegenteil zu tun? Alarm schlagen, meine Leute informieren, die Kavallerie rufen?»

«Im Grunde nichts. Unser Risiko.» Erneut spannte sich Valentins Stimme kaum merklich. Einer wie Hessberg, der ihn nicht kannte, würde es kaum bemerken. Er war nach wie vor ganz Höflichkeit.

«Wobei …»

«Wobei was?», schnappte Hessberg.

«Ihre Frau … Joan …»

Die drei Worte wirkten wie ein Ellbogen in einer Nahkampfsituation – eine potenziell tödliche Waffe, die auf ein Brustbein traf. Hessberg schien für Sekunden das Atmen einzustellen und einzuknicken. Aber er hielt stand. Bloß seiner Stimme war anzuhören, dass er niederrang, was ihn mit eiserner Kralle zu packen drohte:

«Was hat meine Frau damit zu tun?» Wie ein offengelegtes Herz pochte das Undenkbare in der ruhigen Stimme.

«Sie ist eine regelmäßige Besucherin der Händelallee. Trifft dort meist kurz vor oder nach Christian Grabowsky ein. Sehen Sie – das interessiert uns eigentlich nicht. Aber wenn sich herausstellen sollte, dass hier etwas läuft, was uns schadet, dann spielen Menschen keine Rolle. Das tun sie nie. Wir schalten Gefahren aus. Das ist unser Job.»

«Sie drohen mir damit, meine Frau umzubringen?»

«Nein. Wir drohen nie. Wir informieren. Und wir geben Ihnen ganz nebenbei die Chance, Bundeskanzler zu sein und nicht bloß Grabowskys hübsches Gesicht für die Öffentlichkeit. Denn auch das ist uns bekannt: Die Kanäle, über welche die Mittel für ‹WIR›, die ‹spontan entstandene Bewegung›, die schließlich zu Ihrer Wahl führte, geflossen sind, sind dieselben Kanäle, über die ARES finanziert wird. Was auch immer ARES am Ende ist – das dürfte durchaus den einen oder anderen interessieren.»

Als Hessberg endlich wieder sprach, rang er zumindest Brun eine Art widerstrebender Anerkennung ab: Hinter dem zur Schau gestellten Gehabe Marke ‹Politjungstar› hatte Hessberg nicht nur das, was man ihm an Infos gegeben hatte, sondern auch das, was *nicht* gesagt worden war, erfasst. In Sekundenschnelle hatte er alles auf Schwächen abgeklopft, die eigenen Möglichkeiten überblickt und gefolgert, dass er, wollte er eine Chance haben, die Sicherung der einen Flanke dem aufgezwungenen Bündnispartner überlassen und sich darauf beschränken musste, bestenfalls zu wissen, was dieser tat. Und gleichzeitig pokerte er:

«Okay. Ich werde morgen früh anlässlich der Pressekonferenz die totale Konzentration sämtlicher Kräfte auf die Ermittlungen zu den Anschlägen verkünden», sagte er schließlich.

«Die Vermutung, dass man mir vor dem Hintergrund des absehbaren Blutbads an den europäischen Börsen zuhören wird, dürfte sich bewahrheiten. Ich werde außerdem mit dem Finger mehrmals auf die Schweiz zeigen, um die Gerüchte, wonach die Attentäter das Land als Planungs- und Rückzugsbasis brauchen, anzuheizen. Und ich werde Grabowsky und Juchatz wissen lassen, dass ich von ihnen erwarte, dass für die kommenden zwei Wochen alles ruht, was nicht in direktem Zusammenhang mit den Anschlägen steht.»

Während er sprach, sah Hessberg abwechselnd alle drei Männer an. Brun wusste genau, was er wollte, und fühlte ein Grinsen hinter seiner Stirn: Hatte Hessberg gehofft, bei der Erwähnung der Schweiz eine Veränderung der Atmosphäre wahrzunehmen, dann war er mit Sicherheit enttäuscht worden. Die unbewegliche Ruhe der drei Männer sagte nur eines: Tun Sie, was Sie nicht lassen können. Die Schweiz? Interessiert uns nicht.

Hessberg verstand, dass in dieser Beziehung nichts zu holen war, und brachte den letzten möglichen Einwand vor:

«Was ich mich allerdings frage: Finanzierungskanäle hin oder her – wir haben einen rechtskräftigen ‹Green Deal›: ein größenwahnsinniges Projekt der EU, das nicht weniger erreichen soll, als das Klima unseres Sonnensystems stabil zu halten. In der Theorie absurd, in der Praxis ruinös. Besteht nicht die Chance, dass diese ARES-Sache etwas ist, das damit in Zusammenhang steht? Sie sprechen von europäischen Energieunternehmen, von enormem Energieverbrauch, von Hochsicherheitszonen – das würde doch alles passen zu dem ganzen Schwachsinn, bei dem es vor allem darum geht, frisch gedrucktes Geld jenen zukommen zu lassen, denen man es auf anderem Weg nicht geben kann.»

«Eine Woche», sagte Valentin anstelle einer Antwort. «Maximal zwei, dann wissen wir es.» Und einen Blick auf seine nicht vorhandene Uhr und dann zum bereits fahl werdenden Himmel werfend: «Wir sollten hier langsam zu einem Ende kommen, wenn Sie noch zwei Stunden Schlaf kriegen wollen.»

«Einverstanden. Eine Woche. So lange kann ich Grabowsky beschäftigen, ohne dass er es merkt. Mehr kann ich nicht garantieren.»

«Dann muss das reichen», kommentierte Brun, wandte sich um

die eigene Achse und verschwand grußlos im dichten Schatten der Bäume.

Joaf folgte ihm. Nur Valentin blieb, ganz Ausdruck längst vergessener Relikte von Anstand und Höflichkeit, stehen und machte auf dem Schotter eines räudigen Uferstreifens die «Honneurs», als wär's der marmorne Eingangsbereich eines Palazzos. Hessberg brauchte einen Vater. Der Sinn der ganzen Scharade war, ihm zu signalisieren, dass er einen hatte, auch wenn Grabowsky wegfiele. Er brauchte das hier und jetzt nicht zu verstehen. Es wäre nur hinderlich. Was zählte, war, dass ein Teil seiner selbst sich bewusst oder unbewusst daran erinnern würde, wenn es hart auf hart ginge.

Es wurde ein wortloser Händedruck. Die Tatsache, dass Vali in seiner Rolle als namenloser Gastgeber stehenblieb, während Kron und Hessberg zur Limousine zurückgingen, ersetzte Worte des Danks und war Respektbezeugung genug. Erst in dem Moment, als die Scheinwerfer aufleuchteten, machte der Alte kehrt, ging davon und hinterließ als letztes Bild die Rückenansicht eines ziel- und zeitlosen Spaziergängers.

Michael Kron setzte zu einem prekären Wendemanöver auf dem engen Streifen an und ließ die Limousine dann sanft an der Segelschule Richtung Hauptstraße und Brücke rollen.

«Halten Sie an», sagte Hessberg, als sie die einsame kleine Lampe passierten, die hier unten das Ressort «Straßenbeleuchtung» abdeckte.

Kron ließ den Wagen anstatt zu bremsen an der sanften Steigung des Uferwegs ausrollen und hielt dann an. Er wusste, welche Frage kommen würde, und nahm die Antwort voraus:

«Ich wusste das mit Ihrer Frau nicht», sagte er.

«Waren Ihre Worte nicht ‹guter Mann›, ‹von der Truppe›?», fragte Hessberg und fügte hinzu: «So viel zum Thema Vertrauen.»

«Daran hat sich nichts geändert. Und von Vertrauen war nie die Rede.» Kron hielt seinen Blick im Rückspiegel fest auf das im Schein der Leselampe des Fonds zerfurcht wirkende Gesicht Hessbergs gerichtet. «Vertrauen gibt es nur, wo man für dasselbe Team spielt. Ansonsten gibt es nur Interessen. Sie wissen das.»

Und als aus dem Fond nichts weiter kam:

«Nach Hause?»

«Nein. Ich brauche noch einen Moment», antwortete Hessberg, öffnete den Schlag und stieg aus. Und bevor Kron reagieren und ebenfalls aussteigen konnte: «Geben Sie mir ein paar Minuten allein.»

Kron verzichtete auf Antwort oder Kommentar und beschränkte sich darauf, seinen Vorgesetzten in den Rückspiegeln nicht aus den Augen zu lassen, was sich als unnötig erwies: Hessberg ging am Wagen entlang und blieb, Kron den Rücken zugewandt, auf Höhe der Kühlerhaube stehen.

Wo Kron in diesem Moment falschlag: Hessbergs Gedanken drehten sich nicht um Joan und um die Frage, was ihre Treffen mit Grabowsky an der Händelallee bedeuteten. Er schob beides weg, operierte es regelrecht aus seinem Denken hinaus, bis nur noch eines blieb: ARES.

Es war lange her, aber er erinnerte sich noch genau an das Wort und wofür es stand: *Armée Européenne Solidaire – Solidarische Europaarmee.* Dass die Abkürzung den Namen eines Kriegsgottes ergab, war reiner Zufall. Die Franzosen waren seit den 50er-Jahren scharf darauf, die Idee einer Europaarmee in die Tat umzusetzen, um die ihnen verhasste NATO, die sie bloß als Instrument der USA beurteilten, loszuwerden. Ihnen schwebte – unter französischer Federführung selbstverständlich – die Einrichtung von Streitkräften auf Ebene der EU vor, die einem entsprechend neu zu schaffenden Verteidigungsministerium unterstellt würden. Zwischenstaatliches Bündnis-Klimbim und Defensiv-Kacke war ihnen noch nie genug gewesen, und kaum hatte sich die Gelegenheit Anfang der 2000er-Jahre im Schatten der sogenannten Dotcom-Krise und des Rummels um die demokratisch höchst fragwürdigen Lissaboner Verträge – Stichwort «Beistandsklausel» – ergeben, hatte man das Thema wieder aufgebracht und auf die dringende Notwendigkeit einer gemeinsamen EU-eigenen Sicherheits- und Verteidigungspolitik gepocht.

Er war bis heute der Meinung gewesen, die Sache sei längst gegessen und man habe sich der Grande Nation zuliebe – und um der allseits geforderten Solidarität Genüge zu tun – auf die Durchführung einiger gemeinsamer Militärmissionen und die medial optimal transportierbare Botschaft der Verbundenheit der europäischen Streitkräfte geeinigt und das Projekt dann würdevoll aufgebahrt und schließlich mit allen Ehren beerdigt.

Damals hatte er den Namen ARES zum ersten Mal gehört.

Und ihn gleich wieder vergessen.

Jetzt, mit einem Schlag, sah er das Bild.

Das Bild, für das er blind gewesen war:

Mit dem Verschwinden von ARES von der informellen globalen Agenda war eine Art Algorithmus in Bewegung gesetzt worden, dessen Handlungsanweisungen zwingend zu den Geschehnissen und Entscheidungen der vergangenen Jahre und zum heutigen Tag geführt hatten. Wie blind er gewesen war, realisierte er erst jetzt – dabei hatte alles medial breitgetreten direkt vor den Augen der gesamten Nation, besser: der ganzen verdammten EU, stattgefunden. Wenn es stimmte, war es der größte Fake, dem er jemals aufgesessen war und der ihm jetzt in der Frische der kühlen Nacht eine Mischung aus glühender Scham und atemraubender Bewunderung heiß durch die Glieder jagte.

Noch war es reine Spekulation, doch er hätte hier und jetzt vollkommen unbekümmert alles, was er hatte, darauf gesetzt, dass die das durchgezogen hatten. Und zwar unter Mitwirkung, wenn nicht gar Federführung der Amerikaner. Über Jahrzehnte. Anfangspunkt Roosevelts New Deal – vorläufiger Endpunkt der sogenannte Green Deal mit Ziel eines global gestalteten Sozialismus. Alles dazwischen – namentlich der Euro, die Klimakatastrophe und die Virus-Pandemie – bloß Schubreserven. ARES eine flankierende Maßnahme.

Wenn auch nur ein Teil davon stimmte, dann war ARES heute eine Tatsache und die kolportierte Herunterwirtschaftung der nationalen, namentlich der deutschen Streitkräfte ausschließlich Mittel zum Zweck. Mittel, um an mehr Mittel zu gelangen, von denen sich erstaunlicherweise in all den Jahren keiner je gefragt hatte, warum sie nicht zu einer Verbesserung der angeblich beklagenswerten Situation innerhalb der Armeen geführt hatten, sondern das Gegenteil zu bewirken schienen. Umstandsmode, Damenschuhe, genderneutrale

Toiletten und ein Heer von Beratern auf Kosten dessen, was einst Verteidigungsfähigkeit genannt worden war. Alles eine perfekt inszenierte Show, in deren Schatten nicht weniger als eine kontinentale Armee aufgezogen worden war.

Hinter all diesen zwar schockierenden, aber rationalen Überlegungen drängte ein Gedanke in Hessbergs Bewusstsein – wie ein zweites Herz hämmerte das Undenkbare seiner Fracht gegen das Gestänge seiner Überlegungen. Er schob ihn beiseite. Noch war er nicht bereit, ihn zu denken, und für den Moment gelang es ihm, ihn abzuwehren.

Er lehnte sich gegen das kalte Metall der Kühlerhaube und konzentrierte sich erneut auf ARES. Und er kam nicht umhin, vor der Schönheit der strategischen Linie eines Unterfangens von solch ungeheurem Ausmaß innerlich auf die Knie zu gehen: Planung, Truppen, Transportmittel, Versorgung, Material, Infrastruktur und schließlich die Finanzierung des Ganzen – es war gigantisch.

Und nichts war durchgesickert.

Wenn er richtiglag, dann war dies hier das Größte in Sachen Täuschung und Vertuschung, was überhaupt denkbar war. Wenn ARES Realität war, dann hatte man hier über Jahre einen ganzen Kontinent auf dessen eigene Kosten hinters Licht geführt.

Jetzt war es so weit – jetzt durchbrach das Undenkbare Hessbergs Abwehr und warf seine Truppen hinter die Verteidigungslinien seines Bewusstseins:

Was, wenn die Anschläge der vergangenen Nacht und die damit ausgelösten neuerlichen Kursstürze an den fragilen Börsen – eine weitere giftige Ernte einer absichtlich verfehlten Geld- und Wirtschaftspolitik von über einem Jahrzehnt, die gerade eingefahren zu werden schien – Teil des Plans waren?

Ohne es zu ahnen, dachte Hessberg denselben Gedanken, den vor Kurzem ein älterer Herr, eine Legende der Geheimdienstwelt und ein namenloser Spaziergänger mit Namen Valentin Röthlisberger, seinen Leuten in Bezug auf Hessberg nahegelegt hatte:

«Eine Armee, die nicht das Volk hinter sich hat, kann keinen Krieg gewinnen.»

Der Terror der vergangenen Nacht, die Wut und das Bedürfnis

nach Schuldigen und Sicherheit, das jetzt einsetzen und immer größer würde, konnten aber genau jene in Samt gewickelte Peitsche sein, die die Menschen hinter einer Armee zusammentrieben; hinter *jeder* Armee – auch hinter einer, von der sie bis dahin nichts gewusst hatten –, wenn ihnen diese nur richtig verkauft wurde. Der eiserne Ring des Freiheitsverlusts, der sich unbarmherzig zusammenzog, würde in der Panik wie schon in der vorhergehenden Krise für die Sorge des Staats gehalten, die verordnete Enge für Rettung und Schutz, das Fremde – irgendwann auch eine fremde Armee – für Solidarität unter Nachbarn …

… während die Einsicht, dass in Wahrheit die Umstellung von Freiheit auf Unterdrückung und Massenhaltung vollzogen wurde, sich erst viel später durchsetzen würde; wenn nämlich Notstandsgesetze bestehen blieben, Ausnahmezustände aufrechterhalten, die Präsenz des Militärs auf den Straßen Alltag wäre.

Zu spät.

Plötzlich, als hätte jemand es mit Schwung ausgerollt, lag das ganze Bild in seiner nackten, kalten und mitleidlosen Schönheit vor ihm: Die Krise von vor zwei Jahren, das Virus, die nur um Haaresbreite möglich gemachte Rettung von Wirtschaft, Finanzsystem und Bevölkerung mit Billionen und Aberbillionen neuer Liquidität, der Einsatz des Militärs als Helfer, Schutz und Retter, kurz: das Stoppen des Absturzes auf halber Höhe – alles machte auf einmal Sinn.

Freilich einen anderen, als er bisher geglaubt hatte. Grabowsky hatte ihm gegenüber erstaunlicherweise nie einen Hehl über Ziel und Zweck der Maßnahmen gegen die Pandemie gemacht, die darin bestanden zu haben schienen, die Daumenschrauben in Sachen individueller Freiheit, staatlicher Souveränität und angegriecheltem Demokratieverständnis etwas enger anzuziehen. Und es hatte erstaunlich reibungslos funktioniert:

Die Menschen hatten die ihnen in Dauerschleife eingehämmerten Hauptlehren aus der Krise Marke «Höhere Gewalt» beherzigt: Demokratie hat ihre Grenzen; Individualität ist Egoismus; Freiheit ist eine Gefahr; Notstandsgesetze und Ausgangssperren sind nicht das Ende der Welt; des Staates wichtigstes Ziel ist stets das Wohl der Bürger.

Diese Einsichten hatten sich den Leuten derart eingeprägt, dass, wer nicht das Zeichen auf der Stirn trug und sich ihnen zweifelnd und fragend widersetzte, wer Worte wie «Selbstverantwortung», «Freiwilligkeit» und «Freiheit» auch nur dachte, ein Gefährder war und im Grunde schon ein Mörder. Und er verdiente es, vom Kollektiv der Solidargemeinschaft in demokratischster Weise wirtschaftlich, sozial und moralisch ruiniert zu werden.

Ohne dass sie selbst sich dessen bewusst war, hatte sich die Gesellschaft durch den Virus-GAU und die Maßnahmen zu ihrer Rettung zu einem geschlossenen System entwickelt, das mit außerhalb der geltenden Doktrin Stehendem und Stehenden nur noch einen minimalen Austausch pflegte und sich selber von jedem Element säuberte, das es aufzubrechen drohte, während es bis an die buchstäblichen Grenzen seiner Belastbarkeit jene ebenfalls geschlossenen Systeme finanzierte und trug, die über es herrschten: Politik, Meinungsindustrie, Wissenschaft, Kapitalmärkte.

Und alles nur, so wurde es Hessberg mit einem Mal bewusst, weil man die Menschen via Angst ein weiteres Mal unter die Flügel des Glaubens getrieben hatte, der da sagte, sie bräuchten Führung. Sie seien ohne sie verloren und ausgeliefert in einem Sturm von Gefahr, Gesetz- und Schrankenlosigkeit. Blind und nackt dazu verdammt, ins Verderben zu stolpern ohne moralischen Kompass und amtlich zugelassene Messgeräte zur Kooperation und Koexistenz. Hilflos wie Kinder, denen der Vater fehlt.

Er hatte gedacht, die Virus-Krise von vor zwei Jahren sei das Gesellenstück zu diesem Zweck, die ultimative Glaubensmotivation gewesen. Jetzt erst sah er das ganze Bild: Es war ein Probelauf gewesen. Eine Kommunikationsmaßnahme im großen Stil, um vorzubereiten, was heute geschah und möglich war.

Denn was auch immer jetzt passieren würde, wie auch immer der nächste Schock aussähe: Es wäre nicht neu, und die Mehrheit der Menschen wäre überzeugt, dass die neuerlichen Maßnahmen zur Abwehr zu ihrem Besten und wie beim letzten Mal vorübergehend seien.

Wenn also nach den Vorkommnissen der vergangenen Nacht das Militär auftauchte, Ausnahmezustände verhängt wurden, Ausgangssperren und verschärfte Kontrollen eingerichtet, wenn die Börsen erneut crashten, Billionen an Vermögen vernichtet und transferiert wurden, Arbeitsplätze verloren zu gehen drohten, Existenzen zermalmt, dann würde sich heute keiner mehr empören und «Verlust bürgerlicher Freiheiten» schreien. Sie waren beim letzten Mal eines Besseren belehrt worden.

Wenn der Preis wie beim letzten Mal für kurze Zeit weniger Freiheit für etwas mehr Sicherheit war, dann würde man ihn heute ohne aufzumucken bezahlen. Und wer noch auf die Möglichkeit hinzudeuten wagen würde, dass dieser Terror nicht nur metaphorisch mit dem Gegenterror gleichzusetzen, sondern buchstäblich das Gleiche war, würde nach den Erfahrungen mit der Virus-Krise heute erbarmungslos kaltgestellt.

Am Ende stünden dank dieser Angst und mit der Hilfe der Mehrheit der Menschen ein gigantischer totalitärer Apparat und eine gnadenlose Machtmaschine, die alles zwischen ihren Kiefern zermalmen würde, was ihre Autorität in Frage zu stellen wagte. Und der Grund für alles? Derselbe wie seit Tausenden von Jahren: Die geschlossenen Systeme einer zentralistischen Macht oder einer Diktatur überlebten nur, wenn sie geschlossen blieben. Alles, was nicht unter Kontrolle gebracht werden konnte, barg das Potenzial, diesen Zustand zu gefährden, die Membran des Systems zu verletzen und es aufzubrechen, was mit seinem Zerfall und mit seiner Zerstörung gleichzusetzen wäre.

Gewalt und das Band einer gemeinsamen Angst, so dämmerte es Hessberg, würden in ARES münden und genau dies verhindern. Denn wenn in einem Land der Gesamtaufbau des zivilisierten und sozialen Lebens durch atavistischen Hass zerstört zu werden droht – und der Schock der letzten Nacht hatte ja durchaus das Potenzial dazu –, dann kann ein Staat nur auf einem quasi-militärischen Gerüst rekonstruiert werden.

Krieg und Gegengewalt, die strengsten aller Lehrer, sind die einzigen, denen die Mehrheit dann noch Aufmerksamkeit schenken wird. Freiwillig und bereitwillig. Auf Kosten der eigenen Freiheit und immer zugunsten jener, die sich in den übergeordneten geschlossenen Systemen eingerichtet hatten, um zu bleiben.

Es war die seit Jahrzehnten bewährte Schockstrategie.

Er hätte sich nur zurücklehnen und genau hinsehen müssen, um zu begreifen, was sich da mit der Perfektion eines Uhrwerks Schritt für Schritt, besser: Schock um Schock, auf die finale Lösung des gestellten Problems zubewegte.

Hessberg betrachtete das Bild, das in seiner ganzen Größe vor ihm erschien. Er, der geglaubt hatte, alles über gezielte Verwirrung und Verwirrung innerhalb der Verwirrung, über politische Anschläge und Gegenanschläge, über Intrigen, List und Verrat, über echte Agenten, falsche Agenten und für zwei Seiten arbeitende Agenten zu wissen; er, der im Bewusstsein gelebt hatte, alles über dieses Spiel zu wissen, indem die Fäden auf den ersten Blick so unentwirrbar ineinander verwoben waren, dass es gleichzeitig unglaublich erschien und doch wahr war – er war über Jahre hinweg Zeuge und Mitwirkender exakt dieser Vorgänge gewesen …

… und hatte es nicht bemerkt.

Was er als den normalen Leerlauf, das Hickhack um Interessen, die Intrigen um Pfründe, Posten, Prestige und das letzte Wort wahrgenommen hatte, die Verzettelung von Zeit und Geld und noch mehr Geld unter dem Oberbegriff «Politik», war in Wahrheit und unter dem Rauchschutz des medialen Geplärrs die totale Konzentration auf ein einziges Ziel gewesen. Er selber, Bundeskanzler Eric Hessberg, und ARES Teil dessen, was man allgemein als Konsolidierung bezeichnete: die Stabilisierung, Festigung und langfristige Stärkung des bis dahin Erreichten. Die Sicherung und Konzentration der Kräfte während eines Abschnitts in ruhigem Fahrwasser, um für den nächsten Schock bereit zu sein. Und so, wie es aussah, hatte dieser gerade stattgefunden.

Freilich blieben viele Fragen offen. Es hatte keinen Sinn, sich hier und jetzt im Dunkeln tastend durch nur ansatzweise Denkbares zu wühlen. Aber er hatte genug, um die Entscheidung darüber zu fällen, wie er weiter vorgehen würde. Und überrascht stellte er fest: Sie war längst gefallen. Zwingend und unausweichlich wie der übergeordnete Mechanismus selbst.

Während einem ihrer nächtlichen Gespräche – es war Winter gewesen und er und Joan gerade dabei, sich in den USA einzuleben – hatte Grabowsky mit seinem Kriegsfimmel ihm die «Führer liebt Volk»-Anekdote von Mussolini erzählt, dessen gewaltsame Art, in Abessinien «nicht zu intervenieren», den im Völkerbund vereinten Mächten nicht zusagte. Man drohte harte Sanktionen an. Die Antwort des Duce auf die Drohung: «Sanktionen sind okay. Solange sie nur das Volk betreffen und nicht die Armee – *Sono d'accordo. Vai avanti.* Macht was ihr wollt. Solange nicht von einem Waffenembargo die Rede ist, soll's mir recht sein.» Der Völkerbund war auf die «Bedingungen» eingegangen und Mussolini in Abessinien einmarschiert.

Hessberg hatte es damals nicht verstanden. Er hatte die Füße dem Kamin entgegengestreckt, eine Weile in das verbleibende Gold des Whiskys auf dem Grund seines Glases gestarrt und Grabowsky dann wissen lassen, dass er nie kapieren würde, wie ein einzelner Mann – und sei er noch so machtbesessen – es mit sich vereinbaren könne, Millionen von Menschen sehenden Auges in ein vermeidbares Elend hineinzuschicken.

«Es hat mit Macht nur noch als Mittel zum Zweck zu tun. Es geht um was anderes – das Wichtigste», hatte Grabowsky gesagt und auf Hessbergs fragenden Blick hin erklärt:

«Ein Mensch braucht ein Wichtigstes in diesem Leben. Es geht auch ohne, wie Milliarden von Menschen täglich beweisen. Aber sie wissen alle nicht, was Leben sein könnte, hätten sie es. Dieses Etwas, für das du buchstäblich alles hergeben würdest. Auch dich selber.»

«Das klingt, wenn du mich fragst, nicht gesund», hatte Hessberg geantwortet.

«Es ist eine Gratwanderung. Die meisten gleiten ab auf eine Seite. Halten sich früher oder später für Gott oder für Versager, ohne zu merken, dass nur, wer auf dem schmalen Grat zwischen den Extremen bleibt, dem Abgrund trotzt und das fragile Gleichgewicht zu halten vermag, das die Welt verändert.»

«Hat irgendeiner das schon mal geschafft?»

«Meines Wissens nicht», hatte Grabowsky gesagt. Entgegen der Müdigkeit, die sich mit einem Mal über seine Stimme gelegt zu haben schien, war er mit Schwung auf die Beine gekommen, hatte sich verabschiedet und war in Richtung Tür gegangen. Auf der Schwelle hatte ihn Hessbergs Frage eingeholt:

«Hast du eins, Christian? Ein ‹Wichtigstes›?»

Grabowsky war stehen geblieben, hatte sich umgedreht und in Richtung Kamin und Rückenlehne von Hessbergs Ledersessel gesprochen:

«Es gibt nichts ‹Wichtigstes›, Eric. Das ist die ganze banale Wahrheit. Jeder ist sich selbst das Nächste und damit sein eigenes Wichtigstes. Alles, was er außerhalb seiner selbst als das ‹Wichtigste› wahrnimmt, ist, wenn er ehrlich ist und Schicht um Schicht an Gründen und Gefühlen abträgt, am Ende immer nur er selber – das eigene Wohl und Wohlbefinden.»

Das waren Grabowskys Worte gewesen ... Hessberg stieß sich vom Wagen ab. Er fror, obwohl er wusste, dass die Nacht nicht kalt war. Die Entscheidung war gefallen. Er wusste, was er zu tun hatte. Denn er hatte ein Wichtigstes. Und seit jener Nacht mit Grabowsky wusste er, dass es *sein* Wichtigstes war, weil es ihn selber ohne es nicht gab: Joan.

✦ ✦ ✦

Konstanz, Hotel Halm

Vollkommen erschöpft, aber nüchtern dachte 600 Kilometer weiter südlich jemand anders über Wichtigstes nach. Über Sinn und darüber, was blieb, wenn es keinen mehr gab.

Essia Kebdani hatte versagt. Wie immer. Hatte die alte, aber vertraute Hölle dem Neuen und Ungewissen vorgezogen, trank noch mehr als sonst und hatte vergessen, was Freiheit war. Die bekannte Lüge war so viel einfacher zu ertragen als die unbekannte Wahrheit.

Sie gehörte zur Generation der Kinder jener Einwanderer, die ihrem Nachwuchs unter Einsatz ihrer Lebenszeit und ihres Lohns ermöglichen wollten, was ihnen verwehrt geblieben war: Alles. Es ließ sich in dem nicht oft ausgesprochenen, aber Tag für Tag aufopfernd gelebten Satz «Sie sollen es einmal besser haben als wir» zusammenfassen.

Das Missverständnis und die Fatalität darin: Wo ihre Eltern nichts gehabt hatten außer Idealismus, Mangel, die eigene Kraft und ihre Bedeutung für das Mögliche eines Menschenlebens, galt für ihre Kinder das Gegenteil: Sie hatten alles außer einem Sinn. Bildung, Nahrung, Komfort, Wahlmöglichkeiten – alles, wovon ihre Eltern geträumt hatten, war da. Aber es blieb lose, unverankert und sich im Selbst erschöpfend sinnlos. Und Essia hatte nach dem einzigen Sinn gegriffen, der sich ihr von außen geboten hatte: dem Glück ihrer Eltern, ihrem Stolz auf das Tun und Werden ihrer Tochter.

Mit dem Tod des Vaters war auch dieser Behelfssinn gestorben, und ihr Leben war in Unordnung geraten. Keine Richtung, kein Rhythmus, kein Grund in sich, der Halt geboten hätte.

Dann war die Sache mit der Musik passiert, sie war bekannt geworden, berühmt – erneut eine Art Sinn. Erneut von außerhalb und nicht in der Tiefe ihres Seins Halt bietend. Wieder nur eine Krücke. Seelische Haltungsschäden, Ungleichgewichte und Druckwunden inklusive.

Mit dem Glauben an Gott hatte sie zum ersten Mal erfahren, was es bedeutete und wie es war, nicht länger auf ein Außen angewiesen, sondern eine Art Selbstversorger in Sachen Lebenssinn zu sein. Die Freude und Ruhe der neuen Unabhängigkeit waren indes nur von kurzer Dauer gewesen. Aus der anfänglichen Gnade kindlichen Fürwahrhaltens war rasch und unter Marouans Anleitung Leistungsglaube geworden.

Ja – Allah liebte alles Leben, das an ihn glaubte und seine Gebote hielt. Aber er liebte jenes am meisten, das für ihn beendet wurde. Ruhe und Freude, frei von den Schranken begrenzter Zeit, waren der Lohn. Geborgenheit in der Stille der ewigen Gedanken Gottes. Für diese Befreiung, die eine Rückkehr zur Kindschaft war, war sie bereit gewesen, alles zu tun. Aber heute Abend war die schützende Schale des hoffenden Wissens aufgebrochen worden, das Außen war durch den Riss hineingesickert und hatte sich unter dem Radar ihres Wissens und Denkens eingenistet.

Was nach dem Angriff auf die Moschee gefolgt war, war Routine gewesen: Verhör durch die Sicherheitskräfte vor Ort, medizinische

Untersuchung, ein Gespräch mit einem Psychologen und zum Schluss eine Presse-Erklärung und die Beantwortung einiger Fragen von Medienvertretern am Telefon. Bilder gab es nur für den größten öffentlich-rechtlichen Sender des Landes. *Business as usual* – wer lebte und zu großen Teilen identisch war mit dem Produkt, das er verkaufte, wäre ein Idiot, sich eine solche Gelegenheit entgehen zu lassen.

Das hatte nichts mit einem Mangel an Pietät oder Mitgefühl zu tun, sondern einzig mit Professionalität. Und von Essia Kebdani konnte man vieles sagen, aber nie, in keinem Fall und unter keinen Umständen, dass ihr Standard in dieser Hinsicht nicht der höchste war. Sie konnte sich an Interviews und andere Termine erinnern, von denen sie vor lauter Erschöpfung keine fünf Minuten später nicht mehr zu sagen vermochte, ob sie real oder bloß geträumt waren, wie sie dahin und anschließend in irgendein Bett gelangt war.

Und genau so hatte sie den heutigen Abend hinter sich gebracht. Allerdings nicht müde diesmal, sondern hellwach.

Jetzt stand sie von dem großen, weiß bezogenen Doppelbett auf und ging in das Bad, das die gleiche Größe zu haben schien wie das Zimmer. Grauer Marmor, blendend weißes Porzellan, goldene Armaturen. Ein Fest biederster Geschmacklosigkeit. Sie drehte den Hahn auf, schöpfte sich ein paar Hände voll Wasser ins Gesicht und blieb dann, auf den kalten Stein gestützt vor dem riesigen Spiegel stehen. Doch anstatt sich selber und ihre triefenden Züge zu sehen, lief vor ihren Augen immer wieder die Szene vor der Moschee ab.

Marouan hatte sie vom Boden hoch und in seine Arme gezogen, ihren Hinterkopf mit der Hand umfassend ihr Gesicht an seine Brust gedrückt und Dinge gesagt, die wie ein Weinen geklungen hatten, aber die Leier des immer gleichen Fluchens und Verwünschens gewesen waren:

«Diese Hunde. Diese verdammten Hunde. Mögen alle Flüche Gottes sie treffen. Hunde …»

Dann hatte er sich gefasst, hatte sie an einem Arm halb hinter sich geschoben, halb war er wie ein Schutzschild vor sie getreten und in

Richtung der im verwehenden Rauch wieder deutlich sichtbaren Ausgänge gegangen. Um sie her Schreien, Wimmern und die Stille toter Körper. Noch hatte das Drängen in Richtung Luft und Licht nicht eingesetzt, noch herrschte der Schock, und sie waren die zwei ersten Personen, die die Moschee verließen.

Essia hatte jedes Zeitgefühl eingebüßt. Sie wusste nicht, ob die Schießerei bereits eine Viertelstunde oder erst eine Minute her war, als sie nach draußen unter das säulengestützte Vordach getreten waren. Dass es nur Sekunden gewesen sein konnten, war ihr in dem Moment bewusst geworden, als sie den dunkelblauen Kombi und zwei der Schützen in den schwarzen Overalls gesehen hatte, die dabei gewesen waren, in den Wagen zu steigen.

Vom einen, der im Fond verschwand, hatte sie nur den Rücken gesehen. Vom anderen, der sich anschickte, auf der Beifahrerseite einzusteigen, nur das Gesicht über dem Autodach, das sich über die Schulter ihnen zugewandt hatte. Kurzes braunes Haar und Gesichtszüge, die von vielem Draußen-Sein sprachen. Der Blick war auf Marouan gefallen, der schützend vor ihr gestanden hatte.

Und dann hatte sie es gesehen:

Nicht mehr als ein Lidschlag war es gewesen.

Und kaum wahrnehmbar: ein Nicken.

Eine minimale Geste.

Meldung, Bestätigung und Gruß in einem.

Automatisch der Blick nach oben.

Marouans Profil von schräg hinten, dieselbe Bewegung.

Die beiden Männer hatten sich …

… wenn nicht gekannt, so doch erkannt.

Seit diesem Augenblick versuchte sie, eine Erklärung zu finden. Eine Lösung, mit der sie würde leben können. Weiterglauben.

Bereits kurz nach den Anschlägen – offenbar waren acht verschiedene Orte in sechs Städten angegriffen worden – hatten die Worte «antisemitisch», «rassistisch motiviert» und «rechtsextremes Netzwerk» die Runde gemacht. Wenn Marouan irgendetwas damit zu tun oder auch nur etwas davon gewusst hatte, dann waren diese Informationen falsch.

Ein Teil von ihr wollte um keinen Preis daran glauben. Aber jedes Mal, wenn sie sich auf diese Weise wegzuducken versuchte und sich anschickte, den Selbstbetrug mit einem Drink zu besiegeln, lief erneut die Szene vor der Moschee in ihrem Innern ab, und sie musste sich mit den beiden anderen Möglichkeiten befassen: Jenen, von der die eine ein Täuschungsmanöver und ein Wegbereiter für Basel war, während die andere Teil einer noch viel größeren Lüge war, in deren Rahmen Gott bloß eine Rolle als Statist zugedacht wurde, während Essia Kebdani Marionette blieb.

Sie konnte sich hier und jetzt ihrer Medizin anvertrauen, sich wegkatapultieren in die Sphären eines unechten Friedens, den Versuch antreten, unschuldig zu bleiben – aber sie schaffte es nicht.

Zum ersten Mal wurde ihr bewusst, dass ein Mensch aus der Sache, die man Leben nennt, nie und in keinem Fall mit moralisch weißer Weste herauskommen konnte. Dass auch Nichts-Tun ein Tun war, Nicht-Entscheiden eine Entscheidung. Dass Freiheit, Frieden und innere Ruhe immer Kompromisse waren und immer auf der Tatsache fußten, dass einer abwog im Wissen um die Möglichkeit, Schuld auf sich zu laden. Und dass, wollte er wirklich und ganz Mensch sein, er zuallererst so ehrlich sein sollte, sich einzugestehen, dass ein Sich-Wegducken und Verdrängen Handeln war und keine Garantie dafür, moralisch sauber und von Schuld verschont zu bleiben. Im Gegenteil.

Erstaunt stellte sie fest, dass sie damit leben konnte. Und dass diese nackte Wahrheit jeden Opfer fordernden Gott hinwegzufegen in der Lage war. Echte Freiheit hatte so gesehen nicht mehr das Geringste mit Schutz und Sicherheit zu tun, sondern nur noch mit überwundener Angst.

Essia stieß sich vom Marmor ab. Das Wasser auf ihrem Gesicht war längst getrocknet. Die Haut spannte und juckte. Sie griff zu einem Salbentiegel, trug etwas Creme auf und betrachtete aufmerksam ihr Gesicht im Spiegel. Hinter sich aus dem Zimmer hörte sie das Geräusch der über den Teppichboden gleitenden Tür. Marouan. Die Angst packte sie mit kaltem, eisernem Griff. Sich dagegenstemmend, füllte sie ihre Lungen zitternd mit Atemluft.

Marouan trat ins Bad, stellte sich hinter sie und sah ihr im Spiegel in die Augen.

«Geht's, Kleines?», fragte er.

«Ich habe Angst», antwortete sie. «Ich möchte weg hier. Wann können wir abreisen?»

«Bald», antwortete er und legte seine Arme um sie. «Bald ist es vorbei. Ein paar Tage müssen wir noch hierbleiben. Zeugenaussagen und so weiter. Dann können wir los. In die Berge, wie du es dir gewünscht hast.» Und ganz nah an ihrem Ohr: «Als Nächstes dann Basel. Der Termin ist vorverlegt. Bald ist es geschafft, Kleines.»

Mit einem Ruck löste sie sich von ihm und schnellte herum. Ihr «Warum?» halb Brüllen, halb Schrei, und Marouan tat das Einzige, was half, wenn einer im Einsatz austickte: Er schlug nicht ihr, sondern der Panik ins Gesicht. Es half. Sie beruhigte sich. Ihr zweites «Warum?» kam leise über ihre Lippen. Bittend fast. Er umfasste ihr Gesicht mit den Händen.

«Willst du es nicht mehr?»

«Doch.»

«Aber?»

Sie wiederholte die Worte von vorhin. Diesmal jedoch beladen mit der wahren Wucht ihrer Bedeutung: «Ich habe Angst. Ich dachte, ich kenne das. Ich habe Angst, seit ich denken kann. Aber das hier ...»

«Du bist nicht allein.» Er drehte sie wieder gegen den Spiegel. Sanft. Schlang die Arme erneut um sie und sah ihr in die Augen. «Siehst du? Nicht allein, Kleines. Nie mehr allein. Nie mehr.»

Sie nickte. «Wann?»

«Voraussichtlich in drei Wochen.»

«Wie ist das möglich?», fragte sie weiter. «Das Festival ist ein Riesen-Ding. Es ist ausverkauft. 200.000 Besucher haben den Termin geplant und bezahlt. Wie soll das ...?»

«Verteile Geschenke, mixe das Ganze mit einer rührseligen Geschichte, lass die Leute glauben, was sie als Spaß empfinden, sei in Wahrheit ein mutiger Akt der Solidarität, und alles wird möglich. Die Tickets werden zur Hälfte erstattet. Ebenso die Reisekosten. Wer es trotzdem nicht schafft, kriegt sein ganzes Geld zurück. Aufmucken wird keiner, denn der Grund für die Vorverlegung sind nicht etwa Planungsfehler, sondern die Anschläge. Die Sache wird zu einer Solidaritäts- und Gedenkveranstaltung umgedeutet, sämtliche Gewinne werden den überlebenden Opfern und den Familien der Toten zugutekommen. Nur ein Unmensch kann was gegen so viel Menschlichkeit haben. Heute geht die Info an die Medien. Mach dich also auf etwas gefasst in den nächsten Tagen. Du wirst gefragt sein. Aber nicht nur das. ‹Ultra› wird außerdem ankündigen, dass es zusätzliche Tickets zum reduzierten Preis gibt. Müsste ich wetten, dann würde ich darauf setzen, dass es am Ende 300.000 Leute sein werden.»

Anstatt einer Antwort schnellte Essia nach vorne und übergab sich ins Waschbecken. Marouan hielt ihre Haare zusammen.

✦ ✦ ✦

Berlin – Biarritz (Baskische Küste) – Santiago de Compostela
«Stellen Sie sich vor, Sie sitzen am schönsten Ort des Hauses, schenken sich einen Whisky ein, lehnen sich in das Leder Ihres Lieblingssessels, schließen die Augen, und wenn Sie sie wieder öffnen, stellen Sie fest, dass Sie fliegen.»

Mit diesen Worten hatte der Pilot, der sich als Frank vorgestellt hatte, die Vorzüge seiner Maschine – eine Embraer Phenom 300 – angepriesen. Als stünden sie nicht um halb sechs Uhr in der Früh auf einem privaten, dunklen, regennassen Flugfeld in der Nähe von Berlin, sondern im Sonnenschein eines Ferientages. Als würde der Mann nicht eine Gruppe Ex-Militärs und Geheimdienstleute mit falschen Papieren und einer Menge Material in schwarzen Sporttaschen außer Landes, sondern einen Haufen angetrunkener Touristen zum nächsten Party-Hotspot oder auf ein ländliches Anwesen zum Brunch fliegen.

Keiner hatte ihm geantwortet oder verstärktes Interesse an seinem «Baby» gezeigt. Sie hatten schweigend ihr Gepäck in den Stauraum vorne in die Nase des Fliegers gewuchtet und waren danach einer nach dem anderen in die Kabine geklettert.

Frank war ebenfalls verstummt. Die Situation schien nicht neu für ihn zu sein, die Salven marktschreierischen Geplauders bloß die Platte, die er seiner Kundschaft normalerweise abspielte. Allerdings stellte Brun beim Start fest, dass dieser mit der «Ledersessel hebt ab»-Sache nicht übertrieben hatte. Die Maschine hatte beschleunigt und abgehoben, als ginge es durch Butter.

«Großartig», hatte er über die Schulter in Richtung der offenen Cockpittür gerufen, während sie rasch an Höhe gewannen.

«Wie lange bis Biarritz?»

«Fünf Stunden etwa», war die Antwort erfolgt, und Brun wäre jede Wette eingegangen, dass der Mann dabei gelächelt hatte. Seine Augen brannten, als er sie schloss.

«Ihr habt's gehört, Leute – fünf Stunden.»

Es hieß so viel wie: *Versucht zu schlafen. Ich kann nicht garantieren, dass sich eine solche Gelegenheit in den nächsten Tagen noch einmal ergibt.*

Als sie von dem Treffen mit Hessberg in das Haus auf dem Grat zurückgekehrt waren, war Yuri Rachmanowitsch nicht mehr da gewesen.

«Die Stunde des Krieges hinter den Schleiern der Diplomatie», hatte Boas auf Bruns fragenden Blick hin gesagt. «Keiner tut etwas Besonderes, aber das sehr hektisch unter dauerndem Drohen. Er hasst es.»

«Warum hat er den Job dann angenommen? Keiner hat ihn dazu gezwungen.» Piet hatte kaltschnäuziger geklungen als beabsichtigt. «Tut mir leid, Mann», hatte er nachgeschoben, «Vergiss es. Geht mich nichts an.»

«Aus dem gleichen Grund, aus dem ihr hier seid, nachdem man euch buchstäblich verraten und verkauft hat», hatte Boas geantwortet, als hätte er den Einschub nicht gehört, und damit alles gesagt.

Brun hatte, als alle irgendwo in der Halle Platz genommen hatten, das Reden übernommen und von dem Gespräch mit dem Bundeskanzler berichtet.

«Eine Woche also», hatte Boas kommentiert, als er geendet hatte. «Wird knapp; aber es sollte reichen. Apropos knapp: Wir waren hier nicht ganz untätig, während ihr weg wart: In einer Stunde müssen wir los.»

«Okay», hatte Brun gesagt, «Schieß los – was habt ihr?»

«Wartet noch kurz», war Nouriel dazwischengegangen.

«Nur eines noch: Glaubt ihr Hessberg? Ich meine – dass er von ARES nichts weiß? Dass er nicht zu Grabowsky rennt und damit im Grunde zu dem ganzen Haufen an Diensten und Agenturen, von denen die Leitung unseres eigenen Dienstes nicht müde wird zu betonen, wie freundschaftlich und solidarisch man sich gegenseitig zugetan sei?»

Obwohl die Frage für Brun gedacht gewesen war, hatten sich sämtliche Blicke auf Valentin gerichtet, der zu sagen pflegte, es gäbe Antennen, die einem weder Erfahrung noch Kompetenz noch Wissen, sondern einzig das Alter beschere. Den Beweis dafür hatte er instinktsicher dutzendfach erbracht. Seine Antwort hatte denn auch für Überraschung gesorgt:

«Ich weiß es nicht», hatte er gesagt und geklungen, als müsse er jedes Wort einzeln suchen. «Unser Trumpf ist, wie mir scheint, gleichzeitig auch der schwächste Punkt: seine Frau. Ich bin mir sicher, dass wir richtigliegen mit der Vermutung, dass die Information, wonach er für sie alles tun würde, korrekt ist.»

«Das klingt nach einem großen ‹Aber›», war es von Piet gekommen.

«Richtig. Hessberg braucht seine Frau mehr, als er irgendetwas sonst braucht. Sie auch nur zu verdächtigen, hinter seinem Rücken etwas abzuziehen, von dem er nichts weiß, oder gar jemand anderes zu sein, als er glaubt, käme ihrem Verlust gleich. Wenn das Bild, das ich mir mithilfe unserer Kontakte von ihm machen konnte, stimmt, dann kann er sich das nicht leisten. Was wiederum bedeutet: Er kann sich schlicht und einfach entscheiden, uns nicht zu glauben. Und in dem Fall hat er absolut keinen Grund, nicht zu Grabowsky zu gehen. Was wir also haben, ist nicht eine Woche Zeit, weil Eric Hessberg uns das zugesagt hat. Wir haben genau so viel Zeit, wie er braucht, um zu entscheiden, wem er glauben will. Dass die Entscheidung längst gefallen *ist,* weil Hessberg glauben *muss* – und zwar seiner Frau –, spielt dabei keine Rolle.»

«Sagst du uns gerade, die Frage sei nicht, ob er mit der Sache zu Grabowsky gehe, sondern nur wann? Und dass die Möglichkeit, dass

Grabowsky in diesem Moment bereits informiert ist, besteht?», hakte Sava nach.

Valentins Schweigen, das der Frage folgte, war Antwort genug. «Sollte jetzt nicht Jo hier sein und eine seiner ‹Blut, Schweiß und Tränen›-Ansprachen halten?», fragte Piet in die Stille hinein und blickte in die Runde.

Und an Brun gewandt: «Übernimmst du das, Carl?»

Auch jetzt noch, mit geschlossenen Augen im Ledersitz des kleinen Jets sitzend, weiteten sich Bruns Züge – und auch etwas in seiner Brust. Mit einem Schlag war durch Piets Bemerkung ein Haarriss in der trotzig stillen Verbissenheit entstanden, die Valentins Ansage gezeitigt hatte. Was bei Werkstoffen als Materialfehler und Mangel galt, war in ihrem Gewerbe und für ein Team dringende Notwendigkeit. Verbissenheit war gut, solange sie nicht ausschließlich und vorherrschend war und Platz ließ für ein Quantum wagemutigen und freudigen Fatalismus. Piets Bemerkung hatte genau dies bewirkt.

«Ihr kennt mich, Leute», hatte Brun dessen Frage beantwortet, während er ein lädiertes Softpack Zigaretten aus der Brusttasche seiner Jacke gezogen und eine Kippe rausgeklopft hatte.

«Ich bin nicht gut in so was. Was mich anbelangt, so würde ich jetzt eigentlich verdammt gerne hören, wie unsere Freunde hier mich in nützlicher Frist nach Spanien zu schaffen gedenken und – was noch fast wichtiger ist – wieder raus. Wem es ebenso geht, kann bleiben.»

Noch während die letzten Worte verklungen waren und sich Brun selbst Feuer gegeben hatte, waren sämtliche Blicke zu Boas gewandert. Es war einer jener Momente gewesen, in denen Brun für eine Sekunde gewusst hatte, was Liebe war und was Freiheit und was Leben. Alles dasselbe. Und er hatte mit ebensolcher Bestimmtheit gewusst, dass keiner im Raum irgendwo anders sein wollte als genau hier. Und schließlich wusste er auch, dass das einzige Augenpaar, das auf ihn gerichtet blieb, jenes von Jezreel Vidali war. Es war so wenig und doch alles, was er wollte. Denn auch er und seine Leute hier – genau wie Hessberg – konnten nicht anders.

Boas hatte einen Blick auf seine Armbanduhr geworfen.

«Okay», hatte er angehoben. «Ich mach's kurz. In ungefähr einer halben Stunde werden wir abgeholt und zu einem unkontrollierten Flugplatz hier ganz in der Nähe gefahren. Von dort geht's nach Biarritz. Tankstop. Dann weiter bis irgendwo in der Nähe von Santiago de Compostela. Privates Start- und Landefeld. Freunde von uns. Von dort bis zu dem in Frage kommenden Gelände sind es nur noch rund 70 Kilometer. Ein Wagen steht bereit.» Boas hatte auf mehrere dunkle Sporttaschen gedeutet:

«Eure Ausrüstung. In erster Linie Funktionsklamotten Marke ‹Wandergruppe auf Narzissensuche›.»

«Wie bitte?» Nouriel hatte ungläubig geklungen.

«Lorenz», hatte Boas in Richtung der Bildschirme gesagt.

«Erklär du's ihnen.»

Die Tatsache, dass der krausköpfige Israeli Lorenz, den «Asperger-Jungen», nicht nur erkannt und verstanden zu haben, sondern in all seiner Eigenart zu schätzen schien, hatte Brun aufhorchen lassen. Sein Blick war zu Sava gewandert, und er hatte seine eigene Dankbarkeit auf ihren Zügen gespiegelt gefunden.

«Zu dieser Jahreszeit blüht dort in der Gegend eine wilde Narzissenart. Narcissus pseudonarcissus», kam es hinter den Bildschirmen hervor. «Die Wälder ab Höhe Pontepedra bis hinauf an die Küste sind stellenweise voll davon. Für ein paar Wochen gehen dort Massen von Menschen quasi auf Schatzsuche. Die Standorte werden – ähnlich wie bei den Pilzsammlern – gehütet wie Staatsgeheimnisse.»

«Wenn ihr also dort auftaucht mit Körben und in Outfits von Menschen, die auf unebenem Boden kaum stehen können, aber alles anziehen, wovon ihnen in Prospekten der Outdoor-Spezialisten gesagt wird, man trage es in der Natur, dann werdet ihr dort nicht weiter auffallen», hatte Boas wieder übernommen. Und bevor jemand hatte fragen können:

«So wie's aussieht – und Valentins Einschätzung scheint es zu bestätigen – haben wir keine Zeit, etwas über den Kampfwert der Wachtruppen dort herauszufinden. Ein direkter Angriff kommt also nicht in Frage, und wir werden uns mit einigermaßen glaubwürdiger

Täuschung begnügen und dem Himmel danken müssen, wenn wir dort unbemerkt wieder rauskommen.»

Er hatte bedauernd geklungen. Brun hatte ihn verstanden. Sie waren, was sie waren, seit sie vor langer Zeit, Kinder fast noch und jeder für sich und unter höchster Geheimhaltungsstufe, durch die reale Hölle simulierter Kampfeinsätze, Befreiungs- und Rettungsaktionen, durch den Horror von Schlafentzug, Folter und tagelanger Sport-, Schieß- und Sprengstoff-Trainings gegangen waren, um später aus keinem anderen Grund als dem, dass sie dazu in der Lage waren, auf ebendiese Weise ihr Leben zu lassen. Man wurde es nie wieder los.

Es war Segen und Fluch zugleich. Der ganz normale Abgrund, der zwischen Menschen wie ihnen und der übrigen Welt liegt. Man sagt, so leicht wie Staatsoberhäupter Reden hielten, gäben Elitesoldaten nicht ihr Leben hin. Das war falsch. Dazu waren sie ausgebildet, und genau das taten sie. Und wenn sie aufhörten, es zu tun, blieb eine leere Stelle, die nichts anderes zu füllen vermochte.

«Was wir sonst noch brauchen werden, sollte in diesem Moment bereits vor Ort sein», hatte Boas geschlossen. Auch hier hatte keiner nachgefragt, denn auch das war Standard: Fahrzeuge, Waffen, Kommunikationsmittel, Tarnung.

Draußen vor dem Haus war kaum hörbar ein Wagen ausgerollt. «Das ist unser Taxi», hatte Boas ihnen mitgeteilt, war aufgestanden, hatte sich eine der Sporttaschen über die Schulter gewuchtet und war ans andere Ende der Halle in Richtung Haustür verschwunden.

Sava, Nouriel, Piet, Jezreel, Boas und Joaf hatten es ihm gleichgetan. Brun war zu Valentin getreten, der zusammen mit Dana und Lorenz und mit Nik Horns Hilfe bleiben und versuchen würde, mehr über die Anschläge, die Tatorte, die Zeugen und vor allem die Geldströme, die bei der «UnityBank» zusammenflossen, herauszukriegen.

Ein Handschlag. *Bis dann. Und pass mir auf den Kleinen auf.* Gesagt wurde nichts.

Auch bei Nik Horn hatte Brun kurz Halt gemacht. Hier war es nicht ohne Worte gegangen, die von Kennen und Vertrauen ersetzt wurden: «Nur damit das klar ist», hatte er gesagt und dem Jüngeren kurz die Hand auf die Schulter gelegt. «Sie müssen das nicht tun. Sie können jederzeit aussteigen.»

«Alles klar», hatte Horn geantwortet. Seiner Stimme war nicht anzumerken gewesen, ob die wenigen Worte, die einem Freispruch nach Jahren gleichkamen, irgendwas bei ihm auslösten. Den Schultermuskeln unter Bruns Hand indes sehr wohl.

«Danke», hatte Brun gesagt, Lorenz, von dem man wie stets nicht sagen konnte, ob er überhaupt mitbekam, was um ihn her geschah, einen letzten unerwiderten Blick zugeworfen und war ebenfalls verschwunden.

Jetzt öffnete Brun die Augen. Er war noch nicht bereit zu schlafen. Später dann. Ein Blick in die Kabine sagte ihm, dass es den anderen ähnlich erging. Allen bis auf Piet. Da der Flieger nur über sechs Plätze verfügte, hatte er sich am Ende des Mittelgangs hingelegt und schien zu schlafen. Eine Eigenschaft, die Brun von allem Anfang ihres Kennens an gleichermaßen amüsant gefunden und neidvoll bewundert hatte. Ein Erdloch in der Wüste, ein felsiger Vorsprung bei Minusgraden, während pausenlos Artilleriefeuer die Umgebung bestrich, oder im Schlamm unter dem nervenzerfetzenden Tropfen einer Dachrinne: Piet konnte überall schlafen.

Brun wandte sich um und trat in die Öffnung der Cockpittüre. «Darf ich?», fragte er den Piloten.

«Nur zu», kam die Antwort.

«Warum eigentlich Biarritz zum Tanken?», fragte er, um irgendwas zu sagen, und löste bei Frank einen Redeschwall aus, der ihm erlaubte, es sich auf dem leeren Sitz des Copiloten bequem zu machen und – nur mit halbem Ohr hinhörend – in den Zustand jener Entspannung zu gelangen, die da sagte, es sei gut und schade niemandem, für eine Weile die Fäden aus der Hand zu geben.

«Spanien ist eine Katastrophe in puncto Fliegerei», erklärte sein Nebenmann. «Alles. Einfach alles. Handling und Landegebühren im Fantasiebereich, Bodenpersonal ...» Er schien nach einem passenden Wort zu suchen und keines zu finden. «... Katastrophe. Und dann der ganze Warnwesten-Fetischismus, der Stempel- und Flugplan-Wahn, den sie dort pflegen … ich sage Ihnen …Und seit dem Virus ist alles noch viel schlimmer.»

Mehr hörte Brun nicht. Er war eingeschlafen.

✦ ✦ ✦

Berlin, Schiffbauerdamm

Christian Grabowsky öffnete eine der neun Fenstertüren, die auf den gegen Süden mit Blick auf die Spree gelegenen und die gesamte Etage säumenden Balkon hinausgingen. Ein Glas in der Hand, trat er in die für April fast vorsommerlich warme Nacht. Die Stimme von Bundeskanzler Eric Hessberg, die aus dem Fernseher in der Wohnung drang, war nach wie vor deutlich zu hören. Nur leiser jetzt.

Er achtete kaum darauf. Es war die Aufzeichnung der Rede an die Nation, die heute Abend ausgestrahlt worden war. Er brauchte nicht hinzuhören, er kannte sie. Seine Leute hatten sie geschrieben.

Was für ein Tag. Seit den Anschlägen waren kaum 24 Stunden vergangen. Was ihnen gefolgt war, war der bekannte Zirkus, die glatte Schau des allumfassenden, anonymen Politischen, das sich in Interviews, Reden, einer Tweet-Lawine, in Expertenstimmen und Schwerpunktsendungen in das Gefäß der so genannten öffentlichen Meinung ergoss.

Für Grabowsky hatte all das indes nichts Anonymes oder Glattes an sich; nichts war ihm verborgen oder unbekannt. Wie der offengelegte Mechanismus einer Tinguely-Plastik lagen die ineinandergreifenden Räder und Federn dieser Maschinerie der verschiedenen Kreise der Macht ebenso offen vor ihm wie die davon in irgendeiner Form zehrenden Menschen. Denn auch das war ein Fakt: Etwas Besseres als ein paar hundert Tote konnte vielen gar nicht passieren.

Es war eine ihn immer aufs Neue überraschende Eigenart der Deutschen und – in nacheifernder Art – der restlichen Europäer, sich für Negatives in einer Art begeistern zu können, die bei aller Gottlosigkeit etwas tief Religiöses an sich hatte. Wo andere Nationen auch im Zeitalter der medial vorherrschenden Skandal-, Schock- und Sensations-Industrie wenn nicht jede, so doch jede mögliche Gelegenheit immer noch für ein Fest ungetrübter Freude, für eine Feier nationalen Stolzes und argloser, sich selbst zugesprochener Überlegenheit nutzten, waren solche Regungen hierzulande grundsätzlich verdächtig und nicht selten Gelegenheit, den politischen Gegner zu desavouieren oder kaltzustellen. Populismus, Chauvinismus oder schlicht «rechts», so lauteten die gängigsten kommunikativen Grabbeigaben solch öffentlich zelebrierter Totenfeste. Dabei spielte es absolut keine Rolle, ob in dem Sarg überhaupt einer lag.

Die Show war alles, was zählte.

Die Anschläge vom gestrigen Abend und die Möglichkeit, dass die Terroristen nicht Deutsche, sondern Schweizer waren und der rechten Szene zugerechnet werden mussten, hatten vor diesem Hintergrund zweierlei Effekt: Die Tatsache, dass der Feind von außen kam, ermöglichte es dem gesamten politischen Spektrum – von der extremen Rechten bis zur extremen Linken –, von sich selber weg und auf einen anderen zu deuten. Der Blitzableiter war für einmal nicht die Opposition, sondern ein anderer Staat.

Dies wiederum hatte eine schon fast gespenstisch anmutende Eintracht der unterschiedlichen Lager zur Folge. Nicht, dass Grabowsky davon überrascht gewesen wäre – schließlich war genau das Absicht und Ziel. Aber die Präzision, mit der das theoretisch Konzipierte Realität wurde, machte ihn dennoch staunen.

Hatte dieser Wagenburg-Reflex, bei dem die Menschen die Reihen ungeachtet ihrer politischen Zugehörigkeit hinter sich schlossen, während der drohenden Virus-Epidemie noch Mängel, Lücken, abweichende Elemente und kritische Stimmen aufgewiesen, so war davon jetzt nichts mehr zu merken. Man kannte keine Parteien mehr, man hielt zusammen, der Konsens war allumfassend, und man schien stolz darauf zu sein. Mehr noch: erleichtert, die Mühsal wertfreien Diskurses, des Zweifelns, Nachfragens, Prüfens und erneut Prüfens ein für allemal hinter sich zu haben. Die Stunde des Kollektivs hatte geschlagen:

Fraglos, klaglos, unkritisch und widerspruchslos legte man eigene Meinungen ab und forderte alle anderen auf, individuelle Freiheitsrechte für die «Sache» des Friedens und der Sicherheit vertrauensvoll in die Hände jener zu legen, die Schutz versprachen.

Noch vor zwei Jahren, als die Menschen die Erfahrung eines wertfreien Feindes in Gestalt einer verheerenden Seuche und die folgende Bedrohung einer totalen wirtschaftlichen Existenzvernichtung noch nicht gemacht hatten, wäre nie denkbar oder möglich gewesen, was heute schon fast selbstverständlich war. Noch in der vergangenen Nacht waren die betroffenen Städte nicht nur von der Polizei, sondern auch von militärischen Verbänden abgeriegelt worden. Absperrungen, Personenkontrollen, Checkpoints und rund um die Uhr zirkulierende Patrouillen waren außer für ein paar ewige Verschwörungstheoretiker und andere Spinner für niemanden Grund zu Befürchtungen oder gar Protest.

Im Gegenteil: Man war zufrieden damit, wie der Staat einen schützte. Und er würde noch viel mehr Gelegenheit dazu bekommen, wenn sich in ein paar Tagen in den einschlägigen, der Scharia unterstehenden Quartieren die kulturell verankerte Pflicht zur Rache Bahn brechen würde.

Grabowsky nahm einen Schluck von dem Whisky, den ihm sein Chauffeur jeweils bei einem Billigdiscounter besorgte und den seine Haushälterin in eine Kristallkaraffe umfüllte. Es war keine Frage des Geldes, sondern eine des Geschmacks und eine stete Erinnerung daran, was der Mensch war, wenn das Koordinatensystem von Äußerlichkeiten wegfiel.

In dem stählernen Bürogebäude am gegenüberliegenden Ufer brannte in einem einzelnen scharf geschnittenen Fensterkarree noch Licht. Sein Widerschein auf dem Wasser war ein formlos flimmernder Fleck. Bilder waren längst keine Wahrheiten mehr, keine Fakten – und doch mächtiger als alle Worte. Einer hatte mal gesagt: Gib mir die Kontrolle über das Geld, und mir ist egal, wer die Gesetze macht. Dasselbe galt für Bilder.

Wer über die Bilder herrschte, herrschte über die Menschen. Der vergangene Tag und die Tage, die kämen, stünden ein weiteres Mal Zeuge dafür. Waren bei Anschlägen der Vorjahre nur einzelne und von Privatpersonen zufällig mit Handykamera aufgenommene Bilder des unmittelbaren Geschehens und der Opfer wie Tropfen in die Medien gelangt, waren letztere diesmal voll davon. Eine Sturzflut des

Schreckens würde sich über Leser und Zuschauer der Medien wälzen. Verkrümmte Körper, niedergemäht in panischer Flucht, Blut, weinende, schreiende Frauen, die sich über die toten Leiber von Männern und Söhnen warfen, Väter mit leblosen Kindern im Arm, schmutzige, staubige Gesichter, gezeichnet von Tränenspuren und den harten Linien uralten Grauens.

Woher die Bilder kamen, von wem und wann sie aufgenommen worden waren – danach würden weder Redaktionen noch das Publikum fragen. Es war Krieg, das war die Botschaft, die hängenbliebe und die über alle Lager hinweg einen würde.

Und es war die Stunde Eric Hessbergs.

Joan Hessberg hatte ihn heute Morgen früh angerufen. Eric wusste Bescheid. Zumindest über ihre Treffen im Haus an der Händelallee. Wie er an die Information gekommen war, hatte er sie nicht wissen lassen, und sie hatte sich darauf beschränkt, nach Drehbuch zu reagieren:

Sie wollte Eric – so hatte sie ihm gesagt – nicht zur Last fallen mit ihren Ängsten, Sorgen, Kanzlergattinnen-Kinkerlitzchen. Aber sie war auch nur ein Mensch. Sie brauchte jemanden zum Reden. Ab und zu jedenfalls. Warum nicht Christian, der ebenso Teil ihres Lebens wie ihrer Ehe war? Sie waren doch eh nur zu dritt zu denken. Warum das Risiko eingehen und sich bei einer Freundin ausheulen oder bei einem Psychiater?

Hessberg schien es geschluckt zu haben. Seine Stimme hatte wie immer geklungen, als er Grabowsky telefonisch und wie Dutzende Male zuvor mitgeteilt hatte, er käme heute Abend nach der letzten Pressekonferenz um 22 Uhr bei ihm vorbei.

«Auf einen Absacker nur. Okay?»

«Ich bin da. Komm einfach.»

Plötzlich horchte Grabowsky auf. Alles Träge, fast schon Entspannte fiel mit einem Schlag von ihm ab, als er der Stimme Hessbergs folgend zurück in den Salon und vor den Fernseher trat. Nichts am Ton des Bundeskanzlers hatte sich verändert, und doch wusste Grabowsky, dass nichts mehr so war wie noch vor Tagesfrist.

«Deutschland ist getroffen». Hessberg sprach nicht laut, aber umso eindringlicher. «Das ist das Bild, das sich auf den ersten Blick präsentiert. Aber es ist nicht das ganze Bild – es ist nur ein Ausschnitt. Die Wahrheit ist eine andere: Europa ist getroffen. Ein weiteres Mal. Und dieses weitere Mal konnte nur aus einem einzigen Grund geschehen: Was wir von unseren Bürgern ohne Unterlass fordern, liefern wir selber nicht: Einigkeit.»

«Was zum …» Grabowsky tastete, den Blick nicht vom Bildschirm lösend, nach der Lehne eines der «Charles & Ray Eames»-Sessel und nahm Platz. «Was, verdammt noch mal, tust du da?»

Ohne es zu merken, nahm er eine Zigarette aus der Glasschale, die auf dem Tisch zwischen den Sesseln stand, klaubte das Ronson-Feuerzeug aus seiner Tasche, gab sich Feuer und starrte wie gebannt weniger auf den Bildschirm als auf jedes einzelne Wort, das aus den Lautsprechern drang.

Das war nicht die Rede, die seine Leute für Hessberg geschrieben hatten. Das war etwas anderes.

«… nicht darum, wer das Sagen hat und wer tonangebend ist. Allein diese Worte laufen der Idee eines geeinten Europas entgegen. Es muss heute darum gehen, nur darum, der Vielfalt eine gemeinsame tragfähige Basis zu verschaffen, die stark genug ist, die Verschiedenheit, die unsere Stärke ist, zusammenzuhalten. Die es uns erlaubt, im Kern eins zu sein, um viele sein zu können. Um Deutschland, Frankreich, Spanien und Schweden zu sein, zu pflegen und zu bleiben, muss Europa ein Europa der Verteidigung werden. Mehr noch: Ein Europa der Abschreckung.

Die jüngsten Anschläge zeigen eines deutlich: Die Zeit individueller Passivität in Sachen Sicherheit ist vorbei. Und darum wage ich es, hier zu sagen: Diese Anschläge können in ihrer Brutalität und Grausamkeit etwas Gutes haben, wenn sie uns zum Handeln anspornen. Zum gemeinsamen Handeln.

Ich will Sie hier und heute weder beruhigen, noch Sie in falscher Sicherheit wiegen. Die Tatsachen sprechen eine harte Sprache, und ihnen haben wir uns zu beugen. Fakt ist: Wenn es unseren Feinden so leichtfällt, uns auf unserem eigenen Boden anzugreifen, dann haben wir unseren Job nicht gemacht. Nicht als Deutsche, nicht als

Franzosen, nicht als Italiener und schon gar nicht als Europäer. Wenn wir das ändern wollen, dann müssen wir aufhören, in Defensivbegriffen zu denken. Sie haben im Lauf der Jahrhunderte mancher großen Nation das Genick gebrochen.

Was wir brauchen, ist Initiativ- und Offensivgeist, und wir müssen das jetzt anpacken. Europa darf in seiner Bequemlichkeit und Trägheit für seine Feinde nicht länger berechenbar bleiben. Wir müssen unberechenbar werden, und der Feind – egal, wer er ist und woher er kommt – muss sich immer fragen, wo wir sind, was wir als Nächstes tun werden und was er riskiert, wenn er uns angreift.

Wir müssen aufhören, uns der Illusion hinzugeben, unsere Demokratien seien schützende Mauern, unsere freiheitlichen Werte ein Dach, unter dem wir für alle Zeiten sicher seien. Das sind sie nicht, wenn wir nicht bereit sind zu kämpfen. Im Gegenteil: Jeder Feind wird jedes Entgegenkommen und jeden Versuch der Deeskalation unsererseits als Schwäche interpretieren.

Damit muss Schluss sein.

Und es muss auch Schluss sein mit Staaten in unseren Reihen, die meinen, sich fein raushalten zu können. Es muss endlich begriffen werden, dass solche Herausforderungen nur gemeinsam gemeistert werden können. Oder anders gesagt: Es muss auch im Bereich Sicherheit eine Abrechnung mit solchen Staaten geben.»

Hessberg hielt inne, blickte in die Kamera, dann in die Runde der Journalisten, als hätte er nicht weniger als das ganze beschworene Volk vor sich.

«Ich bin heute nicht hier, um Ihnen eine Mitteilung zu machen, sondern um Ihnen eine Frage zu stellen», fuhr er fort. «Kann ich auf Sie zählen? In Brüssel? In Madrid? In Rom? In Bern? In Wien? Kann ich von jetzt an hoffen, dass alle – jeder Einzelne, jeder Mann und jede Frau – mich und meine Kollegen dabei unterstützen, in diese fundamentale Angelegenheit Entschlossenheit und Energie zu bringen? Das tote Gewicht der Trägheit und Unentschlossenheit abzuwerfen, das dahin geführt hat, dass unsere Feinde uns immer wieder zuvorkommen?

Was es jetzt braucht, ist Ihre Antwort. Eine feste Antwort. Und wenn es etwas nicht mehr braucht, dann sind es politische Spitzfindigkeiten. Sie würden weder der Frage noch der Größe und der brutalen Einfachheit dieses neuerlichen Angriffs gerecht. Unsere Antwort – Ihre und meine – muss diesem Angriff entsprechen, damit sie von unseren Feinden verstanden wird. Schaffen wir das nicht, dann ist es nur eine Frage der Zeit bis zum nächsten, möglicherweise noch verheerenderen Anschlag. Scheitern wir damit, dann hat die vergangene Nacht das Potenzial, zu einem düsteren, Verderben bringenden Markierungsstein auf Europas Weg in den Abgrund zu werden.

Es ist eine Zeit der Prüfung. Wir müssen sie gemeinsam meistern, wenn wir gegen diese Sekten, die das Allerübelste sind und die in der Fähigkeit zu hassen alles übertreffen, was ich bisher gesehen habe, besiegen wollen. Abwarten, Hoffen und ‹Leben mit der Lage› ist für mich persönlich keine Option und darf es für uns als Gesellschaft auch nicht sein.

Diese Leute – ich möchte sie nicht Menschen nennen – haben Tausende von Märtyrern in ihren Reihen. Daran wird es ihnen nicht fehlen. Wir sind im Krieg. Und Krieg kann nur mit Festigkeit gewonnen werden und nie mit abwartender Nachgiebigkeit verhütet. Aufrüstung, Kampfbereitschaft und Armeen tun mehr für den Frieden als alle Einladungen zum Dialog, künstlicher Konsens oder Angebote, die sowieso nur als Uneinigkeit gedeutet würden.

Es ist die Zeit für Taten, die Zeit für Opfer, die Zeit, unsere gewohnten Freiheiten für eine Weile einzuschränken, um sie zu schützen. Tun wir das nicht, dann ist es unsere Freiheit, die zuerst sterben wird. Und wir mit ihr. Packen wir es an. Jetzt. Mit aller Kraft. Gemeinsam und nicht jeder für sich.

Helfen Sie mir, helfen Sie uns dabei. Dann haben wir die Chance, dass solches sich nicht wiederholt.»

Christian Grabowskys Zigarette hatte sich selber verzehrt und war zwischen seinen Fingern erloschen. Die Frage nach dem anfänglichen *Was* hatte sich mit der Rede von selbst erledigt. Die Antwort, die sich aufdrängte, war es, die ihn jetzt weiter auf den Bildschirm starren ließ, auf dem Georg Kunze, der Regierungssprecher, zur Triage der Journalistenfragen übergegangen war. Nur einzelne Worte aus dem Vokabular des Kriegerischen, dessen Hessberg sich bediente, drangen noch an sein Ohr: «Hornissennest», «Offensivcharakter», «Nachschubbasis».

Es gab nur eine Antwort, wie diese Rede gedeutet werden konnte: Hessberg wusste Bescheid oder war zumindest nicht mehr vollkommen ahnungslos.

Grabowsky warf einen Blick auf seine Armbanduhr. Hessberg würde jeden Moment hier sein. Er stellte das Glas neben dem Stuhl auf den Boden, stand auf und trat erneut in die Nacht hinaus.

Es blieben zwei Fragen, die es zu beantworten galt: Wie war Hessberg so weit gekommen? Und was war zu tun? Die Antwort auf die erste Frage präsentierte sich als ein Name: Michael Kron. Eine andere Möglichkeit gab es nach dem Ausscheiden Sven Mielings aus dem Spiel nicht.

Grabowsky unterdrückte einen Fluch. Er hätte sich das Glauben-Wollen an die Aufrichtigkeit eines Spitzels nie durchgehen lassen dürfen. Er hatte von Anfang an ein ungutes Gefühl gehabt bei diesem Kerl.

Er holte sein Handy aus der Tasche und wählte via Kurzwahltaste Alex' Nummer.

«Ja?», meldete sich Alex, der Mann, der seit über zehn Jahren als Fahrer und Personenschützer an seiner Seite war, nach dem ersten Klingeln.

«Der Fahrer von Hessberg fällt aus. Wir brauchen ab morgen früh einen Ersatz», teilte Grabowsky dem Mann mit.

«Ich kümmere mich darum», kam die Antwort.

«Danke.»

Für die zweite Frage, jene nach dem, was zu tun sei, blieb keine Zeit. Das gedämpfte Signal des sich von der Tiefgarage in Bewegung setzenden Aufzugs, der direkt in die Wohnung führte, drang an Grabowskys Ohr. Ein Lächeln huschte über sein Gesicht, als er in das Innere der Wohnung zurückging und sich als einzige Handlungsoption die Worte aufdrängten, die Hessberg in seiner Brandrede verwendet hatte: «Leben mit der Lage».

Die Fahrstuhltüren hatten sich noch nicht zur Gänze geöffnet, als

Hessberg mit der ihm eigenen Ungeduld, die stets etwas ungestüm Jungenhaftes an sich hatte, heraus- und auf Grabowsky zutrat. Dieser kam nicht umhin, ein weiteres Mal erstaunt festzustellen, dass man dem nur um ein paar Jahre Jüngeren weder die schlaflose Nacht noch die Hatz des Tages ansah. Jugendlich, frisch, voller Energie und Tatendrang – so wirkte der Bundeskanzler.

Sein Bundeskanzler.

Weder die erschöpfenden Konferenzen des Krisenstabs über taktische und strategische Fragen noch die Tatsache, dass alles, was jetzt geschah, jede noch so kleine politische und sicherheitstechnische Aktion vom gnadenlosen Tempo eines exakt geplanten Terminkalenders abhing, waren ihm anzumerken. Im Gegenteil: Hessberg schien wie neu belebt, als hätte er in sich eine Kraftquelle entdeckt, von der keiner bisher etwas geahnt hatte. Er selbst zuletzt.

«Und?», fragte Grabowsky, als sie sich die Hand reichten. «Wie war's?»

Hessberg erwiderte wohl den Händedruck, blieb aber die Antwort schuldig und ließ seinen Blick abgleiten. Ein Ausweichen, das untypisch und neu war. Noch nie – nicht einmal nach seinen verblödetsten Exzessen, den krassesten Abstürzen – war er jemals der Versuchung erlegen, sich wegzuducken und Grabowskys Blick zu entgehen. Man konnte von dem Mann sagen, was man wollte – aber sich drücken, das war nicht sein Ding. Und in diesem Moment war Grabowsky klar: Was auch immer in der nächsten halben Stunde käme, es würde alles verändern.

✦ ✦ ✦

Spanien, A Coruña, Nähe Sobrado dos Monxes

«Sollte klappen», stellte Joaf fest und richtete sich mit einem Ruck von dem Tisch auf, über dessen mit Karten und Bildmaterial bedeckter Platte sie seit zwei Stunden brüteten. Er klang wie einer, der loslegen wollte. Jetzt. Sofort.

«Ja, sollte es», bestätigte Piet, dessen Gesicht vom Schein der

Lampe, die er überragte, entzweigeschnitten wurde. «Wenn das mit der Tarnung klappt. Das muss hinhauen, Leute, sonst haben wir keine Chance. Packt euch meinetwegen einen Baum auf den Rücken, wälzt euch im Dreck. Solange es nicht länger als drei Minuten dauert und ihr danach ausseht wie ein Stück Wald, ist mir alles recht.»

«Auch wenn dich das jetzt erstaunt: Wir sind nicht erst seit gestern in dem Geschäft. Tarnung können wir!», kam es von Sava. Auch ihrer Stimme war der Überschuss an Energie, wie nur Einsatzfieber ihn hervorbrachte, anzuhören.

«Das ist es nicht», antwortete Piet. «Ich meine nicht die übliche ‹Du bist Schlamm, du bist Sand, du bist Staub und du bist unsichtbar›-Nummer. Will schließlich keinen hier beleidigen. Ich spreche von der Zeit. Eine solche Operation wird im Normalfall wie ein Armband kunstvoll gefügt – auch das brauche ich euch nicht zu sagen. Jeder Ort, jede Waffe, jede Minute einzeln bewertet und ausgesucht – dafür haben wir heute keine Zeit und morgen erst recht nicht. Das meiste wird vor Ort entschieden werden müssen. Innerhalb von Sekunden. Von dem Moment an, wo wir da eintreffen, müssten wir im Grunde schon wieder weg sein. Wir haben bestenfalls 30 Minuten, um uns von Süden und Westen her in die Nähe des Geländes zu bewegen, wenn möglich einen Einblick zu nehmen und wieder zurück beim Wagen zu sein. Bestenfalls.»

Piet hämmerte mit dem Zeigefinger seiner Pranke auf den Punkt einer Satellitenaufnahme, der eine Weggabelung in der Nähe eines Waldrandes signalisierte, und blickte, jetzt mit dem Gesicht wieder ganz in den Schein der Lampe eintauchend, in die Runde:

«Wenn wir also morgen früh an dieser Stelle parken, dann müssen wir zwei Dinge hinkriegen, die jedem hier gegen den Strich gehen werden und die in dieser Kombination eine Gratwanderung sind: Erstens darf keinem von uns ein Funke Professionalität anzusehen sein. Also Sorglosigkeit, Ausgelassenheit, Freude. Nichts anderes auf dieser Strecke» – der Finger fuhr den Weg entlang zu einer Baumgruppe, die locker angeordnet in den Wald überging – «bis zu den Bäumen hier auf zwei Uhr. Da trennen wir uns, schwärmen aus, aber behalten kurz noch den Lautstärkepegel bei. Und wenn dieses Scheißding angeflogen kommt» – er sprach von der Drohne, die ihre Runden über das rund 70 Kilometer von ihrem aktuellen Standort entfernte Gelände von ARES drehte und die sie bei ihrer Erkundungsfahrt am Abend gesichtet hatten –, «dann freut euch auch hierüber. Zeigt mit den Fingern, starrt sie an, winkt wie minderbemittelte Dorfdeppen. Ihr habt keine Ahnung, dass ihr euch auf privatem Grund befindet. Ihr wollt nur der Tradition Genüge tun, Narzissen sammeln und einen schönen Tag verbringen.»

«Apropos ‹Scheißding›», hakte Boas ein.

«Was ist damit?» Piet sah von der Karte auf.

«Winkt nicht nur, sondern fotografiert es auch und schickt mir die Bilder. Ich leite sie dann weiter. Wenn wir Glück haben, ist es ein uns bekanntes Modell.»

«Und dann?», fragte Sava, während sie bereits zu verstehen begann. «Willst du damit etwa sagen, dass ihr die Möglichkeit habt, auf die Drohne zuzugreifen?»

«Wie gesagt: Wenn wir Glück haben», bestätigte Joaf. «Mit dem Einsatz von Drohnen wurde für uns quasi über Nacht die Schaffung einer entsprechenden Einheit überlebensnotwendig. Und nicht nur für uns. Jeder einigermaßen vernünftige Dienst unterhält eine solche Abteilung. Außerdem gibt es ein paar hervorragende private Anbieter auf dem Markt. Gemeinsam sind allen die Ziele. Es sind drei. Erstens: Entwicklung und Betrieb eigener Drohnen zur Sicherung kritischer Infrastrukturen. Zweitens: die Abwehr feindlicher Drohnen. Da gibt es mittlerweile über 500 UAS-Gegensysteme in verschiedenen Entwicklungsstadien zur Erkennung und Identifizierung solcher Unmanned-Aircraft-Geräte.»

«Und drittens?», drängte Sava.

«Drittens: die Beschaffung von Betriebsplänen bereits im Einsatz oder in der Entwicklung befindlicher Systeme, um die nötigen Schlüssel zur Kaperung zu kriegen oder zu entwickeln. Moderne Drohnen bringt man mit Störsendern längst nicht mehr zum Landen. Auch einfachste und billigste Exemplare fliegen heute bei Verbindungsabbruch über vorprogrammierte Pfade nach Hause. Es geht also darum, sich die Komponenten der Systeme zu besorgen, sie auf

Schwachstellen abzuklopfen und dann zu hoffen, dass der Feind eines der Geräte zum Einsatz bringt, die uns bekannt sind. Noch idealer allerdings sind direkte Kooperationen mit den Anbietern solcher Systeme. Es ja nun nicht so, dass es sich dabei um einen Riesenmarkt handelt, und wenn eine Gruppe nicht eigene Drohnensysteme entwickelt, wird sie sie einkaufen müssen. Besteht dann eine solche Kooperation mit dem Verkäufer, dann kauft der Interessent uns gleich mit. Wenn wir also Glück haben, handelt es sich bei dem ‹Scheißding› hier um ein uns bekanntes Gerät, so dass wir mitfliegen und mitsehen können. Also: Fotografieren nicht vergessen.»

«Nennt mich altmodisch», kam es von Nouriel, «aber ein sauberer Abschuss scheint mir nachhaltiger zu sein.» Und bevor jemand darauf eingehen, die Konzentration sich in Geplänkel verflüchtigen konnte, in Piets Richtung: «Du sagtest vorhin, wir müssten zwei Dinge erreichen: Erstens ‹null Professionalität› und zweitens …?»

«Genau … zweitens», nahm Piet den Faden wieder auf, «muss das Ganze – also die Strecke vom Wagen bis in die Deckung im Wald – im Zeitraffer ablaufen. Zwei, drei Minuten. Mehr nicht. Und wie gesagt: Trotz des Zeitdrucks müssen wir alles, was man uns vor zwanzig Jahren eingeprügelt hat und was wir sind, ablegen. Kein Rennen, kein Ducken, keine Bewegung, die auch nur im Entferntesten an eine Formation oder an ein Vorrücken erinnert. Glaubt mir, Freunde, das wird der härteste Teil. Was danach kommt, ist Business as usual.»

«Aber im Speed-Modus», ergänzte Joaf.

«Jap», bestätigte Piet. «Wenn diese Leute uns registrieren, wovon auszugehen ist, und uns aus den Augen verlieren, dann verlieren sie, wenn wir überzeugend sind, erst mal eine Gruppe Wanderer auf Narzissensuche aus den Augen. Kein Drama. Da wird kein Alarm losgehen. Höchstens die Wachen informiert. Wie damals, als zwei von euren Leuten da waren.»

Letzteres sagte Piet in Boas' und Joafs Richtung.

«Anschließend, so ist anzunehmen, werden sie das Gelände via Drohne und fixer Kameras absuchen. Immer noch lockere Routine. Ich schätze zwanzig Minuten, während derer alles im grünen Bereich bleibt. Dann wird einer von denen unruhig werden. Es wird immer einer unruhig. Er wird die Leute aufscheuchen. Man wird etwas gründlicher und systematischer an die Sache rangehen und als Erstes checken, ob unser Wagen noch dasteht. Zu diesem Zeitpunkt haben wir, wenn alles klappt, die Informationen, die wir brauchen, sind auf dem Rückweg und haken das Ganze vom anderen Ende her ab: Tarnung weg, Körbe fassen, Drohnen-Winken und raus.»

«Und wenn das Glück euch geneigt ist, liegt morgen früh zur Narzissenzeit der für die Gegend so typische zarte Nebel über allem.»

Wie *ein* Mann schnellten Brun, Jezreel, Nouriel, Sava und Piet zu dem Dunkel außerhalb des Lichtkreises herum, aus dem die Stimme zu kommen schien. Boas und Joaf hingegen zeigten keine Zeichen von Überraschung. Weder der gewaltige Bariton und der starke Akzent, in dem die Worte gesprochen wurden, noch die Erscheinung, die sich aus dem Zwielicht herausschälte und die nicht im Entferntesten mit Tonlage und Volumen in Übereinstimmung zu bringen war, schienen ihnen neu zu sein. Im Gegenteil: Joafs Blick, der jetzt auf den im grauen Halbschatten stehenden kleinen Mann mit Glatze fiel, wies Spuren amüsierter Zärtlichkeit auf.

«Darf ich vorstellen», wandte er sich in die Runde blickend an alle, «Semih Pedro. Unser Gastgeber.»

Ohne zu zögern trat der kleine Mann jetzt in den Lichtkreis und mit dem feinen Gespür für menschliche Hierarchien auf Brun zu.

«Willkommen im Castillo de Pambre.»

Brun erfasste die Hand, die ihm dürr aus dem Ärmel eines seidenen Morgenrocks entgegengestreckt wurde, und schien nach Worten zu suchen. Der Mann, der ihn an einen jener mageren, zähen Sträucher erinnerte, die sich auch bei wochenlangen Minusgraden weigerten, ihr ganzes Blätterkleid abzulegen, half ihm aus der Verlegenheit des Überrumpeltseins heraus: «Bitte verzeihen Sie den Überfall», sagte er. Und an alle gewandt:

«Und die Störung. Aber meine bescheidene Erfahrung sagt mir, dass Sie eine Pause brauchen. Eine Stunde Zeit, eine Kleinigkeit essen, frische Luft schnappen. Wenn Sie danach alles noch einmal durchkauen und anschließend eine Stunde schlafen, dann sind Sie so gut vorbereitet, wie es unter diesen Umständen möglich ist.»

Es war Jezreel, die wider Erwarten antwortete: «Sie haben recht», stellte sie fest, als hätte Semih nicht einen Vorschlag gemacht, sondern eine Lösung präsentiert, die sie verstand. «Und anschließend sollten wir uns noch über die Ausrüstung unterhalten», fügte sie an.

«Also dann – folgen Sie mir, meine Herrschaften.»

Der Mann, der vielleicht nur hier und heute Semih Pedro hieß, machte auf dem nicht vorhandenen Absatz eines ausgetragenen Lederpantoffels kehrt und ging den anderen in Richtung einer doppelflügeligen Holztür, die mehr ein Portal war, voraus. Er hatte etwas von einem Zinnsoldaten. Auch als er auf Boas' Höhe abrupt innehielt, sich erneut halb um die eigene Achse drehte und diesen, die Arme nach oben ausgestreckt, an die magere Brust zog.

Dieselbe Prozedur wurde Joaf zuteil, und auch ihn schien sie nicht im Geringsten zu überraschen. Als sie zu dritt weitergingen, hatte der Mann Boas, dem er kaum bis an die Schulter reichte, untergehakt und wirkte noch feingliedriger als zuvor. Die fünf Schweizer folgten dem eigenwilligen Trio nach kurzem Zögern.

Von dem Raum, den sie verließen und der in früheren Zeiten Teil des unbewohnten Hauptturms der Burg gewesen war, kamen sie in ein nicht minder imposantes Gemach. Etwas niedriger, dafür noch weitläufiger und von einer Düsternis, die, wie Brun vermutete, nichts mit Lichtverhältnissen zu tun hatte. Der Boden war mit Lagen kreuz und quer und scheinbar ohne Systematik ausgelegter Teppiche in dunklen Farbtönen bedeckt. An den Steinwänden zuckte das unstete Licht elektrifizierter Kerzen in mehrarmigen Leuchtern, in einem mannshohen Kamin brannte ein Feuer von der Größe, die in der Schweiz sofort Brandschutz und Feinstaub-Gestapo auf den Plan gerufen hätte.

Möbel waren nur als Silhouetten auszumachen und zeichneten sich durch monströse Ausmaße und die Schwärze ihrer Flächen aus. So auch der Tisch, der den Raum dominierte und um den herum mit grünem Samt bezogene Hochlehner-Stühle standen, deren glänzende Holzrahmen das Flackern der Flammen reflektierten und den Eindruck einer gespenstischen Lebendigkeit erweckten. Es sah aus, als säße bereits eine Gesellschaft beisammen.

«Joaf, Boas», dröhnte die Stimme des kleinen Mannes, «ihr wisst, was zu tun ist.» Und an Brun und seine Leute gewandt:

«Nehmen Sie Platz. Nur etwas Kleines um diese Uhrzeit. Suppe, Brot. Mehr kann sich unsereiner sowieso nicht leisten.»

Letzteres wurde erneut in Richtung der beiden Männer gesprochen, die sich beim Kamin an etwas zu schaffen machten, von dem Brun erst jetzt feststellte, dass es ein Kessel war, der neben dem Feuer stand. Er hatte ihn nicht gesehen. Boas hielt inne in seinem Tun, blickte auf die Uhr und zog einen Geldschein aus seiner Jeans, den er klatschend in Joafs offene Hand hieb. Die beiden lachten.

«Du enttäuschst mich, alter Mann», rief Boas über die Schulter. «Als ich dich kennenlernte, hattest du immerhin noch den Anstand, bis zur Nachspeise zu warten, bevor du dein Klagelied anstimmtest. Jetzt sind es nicht mal mehr die zehn Minuten, auf die ich gewettet habe.»

«Warte nur, bis du in meinem Alter bist, junger Mann», antwortete Semih. «Du wirst staunen, wie klein die Welt wird und wie kurz ein Tag. Kein Platz mehr für Höflichkeiten. Nur noch Wesentliches, Nächstes, Essenz. Warte du nur ...»

Während das Geplänkel weiterging, dem zu entnehmen war, dass Semih Pedro einer jener Schattenkrieger war, wie jeder Geheimdienst der Welt sie sich vor allem für logistische Zwecke außerhalb des eigenen Landes tausendfach erträumte und mal mit mehr, mal mit weniger Erfolg zu rekrutieren und zu halten versuchte, wurde der Kessel auf das obere Ende der Tafel gewuchtet. Was in die Teller geschöpft wurde, war eine Mischung aus Suppe und Eintopf. Es roch himmlisch, und als schließlich alle auf der Kaminseite des langen Tisches Platz genommen hatten und sich dem Essen widmeten, legte sich eine Art andächtiger Stille über den Raum.

«Ich glaube, ich habe noch nie im Leben so was Gutes gegessen.» Savas Worte, an niemand Bestimmten gerichtet, klangen fassungslos. Mit dem Blick, den sie anschließend auf ihren Gastgeber richtete, changierte der Ton ins Bedauernde: «Ich werde Sie leider unter Druck setzen und möglicherweise foltern müssen, um das Rezept zu kriegen.»

«Wenn Sie mich ab jetzt Semih nennen und ‹Du› sagen, ist das alles nicht nötig.» Und an Joaf gewandt: «So bin ich – siehst du? Jeder kann alles von mir haben, wenn er bloß ein wenig nett ist. Und ihr nutzt das seit einem halben Jahrhundert vollkommen mitleidlos aus.»

Joaf warf den Kopf in den Nacken und lachte ein Lachen, wie Brun es an ihm noch nie gesehen hatte und das ein Mensch sich nur dann erlaubte, wenn er zuhause war: «Und weil wir dich so mitleidlos ausnutzen, hat's zu nicht mehr als einer Burg mit privatem Landeplatz und Hunderten von Hektaren Ländereien gereicht.»

«Bei allem Respekt», schaltete Piet sich ein, «Landeplatz ist ziemlich hoch gegriffen. Beleuchtete Absturzstelle trifft es besser. Das ist ja der reinste Irrsinn.» Und in Richtung des Alten:

«Meine Name ist Piet. Und ich bin vollkommen deiner Meinung, was die Mitleidlosigkeit anbelangt.»

Auch Brun grinste jetzt und fuhr sich mit den Händen über das Gesicht, als wolle er die Bilder der Landung hier, die Piet heraufbeschwor, loswerden.

Er hatte fast während des gesamten Flugs geschlafen. Den Tankstopp in Biarritz hatte er wie in Trance erlebt. Die wachen Tage und Nächte hatten ihren Tribut gefordert. Erst als der Flug unruhig geworden war und es sich angefühlt hatte, als würde die kleine Maschine zwischen den Zähnen von etwas Riesigem verarbeitet, war er aufgeschreckt. Ein Blick nach hinten in die Kabine und in die bleichen Gesichter seiner Leute hatte ihm gesagt, dass sie mehr wussten als er.

Jetzt erst hatte er die Dunkelheit bewusst registriert und gleichzeitig die graue Masse, die sich um sie her auftürmte. Einer hatte mal von einem Flug berichtet, bei dem senkrecht stehende Wasserwände, gewaltige Wolkenmauern und ein Säulenwald stürzender Abwinde in ihm den Eindruck erweckt hatten, durch das gigantische Schiff einer Kathedrale zu navigieren. Kein Oben und kein Unten mehr. Leere in zeitweiser Schwerelosigkeit. Nirgendwo ein Licht, und wenn doch, dann war noch lange nicht klar, ob es sich dabei um einen Stern oder einen Leuchtturm handelte.

Plötzlich waren aus einem Nebelschleier für Sekunden die dunklen Wipfel von Tannen aufgetaucht. Nah. Viel zu nah. Bruns Hände hatten sich blind am Nächstbesten festgekrallt, während sein Blick nach dem Piloten getastet hatte. Und als hätte man ein massives Stück Holz in einen Kessel mit überschwappendem Wasser gelegt, war der schockartige Instinkt dem ruhigen Wissen gewichen, dass das hier schlimmer aussah, als es war:

Obwohl der Mann ein Bild größtmöglicher Anspannung und Konzentration abgab, war ihm etwas anzusehen, das nur auf eine Art gedeutet werden konnte: Die Sache machte ihm großen Spaß. Die Erkenntnis hatte alles Panische aus Bruns Gehirn weggefegt. Geblieben war die Kraft, mit der er sich festhielt. Am Sitz ebenso wie an dem, was er sah.

Erneut hatten Nebelfetzen die Maschine umhüllt, um sie gleich wieder auszuspucken und ihnen Sicht zu gewähren. Immer wieder. Es war, als hätte ein riesiges Wesen zu seinem Vergnügen das Guck-Guck-Spiel mit ihnen veranstaltet.

Dann endlich war es vorbei gewesen. Kein Nebel mehr. Bloß noch Regenschauer und das dunkle Grün von Baumkronen. Mit einem Mal hatte es gewirkt, als stürze das Grün ab. Sie hatten einen Bergkamm erklommen, und vor ihnen hatte sich ein kleines Tal geöffnet. Links noch mehr Wald und Grün und Dickicht. Rechter Hand eine Wand, auf der ein festungsartiges Gebäude kauerte wie etwas Lebendiges.

In der Mitte der Senke ein Asphaltstreifen.

Eine Art kurz geratene Notfallspur.

Die Landebahn …

«552 Meter, Fallwinde, Leeseite, extrem schwierig», hatte Frank durch den Lärm hindurch Brun wissen lassen und dabei begeistert geklungen.

«Ich dachte, wenn ich in meinem Leben einmal Blut schwitzen sollte, dann wäre jetzt der Moment.» Piets fassungsloses Lachen holte Brun in die Gegenwart zurück. Die anderen lachten mit, und Brun wusste, dass das hier ein Moment des Luftholens war. Für Sekunden kein Gedanke an Örtlichkeit und Zeit, an den Job, an Chancen oder Sinnhaftigkeit. Nichts Gewesenes, nichts Kommendes. Bloß ein Hier, ein Jetzt, ein Zusammen. Ein Juwel.

Erneut brandete eine Lachsalve an die Gestade des Moments, als Joaf sich bei Jezreel erkundigte, warum sie sich die Ohren zugehalten habe. «Warum nicht die Augen?» Brun sah das Blitzen in Jez' Blick.

«O-Oh! Viel zu nah, mein Freund. Gaaaanz gefährliches Terrain!», kam es von Piet, als wären Bruns Gedanken ein Teleprompter, von dem er ablas. «Solche Fragen stellt man Jezreel Vidali nicht, wenn man überleben will.»

Jez' Blick streifte Piet, glitt zurück zu Joaf. «Bloß eine Frage der Ordnung», antwortete sie und entzog sich weiteren Aufmerksamkeiten, indem sie aufstand und zum Kamin ging, wo Semih damit beschäftigt war, einen Teil der Glut aus dem Feuer zu kratzen und unter einem danebenstehenden Rost zu einem Haufen aufzutürmen. Auf den Rost stellte er eine Mokka-Kanne.

«Sie gehören demnach auch zu der Fraktion, die Musik nur selten erträgt», sagte der alte Geheimnisträger, der mit keiner Geste verraten hatte, dass er Jezreels Anwesenheit in seiner Nähe überhaupt wahrgenommen hatte, und auch jetzt den Eindruck erweckte, er spräche zu dem Feuer. «Geht mir genauso», sagte er nach einer Weile und in einem Ton, als antwortete er auf etwas, das sie gesagt hatte. «Lässt sich nicht ordnen, bevor es ins Gehirn geht und von da in die Seele. Bilder sind da anders. Wobei: Sehr wahrscheinlich sind wir nur besser auf sie trainiert. Man müsste es lernen.»

Letzteres sagte er in einem Ton des Bedauerns. Und sich abrupt Jezreel und dem Tisch zuwendend, woher das Plätschern entspannten Sich-Unterhaltens herüberklang, von dem wie ein Ballon ab und zu ein Lachen aufstieg:

«Gleich gibt's Kaffee. Joaf – Tassen. Boas – Fenster!»

Mit der beiläufigen Selbstverständlichkeit von Menschen, die fraglos einem festgelegten, unveränderlichen und hundertfach erprobten Ritus Genüge taten, kamen die beiden der stichwortartigen Aufforderung nach. Joaf stellte etwas vor jeden hin, das Brun an erste Töpferversuche erinnerte. Von Kleinkindern. Ein unebener, türkis-grau gefleckter Becher von der Größe einer mittleren Vase. Schwer, dickwandig und angenehm in der Hand liegend.

Boas ging derweil von Fenster zu Fenster und riss sie auf. Eine feuchte Nacht drang herein. Frisch und mild zugleich. Semih kam mit dem Kaffee und schenkte ein. Die jedem zugedachte Menge bedeckte gerade mal den Boden der Becher.

«Nicht viel, aber stark», beantwortete der Alte die fragenden, konsternierten Blicke von Piet und Nouriel, für die Kaffee nur in Litern denkbar war.

Fast sah es danach aus, als würde erneut eine Welle von Heiterkeit sich der beiden bemächtigen. Aber es kam nicht dazu. Die frische Luft und das Gebräu verfehlten ihre ernüchternde Wirkung nicht. Der Moment der Fröhlichkeit und des ausschließlichen Jetzt war vorbei. Außerdem kam Sava jeder derartigen Regung zuvor – ihre Worte waren Appell und Anschub zugleich:

«Stichwort ‹Ausrüstung›», sagte sie. «Ich habe ein ungutes Gefühl dabei, morgen früh dort unbewaffnet reinzugehen.»

Und einem möglichen Einwand entgegenkommend:

«Ich weiß, ich weiß: Es ist bloß Informationsbeschaffung. Rein, Sichtbeobachtung, wenn möglich ein paar Bilder machen und wieder raus. Aber das ist der allerbeste Fall. Wir haben keine Ahnung, was das dort genau ist. Weder wissen wir, ob der Wald mit Sensoren vollgestopft ist, noch wie diese Leute reagieren, wenn sie trotz all unserer Bemühungen feststellen, dass die Narzissensammler ein professioneller Trupp sind. Im besten Fall entpuppt sich die ganze Sache als …»

Weiter kam sie nicht. Ein Handy summte. Es war Bruns Gerät, das vor ihm auf dem Tisch lag. Er zog es zu sich heran und drehte es um.

«Es ist Vali», ließ er die anderen nach einem Blick aufs Display wissen, blieb entgegen seiner Gewohnheit sitzen und stellte die Verbindung her. «Ich stelle dich auf laut», sagte er anstelle einer Begrüßung.

«Gut. Alle da?» Valentins Stimme drang mit dem typischen elektronischen Scheppern aus den Lautsprechern.

«Alle da», bestätigte Brun.

«Semih auch?» Sieben Augenpaare hoben sich von dem Gerät und wanderten erstaunt und fragend zu ihrem Morgenrock tragenden Gastgeber, der mit dem Rücken zum Kamin oben am Tisch saß und um dessen lippenlosen Mund ein im Gegenlicht kaum sichtbares Lächeln zu spielen schien.

«Du kennst Semih?»

«Carl. Du vergisst, dass ich längst viel zu alt bin für diesen Job. Natürlich kenne ich Semih.» Und nach einer kurzen Pause, während der er sich, wäre er da gewesen, an Letzteren gewandt hätte:

«Bitte verzeih einem alten Mann den bescheidenen Luxus, sich keinen Illusionen über sich selber mehr hingeben zu wollen. Wie geht es dir, mein Freund? Immer noch in Armut darbend für ein Land, das dir deine Dienste mit Geiz und Knauserei vergilt?»

Das tiefe, schwere Geräusch, das sich der harten Silhouette Semihs entrang, war das Gewaltigste an Lachen, das Brun jemals gehört hatte. Zwei, drei Sekunden, dann war es auch schon wieder vorbei.

«Genau so, alter Freund», bestätigte er. «Genau so. Und trotzdem – da stehe ich und kann nicht anders.»

«Das letzte Mal, als du Luther bemühtest …», hob Vali an …

« …standen wir im Terminal Nummer 3 des Khartoum International Airports. 1993», beendete Semih den Satz. «Und schon damals standen wir …», fuhr er fort …

«… allein im Feuer, waren maßlos unterbezahlt und glücklich», ergänzte Vali.

Beide lachten, und jedem am Tisch war klar, dass hier unter den lockeren Schleifen des scherzhaft routinierten Geplänkels von Banden die Rede war, wie nur endlose und einsame Tage, Wochen und Monate unter großem Druck und nur mit Sarkasmus auszuhaltender Warterei sie zu knüpfen vermochte.

«Wie war der Flug?», fragte Valentin. «Die Landung?»

«Dass Boas und Joaf uns nicht vorgewarnt haben – geschenkt», rief Piet von seinem Ende des Tisches in Richtung Telefon. «Der Spaß sei ihnen gegönnt. Aber du?»

«Hättet ihr die Reise genutzt, um etwas Schlaf nachzuholen, wenn ich es euch gesagt hätte?», fragte Vali. Und ohne auf eine Antwort zu warten: «Eben.»

«Wo bist du überhaupt? Von wo aus rufst du an?», wechselte Brun das Thema.

«Jetzt in Konstanz. Früher am Tag in Stuttgart und München.»

«Die Anschlagsorte?»

«Ja. Vier davon.»

In den wenigen Worten lag die ganze Welt einer unangefochtenen Meisterschaft. Jener Legendenstatus, den Valentin Röthlisberger in ihrer Branche genoss und der unter anderem darin bestand, dass man ihn, wo auch immer er auftauchte, egal ob Hochzeitsfeierlichkeiten oder eben Tatorte, weder richtig wahrnahm, noch sich je seiner erinnerte. Stets war er bloß ein harmloser alter Mann, ein Mensch ohne Geheimnisse, der, die Hände auf dem Rücken verschränkt, auf Gehsteigen und entlang von Reihen geparkter Autos schlenderte, auf der Suche nach dem Ende eines Tages oder beim Abschreiten seiner Erinnerungen. Ein alter Mann, der nie dagewesen war und der der bracheninternen Bezeichnung «Vertrauensperson» zu unvorstellbarer Deutungstiefe verhalf. Harmlos, freundlich, inkompetent, ungefährlich und nicht von Interesse. In Wahrheit eine Ein-Mann-Observationseinheit mit dem Informations-Output eines ganzen Teams. Entsprechend erwartungsvoll und drängend klang Bruns Nachhaken:

«Und?»

«Wenn ihr morgen da hingeht, dann solltet ihr es nicht unbewaffnet tun. Im Gegenteil: Seid auf das Schlimmstmögliche gefasst», klang Valentins Stimme durch den Lautsprecher. «Wenn ich mich nicht irre, dann wird hier etwas umgesetzt, das alle Vorstellungen der Hölle weit hinter sich lässt.»

Keiner rührte sich oder fragte nach in der kurzen Pause, während der Vali Anlauf zu holen schien. Als er fortfuhr, tat er es mit der Ruhe dessen, der hinter Gefahr, Gefühlen und Grauen alles sortiert und erneut geordnet hatte:

«Da vom ersten Notruf an von terroristischem Hintergrund ausgegangen wurde, kamen an sämtlichen Tatorten nebst regulärer Polizei, Feuerwehr und Rettungsdiensten auch von Anfang an Spezialeinsatzkommandos und die Mobilen zum Einsatz. Bereits kurz nach ihnen stieß an jedem Ort ein Team der Spezialkräfte dazu.»

«KSK?», hakte Joaf nach und klang ratlos. «Was hatten die dort zu suchen?»

«Genau das habe ich mich auch gefragt. Ein paar der Leute vom SEK hatte ich mal in einem Kurs. Ich konnte also mit einigen sprechen. Auch ihnen war schleierhaft, was das sollte und warum in Gottes Namen man schwer bewaffnete Mitglieder der Elitetruppe quasi zum Wachdienst abstellte. Denn genau das war es, was angeblich passierte: Jeweils acht Mann trafen sehr kurz nach den anderen Sicherheits- und Rettungskräften an Ort und Stelle ein und bemächtigten sich quasi mit Gewalt der Tatorte. Zuerst warfen sie alle raus, riegelten und suchten alles ab und ließen erst danach einen nach dem anderen wieder rein. Alles von ganz oben gewünscht und genehmigt. Man wolle die Verantwortlichen der Anschläge mit sämtlichen zur Verfügung stehenden Mitteln jagen, heißt es. Bundeskanzler Hessberg formulierte es in seiner heutigen Rede ähnlich. Man betrachtet sich quasi als im Krieg befindlich, die Frontlinie verläuft im Inland, und entsprechend drakonisch geht man die Sache an. So weit, so fragwürdig. Aber das ist nicht der Punkt.»

Vali hielt erneut inne und gab aus der Distanz etwas Raum, das gleichzeitig größtmögliche Erleichterung und maximale Spannung war. Ein Zustand der Unmöglichkeit und gleichzeitig der einzige Grund, weshalb sie alle hier waren. *«Der Moment der Rechtfertigung»*, hatte Jo Burger es einmal genannt. *«Das, wofür jeder Mensch lebt und handelt, ohne es wissen zu wollen. Diesen Zustand des Nichtwissenwollens nennt er heute Emanzipation, stolpert blind am Rande der tiefsten aller Sehnsüchte entlang und meint, frei und fortschrittlich zu sein.»*

Von solchen Gedankengängen waren außer Brun und vielleicht Semih, dessen Züge im Schatten lagen, alle weit entfernt. Und doch wusste jeder, dass das, was jetzt kommen würde, der Übergang von Paranoia, Spekulation und Vermutung, welche stets den Anfang ihrer Arbeit bildeten, zu Wahrscheinlichkeiten und beobachtbarer Realität war. Rechtfertigung eben.

«Der Punkt ist», fuhr Vali fort, «dass die Anschläge entweder vom KSK selbst verübt wurden, oder aber, dass die Männer, die sich hier als KSK-Leute ausgeben, nicht vom KSK sind. Ich tippe auf letzteres.»

«Was spricht dafür?», fragte Brun, als wären Valentins Worte nicht die Bombe, auf die alle starrten, sondern bloß eine Handgranate, die man, wenn man schnell genug war, aufheben und fortschleudern konnte, um weiterzumachen. Valentin verstand.

«Erstens waren diese Leute viel zu schnell an den Tatorten. Eine Alarmbereitschaft gab es angeblich nicht. Und auch wenn man die hochgradige Organisation der Spezialkräfte und deren Möglichkeiten in puncto Transport und Mobilität in Rechnung stellt – es ist schlicht unmöglich, innerhalb von kaum zwei Stunden acht perfekt koordinierte Teams an acht verschiedene Orte zu werfen. Zweitens scheinen diese Männer die Sprache nicht zum gleichen Zweck zu gebrauchen wie wir. Außer Gesten und international verständlichen Brüll-Lauten kommt da nichts. Einer der SEK-Kommandanten ging so weit, zu behaupten, die sprächen alle kein Deutsch. Und schließlich sind sie drittens mit amerikanischen M4-Sturmgewehren ausgerüstet im Gegensatz zum KSK, das, wenn ich richtig informiert bin, nach wie vor mit dem G95 operiert. Für all das gäbe es vielleicht eine vernünftige Erklärung …»

«Aber …?», füllte Brun die Lücke, die Vali entstehen ließ. Nicht drängend, sondern vielmehr dem anderen Zeit gebend, um noch einmal die ungeheuerliche Distanz des Sprungs abzuschätzen, den er über den Abgrund tun würde.

«Es gibt Aufnahmen im Netz. Amateurvideos von ebendiesen vier Tatorten, die bereits in der Nacht online waren. Lorenz hat sie mir heruntergeladen, und ich hatte buchstäblich stundenlang Zeit, sie mir anzusehen. Wieder und wieder.»

Auch hier: Jeder im Raum wusste, was das im Allgemeinen und in Valentins Fall im Besonderen hieß. *«Gang, Gesten, Haltung, Bewegung, wenn nicht bewusst verändert, sind wie ein Gesicht»,* pflegte er den handverlesenen Teilnehmern seiner Kurse, für die Regierungen weltweit horrende Summen springen ließen, einzuhämmern. *«Besorgen Sie sich ein neues Gesicht, färben Sie sich die Haare, lernen Sie eine andere Sprache, verändern Sie Ihre Stimme – es ist alles umsonst, wenn Sie nicht jeden Muskel Ihres Körpers jederzeit beherrschen. Und weil das unmöglich ist und weil Sie eines Tages am Strand nicht an die Art denken werden, wie Sie Ihr Cocktailglas halten, werden Sie enttarnt.»*

«Jeweils vier der Männer der an den Tatorten eingesetzten Achter-Teams sind identisch mit den Attentätern», sprach Valentin das Unfassbare aus.

«Wie sicher bist du dir?»

«Zu 70 Prozent. Vorsichtig geschätzt.»

Bevor jemand reagieren konnte, signalisierte Bruns Handy mit einem *Pling* den Eingang einer Nachricht.

«Lorenz wird dir gleich eine Bilddatei zustellen», erklang Valis Stimme aus Bruns Hand, mit der er das Gerät hielt, während er mit der anderen Nachricht und enthaltene Datei öffnete.

«Ist schon da», antwortete Brun. «Was ist das?», fragte er und legte das Handy wieder in die Mitte des Tischs, damit die anderen einen Blick auf das Foto werfen konnten, was sie stehend und sich über den Tisch lehnend zu tun versuchten. Das Bild zeigte eine Art Geldstück in dumpfgrauem Kupferton. Darauf die Prägung eines seltsamen Tierkopfes und einer Nummer.

«Das habe ich an der Stelle in der Nähe des Stuttgarter Tatorts gefunden, an welcher der Van des KSK-Teams geparkt war. Erinnert ihr euch an die Mutter des Jungen aus Spanien, der endlich einen Job gefunden hatte?», fragte Vali in die ratlose Stille hinein.

«Die Kupfermarke», platzte Jezreel heraus.

«Genau.»

«Wowowow», kam es von Piet. «Geht das auch der Reihe nach?»

«Der junge Mann in Spanien, den wir auf dem Radar hatten. Die E-Mail an seine Eltern, worin er schrieb, er habe einen Job gefunden, dürfe aber darüber nichts sagen», half Joaf ihm auf die Sprünge.

«Okay – alles klar», bestätigte Piet. «Ich erinnere mich: Die Mutter war davon ausgegangen, dass er wieder im Bereich der Sicherheit und für eine Behörde arbeitete, wofür der für diese Zeiten völlig überzogene Lohn sprach.»

«Genau», bestätigte Valentin. «Das einzig Konkrete, das sie je zu Gesicht bekam, war eine Kupfermünze von der Größe eines Zwei-Euro-Stücks, mit dem er sich eigenen Angaben zufolge auszuweisen hatte.»

«Und du glaubst, das hier sei …» Der Ton, in dem Sava zu der Frage anhob, sprach von einem Überzeugungsgrad, der so gering war, dass er jeden Augenblick verschwinden konnte.

«Ich *glaube* nicht, Sava», brachte Vali zum Halten, was ins Rutschen zu geraten drohte. «Ich bin mir fast sicher. Die Rückseite der Münze weist dieselbe Zahl auf wie die Vorderseite. Und eine Fackel. Nebst Helm, Schwert und Schild sind Fackel und Hund Lorenz zufolge die Symbole eines griechischen Kriegsgottes.»

«ARES», sprach Boas aus, was jedem klar war.

«Ja», bestätigte Vali. «Und ich sage euch eines: Auf mich machen diese Männer nicht den Eindruck netter Jungs, sondern von Mordkommandos, die für ein gutes Gehalt alles tun, was man von ihnen verlangt. Oder anders gesagt: Seht zu, dass ihr morgen nicht auffliegt. Denn wenn wir richtigliegen und wenn diese Einrichtung, die ihr in Augenschein nehmen wollt, zu dieser ARES-Sache gehört und ARES das ist, was wir vermuten, dann bedeutet das bei Enttarnung: Töten oder getötet werden.»

Valis Worte, so klar und sachlich sie waren, bargen die Fracht tiefer Sorge.

«Okay», sagte Brun in die folgende Stille hinein. «Danke, Vali. Gibt es sonst noch was? Habt ihr Neuigkeiten von Rachmanowitsch? Oder mehr zu dieser ‹UnityBank›?»

«Rachmanowitsch und Dana hat der Nebel des Diplomatischen verschluckt. Von dieser Seite bis auf einen Anruf nichts Neues. Aber dazu später», beantwortete Vali die Frage. «Betreffend ‹UnityBank› wissen wir morgen vielleicht schon mehr. Nik hat einen Termin.»

«Wie bitte?» Brun hielt es jetzt doch nicht mehr auf dem Stuhl. Er stand auf und begann seinen wohlbekannten Lauf an den Stuhllehnen entlang. Auf und ab. Auf und ab …

«Lorenz zufolge geht es nicht anders», erklärte Valentin.

«Soweit ich verstanden habe, ist es nicht möglich, in nützlicher Frist von außen in deren Netzwerk reinzukommen, ohne die Hunde zu wecken.»

«Und Nik Horn soll ihm den Zugang von innen ermöglichen», stellte Brun klar. «Wie stellt er sich das vor?»

«Nik Horn hat von früher her einen bestimmten Ruf in der Branche.»

«Redest du von dem Ruf des kokainsüchtigen, größenwahnsinnigen Knastvermeiders oder vom Ruf als Investmentgott des internationalen Staats- und Bankenkartells?» Piets Stimme triefte vom Sarkasmus derer, die bei maximaler und unterdrückter Spannung nach jedem noch so grenzwertigen Ventil griffen. Es war nicht persönlich gemeint.

«Ich spreche von dem Ruf, zu dem Berührungsängste mit zweifelhaften Legalitäten nicht gehören. Er vertritt beim morgigen Termin einen Kunden, der einiges an Kapital undurchsichtiger Provenienz parken möchte und dem der Kauf eines Pakets von Schrottpapieren zu diesem Zweck als das Beste erscheint. Schließlich sieht alles danach aus, als würde die Europäische Zentralbank sich definitiv von sämtlichen Bonitätskriterien abwenden und künftig alles über Marktpreis kaufen, was das Wort ‹Schuld› enthält.»

«Horn geht also da rein und sagt denen geradeheraus, dass er über die EZB Geld waschen und dabei noch etwas verdienen wolle?»

«Das fasst es gut zusammen», bestätigte Vali das für den normal obrigkeitsgläubigen Bürger nicht Vorstellbare, von dem ebendiese Obrigkeit indes sehr gut lebte. Und fügte an:

«Zu Horns Ruf gehört es außerdem, für gute Information extrem viel Geld auszugeben. Wer auch immer ihn morgen empfängt, weiß das. Er hätte sonst gar keinen Termin erhalten. Das ist der leichte Teil, sagt er. Der schwierige Teil wird es sein, am richtigen Ort eine Speicherkarte einzusetzen, damit Lorenz auf deren Netzwerk zugreifen kann.»

«Sagtest du vorhin nicht etwas von Hunden, die man nicht wecken wolle?», fragte Nouriel.

«Lorenz sagt, wenn sich Horn nicht auf den Knien vor einem Rechner erwischen lasse, seien wir leise genug», kam es aus dem Lautsprecher. Die Stimme schien sich zu entfernen, als Valentin ergänzte, Lorenz könne das besser erklären.

«Rootkit», klang gleich darauf Lorenz' Stimme in das Zimmer. Die Tatsache, dass er auf jede Form der Begrüßung und des Nachfragens verzichtete, war in seinem Fall nie das Resultat einer Entscheidung, sondern das einzig Logische in einer Welt, die aus Information, aus Sendern und Empfängern von Daten bestand.

«Eine Schadsoftware?», fragte Sava.

«Ja und nein. Ein Rootkit ist nicht eine Schadsoftware im eigentlichen Sinn. Es ist ein Versteck für Schadsoftware. Der Mann, der Schmiere steht, sozusagen, während man, ohne bemerkt zu werden, in den Kern des Betriebssystems gelangt und sich die Root-Rechte aneignet. Das Rootkit verwischt dabei laufend die Spuren. Hat man einmal das Super-User-Konto, hat man auch unbeschränkte Zugriffsrechte. Das Ganze unbemerkt von Virenscannern und Sicherheitslösungen.»

«Wie sicher ist das?», hakte Nouriel nach.

«Hängt von der Qualität des Codes ab», antwortete Lorenz.

«Und wie ist die Qualität des Codes in diesem Fall?»

«Bisher ist noch keiner meiner Codes in einer Zeit unter 24 Stunden entschlüsselt worden. Sind wir erst mal drin, dann bleiben wir für eine Weile dort. Auch wenn sie alle ihre Server offline nehmen sollten», gab Lorenz Auskunft.

«Danke, Lorenz», hörten sie Valentin aus dem Off. Und lauter, als er wieder direkt in den Hörer sprach:

«So sieht's aus, Leute. Eine ganze Menge Schwierigkeiten. Aber jeder von uns weiß, dass die Häufung von Schwierigkeiten nicht immer eine Erschwerung bedeutet. Im Gegenteil: Widrigste Umstände können ein Gegengewicht bieten oder sie sogar aufheben. Und sei es nur aus dem Grund, dass der Gegner sich auf sie verlässt.»

«Waffen helfen auch», dröhnte Semihs Stimme vom Ende des Tisches her. «Ein Mann mit einer Waffe, irgendeiner Waffe, ist doppelt so viel wert wie einer ohne. Steht im Handbuch. Ich schlage vor, wir beenden die Plauderei und kümmern uns darum. War schön, dich zu …»

«Nicht so schnell», unterbrach ihn Valentin. «Eine letzte Sache noch. Der Anruf von Yuri Rachmanowitsch: Es gibt Neuigkeiten von der BND-Schnittstelle.»

«Juli?», fragte Boas.

«Genau. Juli Zidek. Es gibt einen neuen Anruf. Essia Kebdani hat sich bei Raffael Dutertre gemeldet. Eine ziemlich wirre Sache, sagt sie. Die junge Frau sei völlig außer sich gewesen. Und betrunken. Habe immer wieder davon geredet, dass sie zu schwach sei und alles eine Lüge. Dass sie Angst habe, dass sie weg wolle und Dutertre sie da rausholen müsse.»

«Und wovor hat sie eine solche Angst?», hakte Brun nach.

«Basel», kam es aus dem Gerät auf dem Tisch.

«Okay», kam Brun jedem Eindringen von Ratlosigkeit zuvor. Er würde heute Abend nichts dulden, was auf die Gemüter seiner Leute drücken, die Konzentration schmälern oder den Fokus verrücken könnte. «Und wo genau soll er sie rausholen?»

«Der Anruf auf Dutertres Handy kam von einem öffentlich zugänglichen Telefon in der Lobby des Hotels Halm in Konstanz.»

«Hast du nicht vorhin gesagt, du seist noch in …»

«… Konstanz. Richtig», bestätigte Vali. «Zurzeit, so kann aus dem Telefonat geschlossen werden, wird Essia Kebdani nur von ihrem Tourmanager, diesem Marouan Ghouar, begleitet. Dutertre hat hoch und heilig versprochen, herzukommen. Ich werde versuchen, mich den beiden jungen Leuten, falls sie sich treffen, anzuschließen. Im Fall allerdings, dass entweder Kebdanis ganze Entourage eintrifft oder ihr Wachhund wider die anderslautenden Anweisungen der Polizei Anstalten macht, abhauen zu wollen – beide sind ja immer noch Zeugen des Anschlags hier und müssen den Ermittlern zur Verfügung stehen –, hat Yuri Verstärkung geschickt für einen Zugriff. ‹Freunde und Zugewandte›, sagt er.»

«Ihr würdet also die berühmteste DJane der Welt, die dank ihrer angeblich zufälligen Anwesenheit bei einem der Anschläge gerade im Zentrum eines medialen Sturms steht, einfach mal so für ein Gespräch reinholen?»

Valentin antwortete nicht direkt auf die Frage, als er wieder sprach:

«Es kann sein, dass die Zeit drängt, Carl. Das Mädchen bringt Basel mit einem Datum in drei Wochen in Verbindung. ‹Viel früher als geplant›, ist der exakte Wortlaut.»

Und bevor Brun weitere Einwände erheben konnte:

«Lorenz brauchte nicht allzu lange zu recherchieren, um auf die Pressemitteilung eines Festivalveranstalters zu stoßen: ‹Ultra Music Festival›, nennt sich das Ganze. Eine Riesensache offenbar. Austragungsort: Weil am Rhein. Essia Kebdani alias DJ Azeera ist der Stargast. Im Zuge der Anschläge wurde es kurzerhand vom Spaß-Gig zum Solidaritäts-Event hochstilisiert und vorverlegt auf das von Kebdani erwähnte Datum.»

«Und?» Bruns Drängen war schon Wissen.

«Zugegebenermaßen könnte das allein irgendwas bedeuten», fuhr Valentin fort. «Aber es gibt zwei weitere Punkte. Zum einen hat es kurz nach diesem Quasi-Hilferuf einen weiteren Anruf gegeben, der allerdings nicht entgegengenommen wurde. Von der uns bereits bekannten Nummer in Berlin aus auf ein nicht zuzuordnendes Handy hier in Konstanz. Zum anderen sieht es danach aus, als versuche Raffael Dutertre Kontakt mit uns aufzunehmen. Er verschickt seltsame SMS an scheinbar zufällige Nummern in der ganzen Welt. Eine Werbebotschaft von Belfort Tourismus. Das macht nur Sinn, wenn er vermutet, dass wir ihn weiterhin auf dem Radar haben und die Mitteilungen mitlesen. Fakt ist: Wir tun gut daran, unter der Prämisse zu arbeiten, dass die junge Frau und ihr Tourmanager nicht nur zufällig in Konstanz waren und außerdem mit den Leuten an der Händelallee in Verbindung stehen. Also mit dem BND, der ‹UnityBank›, Grabowsky und dem USEUCOM. Und damit auch mit …»

«… ARES», beendete Brun den Satz.

«Genau», bestätigte Valentin. «Und die Kombination eines Großevents mit zwei- bis dreihunderttausend Menschen mit so etwas wie ARES, das jeder Verbindung mit landläufiger Menschlichkeit ledig zu sein scheint, lässt bei mir sämtliche Alarmglocken läuten. Seid vorsichtig, wenn ihr morgen da reingeht, Carl. Das alles wird mit jeder Sekunde übler.»

«Ist es das nicht immer, wenn Jo uns irgendwohin schickt?», schaltete Piet sich ein.

«Das hier ist größer. Seid auf der Hut. Und meldet euch, sobald ihr auf dem Rückweg seid.»

«Alles klar», beendete Brun das Gespräch. «Danke, Vali.» Das sonore Tuten, das signalisierte, dass die Verbindung getrennt war, hatte etwas Endgültiges.

«Boas, Joaf», sagte Semih in die Stille hinein, die sich, verscheuchte man sie nicht rechtzeitig, drückend im Schlepptau von Valentins Worten über dem Tisch niederlassen würde. «Holt die Taschen von nebenan.»

Brun sah über den Tisch hinweg zu dem zähen Alten hin. Dieser erwiderte den Blick, nahm den stummen Dank zur Kenntnis. Es brachte nichts, sich jetzt gedanklich und gefühlsmäßig zu verzetteln. Konzentration der Kräfte – das war das Einzige, was jetzt hilfreich wäre. Das und ein paar Stunden Schlaf. Alles andere käme danach.

✦ ✦ ✦

Berlin, Schiffbauerdamm

Eric Hessberg fühlte sein Herz hart gegen seine Rippen und in seinem Hals schlagen, als er Grabowsky, dem Mann, den er besser zu kennen geglaubt hatte als irgendeinen anderen Menschen, aus dem Aufzug tretend die Hand reichte. Und er stellte fest, dass das hier besser war als jeder Kick, den er jemals erlebt hatte:

Aus dem sicheren Halt von Geborgenheit und Sicherheit heraus das Unbekannte und bis vor kurzem Undenkbare tun. Und dabei wissen, dass – was auch immer ihn erwartete, welche Höhen, welche Abgründe – er unlösbar an Unwandelbares zurückgebunden bliebe, dessen Stricke auch dann noch halten würden, wenn alle anderen längst faul oder gerissen wären:

Joan.

Mit ihr gab es kein Spielen.

Kein Theater.

Keine Falschheiten.

Als er heute in den frühen Morgenstunden nach dem Treffen mit den Leuten am See nach Hause gekommen war, hatte er Joan – tödlich getroffen von der Möglichkeit ihres Verrats und so gut, wie das eben möglich war, gewappnet für den Todesstoß – direkt mit der Information über ihre Treffen mit Grabowsky im Haus an der Händelallee konfrontiert.

Und dann war das Einzige geschehen, mit dem er nicht gerechnet hatte: Sie war sofort eingeknickt. Nicht mit Worten oder Gesten, nicht mit geschäftig und nebenher hingeworfenen Begründungen, die er ihr nicht abgekauft hätte. Sie hatte sich in der großen Küche neben dem Kühlschrank an die Marmorabdeckung des Arbeitsbereichs gelehnt. Die Hände an den kalten Stein geklammert, als wäre einzig er es, der ihre mit einem Mal zerbrechlich wirkende Gestalt aufrecht hielt und nicht ihre Beine. Die blauen Augen in ihrem bleichen Gesicht, das er so gut kannte, viel zu groß.

«Es tut mir leid», hatte sie gesagt.

Nur das. Und Hessberg hatte sich gefühlt, als risse man ihm den Boden unter den Füßen weg. Automatisch war er in ihre Richtung gegangen, hatte den Kühlschrank geöffnet und nach einem Bier gegriffen. Nicht des Biers wegen, sondern um etwas in den Händen zu halten.

Sie hatte einen Schritt zur Seite getan, damit er die Schublade öffnen konnte, in welcher der Flaschenöffner lag. Dicht neben ihr stehend, hatte er blind hantiert. Den Kronkorken fahrig abgehebelt und dabei ein Stück Glas abgebrochen.

«Warum?», hatte er gefragt, während er ihrem zitternden Atem gelauscht hatte, von dem er nicht sicher gewesen war, ob es nicht sein eigener sei. Dabei war er mit dem Daumen über die Bruchstelle des Glases gefahren. Immer und immer wieder. Mit ihren Worten war der erste Blutstropfen hervorgequollen.

«Er war da, Eric. Du warst es nicht. Und ich bin nur ein Mensch.» Und ihm zuvorkommend an der Stelle, an der er noch gar nicht angelangt war: «Nicht das, was du denkst. Wir haben bloß geredet. Aber …»

«Aber?», hatte er nachgehakt.

Sie sei all das, was er von ihr kenne, hatte sie gesagt. Aber sie habe auch Momente, in denen sie das ganze Gegenteil davon sei:

«Dann glaube ich an Gott oder habe einen Kater oder bloß Heimweh nach etwas, von dem ich nichts weiß. Dann muss ich mein Hirn durchlüften. Dann muss ich reden. Ich dachte, Christian sei das kleinste Übel. Ich sagte mir, du redest schließlich dauernd mit ihm. Und vor allem war ich mir sicher, dass er mit nichts zur Presse rennen würde, was dir schaden könnte. Und sei es nur deshalb, weil es ihm ebenso schaden würde. Freundinnen – das brauche ich dir nicht zu sagen – kann ich in meiner Position vergessen. Und Familie …»

Ohne den Satz zu beenden, hatte sie vorsichtig, als wolle sie prüfen, ob ihre Beine sie hielten, die Hände von der Marmorabdeckung gelöst, hatte kurz innegehalten und schließlich die drei Schritte zu dem riesigen Holztisch gemacht, der die Küche quadratisch und schwer dominierte und an dem nie einer saß. Ihr Gang gespannt und aufrecht wie immer – und doch war es Eric Hessberg in diesem Moment vorgekommen, als sei etwas weggefallen und sie selber weniger geworden. Als hätte sie eine Haut abgelegt.

Er war ihr zu Füßen gelegen, ohne sich von dort, wo er stand, fortzubewegen. Nur eine Sekunde lang hatte ein dunkler Teil seiner Seele danach gefragt, ob es Liebe sei, wenn sie sich in dem Gefühl der Erleichterung erschöpfte. Es war nicht wichtig.

Wichtig war einzig die Tatsache, dass sie die Wahrheit sagte. Und das tat sie. Denn hätte sie mit Grabowsky hinter seinem Rücken gemeinsame Sache gemacht, dann wäre sie niemals auf diese Art eingeknickt. Die Joan, die er kannte, hätte auch während eines taktischen Rückzugs noch Reserven mobilisiert, hätte ihn Hohn und Spott und Dreck fressen lassen. Wehende Fahnen, Untergang, Besiegtwerden ohne einen Gedanken an Ergebung. Herrgott! – Ich denke schon wie Grabowsky, hatte er gedacht und doch keinen anderen, besseren Vergleich gefunden.

Das hier war echt. Dieses Ertappt- und Getroffensein, unter dessen Last sie am Tisch gesessen hatte. Das gebündelte Licht der metallenen Pendelleuchte hatte ihre Züge in harter Schärfe hervortreten lassen und ihr Jahre und Gefühle aufgebürdet, von denen er nichts geahnt hatte. Die Erleichterung von eben war von etwas gewichen, das Enge war und Schmerz. Das Sehnen seiner Kindertage.

Er hatte keine Ahnung, wie sie von der Küche in den Wohnbereich gelangt waren. Nur dass er sie gehalten hatte, wusste er noch, ihr

Worte ins Haar geflüstert, sie geküsst. Vielleicht auch sie ihn. Das Kind war gegangen und mit ihm der Schmerz.

Irgendwann hatte Joan sich von ihm gelöst, war aufgestanden, hatte seine Arbeitsmappe geholt, und sie hatten getan, was Teil ihrer Stärke war und was sie immer taten, wenn harte Tage und kurze Nächte anstanden: Sie gingen seine Termine durch, feilten an seinen Reden, checkten Protokolle, lasen sich gegenseitig Berichte, Memoranden und Positionspapiere vor – so lange, bis der nächste zu bewältigende Tag sich als etwas präsentierte, von dem sie beide wussten, dass es zu meistern und der Bundeskanzler optimal vorbereitet war.

Nur über das Treffen am See hatte er nichts gesagt.

Und über ARES auch nichts

Auch jetzt, während er den metallenen Servierboy mit den Flaschen in Grabowskys Wohnung ansteuerte, ein Glas umdrehte und sich einen Whisky einschenkte, vermochte er nicht zu sagen, was ihn davon abgehalten hatte, ihr alles zu erzählen …

Er schob den Gedanken beiseite, drehte sich um, sah hoch und direkt in Grabowskys Augen, die ihn nachdenklich betrachteten, als versuchten sie etwas zu entziffern oder zu finden, von dem sie zwar wussten, dass es da war, aber nicht wo und in welcher Form.

«Ich weiß von ARES», sagte Hessberg schließlich ohne Umschweife und kam nicht umhin, die scheinbar unerschütterliche Gelassenheit des anderen zu bewundern, der ihn nicht aus den Augen ließ.

Kein Nachfragen, kein Versuch der Erklärung oder gar Rechtfertigung. Nur dieser forschende Blick leicht gesteigerten Interesses, unter dem man sich fühlte wie ein mutierter Virenstamm unter einem Elektronen-Mikroskop.

Hessberg kam es vor, als verginge eine Ewigkeit, bevor Grabowsky schließlich reagierte, indem er sich in Bewegung setzte, zu der offenen Tür ging und auf den Balkon hinaustrat. Er selber tat, wovon er sich vorgenommen hatte, es für einmal nicht zu tun:

Er folgte ihm.

Wie so oft, wenn er sprach, tat Grabowsky es schließlich auf eine Art, die den Eindruck erweckte, er sähe das, wovon er redete, direkt vor sich:

«Als die Nazi-Armee im April 1940 Skandinavien überrannte, sahen die Alliierten, die händeringend nach einer Basis für Operationen in Norwegen suchten, um ihre ungetarnt im Schnee ersaufenden Truppen zu unterstützen, ihre einzige Chance in der Eroberung Trondheims. Regierungen, Medien, Militär und Öffentlichkeit drängten trotz größtmöglichem Risiko auf einen Frontalangriff auf die Stadt. Vom Meer her. Nicht weniger als die Landung großer Kontingente von Truppen wurde gefordert, obwohl jedes Kind wusste, dass die Transporte während der drei Meilen langen Anfahrt durch enge Gewässer schwersten Luftangriffen ausgesetzt und die Landungen nur gegen stärksten Widerstand durchzuführen wären. Die warnenden Stimmen, die da sagten, die Erzwingung der Einfahrt könne zum Blutbad werden, wurden nicht gerade weggewischt, aber schließlich aufgrund der ungeheuren Schwierigkeiten, auf die die Truppen im norwegischen Schnee stießen, doch übertönt.»

Grabowsky machte eine kurze Pause, dann fuhr er fort:

«Man ging an die Planung dessen, was das Potenzial einer totalen Katastrophe, aber auch eines großen Erfolgs barg. Auf einer Sitzung der englischen Admiralität wurde Generalmajor Hotblack nur wenige Stunden zuvor mitgeteilt, dass er die Operation gegen Trondheim als Truppenbefehlshaber leiten würde. Der Mann nahm seine Instruktionen für das, was seinen eigenen und den Tod Zehntausender Soldaten bedeuten konnte, entgegen und schickte sich an, London noch in derselben Nacht mit seinem Stab in Richtung Edinburgh zu verlassen.

Es kam nicht dazu.

Um 12 Uhr 30 erlitt er auf der Treppe des Generalstabsgebäudes einen Schlaganfall.»

Grabowsky hielt erneut inne, löste den Blick von der Szenerie in seinem Innern und wandte Hessberg das Gesicht zu.

«Was ich sagen will, Eric, ist das Folgende: Es gibt Dinge, mit denen ein Mensch nicht klarkommt. Auch dann nicht, wenn er es will, wenn alle Gründe dafür sprechen, wenn er hundertprozentig davon überzeugt ist und er entsprechende Befehle hat. Weil es zu groß ist. Zu groß der Druck. ARES ist so etwas. Es ist notwendig, es ist vernünftig, es ist strategisch richtig – aber das ist nur die eine Seite.

ARES ist auch ein Monster. ARES ist Terror. Damit muss einer leben können, wenn er nicht aufgefressen werden will. Oder einen Schlaganfall haben.»

Hessberg starrte Grabowsky an und stieß einen Laut aus, der ebenso ein hartes Lachen wie ein Ausruf der Ungläubigkeit sein konnte:

«Fragst du mich im Ernst gerade danach, ob ich damit leben könne, wenn ich Teil der Umsetzung dessen werde, was allgemein der ‹Vertrag von Lissabon› genannt wird?», fragte er schließlich. «Muss ich dich daran erinnern, dass ich zur Zeit Bundeskanzler jener Bevölkerung bin, deren Grundgesetz mit der Ratifizierung dieses Vertragswerks faktisch abgeschafft worden ist? Wo das Tötungs-Verbot bei Aufstand und Aufruhr im Namen des Kampfes gegen den Terror seit mehr als zehn Jahren nicht mehr gilt und von einer EU-Variante des Heimatschutzes nach amerikanischem Vorbild ersetzt ist? Ist das der Druck, von dem du sprichst? Wenn ja, dann kann ich dich beruhigen: Ja – ich kann damit leben. Nein – ich habe keine Probleme damit. Wieso auch? Niemand hat seinen Arsch vom Sofa hochgekriegt, ist aufgestanden und hat protestiert dagegen. Okay – es gab da diese eine Verfassungsklage, es gab Verfahren in anderen Ländern, es gab Empörung im Netz, die üblichen nützlichen Ventile, von denen die Hälfte uns gehören und von uns gewartet werden. Aber keiner hat ernsthaft Lärm gemacht, als hierzulande die sogenannte ‹neue Sicherheitsarchitektur für den alltäglichen Ausnahmezustand› vorgestellt und mittels Aufstellung von anfänglich 27 Kompanien von regionalen Sicherungs- und Unterstützungskräften installiert wurde. Keiner hat darauf beharrt, die Definition des ‹inneren Notstands› und der ‹Gefahr für den Bestand der freiheitlich demokratischen Grundordnung› zu erhalten oder gar im Gesetz zu verankern. Und als das Virus zu wüten drohte …»

Hessberg zögerte für einen Augenblick, als könne er noch immer nicht fassen, was er sich zu beschreiben anschickte:

«Herrgott! Christian – die Leute haben ja geradezu um den Befehl gebettelt, sich selbst einkerkern zu dürfen. Und darum, dass ‹ihre Truppen› sie beschützen. Ich wiederhole mich: Nein – das ist für mich kein Problem. Aber das ist im Moment, wenn ich die Sache richtig einschätze, auch nicht die dringendste Frage.»

«Und was ist deiner Meinung nach die dringendste Frage?», tat Grabowsky Hessberg – der ihn ansah wie ein Kind, das für den Zaubertrick, den es vorführte, Beifall wollte – den Gefallen einer Nachfrage, ohne der Versuchung widerstehen zu können, eine Spur gepflegten Überdrusses anklingen zu lassen.

«Die Frage, Christian, ist, ob ARES morgen der Aufmacher auf sämtlichen Titelseiten wird oder nicht.»

Befriedigt nahm Hessberg Notiz von Grabowskys Reaktion, die sich wie erwartet dadurch auszeichnete, dass er nicht reagierte.

Du kennst mich besser, als ich mich selber – geschenkt, dachte er. *Ich bin sehr wohl, was du mich gelehrt hast zu sein. Aber unterschätze nie, was ein Schüler von seinem Lehrer lernt, wenn dieser schweigt.*

Er brauchte nicht hinzusehen, um zu wissen, dass der andere scheinbar unberührt über den Fluss starrte, nach dem Feuerzeug in der Tasche tastete, es hervorholte. *Klick,* eine Drehung in der Hand, *Klick,* eine weitere Drehung.

Die andere Hand bewegte sich mitsamt Glas zu der Brusttasche des Hemds, fingerte nach dem Softpack, fand nichts, senkte sich wieder. Ein kaum wahrnehmbares irritiertes Zögern, dann die Überwindung des Impulses, nach drinnen zu gehen und sich von der Glasschale zu bedienen. *Klick.*

«Drohst du mir, Eric?», fragte Grabowsky endlich. «Ist das der Versuch, mir die Sache von letzthin nach deinem Absturz heimzuzahlen? Denn wenn ja, dann habe ich schlechte Nachrichten …»

Weiter kam er nicht. Hessbergs Lachen übertönte seine Worte. Es klang fehl am Platz hier draußen in der gesitteten Stille, in der alles in einem hohen, nach Diskretion verlangenden Preissegment angesiedelt zu sein schien.

Dann, als würde es abgeschnitten, verstummte es und hinterließ keinerlei Spur in der Stimme: «Nein, ich drohe dir nicht, Christian.» Es klang, als sagte er: *Für wie verdammt blöd hältst du mich eigentlich?*

«Aber ich möchte etwas klarstellen.»

«Ja?»

«Ich bin ab sofort dabei. Und zwar nicht als Wasserträger und Systemidiot Eric Hessberg, sondern als Bundeskanzler. Ich will über alles informiert werden. Über alles, verstehst du? Den ganzen Plan, die Zusammenhänge. Jedes Detail. Und ich will ein Wort mitzureden haben. Lasst ihr mich ab jetzt außen vor, dann lasse ich meinerseits die Sache auffliegen. Und nein: Das ist keine Drohung, sondern eine Information. Du bist es, der mir mal gesagt hat, es gäbe Zeiten, da sei Leben ebenso gut wie Sterben. Und schließlich könne man immer einen mitnehmen. Es dauerte eine Weile, aber jetzt habe ich es begriffen. Genau an diesem Punkt stehe ich. Bevor du mir also ein weiteres Mal mitteilst, ihr hättet Mittel und Wege, mich zu umgehen beziehungsweise mich kaltzustellen: Es ist mir egal. Das Einzige, was ich will, ist dabei sein. Sonst nichts.»

Hessberg war jetzt in Fahrt und ganz bei sich:

«Ich habe nicht die mindeste Ambition, Christian, etwas zu verhindern oder irgendjemanden zu retten. Das hat da draußen keiner verdient. Nicht einer. Die werden seit einem Jahrzehnt von denselben Leuten und in sämtlichen zukunfts- und wohlstandsrelevanten Fragen belogen, beschissen, enteignet und beleidigt, die ihnen heute sagen, diesmal sei wirklich alles zu ihrem Besten – und sie glauben ihnen immer noch und wählen wie verrückt, wenn man sie lässt. Ich wiederhole mich: Die betteln seit Jahren um die Sorte Betreuung und verordneten Konsens, wie nur Diktaturen sie zu bieten vermögen. Was mich anbelangt, so will ich bloß dabei sein und sehen, was geschieht und wie. Das ist alles. Darum bin ich hier: Um dich das wissen zu lassen und um sicherzustellen, dass überhaupt etwas geschehen *kann.*»

«Okay», sagte Grabowsky schließlich, drehte sich mit einem Ruck zu Hessberg um und richtete seinen Blick in einer Art auf ihn, die kein Ausweichen möglich machte.

«Den ersten Teil habe ich verstanden: Du willst einen Platz am Tisch. Gut. Kannst du haben. Aber dann gilt, was bisher gegolten hat, in verschärfter Form: Ein Schritt neben die Spur, und Eric Hessberg ist raus.»

Grabowsky schaffte es, auf seinen Zügen ein Lächeln anklingen zu lassen, als er ergänzte:

«Keine Drohung. Eine Information. Bloß eine Information.»

Und sofort wieder ernst:

«Was meinst du mit dem Satz ‹dass überhaupt etwas geschehen kann›?»

Hessberg erzählte. Alles. Die Hälfte davon wusste Grabowsky längst. Trotzdem ließ er ihn reden. Menschen brauchten, um Vertrauen zu fassen oder zu festigen, vor allem zwei Dinge von ihrem Gegenüber: dass es sie zum Lachen brachte und dass es ihnen zuhörte. Mehr nicht. Das war hinter allen Worten, Gefühlen, Verträgen und Klauseln die Grundlage von Geschäftsbeziehungen, Ehen, Länderbündnissen und Kriegen. Und das war seit Jahren auch seine eigene Rolle in der Beziehung mit dem heutigen Bundeskanzler. Als dieser zu seinem Hakenschlag mit Michael Kron als Doppelagent kam, war er aber doch überrascht.

«Bien joué», bemerkte er anerkennend, als Hessberg kurz innehielt. «Du wirst ihn auswechseln müssen, Eric.»

«Meinst du ‹auswechseln› im Sinn von ‹in Frieden ziehen lassen›? Oder meinst du es so, wie es für Sven Mieling galt?»

Grabowsky ließ mit keiner Regung erkennen, ob Hessbergs Worte, die ihn mit nicht weniger als einem Mord in Verbindung brachten, ihn trafen oder überhaupt irgendwie berührten:

«Das überlasse ich dir», war das Einzige, was er erwiderte. Als ginge es um die Auswahl einer Vorspeise.

«Sagst du nicht immer, man solle seine Freunde nah, die Feinde aber noch näher bei sich haben?»

«Das gilt nicht für Männer wie Mieling und Kron, Eric. Der eine, weil er ein feiger Opportunist ist, der andere, weil er für dich zu sterben bereit gewesen wäre. Um dir auch dann noch treu zu bleiben, wenn du ihn beiseite stellst, müsste er ein Hund sein, was er zu meinem Bedauern nicht ist. Glaub mir: Der am feinsten ausgebildete Instinkt solcher Leute ist ihr Gespür für Loyalität. Der kleinste Haarriss, und du hast eine Art Verweigerung, die auch auf das eigene Leben keine Rücksicht mehr nimmt. Wenn du Kron behältst, wirst du über kurz oder lang einen Menschen in deiner Nähe haben, der dich hinter aller Professionalität – und möglicherweise, ohne dass er es sich selber eingesteht –, am liebsten tot sähe. Ich sage nicht, dass das schlecht sein muss. Im Gegenteil: Es kann sogar nützlich sein. Nichts ist so berechenbar und beeinflussbar wie Leute, die hassen. Aber wie gesagt: deine Entscheidung.»

Und um Hessberg auf der Spur zu halten:

«Mach weiter.»

Hessberg berichtete von dem Ex-Kameraden Krons, der für sie die Händelallee Nummer 173 unter die Lupe genommen und der außer Plan und von sich aus in der vergangenen Nacht erneut Kontakt aufgenommen hatte:

«Ich habe keine Ahnung, wer der Mann ist. ‹Von der Truppe› war das Einzige, das Kron zu sagen bereit war. Und noch weniger weiß ich, wer die Leute sind, die wir getroffen haben. Irgendein Geheimdienst, schätze ich. Aber wenn es stimmt, was sie sagen, dann sind sie jetzt mit großer Wahrscheinlichkeit bereits in Spanien und kriechen in der Nähe von etwas herum, das mit ARES in Zusammenhang steht.»

Hessberg sah bei seinen letzten Worten und für den Bruchteil eines Augenblicks etwas in Grabowskys Gesicht, das er so an ihm nicht kannte und das ihn innehalten ließ. Eine Regung, die, obwohl kaum mehr als eine Art Gestreiftwerden, eine Dunkelheit preisgab, vor der er fast körperlich zurückschreckte.

Dann war es auch schon wieder vorbei.

«Ich muss telefonieren. Entschuldige mich bitte kurz», sagte Grabowsky und verschwand im Innern der Wohnung.

Hessberg folgte ihm nachdenklich. «Unterschätze nie die Bösartigkeit von Menschen, denen Ansehen, Ehre, Posten und Geld außer als Mittel zum Zweck von Gestaltungsmacht egal sind», war einer von Grabowskys Lehrsätzen, die sich ihm eingeprägt hatten und von dem er sich fragte, ob er ihn gerade zu verstehen begann.

Er wollte ihn schon danach fragen, als der andere, sein Telefon in die Tasche gleiten lassend, aus dem benachbarten Raum zurückkehrte und ihm zuvorkam.

«Da du dir ja nicht weniger als einen ganzen Tag lang Zeit genommen hast, um zu einer Entscheidung darüber zu gelangen, auf welche Seite du dich schlagen willst, gehe ich davon aus, dass deine Ansage von vorhin Hand und Fuß hat: Du bist dabei. Keine Doppelagenten mehr. Keine eigenen Recherchen» – er malte Gänsefüße in die Luft – «keine Spielchen. Richtig?»

«Richtig», antwortete Hessberg und tat etwas Weiteres, was er von Grabowsky gelernt hatte. *Entschuldige dich nie. Unter keinen Umständen. Erstens zeigt es Schwäche, und zweitens legst du damit dein Wohl und Wehe in die Hände deines Gegenübers: Man kann sich nicht selber entschuldigen – das muss immer der andere tun.*

«Aber den vorwurfsvollen Ton von wegen ‹auf welche Seite du dich schlagen willst› kannst du dir sparen, Christian», sagte er. «Du wärst der Erste gewesen, der mich einen Idioten genannt hätte, wäre ich sofort damit bei dir angerannt gekommen.»

Grabowsky nahm die Behauptung stumm entgegen, was für Hessberg Bestätigung genug war, und ließ sich in einen der beiden Sessel fallen. Hessberg tat es ihm gleich. Während er in das dunkle Spiegelbild der großen Glasscheibe des Kamin-Ofens starrte, in dem sich Grabowskys ausgestreckte Beine schemenhaft spiegelten, war ihm, als sähe und höre er regelrecht, wie die Dinge in eine neue Ordnung gerückt wurden. Alles wurde anders in diesen Sekunden, und dieses Neue war es, das ihn wie selbstverständlich die folgende Frage stellen ließ. Grabowskys Antwort würde ihm zeigen, ob er richtig lag oder ob bloß sein sprichwörtlicher Wunsch der Vater der Wahrnehmung war:

«Wen hast du angerufen?»

«Peter Juchatz», antwortete Grabowsky. «Er wird die Information über die Schweizer – denn dass sie es sind, vermuten wir seit längerem – weiterleiten. Es gibt nie direkte Kontakte. Alles Operative läuft über ihn und von da über die ‹StratCom›. Alles Finanzielle über Guido Erhardt und die ‹UnityBank›.»

«Und du bist für die große strategische Linie zuständig.» Es klang wie eine Feststellung.

«Ich?» Grabowsky wirkte, als höre er das Wort zum ersten Mal.

«Ich bin nichts, Eric. Ich bin unsichtbar. Ein Vermittler zwischen jenen, die planen, und jenen, die ausführen. Neutral. Ich hege keinen Wunsch nach einer Seite und auch nicht nach Teilhabe an dem, was früher oder später in einem Krieg der Systeme mündet. Ich habe sehr früh entschieden, nie Teil einer Seite oder einer Ebene zu sein. Kein Hauptakteur, kein Führer. Bloß Vermittler und Beobachter.»

«Und wer gibt die großen Linien vor? Irgendein schemenhafter Berliner oder Brüsseler Gehirntrust? Und was sind überhaupt die großen Linien?»

Anstatt direkt zu antworten, nahm Grabowsky wie so oft einen Umweg:

«Eine Binsenweisheit sagt, es seien nie Staaten und Nationen, die Kriege führten, sondern Menschen. Menschen tüfteln Angriffspläne aus und geben Befehle, Menschen befolgen sie, spionieren, brechen Verträge, hintergehen, drohen, überfallen, drücken auf Knöpfe, ziehen Abzüge und lösen Sicherungsstifte. Nicht Staaten. Nicht Nationen. Das ist ebenso wahr, wie es falsch ist. Es ist immer alles – und manchmal alles eines. Es hängt von der Ebene ab. Und vom Blickwinkel.»

«Dann erklär mir die Ebenen und die Blickwinkel. Fang mit ARES an. Ein paneuropäisches Militärprojekt, von dem weder Bürger noch Regierungen eine Ahnung haben. Wer sind hier die Gehorcher, wer die Wegducker, wer die Gehirne, die so was anzetteln? Und welchen Blickwinkel kann es geben, außer dem einer größenwahnsinnigen, diktatur-affinen Union?»

Grabowsky schwieg und musterte den Inhalt seines Glases erneut mit einem Blick, von dem Hessberg nicht zu sagen vermochte, ob er dabei bloß seine Gedanken ordnete oder aber abwog, ob er einer Antwort überhaupt würdig sei.

«Mit ARES anzufangen würde bedeuten, die Sache vom Ende her zu denken», hob er schließlich an. «Das mag für einen einzelnen Menschen in Bezug auf seinen Tod sinnvoll und ratsam sein. Um das Politische zu verstehen, ist es das nicht. Lass mich mit den Nationen anfangen. Den Franzosen, den Deutschen, den Spaniern, den Schweizern und so weiter. Den Bürgern, ihren Regierungen, Parlamenten und dem Wasserkopf dessen, was allgemein als ‹die Verwaltung› bezeichnet wird. Was ist es, das diesen letzteren – den Menschen also, die den jeweiligen Staat darstellen – ihre Macht gibt? Was machte es möglich, dass sie während der Finanzkrise, der sogenannten Migrationskrise und der Virus-Krise Gesetze ändern, Verfassungen umgehen und quasi sämtliche Regeln des Wirtschaftens und Zusammenlebens außer Kraft setzen konnten, ohne dass es zu Aufständen gekommen ist?»

«Ist das eine Frage?» Hessberg klang gereizt, ohne es zu sein. Etwas in ihm schien mit einem Schlag zu realisieren, dass er längst am Ende seiner Kräfte war, der Tank seit Stunden leer. Er brauchte Schlaf und wusste, dass er stattdessen eine von Grabowskys Reden kriegen würde. Da konnte er ebenso gut antworten:

«Glaube, Christian. Nur Glaube. Derselbe, der sie glauben lässt, eine Hundert-Euro-Note sei nicht nur ein Schnipsel Papier, sondern für immer und garantiert ein realer und konstanter Wert.»

Die eigenen Worte entglitten ihm, und jene Grabowskys wurden zu etwas, das aus großer Distanz an ihm vorüberzog.

«Ja. Genau. Bloß dieses eine: Glaube. Der Glaube der Mehrheit der Menschen daran, dass sie eine Führerkaste brauchen, dass ein Zusammenleben und -wirken ohne eine solche nicht möglich sei. Das ist das Einzige, was Machtausübung von Menschen über andere Menschen ermöglicht. Fällt dieser Glaube der Mehrheit weg und mit ihm das Vertrauen, dann ist der Kaiser auf einen Schlag nackt. Oder eine Geldnote ein Papierschnipsel.»

«Wenn das stimmen würde, Christian», warf Hessberg ein, «dann hätten wir heute buchstäblich Hochzeiten für Herrschende. Es grassiert ja fast eine fanatische Staatsgläubigkeit. Über das Personal ist man sich zwar nicht wirklich einig, aber dass es eine starke Führung braucht, gerne auch autoritär, darüber herrscht von links bis rechts Einigkeit, wie man sie sich schöner nicht wünschen könnte. Wozu also so was wie ARES?»

«Die Ebenen, Christian. Der Blickwinkel. Dein Blickwinkel sagt dir, es ginge in erster Linie darum, die Menschenmassen da draußen von der Idee fernzuhalten, mit Mistgabeln und Küchenmessern die Regierungspaläste zu stürmen. Es ginge darum, die Macht der Regierungen zu schützen. Aber das ist falsch. ARES dient vor allem dazu, die Paläste abzuschirmen.»

«Du meinst die Menschen darin», stellte Hessberg fest.

«Nein. Eben nicht. Nur die Paläste. Die Fassaden sind es, die wir brauchen. Nur die Fassaden. Die bekannten und beliebten Markennamen, in welche die Menschen aller anderslautenden Meinungsmache zum Trotz immer noch Vertrauen haben: ‹Deutschland›, ‹Italien›, ‹Spanien›, ‹Europa›. Gerichte, Polizei, Zentralbanken, Ämter. Demokratie. Auch der größte Vaterlandshasser hätte Tränen in den Augen, sagte man ihm, die Demokratie seines Landes und deren Institutionen seien längst zur bloßen Kulisse degradiert worden. Oder – schlimmer noch – ließe man ihn wissen, das Friedensprojekt ‹Europäische Union›, das er als Ersatz vergöttere, sei nichts anderes als eine optisch annehmbare, aber leere Hülle. Die bunte Fassade eines Kartellsystems. Aber das ist es. Und trotzdem …»

Grabowsky nahm einen Schluck aus seinem Glas.

«Und trotzdem was …?», drängte Hessberg vorwärts.

«Und trotzdem ist es für jene Interessen, die hinter allem stehen und die noch nie im Rahmen von Landesgrenzen gedacht haben, immer noch ein zu großer Aufwand bei zu geringem Ertrag. Wenn die EU oder die NATO eine Teekanne kaufen wollen, geht das nicht, ohne dass der Kauf ausgeschrieben und ein Ratifizierungsverfahren eingeleitet werden muss. Bei dem, was in absehbarer Zeit geschehen wird, kann man sich das – egal, wie alibimäßig die Vorgänge auch sind – nicht mehr leisten.»

«Warum nicht?» fragte Hessberg. «Es funktioniert doch wunderbar.»

«Ja. Aber nur, solange es den Menschen einigermaßen gut geht. Dann sind sie friedlich. Wenn das aber nicht mehr der Fall ist, dann werden sie gefährlich. Und das wird über kurz oder lang in ganz Europa der Fall sein. Die vermeintlich großen Wirtschafts- und Finanzcrashs der letzten gut 30 Jahre waren, wenn nicht direkt durch die Politik verursacht, so doch nur mit ihrer Mitwirkung möglich. Und sie wären, hätte man sie dem natürlichen Spiel der Märkte überlassen und nicht mit Billionen von Zentralbankgeld, Rettungsmaßnahmen, Bail-outs, Konjunkturprogrammen und der Abschaffung der Zinsen dagegengehalten, nicht nur groß, sondern verheerend gewesen.»

«Du meinst …»

«Was dabei nie erwähnt wird, Eric, ist zweierlei: Erstens, dass in jeder dieser Krisen ein gigantischer Vermögenstransfer zu jenem nie in der Öffentlichkeit in Erscheinung tretenden Personenkreis stattgefunden hat, der auch während der Schritte, die zur jeweiligen Krise führten, bereits profitiert hatte. Und zweitens, dass das Spiel langsam an seine Grenzen stößt. Wenn dieser Fall eintritt und wir an den Punkt kommen, wo der Vermögenstransfer zu einer Vermögensvernichtung via Währungsreform wird – okay, man wird es dann sicher nicht so nennen –, dann hilft kein Regierungs- oder Zentralbankenprogramm der Welt mehr. Und da kommt ARES ins Spiel als eine von der Mehrheit der Bevölkerung akzeptierte, vermeintlich ordnende und schützende Größe, die Verteilungskämpfe ebenso zu unterdrücken in der Lage ist wie die über Jahre gezüchteten und schwelenden Nationalismen.»

«Warum ‹vermeintlich ordnend›, Christian? Robuster geht ja wohl kaum.»

«Weil ARES' Aufgabe in dieser Phase nicht Ordnung, sondern die klassische Politik am Rand des Krieges sein wird. Der Standpunkt, es gäbe nur zwei Mittel, um eine wirtschaftliche Depression zu verhindern, ist nach wie vor sehr populär: entweder Krieg oder Ausweitung und Verstärkung der Rüstung. Man rechnet damit, dadurch auch diesmal dem wirtschaftlichen Totalabsturz Einhalt gebieten und gleichzeitig einen Bürgerkrieg, der über das nützliche Maß hinausgeht, verhindern zu können. Das Ganze unter Aufrechterhaltung der Illusion von Souveränität und Vielfalt. Aber wie gesagt: nicht nur und nicht in erster Linie für die Menschen da draußen, Eric, sondern ebenso sehr für jene drinnen, die glauben, Teil des Systems zu sein. National oder auf EU-Ebene. Ihr Glaube muss genauso aufrechterhalten und gestärkt werden wie jener der Bürger.»

«Während in Wahrheit alles bloß noch Hüllen sind? Ein gigantisches Vakuum für die Zeit des Übergangs zu …»

Hessberg stockte.

«Zu was, Christian? Zu einer Art gesamteuropäischer Besatzungszone? Der ganze Vorgang abgeschirmt von einem Monster wie ARES, das man ‹Frieden› und ‹Sicherheit› nennt?» Die Frage war ein fassungsloses Lachen. Er war wieder hellwach jetzt.

«Genau das», bestätigte Grabowsky und klang, als wolle er hinzufügen: *Tut mir leid, wenn dich das belastet.*

«Und wie passen die nationalen Streitkräfte in dieses Bild?», fragte Hessberg und wartete nicht auf eine Antwort. «Wir Deutschen – geschenkt. Wir waren immer mehr Aufmarschgelände als Nation. Haben die geopolitische Funktion als Riegel Zentraleuropas quasi in der DNA und teilen mit anderen interessierten Kreisen die Ansicht, unsere Grenzen gegen Osten seien nur sicher, wenn auf beiden Seiten unsere Soldaten stehen. Die eigene Freiheit ist sekundär, die Freiheit anderer eher lästig. Diese Mischung aus Angstkomplex und Größenwahn ist schlicht zu schön, als dass man sie brach und ungenutzt liegen lässt. Aber die Franzosen? Die Italiener? Ich kann mir nicht vorstellen, dass die ihre Streitkräfte einer Art alliiertem Oberkommando unterstellen. Was, wenn beispielsweise die französische Armee putscht? Dass sie dazu in der Lage ist, ist hinlänglich bekannt.»

«Nun – sowohl die Franzosen wie auch die Italiener brauchen in erster Linie eines: Geld. Oder anders gesagt: Der politische Wille der Führungsriegen, die mit unserer Hilfe installiert wurden, ist eindeutig in unserem Sinn. Das Risiko eines Militärputsches ist dabei nicht nur einkalkuliert, sondern würde im Ernstfall als Teil dessen, was ich vorhin gesagt habe, begrüßt. Kurz: Die Ideen über die großen Probleme stimmen auf Regierungsebene mit den unseren überein. Alles andere wird dann organisierbar und kontrollierbar.»

«Krieg als Konjunkturprogramm …»

«Genau. Aber wie gesagt: So weit ist es noch nicht. Zurzeit operiert ARES ausschließlich verdeckt, und die nationalen Armeen und Sicherheitskräfte sind als Tarnung zwingend notwendig. Denn Tatsache ist: ARES ist das exakte Gegenteil dessen, was sich ein normaler Mensch unter regulären Truppen vorstellt. Es ist eine Armee von Männern, die jede denkbare Loyalität hinter sich gelassen haben. Männer, die die wirklich harten und üblen Sachen übernehmen, zu denen sich Armee-Angehörige niemals hergeben würden. Darum ist die Bezeichnung ‹Armee› auch nicht zutreffend. ARES ist eine flexible und hochaggressive Manövriermasse.»

«Und was sind in deinem Bild die ‹wirklich harten und üblen Sachen›?»

«Alles, Eric. Einfach alles.»

«Auch Anschläge auf Moscheen und Synagogen?»

«Auch Anschläge auf Moscheen, Gemeindezentren und Synagogen», antwortete Grabowsky.

«Unterwanderung von Bürgerbewegungen, Gewalteskalation bei Großveranstaltungen?»

«Auch das.»

«Und was ist mit der Polizei? Allein in Deutschland sind das fast 300.000 Männer und Frauen unter Waffen.»

«Die Polizei wird sich, wie schon seit langem und mit großer Präzision orchestriert, erst ins Abseits spielen und dann zu etwas Neuem werden.»

«Wie das?»

«Für den ganzen kommenden Monat sind in ganz Europa als Reaktion auf die Anschläge in vielen Städten Großdemonstrationen gegen Rassismus und Antisemitismus angemeldet worden», erklärte Hessberg. «Das werden ein paar sehr heiße Wochenenden. Es wird – wie bereits in den vergangenen Jahren – zu Polizeigewalt kommen. Und ich meine: richtige Gewalt.»

«Sind die echt?», fragte Hessberg.

«Was? Die Demonstrationen? Ja – im Sinne einer echten Reaktion auf eine unechte Gefahrenlage durchaus. Demokratie in Aktion, wenn du so willst. Wir sind bloß logistisch, finanziell und organisatorisch etwas behilflich, was die Motivation der Organisatoren ungemein steigert. Außerdem wird ARES dafür sorgen, dass das Ganze nicht allzu friedlich abläuft. Und dass es an den Folge-Wochenenden neue Veranstaltungen geben wird. Gegen Polizeigewalt.»

«ARES ist demnach Gewalt *und* Gegengewalt? Mit welchem Ziel?»

«Die Überwindung dessen, was du vorhin als ‹Vakuum› bezeichnet hast, Eric. Um den Aufwand für eine Tarnung irgendwann unnötig zu machen. Die Menschen sind seit dem Virus in permanenter Verunsicherung und wollen endlich wieder von der Obrigkeit organisierte Ordnung. Gerne auch durch das Militär, wie es ja auch unterstützend während der Virus-Krise der Fall war. Mit jedem Anschlag, mit jeder Eskalation wird dieser Ruf lauter. Du hast ihn ja heute in deiner Rede selber aufgegriffen. Deine Umfragewerte sind daraufhin übrigens …»

«… durch die Decke gegangen, ja. Freut mich sehr!»

«Und wenn auf den Straßen ganz Europas vor dem Hintergrund immer prekärer werdender wirtschaftlicher Realitäten erst noch der Krieg ausbricht, wird die Mehrheit der Menschen auch die Idee einer gemeinsamen europäischen Armee akzeptieren. Vor allem dann, wenn sie sich auf die Polizei nicht mehr verlassen kann und wenn die Medien auf eine Art berichten, die ihnen suggeriert, es geschehe eine schiere Ewigkeit lang zum Schutz von Freiheit und Demokratie nichts und man überließe die Straßen einem hysterischen, gewalttätigen, jubelnden Mob, der auch zwischen geschundenen Leichen noch Freudentänze aufführe. Dann werden sie jeden, der auch nur im Entferntesten ein Stück der gewohnten Ruhe verspricht, begrüßen. Ist es einmal so weit, dann haben sie auf ganzer Linie verloren, und die Fassaden können meinetwegen bröckeln. Wenn also landauf, landab von ‹Schutz› die Rede ist, dann entspricht das durchaus in einem gewissen Sinn der Wahrheit. Wir schützen die verschiedenen Ebenen voreinander: Die Regierungen und Parlamente vor zu viel Bürgertum, die EU-Behörden in Brüssel vor zu viel Parlamentarismus, die globalen Interessen vor zu vielen Einzelinteressen und zu viel EU – und alle zusammen vor sich selber und jenen Elementen in den eigenen Reihen, die sich überholte Konzepte wie Freiheit und Selbstbestimmung auf die Fahne geschrieben haben. Wobei letzteres nach Jahren der medialen Gleichsetzung jedweden Freiheitsbegriffs mit Populismus, Rechtsextremismus, Egoismus, Menschenfeindlichkeit und verkapptem Nazitum ein Selbstläufer ist.»

«Na ja ..»

«Eric, ARES' Aufgabe ist es, Europa zu bändigen und zu einen. Nationale Armeen und ihre Elite-Einheiten werden, wenn nicht gerade abgeschafft, so doch irgendwann ebenso darin aufgehen wie sämtliche anderen Sicherheitsorgane. Am Ende wird die totale militärische Integration aller NATO-Länder und ihre Überführung in eine umfassende, globale politische Organisation mit wirkungsvollen militärischen Machtmitteln stehen. Irgendwann auch unter Einbezug Neuseelands und Australiens. Im Grunde die Fortführung der Politik am Rand des Krieges auf globaler Ebene. Ist ja bereits heute offizielle NATO-Doktrin. Nicht ganz so offen und direkt, aber zumindest andeutungsweise. Neu ist das Prinzip ja nicht. Nach dem Zweiten Weltkrieg forderte man von Frankreich die Schaffung einer schlagkräftigen Armee zur Niederhaltung Deutschlands. Gegen Russland und – das war absehbar – gegen China hatte man die NATO. Und hier die Quintessenz: ARES ist dasselbe – bloß globaler und konsequenter gedacht.»

Und abrupt das Thema wechselnd:

«Du solltest zusehen, Eric, dass du etwas Schlaf kriegst. Die nächsten Tage werden es nicht gut mit dir meinen. Das Gästezimmer ist bereit. Leg dich hin. Ich sag Kron Bescheid und wecke dich in ein paar Stunden.»

«Ich habe mit einer weiteren Arbeitsnacht gerechnet und Michael bereits nach Hause geschickt», antwortete Hessberg. «Hatte nicht gedacht, zu Schlaf zu kommen. Danke, Christian.»

«Nichts zu danken. Leg dich jetzt hin. Wir machen später weiter.»

«Gleich. Nur eine Frage noch ... der Status von ARES ... die Finanzierung ...»

«Nein, Eric. Später. Ich brauche dich in Topform bei dem, was kommt. Und glaub mir: Es wird ein wilder Ritt. Du wirst mir danken für jede Minute Schlaf, die ich dir jetzt verschaffe.»

«Okay», lenkte Hessberg ein und hievte sich aus seinem Sessel hoch. «Und du?», fragte er, als Grabowsky sitzen blieb.

«Ich habe noch einen Anruf zu erledigen, dann ist auch für mich Schluss.»

Anstatt eines Grußes legte Hessberg, während er schon im Gehen begriffen war, kurz seine Hand auf Grabowskys Schulter. Eine Geste, die mehr als alle Worte verdeutlichte, wie sich die Dinge zwischen ihnen verändert hatten. Und ein kurzer Druck der Hand, der Grabowsky wissen ließ, dass Hessberg wusste, wen sein Gegenüber zu dieser Stunde noch zu kontaktieren beabsichtigte. Und dass er es hinnahm. Nicht weil er musste, sondern weil er es so entschieden hatte.

✦ ✦ ✦

Berlin, Volkspark Friedrichshain

An der südöstlichen Ecke des Volksparks, an zwei Seiten abgeschirmt vom dichten Grün der Gehweghecken, die Ostflanke geschützt vom Gebäude-Komplex des Vivantes-Klinikums, lag ein Geländestück, ein lottrig umzäuntes Parzellendreieck, das den Werkhof des Parks beherbergte. Diesmal nahm Kron nicht wahr, was er sonst jedes Mal genoss: den Übergang von einer Welt in eine andere. Von der sichtbar geordneten und kontrollierten Zivilisation mitten in ein winziges Universum hinein, das von ihr großzügig vergessen worden zu sein schien.

Blind für die rebellische Schönheit des rostigen, vom Mond beschienenen Gittertors stieg er aus, öffnete es, fuhr hindurch und wuchtete es an seinen Platz zurück. Auch das kratzende vertraute Rasseln, mit dem er die Welt draußen ausschloss, drang nicht zu ihm vor.

Während er im Schritttempo an Kies und Sandhaufen, an gedrungenen Transport-, Reinigungs- und Dienstfahrzeugen Marke «Unkaputtbar», an Geräteschuppen jeder Größe und Couleur und dem Container mit dem Pausenraum des Personals vorbeifuhr, waren seine Gedanken unablässig mit dem befasst, was im Schatten seines Bewusstseins im Bereich des Ahnens lag.

Ganz hinten im Werkhof, als wolle man sie verstecken oder vergessen, prunkte die im Mondlicht glänzende Reihe der vor Jahresfrist angeschafften elektronischen Entsprechung des altgedienten Fuhrparks. Die modernen, aufwändig designten Reinigungs- und Kleinmüll-Fahrzeuge standen da, aber nicht etwa zu ihrem Schutz, sondern weil sie größtenteils defekt waren. Und für die theoretisch funktionsfähigen gab es keinen, der sie hätte bedienen oder warten können. Für Kron standen die Gefährte geradezu sinnbildhaft für die Wirkweise staatlicher Interventionen, zu deren Haupteigenschaften es gehört, weder für die Ausführung noch für die Konsequenzen Verantwortliche zu kennen.

Die Mixtur war immer dieselbe: Ein Mitarbeiter der Senatsverwaltung für Umwelt, Verkehr und Klimaschutz, ein Beschaffungsauftrag, eine neugegründete Projektierungsfirma, ein Aufsichtsrat, an dessen Spitze besagter Senatsmitarbeiter sitzt, der eiserne Wille aller Beteiligten, an dem Geschäft gut, sprich: doppelt und dreifach zu verdienen, eine Handvoll deutscher und ein einziger italienischer Anbieter, ein gen Süden erteilter Auftrag – am Ende der tausendfach durchgespielten Ereigniskette standen Steuergelder für alle und zwei Dutzend futuristisch anmutender Fahrzeuge, die, so die Gerüchte, noch keine Stunde lang in Betrieb gewesen waren.

Jetzt, kurz vor halb zwei in der Nacht, war Kron weit entfernt von solcherlei Gedanken. In der dunkelsten Ecke des Geländedreiecks hielt er vor einer schwarzen Holzbaracke mit Veranda an und stieg aus dem Wagen. Die Hütte war die ehemalige Wohnstätte des Werkhofmeisters. Dieser vermietete sie nebst diversen Gerätschaften der Stadt schwarz, was ihm den Bezug einer komfortableren Wohnung in einer besseren Gegend ermöglichte. Für Kron kam die Ecke indes dem, was er unter Refugium und Paradies verstand, so nah, wie das in einer Stadt wie Berlin überhaupt möglich war.

Aber auch hier: Er nahm das Rascheln im Wald des Parks nicht wahr, hörte nicht die fiependen Schreie der Käuze, tauchte nicht bewusst ein in den Geruch des feuchten Bodens. Alles in ihm – Kraft, Wille, Gefühl, Instinkt – war konzentriert auf einen einzigen Punkt: Gefahr. Nicht deutlich sichtbar, nicht konkret – aber ganz real seit dem Moment am See von letzter Nacht, als Hessberg es vorgezogen hatte, seine Gedanken, Pläne und Absichten nach dem Treffen nicht länger mit ihm zu teilen. Stumm war eine Kündigung übermittelt worden. Ein Vertrauensentzug vollzogen.

Was das im Fall Hessbergs und seiner Hintermänner bedeutete, war Kron mehr als klar. Und er hatte nicht vor, einen Sven-Mieling-

Abgang hinzulegen und irgendwann mit einem Betonklotz an den Füßen in einem Nebenfluss der Spree aufzuwachen.

Er musste eine Entscheidung fällen. Mit einem Schritt nahm er die drei Stufen zur Eingangstür der Holzhütte und trat in den einzigen Raum, den sie beherbergte. Als er die Anzugjacke auszog und an den Haken an der Wand hängte, die Hemdknöpfe öffnete und anschließend die Klettverschlüsse der schuss- und stichfesten Weste, war ihm mit einem Mal klar, dass die Entscheidung längst gefallen war.

Er nahm Weste und Hemd, ging damit zum Wandschrank beim Bett, holte einen Seesack raus, stopfte beides hinein und packte ein paar weitere Kleidungsstücke dazu. Dann zog er sich einen dunkelblauen Kaschmir-Pullover über den Kopf, griff nach dem Seesack und einer kleinen Sporttasche und ging zurück zum Tisch, auf dem er beides deponierte.

Reglos verharrend, ließ er den Blick durch die hölzerne Einfachheit wandern, die während der letzten Jahre sein Zuhause gewesen war. Ein Gutsherr bei der letzten Inspektion vor der Abreise. Der kalte Specksteinofen, ein Kalender von 1983 an der getäfelten Wand daneben, die kleine Porzellanlampe an dem dicken Kabel über dem Tisch, die Küchenzeile mit dem Charme eines dunklen Flickenteppichs, die Ecke mit dem präzise gemachten Bett. An jeder Wand, genau in der Mitte, ein einzelnes Fenster. Außer an der Südseite – da war die Tür. Trat man hinaus und ging nach rechts ums Eck, gelangte man auf die teilweise morsche überdachte Veranda, die trotz der Lücken im sie umgebenden Gebüsch den Eindruck erweckte, schon Teil des Parkwaldes zu sein.

Ah, ein letztes Mal, als wär's eine normale Nacht, hinaustreten, das auf einem Balken deponierte Paket mit den Zigaretten ertasten, die einzige Kippe des Tages rauchen, stehen, sehen, hören mit leerem Kopf …

Die Eingebung wurde von einer anderen verdrängt:

Kron griff in den Seesack, zerrte die Weste heraus, riss sich den Pullover über den Kopf, zog die Weste über, fixierte die Verschlüsse und zog sich wieder an. Dann – mehr eines angemessenen Abschieds als um des Rauchens willen, trat er hinaus, nahm die zwei lottrigen Stufen und trat auf die Veranda.

Von drinnen drang der in Hunderten Nächten vertraut gewordene Lichtschein. Während er sich nach der Kartonschachtel ausstreckte, eine Zigarette herausklaubte, sich Feuer gab und das Paket sorgfältig wieder an seinen Platz legte, als gäb's doch noch ein nächstes Mal, wunderte er sich über den Schmerz, der ihn traktierte wie eine eiserne Dornenkugel in seinem Innern. Dieses Bluten war neu. Sich losreißen und gehen war bisher nie der Rede wert gewesen. Ein Pflaster, das mit einem Ruck entfernt wurde. Diesmal ging er nicht als Sieger vom Platz. *Du wirst alt.*

Mit der nur halb bewussten Einsicht entspannte er sich, lehnte sich an den Stützbalken, den er mal ersetzt hatte und dem er als einzigem sein Körpergewicht anvertraute, rauchte und hörte endlich die vertrauten Geräusche des nächtlichen Lebens im Park.

Als der Schuss kam, war alles anders, als er es sich immer vorgestellt hatte. Nichts dominierte – weder Wucht noch Schmerz noch das Dunkel, in das er hineingeschleudert wurde.

Kein Film lief vor seinen Augen ab, kein Gedanke bot letzten Halt. Alles wurde zu einem einzigen hellen und zugleich wohltuend luziden Ganzen.

Für alles war Platz in einer inneren Weite, mit deren blendenden und sanften Klarheit er nicht gerechnet hatte.

Sein Denken war schlagartiges und selbstverständliches Verstehen. Er wusste genau, wo der Scharfschütze lag. Eine Distanz von 927 Metern. Der einzige Ort, der freies Schussfeld bot. Trotz der für einen Scharfschützen verhältnismäßig geringen Distanz tippte er auf großes Kaliber Marke «Nummer sicher». Ebenso der Schuss in die Brust. Das war keiner von der Truppe, keiner, dem Waffenehre ein Begriff war und der an sich den Anspruch des perfekten Schusses stellte. Das war ein Söldner, ein gedungener Mörder, einer, der notfalls auch einfach drauflos ballern würde.

Ein Teil von Kron trauerte um die verschmähte Schönheit der «roten Wolke», um die Ehre des Kopfschusses, die ihm versagt blieb. Ein anderer Teil sagte ihm, das sei absurd, und ein dritter schließlich lockerte den Griff, der sich an das Denken klammerte, ließ los und ihn in eine Ruhe hineingleiten, die jede menschliche Vorstellung von Frieden weit hinter sich ließ.

✦ ✦ ✦

Berlin, Händelallee

Bis auf das kalte Flackern der blauen Tonspur, die hektisch zuckend vor dem hellgrauen Hintergrund auf den rechten Bildschirmrand zulief, lag Sibel Marquardts Büro im Dunkeln. Sie hätte nicht zu sagen vermocht, zum wievielten Mal sie das Gespräch ablaufen ließ. Hören tat sie es längst nicht mehr – es bildete nur noch den Sound- und Bildteppich ihrer eigenen Gedanken und Herzfrequenz.

Blind fixierte ihr Blick den Spickel eines lackierten Fingernagels, der das rastlos blinkende Hell einfing. Sie riss den Blick los und mit ihm sich selber, atmete tief ein und setzte sich aufrecht hin.

Mit einem Mausklick der rechten Hand brachte sie den Balken zum Stehen, während sie mit der linken nach dem Kabel der Ohrhörer griff und diese aus den Ohren zog.

Hatte sie die Tatsache, dass Marouan ihren Anruf nicht entgegennahm, vor Stundenfrist noch mit allen ihr bekannten Verwünschungen belegt, war sie jetzt froh darüber. Es hatte ihr Zeit gegeben, die Dinge zu ordnen. Allem voran die Angst vor der Möglichkeit eines Scheiterns, die – das hatte sie von Anfang an gewusst – gleichbedeutend war mit dem eigenen Ausscheiden aus dem Spiel. «Mach's gut, Sib. Und halt mich auf dem Laufenden.» Es war an ihr, dafür zu sorgen, dass Juchatz' letzte Worte an sie nicht die Beileidsbekundung blieben, als die sie diese wahrgenommen hatte.

Mit einem weiteren Klick zog sie den Cursor nach links, stopfte sich die Hörer wieder in die Ohren und ließ das Telefonat, das auf Raffael Dutertres Handy eingegangen war und über das ihre Leute sie vor wenigen Stunden informiert hatten, ein letztes Mal ablaufen.

Die Hälfte dessen, was das Mädchen, Essia Kebdani, an vom Alkohol abgeschliffenen Worten von sich gab, war unverständlich und ertrank in Schluchzen. Was blieb, war ihr hysterisches Herumreiten auf etwas, das eine Lüge sei – *«alles eine große Lüge, Raffa!»* –, und dass er sofort herkommen und sie da rausholen müsse, wenn nicht in drei Wochen etwas Fürchterliches geschehen solle.

Mit Raffael Dutertres Versprechen, jetzt gleich loszufahren, nach Konstanz zu kommen und dass alles gut werde, endete das Gespräch.

Gemäß GPS-Daten hielt er Wort und befand sich auf der Autobahn nach Norden. Außerdem tat er etwas, woraus weder ihre Leute noch sie schlau wurden: Er versandte eine wahre Lawine von SMS an Nummern, die zum größten Teil nicht existierten. Der Text eine Art Werbebotschaft: *«Remportez le grand Prix avec Belfort Tourisme»* – «Gewinnen Sie den großen Preis mit Belfort Tourismus. SMS an diese Nummer, und Sie nehmen automatisch an der Hauptverlosung teil.»

Ihre Leute waren der Meinung, es sehe aus wie ein automatisierter Prozess, von dem er möglicherweise selber nichts wisse oder an den er schlicht nicht denke, weil er ihn vor Wochen bereits programmiert habe. Entweder das, oder aber er versuche auf diesem Weg jemanden zu kontaktieren, von dem er wisse, dass er sein Handy überwache.

«Wenn letzteres der Fall ist, dann haben wir möglicherweise ein Problem», hatte ihr Teamleiter gesagt und sie unheilverkündend angesehen.

«Gut, danke. Ich kümmere mich darum.»

Jetzt zog sie die Ohrhörer erneut heraus, tastete mit bestrumpften Zehen nach den hochhackigen Schuhen, stand auf, rückte den Rock zurecht. Sie war soweit. Sie strich über den Bildschirm ihres Handys auf dem Tisch, tippte Marouans neue Nummer an und stellte den Lautsprecher ein: Für das hier brauchte sie größtmögliche Distanz.

«Was gibt's?», meldete er sich endlich ohne Begrüßung. Er klang auf unverfrorene Weise selbstbewusst und fast schon dreist.

Sie ließ sich die Wut über die abgehobene Arroganz in seinem Ton nicht anmerken. Fanatismus war das Beste, was ihr in diesem Fall passieren konnte, auch wenn die damit einhergehende, vollkommen humorlose Selbsterhöhung nur schwer zu ertragen war.

«Wir haben ein Problem», sagte sie leichthin.

«Wieso? Hat doch alles geklappt mit dem neuen Termin. Ich habe heute die Bestätigung der Festival-Leute erhalten. Was auch immer du gemacht hast – du hast es perfekt gemacht. Die sind begeistert über die unverhoffte PR.»

«Das ist es nicht», sagte sie. «Von dieser Seite her ist alles in Ordnung. Es ist das Mädchen. Essia Kebdani hat ihren Freund angerufen, bei dem du sie unterzubringen pflegtest. Sie scheint zu ahnen, dass der religiöse Aspekt des Basler Projekts nicht so klar im Vordergrund steht, wie sie sich das vorgestellt hat. Er wird nach Konstanz kommen, um sie abzuholen. Du musst sie dort wegschaffen.»

Kein Fragen ihrerseits, wie solches möglich sei, keine Vorwürfe – bloß die blinde Selbstüberschätzung des idiotischen Gotteskriegers bedienen und unbemerkt die Fäden ziehen.

Kurz war es still am anderen Ende.

«Das wird schwierig», sagte er schließlich. «Wir müssen für weitere Gespräche mit den Ermittlern vor Ort bleiben.»

«Das kann ich regeln.»

«Was ist mit dem ganzen Presserummel? Wir brauchen die maximale Präsenz in den Medien, wenn wir die 300.000 in Basel erreichen wollen. Allein für morgen sind 16 Interviewtermine geplant.»

«Okay – aber dann musst du sie 24 Stunden am Tag im Auge behalten. Wenn sie isst, wenn sie schläft, wenn sie zur Toilette geht. Und Interviews umgehend abbrechen, wenn sie auch nur einen Millimeter vom Standardtext abweicht. Das muss unbedingt sein, Marouan. Danach kann sie meinetwegen weg. Fürs Festival brauchen wir sie im Grunde nicht mehr. Aber bis dahin dürfen keine Gerüchte die Runde machen. Auch nicht das kleinste. Und kümmere dich um diesen Franzosen.»

«Alles klar», sagte er.

«Ist das so?», hakte sie nach.

«Was meinst du?»

«Ach, nichts. Vergiss es. Im Grunde kann ab jetzt, wo ARES quasi offiziell im Einsatz ist, nichts mehr schiefgehen. Wir haben es fast geschafft, Marouan. Muss das Lampenfieber sein.»

Erneut gab es diesen winzigen Moment geballter Stille, während eine unausgesprochene Botschaft als solche erkannt und entgegengenommen wurde.

«Alles klar», wiederholte er.

Sie lächelte, als sie die Verbindung grußlos beendete. Sie fühlte, wie Schweißrinnsale über ihre Rippen liefen. Ihre Drohung hatte ihn vollkommen unvorbereitet getroffen. Es gab nichts Bescheuerteres als Menschen, die sich zu dem Glauben gepeitscht hatten, auserwählt zu sein. Es waren Ein-Mann-Diktaturen, deren endloses Bemühen, die Zerrissenheit zwischen der Abgehobenheit des Auserwählten und der Furcht des Sünders zu unterdrücken, beinahe etwas Komisches an sich hatte. Es war ihr ein Rätsel, wie Profis wie Marouan Ghouar, alias Ahmed Merac, auf diese Bahn geraten konnten.

Es konnte ihr egal sein. Die Hauptsache war, dass er davon überzeugt blieb, dass seine Selbsterlösung nur Gültigkeit hätte, wenn er die Sache durchzog. Allah rückte seine Gnade nicht heraus für unspektakuläre Tode in irgendwelchen dunklen Konstanzer Gassen.

✦ ✦ ✦

Spanien, A Coruña

Die sieben Menschen, die kurz nach sechs Uhr in der Früh lachend und plaudernd der Enge eines Seat Alhambra entstiegen, wirkten fröhlich, unprätentiös, entspannt – und vollkommen normal. Von Flecktarn, Waffen und Schusswesten war unter den in sattem Sonnengelb, Türkis, Backsteinrot und Grau gehaltenen Outdoor-Klamotten nichts zu sehen. Körbe wurden aus dem Kofferraum geholt und verteilt, eine kleine Flasche machte die Runde, und schließlich gingen sie los in Richtung der nächstgelegenen, zu ihrer Rechten liegenden Bäume.

«Ganz egal, was ARES ist», hatte Piet nach einer längeren Diskussion zum Thema Waffen in der vergangenen Nacht gesagt. «Das wird keine Kommando-Operation, Leute, sondern bloß ein Aufklärungsjob. Tut mir leid, wenn euch das enttäuscht. Aber wir wollen die Anlage nicht einnehmen. Der taktische Ablauf ist denkbar einfach. Wir sind dort, um zu beobachten und in sehr kurzer Zeit so viele Infos wie möglich zu sammeln. Schnell, sauber, präzise. That's it. Die Wahrscheinlichkeit, dass wir wieder raus sind, bevor die auch nur ihre Posten verständigen, ist ziemlich groß. Ich rechne mit keinerlei Kontakt. Ferngläser und Funk reichen vollkommen aus. Laser-Entfernungsmesser. Das da», er hatte auf die auf dem Tisch ausgelegten Handwaffen gedeutet, «ist bloß Psychohygiene, wenn ihr mich fragt.»

«Psychohygiene klingt gut», hatte Sava eingewandt. «Vor allem beim aktuellen Wissensstand, zu dem uns Vali verholfen hat. Sagt, was ihr wollt, aber ich ziehe es vor, auf den worst case vorbereitet zu sein. Der Bewuchs macht Sichtkontakt zwischen uns fast unmöglich. Feuerschutz im Fall eines Beschusses können wir vergessen. Jeder müsste selber zusehen, wo er bleibt und wie er rauskommt. Und ich habe absolut keine Lust, unbewaffnet Prügel zu beziehen.»

Und in Piets Richtung:

«Sehr wahrscheinlich hast du ja recht. Trotzdem würden ich und meine Psyche die paar hundert Gramm Zusatzgewicht der P12 hier begrüßen.»

Brun hatte in die Runde geblickt, und als weitere Wortmeldungen ausgeblieben waren, eine Entscheidung gefällt:

«Wie sagtest du vorhin so treffend, Semih? Ein Mann mit einer Waffe sei doppelt so viel wert wie einer ohne? Ich schließe mich dieser Meinung an. Auch wenn es eine P12 ist.»

Die letzte Bemerkung hatte der Situation die äußerste Schicht ihrer Strenge genommen. Bruns Neigung für seine Glock 17 hatte einen beinahe mythischen Ruf und war überall, wo er im Einsatz gewesen war, Thema unzähliger Geschichten und Witze.

«Was wollt ihr, Leute», pflegte er zu sagen. «Sie ist eine hervorragende Waffe. Sie wiegt weniger, kostete weniger, ist zuverlässiger und präziser als alle anderen und richtet genau so viel Schaden an.»

Was letzteres in seinem Fall bedeutete, war wiederum der Ausgangspunkt für die Legenden, die sich um seine Person und im weiteren Sinn um seine Leute und ihre Einsätze rankten. Jetzt, in der Dämmerung des anbrechenden Tages und unter einem Himmel, der sich wie ein leuchtend orange-violettes Vlies mit Streifen hellen Blaus über eine Landschaft legte, in der die Bäume noch schwarz und das Gras grau wirkten, während nur der kleine Wasserlauf der Straße entlang Farben und Licht einzufangen vermochte, war jeder Gedanke an Heiterkeit, wie sie seiner Bemerkung in der Nacht gefolgt war, in weiter Ferne.

Was blieb, waren rund 120 Gramm Gewichtsdifferenz, mit der er zwar leben und arbeiten konnte, die sich aber dennoch anfühlten wie ein Fremdkörper.

Sie gingen von der Kreuzung, an der sie den Wagen abgestellt hatten, in lockerer Gruppierung in Richtung Wald und Haupteingang der Anlage, der von ihrer Position und gemäß Information von Rachmanowitschs Leuten rund einen Kilometer nördlich lag.

Auf Brun wirkte die Wandergruppen-Szenerie authentisch. Sava marschierte, auf Nouriel einredend, an der Spitze der kleinen Gruppe. Ab und zu wandte sie den Kopf, ließ den blonden Zopf fliegen und rief etwas nach hinten, das von Joaf, Boas oder Jezreel kommentiert wurde. Brun bildete zusammen mit Piet die Nachhut. Es wurde rasch heller jetzt.

Irgendwann rief er nach vorne. Sava hielt an, die Gruppe kam zum Stehen. Brun deutete nach rechts in Richtung einer lockeren Gruppe sehr hoher Bäume, die weiter nördlich in dichteren Bewuchs und macchia-artigen Wald überging. Der Drohnenkamera bot sich, als der Apparat angeflogen kam, das Bild einer beratschlagenden Wandergruppe, die sich im schwindenden Zwielicht des frühen Morgens mit jeder Sekunde deutlicher von der Umgebung abhob. Sieben helle Gesichter wandten sich gen Himmel. Handys und Winkbewegungen waren auszumachen, von lautem Rufen, Lachen und Posieren begleitet.

Erneut machte die Flasche die Runde, und man entschied sich, das kurze Stück Wiese trotz des hoch stehenden nassen Grases zu überqueren und den Weg in den Wald auf diese Weise abzukürzen.

Brun sah, wie Savas Hand kurz Nouriels Ellbogen berührte. Er ging zu schnell für den Menschen, den er darzustellen hatte. Er verlangsamte prompt seinen Gang, legte den Arm um Sava, zog sie seitlich an sich und drückte ihr einen Kuss aufs Haar.

Von hinten kam Gejohle.

Es dauerte eine gefühlte Ewigkeit, bis sie den Waldrand erreichten. Ein weiterer Zwischenhalt und erneutes Beratschlagen folgten. Piet streckte nach einem Blick auf die Uhr Zeige- und Mittelfinger aus: Nur zwei Minuten hatten sie vom Auto bis hierher gebraucht. Zeit war ein Luder und die unzuverlässigste Gefährtin im Einsatz.

Der Apparat flog erneut über sie hinweg. Brun zündete sich eine Zigarette an, Piet setzte sich auf einen Stein, Sava wühlte in ihrem Korb, die anderen reichten sich die Flasche weiter. Was aussah wie eine weitere Pause, war die Inbetriebnahme und der letzte Test der Funkgeräte. Die zwei Minuten, bis sie zwischen den großzügig verteilten Bäumen ausschwärmten, dehnten sich ins Endlose.

Als es endlich so weit war, hielten sie vereinbarungsgemäß rufend Kontakt, wie man es von einer solchen Freundesgruppe erwarten konnte. Erst als die Distanzen größer wurden, verstummten die Stimmen. Nur ab und zu war noch ein Ruf, ein kurzes Lachen zu hören.

Nach ungefähr dreihundert Metern ging der lichte, hohe Baumbestand in dichten Bewuchs über, und sie teilten sich auf. Boas, Joaf, Jezreel und Nouriel gingen geradeaus weiter, während Brun, Sava und Piet nach Osten schwenkten, um in einer Art Zangenbewegung von der anderen Seite an das Gelände der Anlage heranzukommen.

Während Brun neben Piet und Sava unter dem immergrünen Blätterdach einer Gestrüppformation aus den Funktionsklamotten schlüpfte, signalisierte ihm ein Blick zurück an den Waldrand, dass es dort draußen jetzt taghell war. Mit ruhigen, aber zügigen Bewegungen halfen sie sich gegenseitig mit der Tarnung. Blätter, Äste, Grasbüschel wurden befestigt, Tarnschminke aufgetragen, Körbe und Klamotten unter einer Laub- und Moosschicht versteckt.

«Bereit», drang Joafs Stimme durch das Headset.

«Bestätige», antwortete Brun nach einem Blick auf Sava und Piet.

«Mic», ergänzte Joaf, was bedeutete, dass Brun schlecht zu verstehen sei. Brun rückte das Mikrofon zurecht und setzte sich geduckt und geräuschlos in Bewegung.

In der Nacht hatten sie sich zum Vorrücken in umgekehrter V-Formation entschieden. Einer würde die Vorhut bilden, die zwei beziehungsweise drei anderen mit Verzögerung, aber in Blickweite folgen, was bei dichtem Blattwerk eine eher kurze Distanz bedeutete.

Hier im Wald unter unzähligen Stockwerken von Ästen und Zweigen, deren Dach das ausladende Geäst von Eukalyptusbäumen bildete, war es noch fast dunkel. Brun war noch keine zwanzig Meter vorgerückt, als Sava und Piet bereits ihre Positionen einnahmen und folgten.

Bis zur Umzäunung des Geländes mussten es von ihrem Standort aus noch rund fünfhundert Meter sein. Und da war er wieder, der Moment, in dem Bruns Gehirn auf Einsatz umstellte. Der Moment der Schwerelosigkeit und Unverwundbarkeit, der Moment des alles Hörens und alles Sehens. Der Moment, in dem er wusste, dass er von jetzt an alles tun würde, was notwendig war. Egal, was.

Rechts über ihm flogen laut flappend ein paar Vögel auf. Er tippte auf wilde Tauben. Die Flügelschläge laut wie Schüsse. Gleichzeitig registrierten seine Augen jeden Ast, jedes Blatt auf dem weichen feuchten Boden, und er fühlte, wie sein Atem und sein Herzschlag eins wurden mit seinen sorgfältig und doch blind platzierten Schritten.

Von links drang ein Rascheln an sein Ohr. Er hielt inne. Das hohle Pochen von Hufen. Sie mussten Rehe oder Hirsche aufgescheucht haben.

Weiter!

Vor ihm tat sich eine kleine Lichtung auf. Brun bedeutete Sava und Piet, dass er sie rechts umgehen würde.

«Sichtkontakt, hundertfünfzig Meter», meldete Joaf.

«Negativ», antwortete Brun.

Er warf einen Blick auf die Uhr. Sie waren gut in der Zeit. Jetzt hatte er die Lichtung in seinem Rücken. Keine hundert Meter vor sich nahm er im Zwielicht verschwimmend die Maschen eines Zauns wahr.

«Sichtkontakt», meldete er seinerseits. «Hundert Meter.»

Er legte sich flach auf den Boden und verharrte regungslos.

Fünf Minuten würden sie nichts anderes tun als warten, hören, beobachten. Alle Sinne auf das Äußerste gespannt, um etwaige Zeichen von Leben und Geschäftigkeit zu registrieren. Und sei es nur das Hecheln eines Hundes oder das leise Summen einer automatisch schwenkenden Kamera. Der Geruch des Waldbodens hüllte ihn ein wie etwas lebendig Schützendes. Etwas stach ihn in die Haut zwischen den schwarzen Handschuhen und dem Ärmel. Der Stich war Teil des Waldes. Außerhalb seiner selbst. Auf dem Bauch liegend und auf die Ellbogen gestützt, setzte er sich in Bewegung.

«Hundert Meter», meldete Joaf.

Hinter sich hörte Brun ein Knacken. Piet hatte einen Ast erwischt. Das Geräusch wurde vom singenden Tschilpen eines Vogels übertönt. Und als wäre es ein Signal gewesen, schien der Wald zu erwachen: Innerhalb von Sekunden breiteten sich Vogelgesang und Gezwitscher aus, als würde eine vierte Dimension in die Szenerie einbrechen. Gleichzeitig barst, was nichts als Stille war, Sicht und Spannung, in Stücke: Aus Richtung drei Uhr, von dem unbefestigten Weg her, der das ganze Gelände umrundete, drangen Stimmen an Bruns Ohr. Gelächter.

«Wir kriegen Besuch», meldete er über Funk.

«Die Kavallerie?», fragte Joaf.

«Negativ. Sieht nach Zivilisten aus. Wanderer», antwortete Brun, als die Leute endlich in sein Sichtfeld kamen. Durch Geäst und Blätter hindurch sah er auf diese Distanz nicht viel mehr als die farbigen Spickel ihrer Kleidung. «Wir warten», ergänzte er.

Was er nicht sagte, von dem er aber wusste, dass jeder seiner Leute es dachte: *Und sehen, was passiert.* Bei Einsätzen gab es immer Unvorhergesehenes. Dinge, die alles verändern konnten. Zum Besseren oder zum Schlechteren. Hier und jetzt war beides möglich.

Unfreiwillig und ohne es zu wissen bildeten die Wanderer eine Vorhut. Eine Art Erkundungstrupp, der ihnen Informationen liefern würde. Was daraus erwuchs – eine perfekte Ablenkung oder aber eine erhöhte Alarmbereitschaft der Leute auf der anderen Seite des hohen Zauns –, das musste sich erst noch zeigen. «Kein Sichtkontakt mehr», meldete Brun, als der letzte Farbfleck auf zehn Uhr verschwand und ihm kein weiterer folgte.

«Sie kommen in eure Richtung.»

«Wir warten», meldete Joaf seinerseits.

Zusammen mit Jezreel, die zwei Meter links von ihm in einer Erdkuhle lag, hatte er die Position an der Spitze des kopfstehenden V's inne. Nouriel und Boas verharrten am Ende der Schenkel in zirka 70 Metern Distanz. Der Wald war hier nicht der Dschungel, den Brun, Sava und Piet auf der östlich an die Anlage grenzenden Seite vorgefunden hatten. Dünne Strunke und nur kniehoher zarter Bewuchs gaben Auskunft darüber, dass an dieser Stelle gerodet worden war.

Kurz hatte Joaf überlegt, nach Westen abzuschwenken, sich aber dann dagegen entschieden. Dafür fehlte ihnen die Zeit. Sie mussten wohl oder übel mit der Deckung arbeiten, die der Blätterteppich, Bodenformen und Bäume ihnen boten.

Mit dem unerwarteten Auftauchen der Gruppe erwies sich der vermeintliche Nachteil als Glücksfall: Von ihrer Position aus hatten sie eine hervorragende Sicht auf den Rundweg und das Geschehen.

Mit knappen und langsamen Bewegungen holte Joaf das kleine Fernglas aus der Tasche seitlich am Oberarm. Ein Blick aus dem Augenwinkel auf Jezreel sagte ihm, dass sie die Ecke, um die die Gruppe biegen würde, bereits im Visier hatte.

«Da sind sie», sagte sie leise in dem Moment, als er das Monokular ans Auge hob.

«Haben Sichtkontakt», meldete Joaf über Funk. «Sieben Personen. Gehen weiter in Richtung Haupteingang. Wir warten.»

Er hatte kaum zu Ende gesprochen, als ohrenbetäubend die erste Salve kam. Weitere folgten sofort. In Zehner- und Zwanzigerstößen aus vermutlich zwei Maschinengewehren wurde der Boden wenige Meter vor und hinter der Gruppe aufgepflügt. Erde spritzte, als wäre es Wasser.

«Was ist da los bei euch? Wer schießt da?», fragte Brun einigermaßen schockiert. Joaf konnte die Schützen nicht sehen, vermutete sie aber an erhöhter Position hinter dem Zaun. Jezreel fasste über Funk in Worte, was ihm im selben Moment klar wurde:

«ARES schießt auf die Gäste. Aber es scheint nur Abschreckung zu sein. Kein direkter Beschuss.»

Nach den ersten Sekunden der Lähmung, in der sie nichts weiter getan hatten, als verständnislos auf die Quelle der Geräusche und die Einschussstelle zu starren, kam panisches Leben in die Wandergruppe: Schreie waren zu hören. Zwei von ihnen duckten sich, die Arme über dem Kopf, eine Person warf sich zu Boden, eine dritte brüllte sie an, zerrte an einem Anorak und zeigte in Richtung Wald.

«Granate!», meldete Joaf, als ihm das vertraute und verhasste Pfeifen ans Ohr drang. Als gleich darauf zwischen ihm und der Wandergruppe eine Wagenladung Erde in die Luft katapultiert wurde, gab er Entwarnung.

«Bestätige vorherige Beobachtung: Die wollen nicht treffen. Sieht aus, als wollten sie sie nur vom Gelände haben.»

Eine weitere Granate folgte. Sie krepierte ungefähr fünfzig Meter von ihnen entfernt an einem Baumstamm und zerfetzte ihn. Persönlich nahmen weder Joaf noch Jezreel die Situation allzu tragisch. Wer in seinem Leben Monate unter Artilleriefeuer verbracht hatte, konnte gar nicht anders. Ihre Sorge galt einzig diesen sieben Zivilisten, die in wilder Panik vor dem zu fliehen versuchten, was in ihren Augen keine Spur irgendeiner bekannten Ordnung mehr aufwies, sondern reines Chaos, die Hölle war.

Der einzige Weg, der nicht unter Beschuss genommen wurde, war eine Schneise von rund zwanzig Metern Breite. Ein Streifen, der direkt auf Joaf und Jezreel zuführte.

Zwei der Männer der Gruppe schienen einen verhältnismäßig kühlen Kopf zu bewahren, die Situation richtig einzuschätzen und diesen Ausweg zu erkennen. Sie rissen ihre panischen Freunde auf die Füße und mit sich in den Wald hinein. Keine zwei Meter hinter ihren Füßen mähten die Salven aus den Maschinengewehren das Blattwerk, das nach allen Seiten spritzte. Spätestens jetzt musste auch ihnen klar sein, dass hier nicht getötet, sondern nur vertrieben werden sollte.

Joaf traf die Entscheidung in Sekunden. Als der Mann, der der Gruppe vorausging, keine drei Meter von ihm auf seiner Höhe anlangte, stellte er ihm blitzschnell seitwärts rutschend ein Bein, warf sich auf ihn und nahm ihn in den Würgegriff.

«Seien Sie still», zischte er ihn auf Spanisch an. «Hören Sie mir nur zu. Ich drücke Ihnen jetzt einen Autoschlüssel in die Hand. Gehen Sie von hier aus weiter geradeaus. Wenn Sie aus dem Wald kommen, gehen Sie in Richtung Südost quer über die Wiese. Am Ende der

Wiese steht ein Wagen. Nehmen Sie ihn und sehen Sie zu, dass sie mit Ihren Leuten von hier wegkommen.» Und ihn freilassend: «Los jetzt – los, los, los!»

Sich rückwärts schiebend, zog Joaf sich in die Kuhle zurück, bevor der Rest der Gruppe folgte. Der Mann sprang auf die Beine, warf einen Blick über die Schulter in Richtung seiner Freunde, die jetzt aufschlossen. Niemand hatte etwas mitgekriegt. Für eine Sekunde suchten seine Augen noch den Mann, der ihn zu Fall gebracht hatte, und fanden ihn nicht mehr. Dann rannte er, seine Freunde antreibend, los.

«Was sollte das?», fragte Jezreel.

Anstatt nur ihr zu antworten, tat Joaf es über Funk:

«Habe gerade unseren Wagen verschenkt. Sagt, was ihr wollt, Leute, aber ich will diese Spaziergänger so weit wie möglich von hier weghaben.»

«Alles klar», klang Bruns Stimme neutral zurück. «Wir geben ihnen zehn Minuten.»

«Verstanden», bestätigte Joaf.

Erst jetzt realisierte er, dass die Maschinengewehre verstummt waren. Es war bloß sein Gehör, das den sonoren Klang der Feuersalven weiter in Wellen an sein Gehirn weitergab.

Jezreel fasste leise in Worte, was er im selben Moment dachte: «Dem Grunzen nach waren das M60er», sagte sie über Funk.

«Aus der Hüfte geschossen ohne Absicht zu treffen.»

«Bestätige», ergänzte Joaf. «Aber die Frage ist eine andere: Wir wissen von unseren Leuten, die hier waren, dass das nicht die Standardbegrüßung ist, die unerwünschten Gästen normalerweise zuteil wird. Entweder haben die Leute hinter dem Zaun also ihre Gepflogenheiten seit Februar geändert, oder aber ...»

«... sie haben uns erwartet», beendete Piet den Satz.

Bevor jemand auf die Möglichkeit, die alles veränderte, reagieren konnte, erschütterte eine Explosion aus der Richtung, in der ihr Wagen stand, die sie umgebende Luft.

Boas und Nouriel, die hinter Joaf und Jezreel auf ihren Positionen lagen, sahen sich an. Ahnend und doch nicht ahnen wollend. Nouriel nickte.

«Wir sehen nach», meldete Boas und folgte Nouriel, der sich kriechend bereits in Richtung Waldrand bewegte.

Eine weitere Explosion folgte. Dumpfer ihr Klang diesmal. Die Sekunden gerannen zu etwas Klebrigem, das für den normalen Menschen bewegungslos liegend nur schwer zu ertragen wäre. Den fünf Leuten, die zurückblieben, bereitete es jedoch keine Schwierigkeiten. Einsätze sind eine einzige große Warterei. Man musste nur verstehen, dass Warten nicht gleichzusetzen war mit dem passiven Erwarten äußerer Ereignisse, sondern damit, aktiv an Ort und Stelle zu bleiben. Dabeibleiben.

Dieser Unterschied bedeutete alles. Wer das verstand, erkannte, dass Warten zum Wichtigsten im Leben gehörte und dass das Wichtigste oft ein Warten war: Lieben, Vertrauen, Hoffen, Glauben, Treue, Loyalität. Alles Formen des Bleibens und damit des Wartens. Starke Menschen wissen zu warten. Schwache wechseln Standpunkte und Standorte in Funktion von Befindlichkeiten und glauben, es sei aktive Freiheit, was in Wirklichkeit bloß passives Getriebensein bleibt und lebensgefährdend sein kann.

Als die Funkverbindung erneut zum Leben erwachte, war im ersten Moment nicht klar, ob die Geräusche der Technik oder dem Menschen, der sie bediente, geschuldet waren. Das verwischte Knacken entpuppte sich als unterdrücktes Keuchen. Nouriel. Seine Stimme verriet aller ruhigen Professionalität zum Trotz äußersten Druck.

«Die haben den Wagen gesprengt. Das war ein Hinterhalt.» Und nach einer kurzen Pause: «Die dachten, das seien *wir.* Herrgott! Was ....?»

Jetzt waren Schüsse zu hören. Leise nur, aber deutlich. Keiner hakte nach.

Warten. Einmal mehr.

Dann erneut Boas' Stimme:

«Die haben gerade einen der Männer erschossen. Achtzehn Schuss. So wie's aussieht, sind wir jetzt offiziell alle tot.»

Bruns Stimme verriet keine Regung, als er den Befehl zum Abbruch des Einsatzes und der Funkverbindung gab.

«Wir sehen uns zu Hause. Abklemmen jetzt.»

«Bestätige», meldete Joaf nach einem Blick auf Jezreel, die nickte.
«Bestätige.» Boas.
«Bestätige.» Piet.

✦ ✦ ✦

Berlin, Chausseestraße
«E ID7 Splashed», lautete die Nachricht, die gegen Mittag desselben Tages auf dem alten Handy des Chefs des Bundesnachrichtendiensts, Peter Juchatz, mit einem Summen einging. Er wusste nicht, wer sie schickte. Das Kommunikationsnetz, das sich zum Zweck des Spurenverwischens rund um ARES schlang, war derart verwickelt und verzweigt, dass er es längst aufgegeben hatte, Nachrichten bekannten Personen zuordnen zu wollen.

Wie jedes Mal, wenn er sicherheitshalber die Liste der Abkürzungen und Funkcodes auf den Bildschirm holte, um jedes Missverständnis auszuschließen, kam er sich wie ein Idiot vor. Auch diesmal wäre es nicht nötig gewesen. «E» stand für Spanien, «ID7» für Identifikation des Ziels – sieben Personen – und «Splashed» für die Zerstörung des Ziels und dafür, dass sieben Menschenleben bestens organisiert ein Ende gefunden hatten. Auf seinen Befehl hin.

Etwas in ihm brach sich Bahn. Er hörte ein betäubendes, sich steigerndes Summen und fühlte Schweiß in Strömen an seinen Schläfen und an den Seiten hinunterfließen. Das war's vermutlich, dachte er. Ich sterbe. Dann ließ es ihn los und vollkommen leer auf dem Ledersessel an seinem Schreibtisch zurück.

Als das Bewusstsein wieder einsetzte, war es erst nur instinktives Sich-Vergewissern. Eine Art vollautomatische Bestandsaufnahme seiner Körperfunktionen. Erst danach stellte sich das bewusste Denken wieder ein.

Mit Händen wie Bleiklötze fuhr er sich durch das dichte Haar und wischte weg, was ihn mehr als der Anfall selber irritierte: das Gefühl tiefer Enttäuschung darüber, noch da und nicht davongekommen zu sein. Er rief sich unter Aufbietung seiner ganzen Kraft – und die war in seinem Fall immer noch beachtlich – zur Ordnung. Nichts hatte sich verändert. Es war bloß näher gerückt. Damit war umzugehen.

Entschlossen stand er auf, durchmaß den Schwindel, der ihn befiel, mit einem Schritt und trat ans Fenster seines Büros im obersten Stock der Nachrichtendienstzentrale an der Chausseestraße. Er holte das andere Handy hervor, scrollte nach Grabowskys Nummer, tippte sie an und hob das Gerät an sein Ohr.

Während er der Leere des Verbindungsaufbaus lauschte, streifte sein Blick über die sonnenbeschienene Idylle, welche direkt hinter dem Sicherheitszaun westlich des BND-Geländes entstanden war. Offenes Flussbett, Spazier- und Radwege, ein Spielplatz. Er ließ zweimal klingeln und unterbrach die Verbindung. Kurz folgten seine Augen einem Spaziergänger mit Hund.

Dann verstand er, was anders geworden war und was ihn vorhin gegen seinen Willen aus der Spur geworfen hatte. ARES rückte nicht nur näher, sondern war dabei, in seine Welt einzudringen.

Der in Auftrag gegebene Tod von sieben Menschen seines eigenen finsteren Gewerbes, von Kollegen also, war etwas anderes als das nützliche Ableben irgendeines Buchhalters oder Fahrers. Mit einem Schlag hatte ARES seinen Strategiespiel-Charakter verloren und war dabei, den Schatten einer grausamen Realität über die Zukunft zu werfen. Was bisher anonyme Manövriermasse gewesen war, unpersönliches Menschenmaterial, das unter den Uniformen von Antifaschistischer Aktion, Schwarzem Block, Polizei, Gelbwesten oder SEK je nach Bedarf zur Stiftung maximaler Spaltung disponiert und hin und her geschoben wurde, war zum ersten Mal ohne Kostümierung in Erscheinung getreten. Zwar nur in Spanien und abseits jeder Öffentlichkeit. Aber trotzdem – es war eine Art Geburt, bei der ein Monster das Licht der Welt erblickt hatte. Ein Monster, das früher oder später hungrig und nicht zögern würde, auch jene zu fressen, die es ritten, sobald sie versuchten, von seinem Rücken herunterzusteigen.

Sein Handy, das er immer noch in der Hand hielt, signalisierte summend den Eingang einer Nachricht: «BSKW18».

Die Mitteilung kam von Sibel. Basel war plangemäß von Mitte August auf Kalenderwoche 18 Anfang Mai vorverlegt worden. Das wäre der Moment, in dem ARES auch auf den Straßen Realität würde. Eine von den Menschen willkommen geheißene Realität. Erst viel später würden sie erkennen, was es war. Dann, wenn sie begriffen, dass das, wovor sie nach Schutz geschrien hatten, ihre Freiheit gewesen, und der Schutz, den sie erhielten, im besten Fall Knechtschaft war.

In diesem Moment traf Peter Juchatz die Entscheidung, die, ohne dass er es sich eingestanden hätte, seit Wochen in ihm reifte: Es war an der Zeit, sich außerhalb der Reichweite des Monsters zu begeben.

✦ ✦ ✦

Berlin, Händelallee

Punkt neun Uhr betrat Nik Horn den Empfangsbereich der «Unity-Bank» als sein altes Ich, das Piet in der vergangenen Nacht treffend als Investmentgott und größenwahnsinnigen halbirren Totschläger beschrieben hatte. Ein erstklassiger Schweizer Kackstiefel aus der Bankenszene der Jahrtausendwende. Arrogant, instinktsicher, kompetent, süchtig nach dem Kick-Erlebnis, das sein Job bis zu einem gewissen Grad immer bot, und in maßgefertigte Perfektion gekleidet. Ein Mann, für den das Bestellen eines Drinks je nach Laune ebenso ein «All in»-Spiel sein konnte wie die Platzierung einer Milliarde an Kundengeldern.

Dem Nik Horn, der an den Tresen trat, schien es indes heute nicht zum Spielen zumute zu sein. Weder sah er die Frau dahinter an, noch hielt er eine Begrüßung für notwendig.

«Horn» war das Einzige, das er, den Blick nicht vom Handydisplay wendend, sagte, als säße da kein Mensch, sondern ein Apparat.

In seinem Innern bot sich ein anderes Bild. Er vibrierte. Blutdruck und Herzfrequenz waren erhöht, die Bronchien erweitert, der Blutzuckerspiegel auf einem Level, der jedem Diabetiker den Angstschweiß auf die Stirn getrieben hätte. Das gute alte Spiel. Es war wie Radfahren – man verlernte es nie. Und gleichzeitig und ebenso stark war da noch etwas anderes in ihm: Dankbarkeit darüber, es normalerweise nicht mehr spielen zu müssen. Raus zu sein. Entkommen.

Aus dem Augenwinkel nahm er die Bewegung der Frau wahr, die irgendwo im Hintergrund verschwand. Jetzt nahm er den Raum in Augenschein. Die Möglichkeit, bereits hier den Versuch zu unternehmen, den Stick anzubringen, verwarf er sofort. Die Frau käme viel zu rasch zurück, um zu melden, Herr Erhardt erwarte ihn jetzt. Das taten sie immer, wenn man nur ekelhaft genug war.

Er müsste es anderswo versuchen. Irgendwie.

Sein Herz hämmerte, und es kostete ihn beachtliche Mühe, ein Lächeln zu unterdrücken, als die warme Stimme der Empfangsdame an sein Ohr drang.

Er hob den Kopf, sah sie an, als wäre sie ein Fleck auf einem weißen Sofa. Dann folgte er ihr einen kurzen Flur entlang. In der Art einer Politesse blieb sie, mit dem Arm die Richtung weisend, neben der geöffneten Tür zu einem Konferenzraum stehen. Als er eintrat, machte sie den ersten Fehler: Sie schloss ohne weiteren Kommentar die Tür hinter ihm. Wäre sie ein Habitué gewesen im Umgang mit solchen Leuten, wie sein altes Ich es war, wäre sie in das Spiel eingestiegen, das stets auch eine Art Kräftemessen zwischen oberen und unteren Chargen, zwischen den Superstars und dem Personal war, bei dem es darum ging, maximale Geringschätzung mit maximaler Eleganz, Zuvorkommenheit und Professionalität niederzuringen.

Wer oder was diese Frau hier auch immer war: Sie hatte keine Ahnung von dem Spiel. Was wiederum bedeutete, dass die «UnityBank» alles Mögliche war – aber nichts, was den Umgang mit Leuten wie ihm zum Tagesgeschäft zählte.

Das Sitzungszimmer hatte trotz teurer Möblierung der Marke «USM Haller» etwas Abgenutztes an sich. Sogar die Luft, die man atmete, schien vergilbt zu sein.

Der Schwung, mit dem der Chef der UnityBank, Guido Erhardt, kurz darauf eintrat, wollte nicht passen. Weder zur Schlagersänger-Föhnwelle über seiner Stirn noch zu dem Raum, der dem Glanz der Ausstattung zum Trotz den totalitären Charme sowjetischer Bürokratie ausstrahlte. Die Worte und der Ton, mit denen er Horn begrüßte, waren allerdings ganz die des hauptberuflichen Egomanen:

«Nik Horn», rief er, als wäre das Treffen hier nicht ein vereinbarter Termin zwischen Leuten, die sich nur vom Hörensagen kannten, sondern ein zufälliges Treffen von Kollegen im Aufzug der Konzernzentrale. «Wieder unter den Lebenden? Ich dachte, Sie wären abgetaucht in irgendeinem Nest in … Dingsda …»

«Ja – ich war eine Weile in …», hob Horn an, kam aber nicht dazu, den Satz zu beenden.

«Und? Wie war's? Alles senkrecht in der Provinz?», spulte Erhardt das Vorspiel ab, das Horn selber tausende Male durchexerziert hatte. «Wie geht's der Familie? Frau und Kinder wohlauf?»

Ohne überhaupt Anlauf zu einer Antwort zu nehmen, erwartete Horn schon das obligate «Lassen Sie uns mal zum Lunch gehen» zu hören, mit dem die vollkommen inhaltsleeren Gespräche in Fahrstühlen und Bürofluren unter «Kollegen» gerne beendet wurden. Aber Erhardt war offenbar der Meinung, des Vorspiels sei nun genug und man könne jetzt zum Geschäftlichen übergehen.

«Sie sind also in Sachen ‹Unkonventionelle Platzierung› unterwegs. Luc Haldemann hat sich Ihretwegen ganz schön ins Zeug gelegt. Keine Ahnung, was der Mann Ihnen schuldet, aber ich möchte nicht in seiner Haut stecken.»

Erhardt ließ ein freudloses Lachen anklingen, das seine Gesichtszüge nicht erreichte.

«Aber um gleich etwas klarzustellen», fuhr er fort, «ich habe keine Zeit zu verlieren und – so, wie ich Sie einschätze – Sie auch nicht. Sprechen wir also Klartext: Von welchen Summen ist die Rede? Und vor allem: von welcher Art Geld? Sehen Sie, die Sache ist die: Man sagt, je größer die Scheiße, desto dicker die Corporate-Responsability-Broschüren des in Frage stehenden Kreditdienstleisters. Wir haben keine Broschüren bei der ‹UnityBank›. Wäre viel zu teuer. Also? Worum geht es hier?»

Das war der zweite Fehler. Arroganz – ja. Größenwahn – ja. Aber das hier war mehr. Hier sprach nicht ein Spieler, der Eigenes im Feuer hatte, sondern ein Mann mit einer Mission, der über eine Versicherung verfügte, wie nur die reine Potenz sehr großer Macht sie bot. Und das war in der Regel: *staatliche* Macht.

Entgegen seines Plans entschied Horn in diesem Moment, der Vermutung Rechnung zu tragen und sich anzupassen. Das würde zwar nicht mehr mit dem Anruf übereinstimmen, den er mit Lorenz zu Irritationszwecken vereinbart hatte, aber auch das konnte ein Vorteil sein. Je größer die Verwirrung würde, die Lorenz anrichtete, umso länger würde man ihn allein lassen, um sich Klarheit zu verschaffen. Abgemacht war, dass Horn einen privaten Investor anschleppte, der nicht angeschleppt werden wollte, und Lorenz sich als dessen Mitarbeiter ausgab, der klarmachte, dass Horn hier nicht ein Mandat wahrnehme, sondern auf eigene Faust handle.

«Die Sache ist nicht ganz einfach», hob Horn an und hielt inne.

Diesmal unterbrach ihn Erhardt jedoch nicht, sondern fixierte ihn in einer Art nach innen gewandter Konzentration, die alles Gehabe mit einem Schlag wegfegte und Nik Horn bestätigte, was er gerüchteweise in Erfahrung gebracht hatte: Dass nämlich alles an Guido Erhardt bewusst oder von Natur aus darauf ausgelegt war, unterschätzt zu werden, während hinter der Schmachtlockenstirn die Brillanz eines kristallklaren und messerscharfen Verstandes tickte.

Horns Job war es, das Kunststück fertigzubringen, diesem Mann den Eindruck zu vermitteln, er ließe sich von dem Gehabe überzeugen, unterschätze ihn wie die meisten, während er in Wahrheit nichts anderes tat, als sich, so gut es ging, hinter den in aller Eile aufgeworfenen Wällen von Hinweisen und vagen Andeutungen zu verschanzen.

«Es geht um eine Summe im Bereich von anderthalb Milliarden Dollar, die über die nächsten zwei Jahre tranchenweise investiert wird, aber in nützlicher Frist abrufbar bleiben muss», fuhr er fort.

«Wovon sprechen wir bei einer nützlichen Frist?», hakte Erhardt nach.

«Zwei, maximal drei Monate», präzisierte Horn. «Das Ganze wenn möglich in Anlagen, die nicht nur privates Gelände mit einbeziehen. Luc sagte mir, Sie seien in solchen Fällen der richtige Ansprechpartner. Was ich an Corporate-Responsability-Verlautbarungen über Ihre Firma in der Presse gefunden habe, bestätigt diesen Eindruck.»

«Das kommt drauf an», wandte Erhardt ein. «Wenn es um Rendite geht, die ‹privates Gelände›, wie Sie es nennen, nicht mehr abwirft, dann ja. Für alles andere – inklusive Wechsel vom Status des Kapitals – stehen wir von ‹UnityBank› nicht zur Verfügung.»

«Meinem Kunden geht es weder um Rendite noch darum, Geld zu waschen, wenn es das ist, was Sie andeuten. Sondern einzig darum, das in Frage stehende Kapital unbemerkt beziehungsweise erklärbar außerhalb eines regulären Kreislaufs zu schaffen. Und zwar – wie gesagt – so, dass es jederzeit in kurzer Frist abrufbar ist. Das ist das Einzige, wofür er eine Garantie will.»

«Ihr Kunde möchte also über die ‹UnityBank› ein Paket an Notleidenden Krediten mitsamt der Garantie kaufen, sie jederzeit in kurzer Frist und gegen Liquidität an die EZB weiterverkaufen zu können?»

«Ich habe von verschiedener Seite gehört, das sei das Kerngeschäft der ‹UnityBank›?»

«Das ist richtig. Das Problem ist die Summe. Sie ist zu groß, um sie im Fall eines privaten Investors …»

«Es ist kein privater Investor», unterbrach Horn.

«Ein Staatsfonds?»

«Nennen Sie es, wie Sie wollen. Für meinen Kunden stellt es eine Art strategische Reserve dar. Für seine Person ebenso wie für das Schicksal von etwas weit Größerem. Ich werde Ihnen hier nicht erklären müssen, dass die Grenzen zwischen privat und nicht-privat längst verwischt sind. Bloß, dass es in diesem Fall offiziell, sagen wir, Teil der Staatsform ist.»

«Wenn Sie ‹offiziell› sagen …», hob Erhardt erneut an, hielt inne und formulierte neu: «Gehe ich richtig in der Annahme, dass Sie damit nicht das landläufige Selbstbedienungs-Gebaren von Vertretern und Repräsentanten sogenannter Demokratien meinen?»

«Richtig.»

«Okay.» Erhardt blickte an Horn vorbei in die blaue Leere hinter dem Fenster, und Horn schien es, als könne er regelrecht die Häkchen sehen, die Erhardt neben die kleine Auswahl absoluter Monarchien setzte, auf welche die Beschreibung des Kunden zutraf. Nebst einem Sultanat und einem unterentwickelten Königreich zwischen

Südafrika und Namibia blieben vier arabische Emirate und der Vatikan stehen.

«Okay», wiederholte Erhardt schließlich, nachdem er die Liste der Kandidaten mit Horn und dessen Ruf und Renommee abgeglichen zu haben schien. «Damit kann ich für den Moment leben.»

Und den Blick erneut auf Horn heftend:

«Die Betonung liegt auf ‹für den Moment›, Horn. Ihr Kunde, ob er es will oder nicht, wird einem Treffen zustimmen müssen. Tut mir leid. Geschäftsphilosophie.»

Horn wollte gerade etwas von einem Probelauf sagen, davon, dass, bevor Verträge unterzeichnet würden, die Ware auf Herz und Nieren getestet gehöre und dass dies im beiderseitigen Interesse liege – als ohne vorheriges Anklopfen die Tür geöffnet wurde und die Assistentin, die keine richtige Assistentin war, den Kopf reinsteckte:

«Ein Gespräch für Sie, Herr Erhardt.»

Erhardt fuhr auf:

«Was genau an dem Satz ‹In der nächsten Stunde keine Anrufe› verstehen Sie nicht, Carla?», herrschte er sie an.

Sie zuckte nicht mit der Wimper, als sie antwortete, es sei wichtig. Vielleicht war sie doch eine richtige Assistentin.

«Bitte entschuldigen Sie mich», sagte Erhardt, während er bereits im Aufstehen begriffen war, und ging in Richtung Tür.

Ab jetzt zählte jede Sekunde.

Horn stand ebenfalls auf.

«Toilette?», fragte er, als der Blick der Assistentin den seinen kreuzte.

«Hier entlang. Bitte.»

Er folgte ihr und nahm einen imaginären Anruf entgegen.

«Bis jetzt nicht», teilte er der stummen Leitung mit im Wissen, dass die Assistentin jedes Wort an Erhardt rapportierten würde.

«Mal sehen», fuhr er fort, nachdem er dem Anrufer zugehört zu haben schien. «Bleibt alles ziemlich vage. Fad, um genau zu sein. Jedenfalls zu früh für den Champagner. Ich melde mich.»

Wieder schien er zuzuhören, während er beinahe mit der Assistentin kollidiert wäre, die in der bereits bekannten Politessen-Pose an einer weiteren Tür stehen geblieben war.

«Nein», sagte er abschließend und fixierte die Frau, ohne sie zu sehen. «Ich hatte es mir nach Haldemanns Info bloß anders vorgestellt. Bis dann.»

Sprach's, nahm das Handy vom Ohr, schien erst jetzt den Fokus seines Blicks so einzustellen, dass er die Frau wieder wahrnahm, und lächelte das um Verzeihung bittende und Verständnis heischende Lächeln, mit dem er fast jeden auf der Welt dazu bringen konnte, ihm alles zu vergeben und postwendend erneut für ihn durchs Feuer zu gehen.

«Entschuldigen Sie», sagte er. «Kunden …»

Und sich der Tür zuwendend: «Vielen Dank.»

Die Frau schien nicht zu der Sorte Feuergänger zu gehören und entfernte sich mit einem knappen Nicken.

«Ach», rief Horn in Richtung ihres harten Rückens: «Wäre es möglich, einen Kaffee zu bekommen?»

«Selbstverständlich», sagte sie innehaltend und ging weiter. Horn trat in die Herrentoilette, schloss die Tür hinter sich, ging zu einem quadratischen Waschbecken und wusch sich die Hände.

«Nichts Ausgeklügeltes», hatte der Alte, Valentin, vergangene Nacht gesagt. «Es muss so bescheuert einfach sein und von derart banaler Einfältigkeit, dass allein der Verdacht die Intelligenz jedes misstrauischen Menschen beleidigen würde. Keine Tricks, keine Hakenschläge, keine Verwegenheiten. Seien Sie einfach der selbstherrliche Idiot, der der Meinung ist, jedes Stück Boden, auf den er seinen auserwählten Banker-Fuß setze, gehöre ihm und sei heilig. Naturgesetz. Für alles andere haben wir nicht die Zeit.» Und ihn ins Auge fassend: «Ich glaube, das schaffen Sie.»

«Das glaube ich auch», hatte Horn gesagt, gelacht und zum ersten Mal in all den Jahren der Buße etwas gefühlt, das seiner Vorstellung von Frieden sehr nahe kam.

Der Alte, der über Antennen zu verfügen schien, die einem normalen Menschen abgingen, hatte kurz seine Hand auf Horns Schulter gelegt und genickt. Er hatte es gewusst.

Er trocknete sich die Hände mit einem der aufgestapelten gestärkten Frottee-Handtücher, fuhr sich kämmend mit den Fingern durchs Haar, gab sich einen Ruck, öffnete die Tür und trat auf den teppichbelegten Flur hinaus. Aber anstatt nach links in die Richtung, aus der er gekommen war, ging er, scheinbar auf das Display seines Handys konzentriert, nach rechts. Das Gerät ans Ohr drückend wie einer, der auf das Zustandekommen einer Verbindung wartet, machte er sich gleichzeitig daran, systematisch jede Tür links und rechts von sich zu öffnen und den Kopf in das jeweilige Büro zu stecken, als suche er jemanden.

Kein Verstecken, keine Tricks, keine Hakenschläge.

Was er dabei feststellte: Die Büros waren ausschließlich von Männern besetzt. Männer, die bei seinem Anblick nicht erstaunt oder fragend die Augen hoben, wie jeder normale Büromensch das tat. Es waren Männer, die, obwohl sitzend, den Eindruck des Herumwirbelns erweckten. Sprungbereit und als hätten sie die Hand an einer Waffe. Vor sich hatte jeder von ihnen mehrere Bildschirme.

Horn war zu weit weg, um zu sehen, was die Schriftkolonnen, Karten und Fotos darauf darstellten oder wiedergaben. Aber etwas wusste er sofort: Es hatte mit Geld, Banken und Börsen nichts zu tun.

Als er merkte, dass der Mann aus dem Büro, das er eben gecheckt hatte, in die Tür trat und Anstalten machte, ihm zu folgen, kam er ihm zuvor. Diesmal war *er* es, der herumwirbelte:

«Moment kurz», bellte er in das stumme Handy. Und herrisch in Richtung des misstrauischen Geschlechtsgenossen, der zu überlegen schien, ob er ihn ansprechen oder zusammenfalten sollte: «Gibt es hier irgendwo ein leeres Büro, wo ich in Ruhe telefonieren kann?»

In der Sekunde, bevor der Mann antwortete, fühlte Horn sein Herz in einer Art schlagen, von der er befürchtete, dass man es ihm ansah.

«Falsche Richtung», sagte der Angebellte schließlich, während er sich sichtlich entspannte und gegen den Türrahmen lehnte. Die Information wurde mit einem Daumenzeig den Flur entlang unterstrichen.

Die Arme ausbreitend, die Schultern ebenso wie die Augenbrauen hochziehend, starrte Horn den Mann an. *«Was?»*, sollte die Pantomime bedeuten. *«Sehe ich aus wie ein Spürhund?»*

Der Mann verstand, seufzte, drehte sich um, verschloss seine Tür und bedeutete Horn, ihm zu folgen, was dieser tat.

«Ja! Moment noch!», ließ Horn sein Smartphone wissen. Es klang, als würde er gleich zu brüllen beginnen.

Am Empfang stoppte der Mann und deutete mit dem Kinn quer durch den lichten und jetzt verwaisten Bereich. «Dort drüben. It's yours.»

«Danke», presste Horn hervor und steuerte in die angegebene Richtung.

«Nichts zu danken …»

Der ihm zugewiesene Raum war eine Art Abstellkammer. Erneut bestätigte sich ihm der Eindruck von vorhin: Was auch immer die «UnityBank» als ihr Kerngeschäft bezeichnete, es war mit Sicherheit nichts, das auf Kunden angewiesen war. Das war damit zumindest mal geklärt.

All das hier war eine Riesen-Show, die man ausschließlich für ihn veranstaltete. «Von mir aus gerne», murmelte er, machte auf dem Absatz kehrt und marschierte als der vor den Kopf gestoßenen Vertreter eines potenziellen Großkunden zurück zum Empfang, nahm hinter dem Tresen auf dem Stuhl der Assistentin Platz und sein Gespräch mit dem toten Apparat in der Hand wieder auf.

Während er abwechselnd zuzuhören schien und sprach, erhob er sich wieder und nahm, auf und ab gehend, jeden Millimeter des Arbeitsplatzes in Augenschein. Scheinbar abwesend strich er mit dem Finger über den Rand des Bildschirms, drückte, während er über den Managementwechsel eines kleinen kanadischen Silberverarbeiters referierte, eine Taste, setzte sich wieder.

Der Tower der Arbeitsstation mit den USB-Anschlüssen stand rechter Hand unter dem Tisch. So weit kein Problem – bis auf die Tatsache, dass Nik Horn den drei auf den Empfangsbereich gerichteten Kameras keinen Grund liefern konnte, in Kauerstellung daran herumzufummeln.

Radfahren, dachte er. Das verlernt man nie. Egal, wie weit weg du heute davon entfernt bist. Sei der Kerl, der dabei mitgeholfen hat, einen ehemals ehrbaren Beruf mit Hilfe der Politik auf der Wertigkeitsskala der Öffentlichkeit gleich nach den Kinderschändern zu platzieren.

Der Behälter mit den Kugelschreibern flog quer durch den offenen Raum an die Wand, die ihn vom hinteren Bereich abtrennte. Ein Hefter und ein Locher folgten mit lautem Knall. Einen Haufen Papiere und Dossiers ereilte träge segelnd dasselbe Schicksal.

Die Haare hingen Horn jetzt in die Stirn, als er, offensichtlich um Beruhigung bemüht, die Hand – zur Faust geballt – an den Mund hob und keuchend die Zähne in die Haut schlug wie einer, der mit aller Kraft versuchte, nicht durchzudrehen.

«Und warum genau hat er nicht verkauft?», presste er hervor und hörte kurz zu. Er sah aus wie einer, der dabei war, den Verstand zu verlieren. Genau richtig.

«Damit ist die Sache gelaufen. Sagen Sie ihm das. Chance vertan. Wir sind fertig und erwarten die Überweisung des vereinbarten Honorars. Ende. Aus.»

Weiteres Zuhören. Dann eine Art hysterisches Lachen:

«Ich soll was? Sagen Sie ihm, das könne er vergessen. Der Markt war nach dem neuerlichen Absturz so verdammt dünn, dass das – und nur das – der Moment gewesen wäre. Er hätte etwas bewegen können, sogar als der kleine magere Fisch, der er ist. Jetzt ist die Sache gelaufen. Die großen Jungs sind zurück, und wir sind raus.»

Zuhören. Er schien jetzt ruhiger zu werden, nahm das Chaos wahr, das er angerichtet hatte, blickte um sich wie einer, der erwischt werden könnte, und sah die Assistentin und zwei Männer, die ihn vom Flur her interessiert beobachteten. Er lächelte, sich ergebend, in ihre Richtung, hob die Schultern.

«Dann sagen Sie ihm, er soll unseren Vertrag hervorholen und nochmals lesen. Gründlich lesen. Und wünschen Sie ihm dann alles Gute für seine jämmerliche Zukunft.»

Noch während er das Handy vom Ohr nahm, drehte er sich um die eigene Achse und den drei Personen zu. «Tut mir leid, Leute. Ich bring das wieder in Ordnung.»

Sprach's, ging in die Hocke und machte sich daran, die überall verstreuten Schreibgeräte einzusammeln.

Die Assistentin gesellte sich zu ihm.

Und Nik Horn brachte das Kunststück zustande, im Abstand von kaum zwei Metern zu der Angestellten den USB-Stick am Tower der Arbeitsstation anzubringen.

Er griff gerade nach einem ganz hinten unter dem Tisch liegenden Kugelschreiber, als vier Hände wie Schraubzangen ihn an den Oberarmen fassten, hochrissen und umdrehten.

Guido Erhardt stand, die Hände in den Hosentaschen, da und betrachtete ihn nachdenklich.

«Nette Show, Horn. Ich schlage vor, Sie sagen mir jetzt, warum Sie wirklich hier sind.»

✦ ✦ ✦

Spanien, Provinz A Coruña

Brun wäre nicht Brun gewesen, sein Team nicht sein Team, hätte nicht jeder von ihnen nach dem eben erlebten Wahnwitz und nach Bruns Befehl zum Abbruch die Chancen abgewogen. Die Chancen, die auf der simplen Wahrheit gründeten, dass Wahnwitz im Leben wie in der Politik und im Krieg alle Vorteile der Überraschung gewährte.

Tatsache war: Für den Moment galten sie als tot. In die Luft gesprengt und erschossen von einem irren Haufen professioneller Psychopathen, für die das Intermezzo ein einziger großer Spaß gewesen zu sein schien.

Die Aufmerksamkeit auf beiden Seiten des hohen Zauns hatte sich mit dem letzten Schuss sehr wahrscheinlich halbiert, was für sie und für die nächsten Minuten mit einer Verdoppelung ihrer Bewegungsfreiheit gleichzusetzen war. Die Frage, die sich stellte, war also einzig die, ob diese Freiheit der Bewegung in Rückzug oder in ein Vorrücken übersetzt werden sollte.

Die Berührung der Hand, mit der Piet geräuschlos von hinten kommend dem flach an den Boden gepressten Brun sein Dasein signalisierte, war, was sie beide anbelangte, Antwort genug. Sie würden das maximale Nachlassen der Aufmerksamkeit, das ihrer Ausschaltung zwingend folgte, ebenso maximal ausnutzen.

Ein weiteres, kaum wahrnehmbares Anstupsen signalisierte Brun, dass Sava ebenfalls da war.

Er hob die Hand mit ausgestreckten Fingern: *Fünf Meter Abstand.* Dann setzte er sich, den Körper auf den Ellenbogen vorwärts ziehend, in Bewegung.

Fünf Meter, innehalten.

Wieder fünf Meter, erneutes Innehalten.

Ohne Zwischenfall brachten sie auf diese Weise hundert Meter hinter sich. Mit einer kaum sichtbaren Geste der rechten Hand deutete Brun nach rechts. Sie rückten jetzt parallel zum Weg, der das gesamte Gelände umrundete, vor. Ziel: eine Lücke, die den Blick auf die Anlage freigab.

Das Risiko bei der Sache war, dass es keine solche Lücke gab und dass sie hier nur Zeit verloren. Bestenfalls. Der Bewuchs so nah am Gelände war dicht, der Boden darunter feucht, Sicht quasi nicht mehr vorhanden. Bliebe das so, würden sie sich entweder wieder entfernen oder bereits hier näher herangehen müssen.

Plötzlich wurde es heller. Brun gab mit der geschlossenen Faust zu verstehen, dass Vorsicht geboten war. Durch die Stängel und Blätter vor sich sah er Leere. Eine lichte Fläche.

Piet und Sava schlossen zu ihm auf. Schulter an Schulter betrachteten sie die Szenerie. In dem Moment signalisierte ein sphärisches Summen das Näherkommen der Drohne. Während alle drei sich an den Boden pressten und hofften, das spärlich gewordene Blätterwerk gäbe genug Deckung und der Kerl, der die Bordkamera auswertete, sei im Ausstand oder gerade nicht bei der Sache, tastete Bruns Blick sich an dem Zaun entlang. Ein das Gittergeflecht unterbrechendes Rechteck gab den Grund für die regelmäßige Rodung der Stelle preis: eine Tür. Ein Dutzend Meter dahinter eine Holzbaracke.

Die Drohne entfernte sich, Brun atmete aus und erstarrte, als sie auf der Höhe der Hütte kehrtmachte und erneut auf sie zuflog.

Gleichzeitig war hinter dem Zaun Bewegung auszumachen. Zwei Männer traten aus der Baracke und kamen in Richtung der ins Gitter eingelassenen Tür. Einer zündete sich eine Zigarette an, der andere sagte etwas. Beide lachten.

Als sie am Gitter anlangten, zog der eine von beiden etwas, das an einem Band um seinen Hals hing, aus dem Kragen des schwarzen Overalls unter der Munitionsweste und hielt es vor sich in die Luft. Erst da sah Brun den kleinen quadratischen Kasten – ein elektronisches Schließsystem.

Die Männer traten heraus. Sie waren jetzt so nahe, dass Brun ihre Stimmen hören konnte. Ein paar Sekunden blieben sie stehen, nachdem sie die Türe hinter sich zugezogen hatten, und setzten sich dann gemächlich in nördlicher Richtung in Bewegung. Jeder hatte ein kurzes, leichtes Sturmgewehr im Arm. Die natürliche Selbstverständlichkeit, mit der sie die Waffen handhabten und die weniger ein Halten als ein Damit-verwachsen-Sein implizierte, ließ die Wahl zwischen zwei Möglichkeiten offen: dümmliche Fahrlässigkeit oder ein Leben in permanentem Einsatz. Brun tippte auf letzteres. Wenn ARES das war, was sich Stück für Stück im Nebel abzuzeichnen begann, dann war das hier nicht weniger als ein Sammelbecken der Besten aus den Reihen der Besten.

Die Distanz war zu groß, um Details zu sehen. Trotzdem war sich Brun ziemlich sicher, dass es sich bei den Waffen um M4-Sturmgewehre der Marke Colt handelte. Beide Männer trugen schwarze Army-Mützen mit kurzem Schirm, Schutzbrillen, Handschuhe und Beinholster. Die Frage, ob sie *trotz* der beiden, *mit* den beiden oder *unter Ausschaltung* der beiden weiter vordringen sollten, hatte sich damit erledigt: Diese Leute waren nicht zu Dekorationszwecken hier, und das Risiko, dass aus einer Extratour ihrerseits eine gewaltsame Erkundung wurde, war zu groß.

Im Bewusstsein, dass Sava und Piet denselben Gedankensträngen folgten, wischte Brun mit der flachen Hand über die Erde vor sich und zeichnete mit dem Zeigefinger ein auf der Ecke stehendes Quadrat. Es stellte die beiden Männer dar – den Feind.

«Zange», flüsterte er. «Hier» – Fingertippen an die obere Ecke des Quadrats – «und hier» – untere Ecke. «Sava, du gehst vor. Sieh zu, dass du vor die beiden kommst. Zehn, zwanzig Meter. Dann sagst du Hallo, und wir greifen von hinten zu. Wir folgen über Funk.»

«Roger!», antwortete sie, schaltete ihr Funkgerät ein und setzte sich in Bewegung.

Nach zwei Metern war sie zwischen dem Blattwerk verschwunden. Nichts war mehr zu hören außer ihrem Atem in Bruns Ohr. Er wandte den Kopf, sein Blick traf auf den von Piet. Sein kaum wahrnehmbares Nicken war ein Fragen, Bruns minimale Kopfbewegung und sein Zudrücken der Augenlider die Antwort.

Plötzlich war die Zeit verschwunden, zwanzig Jahre weggefegt, das Blätterwerk wurde zur Steinformation, die Äste zu stachligem niedrigem Gebüsch, der weiche Boden zu dürrem Gras, Galicien zu einem wogenden Ozean von Leere neben einer losen Gruppe ärmlicher Häuser im afghanisch-pakistanischen Grenzgebiet. Das war das letzte Mal, dass sie genau so nebeneinander gelegen und sich zugenickt hatten. Das letzte Mal, dass aus dem simplen Auftrag der Gewinnung von Schlüssel-Informationen ein Töten geworden war. Es waren nicht etwa Taliban gewesen, die Piet und er ausgeschaltet hatten, sondern eine Horde abgeschnittener Söldner, die es nicht dabei bewenden ließen, diskret zu ihrer Einheit zurückzufinden. Als sie verstanden hatten, was dort unten bei den Häusern vor sich ging, hatte Brun Piet angesehen, und dieser hatte genickt …

Es hätte genau wie damals auch heute nichts mit einer riesigen Wut zu tun über das, was sieben unbeteiligten Menschen soeben widerfahren war. Nichts mit dem Gedanken an Rache oder eine wie auch immer geartete Gerechtigkeit. Solches hatten sie beide längst als Illusion hinter sich gelassen. Als emotional-fantastische Variablen von Menschen, die den Krieg nicht kannten. Nein, es ging hier um Gleichgewicht. Um die Herstellung von Gleichgewicht. Nur das. Eine Art Naturgesetz, das Brun nicht in Worte zu fassen vermocht hätte.

Sie setzten sich ebenfalls in Bewegung. Brun voraus. Sein Kopf wurde leer, sein Denken weit. Gestochen scharf nahm er den Untergrund wahr, über den er kroch. Es war, als schaue er durch ein Mikroskop. Die Adern der Blätter, jedes nadelfeine Zweiglein, Erde, Ameisen, Sprösslinge, Moos. Jedes Geräusch schien von allen anderen abgetrennt und war deutlich zu hören: Piets leiser ruhiger Atem.

Vogelstimmen. Das Brechen winziger Äste unter dem Gewicht seines Körpers, das nicht mehr als ein flüsterndes Knistern war.

Plötzlich war vor ihnen lautes und anhaltendes Zwitschern zu hören. Es war Brutsaison, und Sava musste in die Nähe von Jungvögeln geraten sein, von denen das Elternpaar jetzt mit den ihm zur Verfügung stehenden Mitteln ablenkte.

Sava lag regungslos im dichten Modergeruch des Waldbodens. Über sich die rasch aufeinander folgenden und nervenzerrüttend schrillen Töne von zwei Altvögeln, die von ihrer Brut ablenkten. Unter sich ein querliegender Ast, dessen Ende sich ihr in die Hüftknochen bohrte. Und an jeder Hautstelle, die frei lag, Termiten. Sie hatte geglaubt, den Hügel weit genug zu umrunden, um genau das zu vermeiden.

Falsch geglaubt.

Aber all das war kein Malheur.

Es gab genau zwei Arten, mit solchen Dingen – Pfützen, Dornen, übelriechendem Zeug – umzugehen: Entweder man strich sie aus der Wahrnehmung. Oder man nutzte sie zu Konzentrationszwecken.

Die Frage beantwortete sich in diesem Moment von allein, und was Schmerz hätte werden können, rückte in den Hintergrund: Die beiden patrouillierenden Männer waren auf das Gezwitscher aufmerksam geworden und hatten innegehalten. Beide standen dem Wald und Sava zugewandt und tasteten mit den Augen die Untiefen des Grüns und der Schatten ab.

Sava ließ ihre Hand langsam an der Seite zum Oberschenkel gleiten, holte den Schalldämpfer aus der dort angebrachten Tasche, zog die Hand wieder hoch, nahm die Vorrichtung in die Linke, griff mit der Rechten erneut nach unten und holte ihre Pistole aus dem Holster.

Kaum sechs Stunden war es her, dass Nouriel und Piet sie gehänselt hatten wegen ihrer kategorischen Ablehnung eines sogenannten Drop-Leg-Holsters, das seitlich am Oberschenkel liegt.

«Bist du nicht der Hüfthalter-Typ?», hatte Piet lachend und mit Blick auf Nouriel gefragt, als sie verkündet hatte, dieses Ding käme für sie nicht in Frage und lieber würde sie sich die Pistole zwischen die Kiefer klemmen.

«Dünnes Eis», hatte Nouriel vom Tisch her gerufen, wo er sich anhand der mangelhaften Pläne und verschwommenen Fotos erneut die Infos des Geländes eingeprägt hatte wie ein Skirennfahrer bei der Streckenbeobachtung vor der Abfahrt. «Ganz dünnes Eis, mein Freund.»

Die Hände an den Hosenbund und den Reißverschluss legend, hatte Sava mit dem typischen Hüftschwingen, mit dem sich Frauen bei Bedarf aus jeder Art Kleidungsstück zu schlängeln verstehen, zur praktischen Beantwortung der Frage angesetzt.

Piet und Nouriel waren schlagartig verstummt, und sie hatte – jetzt ihrer vollen Konzentration gewiss – in ihrem Tun innegehalten, den Kopf in den Nacken geworfen und gelacht, wie nur sie lachen konnte.

«Das Problem mit diesem Holster ist, dass sich das Ding in meinem Fall immer selbständig macht», hatte sie schließlich gesagt, als hätte es keine Unterbrechung gegeben. «Bereits wenn man auf und ab hüpft, rutscht es nach vorne. Von einer Kriechpartie über Hunderte von Metern ganz zu schweigen. Nein danke – kein Drop-Leg-Dingens für mich.» Dann hatte sie wieder gelacht. «Tut mir leid, wenn ich euch enttäuscht habe.»

Weit von solchem Erinnern entfernt, spaltete sich ihre Wahrnehmung jetzt in die vertrauten zwei Teile: Während ihr Körper wie von ihr losgelöst den Schalldämpfer an der Waffe anbrachte und gleichzeitig in Zeitlupe in Seitenlage zu liegen kam, war ihr bewusstes Sehen und Denken ausschließlich auf die beiden Männer gerichtet, die trotz der Tatsache, dass die Vögel verstummt waren, immer noch am Rand des Dickichts standen.

Sie konnte auf diese Distanz und durch das dschungelartige Gewächs nur Bruchstücke ihrer Silhouetten festmachen. Ihr Gehirn war es, das die Lücken vervollständigte und aus den Fetzen ein Ganzes machte. Dann fügte sich wieder zusammen, was für Sekunden getrennt gewesen war: Wahrnehmung und Bewegung wurden wieder eins. Aus Seitenlage, Griff, Balancierung, Atem, Abzugsfingerposition, Abzugsdruck und Sehen wurde Zielen.

Die zerhackten Umrisse bewegten sich, während Blätter und

Zweige unberührt blieben: Die Männer drangen nicht in das Dickicht ein, sondern gingen weiter. Mit lautloser Effizienz veränderte Sava erneut ihre Position, steckte die Waffe weg und folgte ihnen. Dann traf sie eine Entscheidung. Obwohl die beiden langsam gingen, würde sie auf diese Weise nicht in nützlicher Frist vor sie gelangen. Sie musste die Distanz zwischen sich und ihnen vergrößern, um sich schneller bewegen zu können, ohne gehört zu werden.

«Ich bin zu langsam. Gehe auf Distanz, um vor das Ziel zu kommen», meldete sie über Funk.

«Verstanden», kam es von Brun zurück, während sie sich bereits nach rechts zu bewegen begann.

Nach ungefähr fünfzig Metern veränderte sie ihre Stellung, kam lautlos auf die Beine und rückte ab da rasch in geduckter Position erneut parallel zum Weg vor. Von den beiden Wachtposten war auf diese Distanz nichts mehr zu sehen.

Ihr Wissen war ein Schätzen.

Zehn Meter, zwanzig, dreißig.

Jetzt war sie ungefähr gleichauf mit ihnen.

Weiter.

Das Dickicht lichtete sich ein wenig.

Es wurde einfacher.

Sie zählte ihre Schritte.

«Ich bin in Position», ließ sie Brun und Piet wissen.

«Dann los», kam es von Brun.

Hatte sie bis dahin jedes Geräusch vermieden, tat sie ab dem Moment das genaue Gegenteil. Das Knacken von Zweigen vermengte sich mit dem Schleifen von Blättern auf sich bewegendem Untergrund, lautem Keuchen und Fetzen eines Selbstgesprächs. Während sie für die Ohren der beiden Männer eine glaubhafte Geräuschkulisse hochzog, entledigte sie sich im Gehen des Holsters, der Handschuhe, der Jacke, unter der sie ein rotes Sweatshirt trug, und der Tarnung.

Als sie den langen Zopf löste, hörte sie linker Hand Stimmen. Gleich darauf sah sie die Männer in ihre Richtung kommen. Schneller jetzt, die Gewehre im Anschlag. Mit einem letzten Schritt, einem halb verzweifelten, halb angewiderten Schrei, der eine Verwünschung war, stolperte sie, ein Messer in der Hand, aus dem Gebüsch direkt in die Schusslinie der Wachen. Sie blickte nicht in Richtung der beiden, sondern war ausschließlich die Frau, die sich verirrt und in der Enge ihrer Angst nur Sinne für das Unmittelbarste hatte.

Bevor sie überhaupt den Blick hob, um zu verstehen, wo sie war, beschäftigte sie sich unbeholfen – und als gäbe es nichts Wichtigeres – mit ihren Hosen, den Stichen an den Armen, den Haaren, die offenbar voller Dinge waren, die dort nicht hingehörten. Als sie schließlich den Kopf und ihre Mähne schwungvoll in den Nacken warf und feststellte, dass sie nicht allein war, weiteten sich ihre Augen vor Schreck, während sich ihre Gesichtszüge schon wieder entspannten und einem Ausdruck großer Erleichterung Platz machten, wie nur ein knapp dem Tod Entronnener ihn zustandebringt.

Die beiden Männer, eben noch bereit zu schießen, entspannten sich ebenfalls. Grinsend sagte der eine etwas zum anderen. Sava war noch zu weit von den beiden entfernt, um etwas zu verstehen, konnte sich aber auch so einen Reim machen: Dem Sprechenden troff die Anzüglichkeit aus jeder Pore seiner Visage.

Sie hatte in Krisengebieten rund um den Globus genügend solcher Typen getroffen, um diese beiden hier schlagartig einordnen zu können. Man traf sie bei regulären Streitkräften ebenso wie bei Söldnern und sogenannten humanitären NGOs: Menschen, die im Bewusstsein handelten, dass sie für ihr Tun außerhalb der Leitplanken des Befehls nie zur Rechenschaft gezogen würden und sich jedes Gedankens an Verantwortung und jedes Gefühls von Menschlichkeit entledigt hatten. Tiere waren verglichen mit solchen Männern und Frauen Wunder sittlicher Makellosigkeit. Sie töteten wohl, aber sie mordeten, vergewaltigten und folterten nicht.

Der andere Mann grinste jetzt auch und antwortete, während sie sich in Bewegung setzten und auf Sava zukamen. Ohne den Fokus ihres Blicks zu verändern, nahm sie hinter den beiden Bewegung wahr. Brun und Piet.

«Do you speak English?», rief sie den Männern mit starkem Schweizer Akzent entgegen und wirkte dabei freudig, unsicher und schüchtern zugleich. «English?», wiederholte sie, als keine Antwort kam, und stocherte mit dem Messer vollkommen konzeptlos in der Luft herum.

Sie wirkte exakt wie jemand, der weder zu Koch- noch zu Kampfzwecken den Umgang mit einem solchen Utensil gewohnt war, und erreichte damit genau das, was sie beabsichtigt hatte: Erheiterung.

Die Männer lachten immer noch, als Brun und Piet Sekunden später von hinten an sie herantraten und mit der gewaltigen Kraft, die sich nicht aus Muskeln, sondern aus Schwung speiste, ihren jeweils rechten Arm auf Halshöhe um sie legten.

Die Belustigung auf den beiden Gesichtern war noch nicht ganz verwischt, als sie, in blitzschneller Drehung und in gnadenlosem Hebel an eine Brust gezogen, auf den eisernen Block einer linken Hand trafen. Es hatte weniger etwas von einer Gewalttat als von einem Tanz, dem durch seine Lautlosigkeit und Nähe eine seltsame Intimität innewohnte. Ein Ausdruck kindlichen Erstaunens trat auf die leblosen Züge. Indem sie je einen Schritt rückwärts machten, ließen Piet und Brun die Männer mit unberührter Behutsamkeit zu Boden gleiten.

Sava war bereits wieder in dem Dickicht verschwunden, um Waffe, Handschuhe und Jacke zu holen.

«Alles klar?» fragte Piet von einem der Männer aufblickend, über den er sich, Taschen und Fächer des Overalls und der Munitionsweste absuchend, gebeugt hatte, als sie wieder auf den Weg trat.

«Alles klar», antwortete sie.

«Hier, seht euch das an.» Piet hielt etwas in die Luft. Brun und Sava traten hinzu. Es handelte sich um einen eingeschweißten Personalausweis der Tschechischen Republik. Ein sogenanntes Bürger-Zertifikat.

«Hier.» Piets Finger wies auf die untere rechte Ecke von der Rückseite der Karte. Ein winziges Fünfeck war an dieser Stelle aufgeprägt. Darin etwas, das wie ein Fallschirm auf rotem Grund aussah.

«Das ist das Emblem der 601», sagte Sava und klang dabei, als rate sie.

«Bingo», bestätigte Piet, während er die Kleidung des zweiten Toten abklopfte. «Tschechische Spezialeinheit. – Hier», sagte er schließlich und reichte Brun eine an einem Lederband befestigte Kupfermünze. «Unsere Einladung.»

«Okay. Ziehen wir's durch», sagte Brun, packte einen der Männer unter den Armen und zog ihn in das Dickicht neben dem Weg. Piet tat es ihm mit dem anderen gleich.

✦ ✦ ✦

Berlin, Pergamonmuseum

Etwas, das ein kühler Luftzug sein konnte oder ein Schatten in ihrem Innern, streifte Joan Hessberg, als sie sich auf der hölzernen Sitzfläche einer der Besucherbänke vor der gewaltigen Freitreppe des Pergamonaltars niederließ. Sie war allein.

Der Saal war offiziell wegen Renovierungsarbeiten noch auf längere Zeit hin geschlossen. Zahlreiche Legenden, Theorien und Vermutungen wanden sich um die gargantueske Opferstätte – kaum eine davon belegt. Was indes Tatsache war: Nachdem dieser Altar, den die Bibel den Thron Satans nennt, aufgestellt war, gingen von Berlin zwei Weltkriege und die größte Judenvernichtung aller Zeiten aus.

Und jetzt ARES. Ein weiteres Mal die einseitige Gewalt bewaffneter Macht. Ein weiteres Schlachtfeld. Weitere ungezählte Menschenopfer.

Freilich würde niemand es Krieg nennen. Das wäre ja auch dumm, wo eine der kriegsführenden Parteien nichts davon wusste. Mehr noch: der Meinung war, dieser Krieg sei eine Art der Friedenssicherung.

Man würde sich hüten, das zu ändern.

Und, wie Eric in seiner Rede, von Schutz sprechen.

Europa schützen, Europa retten.

Demokratie und Freiheit verteidigen.

Nach dem Virus, den Lockdowns, nach dem wirtschaftlichen Einbruch, der Hunderttausende Jobs vernichtet hatte, nach dem Beinahe-Crash des Währungssystems, der nur durch gigantische Fluten frisch gedruckten Geldes in die Zukunft verschoben werden konnte, nach einer neuerlichen Immigrationswelle mit all ihren Konflikten, nach den Anschlägen von vorletzter Nacht und erst recht in wenigen Wochen nach Basel hätten die Menschen nur noch eines im Kopf:

Sicherheit. Ein für alle Mal.

Sie würden auf jedes Fitzelchen Freiheit einzeln spucken, wenn nur endlich die Angst von ihnen genommen würde und die Wut ausgeschaltet, die in vielen brodelte und die jederzeit zu explodieren drohte. Jahrzehnte des Wohlstands, der Verantwortungsabgabe, der gezielten Reizüberflutung und immer neuer sogenannter «Menschenrechte» hatten sie an einen Punkt geführt, an dem Überreaktion Programm wurde.

Das Hauptproblem war nicht, dass in der Schaltzentrale der freiheitlichen Gesellschaftsordnung die Drähte überhitzt waren und ein Kurzschluss drohte. Das Problem war vielmehr, dass vernünftige Lösungen wie etwa jene, die Spannung zu reduzieren oder die Drähte zu ersetzen, kein Gehör mehr fanden. Umso mehr die hundertfach gescheiterten Konzepte jener Rattenfänger, die da sagten, Elektrizität sei etwas Gefährliches und man müsse radikal von ihrer Nutzung Abstand nehmen.

Selbstmord zur Überwindung der Angst vor dem Tod, sozusagen. Freiwillige Knechtschaft zum Schutz der Freiheit.

Und die Leute glaubten.

Nur das noch: Glaube, Glaube, Glaube.

Was noch Fortschritt genannt wurde, Emanzipation und Aufklärung, war längst nur noch Wahn, und Joan Hessberg wäre nicht erstaunt gewesen, hätte man ihr gesagt, der gigantische, wie ein Thron mit Armlehnen konzipierte Altar sei sein Zentrum.

«Immer wieder eindrücklich, findest du nicht?», erklang Christian Grabowskys Stimme neben ihr. «Dass gleich nebenan das Ischtar-Tor ist, das in Babylon den Zugang zum Schrein des Marduk bewachte, macht die ganze Sache noch stimmiger. Sahen und sehen doch viele in dem schlangenähnlichen Drachen und babylonischen Hauptgott keinen anderen als Satan persönlich. Wusstest du, dass Hitler auf dem Reichsparteitagsgelände in Nürnberg eine Haupttribüne errichten ließ, die dem Pergamonaltar nachempfunden war? Oder dass Stalin ihn 1949 nach Leningrad beorderte und eine Gipsabbildung davon anfertigen ließ, bevor er ihn zurückgab? Wobei – vielleicht war es Chruschtschow. Bin mir nicht mehr sicher. Jedenfalls – wenn es stimmt, was man sagt, dass nämlich auf Schlachtfeldern das Gras schnell, auf Hinrichtungsstätten jedoch kaum wächst, dann dürfte das Umfeld dieses Götterfrieses ein einziges kahles Land sein.»

«Glaubst du an das Böse, Christian?», fragte Joan in die Stille hinein, die den unbeantworteten Fragen Grabowskys und der abschließenden Feststellung folgte.

«Ach, Jo. Das Böse … Es ist so posierend und pubertär, wenn man darüber spricht.»

Grabowsky legte seinen Arm um sie und zog sie an sich. Sie legte ihren Kopf an seine Schulter und stellte einmal mehr fest, dass, wenn sie so saßen, sie immer noch 17 und 14 Jahre alt waren. Jahrzehnte weggewischt, Werdegänge, Auszeichnungen, Wissen und Erfahrung. Bloß ein Mädchen und ein Junge, Diplomatenkinder, deren Leben ein Warten war und die sich manchmal aneinander festhielten. Ungesehen über all die Zeit hinweg und bis heute niemandem bekannt.

Dass sie bereits in sehr jungen Jahren, als er seine Sporen in verschiedenen Angestelltenverhältnissen ebenso verschiedener staatlicher Agenturen abverdiente, seine Quelle, seine Agentin, seine Informantin, seine Zuträgerin und sein größtes Risiko wurde, lag in der Natur der Sache. Und es erklärte auch, warum Joan Hessberg während all der Ups and Downs ihres öffentlichen Lebens finanziell immer irgendwie den Kopf aus der Schlinge kriegte, wo jeder gründlich Recherchierende der Yellow Press stets auf rote Zahlen stieß.

Jede ihrer drei Ehen war arrangiert.

Von keinem anderen als Christian Grabowsky.

Jede ein Meisterstück der Agentenrekrutierung.

Die aktuelle war gleichzeitig die längste.

Und die letzte.

«Danach ist Schluss», hatte sie gesagt, als er ihr das Projekt der «Bändigung Europas», wie er es zu nennen pflegte, präsentiert und ihre Rolle als Gattin des künftigen Bundeskanzlers skizziert hatte.

«Schluss?», hatte er nachgehakt. «Schluss womit?»

In seiner Stimme ein Unterton, der Verrat witterte.

«Schluss mit Hochzeiten», hatte sie gesagt. «Meine Zeit ist vorbei, Christian. Und außerdem bin ich müde. Versprich mir, dass es das letzte Mal ist.»

Er hatte ihr sein Ehrenwort gegeben.

«Ich glaube nicht an das Böse an sich. Nur an schlechtes Handeln», sagte er jetzt. «Schlechtes Handeln von Menschen, die nicht einmal merken oder merken wollen, dass sie schlecht handeln. In den Jahren und Jahrzehnten während des Übergangs vom richtigen Handeln zum falschen gibt es Leerstellen, Lücken, vor denen man die Augen verschließen muss, wenn man weitergehen will. In ihnen nisten sich Betrug und Selbstbetrug ein. Das Böse, wie du es nennst, sind im Grunde bloß die Früchte dieses Betrugs. Betrug zieht Strafe nach sich. Immer. Ist eine Art Naturgesetz. Etwas ‹böse› zu nennen, was ein natürlicher und zwingender Vorgang ist, macht keinen Sinn und ist selbstverliebtes Überschätzen.»

«Und ARES?», fragte sie.

«ARES ist das, was am Ende dieses Prozesses übrigbleibt. Das Ende der Lüge von einem Leben, in dem es Freiheit ohne Verantwortung geben kann. Es ist immer dasselbe, Jo. Seit Jahrtausenden.»

«Und wir? Du? Ich? Eric?», insistierte sie.

«Wir sind bloß Makler des Abstiegs. Zuhälter des Niedergangs. Mittelsmänner zwischen denen, die ihre Freiheit zu Markte tragen, und jenen, die sie ihnen zu einem vernünftigen Preis abzunehmen bereit sind», antwortete er. «Hängst du an ihm?»

«An Eric? Natürlich hänge ich an ihm. Du weißt, wie es ist.»

«Ja. Ich weiß. Mach dir um ihn keine Sorgen. Er ist von der Sorte, die immer durchkommt. Die Sorte, die über genau eine Kernkompetenz verfügt: jene, gegen außen stets alles glaubhaft abzustreiten. Und ich meine wirklich *alles.*»

«Er braucht mich.»

«Da täuschst du dich, Jo. Er wird nicht zögern, dir direkt ins Gesicht zu lügen, wenn es hart auf hart kommt. Vielleicht hat er es schon getan. Hat er dir von dem Treffen mit den Leuten am See erzählt? Von seinem Fahrer? Kron?»

«Michael? Was ist mit ihm?»

«Er weilt nicht mehr unter uns. Und es hat deinen Ehemann nicht um seinen Schlaf gebracht. Soviel kann ich dir sagen.»

«Was waren das für Leute am See?»

«Leute, die zu einem Problem hätten werden können. Aber auch das ist erledigt. Wir sind auf der Zielgeraden, Jo. Bald ist es vorbei. Du wirst herausfinden, dass Eric Hessberg so gar nicht zu dir passt, und dich möglichst pompös scheiden lassen. Er wird sehr beansprucht sein, bei dem, was dann auf den Straßen Deutschlands und Europas los sein wird. Und ich sage dir: Er wird es lieben.»

«Du klingst, als könntest du ihn nicht leiden.»

«Da irrst du dich. Ich mag ihn. Er ist einer von der unterhaltsamen Sorte.»

«Aber …?»

«Alles nutzt sich ab, Jo.» Grabowsky verstärkte den Druck seines Arms, den er um sie gelegt hatte. «Alles, außer wir», sagte er in ihr Haar.

«Wie viele werden es sein?», fragte sie flüsternd, als wünschte sie, er würde die Frage nicht hören.

«Basel? Zwei-, maximal dreihunderttausend.»

Sie sog scharf die Luft ein wie für einen Schrei. Stieß sie als zitternden Strom wieder aus.

«Sie werden nicht alle sterben, Jo. Es ist der Schock, der zählt. Die Panik. Die Wut, die folgt. Die permanente Angst. Es müssen mehr sein, die sie hinaus in die Welt tragen, als solche, die sterben. Alles andere macht keinen Sinn. Das alles ist hässlich. Aber das wirklich Hässliche kommt danach. Das, was die Leute dann verlangen werden.»

«Wie wird es sein?»

«Explosive Mischung. Wut und Angst. Die Menschen werden merken, dass das, was im letzten Jahr ‹Krise› genannt wurde, nichts war. Eine Unebenheit bloß. Eine Delle höchstens. Die Pandemie und ihre Folgen nur eine Art sanfte Generalprobe für die Probleme, die sie dann haben werden. Die gern genutzten Worte von der ‹neuen Armut›, davon, dass der Gürtel enger geschnallt werden müsse, und vom Verlust der Menschenwürde – sie werden sich als das erweisen, was sie sind: Wahlparolen von Menschen, die den Ruin von Gesellschaften und Generationen zum Geschäftsmodell erhoben haben. Finanzielle Selbstoptimierung an den mit ‹Krisenhilfe› beschrifteten Geldtöpfen.»

«Was ist mit der Krisenhilfe falsch?»

«Jo, die Leute, die ganz normalen Leute, werden akzeptieren müssen, was sie bisher nicht wissen wollten: Dass die ganzen Mittel an Bürokraten geflossen sind, an die Berater der Bürokraten, politische Klientel und jene Unternehmen, die entweder von Anfang an auf die Rettung spekuliert hatten oder fest damit rechnen konnten. Sie werden sich der Tatsache stellen müssen, dass das Mantra von der Solidarität nur ein politisches Schlagwort ist, das als Alibi für unsolidarische Interessen dient. All die heroischen Forderungen für die ‹Menschen da draußen›, all die ‹Visionen›, waren stets nur Pose und Taktik, Wichtigtuerei, Selbstüberschätzung und Ablenkung. Da kann man schon mal wütend werden. Und das werden sie, Jo. Zumal, wenn die herbeidelirierte wirtschaftliche Benachteiligung reale Not wird und Interessengruppen aufeinandertreffen, deren kulturelle Prägung und Präferenzen sich diametral gegenüberstehen. Ich will hier nichts schönreden, aber ARES wird durchaus auch Leben retten.»

«Leben, die ohne Leute wie uns gar nie in Gefahr geraten wären.» Joan spuckte es aus. Sie klang jetzt selber wütend.

Er wusste, was in ihr vorging. Man klammert sich an die Wut, um die Schuld zu ertragen.

«Doch. Das ist es ja gerade, was ich dir vorhin zu sagen versucht habe. Es wäre so oder so passiert. Leute wie wir nehmen bloß ein wenig Einfluss auf Richtung und Tempo. Das ist alles. Und wenn nicht wir es tun, findet sich ein anderer. Am Ereignis an sich ändern wir nichts. Und könnten es vielleicht auch gar nicht. Es ist der Lauf der Geschichte. Schafarewitsch, ein russischer Mathematiker, nannte es eine anthropologische Konstante, eine Art Freud'scher Todestrieb, der ganze Gesellschaften befällt und der sich seit den Tagen des Altertums über Platon bis ins Mittelalter und in die Neuzeit dadurch auszeichnet, dass er die Grundpfeiler dessen, was eine gesunde Gesellschaft stets und im Innersten trägt, unterminiert: Familie, Eigentum, Gott. Das vordergründige Motiv: Herstellung von Freiheit und Gerechtigkeit. Der wahre Antrieb: die Reduktion des Menschen auf seine Triebe.»

«Und du kannst das unterstützen? …»

«Was man den Leuten, die das heute alles ausnutzen und daraus finanziell und politisch Kapital schlagen, vorwerfen kann, ist, dass sie um diese Konstante wissen und sie in ihrem Sinn kanalisieren. Und dass sie über Jahrzehnte die Sprengkraft maximiert haben. Aber man kann eben auch sagen, dass es nur ganz wenige der sogenannten Bürgerinnen und Bürger sind und waren, die da nicht freiwillig mitgegangen sind. Die Mehrheitsgesellschaft wollte genau das – und will es immer noch. Hier wird nur im wahrsten Sinne des Wortes geliefert wie bestellt.»

«Keiner hat ein Europa bestellt, das in einen Gefängniskontinent transformiert wird.»

«Das ist der große Selbstbetrug. Das glauben sie. Jemand hat mal gesagt, es sei die Psychologie von Menschen, die, wenn ein Land zur Diktatur geworden sei, schreien, sie seien nicht schuld. Sie hätten nur gewollt, dass die Regierung die Preise, die Löhne, die Gewinne, die Industrie, die Wissenschaft, das Gesundheitswesen, die Kunst, das Bildungswesen und die Medien kontrolliere. Niemals sei man für eine Diktatur gewesen. Diesmal werden sie schreien, sie hätten nur Sicherheit gewollt, Schutz – aber nie, nie eine Militärdiktatur. Dass sie die Uniformierten, als es gegen die in ihren Augen ‹Richtigen› ging, jubelnd begrüßten, werden sie bis dahin vergessen haben und nur noch Opfer sein. Eric sagte kürzlich, sie hätten es verdient. Ich gebe ihm recht.»

«Ich muss los», sagte sie, ohne sich zu rühren. «Friseur. Später Lunch mit Eric.»

Er drückte ihr einen Kuss ins Haar.

«Geh du zuerst. Ich bleibe noch eine Weile.»

Sie stand auf. Als sie grußlos und ohne Blick zurück davongehen wollte, wie es ihrer Gewohnheit entsprach, griff er nach ihrer Hand.

«Das Böse, Jo, sind Menschen, die überzeugt davon sind, gute Menschen zu sein», sagte er, als sie innehielt. «Das Bewusstsein eigenen Gutseins ist in Wahrheit immer das Bewusstsein des Besserseins. Das ist der Abgrund. Nicht Menschen wie wir.»

«Aber wir bringen Krieg über diese Menschen.»

«Sogar das ist ein fairer Deal, Jo. Sie werden nicht sagen können, sie hätten keine Wahl gehabt. Sie hatten sie. Jahrzehntelang. Außerdem ist Krieg immer noch besser, als eingepfercht und ausgehungert zu werden. Sie werden eine letzte Chance haben, sich zu wehren. Wer weiß …»

✦ ✦ ✦

Berlin, Händelallee

«Was für ein Feigling!» Guido Erhardt stand am Fenster des Empfangsbereichs und blickte hinunter auf Nik Horn, der eben aus dem Haus trat und in sein Taxi stieg, das er geschlagene anderthalb Stunden hatte warten lassen.

Als Erhardts Leute ihn auf die Beine gestellt hatten und ihm klargeworden war, dass keiner ihm seine Show abkaufte, war er sofort eingeknickt und hatte winselnd und mit einem Sabberlächeln alles ausgespuckt. Mindestens die Hälfte der Schweizer Behörden hatte ihn am Wickel für irgendwas, das Jahre her war, und setzten ihn unter Druck. Er hatte keine Wahl gehabt, sagte er, hatte getan, was jeder an seiner Stelle getan hätte, und war, wenn man's genau betrachtete, das Opfer in der ganzen Sache. «Hier», hatte er gesagt und versucht, sich dem schmerzhaften Griff der beiden Männer zu entwinden. «Lassen Sie mich los, verdammt!»

Auf ein Nicken Erhardts hin hatten sie dem Wunsch Folge geleistet, und Horn hatte sich am Tower der Arbeitsstation des Schreibtischs hinter ihm zu schaffen gemacht. Mit einem zielgerichteten Griff nach unten hatte er einen winzigen USB-Stick aus einem der entsprechenden Anschlüsse gezogen und triumphierend in die Luft gehalten.

«Hier», hatte er wiederholt. «Es ist nur das hier.»

«Was ist das?», hatte Erhardt ihn angeherrscht, während seine Assistentin wie von der sprichwörtlichen Tarantel gestochen auf dem Absatz kehrtgemacht hatte und im Hintergrund verschwunden war.

«Was weiß ich», hatte Horn, der mit der Hoffnung auch einen Teil seiner ihm eigenen Arroganz zurückzugewinnen schien, gesagt. «Ich bin kein Computer-Heini. Irgendeine Schadsoftware, nehme ich an. Wenn Sie mich fragen, eine Verzweiflungstat. Ihre Systeme halten offenbar jedem Eindringversuch stand, und aus irgendeinem Grund sind diese Leute einem Zustand, den man als Verzweiflung bezeichnen muss, ziemlich nahe. Mein Gott! Denken Sie doch nach. Glauben Sie wirklich, die hätten mich geschickt, wenn sie eine andere Wahl gehabt hätten?»

«Versuchen Sie nicht, hier den Idioten zu geben, Horn», hatte Erhardt geantwortet. «Wir wissen sehr wohl, dass es nicht das erste Mal ist, dass Sie für ‹diese Leute›» – er hatte Anführungs- und Schlusszeichen in die Luft gemalt – «arbeiten. Also: Warum wollen die so dringend auf unsere Daten zugreifen?»

«Noch einmal extra deutlich für Sie: Ich weiß es nicht. Das Einzige, was ich mitbekommen habe, ist, dass es irgendwie mit Geldern der EIB-Gruppe zu tun hat. Das ist alles. Glauben Sie's, oder lassen Sie's sein. Ich für meinen Teil glaube es. Und wenn Sie mich fragen, gäbe es hier durchaus einiges zu finden, was den Arm des Gesetzes interessieren dürfte. Darf ich jetzt gehen?»

Bevor Erhardt hatte antworten können, war die Assistentin aufgetaucht und hatte ihm etwas ins Ohr geflüstert.

«Und?», hatte Erhardt sie angeherrscht. «Haben Sie den Code?»

Die Antwort der Frau war zu leise gewesen, als dass Horn sie verstanden hätte.

Erhardts Reaktion indes war Auskunft genug: «Dann nehmen Sie die Server vorübergehend offline. Kein Risiko», hatte er gesagt, die Frau war verschwunden, und Horn hatte innerlich einen Toast auf Lorenz angebracht. Äußerlich hatte er überzeugend den halbherzigen Sünder gegeben, der der Meinung war, es sei jetzt genug der Buße.

«Was ist jetzt?», hatte er mit einem maulenden Unterton hingeworfen. «Kann ich gehen, oder haben Sie vor, mich hier festzuhalten? Wenn letzteres Ihr Plan ist, dann müsste ich ein paar Termine verschieben.»

Erhardt hatte eine wegwerfende Handbewegung gemacht, als verscheuche er eine Fliege, und Horn war gegangen.

«Was für ein borniertes, kleines Arschloch», bekräftigte Erhardt seine Meinung, als die Assistentin neben ihn ans Fenster trat.

«Wir können den Code nicht finden», sagte sie.

«Wie das – *‹nicht finden›?!* Das kann doch nicht so schwer sein!» Erhardt schnellte herum. «Vielleicht ist da ja gar kein Code?»

«Doch. Es hat ein Eindringen stattgefunden. Diese Datei haben wir. Sie ist aber so plump programmiert, dass wir vermuten, dass sie nur die Tarnung für ein Programm oder eine Programmsammlung darstellt, die weitaus bösartiger und kaum aufzuspüren ist.»

«Haben Sie die Server vom Netz getrennt?»

«Ja. Aber da liegt das Problem: Unsere Server gehen von selber wieder online. Wir können das nicht ändern, solange wir die Schadsoftware nicht finden. Und sie kann überall sein und sich bereits alle Root-Rechte angeeignet haben. Hier hilft nur eine Art Wurzelbehandlung, und das kann dauern.»

«Dann fackeln Sie das Zeug ab. Sofort. Mir egal, wie Sie das anstellen. Aber sehen Sie zu, dass das aufhört!»

Die Frau hörte wohl, was ihr Boss sagte, achtete aber nicht auf dessen Spucken und Speien. Sie sah etwas anderes – etwas, das sie an dem Mann noch nie gesehen hatte: Er war kreidebleich geworden. An seinen Schläfen bildeten sich Schweißtropfen. Die Wut war Angst. Und ihr Gehen ein Laufen, als sie den Server-Raum der «Unity-Bank» ansteuerte.

✦ ✦ ✦

Konstanz, Hotel Halm

«Verrat kommt immer aus Vertrauen; vergesst das nie», hatte einer der Ausbilder der GIGN am Ende eines Einsatztrainings oder einer Theorielektion anstelle einer Verabschiedung zu sagen gepflegt. *«Wenn ihr sicher sein wollt, nicht verraten zu werden, dann vertraut keinem. Nie. Auch euch selber nicht. Wir sehen uns morgen.»*

Wenn Marouan Ghouar alias Ahmed Merac heute ehrlich war,

dann wusste er, dass das, was Essia getan hatte – ihr Anruf bei Dutertre, von dem ihm Sibel Marquardt berichtet hatte – kein Verrat war. Er hatte sie gemocht, sich zeitweise eingeredet, sie zu lieben, irgendwie, und sich zu sorgen um sie.

Aber vertraut?

Negativ.

Er hatte, soweit er das überblicken konnte, in seinem ganzen Leben noch nie einem Menschen vertraut. Umso weniger verstand er jetzt den unsäglichen Zorn, der in ihm wütete. Seit dem Moment, als er aufgelegt hatte am Vorabend, war ein Teil von ihm außer sich. Und obwohl er wusste, dass er versprochen hatte, Essia nicht aus den Augen zu lassen, hatte er es nicht geschafft, zu ihrem Zimmer zu gehen, anzuklopfen und einzutreten.

Er traute sich selber nicht mehr über den Weg. Fürchtete, die Kontrolle über sich zu verlieren, sobald er ihr Unschuldsgesicht sähe, von dem er wusste, dass es echt war. Dabei hatte sie bloß Angst. Und wer war er, ihr das zu verübeln?

Er hatte mehrere Anläufe genommen. Jedes Mal hatte er ein paar Meter vor ihrer Zimmertür kehrtgemacht. Schließlich war er geblieben und hatte, die Nacht Wache haltend und an die Wand neben ihrer Zimmertür gelehnt, im Flur verbracht.

Wie ein Hund. Das war das Erste gewesen, was ihm durch den Kopf gegangen war, als zum Fenster am Ende des Flurs der dunkelblaue Tag hereingesickert war. Mit dem Gedanken war auch das Weißglühende wieder da gewesen, das Vergeltung forderte.

Er war am Aufzug vorbeigegangen, die Treppe in die Lobby hinunter und wie ein Erstickender auf den verwaisten Bahnhofplatz hinausgestürzt. Zwischen den mageren Palmen und auf Millimeter getrimmten Buchsbäumen in Schieferkrügen war etwas in ihm zur Vernunft gekommen. Die Wut war in der frischen Luft verraucht.

Geblieben war die Einsicht, allein zu sein.

Allein mit dem, was der einzige und wahre Treuebruch war: Angst.

Niemand hatte ihn verraten. Er selber hatte es getan. Hatte sich eingeredet, es sei Mut und Stärke, was bloß ein Ausweg war. Ein

Ausweg, der ihm die Ehre nahm. Das war das Einzige, was Vergeltung forderte. Kein anderer Mensch, keine Umstände – nur er selber.

Wenn er der Mann bleiben wollte, für den er sich bisher gehalten hatte, der Mann, dem es ernst war mit der Ehre, dann musste er bei der Sache bleiben. Dann erst recht.

Ein Blick auf die Uhr sagte ihm, dass es in Teheran acht Uhr wäre. Er holte sein Handy hervor und tippte aus dem Gedächtnis die Nummer ein, die er bis jetzt erst ein Mal gewählt hatte.

«As-salamu alaykum», sagte er, als die Verbindung grußlos hergestellt wurde.

«Wa alaykum salam», antwortete eine kräftige Stimme. «Es ist ein großes Risiko, anzurufen.»

«Ich weiß. Allah möge es nicht anrechnen. Ich brauche Hilfe, Sheikh.»

«Du hast Angst, mein Sohn.» Es war keine Frage, sondern eine Feststellung.

Etwas in Marouan brach zusammen. Er fühlte eine Erleichterung, wie er sie noch nie im Leben empfunden hatte. Er wollte «Ja» sagen, erklären, was er gerade eben verstanden hatte. Er brachte kein Wort heraus.

Er ließ sich gegen den Sandstein neben den Säulen am Eingang sacken, seine Beine drohten nachzugeben. Die Worte, die an sein Ohr drangen, hielten ihn aufrecht.

«Es ist gut, Angst zu haben. Je größer die Angst ist, die überwunden wird, umso größer ist Allahs Ruhm. Allah verzeiht, was dein Herz an Einflüsterungen empfindet, solange du ihnen nicht gehorchst.»

«Ich will ihnen nicht gehorchen», sagte Marouan leise. «Aber sie sind stark. Sie übertönen alles, lenken mich ab. Ich verliere die Kontrolle.»

«Die hattest du nie, mein Sohn. Die hat nur der Barmherzige. Du bist die Waffe in seiner Hand in einem unumgänglichen Krieg. Und Kriege werden nicht durch Flucht gewonnen. Darum ist es gut, über den Tod nachzudenken. Wenn man es richtig tut, dann lenkt es nicht ab, schwächt nicht, sondern macht uns stark. Der Tod, lehrt uns der

Prophet, ist der Zerstörer aller Weltgenüsse. Und er ist der Anfang der Ruhe, die Allah denen gibt, die beharrlich bitten und ihn anflehen. Bete ohne Unterlass, dann wird dir Allah die Kraft, den Mut und den Eifer geben, seine Ehre zu erhöhen.»

«Der Lobpreis ist Allahs. Möge Allah seinen Gesandten in Ehren halten und ihm Wohlergehen schenken. Danke, Sheikh. Das hilft mir sehr.»

«Ich bin noch nicht fertig, mein …»

Des Gelehrten Stimme wurde zu etwas Kleinem in seiner Hand, als Marouan das Handy vom Ohr nahm. Dann trennte er die Verbindung. Das war unhöflich. Aber mit einem Mangel an Respekt hatte es nichts zu tun. Er wusste jetzt, was er hatte wissen wollen.

Die Religion ist groß. Menschen sind es nicht.

Und er musste nicht größer werden, als er war.

Er musste bloß stark sein.

Ein Wissen, das nicht Gedanke, sondern eine sich ausdehnende Welle von Kraft war, breitete sich in seinem Inneren aus. Wäre er ein anderer gewesen, hätte sie zwingend Ausdruck verlangt, hätte ihn, zwei Stufen auf einmal nehmend, die Treppe zu Essia hochrennen oder auch nur in verborgener Siegesgeste die Faust ballen lassen. So aber, weil er war, wer und was er war, stieß er sich nur von der Hausmauer ab und stand, den Blick zum Himmel hebend und dann über den Platz streifen lassend, unbeweglich da.

Ein Tag ohne Schatten und ohne ein Licht, das den Namen verdiente, kündigte sich an. Der Himmel weder blau noch grau. Der weiße Kleintransporter, der von Norden kommend langsam, als suche dessen Fahrer etwas, in sein Sichtfeld einfuhr, wirkte ebenfalls grau. Er brauchte nicht erst genau hinzusehen, um zu wissen, dass es ein alter Renault Rapid mit französischen Nummernschildern war.

Und weil auch Raffael Dutertre war, wer er war, stellte er den Wagen quer über eines der Busparkfelder beim Bahnhof gegenüber, stieg aus und kam mit einer Miene auf das Gebäude zu, die deutlich machte, dass er zu jenen guten Franzosen gehörte, die alles Deutsche aufrichtig hassten. Als er Marouan erblickte, stockte er kaum wahrnehmbar in seiner Bewegung und kam dann direkt auf ihn zu.

«Raffi! Was zum Teufel machst du hier?», rief dieser ihm entgegen.

Raffael Dutertre ging weder auf die Frage noch auf die Überraschungsnummer ein.

«Wo ist sie?», fragte er nur und wischte damit die Jahre beiseite, die zwischen heute und der Halle eines heruntergekommenen Marseiller Wohnsilos lagen. Er war der beste Verkäufer seines Caïds, er brauchte die Ware, und er konnte sich diesen Ton leisten.

Marouan musste sich innerhalb von Sekunden entscheiden, wie er vorgehen wollte.

«Sie ist gerade erst um Haaresbreite einem Anschlag enkommen, wurde zweimal von der Polizei verhört und hat ungefähr ein Dutzend Interviews gegeben. Was glaubst du denn, wo sie um diese Zeit ist?»

«Zimmernummer?» Die Frage hatte etwas Herrisch-Zurechtweisendes, während der Blick zum Eingang und die Bewegung in dieselbe Richtung klarmachten, dass er auf die Antwort nicht angewiesen war.

«Warte, Raffi», sagte Marouan und hielt ihn am Ellenbogen fest. Raffael fixierte die Hand. Es war klar, dass er es jetzt und hier auf eine Schlägerei ankommen lassen würde. Marouan ließ los.

«Suite Nummer fünf im dritten Stock. Aber im Ernst: Warte noch kurz. Du solltest ein paar Dinge wissen, bevor du da raufgehst.»

Als Dutertre sich darauf beschränkte, ihn angriffslustig anzustarren, wusste Marouan, dass nur das verbale Pendant zu einem Schlag in die Magengrube den anderen davon abhalten würde, ihn einfach stehen zu lassen.

«Sie schiebt Panik wegen der Hochzeit. Ist ziemlich normal, denke ich. Aber sie flippt gerade völlig aus. Du kennst sie …» Und kurz innehaltend, während die Gesichtszüge des Franzosen jeden Halt verloren:

«War zwar nicht geplant, aber jetzt bin ich froh, dass du da bist.»

«Wovon redest du?», schaffte Raffael es schließlich, hervorzustoßen. «Welche Hochzeit?»

«Hat sie dir das etwa nicht gesagt?» Marouans Lachen war eines der echten Sorte. «Wir heiraten. Gleich nach dem Ultra in Basel. Sie steigt aus, Raffi. Sie steigt endlich aus. Aber jetzt ist natürlich Riesenstress angesagt, weil alles vorverlegt wird. Und sie hat Fluchtgelüste. Wie gesagt: Du kennst sie ja …»

Raffael schien seine knapp zwei Meter nur unter Anstrengung aufrecht halten zu können. Marouan legte ihm die Hand zwischen die Schulterblätter und dirigierte ihn Richtung Straße wie einen Mann, den man aus einem brennenden Haus geleitet.

«Komm. Lass uns zum Hafen rübergehen. Beim Naturmuseum gibt's eine Kaffeeklitsche, die um diese Zeit schon offen hat.»

Dutertre folgte dem Druck der Hand und der Aufforderung wie in Trance. Erst als sie beim Bahnhof nach rechts gingen, hatte er so weit die Kontrolle über sich zurückgewonnen, dass seine Hand in der Tasche des khakifarbenen Parkas zum Leben erwachte und eine Packung Zigaretten und ein Feuerzeug zutage förderte. Ob er es wahrnahm, dass er sich eine ansteckte, war nicht auszumachen.

Sie gelangten auf die Hafenstraße, gingen an den Booten, einem griechischen Restaurant, dem Clubhaus und dem Yachtcharter vorbei und gelangten schließlich zu der mageren Grünfläche, auf der alljährlich das Konstanzer Oktoberfest abgehalten wurde. Der Spielplatz, der aussah wie ein schlecht unterhaltenes Katzenklo, die mageren Bäume, die lieblose Asphaltfläche in der Mitte und die öffentlichen Toiletten boten ein Bild zivilisatorischer Trostlosigkeit.

Ganz am Ende des Terrains – in der Ecke, die bis an den See reichte – stand eine Verkaufsbude, deren Licht vom stimmungslosen Tag aufgesaugt wurde. Ein paar metallene Stehtische standen konzeptlos herum. Marouan deponierte Dutertre an einem von ihnen und ging, sich über die Schulter blickend vergewissernd, dass der andere sich nicht von der Stelle rührte, zu der Ausklapptheke des Wagens, wo er zwei doppelte Espressi bestellte.

Als er mit den Pappbechern zurückkam, behielt er sie in der Hand.

«Komm. Da drüben», sagte er und ging dem anderen voraus am Ufer entlang bis zu einer Stelle, wo Steinquader wie riesige Treppenstufen ins Wasser führten. Er setzte sich auf die mittlere. Nach kurzem Zögern setzte sich Dutertre neben ihn und nahm einen der Becher entgegen.

«Sie hat es dir also nicht gesagt.» Diesmal war es eine Feststellung, und Marouan schien sie von allen Seiten zu betrachten. Und als käme er erst jetzt auf die Idee, dass die Neuigkeit in dem anderen nicht nur positive Gefühle auslösen könnte: «Scheiße, Mann – tut mir leid, dich so damit zu überrumpeln. Ich meine – du bist ihre Familie.»

«Sie will das nicht. Und du weißt das», sagte Raffael schließlich in einem Ton der Endgültigkeit. «Diese ganze Allah-Nummer, das Geschwafel von Frieden und Ruhe … Mach dich nicht lächerlich! Ich habe keine Ahnung, was in deinem Gehirn vorgeht, aber sauber ist es nicht. Du schläfst mit allem, was zwei Beine hat, und wenn du sie wirklich heiraten willst, dann kommt das der Entscheidung gleich, sie endgültig kaputtzumachen. So einfach ist das, und ich werde es nicht zulassen.»

«Tut mir leid, wenn du das so siehst, Raffi. Ich kann's dir nicht verübeln. Aber Menschen ändern sich. Ich liebe sie.»

Mit dem letzten Wort Marouans kam endlich der Schlag, auf den er gewartet hatte. Raffael stürzte sich, so gut dies aus der seitlichen Position möglich war, auf ihn. Und er war verdammt gut in Form.

Marouan, jeden Muskel gespannt, erweckte den Eindruck, überrumpelt zu sein, das Gleichgewicht zu verlieren, zu fallen. Den Rücken voran klatschte er ins Wasser, Raffaels vom ältesten und gerechtesten Zorn der Welt verzerrte Fratze über sich.

Die Sache war allerdings die, dass Dutertre zwar über jede Menge Kraft verfügte, er selber aber über eine militärische Nahkampfausbildung. Während Raffaels Hiebe konzeptlose Wucht blieben, waren seine eigenen knappen und wie zufällig wirkenden Bewegungen exakt, erfolgten auf kürzestem Weg, mit äußerster Kraft, mit größter Schnelligkeit bei kleinster Trefferfläche und mit extrem kurzer Kontaktzeit.

Ob Raffael überhaupt realisierte, wie es dazu kam, dass Marouan hinter ihn gelangte und den Arm um seine Kehle schloss, bevor die Durchblutungsstörung des Gehirns, die Verlangsamung der Herzfrequenz und schließlich Bewusstlosigkeit einsetzten, war fraglich. Sobald sein Körper erschlaffte, drückte Marouan ihn unter Wasser.

Zehn Sekunden. Fünfzehn.

Krampfen und Zucken setzten sein.

Kurz nur, dann war auch das vorbei.

Marouan drehte, was schon nicht mehr Mensch war, sondern bloß noch schwimmender Gegenstand, um, leerte dessen Jeanstaschen, wendete ihn erneut und nahm Handy und Autoschlüssel aus dem Parka, der Dutertre umschwebte wie ein Paar khakifarbener Flügel. Dann stieg er aus dem Wasser auf die Stufen zurück, sammelte die Pappbecher auf, deren Inhalt sich während des kurzen Kampfes über den Stein ergossen hatte, und ging davon.

Ein Blick aufs Handgelenk. Sieben Uhr.

Zeit genug, Dutertres Wagen wegzufahren und irgendwo abzustellen, wo er nicht weiter auffallen würde.

Zeit genug, um auf Umwegen zurück zum Hotel zu gelangen, ohne ganz Konstanz mit dem Bild eines wassertriefenden Arabers in Angst und Schrecken zu versetzen.

Als er das pockennarbige Asphaltfeld in Richtung Bahnhof überquerte, achtete er nicht auf den älteren Herrn, der sich zwischen Kaffeebude und Seeufer bückte und mit einem Stofftaschentuch einen Fleck von seinen Schuhen putzte. Ein ziel- und zeitloser Spaziergänger, der mehr zum Tag denn zur Welt zu gehören schien.

✦ ✦ ✦

Berlin, Dahlem

Wie durch Valentin am Telefon instruiert, hatte Nik Horn sich per Taxi von der Händelallee aus an den Kurfürstendamm chauffieren lassen, war dort ausgestiegen und hatte im Wissen, dass Rachmanowitschs Leute in der Nähe waren, um etwaige Beschatter auszumachen, den sorglosen Bummler gegeben. Bei Burberry hatte er einen Pullover und zwei Poloshirts gekauft, bei Prada eine Runde durch den Laden gedreht und schließlich bei Bucherer ein Paar Ohrstecker – in Weißgold gefasste Einzelanfertigungen – für die Frau gekauft, von der er wusste, dass es sie an seiner Seite nie geben würde.

An der Kreuzung Knesebeckstraße schließlich hatte sich Valentin zu ihm gesellt und ihn bis zur Momsenstraße gelotst, wo ein Wagen auf sie gewartet und sie zu dem Haus auf dem Grat gefahren hatte.

«Und?», hatte er den Alten gefragt, sobald der Wagen sich in Bewegung gesetzt hatte. «Hat es funktioniert? Haben wir Zugriff auf die ‹UnityBank›-Daten?»

«Es besteht eine gewisse Hoffnung», hatte Valentin geantwortet, als habe er sich nach der Zeit erkundigt und nicht nach der Ausbeute eines Einsatzes, der Horn immer noch Blut schwitzen ließ.

Er hatte das Lächeln in des Alten Stimme nicht gehört und keine Sekunde lang daran gedacht, dass dieser seinen Spaß mit dem permanenten Neuling der Branche hatte.

Mit Volldampf war er in die ausgelegte Schlinge getreten:

«Was jetzt?», war er aufgebraust. «Ist Lorenz drin in deren System oder nicht? Und was heißt überhaupt ‹Es besteht eine gewisse Hoffnung›?»

Valentins Grinsen war jetzt offen auf dessen Gesichtszüge getreten, und Horn hatte begriffen, dass er zum Besten gehalten wurde. Der Nik Horn von früher wäre spätestens jetzt aus seiner Banker-Haut gefahren und hätte den anderen ungeachtet seines Respekt gebietenden Alters mit einer beeindruckenden Varietät von Unflätigkeiten überhäuft. Jener von heute ergab sich der Begegnung mit sich selbst in der Belustigung des anderen.

«Das war gute Arbeit», hatte Valentin schließlich gesagt. Es war nicht ganz klar gewesen, ob er Horns Job in der «UnityBank» oder seine Fortschritte in Sachen Selbstironie meinte. Horn war's zufrieden gewesen.

«Ich will Ihnen ja nicht zu nahe treten», hatte er anstelle einer Antwort gesagt. «Aber Sie sehen verdammt müde aus.»

«War ein langer Tag gestern. Und danach eine lange Nacht», hatte Valentin geantwortet.

«Hat sich's gelohnt?»

«Für uns vielleicht schon. Für andere nicht.»

Den Rest der Fahrt hatten sie schweigend hinter sich gebracht. Als sie am Haus auf dem Grat angelangt und in die Halle getreten waren, hatte Lorenz auf Horns fragendes «Und?» hin aus Daumen und Zeigefinger einen Kreis gebildet, als befände er sich unter Wasser und säße nicht vor drei Monitoren im Trockenen. Es war auf eigenartige Weise passend und beschrieb besser, was Lorenz vom Rest der Welt trennte, als alle Worte es vermocht hätten.

Horn hatte die Krawatte gelöst, die Jacke ausgezogen, die Ärmel hochgekrempelt und sich auf einen der um den großen Tisch stehenden Stühle gefläzt. *Ich bin bereit, wenn du es bist,* hatte seine ganze Haltung signalisiert.

Er wusste nicht, wie viel Zeit vergangen war, als Lorenz ihn schließlich dadurch, dass er sich gähnend auf seinem Stuhl streckte, hatte wissen lassen, er sei jetzt so weit, Nik könne rüberkommen und sich erste Daten der «UnityBank» ansehen.

Horn leistete der wortlosen Aufforderung Folge und wurde, kaum hatte er sich neben Lorenz auf einen Stuhl gesetzt, von dem, was sich ihm Dokument für Dokument auf dem Bildschirm präsentierte, mitten hineingerissen in ein fantastisches Universum kleiner und großer Geldströme, die sich tausendfach trennten und verzweigten in ein unüberschaubares verästeltes Netz kleinster Läufe, um schließlich irgendwann zu versickern.

So zumindest präsentierte sich das auf den ersten Blick, was auf den zweiten ein gigantisches Trugbild war. Nichts, was er in all den Jahren seiner Tätigkeit gesehen hatte – und er hatte weiß Gott vieles gesehen –, kam dem gleich, was sich hier Kolonne für Kolonne, Reihe um Reihe, Buchung um Buchung vor seinen Augen entrollte.

«Grundgütiger», sagte er schließlich. «Der Mann ist ein verdammtes Genie! Das hier», er deutete in Richtung des Bildschirms vor sich, während er abwechselnd Valentin und Lorenz anblickte, «ist schlicht und einfach Weltklasse!»

«Gibt es eine Chance, dass Durchschnittsmenschen das auch verstehen?», fragte Vali.

«Das ist es ja gerade: Es ist schon fast idiotisch einfach», rief Horn lachend.

«Na, vielen Dank auch», brummte Vali.

«Kommen Sie, ich zeig's Ihnen.»

Horn lehnte sich nach hinten und zog einen Stuhl heran, auf dessen Sitzfläche er einladend klopfte. Als Valentin Platz genommen hatte, holte er etwas auf den Bildschirm, das aussah wie eine Seite aus einem Kassenbuch. Dann scrollte er nach unten.

«Hören Sie auf damit», sagte Valentin schließlich. «Ich hab's verstanden. Das hier geht endlos so weiter, richtig?»

Horn strahlte: «Richtig. Und das ist nur eine von sehr, sehr vielen Kostenstellen. Und es ist gleichzeitig das ganze Geheimnis. Jeder, der hier einen Blick reinwirft, wird von einer Lawine von Transaktionen regelrecht erschlagen. Davon und vor Langeweile. Denn was Sie hier sehen, ist nicht nur ein Meisterwerk an Können, sondern in erster Linie eines von Fleiß und Disziplin. Das sind Tausende von Verschiebungen kleinerer und mittlerer Beträge. Interessant wird es erst, wenn man sich zu der Quelle durcharbeitet und zu dem großen Tümpel, in den das alles nach tausend nervenzerfetzenden Umwegen fließt. Das Ganze zusätzlich vernebelt durch die Fassadentätigkeit der ‹UnityBank›, die den Handel mit Schrottkrediten deckt und die auch den Zufluss von sehr großen Summen rechtfertigt.»

«Wie viele Namen bleiben da übrig?»

«Am Schluss, meinen Sie, bei den großen Summen?», fragte Horn, ohne eine Antwort zu erwarten. «Viel zu wenige, Valentin. Und sie bleiben im Schatten. Das hier», er deutete erneut auf den Bildschirm, als könne er es nicht fassen, «das ist ein ...»

«... ein unsägliches Wunderwerk», ergänzte Vali und kam nicht umhin, ob Horns Enthusiasmus zu lachen.

«Sie lachen jetzt», kommentierte Horn. «Aber ich sage Ihnen eines: Wenn ich das hier aufgedröselt habe, wird uns allen nicht mehr zum Lachen zumute sein. Im Gegenteil.»

«Welche Namen?», fragte Vali.

«Suchen Sie sich was aus: Europäische Investitionsbank, Nordatlantik-Bündnis, Europäische Zentralbank, Verteidigungsministerien von EU-Mitgliedstaaten, das USEUCOM.»

«Und am anderen Ende?»

«Am anderen Ende, hinter einer Mauer aus Kostenstellen und Stiftungen, bleiben ARES, die globale Rüstungsindustrie und Zulieferfirmen wie die ‹endesa›. Staatliche oder halbstaatliche Konzerne. Außerdem diese ‹East StratCom TaskForce›. Dass die nur zwölf Mitarbeiter haben, glaube ich allerdings bei dem, was ich bis jetzt verstehe, nicht mehr. Eher 500 oder mehr.»

Eine Weile war es still.

«Ich kann's drehen und wenden, wie ich will – am Ende bleibt organisatorisch und logistisch ein Gebilde übrig, das nur eines sein kann», sagte Valentin schließlich, und er klang dabei, als hätte er lieber nicht gedacht, was er sich zu denken zwang.

«Eine verdammte Armee», wollte Horn gerade bestätigend ergänzen, als außerhalb ihres Sichtfelds die Eingangstür zu hören war. Gleich darauf betraten zwei Personen die Halle: Yuri Rachmanowitsch und eine zierliche, auf den ersten Blick unscheinbare Frau um die vierzig. Braunes Haar, Pferdeschwanz, Jeans, dunkelblauer Hoodie, Turnschuhe.

Es kostete Vali nur eine Sekunde, um festzustellen, dass die Eigenschaft der Frau, weder Aufmerksamkeit noch Interesse auf sich zu ziehen, Können war. Eine von ihnen also. Juli Zidek.

Was er nicht festmachen konnte, war die Tatsache, dass die professionelle Fassade beider Menschen Risse aufwies. Dass sie bleich waren – dafür gab es tausend Gründe. Nicht aber für den Ausdruck tiefsten Getroffenseins, der sich hart in diese Gesichter grub.

Rachmanowitsch ließ sich auf einen der Stühle sacken. Zidek blieb stehen, wo sie war, als gäbe es schlicht keinen Grund mehr, sich irgendwann noch einmal zu rühren. Etwas, das sich im Bruchteil einer Sekunde eisig und sengend zugleich in Valis Brust ausdehnte, allen Atem und alles Blut forderte, die Glieder taub werden ließ und das Gehirn leerfegte, nahm als gewaltige Woge von Schmerz und Ohnmacht vorweg, was Rachmanowitschs Worte kurz darauf bestätigten.

So wie es aussah, hatten sie mit Hessberg auf das falsche Pferd gesetzt, und Brun war mit den anderen in einen Hinterhalt geraten. Eine Nachricht zwischen den bereits bekannten Handys, die sie seit der ersten SMS auf dem Radar hatten, ließ nur diesen einen Schluss zu. *«E ID7 Splashed» – Spanien, sieben Personen identifiziert, Ziel zerstört.*

«Der Junge aus Frankreich ist auch tot», sagte Valentin, als Rachmanowitsch geendet hatte, und klang dabei selbst wie tot.

«Dutertre?», hakte Rachmanowitsch nach.

«Ja. In Konstanz.» Valentin lieferte die Infos, die sie hatten und von denen er nicht wusste, ob sie bereits zu Rachmanowitsch gelangt waren: den Anruf von Essia Kebdani bei Raffael Dutertre, das Weinen, die Bitte, schnellstens zu kommen, das Stichwort, wonach etwas vorverschoben worden war auf ein Datum in knapp drei Wochen, und schließlich die Szenerie von heute Morgen früh, als er vor dem Hotel Halm auf Dutertre gewartet hatte, der laut Handytracking jeden Moment eintreffen musste. Er war eingetroffen, und jemand anders hatte ihn in Empfang genommen.

«Wie?», fragte Juli Zidek.

«Im See. Ertränkt wie ein junger Hund.»

«Hat man ihn schon gefunden?»

«Man wird ihn nicht finden. Wir haben ihn.» Und in Rachmanowitschs Richtung: «Deine Leute. Nicht die Aufgabe, für die sie nach Konstanz gekommen waren, aber vielleicht löst das etwas aus. Man kann nie wissen.»

Eine Weile war es still, und die Woge des unfassbar Absoluten baute sich erneut drohend auf.

«Die SMS aus Spanien», sagte Valentin, sich gleichsam dagegenstemmend, «das ist NATO-Sprech.»

Auf den ersten Blick unnütze Worte, die indes nicht weniger waren als ein weiterer Griff nach der verlässlichen Rettungsleine des Rationalen im drohenden Chaos eines wilden Schmerzes. Mithin die Einnahme der eigenen Medizin, die da sagte, es sei der Kern der meisten Ideologien, dass sie von allem Anfang an und immer daran kranken, auf Emotionen zu bauen und nicht auf Tatsachen. Dass dadurch für erhaben und empathisch gehalten würde, was in Wahrheit menschenfeindlich sei. Dass jene, die solchem anhingen, in letzter Konsequenz immer dem eigenen Ruin und Untergang anhingen. Und dass dasselbe im Grunde auch für Demokratien und das Leben schlechthin gelte …

Es war nichts anderes, als sich in die Lage zu versetzen, in ruhigen Zügen weiterzuschwimmen, wo Gefühle einen im Angesicht des Unaussprechlichen im Finstern ersaufen lassen würden.

«Ja – der Multi-Service Brevity Code», bestätigte Rachmanowitsch. «Wird auch von der Schweizer Luftwaffe verwendet, seit da bei Teilen der Streitkräfte und anderer Dienste die Nähe zu den großen Jungs wichtiger ist als die Neutralität.»

Jetzt war es so weit: Sie hatten Grund unter den Füßen, auf dem sie stehen und von dem aus sie weiterdenken konnten. Nik Horn schien, was hinter der Information vor sich ging, trotz der Tatsache, dass ihre Welt ihm fremd war, instinktiv zu erfassen.

«ARES ist eine verdammte Armee, Valentin», sprach er die Worte aus, denen das Eintreten von Rachmanowitsch und Zidek zuvorgekommen war. «Und die sind offenbar bereit, Krieg zu führen.»

«Die sind nicht nur bereit, Nik. Die sind schon mittendrin. und wir sind es jetzt auch.»

«Ich will ja niemandem zur Last fallen», ließ Rachmanowitsch sich, jetzt wieder ganz Herr seiner selbst, vernehmen, «aber kann mich jemand aufklären?»

Eine Bitte, der Horn gerne nachkam. In einfachen, klaren Worten umriss er das komplexe und doch realtiv leicht nachvollziehbare System, das die «UnityBank» hinter dem Rauchschleier der Krisenhilfe via Schrottkreditvermittlung aufgezogen hatte, und endete mit dem gigantischen Auffangbecken, in das die Milliarden am Ende als Cash, Strom, Wasser, Infrastruktur, Waffen, Transportmittel, Verpflegung und so weiter alle flossen: ARES – so wie es aussah, ein Netzwerk schwarzer Basen einer Phantom-Armee. Aufgrund der seit heute vorhandenen Einsicht in die «UnityBank»-Daten deren zwölf an der Zahl.

Es war kein Widerspruch zum eben erhaltenen Schlag, dass Valentin schmunzelte, als die Analystin Juli Zidek aus all den Informationen die unscheinbarste herausfischte und nachfragte:

«Ist das dieselbe ‹East StratCom Task Force› des Europäischen Auswärtigen Diensts, deren Chefin an der Händelallee 173 ein und aus geht? Fake-News-Jäger, richtig?»

«Das dachten wir zumindest», erklärte Valentin. «Jetzt allerdings, wo wir in der Lage sind, damit auf dem Umweg über diverse Stiftungen Summen in Verbindung zu bringen, die auch die beste Gegenpropaganda nicht rechtfertigt, ist zu vermuten, dass es nur zur Hälfte das ist, was es zu sein vorgibt.»

«Und zur anderen Hälfte?», hakte Rachmanowitsch nach.

«Das werden wir herausfinden müssen. Angefangen damit, dass wir sämtliche Informationen und Bilder, die euer Mann uns von der Händelallee geliefert hat, unter die Lupe nehmen und versuchen, wenigstens ein paar der Leute zu identifizieren.»

Rachmanowitsch warf einen fragenden Blick zu Zidek.

Sie verstand: «Die Bilder haben wir. Ich setze jemanden dran.»

«Gut. Was ist mit …»

Weiter kam er nicht. Die Eingangstür wurde so leise geöffnet, dass es kaum zu hören war. Diesmal war die Aufmerksamkeit der Menschen im Raum eine andere als noch vor einer Stunde, als Rachmanowitsch und Zidek aufgetaucht waren. Es schien eine Ewigkeit her zu sein. Eine andere Zeitrechnung, was in gewissem Sinne ja auch stimmte. Dort hatte das Geräusch nur Erwarten ausgelöst, hier wurden gleichzeitig drei Waffen gezogen und auf das Ende des kurzen Flurs gerichtet. Das Auftauchen von zwei Männern im Durchgang zur Halle löste die Spannung auf.

«Gerade hatten wir's von dir», sagte Rachmanowitsch in Richtung des Bärtigen, der zuerst eintrat und bei dem es sich um den Mann handelte, der für Kron und Hessberg als Obdachloser getarnt die Händelallee beobachtet hatte.

Der zweite war kein anderer als Michael Kron.

«Hoffe, nur Gutes», antwortete der bärtige Mann, der wie schon beim ersten Mal, als Vali ihn gesehen und damals noch mehr *gerochen* hatte, so klang, als spreche er aus einer großen endlosen Stille heraus, in der es nichts als konzentrierte Präzision gab.

«Was macht *er* hier?», fragte Rachmanowitsch mit dem Kinn auf Kron deutend und der Ruhe dessen, der wusste, dass es in ihrer Branche im Fall guter Leute auch für das Absurdeste eine vernünftige Erklärung gab.

«Er ist offiziell tot», sagte der Mann. «Wurde heute Nacht um Null-

Zwei-Hundert erschossen. Scharfschütze. Volltreffer – aber auf Schutzweste, ihr versteht. Er braucht einen Unterschlupf. Außerdem ist er bereit, uns zu helfen.»

Nik Horn, der es vorzog, von Lorenz, der hinter seinen Monitoren kauerte, ignoriert zu werden, als nicht zu verstehen, was um ihn her vor sich ging, wandte sich leise und ohne Hoffnung an diesen mit der Frage, was all das zu bedeuten habe.

Zu seiner Überraschung antwortete Lorenz sofort: «Sieht nach einem Großreinemachen aus», meinte er ungerührt und ohne sich von Tastatur oder Bildschirm abzuwenden. «Wer auch immer hinter dieser ARES-Sache steckt, räumt gerade jeden aus dem Weg, der stört. Der dort, der offenbar auch ausgeschaltet werden sollte, ist Michael Kron. Personenschützer und Fahrer von Eric Hessberg.»

«Dem Bundeskanzler?»

«Ja.»

«Was für eine Riesen-Scheiße!», sagte Horn abschließend mehr zu sich selber als zu Lorenz und merkte erst, als alle Blicke sich auf ihn richteten, dass es ein Ausruf gewesen war.

«Das fasst es ziemlich gut zusammen», pflichtete Rachmanowitsch ihm bei. Und in Richtung Kron: «Was wollen Sie?»

«Wie gesagt», antwortete der Bärtige an dessen Stelle. «Er braucht eine Bleibe, und ich dachte mir …»

«Nein», unterbrach ihn Rachmanowitsch. «Ich will von *ihm* wissen, was er will. Hier und von uns und für sich. Die Situation ist ab sofort nicht mehr so, dass wir Zeit und Platz für nette Essensgäste haben. Also: Was wollen Sie? Rache? Vergeltung? Ist es das?»

«Nein», antwortete Kron. «Rache ist eine persönliche Sache. In diesem Fall eine zwischen mir und Eric Hessberg. Das hat Zeit.»

Er sagte das mit einem gelassenen Ernst, der keinen im Raum daran zweifeln ließ, dass er es genau so meinte, wie er es sagte: Um Hessberg würde er sich später kümmern. Er allein.

«Es gibt da diese Geschichte von dem Mann, der dem Bären das Pulver gab», fuhr er fort und ignorierte Rachmanowitschs Irritation. «Er mischte es mit großer Sorgfalt und achtete genau darauf, dass Bestandteile und Menge exakt den Vorschriften entsprachen. Dann füllte er es in ein großes Blasrohr, um es dem Bären in den Rachen zu blasen. Doch der Bär blies zuerst.»

Kron hielt inne wie einer, der mehr Worte am Stück gesprochen hatte als zeit seines bisherigen Lebens. «Das schildert ziemlich gut, was ich will», sagte er ausatmend. «Ich will *zuerst* blasen. Ich will, dass die Leute, die diesen Horror planen und offenbar zu inszenieren gewillt sind, gestoppt werden. Und ich glaube, ich bin bei Ihnen an der richtigen Adresse.»

«Gut», kam es von Rachmanowitsch.

Er klang zufrieden.

«Blasen wir zuerst. Zertreten wir dieser Schlange in bester jüdischer Tradition von Entschlossenheit, Trotz und Schläue den Kopf. Ich will jede verfügbare Information zu sämtlichen mit ARES in Verbindung stehenden Personen vom Moment ihrer Geburt an bis heute. Und schafft mir diese Festival-Leute her. Alle. Risiko hin oder her. Unsere Freunde sollen nicht umsonst gestorben sein.»

✦ ✦ ✦

Bern, Bundesgasse

Valentin hatte am Telefon geklungen, als stünde er vor einem Abgrund von der Größe, wie er sie weder kannte noch jemals vermutet hätte. Und jetzt stand Jo Burgers Seele neben ihm und stemmte sich mit aller ihr verbliebenen Kraft gegen den Sog, der ihn, gäbe sie auch nur eine Sekunde nach, in ein Dunkel stürzen würde, aus dem er möglicherweise nicht zurückfände.

Carl, Jezreel, Sava, Piet, Nouriel und die beiden Israelis – alle sieben tot. Getötet von Menschen, die ihre Namen nicht kannten und für die sie bloß Ziele waren und Gegenstand eines dumpf auszuführenden Befehls.

Als vor Jahren ein jüngerer Carl Brun aus einem militärischen Sonderkommando und von sehr weit her kommend zum NDB gestoßen war, als dessen Chef Jo Burger damals fungierte, hatte er ihn unverhofft zum Vater gemacht und ihn verstehen lassen, dass solches

Vatersein Ziel und Zweck eines jeden Menschenlebens war. Dass alles damit begann und auch damit endete. Dass, wo es an Vätern mangelte, die Welt zu einem leitplankenlosen Spielplatz von Kinder- und Herrschaftsmenschen wurde.

Später dann hatte auch Brun den Schritt getan und war selber ein Vater geworden für seine Leute. Und für Burger das Gegenüber, von dem er wusste, ohne sich dessen bewusst zu sein, dass die Verbundenheit zwischen ihnen aufrichtige Liebe war.

Wer Jo Burger in diesem Moment sah, sah einen älteren, wuchtigen Mann, der auf der Südtreppe des Bundeshauses kurz innehielt und sich an den Nasenrücken fasste wie einer, der die Druckstelle einer Brille massiert. Dass die Bewegung nichts mit Druckstellen oder einem Jucken zu tun hatte, hätte nur bemerkt, wem aufgefallen wäre, dass Daumen und Zeigefinger gegen außen streichend Tränen in den harten Falten des zerfurchten Gesichts verwischten.

Er streckte den Rücken durch, versenkte den Blick kurz ins schwebende Grün der Bäume jenseits der Bundesterrasse und schickte sich an, die lächelnde Sicherheit und den zuversichtlichen Ausdruck zur Schau zu tragen, die, wie einer mal gesagt hatte, angemessen seien, wenn die Dinge sehr schlecht stünden.

Gerade als er sich umdrehen und seinen Weg fortsetzen wollte, legte sich eine Hand auf seine Schulter.

«Jo, alter Junge!»

Es war Vincent Lanzetti, der aktuelle Chef des NDB, der mit der Welle von Intrigen, Säuberungen und Größenwahn-Attitüden, die Besson und seine Gefolgschaft ausgelöst hatten, aus dem karrieremäßigen Mittelmaß bei der NATO auf seinen aktuellen Posten gespült worden war. Zumindest hatte es so ausgesehen.

Hatte die neutral-heitere Miene Burger vor Sekundenfrist glauben lassen, sie koste ihn alle ihm zur Verfügung stehende Willenskraft, so wurde er schlagartig eines Besseren belehrt: Jetzt forderte ihre Aufrechterhaltung Übermenschliches.

«Vincent», erwiderte er leichthin. Es klang wie ein sinnloses Echo. «Und? Was führt dich in die heiligen Hallen?»

«‹Organisation und Prozesse›, heißt es», erklärte dieser. «Ich nenne es Schleimspur-Transparenz, Lakaien-Geheuchel und Zuständigkeitsgewichse.» Und als würde er jetzt erst realisieren, wen er vor sich hatte: «Vielleicht sollte ich das einem anderen erzählen und nicht ausgerechnet dir. Aber ich hab's bis hier oben, diese ‹Meetings›. Und am Ende läuft die ganze Speichelleckerei dieser Lakaien doch nur auf zwei Dinge hinaus: ein schönes Pressekommuniqué und Kosteneinsparungen. Immer wieder dasselbe.»

«Na – unterbesetzt seid ihr ja in der Tat nicht. Um wie viel hast du das Personal deines Vereins in den letzten zwei Jahren aufgestockt? Um ein Drittel? Oder die Hälfte?»

Burger war nicht sicher, ob er das Schmunzeln, das dem anderen Harmlosigkeit und Komplizenschaft signalisieren sollte, einigermaßen zuwege brachte. Es schien zu klappen.

«Du kannst mich mal, Jo Burger», sagte Lanzetti vollkommen unbelastet vom Bedürfnis, einem Älteren Respekt zu erweisen, und grinste ebenfalls. «Zu deiner Zeit betrieb man hier noch handfesten Personenkult, Jo, und du und deine Entourage waren Göttern gleich. Heute wollen sie aus uns ums Verrecken Beamte machen. Am liebsten mit Stechuhr, öffentlich zugänglichem Terminkalender, Parteibuch und weißen Socken. Wie soll unsereiner so seinen Job machen?»

«Du bist aber ein Beamter, mein Lieber, und welches Parteibuch du gerade in der Brusttasche trägst, kann man dir von weitem ansehen», hätte Jo Burger am liebsten gesagt. *«Die Tatsache, dass man dir ein Leben lang eingebläut hat, die Funktionärsgarnitur, zu der du dich zählst, bestünde aus einer Art besserer Menschen mit einem besseren Gehirn, besseren Skills und besserer Moral in einem extra für sie geschaffenen Universum von Besseren, das irgendwo über jenem der Knetmasse der Idioten angesiedelt sei, macht die Sache nicht besser.»*

Aber er sagte nichts. Macchiavelli hatte seinem Fürsten Mitte des 16. Jahrhunderts alles zu diesem Thema dargelegt, was es zu sagen gab. Geändert hatte sich nichts seither. Nicht der Mensch und auch nicht die Zyklen und Gezeiten. Man konnte auch einfach die Bibel lesen. So oder so käme man zu dem Schluss, dass, wenn Leute wie Lanzetti oben waren, es in der Regel nicht mehr lange dauerte, bis es nach unten ging. Bis nach ganz unten. Sein Job war es nicht, dagegenzuhalten. Das wäre ebenso größenwahnsinnig wie der platonische Glaube der Lanzettis dieser Welt daran, die Sache an dem Punkt, wo es auf Kosten aller anderen am besten für sie lief, zum Stillstand bringen, fixieren und einfrieren zu können. Sein Job war es, den Boden für das Aufschlagen in der Realität vorzubereiten, so gut es eben ging. Damit, wenn die Sache runterkäme, etwas von der Substanz dessen, was die Schweiz ausmachte, hinübergerettet werden könnte in das Neue eines Anfangs:

Freiheit. Bewegungsfreiheit vor allem.

Burger hatte zu lange geschwiegen, und Lanzettis Blick spiegelte, von sanfter Irritation getrübt, so deutlich dessen Gefühl von Überlegenheit und Geringschätzung, dass Burger seiner persönlichen Verzweiflung zum Trotz beinahe laut gelacht hätte.

Einer plötzlichen Eingebung und einem über die Jahrzehnte geschulten Instinkt für alles Menschliche folgend, entschied er, Lanzetti einzuweihen. In groben Zügen und den anderen quasi mit Ehrlichkeit überrumpelnd, schilderte er in knappen Worten die Situation mit den markierten Anrufen, die ihn bewogen hatte, Brun und seine Leute zusammenzutrommeln und neben der Spur des Offiziellen und hinter seinem, Lanzettis, Rücken nach Deutschland zu schicken, was nicht nur in einem Misserfolg, sondern in dem gemündet hatte, was man mit Fug und Recht eine Katastrophe nennen konnte:

Carl und seine Leute waren tot.

Und er hatte keinen blassen Schimmer, warum.

Es klang wie die Lebensbeichte eines alten, gescheiterten Mannes. ARES, die Israelis und all das, was sie sonst noch hatten, erwähnte er nicht. Und da war es, was seine abgehärtete Spion-Seele erwartet hatte – sein Instinkt hatte ihn nicht getrogen:

Auf den Zügen Lanzettis, in der Lücke des Ausdruckswechsels zwischen der angespannten Aufmerksamkeit, die er dem Anfang und der Mitte der Geschichte widmete, und dem überzeugend dargestellten Schock, als Burger zum finalen Scheitern der inoffiziellen Mission gelangte, lag für den Bruchteil einer Sekunde das bloß, was einer nie loswurde – sein Gewissen.

Berufsbedingt berechnende Falschheit ist eines, Schande ein anderes. Jo Burger hatte letzteres gesehen und deutete es auf die einzig mögliche Art: Lanzetti wusste längst Bescheid. Und die Niedertracht des Ganzen ging nicht einmal an ihm spurlos vorbei. Seine Reaktion indes und die Art und Weise, wie er seiner Rolle treu blieb, rang Burger allem zum Trotz eine gallige Hochachtung ab.

Lanzetti ging buchstäblich in die Luft:

«Seid ihr alten Säcke eigentlich wahnsinnig?», brüllte er auf den Zehenspitzen stehend, als würde er gleich abheben, auf Jo Burger herunter. «Was glaubst du eigentlich, welches Jahr wir haben? In was für einer Welt wir leben und womit wir es tagtäglich zu tun haben? Eure Zeit ist verdammt noch mal um, alter Mann! Wir schleichen nicht mehr durch die Welt und bringen irgendwelche Kreidezeichen an, füllen tote Briefkästen und klemmen Zigarettenstummel in Türritzen. Bei allem Respekt, Jo: Dieses Desaster, so leid es mir für Brun und seine Leute tut, habt ihr euch selber eingebrockt. Das war von Anfang an ein Himmelfahrtskommando, und du und Ludwig, ihr seid dafür verantwortlich. Und ich Idiot werde die Sache ausbaden können. Vielen Dank auch.»

Burger tat, was von ihm erwartet wurde, und gab sich den Umständen entsprechend zerstört:

«Ich weiß», sagte er nur. «Meine Verantwortung. Meine Schuld.» Und einen verhangenen Blick von unten her an Lanzetti hinaufwandern lassend: «Du hast recht. Ich bin zu alt für all das.»

Lanzetti taute auf und machte den Fehler, das Fischen nach Information nicht gründlich genug als Nachsicht zu tarnen:

«Was wollten Brun und seine Leute überhaupt in Spanien?»

«Ich habe keine Ahnung, Vincent. Ich habe Brun eine Carte Blanche gegeben, was die taktischen Entscheidungen anbelangt. Ich vermute, es hatte etwas mit den markierten Basler Anrufen zu tun und damit, dass man die Handys, zwischen denen kommuniziert wurde, bis auf die jeweilige Antenne nicht orten konnte. Irgendwie muss ihnen eine Eingrenzung gelungen sein. Eine Eingrenzung, die sie zu dem Gerät beziehungsweise zu der Person führen konnte, die es nutzte. Du kennst Brun. Da musste Fleisch am Knochen sein, sonst hätte er seine Leute nicht barfuß in einem Drittstaat rumschnüffeln lassen.»

«Und warum habt ihr mich außen vor gelassen? Warum eine Crew von Externen zusammenstellen, anstatt mit den Leuten zu arbeiten, die das Tagesgeschäft kennen?»

«Weil ihr ein Haufen größenwahnsinniger, inkompetenter Vollpfosten seid?», lag es Burger, der Kraftausdrücke jeder Art verachtete, auf der Zunge. *«Weil man lebt und lernt, sich vor Irren wie dir zu hüten? Weil du und deine Jungs handwerklich und moralisch Abschaum seid? Such dir was aus.»*

Laut sagte er: «Weil uns von Anfang an klar war, dass die Sache schiefgehen könnte. Wir wollten weder die offizielle Schweiz noch deinen Dienst in die Lage versetzen, mit etwas in Verbindung gebracht zu werden, das ein Fehlalarm sein konnte. Darum, Vincent. Die Informationslage war zu dünn, um daraus eine offizielle Angelegenheit zu machen. Carl wusste, worauf er sich einließ. Und so schlecht die Sache im Moment auch aussieht und vielleicht in diplomatischer Hinsicht noch wird, wir können alles überzeugend abstreiten. *Du* kannst alles abstreiten. Und ich wette, man wird es in bester Politmanier unter den Teppich kehren. Ich kann mir nämlich lebhaft vorstellen, dass die Spanier unglaublich froh sind, wenn man die Todesumstände eines ganzen Schweizer Geheimdienst-Teams, auch wenn sie unbefugt dort waren, nicht näher untersucht. Am Schluss sind alle wieder eine große, glückliche europäische Familie. Genau das werde ich Oskar Ludwig jetzt vorschlagen.»

Und auf die Uhr blickend: «Ich muss los.»

«Ich komme mit», sagte Lanzetti entschieden.

«Nein, Vincent. Da muss ich allein hin. Oskar weiß noch nichts von Carl. Ich habe zuallererst einem Vater mitzuteilen, dass sein Sohn tot ist. Ich rufe dich an.»

«Tust du das?», hakte Lanzetti nach.

Burger antwortete nicht. Seine eigenen Worte hatten ihn an den Abgrund zurückgeschleift, in den er seinen alten Weggefährten und Carls Vater jetzt gleich hineinschleudern würde.

Er nahm seine Umgebung kaum wahr: der Rest der Südtreppe, das sandsteinerne Eck des gewaltigen Regierungspalasts, die Eingangstreppe. Dann die Kuppelhalle mit ihren gigantischen Bogenfenstern, Teppich unter den Schuhen, die Gründerstatue, die Treppe teilt sich, er nimmt die linke, biegt oben nach rechts ab, dann wieder links, schließlich der Durchgang in den Verwaltungstrakt.

Ludwig, nach dem plötzlichen Wegfall seines Vorgängers, der zu einer Art exekutivem Notstand geführt hatte, vorübergehend Vorsitzender sowohl des Justiz- als auch des Außendepartements, hatte sich hier ein Büro fern von seinen Beamten eingerichtet.

«Dem gigantischen Apparat, der sich Verwaltung nennt, muss schnellstmöglich klarwerden, dass ab sofort nicht mehr seine Vertreter die Regierungsgeschäfte bestimmen, sondern ich», hatte er gesagt. «Die Sache muss zum Austrag kommen. Das wird ein unschöner Kampf. Eine gewisse räumliche Distanz ist da sicher hilfreich.»

Dieses Büro steuerte Burger jetzt an. Vor der glänzenden doppelflügeligen Holztür hielt er ein letztes Mal kurz inne. Dann trat er ein. Das Vorzimmer war das Reich Steffen Sauters. Ein langjähriger Weggefährte Ludwigs. Während seines ersten Bundesratsmandats sein Pressesprecher, jetzt sein engster Vertrauter, Doppeldepartements-Vorsteher und PR-Mann in einem.

Normalerweise machte sich Burger beim Eintreten in Sauters Universum einen Spaß daraus, mit sich selber zu wetten, wie lange es dauern würde, bis er den Quasi-Bewohner dieses Chaos', in dem alles seinen bestimmten Platz hatte, bemerken würde. Heute war er weit von solchem Amüsement entfernt, und als sein Blick auf Sauter traf, der über Papieren brütend von seinem Schreibtisch hochsah, wies dieser in instinktivem Verstehen, das nichts mit Wissen zu tun hatte, nur in Richtung der Verbindungstür zu Ludwigs Büro.

Kurz war sich Burger nicht sicher, ob er es schaffen würde, das Gewicht der Botschaft, die er zu überbringen hatte, weiterzuschleppen.

Als er Sauter zunicken wollte und seinen Blick auf dessen kluges Gesicht richtete, kam ihm der eingerahmte Spruch in den Sinn, den sein Vater ihm zur Konfirmation geschenkt hatte. Er hatte seit Jahren nicht daran gedacht. Es waren Worte des Athener Strategen Thucydides: «Zeig ihnen deutlich, dass Dich Dein gegenwärtiges Unglück nicht erdrückt. Das sind die wahren Helden, die, seien es Staaten oder Individuen, Missgeschick ohne zu klagen ertragen und ihm den zähsten Widerstand entgegensetzen.»

Er dachte an Vincent Lanzetti. Zu der Weisheit aus dem fünften Jahrhundert vor Christus gesellte sich der Zorn der Gegenwart. Jetzt war er bereit.

«Jo», rief ihm Oskar Ludwig entgegen, als er eintrat. Der Bundesrat kam vom Fenster, an dem er lesend gestanden hatte, auf ihn zu, reichte ihm die Hand und zog ihn zu einem der Sessel, die an der Seite des Schreibtisches eine Art Gruppe bildeten.

Ähnlich wie in Sauters Bereich war auch hier jede einstmals freie Fläche mit Aktenstapeln belegt, und doch war es eine Welt, deren verborgene Struktur eine ganz und gar andere war. Mit Worten nicht zu fassen.

Jo Burger setzte sich, nahm den anderen fest und ihn auf diese Weise gleichsam haltend in seinen Blick und sagte die wenigen Worte, deren das Ende eines Menschenlebens bedurfte.

Ludwig griff nach einer Tischkante, einer Stütze, einer Lehne, verkrallte seinen Blick in Burgers Miene:

«Wie?», fragte er.

Burger schilderte in knappen Worten, was die Informationen hergaben. Dann kam das Schweigen, trennte Staatsmann und Berater für Minuten.

Als sie sich schließlich erneut ansahen, taten es zwei Männer, die entschlossen waren, unter jeder Fügung, mochte es ein Gewinnen sein oder größter Verlust, ihre Verantwortung zu tragen. Als dieselben, die sie gestern gewesen waren, ihre Aufgabe zu Ende zu bringen.

Ohne dass ihn Ludwig dazu aufzufordern brauchte, schilderte Burger ihm die bisherigen Geschehnisse und den Stand der Unternehmung, wie er ihn von Valentin erfahren hatte.

«Wir müssen weitermachen», sagte Ludwig sofort und bestimmt, als Burger zum vorläufigen Ende der Ereignisse und zum heutigen Tag kam. «Was sagt Valentin? Was sagt Rachmanowitsch? Machen sie weiter?»

«Wenn ich Valentin richtig verstanden habe, dann fangen sie gerade erst an», antwortete Burger.

«Gut. Sehr gut. Sag ihnen unsere volle Unterstützung zu.

Was auch immer sie brauchen – sie haben es.»

«Da ist noch was, Oskar», bremste Burger den Gefährten und fuhr auf dessen fragenden Blick hin fort: «Rachmanowitsch und seine Leute haben die Möglichkeit bereits von Anfang an nicht ausgeschlossen. Wir dagegen hielten es für unwahrscheinlich.»

«Wovon sprichst du, Jo?», fragte Ludwig.

«Ich spreche davon, dass die Spitzen unseres Militärs und des NDB bei dem, was auch immer da gespielt wird, mit von der Partie sind.»

«Meier-Matter?», fragte Ludwig und meinte damit Bundesrätin Franziska Meier-Matter, die ehemalige Kindergärtnerin und Sozialpädagogin, die für die Grünen seit zwei Jahren als oberste Befehlshaberin der Armee waltete.

«Ja. Sie und vor allem ihr Stabschef, Matthias Gärtner. Ex-Nato-Mann. Und Vincent Lanzetti, Chef Operationen des NDB. Gerade habe ich ihn getroffen und ihm von unseren Leuten erzählt. Er hat zwar eine Show abgezogen, aber nicht von einer Qualität, die mich überzeugt hätte. Der wusste längst Bescheid.»

«Gütiger Gott …»

In dem Moment signalisierte ein Handy den Eingang einer Nachricht. Ludwig warf einen unnötigen Blick auf das Smartphone, das auf dem niedrigen Tisch lag und dessen Display schwarz blieb, während Burger ein zwanzigjähriges Bosch-Gerät aus der Innentasche seiner Jacke zutage beförderte.

Eine Mitteilung von einer unbekannten Nummer:

«Es sollte einer siebenmal gelebt haben, bevor er stirbt. Slàinte.»

Burger sah von dem Bildschirm auf und direkt in Ludwigs Augen. Dann reichte er wortlos das Handy weiter. Ludwig griff nach der Lesebrille, setzte sie auf, las, sah hoch, las erneut. Dann ließ die eine Hand das Gerät sinken, die andere die Brille, die er nicht losgelassen hatte. Hätte er aufgeschaut, hätte er gesehen, dass Burgers Zeigefinger und Daumen eine Stelle am Nasenrücken zu massieren schienen. Die Nachricht konnte nur von einem kommen – von Brun.

Er und seine Leute waren am Leben.

In die Stille, die sprachlose Freude und die lähmende Erschöpfung hinein, welche die sich mit einem Schlag zurückziehende Welle des Grauens hinterlassen hatte, drang das schabende Nachgeben der sich öffnenden schalldichten Tür wie ein Schuss. Steffen Sauter trat ein.

«Ich habe mir erlaubt, Kaffee bringen zu lassen», sagte er, kam herüber und stellte ohne weitere Worte und mit keiner Regung die Verheerung kommentierend, die er auf dem Gesicht seines Freundes und Vorgesetzten sah, ein Tablett auf den Tisch. Er war bereits wieder auf dem Weg zur Tür, als Ludwigs «Bleib» ihn erreichte. Er hielt inne und wandte sich den beiden Männern in der unaufdringlich konzentrierten Art zu, die seinem Wesen entsprach.

Burgers Finger der rechten Hand wanderten vom Nasenrücken zu den Schläfen, als versuchte er, die tiefen Furchen glattzustreichen. Sie hinterließen eine glänzende Spur.

«Nimm Platz, Steffen», forderte Ludwig ihn auf. Und an Burger gewandt: «Du sagtest vorhin etwas davon, dass Rachmanowitsch gerade erst dabei sei, anzufangen ...»

«Richtig. Rachmanowitsch ist der Meinung, dass der Allmächtige in seiner unendlichen Weisheit es nicht für angezeigt gehalten habe, die Deutschen und die Amerikaner nach dem Ebenbild seiner Leute zu schaffen, dass das bis zu einem gewissen Grad auch für die Schweizer gelte, und dass der große Vorteil darin bestünde, dass die Gegenparteien dies nicht wüssten.»

«Hat er das so gesagt?», fragte Sauter halb staunend, halb belustigt.

«Nein, natürlich nicht – das ist *meine* Interpretation», antwortete Jo Burger und lächelte zum ersten Mal, seit er hier war.

«Was er sagte, war, dass er unter keinen Umständen aufgeben würde. Und dass er nicht zögern wird, zuzuschlagen, sollte irgendjemand versuchen, ihn oder seine Leute in irgendeiner Form zu behelligen, bevor er zum Gegenschlag bereit ist.»

«Und ‹Gegenschlag› bedeutet?», hakte Sauter nach.

«Gleich», sagte Burger anstatt einer Antwort. Und an Ludwig gewandt: «Bring du Steffen bitte auf den neusten Stand. Ich muss unseren Freunden erst die gute Nachricht übermitteln.»

Mit Elan kam er von dem Sessel hoch und zog sich in den schattigen Hintergrund des Raums zurück.

✦ ✦ ✦

Berlin, Kreuzberg

«Dass du die Händelallee für *verbrannt* hältst, Christian – deine Meinung in allen Ehren. Dass du uns aber ausgerechnet in den *Keller* der auflagenstärksten Zeitung Deutschlands beorderst, hat schon fast etwas Frivoles.»

Peter Juchatz sah sich, während er sprach, demonstrativ den Kopf in alle Richtungen wendend in dem mit Hightech ausgerüsteten Raum um und ließ seinen Blick anschließend eingebettet in eine Art postkoitale Genießermiene auf Grabowsky ruhen. Eine kaum wahrnehmbare Irritation trieb durch dessen Bewusstsein. Irgendetwas an Juchatz und dessen Gehabe war anders als sonst, aber er hatte nicht die Zeit, es festzumachen.

Franz Bahlow, Hessbergs Vorgänger und heute Verteidigungsminister, hatte im Windschatten von Juchatz' Worten das Quäntchen weinerlichen Muts gefunden, dessen er bedurfte, um so etwas wie eine eigene Meinung zu äußern oder einen temporären Standpunkt einzunehmen.

«Ich sehe, wir haben Zuwachs erhalten», sagte er in vorwurfsvollem Ton in Richtung Eric Hessbergs. Er hatte Grabowsky und dem Universum seinen erzwungenen Rücktritt als Bundeskanzler, für den er fürstlich bezahlt worden war, immer noch nicht verziehen. Die Tatsache, dass jede verbleibende Stunde seines Erdendaseins ihm mit 200 Euro des Steuerzahlers vergolten würde, schien nichts zu seiner Versöhnung beizutragen. Und so klang denn auch seine Frage nicht wie das Willkommen, als das sie daherkam, sondern nach dem grantigen «Was hat der hier zu suchen?», die sie war.

Steffen Arndt, der Kanzleramtschef, und Brian D'Alessio, Befehlshaber des USEUCOM, die, beide von wuchtiger Statur, wie zwei Megalithen für die Ewigkeit nebeneinander zu ruhen schienen, harrten schweigend des Kommenden.

Eric Hessberg, der Grabowsky gegenüber am anderen Ende des Konferenztisches saß, schien von all dem, was in diesen ersten Sekunden des Treffens vor sich ging, nichts mitzukriegen; er studierte konzentriert einen Stapel Nachrichten, die Marie Wegener ihm zwischen Kabinettssitzung und der Aufnahme zweier Grußbotschaften hingestreckt hatte, und machte sich Notizen.

Grabowsky wusste, dass nichts davon echt war, und dachte an seine eigenen Worte, die er vor Stundenfrist zu Joan gesagt hatte:

«Er wird es lieben.»

Endlich ergriff er das Wort:

«Franz – übernimmst du das Protokoll?»

Der Angesprochene zuckte zusammen wie unter einem Peitschenhieb, ehe er verstand, dass es ein Scherz war. Das Lachen, mit dem er in die dienstfertige Erheiterung rund um den Tisch einstimmte, blieb blutleer.

«Zu der Örtlichkeit hier», fuhr Grabowsky fort, «es ist eine Art Enklave. Der Verlag, dem dieses Gebäude gehört, hat für das vergangene Jahr einen Gewinn vor Steuern, Zinsen und Abschreibungen von rund 740 Millionen Euro ausgewiesen. Ein Plus von rund 110 Millionen im Vergleich zum Vorjahr. Und dies mitten im größten Zeitungssterben aller Zeiten.»

«Es gibt noch Zeichen und Wunder», kam es von Juchatz, der manieriert angewidert an dem Kaffee roch, den er sich umständlich aus der bereitstehenden Kanne eingeschenkt hatte. Die Tassen waren mit dem Logo der Zeitung, die hier entstand, bedruckt. Ebenso die staubtrockenen Schokoladentäfelchen in der Schale daneben.

«Das Wunder heißt Spillman», kam es von Grabowsky.

«PR-Spillman? Spillman & Donabates?»

Hessberg blickte von seinen Papieren auf.

«Genau die. Größte PR-Agentur der Welt. Für mindestens 25 Regierungen und ein paar Dutzend supranationale Organisationen in Sachen Propaganda – pardon! – Kommunikation tätig. Rund 900 Millionen Dollar Umsatz. Und seit vergangenem Jahr eben auch diskreter Pontifex zwischen dem Verlag, der uns diesen Raum zur Verfügung stellt, und einer Gruppe von Freunden Europas rund um die Welt.»

«Und was tun wir gegen die lästige Unabhängigkeit der anderen großen Verlagsgruppe?», warf Juchatz nur halb im Scherz ein.

«Die sind zurzeit in Verhandlungen mit einer Beteiligungsgesellschaft und haben andere Sorgen.»

«Lass mich raten: Es geht um eine Mehrheitsbeteiligung.»

«43,54 Prozent», kam es von Kanzleramtschef Steffen Arndt auf Grabowskys auffordernden Blick hin.

«Und der bisherige Hauptaktionär hält wie viel?», wollte Juchatz wissen.

«42 Prozent». Und mit einer Spur Bedauern in der Stimme: «Hartes Geschäft dieser Tage.»

«Okay, Leute», unterbrach Grabowsky, bevor Juchatz das Hin und Her zu seinem privaten Vergnügen in die Länge ziehen konnte. «Zum anderen Zuwachs: Eric Hessberg ist ab heute vollwertiges Mitglied dieser Gruppe. Ich glaube nicht zu übertreiben, wenn ich sage, dass wir es allein *ihm* zu verdanken haben, dass die Schweizer trotz anfänglicher Schlamperei unsererseits kein Problem mehr darstellen.»

Sowohl der Seitenhieb in puncto Nachlässigkeit als auch der nach Bestätigung heischende Blick waren an Juchatz gerichtet. Dieser kam der Aufforderung nach und gab sich gebührend zerknirscht, als er der versammelten Runde mitteilte, die entsprechende Meldung sei heute früh eingegangen, das Problem nachhaltig gelöst.

Noch während er sprach, öffnete sich die Tür, und Sibel Marquardt trat leise ein, huschte zu einem freien Stuhl und zwängte sich, gleichzeitig aus dem Mantel schlüpfend, die Mappe abstellend und Stift und Papier zückend, zwischen Lehne und Tischplatte. Alles in allem die überzeugende Darstellung eines Menschen, der vor lauter Reue unsichtbar zu sein wünscht.

Während Juchatz nur kurz stockte und dann weitersprach, folgten die Blicke der anderen in der Runde jeder ihrer Bewegungen. Nur Grabowsky ignorierte sie vollkommen.

«Was ist mit der Führungsriege in Bern? Hast du bereits was von diesem Pavarotti?»

«Lanzetti», berichtigte Juchatz. «Ja. Offenbar trauern sie angemessen. Burger hat auf ganzer Linie kapituliert und wird in diesen Stunden reumütig das Zepter aus der Hand geben. Sieht gut aus.»

«Okay», hakte Grabowsky das Thema ab und kam, Steffen Arndt in den Blick nehmend, auf den nächsten Punkt zu sprechen. «Dann zu den Anti-Rassismus-Kundgebungen. Wo stehen wir da?»

«Von unserer Seite her steht alles. Plakate und Flyer werden laufend verteilt. Der Push via soziale Netzwerke läuft ebenfalls und scheint zu funktionieren: Wenn alles auftaucht, was sich dort anmeldet, dann wird das ein sehr, sehr heißes Wochenende.»

«Darf ich raten?», schaltete Hessberg sich ein. «Die Federführung der Events sowohl in Deutschland als auch in den anderen europäischen Städten wurde vertrauensvoll in die Hände der Experten einer großen PR-Agentur gelegt?»

«Ja und nein», beantwortete Grabowsky die Frage. «Nein deshalb, weil es keine große PR-Agentur ist, die sich darum kümmert, sondern eine kleine Event-Klitsche. Ja, weil letztere die Tochter einer großen PR-Agentur ist. Und bevor du fragst: Ja, es ist Spillman.» Und in Richtung Sibel Marquardt: «Wie sieht's bei der ‹StratCom› aus?»

«Läuft», antwortete sie knapp. «Die Leute sind zum größten Teil bereits an den Einsatzorten. Pro Ereignis zwei Zwölfer-Teams. In Deutschland in 25 Städten, also 50 Teams. Weitere 60 Teams in 30 anderen europäischen Städten. Jeweils ein Team auf Demonstranten-Seite, das andere als Teil der Polizeikräfte.»

Hier übernahm Bahlow: «Die Disposition von unserer Seite her steht ebenfalls. Die offiziellen Truppen inklusive des Kommandos der Spezialkräfte sind gebrieft und in Alarmbereitschaft versetzt worden. Sobald die Sache eskaliert, werden sie eingreifen, sämtliche Örtlichkeiten sichern oder abriegeln und für Ordnung sorgen. Die Leute werden sie genau so lieben, wie sie vom gleichen Moment an die Polizei hassen werden.»

«Die vorbereiteten Videos werden noch während der Veranstaltungen hochgeladen», übernahm Arndt wieder. «Weitere echte Aufnahmen der Ereignisse werden meiner Meinung nach keine Mangelware sein. Die Umfrage-Ergebnisse liegen bereit und werden am Sonntagabend ausgestrahlt. Von da an dürfte die Debatte ein Selbstläufer sein, das Image der Streitkräfte sich quasi als doppeltes Sinnbild – einerseits des Kanzlers, andererseits als konkretes Wir-Gefühl – im Aufwärtstrend befinden.»

«Gut. Danke, Steffen. Und jetzt zu Ihnen.» Er blickte – ein Lächeln andeutend – erneut in Richtung Sibel Marquardt. «Wissen Sie, was mir eben durch den Kopf ging, als Sie zu spät kamen?», fragte er im Plauderton und ohne eine Antwort zu erwarten. «Würden Sie dafür bezahlt, hier für 800 Euro monatlich Kaffee zu servieren, dann wären Sie Ihren Job jetzt los. Aber das sind Sie nicht, nicht wahr? Sie können sich auch weiterhin auf den pünktlichen Eingang des 20-fachen eines Kellnerinnen-Gehalts zum Monatsende freuen. Nicht etwa, weil Sie es verdient hätten, sondern einzig, weil ich es vorziehe, in diesem Stadium des Projekts keine Personalwechsel vorzunehmen. Sollte es allerdings notwendig sein, dann kann ich es jederzeit veranlassen. Verstehen wir uns?»

«Ja. Ich verstehe», kam es von Marquardt. «Es tut mir leid. Ich bin aufgehalten worden.»

«Und wovon sind Sie aufgehalten worden? Hatten Sie noch den Weltfrieden zu organisieren?», fragte Bahlow, der der Chance auf Freude am Schaden eines anderen auch dann nicht widerstehen konnte, wenn alles danach aussah, als könne es zehnfach auf ihn zurückfallen.

«Konstanz», sagte sie nur.

«Und weiter?», forderte Grabowsky sie auf, fortzufahren.

«Unser Mann und sein Schützling müssen auf Geheiß der Polizei länger vor Ort bleiben als vorgesehen. Eigentlich sollten sie längst in der Schweiz sein. Unter diesen Umständen – in einem Hotel in einer Stadt – ist es schwierig, eine Person 24 Stunden im Auge zu behalten. Das Mädchen hat Kontakt mit Raffael Dutertre …»

«Keine Namen», herrschte Grabowsky sie an.

«Das Mädchen hat Kontakt mit einem Freund in Frankreich aufgenommen», wiederholte Marquardt unberührt. «Er ist heute Morgen früh in Konstanz eingetroffen. Unser Mann hat das Problem gelöst und hinter sich aufgeräumt. Ich wollte das aber sicherheitshalber überprüfen.»

«Und?»

«Alles gut.»

«Und das Festival? Ist die Terminverschiebung sicher?»

«Mehr als. Das Festival-Management in den Staaten konnte sein Glück gar nicht fassen. Die würden den Gig morgen steigen lassen, wenn ihre Agentur es vorschlagen würde. Kann man ihnen auch nicht verübeln bei all den Anreizen, die man ihnen im Namen der Bundesregierung bietet.»

«Gehe ich richtig in der Annahme, dass, wenn von Agentur die Rede ist …», hob Hessberg an.

«Richtig», beantwortete Grabowsky die Frage, die zu stellen nicht nötig war. «Dasselbe wie im Fall der Kundgebungen: Die Organisation des Festivals wird vom Tour-Promoter ausgelagert an einen örtlichen Veranstalter. Für Deutschland ist das Spillman beziehungsweise seine auf Events spezialisierte Tochter-Agentur.»

Und erneut an Marquardt gewandt: «Gibt es bereits erste Zahlen zu An- und Abmeldungen?»

«Ja. Auch das kam vorhin noch rein. So wie es aussieht, gibt es bis zur Stunde nur etwa 2000 Abmeldungen. Die zusätzlichen Tickets, die als Geste der Solidarität gegen Rassismus vom Veranstalter verschenkt werden, sind bereits alle weg.»

«Wie viele?»

«100.000.»

«Okay. Das reicht für den Moment. Gute Arbeit. Lasst mich jetzt bitte zum Grund kommen, weshalb ich dieses Treffen so kurzfristig anberaumt habe: die Kommunikation. Die Kernbotschaft auf jeder Ebene der öffentlichen Kommunikation muss direkt oder indirekt immer die folgende sein: Wir wollten das nicht; aber jetzt haben wir keine Wahl.»

Von Juchatz' Stuhl her platzte ein knapper Schwall divenhaften Gegackers in die Runde.

«Bitte *entschuldige*», sagte er sofort in Richtung Grabowsky, um sich dann in seiner gewohnten Geziertheit an alle zu wenden: «Aber *Hand* aufs Herz, Freunde: Ist es nicht *erstaunlich,* wie schön und *solidarisch* die Erziehung zu Angst und Hass daherkommt, wenn Profis sich ihrer annehmen? Es ist *grandios!* Und das Beste daran: Wenn wir sagen, ‹wir wollten das nicht›, dann kann *‹das›* alles sein, nicht wahr? Eine Finanzkrise, ein Währungscrash, eine Migrationskatastrophe, der Klimakollaps oder eben ein Krieg, den keiner erst ins Land zu tragen braucht. *Damit* lässt sich buchstäblich jedem *alles* verkaufen! Das Ganze leicht verdaulich püriert, beworben und durchgedrückt via Dauerbombardement von Presse, Internet und TV – also gerade *jenen* Instrumenten, die, wie Träumer und Menschenfreunde einst hofften, die Menschheit von den Gefahren solcher Propaganda hätten befreien sollen.»

Befriedigt von seiner Rede warf sich Juchatz auf dem Stuhl zurück und widmete sich erneut dem Inhalt seiner Tasse, der sich, so ließ sich aus der Miene schließen, zu seinem Erstaunen in der Zwischenzeit nicht gebessert zu haben schien.

Grabowsky konnte nicht festmachen, was es war – Juchatz war wie immer. Und doch stimmte etwas nicht. Sein Getue schien um die Sorglosigkeit eines Übergeschnappten angereichert zu sein. Eines Menschen, der sich keine Gedanken mehr machte, ob und wie er davonkommen würde. Das passte nicht zu Juchatz.

Grabowsky schob die Irritation beiseite und widmete sich den Worten, die im Gegensatz zum Eindruck des Sprechers von einer ungefilterten, kalten Schärfe waren, wie nur die Wahrheit und die Freiheit sie zu bieten hatten.

Das war es: Freiheit. Juchatz verhielt sich wie einer, der frei war.

Auch diese Einsicht wischte er beiseite.

Er würde sich später damit befassen.

«Nicht jedem alles, Peter», sagte er lächelnd.

«Spielst du etwa auf den ernsthaft *denkenden* Teil unserer Bevölkerung an?», fragte dieser.

«In der Tat. Sie werden von vielen gehört, und es wäre falsch, sie zu unterschätzen. Es ist daher entscheidend, Formel und Tenor unserer Kommunikation stets gleich zu halten, um der Mehrheit das Gefühl der Sicherheit und unbedingten Verlässlichkeit der Institutionen zu vermitteln. Und vor allem das Gefühl, nicht ohnmächtig zu sein, sondern etwas tun zu können.»

«Und was – bitte!? – sollen sie tun?», wagte Bahlow, der den Witz auf seine Kosten noch nicht verwunden hatte, sich launisch vor. «Beten etwa?»

«Franz – du musst *endlich* anfangen, deinen Geist an die *Üppigkeit* und *Verschwendung* des Totalitären zu gewöhnen. Du musst größer denken», erklärte Juchatz gut gelaunt und im Ton großzügiger Nachsicht. «Die Menschen sollen das Gefühl haben, dabei mithelfen zu können, unsere freiheitlichen Werte und ihre Mitmenschen zu schützen. Auch und gerade voreinander. Das beschäftigt ungemein, und gleichzeitig wird man lästige Freigeister los.»

«Sie sollen sich gegenseitig denunzieren?»

Bahlow klang angewidert.

«Schützen, Franz. Sie sollen sich *schützen.* Bürgerpflicht. War es nicht zu *deiner* Zeit als Bundeskanzler, dass man während der Viruskrise an die *‹Mitte der Gesellschaft›* appellierte, Verstöße gegen die Pandemie-Maßnahmen zu melden zum Schutz der Alten und Schwachen?»

Und Bahlows Protest vorwegnehmend:

«Nein! Sag *nicht,* das wäre etwas anderes gewesen. Es ist genau dasselbe. Es ist die ultimative Rechtfertigung für die Hasenfüße, die Kleinmütigen, die Dulder und Mitläufer, die sich auch gerne ‹die Mitte› nennen. Es ist die widerwärtige Majorität, von der schon Goethe sprach. *Tatsache,* mein Lieber. Und ich weiß, dass ich *dir* hier nichts Neues erzähle.»

«Können wir dann weitermachen?», fragte Grabowsky in die Stille hinein, die der abschließenden Feststellung Juchatz' folgte.

✦ ✦ ✦

Konstanz, Lorettowald

Wäre heute nicht heute gewesen, sondern ein Tag vor drei Wochen, hätte sie wie immer, wenn keine Flasche in Reichweite war, zu ihm gesagt, dass es schön sei hier und sie müde und dass sie wünschte, bleiben zu können.

Marouan betrachtete sie von der Seite, wie sie da am Ufer des Baches saß, die dunklen Locken an der Schläfe von Schweiß glänzend, die Wangen noch gerötet von dem ungewohnten Lauf. Am Hafen entlang, über die Rheinbrücke, an der Therme vorbei und schließlich in den rettenden Schatten der Bäume hinein. Heute sagte sie nichts dergleichen, und das alarmierte ihn mehr, als jeder Ausraster oder Zusammenbruch es getan hätte.

Er hatte den Wagen von Dutertre und dessen Leiche loswerden müssen. Vom See war er, klatschnass, wie er gewesen war, und sich jedes Mal, wenn ihm jemand entgegenkam, in Hauseingänge drückend, auf einem Umweg zum Hintereingang des Hotels gegangen und von dort zum Parking, wo der Van stand. Er hatte seine Sachen gewechselt, war wieder losgezogen und mit Dutertres klapprigem Renault zurück zum See gefahren. Wie der glatte glänzende Rücken von etwas Lebendem war der See vor ihm gelegen. Atmend, dunkel und leer.

Aber kein Körper weit und breit in dem seichten Wasser. Abgetrieben konnte er bei quasi null Strömung nicht gewesen sein. Marouan hatte sich gefühlt wie nur wenige Minuten zuvor: klatschnass. Er hatte in wellenartigen Schüben geschwitzt, und es war erst besser geworden, als er die Sache geordnet und den Tatsachen ins Auge gesehen hatte:

Jemand war vor ihm da gewesen und hatte die Leiche geborgen.

Dies bedeutete, dass jemand die Tat beobachtet hatte und ihn vielleicht auch in diesem Moment beobachtete. Und dass dieser Jemand mit Sicherheit nicht Teil einer regulären Ermittlungsbehörde war.

Irgendwie hatte er es geschafft, ruhig zu bleiben, zum Wagen zu gehen und loszufahren. Auf dem Weg zum Parkplatz des Mainau-Parks hatte er ein Taxi dorthin bestellt, hatte, am Ziel angekommen, den Wagen abgestellt, den Schlüssel in einer Blumenrabatte entsorgt und sich zurück zum Hotel fahren lassen. Dann hatte er Sibel Marquardt angerufen und ihr mitgeteilt, das Problem mit dem Besucher aus Frankreich sei gelöst.

Sie hatte nur «Gut» gesagt und die Verbindung unterbrochen. Er war unter die Dusche gegangen und wäre noch länger im Rund der fließenden Wärme stehen geblieben, hätte das Telefon ihn nicht nass, nackt und frierend darunter hervorgeholt.

Erneut Sibel. Ein taktischer Hakenschlag, der ihn aus dem Konzept bringen sollte. Eine Kaskade von Fragen, mit denen er schon nicht mehr gerechnet hatte. Er hatte sie durchschaut bis auf den Grund ihres Misstrauens, hatte durchgehalten und sie Lüge um Lüge davon überzeugt, dass er gründlich aufgeräumt habe und dass, wenn überhaupt, erst in Wochen eine Zuordnung des Wagens und eine Identifikation der Leiche möglich sei.

Er wusste, dass sie wusste, dass seine Sache längst nicht mehr die ihre war. Und er wusste ebenso, dass sie zum Schluss gekommen war, dass es im Grunde keine Rolle spielte. Was für sie und die Leute im Schatten zählte, war das Stattfinden des Ereignisses und dessen Auswertung.

Das Problem und der Unterschied zwischen einem Terroristen und einer Organisation, die einen terroristischen Akt inszenierte mit einem bestimmten Zweck, war aber das Folgende:

Während es für die Organisation im Rahmen des Gesamtkonzepts sinnvoll erscheinen konnte, ein Ereignis abzublasen, kam dies für den Terroristen nie in Frage. Dies aus dem einfachen Grund, dass das Ereignis selbst sein Gesamtkonzept war. Nach der Tat war die Sache für ihn zu Ende, weil er zu Ende war. Darum die Lügen. Hätte er ihr gesagt, dass Dutertres Leiche verschwunden war, Marouan Ghouar «verbrannt», folglich ihre Sache und damit sie selber in Gefahr, hätte sie auf die einzig mögliche Art reagiert, die es ihr erlauben würde, sich selbst zu schützen: Karten auf den Tisch, Kleider zerreißen, Staub auf das Haupt. Man wäre ausgewichen, hätte eine Alternative gefunden, und er wäre als vollkommen sinn- und nutzlos entsorgt worden.

Endlich war sie zufrieden gewesen und er bis auf die ewigen Worte vollkommen leer. Er hatte sich gehütet, sie auszusprechen, und doch war es im Rhythmus ihres Singsangs gewesen, dass er die Kraft gefunden hatte, sich anzuziehen und das nächste Lügengebäude zu errichten:

«At-tahiyât li-llâhi wa-s-salawâtu wa-t-tayyibât as-salâmu 'alaika ya ayyuhâ- al nabiyy wa rahmatu allâhi wa barakâtuh as-salâmu 'alainâ wa'alâ 'ibâdi-allâh al sâlihîn asch-hadu an lâ ilâha illâ allâh wa asch-hadu anna Muhammad 'abduhu wa rasûluh …»

Als er vor der Tür von Essias Suite gestanden hatte, war er bereit gewesen. Er hatte geklopft, erneut geklopft, als von drinnen keine Reaktion gekommen war, und hatte schließlich mit der zweiten Schlüsselkarte die Tür geöffnet. Sie war angezogen mitsamt Schuhen, den Laptop auf den Knien, Kopfhörer über ein Ohr gestreift, im Schneidersitz auf dem Bett gesessen.

Sie hatte aufgeblickt. Die Augen leuchtend.

Musik. Ein neuer Track. Immer Musik.

Ihr Blick war stumpf geworden, als sie seiner gewahr wurde.

«Warum gehst du nicht ans Telefon? Ich habe siebentausend Mal versucht, dich anzurufen. Und nicht nur ich, wohlgemerkt», hatte er leichthin gesagt. «Raffael wollte unbedingt mit dir sprechen. Du kannst dir den Grad seiner Verzweiflung vorstellen, wenn er sich überwindet, *mich* anzurufen …»

«Raffi?» Sie hatte sich den Kopfhörer heruntergerissen, ihr Fragen war ein Rufen gewesen.

Rabbi ghfir li, ghfir li – wie ein fernes Echo trieb das Flehen durch seine Seele. *Herr, vergib mir, vergib mir.*

«Ja», hatte er laut gesagt. «Seine Karre ist eingeknickt, und er kann nicht kommen.» Und ohne auf ihre Reaktion zu warten: «Hattest du vor, mir irgendwann etwas davon zu sagen?»

Sie war auf die Frage nicht eingegangen, sondern hatte ihn überrascht. Fast schon überrumpelt: «Warum sollte ich dir das glauben? Warum sollte ich dir überhaupt noch etwas glauben, Marouan Ghouar?»

Schlagartig hatte er zweierlei verstanden: Erstens, dass sie nüchtern war. Und zweitens, dass Standard-Besänftigungen diesmal nicht funktionieren würden. Da seine Erfahrung mit wütenden Frauen im Allgemeinen ihn gelehrt hatte, dass diese nicht auf Fragen angewiesen waren, um den Grund ihrer Wut zu kommunizieren, hatte er sich mit ausgebreiteten Armen und hochgezogenen Brauen in fragende Gestik hinübergerettet.

Doch auch das hatte nicht den erwarteten Effekt gehabt. Essia war bloß aufgestanden, hatte – mit den Schuhen in der Matratze versinkend, als wäre es das seichte Wasser des Sees – das Bett überquert und war gegangen.

Wie gelähmt von dem Trugbild, das ihn an den echten See und an Raffael erinnerte, hatte Marouan für Sekunden verharrt, bevor er ihr gefolgt war. Aus dem Hotel, die Hafenstraße entlang bis hierher in den Wald. Er hatte es zugelassen, dass die Distanz zwischen ihnen sich vergrößerte, und hatte im Gehen angefangen, Interviewtermine, von denen der erste in einer knappen Stunde stattfinden sollte, zu verschieben oder abzusagen. Das arrogante Abblocken von Vorwürfen seitens der Journalisten hatte ihn wieder zum Tourmanager von DJ Azeera gemacht und beruhigt.

Jetzt saß er neben ihr. Unter dem grauen Himmel wirkte der lichte Mischwald dunkel, das Wasser des Bachs schwarz. Als von ihr nichts kam außer diesem großen Verlorensein, wie nur Kinder es auszustrahlen vermögen, ergriff er die Initiative:

«Warum denkst du denn, du könnest mir nichts mehr glauben, Kleines?», fragte er.

Anstatt gleich zu antworten, rückte sie ein Stück von ihm weg, als hätten seine Worte sie berührt.

«Es ist kein Zufall, dass wir hier in Konstanz sind», sagte sie schließlich. «Die Männer, die die Anschläge in der Moschee verübt haben – du kanntest sie.»

«Was? Wovon sprichst du?»

«Ich habe mitbekommen, wie ihr euch angesehen habt, du und der Mann. Versuch nicht, mir einzureden, ich bilde mir das nur ein. Ich bin es tausend Mal durchgegangen. Ihr habt einander zugenickt. Und ich will wissen, warum. Ich will wissen, was mit Raffael ist. Und ich will wissen, was ich beim ‹Ultra› in Weil am Rhein wirklich tun werde und für wen. Ich weiß nämlich nichts mehr, Marouan, außer dass ich keine Lügen mehr hören will.»

«Du willst die Wahrheit?», fragte er und stand auf.

Er hielt es auf dem kühlen, mit Laub bedeckten Boden nicht aus.

Wie auch, als Mensch, der in einem Dschungel von Asphalt großgeworden war?

«Du hast recht», hob er an und ging hinter ihrem Rücken ein paar Meter den Bach entlang, machte kehrt und kam wieder zurück.

«Stimmt, es ist kein Zufall, dass wir hier sind. Ich habe keine Ahnung, wer die Männer sind, die die Anschläge verübt haben. Aber sie wissen, wer ich bin. Und sie wissen auch, wer du bist. Es ist nämlich auch kein Zufall, dass wir noch am Leben sind. Willst du noch mehr Wahrheit?», fragte er in Richtung ihrer kauernden Gestalt, die sich, wenn das überhaupt möglich war, die Knie an die Brust gedrückt noch weiter in sich selbst verkrochen hatte.

Ihr Schweigen als Ja deutend, fuhr er fort:

«Stell dir vor, du sprengst dich in Weil am Rhein auf der größten Bühne, die Europa je gesehen hat, in die Luft. Einfach so. Weißt du, was dann wäre, wenn die Stimmung nicht bereits im Vorfeld entsprechend angeheizt würde? Es wäre Stoff für zwei Titelseiten der großen Zeitungen, danach noch für ein paar Beiträge in dritten Bund, und spätestens nach vier Tagen dann nur noch für die Yellow Press. Weißt du, wie lange der Anschlag auf dem Konzert in Manchester mit 22 Toten als Aufmacher in den Medien war? Fünf Tage, Essia. Fünf Tage. Alles, was danach noch kam, war PR des Managements dieser Künstlerin und Saure-Gurken-Zeit-Stoff. Klingt zynisch, ist aber so.

Genauso, nur noch extremer, wäre das in deinem Fall. Bumm, eine Titelseite, und dann wäre Schluss, der nächste Empörungs-Event würde alles verdrängen. Willst du das? Nicht mehr sein als ein etwas kräftigerer Ausschlag auf der Skandal-Skala der Presse und ihres Publikums?

Die Anschläge mussten sein, um unsere Brüder und Schwestern, die vom Wohlstand so schläfrig werden wie die dekadente Gesellschaft, in der sie leben, zu wecken. Um die Glut zu entfachen, die Wut. Und um deiner Botschaft auch im übertragenen Sinn die Sprengkraft zu geben, die einen Krieg auslösen kann. Denn ohne Krieg verändert sich nichts, Essia. Die Anschläge waren das, was ihn auslösen wird. Ohne sie würdest du bloß verglühen, ohne eine

Spur zu hinterlassen. Bloß eine weitere fanatische Irre, deren Tat genau das Gegenteil dessen zur Folge hätte, was wir wollen.»

Essia sagte etwas. Zu leise. Er verstand sie nicht.

«Was sagst du?»

«Ich sagte: Willst du mir wirklich weismachen, du und wer auch immer diese Männer sind nehmt 300 Todesopfer in Kauf, um dann bei der Gelegenheit, bei der ihr Hunderttausende treffen könntet, vornehm zurückzutreten und euch darauf zu beschränken, ‹ein Zeichen zu setzen›?», wiederholte sie und fuhr, bevor er zu einer Antwort anheben konnte, fort: «Glaube nicht, ich sei mir nicht bewusst, es redlich zu verdienen, für dumm verkauft zu werden. Aber für *so* dumm …?»

Rabbi ghfir li, ghfir li.

«Ich habe nur diese eine Wahrheit zu verkaufen», antwortete Marouan in neutralem Ton. «Tut mir leid, wenn sie dir nicht gefällt. Die Anschläge schüren die Wut. Es brodelt da draußen gewaltig. Aber das reicht nicht. Erst du wirst sie in Verbindung mit dem, was deine Person darstellt, in Mut verwandeln. Zusätzliche Opfer sind völlig unnötig. Du wirst den Brüdern und Schwestern sagen: Es ist okay, perfekt integriert zu sein. Mehr noch: Es ist notwendig, um sie zu treffen, wo sie es nicht erwarten. Seid trendy, seid beliebt, seid freundlich, amüsiert euch, seid das Sinnbild erfolgreicher Integration – und dann schlagt zu. Mitten aus der arschkriecherischen Illusion des Multikulti heraus. Deine Tat, von dem Moment an, in dem sie geschieht, wird Legende sein, Essia. Du wirst verbinden, womit sich so viele so schwer tun. Du wirst jedem deutlich vor Augen führen, dass Zerrissenheit Bedingung ist, wenn man etwas verändern will. Tausende von Toten würden diese Botschaft und ihre Verbreitung nur schmälern. Du musst im Mittelpunkt stehen. Nur du.»

«Wer waren die Männer?», fragte sie und klang, als könne sie damit leben.

«Ich weiß es nicht. Ich weiß nur, dass wir dasselbe Ziel haben.»

«Und Raffael?»

«Er ist tot», antwortete er, worauf sich etwas, das klang wie ein

Schrei, der an sich selbst erstickt, weniger ihrer Kehle denn ihrer Seele zu entringen schien.

«Ich habe ihn getötet.»

Ein weiteres gequältes Aufheulen. Leiser jetzt.

«Er hat alles gefährdet.»

Sie sackte in sich zusammen, als hätte man einer Puppe die Fäden durchgeschnitten, an denen sie hing.

«Du wolltest die Wahrheit. Das ist sie. Nach den verlogenen Maßstäben dieser Welt ist sie zugegebenermaßen nicht schön. Vom Ende her gedacht aber schon. Und das ist es schließlich, was du wolltest. Was *wir* wollen. Du bist nicht allein in dieser Sache. Wir ziehen das zusammen durch.»

Er setzte sich neben sie auf das zertretene Laub, drehte die kompakte Larve, als die ihr Körper erstarrt zu sein schien, zu sich herum, hob ihr Kinn und das nasse Gesicht zu sich.

«Sieh mich an, Essia.» Und in harschem Ton, als sie nicht reagierte: «Sieh mich an! Ist es nicht das, was du wolltest? Einen Sinn in all dem verlogenen Schwachsinn, dem Leerlauf, der Wertlosigkeit?»

Sie hob den Blick. Es war immer dasselbe. Ihre Stärke waren Strohfeuer. Sie loderten hell und heiß und kurz. Ein bis zwei Stunden. Manchmal drei. Aber nie länger.

Die Ausnahme war die Musik. Nicht bewusstes Tun, sondern das Element, für das sie gemacht zu sein schien. Alles andere, der ganze Rest dieses Menschenlebens, war der Versuch, dorthin zu gelangen, und die Sehnsucht, zu bleiben. Am Ende war die einzige Wahrheit die, dass es in ihrem Fall einerlei war, ob Pressetermin oder Bombe – beides war außerhalb dessen, wer und was sie im Grunde war. Beides eine Art Hölle, die andere ihr bereiteten, indem sie sie glauben ließen, das sei der Preis dafür, um ab und zu sie selbst sein zu können.

«Aber Raffi …», schluchzte sie. Der ganze kleine Körper zitterte, als sie Luft einsog. «Warum? Wozu? Das war doch nicht nötig. Was hätte er denn gefährden sollen? Mit wem sprechen? Und wenn – es hätte ihm doch niemand geglaubt!»

«Ohne Opfer gibt es nie Frieden. Nie Vergebung.»

«Aber er hatte seinen Frieden. Er war nicht auf der Suche nach Vergebung!», rief sie.

«Nicht *sein* Opfer, Essia. *Deines.* Raffael ist das Opfer, das du bringen musst. Bist du bereit dafür? Wenn nicht, kann ich umdisponieren, kann dich raushalten, kann die Sache alleine durchziehen.»

Er hob ihr Kinn erneut und sah ihr in die Augen:

«Ich meine das ernst. Aber ich muss das jetzt wissen.»

«Was meinst du mit ‹raushalten›?»

«Du musst nicht dort sein. Es reicht, wenn ich dort bin. Und wenn alle glauben, du seist es auch. Du kannst abtauchen, verschwinden und dir ein neues Leben aufbauen.»

Rabbi ghfir li, ghfir li.

«Und du?»

«Wie gesagt: Ich ziehe das auch allein durch.»

Jetzt hatte er sie da, wo er sie haben wollte. Jetzt war sie da, die Angst. Breitete sich aus hinter ihren Augen wie eine Öllache. Die Angst, allein zu bleiben in dem Chaos, das die Welt für sie war. Raffael tot. Marouan neben sich. Und sie haltlos in dem Irrgarten von Menschen und ihren Wünschen, denen sie nie gerecht werden konnte.

«Wovor hast du Angst, Essia?», fragte er sie.

«Davor, verloren zu werden», sagte sie und klang jetzt ruhig.

«Ich weiß, was ich bin, Marouan. Nicht jemand – etwas. Etwas, das man verlieren und verlegen, das einfach abhandenkommen kann. Ich brauche Menschen, die mich suchen, um jemand zu sein. Wenn mich keiner findet, dann bin ich nichts mehr. Raffi war so jemand. Du warst so jemand. Nach Gründen habe ich nie gefragt. Sie sind unwichtig. Wenn das wegfällt, dann falle auch ich weg.»

«Warum sagst du, ich sei so jemand ‹gewesen›? Ich bin es immer noch. Ich bin da.»

«Bist du das?», fragte sie zurück. «Ich weiß es nicht. Du hast dich verändert. Es ist, als sei der Marouan, den ich kannte, schon weg. Für dich war das Leben immer etwas Leichtes. Es hat dir Spaß gemacht. Jetzt nicht mehr. Jetzt scheinst du es zu hassen. Mich zu hassen. Oder auch jemandem übelzunehmen, dass du es nicht hasst.»

Und sich wiederholend: «Ich weiß es nicht.»

Es kam ihm vor, als springe er über eine Klippe ins Leere, ohne zu wissen, ob unten Wasser, Asphalt oder ein großes Nichts sei, als er den Kopf in den Nacken legte und sein altes Lachen lachte. Das Lachen des Backstage-Bereichs, der Clubs, der Deals und des schnellen Geldes. Es gelang. Er sah es in den weit geöffneten Augen Essias, die auflebten.

«Sieh mich nicht so an», sagte er schließlich. «Ich bin der, der allen Grund hätte, *dich* anzustarren, nicht umgekehrt. Ich meine: Schau – für jeden einigermaßen normalen Menschen ist es absolut normal, ‹sich zu verändern›, wie du es nennst, wenn er weiß, dass er in zwei Wochen gehängt werden soll. Oder sich in die Luft sprengen. Das gibt eine großartige geistige Konzentration, das sag ich dir. Was aber definitiv nicht normal ist, das bist du, die du weitermachst, als wäre nichts, und das auch von deinem Umfeld erwartest. Als ginge es bloß darum, am Tag X den Aufzug in den fünften Stock zu nehmen. Einfach so.»

Er lachte wieder. «Nein, das ist nicht normal.»

Plötzlich strahlte sie ihn durch die langen, tränenschweren Wimpern an.

«Jetzt hast du es verstanden», sagte sie. «Du hast es verstanden.»

«Ich glaube, das Gegenteil ist der Fall, Kleines. Ich versteh gerade gar nichts.»

«Leben, Sterben – es ist genau das: den Aufzug nehmen. Es macht mir keine Angst.»

«Aber …?», hakte er nach, als sie verstummte.

«Aber Menschen haben das Recht, eine Wahl zu haben. Ich kann es nicht tun, wenn ich nicht absolut sicher bin, ob andere, die man nicht gefragt hat, bei dem, was ich tun werde, zu Schaden kommen. Ich muss das wissen, Marouan. Denn wenn es so ist, dann tue ich es nicht.»

«Keine anderen, Essia. Nur du und ich. Wie gesagt: Für viele der Unsicheren und Unentschiedenen würde es die Botschaft, *deine* Botschaft, nur schmälern. Beschmutzen sogar. Du sollst rein sein, wenn sämtliche Augen sich auf dich richten. Und nur auf dich. Nicht auf irgendwelche Opfer. Die symbolische Wucht dieser Tat wird die Welt aus den Angeln heben. Alles Alte, Bequeme, Gewohnte wird weggefegt sein, der Angriff ausgelöst. Wir treten mit einem ersten Sieg ab, Essia. Was danach kommt, liegt nicht in unserer Hand.»

Und nach einer Pause: «Jetzt weißt du alles.»

Rabbi ghfir li, ghfir li.

«Gut», sagte sie. «Damit kann ich leben.»

«Allzu lange brauchst du das ja nicht», warf er hin.

Unversehens brachen beide in ein Gelächter aus, wie sie es seit Wochen oder gar Monaten nicht mehr getan hatten. Eine andere Art von Nach-Hause-Kommen.

«Etwas ganz anderes noch …», hatte er schließlich gesagt.

«Ja?»

«Die Sache mit der Schweiz … Es lohnt sich kaum noch, wenn die uns hier endlich gehen lassen. Ich schlage vor, wir fliegen direkt nach Vegas und machen uns dort ein paar schöne Tage. Was hältst du davon?»

«Vegas?», echote sie.

«Ja. Natürlich. Vegas. Dann ein letztes Mal Ibiza, dann Belfast, Halton, ein paar Tage Pause, und schließlich Basel.»

«Ich dachte …»

«Was dachtest du? Dass wir uns von jetzt an der rituellen Reinigung widmen?»

Kurz sah es danach aus, als würde sie erneut in Gelächter ausbrechen. Es wurde nur ein Lächeln. Zum ersten Mal, seit er sie kannte, wirkten die runden Wangen eingefallen.

«Ja. So irgendwas werde ich wohl gedacht haben. Oder gehofft.»

Marouan stand auf, zog sie an beiden Händen auf die Beine, nahm, als sie vor ihm stand, ihren Kopf zwischen seine Hände:

«Nur sechs Interviews heute Nachmittag», sagte er. «Bist du bereit?»

«Ja.»

«Alles gut?»

«Alles gut.»

«Okay. Zeigen wir's ihnen.»

Wären sie nicht die Waisenkinder der heimatlosen Sinnsuche gewesen, die sie waren, wäre ihnen möglicherweise aufgefallen, dass der Grund all ihres Tuns und Planens, ihrer Angst, ihres Hoffens und ihrer Wut – ein gnadenloser, tyrannisch liebender Gott – in all dem hinter den Worten keine Rolle spielte. Dass, wäre ihr selbst erteilter Auftrag jener, Allah zu exekutieren, sie es zweifellos im Namen Allahs täten. In der Überzeugung, die Freiheit zu haben, ihrem eigenen Wollen und Wünschen gemäß zu handeln. Und es hätte sich ihnen jene Wahrheit offenbart, die da lautete, dass, wer gegen die Natur seines tiefsten Seins und seiner Prägung überzeugt werde, trotzdem beim Alten bleibe. Allah hatte mit all dem nichts zu tun. Am Ende waren es nur sie beide, um die es ging. Jeder für sich.

✦ ✦ ✦

Spanien, A Coruña

Zuerst die Konzentration der Vorbereitung, bei der es galt, die wirklichen Schwierigkeiten zu überwinden und die noch zahlreicheren eingebildeten Schwierigkeiten, die sich einem entgegenstellen, beiseite zu wischen; dann die Nervosität des Wartens vor dem Zuschlagen; dann das Adrenalin im Einsatz. Und zuletzt, wenn alles vorbei war, die Euphorie. Das ist der unsichtbare Mechanismus einer jeden Operation.

In dem Gehölz am äußersten Zipfel des Geländes der großen Service-Station an der N-634, zu der sich Brun, Sava und Piet in den finsteren Morgenstunden des Folgetages unter strömendem Regen durchgeschlagen hatten, war von dieser Art übersteigerter Hochstimmung noch nichts zu bemerken gewesen. Gerade hatte sich Sava ein weiteres Mal ihrer für Zivilisten möglicherweise irritierenden Bekleidung entledigt, um für die nächste Etappe das Auto eines ahnungslosen Menschen zu entwenden, als ein Opel Antara langsam auf diesen entlegenen Winkel der Raststätte zugeschlichen kam. Ganz so, als wäre das hier nicht ein Ort mitten im Nirgendwo, sondern die ordentliche Häuserreihe eines Vorstadtquartiers und der Fahrer ein Samstagabendgast, bemüht, die Hausnummer der Leute zu finden, die ihn freundlicherweise und zu seinem Unglück eingeladen hatten.

Bei Piet freilich hatte die Szenerie mit Wagen und Sava, die sich, nachdem sie Semih erkannte hatte, auf den Rand des heruntergelassenen Beifahrerfensters lehnte, ganz andere Assoziationen ausgelöst, und er ließ, sobald er sich klatschnass auf den Rücksitz gezwängt hatte, die anderen daran teilhaben.

Und da war er gewesen, der erste Funke des Überschwangs; hatte kurz aufgeblitzt und war sofort wieder erloschen:

Sie waren nur zu dritt! …

Vier von ihnen fehlten.

Und solange das so blieb, war nichts vorbei.

Semih, der richtig gedeutet hatte, was die drei Menschen, die er bis vorgestern nicht gekannt hatte, so abrupt schweigen ließ, hatte der Wucht des Ungewissen mit wenigen Worten die Kraft genommen:

«Ihr seid spät dran», hatte er gesagt, während er losgefahren war, die Raststätte verlassen und sich zügig in den Verkehr in Richtung Süden eingefädelt hatte. «Die anderen werden» – ein demonstrativer Blick auf eine nicht vorhandene Uhr an dem mageren Handgelenk – «den Tankstopp in Biarritz schon hinter sich haben. Kann mal einer das Fenster aufmachen? Hier drin stinkt's wie in einem Hundezwinger.»

Der sich steigernde Bass seiner Stimme hatte den Wagen eng werden lassen.

«Und?», hatte Brun halb zweifelnd, halb schon mit freudiger Gewissheit in der Stimme gefragt. «Alles gut gegangen bei ihnen? Keine Verluste?»

«Doch», antwortete Semih jetzt. «Joaf …»

Die Enge gefror schlagartig.

«Was?» fragte Brun. «Was ist mit Joaf?»

«Ist anscheinend von einem Esel gebissen worden.»

Es soll mal einer die rhetorische Frage gestellt haben, wer im Krieg nicht auch mitten unter Toten lache. Was in der Enge des Opels folgte, war ein solches Gelächter. Es verklang in ernsthafter Erleichterung und in der sich selbst genügenden Freude über einen errungenen Teilsieg.

«Aber jetzt mal im Ernst, Semih», platzte es schließlich vom Rücksitz, wo Piet neben Sava kauerte, nach vorne. «Ein Opel? In Spanien?»

«Da hast du es, mein Sohn», antwortete Semih, ohne die Augen von der Straße zu nehmen. «Das ist der Vorteil, wenn man in der spanischen Pampa kaltgestellt wird: Man hat Zeit, sich mit den Gegebenheiten des Gastlandes vertraut zu machen. Eine davon ist die, dass Opel sich hier seit Jahren erfolgreich auf Platz zwei der meistverkauften Wagen behauptet. Kein Witz.»

Und nach einer Pause, während der er selber über diese unverrückbare Tatsache zu staunen schien:

«Aber jetzt zur Sache. Lasst einen alten Mann wissen, wie's war da draußen im echten Leben.»

«Dann lass du erst mal hören, was du weißt, alter Mann», sagte Sava mit einem Lächeln.

«Bis zu dem Moment, wo diese Schurken angefangen haben, den Wald niederzumähen und Menschen in die Luft zu jagen, bin ich informiert», antwortete Semih. «Verdammt üble Sache, das. Joaf und die anderen sind daraufhin in westlicher Richtung ausgewichen. Auf dieser Seite des Geländes gibt es aber offenbar eine Art zweiten Haupteingang. Stark bewacht. Sie haben wie ihr gewartet, um zu sehen, ob es zur Nacht hin besser würde, was es aber nicht tat, woraufhin sie entschieden, nichts zu riskieren. Ich habe sie am selben Ort wie euch aufgegabelt und sie ins Flugzeug gesetzt. Immerhin haben sie ein paar schöne Aufnahmen der Drohne mitgebracht. Möglich, dass unsere Leute bereits unbemerkt mitfliegen und – wichtiger noch – mitsehen. Das ist in Kürze alles. Ihr seid dran.»

«Wir haben darauf spekuliert, dass diese Leute sich nach Erledigung ihres Auftrags sagen, dass an diesem Tag ganz sicher keiner mehr kommen würde», sagte Brun.

«Und dann kamen wir», ergänzte Piet.

«Das ist die Kurzversion.»

«Und die lange?», fragte Semih.

«Sava – du bist dran», meldete Brun nach hinten, und Sava kam der Bitte nach. Sie erzählte von den beiden Wachen, von der Münze, dem Eindringen ins Gelände, vom stundenlangen Warten auf das Einsetzen der Dämmerung, vom Regen, vom mal kriechenden, mal geduckten Hindernislauf über einen Gutteil der Anlage, von zwei weiteren Wachtposten an der Nordseite und schließlich vom Endspurt in Richtung Raststätte.

«Vier Tote also, hmm?», resümierte Semih. «Probleme damit?»

«Nein», antwortete Sava entschieden. «Wer so deutlich von allen Gesetzen der Menschlichkeit abweicht, hat nichts anderes zu erwarten. Das waren keine Kinder dort, sondern erwachsene Männer.»

«Gut. Was hat der Rundgang ergeben?», fragte Semih weiter. Und den Blick erstmalig von der Straße lösend und andeutungsweise in die Runde blickend, als es still blieb:

«Was ist? Hat es euch die Sprache verschlagen?»

«Das hinter diesen Zäunen, Semih …», hob Brun an. «Es ist gigantisch.»

«Stell dir eine Militärbasis vor. Irgendeine», kam ihm Piet vom Rücksitz her zu Hilfe. «Egal, was. Eine Werft, einen Hafen, eine Behörde, einen Truppenübungsplatz oder meinetwegen einen Flugplatz. Okay?»

«Ich habe mein halbes Leben auf Militärbasen aller Art verbracht», lachte Semih. «Ich bin durchaus in der Lage, mir ein Bild zu machen.»

«Gut. Dann stell dir jetzt eine vor, die zehnmal größer ist als alles, was du kennst, und eine Art All-Inclusive-Basis darstellt. Mannschaften, Verwaltung, Flugplätze, Kampfbahnen, Schießanlagen, Hallen, Truppentransporter, jede Menge anderer Fahrzeuge, Helikopterlandeplätze inklusive Rotorflugzeugen, künstliche Teichanlagen, Übungsplätze, Häuser, Wohnungen, Einkaufszentrum, Läden, Restaurants – und so wie's aussieht eine verdammte Trainingsstadt.»

«Wie viele?»

«Wie viele was?», hakte Brun nach.

«Schurken, Dummköpfe, Mörder – such dir was aus», knurrte Semih.

«Den Wohnanlagen nach zu schätzen etliche tausend Mann.»

«Etliche tausend?» Semih klang so fassungslos, wie Brun es gewesen war, als er am gestrigen Abend begriffen hatte, was seine Augen sahen und sein Gehirn nicht wissen wollte.

«Ja. Was da läuft, ist riesig.»

«Auf jeden Fall ist jetzt die Frage beantwortet, warum hier so gigantische Stromkosten anfallen», stellte Piet fest.

«Nicht nur hier. Offenkundig gibt es ja noch andere solche Standorte. Und da wird es dann richtig beängstigend.»

«Und ihr habt da also stundenlang, ohne euch zu bewegen – und ohne alles –, im Regen und im Dreck rumgelegen?», fragte Semih nach einer Weile, während der jeder für sich Maß nahm an dem absoluten Dunkel, das sich hinter Bruns letzten Worten abzeichnete.

«Schon gut», kam es anstelle einer Antwort von Sava. «Wir haben's begriffen. Carl – mach dein Fenster wieder auf.»

Und zu Semihs Hinterkopf: «Wie kommt es überhaupt, dass du an dieser Raststätte warst?»

«Kennt ihr die Geschichte von dem Jungen, der während eines Schneesturms zur Geburtstagsfeier eines Freundes wollte?», fragte Semih anstelle einer Antwort zurück.

«Lass hören.»

Piet gähnte beim Versuch, in der Enge seine Glieder zu recken.

«Wie gesagt», hob Semih an: «Der Junge will da unbedingt hin. Der Vater sagt nein. Schneesturm. Zu gefährlich. Der Junge lässt nicht locker, bis der Vater ihn doch gehen lässt. Verläuft sich im Schneesturm, steht Todesängste aus. Als er nach einer gefühlten Ewigkeit doch bei dem Haus des Freundes anlangt, stellt er fest, dass außer ihm wegen des Sturms kein anderes Kind da ist. Der Sturm legt sich, der Junge geht wieder nach Hause. Auf das Fragen des Vaters hin knickt er ein und erzählt von der Angst, die er da draußen allein ausgestanden hat: ‹Was, wenn ich nicht herausgefunden hätte aus dem Sturm?›»

«Dann hätte ich dich rausgelotst», sagt der Vater. «Ich war die ganze Zeit über hinter dir.»

Und in den Rückspiegel blickend:

«Ich hatte in meinem Leben Dutzende von Kindern wie euch. Solche, die von sich aus losziehen wollten, und solche, die ich selber in den Sturm hinausschickte. Rumsitzen, Blut schwitzen und Warten war meine Sache noch nie. Beantwortet das deine Frage?»

Vom Rücksitz her kam keine Antwort. Brun drehte sich auf dem Beifahrersitz um. Sava schlief.

✦✦✦

Berlin, Dahlem

Das Haus mit der Nummer 10 und seiner Bahnhofsseele wirkte verlassen zwischen den weitläufigen Nachbargrundstücken und ihren stattlichen hellen Villen. Keiner wäre auf den Gedanken gekommen, hinter den mattbraunen geschlossenen Fensterläden das schlagende Herz einer mit Präzision, Beharrlichkeit, Trotz und unter größtem Druck geführten Operation zweier Nachrichtendienst-Teams zu vermuten. Auch nicht, dass dieses Herz seit dem Vortag, als es einen Sprung getan hatte, in anderer Kadenz schlug als noch Minuten davor.

War Rachmanowitschs Ansage eine verbissene Konzentration gefolgt, mit der man entschlossen zu jeder Freibeuterei ans Werk der Informationsbeschaffung gegangen war, so hatte Jo Burgers Anruf mit der Nachricht, dass ihre Kameraden allen anderslautenden Gerüchten zum Trotz durchgekommen waren, alles verändert.

Valentin hatte das Handy – ohne darauf zu achten, ob die Verbindung getrennt war – auf den Tisch geworfen und den Nächstbesten – in diesem Fall Michael Kron – lachend und mit Tränen in den Augen vollkommen unschweizerisch an die Brust gedrückt.

Ein Stöhnen Krons, der von dem Scharfschützen-Treffer der vergangenen Nacht eine pfannendeckelgroße schmerzende Prellung und Schwellungen davongetragen hatte, hatte Vali innehalten, eine über sich selbst erschrockene Entschuldigung murmeln und erröten lassen. Horn hätte Sekunden zuvor noch einen Tausender darauf gewettet, dass das in Valis Fall physisch nicht möglich war.

Rachmanowitsch hatte offenbar dasselbe gesehen und allem Drückenden, Schweren und Unklaren zum Trotz laut aufgelacht:

«Was ist los?», hatte er gerufen, sich mit zwei Schritten rückwärts vor Valentin in Sicherheit bringend, der Anstalten gemacht hatte, sich seiner auf dieselbe Weise anzunehmen wie eben gerade Krons. «Bist du Großvater geworden?»

Vali hatte abrupt innegehalten und in die Runde gestrahlt:

«Nein. Vater. Gerade eben. Zum zweiten Mal.»

Und während sich auf Horns Miene amüsierte Ungläubigkeit gespiegelt und Lorenz ob des Lärms irritiert die Augenbrauen zusammengezogen hatte:

«Sie sind am Leben. Hört ihr? Carl und die andern. Sie kommen heim.»

Rachmanowitschs «Was?!?» war ein Brüllen mit versagender Stimme gewesen. Sein Gesicht hatte gezuckt, er selbst sich gleich wieder gefangen. Trotzdem hatte sein «Wie?» geklungen, als wäre es rostig.

«Keine Ahnung», hatte Vali geantwortet und in Richtung des Handys genickt: «Die wissen auch noch nichts Genaues. Nur, dass alle wohlauf sind.»

«Und *‹die›*, das sind …?», hatte Horn nachgehakt.

«Burger und Ludwig.»

Von da an war alles anders gewesen. Druck, Konzentration und Hartnäckigkeit waren geblieben, sogar noch größer geworden – und dennoch leichter. Als irgendwann am nächsten Morgen ein kühler Luftzug das Öffnen der Haustür angezeigt hatte und Joaf, Jezreel, Nouriel und Boas hereingekommen waren, hatten Kaffeeduft und Schweißgeruch, Stille und leise gesprochene Worte sie empfangen.

«Juli!», hatte Boas von der Tür her gerufen, bevor jemand hatte reagieren können. «Wie hältst du das aus? Hier drin riecht's wie in einem arabischen Puff!»

«Als ob du irgendwas von arabischen Freudenhäusern wüsstest», hatte sie gelacht und sich umarmen lassen.

Die anderen waren nachgerückt. Hände waren auf Schultern zu liegen gekommen, hatten sich gedrückt, auf Rücken geklopft und verstohlen über Wangen gewischt.

Horn hatte frischen Kaffee gemacht, man hatte sich gegenseitig auf den neuesten Stand gebracht, die Aufgaben neu verteilt, weitergearbeitet und im Lauf des Tages drei junge Leute hereingeholt; allesamt Angestellte einer Berliner Eventagentur, die für die Organisation des größten jemals in Europa ausgetragenen Musik-Festivals verantwortlich zeichnete.

Das war der Stand, als Brun, Sava und Piet gegen Abend eintrafen. Und als wäre der Moment eine sich wiederholende Schleife in der Zeit, spielte sich ein weiteres Mal ab, was bereits der Morgen gesehen hatte: ein großes Hallo, das nur unzulänglich das Wahre bemäntelte, das unverhohlene Freude war, Erleichterung, sich gegenseitig versicherndes Nachfragen.

Das Ganze ging schließlich fließend und fast unbemerkt, wie es den versammelten Menschen und der Natur ihrer Arbeit entsprach, in operative Konzentration über. Letzteres wie schon Stunden zuvor in neuerlichen Informationsaustausch, nachdem alle um den Tisch saßen und mit Kaffee versorgt waren. Brun und Boas berichteten von Spanien, der gigantischen Anlage und vom Tod der sieben unbeteiligten Menschen.

«Derjenige der Gruppe, der auf dem Fahrersitz saß, schaffte es irgendwie, sich noch während der Explosion aus dem Wagen und ins hohe Gras fallen zu lassen», sagte Boas. Er klang wie einer, der sich zwingt, etwas anzusehen, das er nicht sehen will.

«Als die Typen – es waren neun – ihn entdeckten, schrien sie ihn auf Englisch an, er solle aufstehen. Was sonst noch gesagt wurde, konnte ich von dort, wo wir lagen, nicht hören. Der Mann war nicht in der Lage, von allein auf die Beine zu kommen, und zwei von ihnen zerrten ihn hoch. Als er aus eigener Kraft stand, exekutierten sie ihn. Jagten achtzehn Kugeln in seinen Körper. Die letzten, als er längst am Boden lag. Kann mir hier einer sagen, wer so was tut?»

Rachmanowitsch hörte in der Wut von Boas' Stimme, was diesem zu schaffen machte und was sich in den Worten «Ich habe es geschehen lassen» fassen ließ. Er stoppte ihn sofort:

«Man kann nichts verhindern, was für einen selbst nicht denkbar ist. Ihr konntet keine Sekunde lang ahnen, was das für Leute und auf was für einem Gewalttrip die sind. Keiner hätte das gekonnt.»

«Er hat recht», bestätigte Joaf. «Ich bin's seither hundert Mal durchgegangen. Wir wären vielleicht dreißig, bestenfalls fünfzig Meter weit gekommen. Und wir wären jetzt nicht hier. Keiner von uns wäre es.»

«Das ist mir klar», sagte Boas. «Aber die haben das gefilmt. Einer von denen. Mit einer Handykamera. Hast du das auch gesehen?»

«Ja.»

Die absolut kalte Beiläufigkeit der Gräuel, an der diese Leute zudem ihren Spaß gehabt zu haben schienen, drohte wie ein Ungeheuer den Himmel über ihnen zu verdüstern. Bruns vorantreibende Worte verhinderten, dass ein Gefühl von Ohnmacht die Oberhand gewann und lähmte:

«Jetzt ihr», sagte er von Valentin zu Rachmanowitsch blickend. «Schießt los. Ihr wart ja offenbar auch nicht untätig.»

«Ich habe noch eine Frage zu der Stadt», schaltete sich Lorenz ein, ohne zu jemand Bestimmtem zu sprechen.

Sava verstand, bevor Brun nachfragen konnte: Lorenz sprach von dem Teil der Anlage in Spanien, die einem realen Stadtteil nachempfunden zu sein schien.

«Was willst du wissen?», fragte sie. «Wir sind da nicht herumspaziert. Allzu viel konnten wir davon nicht sehen.»

«Okay – aber von dem, was ihr sehen konntet: Hattet ihr den Eindruck, dass der Nachbau 1:1 war? Absolut lebensecht?», fragte Lorenz.

«Ich verstehe nicht – willst du wissen, ob da Blumenkästen auf den Fensterbänken standen? Gläser auf den Restaurant-Tischen?»

«Waren da Restaurant-Tische vor dem, was wie Restaurants aussah?»

«Jetzt, wo du fragst: Nein. Da waren nur die Gebäude. Und du sagst es absolut richtig: Es sah nur aus wie eine typische Gaststätte. Bauart, Fassade, Eingang, Terrasse. Aber ein Schild mit einem Namen gab es nicht. Wie kommst du jetzt ausgerechnet da drauf?»

«Gab es Kameras?», fragte Lorenz anstatt einer Antwort und klang jetzt auf eine aufgeregte Art drängend.

«Davon gab es hunderte, Junge», kam es von Piet. «Jede verdammte Ecke war vollgestopft damit. Ich tippe auf Trainings-Auswertung.»

«Möglich, aber es erklärt nicht den enormen Stromverbrauch der Anlage», antwortete Lorenz. «Wenn es sich aber um eine Mapped- oder Mixed-Reality handelt, bei der virtuelles Erlebnis und die reale Umgebung exakt aufeinander abgestimmt sind, dann würde das alles erklären. Und es wäre nicht nur das absolut Teuerste, sondern auch das Schärfste, wovon ich je gehört habe.»

«Deine Begeisterung in allen Ehren», warf Valentin ein und konnte sich ein Lächeln nicht verkneifen. «Aber kannst du das auch so erklären, dass ein alter Mann es versteht?»

«Wenn es zutrifft, was ich vermute, dann ist die Stadt eine Art genau abgemessenes Spielfeld, die Leute, die dort trainieren, sind die Spieler. Zusammen sind sie auch das Einzige, was echt ist und was man anfassen kann: Baulichkeiten, Terrain, Objekte, Personen. ‹Darüber›, wenn du so willst, kann virtuell jedes beliebige Trainings- oder eben Spiel-Szenario gelegt werden. Ein Banküberfall, eine Geiselnahme, ein Anschlag. Bedingung ist eine eigens dafür entwickelte hochwertige VR-Brille, die mit einer 4K-Pixel-Auflösung pro Auge ausgestattet ist und ein extrem weites Sichtfeld hat, sowie ein komplexes Tracking- und Motion-Capture-System, das sowohl Personen als auch Objekte erkennt und diese ohne spürbare Verzögerungen in die virtuelle Umgebung überträgt. Vermutlich muss man da drin einen Rucksack mit PC-Hardware und Akkus tragen, um sich frei und ohne Kabel in der Umgebung bewegen zu können.»

«Plaza Mayor – ich Idiot! …», sagte Brun da und blickte in die fragenden Augen um sich her. «Ich wusste es die ganze Zeit und habe es nicht begriffen: Da war dieser eine Durchgang, der auf einen großen Platz rausging. Erinnert ihr euch? Der mit den eckigen Säulen, die eine Art Arkade bildeten? – Das ist die Nachbildung der Plaza Mayor in Madrid. Die trainieren dort nicht *irgendwelche* Einsätze, sondern Einsätze in europäischen Städten.»

«Orts- und Häuserkampf», ergänzte Piet.

«Okay. Lassen wir das für den Moment so stehen», drängte Brun vorwärts. Und in Richtung Vali und Rachmanowitsch:

«Ihr seid dran.»

Valentin sprach als Erster:

«Dass die vergangenen Tage mir einen der schwersten Seufzer meines Lebens abgepresst haben, brauche ich kaum zu erwähnen. Wenn aber das Leben selber einen zwingt, sich zu beugen, dann be deutet es schlicht Dummheit und Kraftverschwendung, es nicht in der denkbar besten Haltung zu tun. Und ich glaube, sagen zu können, dass wir das hier geschafft haben. Aufgrund aller Infos, die wir jetzt haben, müssen wir davon ausgehen, dass die Anschläge auf die Moscheen, Synagogen und Gemeindezentren auf das Konto einer Organisation gehen, die mitten in Europa mehrere schwarze Militärbasen unterhält und die sich möglicherweise ARES nennt. Die Tatsache, dass diese Organisation direkt und indirekt via ‹UnityBank› von der EIB und der EZB finanziert wird, legt außerdem nahe, dass es sich bei dem, was hier geschieht, um – man kann es nicht anders nennen – Staatsterror handelt.»

«Noch bin ich mir nicht ganz sicher», warf Horn ein, der etwas abseits des Tisches mit einem Packen Papier in einem Sessel saß. «Aber wenn man alle Puzzleteile zusammenfügt, ist an dieser Organisation bis auf die Finanzierung überhaupt nichts staatlich.»

«Ach was», kam es von Piet.

Horn ging nicht auf den Hohn in Piets Stimme ein, den er richtigerweise als den hilflosen Versuch deutete, der Groteske dessen, was sich hier abzuzeichnen begann, einen Sinn abzuringen:

«Wenn ich die Zahlen richtig deute, dann fließen beträchtliche Mittel verschiedener nationaler Sicherheits-Etats als Beiträge getarnt auf NATO-Konten und von da direkt an ARES beziehungsweise an mit ARES in Verbindung stehende Firmen. Das fällt nicht weiter auf, da die NATO indirekt über ihre Bündnispartner in sämtlichen in Frage kommenden Ländern Stützpunkte unterhält. Aber wie gesagt – erst muss ich mich hier durchwühlen. Wenn es allerdings stimmt, dann ist das System, das zur Finanzierung von ARES aufgezogen wurde, schlicht genial. Und es kaschiert die Tatsache, dass hier hinter den Schichten des Staatlichen und Halbstaatlichen im Grunde nichts anderes als die Privatisierung oder Teilprivatisierung der Streitkräfte durch Auslagerung an ARES und seine Partner umgesetzt wird. Was wiederum bedeutet, dass ARES sowohl private als auch staatliche Aufgaben übernehmen kann und weder an Nationen noch an andere herkömmliche Grenzen – seien es ethische oder rechtliche – gebunden ist.»

«Aber warum fällt das keinem auf?», fragte Jezreel. «Wenn wir uns nicht vollkommen verrennen und das zutrifft, was du vermutest, dann sprechen wir hier von Milliarden. Wie ist das möglich?»

«Von Hunderten von Milliarden», korrigierte Horn. «Und zwar Milliarden, die zu verdienen sind. Und zu deiner Frage, warum das keinem auffällt: So seltsam das klingen mag – ich habe das bereits Yuri und Valentin gesagt: Disziplin, Fleiß und Kontrolle, denke ich. Die meisten Summen werden in tausende und abertausende mittlere und kleine Beträge aufgesplittet und entweder via ‹UnityBank› oder direkt von der EIB an Unternehmen, Projekte und Stiftungen weitergeleitet, deren Existenzzweck sich mit den verschiedenen Förder-Richtlinien der Union deckt. Wer hier mit reinem Gemüt nach Standard über die Bücher geht, der findet im Grunde nur das, was offiziell Usus ist und was er erwartet: die Umsetzung der sogenannten großen Transformation.»

Und sich wiederholend: «Es ist genial. Allerdings, so wie's aussieht, ab sofort nicht mehr beweisbar.»

«Wie das?», fragte Rachmanowitsch.

«Die ‹UnityBank› hat nicht nur die Server vom Netz genommen, sondern sie irgendwie netz-unfähig gemacht. Entweder durch Abschaltung oder auf andere nachhaltige Art. So jedenfalls habe ich es verstanden.»

«Lorenz?», hakte Brun in Richtung der Wand aus Monitoren nach, hinter der Lorenz lebte. «Ist das so?»

«Ja», antwortete dieser nur.

«Aber die Stiftungen und Projekte sind ja noch da», wandte sich Brun wieder an Horn. «Kann man nicht von dort aus zu der Quelle zurück und die Sache so beweisen?»

«Eben nicht: Die Quelle beziehungsweise die Schaltstelle ist nicht mehr da. Die Daten sind für uns verloren. Was wir an Informationen abgesaugt haben, hat keine Grundlage mehr. Und was die Stiftungen und Projekte angeht, deren Funktion einzig das Weiterleiten der Gelder war: Hier wird kein Mensch nachfragen. Und wenn, dann wird keiner Auskunft geben. Ein schrecklicher, schrecklicher Datenverlust, wird es heißen. Man bedaure das außerordentlich, zumal es sich um Gelder des Steuerzahlers handelt. Aber was will man? Weg ist weg, *shit happens.* Ist ja nicht das erste Mal. Man muss nach vorne schauen. Es sind schlicht zu viele, die daran verdammt gut verdienen. Auch dem europäischen Rechnungshof nahestehende Kreise.»

«Er hat recht», kam es vom Durchgang zum Flur her. Es war der schweigsame Bärtige, der offenbar bereits seit einer geraumen Weile an die Wand gelehnt dort stand und zuhörte. «Die haben sauber aufgeräumt. Im Objekt Nummer 173 an der Händelallee kam es vergangene Nacht zum bestimmungswidrigen Austritt von Leitungswasser, wie es offiziell heißt. Großer Schaden offenbar. Das ganze Haus musste geräumt werden. Da ist keiner mehr.»

«Säubern. Tilgen. Beseitigen. Und Tschüss», fasste Piet in Worte, was jedem klar war.

«Und zwar gründlich», ergänzte Valentin. «Zuerst Mieling, dann Kron und Dutertre, dann ihr, und jetzt die Händelallee.»

Die Köpfe Bruns, Savas und Piets drehten sich in perfekter Synchronizität zu Vali.

«Was sagst du da? Wovon sprichst du überhaupt?», fragte Brun. «Was ist mit Kron? Und Dutertre?»

«Das wisst ihr ja noch gar nicht», sprang Rachmanowitsch Valentin bei. «Michael Kron hat sich eine Kugel eingefangen. Scharfschütze. Hat Glück gehabt. Trug noch seine Weste. Er ist bis auf eine Prellung wohlauf und arbeitet jetzt für uns. Vielleicht auch *mit* uns. Wir werden sehen.»

«Mit dem Teufel gehen, bis man die Brücke hinter sich hat, wie die Russen sagen?», fragte Piet.

Rachmanowitsch gab das Wort mit einem Nicken an den Bärtigen weiter.

«Kron ist in Ordnung», sagte dieser. «Einer von der altmodischen Sorte. Wenn er sagt, er sei in unserer Ecke, dann ist er das auch. Wir waren zusammen im Einsatz. KSK.»

«Wie heißen Sie?», fragte Brun, ohne die Info zu kommentieren.

Ein kurzer Blick zu Rachmanowitsch.

Ein weiteres Nicken:

«Miho. Miho Beria.»

«Und wo ist Kron jetzt, Miho?»

«Er versucht, Infos zu den Leuten an der Händelallee zusammenzutragen. Wir haben außer von denen, die wir kennen, bisher nur Bilder vom Rest des Personals, und Kron verfügt über ein beachtliches Kontaktnetz.»

«Okay. Danke.»

Und sich wieder an Rachmanowitsch wendend:

«Dutertre. Was war da?»

«Das scheint eine improvisierte Aktion gewesen zu sein», nahm dieser den Faden wieder auf. «Dass Essia Kebdani ihn von Konstanz aus angerufen und gebeten hat, sogleich zu kommen, das habt ihr ja noch mitgekriegt, als ihr bei Semih wart. Dutertre hat sich – Retter in der Not, der er sein wollte – sofort auf den Weg gemacht und ist am Folgetag in der Früh in Konstanz angekommen, wo dieser Marouan Ghouar ihn in Empfang genommen hat.

Von dem anschließenden Kaffeeplausch am See kam dann nur noch Ghouar zurück. Ich habe Valentin, wie ihr wisst, ein paar unserer Leute zur Verstärkung geschickt, um Dutertre wenn möglich zusammen mit dieser Essia Kebdani reinzuholen. Dazu kam es dann nicht mehr, aber sie schafften Dutertres Leichnam weg, bevor Ghouar es tun konnte.

Aber auch das ist eine Sackgasse, wie's aussieht, und bewirkt im besten Fall Beunruhigung auf der Gegenseite: An Dutertres Leiche sind jede Menge DNA-Spuren und Fingerabdrücke von Ghouar. Vergleichsmaterial war nicht schwer zu kriegen. Aber damit hat es sich dann auch schon: Der Name Marouan Ghouar ist ebenso ein Kunstprodukt wie der Tourmanager von Essia Kebdani. Es ist schlicht und einfach nichts echt an diesem Kerl, und ich bin mir sicher, der Name existiert mittlerweile in keiner Datenbank mehr. Und wenn doch, dann nur zu Täuschungszwecken. Wenn ihr mich fragt, ist der einfach eine hervorragend aufgebaute Legende. Ich kann es förmlich riechen.»

«Bloß beweisen nicht», ergänzte Joaf.

«Genau.»

«Ich weiß nicht, wie es euch geht, Leute», sagte Nouriel schließlich in die Stille hinein, die Rachmanowitschs Ausführung folgte. «Alles deutet darauf hin, dass wir es hier mit einer staatlich finanzierten, aber ansonsten privaten Schattenarmee zu tun haben, die sich wie ein Spinnennetz hinter den wahrnehmbaren Begebenheiten über ganz Europa ausbreitet und die Anschläge mit Hunderten von Toten zu ihrem Aufgabenbereich zählt. Gleichzeitig ist da ein Festival, das gerade eben vom August auf einen Termin in zwei Wochen vorverlegt wurde, an dem bis zu 300.000 Menschen erwartet werden und dessen Hauptattraktion mit jenen Leuten in Verbindung gebracht werden muss, die diese Armee und ihre Taten zu verantworten haben. Nennt mich ruhig bekloppt oder einen Verschwörungstheoretiker. Ist mir egal – vollkommen egal. Interessiert mich nicht. Ich – wir alle – haben die Erfahrung gemacht, dass die größten Katastrophen passieren, weil das Vorstellungsvermögen der Leute, die sie verhindern sollten, nicht groß genug ist. Und das hier riecht verdammt noch mal nach einer Katastrophe …

Habt ihr mitbekommen, dass Bundeskanzler Hessberg heute Organisatoren und Künstlern des Festivals seine volle Unterstützung – auch finanziell – zugesprochen und ihren Mut zu dem starken Zeichen gelobt hat, das sie mit der Show gegen Hass, Rassismus und Antisemitismus setzen? Dieser Gig ist seit heute auch ein Staats-Gig.»

Diesmal war es Rachmanowitsch, der verhinderte, dass im Schatten des Gesagten das Unsagbare, dem sie im Moment noch ohnmächtig gegenüberstanden, Gestalt annahm.

«Vielleicht erfahren wir von den Festival-Leuten noch etwas Brauchbares», sagte er in die bedrückte Stille hinein.

«Du willst sie reinholen? Hierher?»

Brun klang, als zweifelte er an Rachmanowitschs Verstand.

«Sind schon da», antwortete dieser. «Und bevor du mir jetzt erklärst, das Risiko, sie so nah ran zu holen, sei viel zu groß und die Tatsache, es getan zu haben, grenze an operativen Wahnsinn: Wir hatten keine Wahl, Carl. Ihr wart verdammt noch mal tot, und es sah alles danach aus – und tut es immer noch –, als wäre das erst der Anfang gewesen. Wir haben keine Zeit für ein Vorgehen nach Handbuch.»

«Seit wann sind sie hier?», fragte Brun und signalisierte damit sein Einverständnis.

«Erst seit ein paar Stunden.»

«Und wie?»

«Keine Angst. Es ging alles sehr zivilisiert vor sich. Ein Polizei-Ausweis, zwei Monatsgehälter, und die konnten's gar nicht mehr erwarten, uns zu helfen.»

«Warum habt ihr sie nicht gleich befragt, bezahlt und anschließend mit einem Klaps zum Shoppen geschickt?»

«Wie du weißt, schadet es nie, den Leuten eine Ruhekur zu gönnen, bevor man sie freundschaftlich in die Mangel nimmt. Ihnen die Zeit geben, sich über Prioritäten klarzuwerden und so weiter. Stille und Alleinsein. Wirkt Wunder. Außerdem habe ich gehört, du seist der Beste für so was.»

Rachmanowitsch spielte mit einem Zwinkern auf jenen legendären Carl Brun an, der nicht mehr Carl Brun war, sobald er einen Verhörraum betrat, sondern der beste Verhörspezialist des NDB. Einer von der Sorte, die zum Algorithmus wurden und nur noch in eigenes Verhalten und Reagieren überführten, was das Gegenüber durch Worte, Miene, Gesten, Blicke und seinen Geruch eingab.

Für Brun war der Mensch, der ihm gegenübersaß, nicht länger Mensch, nicht länger Person, sondern bloß noch Ausgangspunkt von Handlung, die Gegenhandlung erforderte. Er konnte toben während eines Verhörs, konnte bloß dasitzen, stundenlang, rauchen, Zuhörer sein, Mit-Trauernder, Freund oder eben der Kerl, der damit droht, deine Familie umzubringen. Je nach Bedarf.

«Okay», sagte Brun. «Vorschlag: Ich rede jetzt gleich mit den Leuten, während ihr eine Pause macht und nachseht, ob hier irgendwo etwas Essbares rumliegt.» Und ohne eine Antwort abzuwarten:

«Danach ordnen wir die Sache und entscheiden, was zu tun ist. Wo sind sie?»

«Oben», informierte ihn Joaf.

Brun zündete sich eine Zigarette an, stand auf und wandte sich in Richtung Treppe.

«Das hier solltet ihr euch noch ansehen», kam es in diesem Moment von Lorenz.

«Was gibt's?», fragte Brun innehaltend, ging zu ihm hinüber und beugte sich im Versuch, auf den Bildschirm zu schauen, nach vorne. Dann blickte er hoch, in die Runde und erneut auf den Monitor, wie einer, der hofft, beim zweiten Hinsehen etwas anderes zu erkennen.

Kurz darauf standen zwölf Personen in einem Halbkreis rund um Lorenz.

«Das sind Handy-Videos», erklärte dieser. «Ins Netz gestellt von Teilnehmern der verschiedenen Solidaritäts-Veranstaltungen, die heute als Reaktion auf die Anschläge in ganz Europa stattgefunden haben und noch immer stattfinden. Es gibt Dutzende davon. Und es werden laufend mehr. Scheint überall dasselbe zu sein.»

Was er meinte, waren Bilder, die das Gespenst eines Bürgerkriegs heraufbeschworen. Straßenschlachten, Kampfszenen, Schlägereien, Randale, Plünderungen. Tränengas, Wasserwerfer, Gummigeschosse, Molotow-Cocktails, Messer, Feldspaten, Steine, Schlagstöcke. Berlin, Stuttgart, Mannheim, Stockholm, Paris, Rom, Madrid.

Auf jedem Monitor lief ein anderes Video, das ein anderes Menschenknäuel zeigte.

Eine Weile ließen sie die bewegten Bilder dessen, was morgen in den verschiedenen Medienformaten mit großer Wahrscheinlichkeit mit dem Etikett «Proteste» – schlimmstenfalls: «Ausschreitungen» – versehen würde, was aber in Wahrheit eine Gewalt- und Zerstörungs-Orgie des kurzfristig vereinten intellektuellen und nicht-intellektuellen Pöbels zu sein schien, stumm auf sich wirken.

«Halt», sagte Joaf plötzlich, neigte sich nach vorne und zeigte auf den betreffenden Bildschirm, den er gerade meinte. «Geh da mal ein Stück zurück. – Noch ein Stück. Hier. Seht euch das an.»

Zu sehen war eine Sequenz, welche offenbar eine Schlüsselszene für den Ausbruch der Gewalt an einem der Veranstaltungsorte einfing. Eine schwarz vermummte Person schien auf einen Polizisten loszugehen. Neben und hinter ihr weitere Personen, deren Gesicht von Schals, Sturmhauben, Mundschutz und Sonnenbrillen verdeckt war. Ihnen gegenüber eine Reihe von Polizisten in der gängigen Schutzmontur mit Helm und Schutzschildern.

«Okay. Lass laufen», sagte Joaf. «Stopp. Noch mal.»

Und in die Runde: «Seht genau hin.» Dann wieder:

«Stopp. Habt ihr gesehen, wie der Kerl auf den Polizisten losgeht? Und wie der zu Boden ging? Das war ein perfekt gesetzter und mit voller Wucht geführter Faustschlag gegen den Kehlkopf. Würde mich nicht wundern, wenn der Polizist tot wäre. Lass weiterlaufen, Lorenz.»

Zu sehen war in der Folgesequenz der Polizist daneben, der dem angegriffenen Kameraden zu Hilfe kommt, als dieser zu Boden geht. In der Vorwärtsbewegung neigt er sich nach unten. Einer der Angreifer platziert einen Schlag mit der Handkante in den für Sekunden bloßliegenden Raum zwischen Helm und Weste.

«Stopp.» Und erneut erklärend:

«Dasselbe: Handkantenschlag zwischen den dritten Halswirbelzwischenraum und Haaransatz. Mögliche Wirkung: Heraustreten der Augen, Prellung des Gehirns, Bewusstseinsverlust, Tod. Lass weiterlaufen.»

Ab hier kommentierte Joaf das Geschehen nicht weiter. Wozu auch: Jeder in dem Raum, mit Ausnahme von Nik Horn und Lorenz, war ausgebildet in militärischem Nahkampf. Und genau das war es, was sie hier lehrbuchmäßig zu sehen bekamen. Sämtliche Angriffe auf die Polizisten zielten präzise auf die Nervendruck- und Schlagpunkte der von der Ausrüstung ungeschützten oder kurzzeitig bloßliegenden Stellen zur maximalen Schädigung von Nervensystem und Lungen. Jeder Schlag präzise und routiniert geführt – und trotz des entstehenden Tumults und der Gegenwehr von konzentrierter Ruhe.

«Und jetzt nochmals zu der Stelle, wo einer von denen einem Polizisten das Knie in die Achselhöhle rammt. Genau. Hier. Danke.»

Und über die Schulter: «Seht ihr's?»

Eine Weile war es still. Das erstarrte Bild, das die Bewegung einfing, war unscharf. Einer der Polizisten schien einem Geschoss oder einem Schlag auszuweichen. Dabei lehnte er sich geduckt nach vorn, was einer der Angreifer in Schwarz mit besagtem Stoß mit dem Knie auswertete. Der Oberkörper des Angreifers neigte sich dabei kaum nach hinten, was auf starke Rumpfmuskulatur hindeutete. Die Arme waren leicht vom Körper abgespreizt. Dass er den größten Teil der Wucht aus dem Schwung der Bewegung und nicht aus den Muskeln holte, wurde deutlich an etwas, das vor seinem Gesicht schwerelos in der Luft zu hängen schien und sich vor der dunklen Montur des nachrückenden Polizisten abzeichnete. Etwas Gelbes, das er um den Hals trug. Eine Kette mit einem Anhänger möglicherweise.

«Die Münze», kam es schließlich von Jezreel.

«Bingo», kommentierte Joaf. «Kannst du das vergrößern und schärfer machen?», fragte er Lorenz' Hinterkopf.

«Mehr geht nicht», sagte dieser nach einer Weile.

Plötzlich entrollte sich im jähen Flackern eines Blitzes der ohrenbetäubende Donner eines Gewitters. Keiner von ihnen hatte auf das Wetter-Drama geachtet, das sich vor den Fenstern abzuspielen begonnen hatte. Auch nicht darauf, dass rund um das künstlich-grelle Hell der Bildschirme die Dunkelheit hereingebrochen war.

«Ein solches Gewitter im April verheißt Schnee im August», kommentierte Valentin.

Jezreel ging zum Küchendurchgang und schaltete das Licht ein. Brun löste sich ebenfalls von der Gruppe. Ihre Blicke trafen sich kurz. Brun fühlte sich, als würde er lächeln.

«Wir wissen ja alle, dass ihr beide einander herzlich zugetan seid, Carl», sagte Piet, der von hinten an Brun herangetreten war und ihm die Hand auf die Schulter legte, laut. «Aber übertreiben musst du es auch nicht. Denk doch auch mal an mich und wie's mir dabei geht.»

Brun grinste, suchte erneut Jezreels Blick. Aber sie war weg – unter Piets Stimme und seinen Worten weggetaucht in die Sicherheit und Distanz der Küche.

«Siehst du?», lachte Brun. «Jetzt hast du sie verscheucht. Du und Frauen ...»

«Das glaub ich jetzt nicht! Kommt her!», rief Nouriel da von Lorenz' Platz her. «Seht euch das an.»

Als Brun, Piet und Jezreel sich wieder in das Halbrund um die Bildschirme quetschten, spielte Lorenz ein weiteres Video ab, das auf den ersten Blick dem ersten ähnelte. Auf den zweiten freilich wurde deutlich, dass sich zwar gleiche Akteure – also Polizei und Demonstranten – gegenüberstanden, dass die Gewalt jedoch von Ersteren ausging.

«Dieser Kehlkopf ist hin», sagte Piet, als einer der Kundgebungsteilnehmer nach einem Schlag zu Boden ging. «Der ist so gut wie tot.»

«Wo ist das?», fragte Jezreel.

«Stockholm», antwortete Lorenz. «Scheint überall dort, wo es ähnliche Veranstaltungen gibt, dasselbe zu sein.»

«Was ist mit der Schweiz?» Die Frage kam von Joaf.

«Zürich, Genf, Basel.»

«Bist du sicher?», Bruns Frage war schon Wissen.

«Willst du Bilder?», fragte Lorenz zurück.

«Nein. Lass gut sein. Dann hatte Jo also recht.»

Und ohne sie anzusehen zu Joaf und Rachmanowitsch:

«Und ihr auch. Von Anfang an.»

«Was meinst du mit ‹Jo hatte recht›?» hakte Valentin, der brütend halb vor sich hin, halb auf die Bildschirme starrte, nach.

«Als er bei Lanzetti seine Beichte ablegte und ihm berichtete, dass uns in Spanien wohl unser Schicksal ereilt habe, schien diesem nicht nur das Herz nicht zu brechen. Jo war sich sicher, dass er ihm nichts Neues erzählte. Dass er es längst wusste.»

«Lorenz. Kannst du in Erfahrung bringen, welche NGOs in der Schweiz für die Organisation der Demos verantwortlich zeichnen?»

Die Frage kam von Nik Horn, der unbeweglich am Fenster zum Garten stand. Brun stellte fest, dass er ihn vergessen hatte. Oder ihn als zu ihnen gehörend wie selbstverständlich mit einschloss.

«Was haben Sie vor?», fragte er.

«Das Geld … immer das Geld», antwortete Horn. Es klang, als hätte er in dem kurzen Zögern zwischen den Worten Bruns Namen platzieren wollen. «Diese Demonstrationen sind in kürzester Zeit organisiert worden. Da wurde innerhalb einiger Tage eine regelrechte Kampagne gefahren. So was schüttelt man nicht aus dem

Ärmel als ‹Aktivist›. Erst recht nicht das Geld, das ein solches logistisches Großunterfangen verschlingt. Ich kenne noch ein paar Leute. Vielleicht kann ich herausfinden, wie die Organisatoren all das finanzieren.»

«Gute Idee, Nik. Machen Sie das.»

«Okay – ich würde sagen: So weit, so schlecht», schaltete sich Rachmanowitsch wieder ein. «Aber eine schlechte Wahrheit ist für Leute wie uns immer noch besser als jede noch so gute Lüge. Wie man es auch dreht und wendet: Alles sieht danach aus, als solle diese Sache eskalieren. Und zwar europaweit, was wiederum den Verdacht erhärtet, dass hier Kräfte am Werk sind, die über allem Europäischen stehen. Die EU kriegt es ja nicht mal hin, eine Einigung zur Zeitumstellung zu erreichen. Geschweige denn ein Großprojekt von diesem Ausmaß.»

«Aber muss aufgrund dieser Eskalation nicht davon ausgegangen werden, dass hier nicht nur ganz gezielt eine nächste Konfliktstufe angestrebt wird, sondern auch die Diskreditierung der Polizeikräfte?», fragte Piet. «Ich meine: Spätestens morgen werden wie bereits seit zwei Jahren wieder mehr Stimmen zu ihrer Abschaffung laut. Bloß dass sie diesmal auf mehr Gehör treffen werden.»

«Genau das», bestätigte Rachmanowitsch. «Spätestens in einer Woche wird es dann offiziell nicht genehmigte Demonstrationen und Kundgebungen gegen Polizeigewalt geben, und man wird es aus naheliegenden Gründen vorziehen, ihre Sicherheit anderweitig zu gewährleisten.»

«Durch das Militär zum Beispiel», sagte Brun.

«Genau. Und die Leute werden es lieben.»

Brun riss sich gewaltsam von dem Ungeheuerlichen los und wandte sich dem zu, woraus ihre Arbeit am Ende immer bestand: mühseliges, hartnäckiges, stures Graben, Abklopfen, Abtasten. Sich lautlos und Schritt für Schritt dem nähern, was im Finstern lag, bis man zuschlagen und was auch immer beim Genick packen konnte.

Gewissheiten gab es für sie bis zu diesem letzten Moment nie. Und der Anspruch, sie zu haben, wie größenwahnsinnige Technokraten das behaupteten, käme in ihrem Fall der totalen Untätigkeit gleich.

«Ich bin dann mal oben und befrage unsere Gäste», sagte er. Rachmanowitsch, der immer noch hinter Lorenz stand und erneut die Videosequenzen studierte, als hoffe er, das Ganze würde sich doch noch als ein Irrtum erweisen, hob den Kopf:

«Warte noch kurz, Carl.»

Brun hielt am Fuß der Treppe inne:

«Was gibt's?»

«Einer von uns muss Jo und Ludwig auf den neuesten Stand bringen. Es wird ihnen dabei helfen, sich weder von den eigenen Leuten noch von irgendwelchen europäischen Behörden unter Druck setzen zu lassen und ihr Vorgehen der Realität hinter dieser ganzen widerlichen Show» – er nickte andeutungsweise in Richtung der Bildschirme – «anzupassen. Jede Minute, während der sie sich in den kommenden Tagen quer zum medialen und politischen Getöse stellen, ist eine gewonnene Minute für uns.»

«Danke», beantwortete Brun die nicht gestellte Frage danach, ob er, Rachmanowitsch, das übernehmen solle. Zwei Silben, beladen mit unendlich viel mehr als der schlichten Botschaft der Annahme eines Angebots.

Rachmanowitsch verstand und erlaubte sich ein Lächeln:

«Sei nett zu unseren Gästen.»

«Ich bin immer nett», sagte Brun, machte kehrt und lief, zwei Stufen auf einmal nehmend, die Treppe hoch. «Und sieh zu, dass wir hier etwas zu essen kriegen», rief er über die Schulter zurück.

✦ ✦ ✦

Berlin, Bundeskanzleramt

Eric Hessberg tobte seit dem Moment, als sich die Tür zur Tribüne des Pressezentrums hinter ihm geschlossen hatte.

«Wie viele PR-Fachleute der diversen Ministerien haben da drin eben gerade auf ihren Ärschen gesessen?», herrschte er niemanden Bestimmten und alle zugleich an, während er in einem Kokon von Stabs- und Security-Leuten in Richtung Aufzug stürmte.

«Neun? Zehn? Habe ich da irgendwas falsch verstanden? Nehmen die die Kohle, die wir ihnen jeden Monat schubkarrenweise rüberschieben, nicht genau dafür, dass solches nicht passiert?»

«Solches» bezog sich auf die Fragen eines akkreditierten Journalisten. Die Pressekonferenz war im Zuge der massiven Ausschreitungen seitens der Polizei als auch der Demonstranten an den Solidaritäts-Kundgebungen kurzfristig einberufen worden. Ausschreitungen von einer Gewalt, wie es sie in dieser Form und Intensität noch nie gegeben hatte. Europaweit.

Es war schwer, dabei nicht in eine Art Kriegsvokabular zu verfallen. Sachbeschädigungen und Plünderungen waren noch die am leichtesten zu verkraftenden Schäden. Aber dabei war es nicht geblieben – es gab Tote und Verletzte. Die genauen Zahlen hielt man unter dem Deckel.

«Herr Bundeskanzler», hatte der Journalist angehoben. «Vor einer Woche fanden als terroristisch eingestufte Anschläge an acht verschiedenen Orten statt. Heute in Reaktion darauf allein in Deutschland in mehr als zwölf Städten Kundgebungen gegen Rassismus und Antisemitismus, die in einer noch nie dagewesenen Eskalation von Gewalt endeten. Ich zitiere Sie: ‹An sämtlichen Orten, so der Stand der Erkenntnisse, waren heute destabilisierende Gruppen aktiv. Es ist davon auszugehen, dass wir an einem Scheideweg stehen. Die Bedrohung für unsere Art zu leben und damit für unsere Institutionen wird täglich größer. Es wäre fatal, das aus dem Auge zu verlieren und es nicht mit aller Härte zu bekämpfen.›»

«Und die Frage, bitte …?»

«Meine Frage ist sehr einfach: Finanzieren wir nicht gerade aus ebendiesem Grund einen Nachrichtendienst und einen Verfassungsschutz mit rund anderthalb Milliarden jährlich? Um unsere Art zu leben und unsere Institutionen zu beschützen? Um solches nicht nur zu bekämpfen, sondern von vornherein zu verhindern? Machen diese Leute, denen wir eineinhalbtausend Millionen pro Jahr bezahlen, ihren Job nicht? Und ist es nicht etwas wohlfeil, die Schuld ausschließlich auf die Polizeikräfte vor Ort abzuschieben? Oder anders gefragt: Zählen Sie die Polizei zu den destabilisierenden Kräften?»

«Was soll das?», hatte Hessberg Georg Kunze, noch während der Mann gesprochen hatte, zugeflüstert.

«Ich habe keine Ahnung», hatte dieser ebenso flüsternd geantwortet und hinzufügen wollen, da habe wohl einer der Praktikanten die Netiquette des Kanzleramts falsch verstanden, und er werde besagte Medienleute im Anschluss foltern lassen, als er realisiert hatte, dass Hessberg kreidebleich war und kurz davor stand, unkontrolliert loszubrüllen.

Man konnte nun von Georg Kunze sagen, was man wollte – jedes Klischee des verbeamteten Menschen mit etwas Macht ließ sich an ihm aufzeigen. Wessen er sich jedoch nie schuldig gemacht hatte, war die falsche Einschätzung seinesgleichen und das konsequente Abwenden von Schaden, wenn es um den Erhalt des eigenen Lebensraums ging.

«Reißen Sie sich zusammen!», hatte er, sich zu seinem Vorgesetzten lehnend, in dessen Ohr gezischt. «Gehen Sie nicht auf die Anspielungen ein. Fragen Sie ihn stattdessen, ob man seiner Meinung nach über die Polizeigewalt hinwegsehen solle.»

Kunzes Worte hatten die Wirkung eines Glases kalten Wassers in Hessbergs Gesicht: Der prinzipienlos Suchende hatte die nächsten fünf Minuten damit verbracht, auf Prinzipien herumzureiten, die er nur dem Namen nach kannte, und den Journalisten und sein stures Nachfragen verbal in jene Ecke gedrängt, die im Politischen längst den größten Teil des diskursiven Raumes einnahm: unappetitlich, menschenverachtend, demokratiefeindlich.

Die Räumlichkeit und der Rest der anwesenden Schreiberzunft hatten die Häme über die wohlverdiente Diffamierung regelrecht ausgeschwitzt. Die Pressekonferenz endete denn auch in Konsens und allgemeiner Zufriedenheit.

Jetzt quoll der Tross mit Hessberg in der Mitte aus dem Aufzug der Etage, auf der sein Büro lag. Hessberg stürmte ungebremst weiter in Richtung Vorzimmer und durchquerte es, ohne Marie Wegener eines Blickes zu würdigen. Hätte er es getan, wäre er in ihren Augen bloß auf eines gestoßen: uferlose Verachtung für einen Menschen, der sich in einem Maß nicht im Griff hatte, wie nur große Dummheit oder Selbstbewunderung es ermöglichten.

Hessberg achtete nicht darauf. Ebenso wenig darauf, dass sich jemand von der rechts gelegenen Sitzgruppe löste und ihm folgte: Es war Christian Grabowsky, der auf einem der dort angebrachten Monitore die Pressekonferenz verfolgt hatte.

Er nickte Wegener zu, trat ebenfalls in das Büro und ließ die holzverkleidete schwere Sicherheitstür hinter sich ins Schloss gleiten. Dann trat er zu Hessberg, den die Fensterfront in seinem Lauf ausgebremst hatte, und wiederholte, als dieser zu ihm herumfuhr, im buchstäblichen Sinn, was Georg Kunze bei der Pressekonferenz zuvor bloß verbal getan hatte:

Mit der Rückseite der Hand verabreichte er seinem Schützling Hessberg eine Ohrfeige Marke «Sofortiges Nasenbluten».

«Was …?»

Hessbergs neuerliches Aufbegehren stieß auf Grabowskys Blick und fiel fast hörbar hinunter. Er beruhigte sich augenblicklich.

Man sagt, Macht korrumpiere und bringe das Schlechteste im Menschen zum Vorschein. Das war nicht korrekt. Bereits die lendenlahme, kindische Idee persönlicher Macht führte zum selben Resultat, wenn der Mensch, der sie hegte, es ohne jede Vergleichsgröße auf einem Fundament tat, das nur aus ihm selber bestand.

Grabowsky hatte diese Erscheinung in seinem Leben zur Genüge studieren können und wusste, dass es nur zwei Arten gab, damit umzugehen: sie fördern, wenn du etwas von der Person willst, und drohen, wenn die Person etwas von dir will. Und Hessberg wollte Bundeskanzler sein.

Zum Drohen kam es nicht. Hessberg zog sofort den Schwanz ein und suchte Deckung hinter dem Schreibtisch.

«Ich weiß, ich weiß …tut mir leid. Sorry!»

Die Zerknirschung klang echt, und Grabowsky wusste, dass sie es auch war. Ein Lächeln ließ ihn die Zähne zusammenbeißen, als in einer letzten Aufwallung sich ein weiteres «Aber …» über Hessbergs Lippen stahl.

«Vergiss es», sagte er nur. «Vergiss die ganze Sache. Du hast dadurch, dass du die Initiative an dich gerissen hast, das Beste aus der Situation gemacht. Es ist sogar wahrscheinlich, dass deine Taktik –

den Kerl danach fragen, ob er Polizeigewalt befürworte – uns eine Vorlage liefert, die wir perfekt auswerten können.

Morgen früh – Sonntag – findet die außerplanmäßige Kabinettssitzung statt. Das ganze Land wird spätestens nach diesem Zwischenfall wissen, dass die Bundesregierung die Sache nicht auf die leichte Schulter nimmt. Man wird sich nach stundenlangem zähen Ringen zu drastischen Maßnahmen als Folge der Gewalt auf Seiten der Sicherheitskräfte entscheiden: Die Polizei wird bei künftigen Veranstaltungen durch das Militär ersetzt und als Ganzes im Grunde suspendiert. So lange, bis der ebenfalls morgen ins Leben gerufene Untersuchungsausschuss der Sache auf den Grund gegangen sein wird. Die unmissverständliche Botschaft: *Wir räumen auf. Das wird dauern, aber in der Zwischenzeit garantieren unsere Truppen mit ihrem Leben für eure Sicherheit.*»

«Das ist genau das, was ich mich die ganze Zeit über frage», wandte Hessberg ein. «Wird die pazifistische, postheroische Gesellschaft das Militär als Ersatz für die Polizei akzeptieren? Und werden die verbleibenden Truppen mitmachen?»

«Zu deiner ersten Frage: Natürlich! Diese Gesellschaft ist nicht pazifistisch – sie nennt sich nur so. Wenn die Verlustangst groß und die PR gut genug ist, akzeptiert sie alles. Fakt ist, dass Gewalt in den Augen der Mehrheit der Menschen nur dann schlecht ist, wenn sie in Konflikt mit dem eigenen Wünschen und Wollen gerät. Kann man jedoch glaubhaft machen, dass sie den eigenen Zielen – egal, ob eingestanden oder nicht – dient, dann würde sie sofort auf sämtliche demokratischen Extravaganzen verzichten und eigenhändig die Ketten vor die Tore neuer Lager hängen.

Und zur Frage danach, ob die Truppen mitmachen: Nicht alle natürlich. Und von denen, die bleiben werden, verlangen wir keinerlei Loyalitäten, sondern nur Gehorsam. Wir bieten einen Lohn und ein gutes Gewissen in Zeiten, in denen beides ein Luxus ist. Man sagt, das Gewissen verhalte sich, wenn die eigene Existenz auf dem Spiel steht, so, wie es von der Leber behauptet wird: Es wachse an seinen Herausforderungen.

Es ist also damit zu rechnen, dass, wenn nach und nach Teile von

ARES integriert beziehungsweise die verbleibenden Truppen dann in ARES überführt werden, die meisten es vorziehen werden, nicht mehr zu verlangen als das richtige Wappen auf der Uniform. Und das werden wir ihnen geben. Den Deutschen das deutsche, den Franzosen das französische, den Schweizern das schweizerische. Zumindest während der Phase des Übergangs. Und sie werden uns dankbar sein, glauben zu dürfen.»

«Und was ist mit denen, die nicht bleiben werden? Den ‹Alles eine einzige Familie, wir vom Militär›-Typen? Den Idealisten, die sich der Truppe mit Leib und Seele verschrieben haben? Von denen gibt es nicht wenige, das wissen wir beide. Gerade in den Sondereinheiten.»

«Bei den Sondereinheiten wird zufällig in der nächsten Zeit ganz widerliches Zeug auftauchen. So widerlich, dass man sie schlicht und einfach wird auflösen müssen.

Und zur Frage der Kontrollierbarkeit der ganz Loyalen: Denkst du wirklich, diese Seuchen-App, die den Leuten als neues Obligatorium aufs Auge gedrückt wurde, hat offiziell fast 100 Millionen Euro gekostet – inoffiziell ist es das Dreifache –, weil die Nutzbarmachung und die dezentrale Speicherung der Daten auf dem jeweiligen Endgerät so furchtbar schwierig ist?»

Eine Antwort Hessbergs erübrigte sich, und Grabowsky fuhr fort:

«Natürlich nicht. Die Open-Source-Lösung, die beispielsweise hier in Deutschland zum Einsatz kam, wurde für nicht mehr als 10.000 Euro gebaut. Tatsache. Dafür brauchte man das Geld aber nicht. Wohl aber für PEPP-PT, was so viel bedeutet wie *Pan-European Privacy-Preserving Proximity Tracing*. Das ist die europäische Closed-Source-App, wie sie offiziell nur China, Russland, Vietnam und Großbritannien ihren Bürgern zumuten. Sämtliche Daten werden zentral gespeichert. Und nicht nur das. Sie werden mit allen je erfassten Daten eines jeden Menschen verknüpft. Wenn sich also drei ehemalige KSK-Kameraden oder Querulanten aus den regulären Truppen auf ein Bier treffen, dann wird auf irgendeinem Bildschirm ein Lämpchen aufblinken, und der Arm des Gesetzes wird seine Klauen ausfahren. Wir leben in der Tat in erstaunlichen Zeiten, Eric.»

In diesem Moment steckte Marie Wegener den Kopf zur Tür herein. Hessberg ignorierend, teilte sie Grabowsky mit, er müsse los, sein Fahrer warte. Zur Wand hinter dem Schreibtisch sagte sie, die Videokonferenz des Kanzlers mit den Chefs jener europäischen Staaten, in welchen es zu ähnlichen Szenen wie in Deutschland gekommen war, starte in einer halben Stunde.

«Maske in fünfzehn Minuten», schloss sie und zog ihr Vogelgesicht durch den Türspalt zurück.

«Sie kann mich aufs Blut nicht leiden», sagte Hessberg.

«Könnte sie es, würde sie im selben Moment für mich unbrauchbar. Sie weiß das», kommentierte Grabowsky schmunzelnd und griff nach dem Regenmantel, den er über einen Sessel geworfen hatte.

Hessbergs nächste Frage überraschte ihn in dem gleichen Maße, wie sie es nicht tat, und erinnerte ihn daran, warum *er* es war, den er sich zum Ziehsohn erwählt hatte, und nicht eines der jungen Parteikader – irgendeiner Partei –, von denen es an den Universitäten, in den NGOs, den Parlamenten und in den Parteigremien nur so wimmelt:

Hessberg, wenn er gerade nicht mit sich selbst beschäftigt war, war ein fantastischer Beobachter. Resultat einer Erziehung und Prägung, in deren Rahmen Worte ausschließlich dazu gedient hatten, eine Realität vor der Realität zu schaffen – das geschmackvoll eingerichtete Zimmer, in das man die Gäste führte, während der Rest das Hauses im unerwähnten Dunkeln verblieb. Hessberg konnte auch im wortlosen Finstern sehen, und was für andere bloß Wahrnehmung blieb, war in seinem Fall schon Messung. Nichts anderes war der Grund dafür, dass er seinen Finger jetzt punktgenau auf die schmerzende Stelle legte.

«Du wirkst in den letzten Tagen abwesend, Christian. Seit dem Treffen mit der ARES-Gruppe, um genau zu sein.»

Und nach kurzem Innehalten:

«Hat es mit Juchatz zu tun?»

Weder kannte Hessberg Juchatz, noch wusste er über ihn, was Grabowsky wusste – aber er kannte seinen Mentor und war in der Lage, jeden seiner Töne, Untertöne, Zwischentöne und unausgesprochenen Laute zu deuten wie keiner sonst. Grabowsky gratulierte sich ebenso zu seiner Wahl, wie er sich er mahnte, dies nie zu vergessen. Jetzt entschied er sich für die Wahrheit:

«Ja», bestätigte er. «Peter. Ich glaube – ncin, ich bin mir eigentlich sicher –, dass er irgendwas nimmt. Beruhigungsmittel, Stimmungsaufheller, was auch immer. Und dafür kann es in seinem Fall nur zwei Gründe geben: Entweder er hat Angst, oder das andere, von dem wir's gerade hatten, macht ihm zu schaffen – sein Gewissen. Ich hoffe es gleich zu erfahren.»

«Und dann?», fragte Hessberg.

Es klang, als befürchte er das Schlimmste.

«Mach dir keine Sorgen. Die Franzosen sagen, man regiere über Seelen nur durch Ruhe. Dasselbe gilt für das Gewissen. Ich werde ihn in aller Freundschaft davon überzeugen, dass es richtig ist, zu tun, was er tut. Und dass es falsch wäre, jetzt auf etwas zu hören, von dessen Regungen er zeit seines Lebens nie Kenntnis genommen hat.»

«Und wenn er Angst hat? Wenn er abspringen will?»

«Dann sprechen wir über Fallhöhen und die Bodenbeschaffenheit von Landezonen. Und über die Tatsache, dass ich für Hasenfüße und Kleinmütige, die, wenn's heiß wird, Deckung suchen, keine Verwendung habe.»

Und in leichterem Ton wiederholend:

«Mach dir seinetwegen keine Sorgen, Eric. Er wird, wenn das alles vorbei ist, als reicher und hochdekorierter Mann in den Sonnenuntergang reiten. Er ist am Ende auch nur ein Opportunist und ein Verräter – wie fast alle in diesem Spiel. Das ist der Basisrohstoff alles Politischen und gleichzeitig der Kitt, der es zusammenhält: maximale Gier und permanente Angst davor, von seinesgleichen – das sie aber brauchen, um das Spiel am Laufen zu halten – verraten zu werden. Würde diese zum Beruf erhobene Negativ-Paarung wegfallen, fiele der größte Teil dessen, was sich Politik nennt, ebenfalls weg. Das ist nicht schön, aber es ist immerhin berechenbar. Und es führt dazu, dass mein Job oft einzig darin besteht, unten darauf zu warten, wer oben wen zuerst über die Brüstung wirft.»

Kurz trat er an Hessberg heran, legte ihm die Hand auf die Schulter, als wolle er sehen, ob er dem Gewicht der deprimierenden Realität standhalte, machte dann kehrt und verließ das Büro mit dem beschwingten Schritt eines Mannes, dem ein Sieg gewiss ist.

Obwohl Christian Grabowsky sich, seinen eigenen Rat befolgend, nie Sorgen machte, glitt doch alles Beschwingte in dem Moment von ihm ab, als er die Tür zu Hessbergs Büro hinter sich schloss.

Schemenhaft nahm er im offenen Raum zu seiner Linken Marie Wegeners elsternhaft an ihrem Schreibtisch kauernde Gestalt wahr. Er verlangsamte seinen Schritt, fokussierte den Blick und sah in ihre starren Vogelaugen. Sie nickte, und er ging weiter.

Nein – keine Sorgen. Aber höchste Konzentration für das, was die Situation verlangte. Anstatt einen der Aufzüge in der fürchterlichen Vorhalle der Büros steuerte er wie gewöhnlich die Treppe an. Diesmal war er blind für das eigene Empfinden, das ihm beim Betreten der Stufen stets das Hinabsteigen in eine Art von futuristischem Schlund suggerierte und ihn am Ende regelmäßig zu dem Schluss kommen ließ, die Architekten dieses baulichen Albtraums seien nicht nur nicht zu prämieren, sondern zu internieren.

Gerne auch nachträglich.

Der Wagen wartete beim Personenausgang der Tiefgarage auf ihn. Als Alex ausstieg, um ihm den Schlag zu öffnen, winkte Grabowsky ab, öffnete die Hintertür auf der Beifahrerseite selber und stieg ein.

Er dachte an Schlamm. Napoleons fünftes Element. Weit davon entfernt, ein Napoleon zu sein, hatte doch auch er mit einer Art Schlamm zu kämpfen. Einem zähen, schmierigen und breiigen Morast, durch den zu waten und andere zu lotsen oder zu schleifen, ohne dabei selbst stecken zu bleiben, sein Leben war. Der Schlamm der Feigheit und der kleinen Seelen, die unter dem Kitt von Opportunismus und Verrat, von dem er eben noch zu Hessberg gesprochen hatte, das Terrain bestimmten.

«Hin zum Throne wollen sie alle: Ihr Wahnsinn ist es, als ob das Glück auf dem Throne säße!» Als ob Ratten allein je wieder raus aus dem Schlamm und, wenn doch, je weiter kämen als an den Fuß besagten Thrones, solange es Leute wie ihn gab.

Aber nicht alle wollten zum Thron. Einige wollten bloß aufs Trockene wie möglicherweise Juchatz, den er verdächtigte, jemand anderem seine fragwürdigen Loyalitäten schmackhaft zu machen.

Was er eben zu Hessberg gesagt hatte, war nicht falsch – bloß nicht alles. Er hatte Juchatz seit der letzten Sitzung von ein paar «StratCom»-Leuten beschatten lassen, im Bewusstsein, dass jener nicht so dumm wäre, jemand anderen mit der Prüfung von Absprungmöglichkeiten (wahlweise Exit-Strategien und Exit-Kontakten) zu beauftragen.

Das Resultat nach wenigen Stunden: Peter Juchatz war zu keinem Konsulat und zu keiner Botschaft gelaufen, hatte niemand Verdächtiges angerufen und auch nicht konspirativ auf Parkbänken rumgesessen. Er hatte nichts getan – das aber so überspannt und auffällig, dass Grabowsky nur zwei Möglichkeiten sah: Entweder hatte der Kontakt längst stattgefunden und Juchatz wartete auf das Signal zum Absprung, den Eingang einer Summe oder beides. Oder aber es gab keinen Kontakt, keine Summe und kein Signal, und es war wirklich nur das Gewissen, das ihm zu schaffen machte, jetzt, wo ARES auch in seiner Welt sichtbar wurde.

Wäre letzteres der Fall, dann könnte er sich heute Abend, wenn auch zerbeult, aus der Klemme ziehen und würde es auch tun. Traf ersteres zu, dann könnte er plötzlich erkranken. Im Zuge der aktuellen Stimmung wäre es kein Problem, den Chef des Nachrichtendiensts zu ersetzen. So wie man Ratten mit Gift loswurde, tat man es im Fall von Politikern und Funktionären mit fragwürdigen Haltungen, Kinderpornos, Übergriffen von vor 30 Jahren oder gesundheitlichen Zwischenfällen. Die Beweislast lag in allen Fällen beim Angeklagten. Die Chancen, gegen die Wucht politischer, medialer und öffentlichkeitswirksamer Angriffe auf die eigene Privatsphäre anzukommen, waren dabei so gut wie nicht vorhanden. Die Wenigsten ließen sich überhaupt darauf ein und zogen es vor, dass man sie in Frieden und am Leben in Vergessenheit geraten ließ.

Grabowsky hatte weder die kurze Fahrt in den Ortsteil Buckow des Bezirks Neukölln noch die Umgebung, durch die sie geführt hatte, wahrgenommen. Als der Wagen hielt, kam es ihm wie ein Auftauchen aus dem Sumpf vor, mit dem seine Gedanken beschäftigt gewesen waren. *«Oft sitzt der Schlamm auf dem Thron – und oft auch der Thron auf dem Schlamm.»*

Vor ihnen zerschnitt, metallglänzend wie eine Messerklinge, die Fassade eines Lagerhauses die Dunkelheit. Im linken Eck eine Tür. Winzig in der Riesenfläche der grau schimmernden Wand.

Diesmal war Alex schneller – der Schlag wurde geöffnet, und Grabowsky stieg aus. Der Abend, die Nacht eigentlich schon, war kühl. Acht, neun Grad höchstens, schätzte er und legte sich den leichten Mantel um die Schultern. Der Boden war uneben, sandig und mit runden Steinen übersät wie ein ausgetrockneter Bachlauf.

Alex ging voraus auf die Tür zu, öffnete sie, trat ein und hielt sie ihm von innen auf. Finsternis umhüllte ihn wie etwas, das man greifen und mitnehmen könnte.

«Warten Sie kurz», sagte Alex und entfernte sich, den Schritten nach zu urteilen.

Sekunden später ergoss sich erst summend flackernd, dann gleißend das kalte Licht hoch oben angebrachter Leuchtröhren über Grabowsky und in die leere Halle. Der versiegelte Betonboden glänzte dort, wo er das Hell spiegelte, als würde er von symmetrisch angeordneten rechteckigen Pfützen unterteilt.

Alex hatte sich erneut entfernt und stand jetzt in der entlegensten Ecke der Halle neben etwas, das von Grabowskys Warte aussah wie ein Kabuff. Er wirkte winzig. Beim Näherkommen stellte Grabowsky fest, dass es wohl das war, was die Bürokraten der Arbeitsämter als «Sozialbereich» bezeichneten: ein Raum, in den man mit etwas gutem Willen vierzig Leute sitzend an Tische und auf Bänke quetschen konnte, damit sie dort und nicht im unsozialen Bereich außerhalb dieses Käfigs ihre Brote verzehrten.

Auf den Fenstern zur Halle waren rotweiß gestreifte Markisen-Attrappen aufgeklebt. Im Innern roch es nach sehr altem Zigarettenrauch, Farbbändern und Fritteuse. Alex brachte von irgendwo zwei Stühle und stellte sie einander gegenüber in die Mitte des Raums.

Grabowsky folgte ihm und setzte sich auf das der Tür und der Halle zugewandte Sitzmöbel.

Erstaunt stellte er fest, dass ein Teil dessen, was wie ein Grundton in ihm vorherrschte, nicht die Konzentration war, die er sich einzureden versucht hatte, sondern etwas anderes:

Enttäuschung.

Eine von der Sorte, die fast so alt war wie er selber, was es leichter machte, sie mit anderem zu verwechseln. Enttäuschung über die Schwäche, die ihn umgab, die grassierende feige Furcht vor der Front, wie man es im Krieg nennen würde. Furcht vor dem Leben in Zeiten allzu langen Friedens. Ehre, Pflicht – es schienen Begriffe zu sein, die verschwunden waren wie die großen Männer, die sie hochgehalten hatten. Nicht «groß» im Sinne ihres Einflusses auf das Weltgeschehen, sondern groß darin, nicht der Versuchung zu erliegen, sich vor der Verantwortung des eigenen Wollens, Tuns und Könnens zu drücken.

Als während des Krieges gegen die Achsenmächte die Burmastraße unterbrochen war, die Alliierten aber Nachschubverpflichtungen gegenüber China und ihren dorthin detachierten Bomberkommandos hatten, organisierten sie den Materialtransport über die gargantuesken Weiten und Höhen der südlichen Ausläufer des Himalayas – und nannten diese «the Hump», den Buckel. Das war sie, die Größe, an die er dachte. Keine Frage, sich vor dem gewaltigen Ausmaß der Aufgabe und der Herausforderung zu drücken. Keine unwürdige Zurschaustellung kleingeistiger Meuterei, wie es heute unter dem Begriff «Kampf gegen was auch immer» gang und gäbe war. Man trotzte den Krankheitserscheinungen der Angst vor dem Unmöglichen, indem man ihr ins Gesicht lachte und ansonsten buchstäblich das Äußerste gab.

Das war die Größe, deren Nicht-Vorhandensein ihn gerade begleitete und ihn enttäuschte, wie er sich jetzt eingestand. Und es war auch der Grund, warum er Hessberg all dessen Schwächen zum Trotz mochte:

Eric war – Dekadenz hin oder her – der Einzige, der ab und zu durch Insubordination oder Kaltschnäuzigkeit Funken potenzieller

Größe anklingen ließ. Gerade heute Mittag wieder: Als der Bundesminister für Soziales sich beim Warten auf die Hors d'Œuvres anlässlich des Arbeitsessens beklagt hatte, man fühle sich angesichts der Geschehnisse, als lebe man auf einem Vulkan, hatte Hessberg laut aufgelacht:

«Mal ganz abgesehen davon, dass du und deinesgleichen mit eurer sogenannten Sozialpolitik alles dafür tut, besagten Vulkan in die Luft gehen zu lassen – wo, wenn nicht dort, willst du denn leben in Zeiten wie diesen?»

Ja – für solches mochte er Hessberg. Er könnte ein Großer sein. In einer anderen Zeit.

Wo er selber stand in dieser Gleichung von Stärke und Schwäche, von Größe und Kleingeisterei, darauf hatte er nur eine Antwort: außerhalb.

Weder Hausherr noch Personal.

Freischaffender.

Kammerjäger der Macht.

An Kunden fehlte es nie …

Von seinen Taten und Niederlagen …

… würde nie etwas in den Geschichtsbüchern stehen.

Er schlug sich nie. Mit niemandem.

Nicht um Prinzipien, nicht um Regeln.

Nicht um Autorität, nicht um Macht.

Und auch nicht um Geld.

Er war ein Meister der Umgehung.

Und wer mit ihm zu tun hatte oder beabsichtigte, mit ihm zu tun zu haben, der wusste, dass der Tribut, den er ihm abfordern würde bei Antastung der vereinbarten Regeln, ein hoher war.

Aber Größe …?

Er hatte keine Zeit, weiter darüber nachzudenken. Alex, der stumm in der Tür des Kabuffs gestanden hatte, setzte sich in Bewegung und durchquerte erneut die Halle. Als er die Tür im gegenüberliegenden Winkel der Halle öffnete, traten zwei Personen ein.

✦ ✦ ✦

Bern, Nordring

Der Raum lag im zweiten Untergeschoss eines Wohnhauses im Berner Lorraine-Quartier und strahlte den Charme einer kleingeratenen Tiefgarage aus. Er war schalldicht und verfügte über einen Safe. Null Kabel, null Technik. Lampen und Belüftungssystem wurden über eine Batterie gespeist. Weder die Bewohner des Hauses, deren Fenster mit «Atomstrom – nein danke!»-, «Kein Mensch ist illegal»- und «Wir haben keinen Planet B»-Fahnen in Regenbogenfarben geschmückt waren, noch das Grundbuchamt oder irgendeine Behörde ahnten etwas von der Existenz dieses Ortes.

Die fünf Personen, die sich an dem nackten Metalltisch gegenübersaßen, waren in Abständen von jeweils zehn Minuten eingetroffen und durch den dunklen, halb von Unkraut, halb von herumliegenden Tretrollern und anderen Zweirädern beherrschten Innenhof und die Hintertür in den Keller gelangt, wo ein Mann in einer schmutzigblauen Hauswartschürze sie diskret in Empfang genommen, abgetastet und um sämtliche Gerätschaften erleichtert hatte.

Auf diese Art entblößt, waren sie anschließend durch ein mit «Technik» angeschriebenes Kämmerlein geführt worden, durch eine weitere Türe in eine Sicherheitsschleuse, die auch als Ganzkörper-Scan diente, und schließlich in einen Aufzug verfrachtet, dessen Kabine im Innern keinerlei Knöpfe aufwies, was Jo Burger außerordentlich beunruhigt hatte. Unten dann eine weitere Schleuse von nicht mehr als zwei auf zwei Metern, die direkt in den bunkerähnlichen Raum führte.

Nebst Jo Burger in seiner Funktion als Chef ad interim des Nachrichtendiensts des Bundes waren in diesem Moment noch Oskar Ludwig, Außen- und Justizminister, Vincent Lanzetti, Chef Operationen des NDB, Franziska Meier-Matter, Verteidigungsministerin, und ihr Stabschef Matthias Gärtner anwesend. Der offizielle Grund für ihr kurzfristig organisiertes Hiersein waren die Gewaltexzesse anlässlich der Solidaritäts-Kundgebung in Zürich. Das Bundeshaus befand sich in medialem Belagerungszustand, und Oskar Ludwig hatte diesen Umstand als Begründung für den unorthodoxen Ort des Treffens genutzt.

Der wahre Grund war indes ein anderer: Es war ein Täuschungsmanöver, um auf der einen Seite der offiziellen Schweiz, auf der anderen Brun und Rachmanowitsch Zeit zu verschaffen.

Jo Burger bildete sich ein, die Unsicherheit hinter der Ungehaltenheit der drei Topbeamten zu riechen. Die taktische Überraschung des kurzfristig einberufenen Treffens, für die sie sich aufgrund der von Valentin übermittelten Informationen und Vermutungen entschieden hatten, war gelungen. Seine und Ludwigs Aufgabe in der nächsten halben Stunde war es nun, sie auszunutzen: die Unsicherheit am Leben erhalten, informieren und gleichzeitig irreführen.

Die Präliminarien – «Was soll die Geheimniskrämerei? Wo sind wir hier überhaupt? Wer ist der Kerl da oben?» – hatten sie bereits hinter sich. Oskar Ludwig hatte kraft seines Amtes als Bundespräsident die Schweizerische Eidgenossenschaft in Aktion treten lassen, das aufsässige Fragen gleichsam gebündelt und mit einem knappen «Tut nichts zur Sache» abgeblockt, während Burger sich ungeachtet der räumlichen Begebenheiten eine Zigarette angezündet hatte. Zu sagen, die Stimmung hätte mit dieser Geste die Schwelle von bloßer Irritation zu unberechenbarer Reizbarkeit überschritten, wäre untertrieben gewesen.

Hinter den Fassaden verbeamteter Arroganz klaffte der Abgrund der Furcht.

«Den Grund für dieses außerplanmäßige Treffen brauche ich in Anbetracht der heutigen Geschehnisse nicht zu erklären», hob Ludwig schließlich an. «Wir haben hier nicht nur ein Problem, sondern zwei:

Auf der einen Seite die lautstarken Verdächtigungen unseres großen Nachbarn, dessen Geheimdienst behauptet, die Attentäter von vergangener Woche hätten die Anschläge direkt vor unserer Nase geplant und sich auch hierhin wieder zurückgezogen.

Auf der anderen Seite die Geschehnisse anlässlich der Kundgebungen in Zürich, Genf und Basel. Bereits machen Gerüchte die Runde, wonach die Unruhestifter und Gewalttäter auf Demonstrantenseite in ganz Europa über eine in der Schweiz ansässige Stiftung finanziert worden seien. Unser Job ist es nicht nur, das, was sich hier anbahnt, aufzuhalten, sondern ebenso dafür zu sorgen, aus dieser Ecke, in die man uns zu drängen versucht, herauszukommen, ohne uns dabei politisch bis über beide Ohren zu verschulden.»

Der erste Köder war gelegt, und Vincent Lanzetti schnappte, Burger und Ludwig sträflich unterschätzend, sofort danach:

«Woher kommt die Info über die Finanzierung? Von unseren Leuten jedenfalls nicht.»

«Das ist hier nicht die Frage, Vincent», antwortete Burger und schaffte es, Wohlwollen anklingen zu lassen: «Die Frage ist vielmehr, warum ich diese Info nicht von dir und deinen Leuten habe. Und warum nach einer Woche immer noch kein Bericht über eine angebliche Schweizer Terrorzelle vorliegt. Du bist der Erste, der verstehen wird, dass sich hier nicht nur der Gedanke an Inkompetenz aufdrängt.»

«Was willst du damit andeuten?», fuhr Lanzetti auf.

Burger, der Lanzetti genau dort hatte, wo er ihn haben wollte, nämlich einer persönlichen Verdächtigung gegenüberstehend, holte ihn in den warmen Scheinfrieden naiven Vertrauens zurück:

«Ich will damit andeuten», sagte er, «dass es in den Reihen deiner Leute möglicherweise Elemente gibt, die diesen Zustand bewusst herbeiführen oder zumindest nicht verhindern. Wie du es nennst, überlasse ich dir: Befehlsverweigerung, Kollaboration, Landesverrat. Du wirst saubermachen müssen, Vincent. Und zwar gründlich. Es kann keine Rede davon sein, Meuterer in den Reihen des Nachrichtendiensts zu dulden oder gar mit ihnen zu verhandeln.»

Die scheinbare Gutgläubigkeit des Alten verhalf Lanzetti wieder zu Oberwasser:

«Vielleicht hast du recht, Jo. Ich werde der Sache persönlich nachgehen. Aber eure Aktion und der bedauerliche Vorfall mit Brun und seinen Leuten in Spanien macht das Ganze nicht gerade besser. Und bei allem Respekt: Wir haben aktuell nicht in erster Linie ein Terrorismusproblem, sondern ein Polizeiproblem.»

Und in Richtung Ludwig in dessen Funktion als Justizminister:

«*Ihre* Leute sind es schließlich, die wie tollwütige Hunde auf die Bürger dieses Landes losgehen. Die Zeitungen werden morgen nur eine Schlagzeile kennen: ‹Polizeigewalt›. Ich schlage vor, wir konzentrieren uns erst einmal darauf.»

Hier schaltete sich Franziska Meier-Matter ein:

«Ich sehe das ganz genauso. Ich habe die letzten beiden Stunden damit verbracht, mich mit meinen Kollegen der Nachbarstaaten zu unterhalten, die eine ähnliche oder sogar noch schlimmere Situation zu gewärtigen haben. Die Tendenzen zum rechten politischen Spektrum innerhalb der Ordnungskräfte sind dort ja bereits länger ein Thema. Hierzulande hat man es bisher vorgezogen, es nicht zu einem solchen werden zu lassen, kann aber das, was es jetzt auslösen wird, ebenso wenig aufhalten wie einen Erdrutsch oder eine Lawine. Hier muss rigoros durchgegriffen und eine Wiederholung um jeden Preis verhindert werden.»

«Und was schlagen die Kollegen Verteidigungsminister aus den Nachbarländern vor?», fragte Ludwig und fuhr fort:

«Denn eigenartigerweise – und im Gegensatz zu Ihren Kollegen – haben die Innenminister, die ich meinerseits kontaktiert habe, einen Maulkorb verpasst bekommen und sind nicht sehr gesprächig, was den Umgang mit den ihnen unterstellten Polizeikräften anbelangt.»

«Schadensbegrenzung», antwortete Meier-Matter, ohne auf letzteres einzugehen. «Die Polizei aus der Schusslinie nehmen. Untersuchungskommission einsetzen. Aufräumen.»

«Und wie gedenkt man das zu organisieren in Anbetracht der Tatsache, dass die nächsten Kundgebungen bereits in einer Woche stattfinden werden? Es auf bürgerkriegsähnliche Straßenschlachten ankommen lassen etwa?»

«Soweit ich das verstanden habe, wird sowohl in Frankreich als auch in Deutschland, Dänemark, den Niederlanden, Italien und Spanien das Militär zur Sicherung der Veranstaltungen herbeigezogen. Als vorübergehende Maßnahme, versteht sich. Umfragen während der letzten Stunden haben überall ergeben, dass die Akzeptanz und das Vertrauen der Menschen in die Truppen zurzeit massiv höher ist als jenes in die Polizei. Einige der Kundgebungsorganisatoren machen diese Umdisponierung sogar zur Bedingung für friedliches Verhalten ihrerseits. Die Idee ist meiner Meinung nach prüfenswert.»

«Dass sich Politik – und mehr noch: Politiker – heute nicht in erster Linie nach den Interessen des Landes, sondern nach der öffentlichen Meinung richten, ist traurig genug. Aber wann ist man dazu übergegangen, Entscheidungen von nationaler Tragweite mit Erpressern zu verhandeln? Ist das nun dieses vielgerühmte *weibliche* Element, das hier im Fall der Verteidigungsministerinnen dieser Länder zum Tragen kommt? Hören Sie sich eigentlich zu, wenn Sie sprechen?», blaffte Ludwig die Frau und ihren Stabschef an. «Glauben Sie ernsthaft, es dient dem Wirtschafts- und Innovations-Standort Schweiz und dem Bild, das man im Ausland – und ich spreche nicht in erster Linie vom europäischen Ausland – von ihm hat, wenn in Zürich, Basel und Genf Armee-Einheiten auf den Straßen patrouillieren wie in einer Militärdiktatur?»

«Davon kann überhaupt keine Rede sein», kam Matthias Gärtner seiner Vorgesetzten zu Hilfe. «Sie wissen genauso gut wie jeder hier im Raum, dass das Militär hier längst nicht mehr das Brachialgewalt-Image hat, wie das früher der Fall gewesen ist. Wir haben heute doppelt so viele Frauen innerhalb der Formationen als noch vor fünf Jahren, und zur Zeit wird der Weg für die Verpflichtung von Personen ohne Schweizer Bürgerrecht freigemacht. Die Armee ist im Gegensatz zur Polizei im Heute angekommen. Es ist eine Armee für alle. Eine solche Truppe auf den Straßen würde dem Image der Schweiz meiner Meinung nach eher dienen als schaden.»

«Ach, kommen Sie, Gärtner – sparen Sie sich Ihren schleimigen Diversity-Schmalz für die nächste Pressekonferenz», knurrte Jo Burger und zündete sich eine weitere Zigarette an. «Oder für den UNO-Sicherheitsrat. Ich habe gehört, Sie hätten unsere Kandidatur dort kriechend eingereicht.»

«Das brauche ich mir nicht anzuhören!», brüllte Gärtner und schoss von seinem Stuhl hoch, der nach hinten kippte. Ob es die Hand von Franziska Meier-Matter war, die sich in seinen Unterarm krallte, oder Ludwigs Befehl – «Setzen bitte!» –, der ihn an Ort und Stelle verharren ließ, war nicht auszumachen.

«Ich werde nicht viele Worte machen», fuhr Ludwig fort, als wieder Ruhe eingekehrt war. «Jeder von uns hat Dringenderes zu tun, als hier rumzusitzen. Aber so viel muss jedem von Ihnen klar sein: Die pauschale Vorverurteilung der Polizeikräfte, ihre Quasi-Außerbetriebnahme und ihr Ersatz durch das Militär ist nur über meine Leiche möglich. Es interessiert mich nicht, was unsere europäischen Nachbarn tun, und ich rate ihnen, uns gegenüber dieselbe Haltung einzunehmen und sich nicht in unsere politischen Prozesse einzumischen.»

Der Reihe nach sah er Meier-Matter, Gärtner und Lanzetti an: «Sind Sie in Ihren großeuropäischen Integrationsfantasien schon so weit von der Schweiz entfernt, dass Ihnen nicht mehr auffällt, was hier gerade läuft? Das alles ist normal in einer Demokratie!», rief er. «Tut mir leid, aber es ist nun mal so, dass demokratische Länder in der Regel kein solches Bild der Einheit abgeben, wie totalitäre Regime es gemeinhin tun. Natürlich müssen die Vorkommnisse vom heutigen Tag aufgeklärt und vor allem geahndet werden. Solche Gewalt kann weder von Seiten der Demonstranten noch von Seiten der Polizei geduldet werden. Aber ich weigere mich, hier ganz bewusst ein Vakuum zu schaffen, es mit unseren Streitkräften zu füllen und es ‹Frieden› oder ‹Konsens› zu nennen. Ich weigere mich, die langfristige Politik des Landes nach der kurzfristigen Stimmungslage der Menschen auszurichten. Und ich rate Ihnen allen, dasselbe zu tun.

Und ich gebe Ihnen noch einen weiteren Rat: Erinnern Sie sich selbst ab jetzt alle paar Stunden daran, dass wir ein neutrales Land sind. Neutral bedeutet nicht nur Enthaltung von aktiver Hilfe für eine Seite. Sie bedeutet vor allem eine objektive, distanzierte Haltung und das Vermeiden jeglicher Parteinahme – egal, wie groß die persönliche oder politische Versuchung auch sein mag. Egal, wie sehr uns andere unter dem Vorwand der Solidarität unter Druck setzen. Echte Neutralität bedeutet die Bereitschaft und auch das Recht, sich mit der zweiten Geige zufrieden zu geben, nicht ganz vorne mit dabei sein zu wollen und zu müssen – und *nicht* zu den großen Jungs der Weltpolitik zu gehören. Mir scheint, das ist in den letzten beiden Jahren etwas zu sehr in den Hintergrund gerückt.»

«Und was heißt das jetzt konkret?», fragte Lanzetti.

Er klang angewidert.

«Konkret heißt das, dass wir jetzt da rausgehen und jeder von uns seinen Job macht», kam Burger Ludwig zuvor. «Von dir beispielsweise möchte ich bis morgen – Sonntag – Mittag einen ersten Bericht, die Anschläge in Deutschland betreffend, beziehungsweise die Behauptung, die Schweiz hätte als Planungs- und Rückzugsort für die Attentäter gedient. Ebenso möchte ich Informationen über die Gerüchte, wonach die Gewalttäter an den heutigen Demonstrationen durch eine Schweizer Stiftung finanziert worden seien. Auch bis morgen, bitte.»

Und sich an Meier-Matter und Gärtner wendend:

«Und Sie …» Er hielt inne, als stelle er sich selber eine Frage. «Tun Sie, was Sie normalerweise auch tun», sagte er schließlich und klang ratlos. «Bestellen Sie Umstandsmode in Tarnfarben. Oder sabotieren Sie Ihre eigenen Beschaffungspläne. Aber bleiben Sie uns mitsamt Ihren europäischen Kollegen aus dem Gehege!»

«Sie haben mir nichts zu sagen! …», fuhr Meier-Matter auf und verstummte gleich wieder, als sie realisierte, dass keiner darauf eingehen würde.

Es war gesagt worden, was es zu sagen gab. Burger war bereits aufgestanden, die anderen taten es ihm gleich. Während Lanzetti, Gärtner und Meier-Matter in die Schleuse und in den Aufzug traten, blieben Burger und Ludwig zurück.

«Meine Güte – was verdammt noch mal rauchst du da, Jo?», fragte Ludwig, als sie allein waren. «Ich glaube, mein Lungenkrebs ist um einen Zentimeter gewachsen. Ist das der Kot dieser exotischen Katzen?»

Burger grinste: «Nein. Da verwechselst du was: Daraus machen sie Kaffee. Das hier» – er holte eine einzelne Zigarette aus der Hemdtasche – «sind Papirossa. Herzegowina Flor, wenn du es genau wissen willst. Sollen Stalins Lieblingszigaretten gewesen sein. Rauche ich nur bei besonderen Anlässen.»

Und nach einer kurzen Pause:

«Meinst du das ernst mit dem Lungenkrebs?»

«Ja. Aber er hält sich still.»

«Weiß Carl davon?»

«Nein. Und ich möchte, dass das so bleibt.» Und das Thema wechselnd: «Glaubst du, sie haben uns die Nummer abgekauft, wonach wir zwei hoffnungslos uninformierte, rückwärtsgewandte alte Säcke sind?»

«Oh ja. Da kannst du drauf wetten. Ich habe die Hoffnungen auf die Karrieren in einer in die EU-integrierten Schweiz regelrecht von den Regalen fallen hören.»

«Was denkst du, was sie jetzt tun werden?»

«Ich habe keine Ahnung. Aber wir werden es hoffentlich bald erfahren. Ich habe Rachmanowitsch die Erlaubnis gegeben, alles seinem Dienst Mögliche zu tun, um an die Informationen zu kommen. Und bevor du fragst: Nein – ich weiß nicht, was ‹alles Mögliche› bedeutet. In diesem Fall interessieren mich nur die Resultate. Wir haben nicht die Zeit, uns einen sicheren und demokratisch gangbaren Mittelweg zu suchen. Ab diesem Punkt gibt es nur noch Schwarz oder Weiß. Ich brauche dir nicht zu sagen, dass das immer so ist, wenn es um Freiheit oder Unfreiheit geht.»

«Und wir? Was können wir in der Zwischenzeit tun?»

«Zusätzlich zu der Prüfung und Aufklärung der Vorfälle und der lückenlosen Kommunikation gegen außen, was verfassungsgemäß unser Job ist? Nichts außer dem, was denen an der Spitze normalerweise als ihr Los beschieden ist, nämlich zu Hause zu bleiben und zu warten. Standhalten. Wir müssen Carl, Rachmanowitsch und ihre Leute machen lassen und hoffen, dass sie diese Sache aufhalten oder zumindest für ein paar Wochen oder Monate in die Zukunft verschieben.

Wir unsererseits werden es aushalten müssen, dass uns ab morgen früh fahrlässige Untätigkeit vorgeworfen wird und erste Rücktrittsforderungen laut werden. Bereite dich darauf vor, dazu Stellung zu nehmen. Geh nicht auf die Hysteriker und den Medienmob ein. Überspringe sie einfach und überlasse sie kommentarlos ihrer Selbstzerfleischung. Konzentriere dich ausschließlich darauf, den Menschen klarzumachen, dass du zwar in engster Fühlung mit den Geschehnissen und den Maßnahmen bist, du den Leuten, denen diese Aufgaben obliegen, aber unbedingt vertraust. Und dass du dich um keinen Preis dazu hinreißen lassen wirst, die Autorität und Kompetenz derer anzutasten, denen sie im demokratischen Prozess übertragen worden sind.

Mach unmissverständlich klar, dass unter deiner Bundespräsidentschaft keine noch so schwierige Situation dich dazu verleiten wird, die Ordnung auszuhebeln, zu der sich dieses Land bekennt. Das muss deine Botschaft sein. Deine einzige.»

«Und wenn es nicht funktioniert, Jo? Wenn die Leute die Sicherheit der Freiheit vorziehen? Wenn die permanente Angstbereitschaft, die in den letzten Jahren via Finanz-, Virus- und Währungskrise und die Kriegsgefahren regelrecht gezüchtet worden ist, bereits so stark ist, dass anderes gar nicht mehr durchdringen kann und die Aufbruchsstimmung und das neue Vertrauen der letzten Monate einfach unter sich begräbt?»

«Dann ist es so, Oskar», antwortete Burger. «Früher oder später im Zeitlauf – gerade einer Demokratie – schwingt das Pendel immer auf diese Seite aus. Scheint ein Naturgesetz zu sein, der Herrschaft über das eigene Leben müde oder auch nur überdrüssig zu sein. Wer sind wir beide, das aufzuhalten? Aber wie es auch kommt – und ich bin froh zu wissen, dass wir uns hierin einig sind: Schaffen wir es nicht, das Ruder herumzureißen, dann entbindet uns das nicht von der Verantwortung, auch in die falsche Richtung fahrend nach der besten Lösung zu suchen.»

Er holte die zerdrückte blaue Zigarettenpackung aus der Brusttasche und hielt sie Ludwig hin:

«Zugegeben – sie stinken mörderisch und sind sicher auch tödlich. Aber sie bilden gerade in Zeiten gewaltiger Umwälzungen einen wohltuenden Kontrast, indem sie einen daran erinnern, wie winzig und vergänglich wir alle sind, die wir uns in dem Gewühl tummeln.»

«Das brauche ich nicht, Jo», antwortete Ludwig und lächelte zum ersten Mal, seit sie hier unten waren: «Dafür habe ich meinen Krebs.»

✦ ✦ ✦

Berlin, Ruhleben

Es war etwas anderes, jemanden durch einen administrativen Dolchstoß, per Intrige oder schlicht durch Verleumdung und Lügen loszuwerden, als ihn persönlich und eigenhändig ans Messer zu liefern. Letzteres war für Sibel Marquardt eine neue beziehungsweise sehr alte Erfahrung, und sie war froh, am Steuer ihres eigenen Wagens zu sitzen und nicht zu Untätigkeit verdammt im Fond des Dienstwagens.

Es war nicht Peter Juchatz, der ihr zu schaffen machte. Gerade bemühte er sich angetrunken und denkbar ungeschickt, aber mit umso größerer Ausdauer vom Beifahrersitz aus seine Hände unter ihren Rock und in ihre Bluse zu kriegen. Sie lachte und schob ihn von sich:

«Lass das, Peter. Wir sind gleich da», sagte sie, setzte den Blinker und nahm am Ernst-Reuter-Platz die zweite Ausfahrt Richtung Spandauer Damm.

Es war nicht schwer gewesen, ihn zum Trinken zu bringen. Die eindeutige Absicht eines gemeinsamen Restaurant-Besuchs mit der Aussicht auf Erneuerung ihres zweideutigen Verhältnisses hatte schon fast gereicht. Den Rest hatte der Fisch besorgt:

«*Fisch,* Sib? Willst du mich umbringen?», hatte er in fassungsloser Erheiterung gesagt, als sie den Sushi-Laden an der Ecke Charlottenstraße-Kronenstraße angesteuert hatte. Und darauf folgend:

«*Roher* Fisch? Und ich *Idiot* dachte, wenn es schon nicht Liebe sein könne, dann wenigstens Mitleid. Aber *das* …!»

Drinnen hatte er anstandshalber ein Reisgericht bestellt, pro forma und launisch darin herumgestochert und sich ansonsten ergeben dem Sake gewidmet.

«Siehst du? Ich hab dir *gleich* gesagt: Lass uns meinen Wagen nehmen», verkündete er jetzt vom Beifahrersitz her. «Das ist alles so *unentspannt.* Außerdem fährst du wie eine Anfängerin, Sib.»

Sprach's, holte den silbernen Flachmann aus der Innentasche seines Anzugs und widmete sich umständlich der komplizierten Prozedur des Deckel-Aufschraubens.

Nein – es war definitiv nicht Juchatz, der ihr zu schaffen machte.

Auch nicht der Vertrauensbruch. Wie auch? Ihre Karriere und überhaupt sie selbst waren nicht denkbar ohne Wortbrüche, Indiskretionen und Treulosigkeit. Es war Grabowsky.

Sie war noch keine 20 gewesen, als sie sich zum ersten Mal bewusst und begründet ihrer selbst und ihres Tuns geschämt hatte. Eine Person, die ihr wichtig gewesen war, hatte ihre Unschuldslamm-Nummer durchschaut und die kalte Berechnung dahinter gesehen. Sie hatte sich geschworen, alles zu tun, um solche Scham nie wieder im Leben zu empfinden. Und fast ohne ihr Zutun war es ihr spielend gelungen. Nicht dadurch, dass sie von da an anders gehandelt hätte, sondern dadurch, dass sie aufgehört hatte, sich auf Menschen einzulassen.

Diese Taktik hatte in Grabowskys Fall nicht genügt. Bereits beim ersten Treffen war ihr klar gewesen, dass das Bisherige hier nicht funktionierte. Dass dieser Blick bis auf die Knochen schnitt. Er kaufte ihr nichts ab. Keine Sekunde lang. Eine Show abzuziehen würde die Sache nur schlimmer machen. Die einzige Art, aus dieser Nummer heute Abend mit einigermaßen intakter Selbstachtung herauszukommen, war:

Bloß sie selber zu sein.

Nicht mehr. Und nichts anderes.

Und das versetzte sie in helle Panik.

Die Fahrt zu der leeren Lagerhalle in Ruhleben, obwohl nur gute zehn Kilometer, schien ihr außerdem kein Ende nehmen zu wollen.

Juchatz, der sich gestärkt hatte, nahm seine zärtlichen Erkundungen wieder auf. Diesmal stieß sie ihn nicht zurück.

Das da vorne musste es sein.

«Die erste Straße nach der Kleingartenkolonie rechts», hatte er gesagt.

Klärwerkstraße. Das war es.

Sie bog ab, fuhr bis zur nächsten Kreuzung.

Dann links auf die ‹Freiheit›.

Hier also.

Leicht zurückversetzt zwischen einem Autohaus und einer Firma für Gartentechnik. Nur die ersten Meter der Auffahrt schienen befestigt zu sein. Danach Schotter. Das Rumpeln des Wagens verfehlte seine Wirkung auf Juchatz nicht.

«Verdammt, Sib, wo ...?»

Die Augen zu Schlitzen zusammenkneifend, lehnte Juchatz sich auf dem Sitz nach vorn und spähte in die Dunkelheit, wo sein Blick unweigerlich an der Fassade der Lagerhalle hängenblieb. Er wandte den Kopf und sah sie an, als versuche er, sich an etwas zu erinnern, das er mal gewusst hatte. Dann schien er es zu finden und verstand.

Alles eben noch zelebrierte Sich-Gehenlassen glitt von ihm ab wie eine Decke.

«Wärst du ein *Kerl,* Sib, und zudem noch mein *Sohn,* dann könnte ich jetzt wenigstens diesen Brutus-Spruch vom Stapel lassen. Aber *so* ... Das ist alles so *unglamourös,* findest du nicht?»

Zum ersten Mal, seit sie ihn kannte, mochte sie ihn. Sie strich mit den Fingern flüchtig durch sein Haar an der Schläfe.

«Komm. Grabowsky wartet», sagte sie und stieg aus.

Am Rande der Halle weitete sich ein heller Spalt zum Rechteck einer Tür; ein Lichtstrahl fiel steil nach draußen. Sie ging darauf zu. Juchatz folgte ihr, den unebenen Boden verwünschend. Bei der Tür angelangt, wo Grabowskys Fahrer und «Mädchen für alles» auf sie wartete, trat sie ein, hielt inne und schaute zurück zu Juchatz. Als er ebenfalls eintrat, tat er es nicht wie der Verratene, der er war. Auch nicht wie ein Verdächtiger oder wie einer, der sich anschickte, zu Kreuze zu kriechen, sondern gleichmütig und stolz. Gelassen, heiter fast und fest. Ein Gutsherr, der sein Schloss betritt.

«Was ist, Kinder?», fragte er Sibel und Alex, die ihn anstarrten, als wäre er übergeschnappt, während er sich bückte, um mit dem Taschentuch den Staub von seinen glänzenden Schuhen zu wischen. «Wollen wir die ganze Nacht hier stehen?»

Alex ging voraus, und Juchatz, Sibel Marquardt einen aufmunternden Blick zuwerfend, folgte ihm.

Als sie bei dem Kabuff am anderen Ende der Halle ankamen, trat er ohne zu zögern ein und auf den noch sitzenden Grabowsky zu.

«Weißt du, welcher Gedanke mir vorhin gerade gekommen ist, Christian?», sagte er anstelle einer Begrüßung. «Die Nähe der Müllverbrennungsanlage muss für eine Person wie dich eine große Inspiration bedeuten.»

Grabowsky war aufgestanden und trat, ohne die Spitze zu kommentieren, auf Juchatz zu. Kurz ging sein Blick zur Tür und traf jenen von Sibel Marquardt wie eine Ohrfeige. *«Das ist sie nun, deine Menschenkenntnis»,* schien er zu sagen. *«Hier steht einer, dem du nicht mal im Traum Wasser reichen könntest, und du bildest dir in deiner unendlichen Dummheit ein, es sei deine erbärmliche Kleinmädchen-Pfeife, nach der er tanze.»*

«Eines möchte ich mir in aller Bescheidenheit erbitten», fuhr Juchatz, der davon nichts mitzukriegen schien, fort, während er Grabowskys ausgestreckte Hand ergriff:

«Wenn wir das hier», er ließ die Hand los und machte eine theatralische Geste, welche auf die Situation, die Halle oder das Leben schlechthin verweisen konnte, «hinter uns haben, dann lass mich nicht einfach liegen. Okay? Mehr will ich nicht.»

«Setz dich, Peter», sagte Grabowsky nur und trat hinter den Stuhl, auf dem er eben noch gesessen hatte.

Juchatz tat wie geheißen, schlug, in der Hüfte leicht einknickend, die Beine übereinander und legte die gefalteten Hände vor sich auf den Oberschenkel.

«Schieß los», forderte er Grabowsky anschließend auf. «Von mir aus müssen wir das hier nicht in die Länge ziehen.»

Grabowsky hatte ihm gegenüber in ähnlicher Stellung Platz genommen und wirkte wie Juchatz' pantomimisches Spiegelbild. Die Szene hatte etwas Surreales an sich.

Auf eine Geste Grabowskys hin trat Alex hinzu. In der Hand hielt er etwas, das wie ein Schminktäschchen aussah, aus dem er eine Spritze holte.

«Ich *weiß,* wie das läuft, Christian», sagte Juchatz bei deren Anblick. «Aber die Nummer mit der Angst davor, dass einem der Boden unter der *Seele* weggezogen wird, funktioniert bei mir nicht. Du *kennst* mich. Ich hatte noch *nie* so was wie einen Boden da. *Muss* das wirklich sein?»

«Es macht's leichter», sagte Grabowsky.

«Ich will's nicht leicht. Ich will's klar, und ich habe nicht vor, es uns schwerer zu machen als nötig. Außerdem bin ich reif.»

«Reif?»

«Wer war es, der mal gesagt hat, reif sein bedeute, reif sein zu sterben?», fragte Juchatz weniger Grabowsky als sich selbst und fand keine Antwort. «Wie auch immer: Ich hatte keine Ahnung bis eben gerade, aber offenbar trifft es auf mich zu. Ich möchte das nicht im letzten Moment wieder vergessen.»

«Wer spricht denn gleich vom Sterben?», wandte Grabowsky ein.

«Gute Frage … aber egal … Lass uns bitte einfach zur Sache kommen.»

«Ganz wie du willst, Peter.»

Alex entfernte sich wieder.

«Hast du Kontakt mit den Schweizern?», eröffnete Grabowsky, was jetzt eindeutig zum Verhör werden sollte.

«Machst du *Witze?*», platzte Juchatz heraus. «*Natürlich.* Ich bin *dauernd* in Kontakt mit den Schweizern. Erinnerst du dich an das, was du mir gesagt hast? Von wegen, ich solle die Idioten nicht *unterschätzen?* Nun – ich habe deinen Rat beherzigt, spreche *täglich* mit Lanzetti, und Oskar Ludwig ist mittlerweile so was wie mein Halbbruder. Wir sind quasi *so.*» Er löste seine Rechte von der anderen Hand und legte Zeige- und Mittelfinger einander umschlingend über Kreuz.

«Das meine ich nicht, Peter», sagte Grabowsky im Wissen, dass Juchatz längst klar war, worauf er hinauswollte.

«Ach so – *solchen* Kontakt meinst du? Sag das doch gleich. Da muss ich dich enttäuschen, Christian. Ludwig ist nicht der Typ Quellenkäufer um jeden Preis.»

«Jeder kauft eine Quelle, wenn sie gut ist», widersprach Grabowsky. «Jeder.»

«Eben. Wenn sie gut ist. Glaub mir: Ich habe daran gedacht. Als Sibel mir bestätigt hat, dass das Problem mit den Schweizern in Spanien gelöst worden sei …»

Er beendete den Satz nicht und schien dem Ungesagten und der Möglichkeit, die es enthielt, hinterher zu lauschen.

«Was hat dich dazu bewogen, es nicht zu tun?»

«Wie gesagt: die Qualität. Ich kenne Oskar Ludwigs Haltung hierzu nicht. Dafür aber den Ruf Jo Burgers. Und der hätte mir auch dann keinen Rettungsring zugeworfen, wenn ich dafür bezahlt hätte. Außerdem ...»

«Außerdem was?»

«Spanien. Es besteht die Möglichkeit, dass die Meldung falsch war.»

«Das ist nicht möglich!», kam es von der Tür her, wo Sibel Marquardt stand. «Ich habe die Bilder mit eigenen Augen gesehen. Sieben Personen. Mehr tot geht nicht!»

«Dann waren es vielleicht die Falschen», wandte Juchatz ein. «Jedenfalls sagte mir Lanzetti vor nicht mal zwei Stunden, er habe das Gefühl, irgendwas sei faul. Burger sei in seiner stachligsten Laune und giftig wie zu seinen besten Zeiten. Dasselbe gelte in etwas milderer Form für Ludwig. Keiner von beiden wirke wie jemand, der eben gerade sieben seiner Leute, darunter der eigene Sohn, verloren habe. Außerdem haben sie ihn und diesen Gärtner vom Militärdepartement so gut wie kaltgestellt.»

«Lanzetti hat das *Gefühl?»*, höhnte Grabowsky. «Der Mann hat nur *ein* Gefühl, Peter – und sag mir nicht, du wüsstest das nicht. Und zwar jenes, das seine Gesäßnerven ihm über die Beschaffenheit seines Stuhls vermitteln. Etwas anderes als das eigene Fortkommen in möglichst bequemer Position ist ihm vollkommen fremd. Außerdem sind Burger und Ludwig alte Schule: Trauer trägt man da nicht vor sich her wie eine Monstranz.»

«Alles richtig», sagte Juchatz. «Aber wenn's um *sein* Fortkommen geht, ist sogar Lanzetti ein Bluthund. Ich würde es nicht einfach wegwischen. Und schließlich ist ja alles, was er sagt, überprüfbar. Stimmt's?»

Letzteres in Sibel Marquardts Richtung, die begriff, dass Juchatz sie gerade in die Rolle drängte, die sie ihm selber zugedacht hatte. Sie schien zu erbleichen, als sie Halt suchend mit einer Hand nach dem Türrahmen griff.

Grabowsky wandte sich ebenfalls zu ihr um.

«Wurden die Leichen eindeutig identifiziert?»

«Nein. Der Zustand ...»

Weiter kam sie nicht. Grabowsky schnellte mit solcher Kraft von seinem Stuhl hoch, dass dieser nach hinten kippte.

«Zahnstände, körperliche Merkmale, DNA? Sagt Ihnen das etwas?»

«Ich dachte …», hob sie erneut an.

«Hören Sie auf damit!», bellte er. «Sie sind nicht zum Denken da. Beantworten Sie einfach meine Frage: Ist es theoretisch möglich, dass da in Spanien sieben falsche Leichen verscharrt wurden?»

«Ja. Aber …»

«Wer von Ihren Leuten kann das in nützlicher Frist überprüfen?»

«Ich kann …»

«Nein. Nicht Sie. Geben Sie mir einen Namen.»

Für Sekunden erstarrte die Szenerie zu einem Stillleben. Was dann geschah, vermittelte weniger den Eindruck des Zurückkehrens von Leben und Bewegung als vom Zerrissenwerden eines Bildes vom oberen Rand her. Sibel Marquardt schoss, all ihre verbleibende Kraft in die Bewegung legend, herum. Doch anstatt in die Weite der Halle hineinzulaufen, prallte sie gegen Alex' Brust. Kurz sahen die beiden aus wie Liebende.

«Christian, das muss nicht sein.»

Juchatz' Stimme hatte nichts Bittendes. Vielmehr klang er, als sage er nur, was Anstand und Vernunft von ihm verlangten.

Anstatt einer Antwort nickte Grabowsky Alex zu, der die junge Frau jetzt, den Arm um ihren Hals gelegt, von sich wegdrehte.

Sie hatte keine Chance, und sie wusste es.

Ihr wildes Um-sich-Schlagen war nur noch Instinkt.

Als die Nadel die Haut ihres Halses durchstach, ließ sie jeden äußeren Widerstand fahren. Und als ihr Blick Juchatz fand, war kein Festhalten-Wollen darin.

Bloß eine Art Trauer, die nicht ihm galt.

Sie wirkte, als schlafe sie, als Alex sie auf den Boden legte. Eine Weile blickten die drei Männer stumm auf sie hinab. Dann wandte sich Grabowsky Juchatz zu:

«Irrtum vorbehalten war es Stalin, der einmal bemerkte, die besten Freundschaften entstünden mitunter durch Missverständnisse», sagte er und sah den anderen an.

«Der gute alte Onkel Jo ...», sagte Juchatz, ohne den Blick von Sibel Marquardt zu wenden.

«Das hier war ein Missverständnis, Peter», insistierte Grabowsky. «Tut mir leid.»

Juchatz riss sich endlich von dem Bild los:

«Das ist mir klar. Wie geht's jetzt weiter?»

Alles Affektierte war aus seiner Stimme verschwunden.

«Du wirst für sie übernehmen müssen. Ich will in diesem Stadium niemand Neues dabeihaben. Ist das ein Problem?»

«Nein. Kein Problem.»

«Du klingst nicht begeistert.»

«Irrtum vorbehalten», sagte Juchatz, bewusst oder unbewusst dieselben Worte wie jene von Grabowsky vorhin nutzend, «verpflichtet mich in den ungeschriebenen Gesetzen der Niedertracht nichts zu Begeisterung. Auch nicht zu freundschaftlichen Gefühlen.»

«Kann ich auf dich zählen? Gehst du der Sache in Spanien nach?»

«Ja. Sind wir dann fertig hier?»

«Du wirst einen Wagen brauchen, Peter. Soll ich dich mitnehmen?»

«Nein. Danke. Ich gehe ein Stück zu Fuß, bis mein eigener Wagen kommt.»

Sprach's, ging an Grabowsky vorbei, zwischen Alex und Sibel hindurch und Richtung Ausgang. Ruhig öffnete er die Tür und trat in die Dunkelheit hinaus.

Ein seltsam süß-salziger Geruch hing zwischen Mond und Sternen über ihm in der Luft. Er erinnerte Juchatz an den Rauch aus dem hohen Schlot der Fabrik eines Suppen- und Bouillon-Herstellers aus Kindertagen. Hier gab es nur die Müllverbrennung. Und das Krematorium.

Diesmal achtete er nicht auf Schmutz und Schotter. Zügigen Schrittes ging er die Ausfahrt hinunter. Ihr Ende weitete sich zum Parkplatz der Firma für Gartentechnik. Weit und breit kein Mensch. Bloß ein paar Bäume, die Schatten boten vor der Straßenbeleuchtung.

Er ging nach links in die finsterste Ecke, lehnte sich an das kalte Blech eines Lieferwagens, beugte sich, die Hände auf die Knie gestützt, nach vorne und übergab sich.

Innerhalb von dreißig Sekunden war er schweißgebadet. Kurz wartete er auf eine zweite Welle. Sie kam nicht. Er richtete sich auf, holte das Taschentuch hervor, mit dem er sich vor Stundenfrist noch den Staub von den Schuhen geputzt hatte, betrachtete es kurz und wischte sich dann den Mund ab. Faltete es auseinander, wendete es und wiederholte die Prozedur an der Stirn und den Schläfen. Faltete das Tuch nun sorgfältig zusammen und steckte es zurück in die Hosentasche.

Jetzt ging es wieder.

Er holte sein Handy hervor, wählte die Nummer seines Fahrers und beorderte den Wagen her.

Der Geruch war weg. Oder er nahm ihn nicht mehr wahr. Langsam, als wäre es das Normalste der Welt, an einem Samstagabend gedankenlos über leerstehende Parkplätze zu flanieren, ging er in Richtung Straße, achtete aber darauf, im Schatten der Bäume zu verbleiben. Die Minuten erschienen ihm wie Stunden, und doch wäre die Zeit zu kurz. Er musste zu einer Entscheidung kommen.

Jetzt. Hier. Bevor der Wagen käme.

Als der vertraute Klang der BMW 7er-Limousine an sein Ohr drang, trat er auf den Gehsteig. Der Wagen hielt, und er stieg hinten ein.

«Zum Lager», sagte er nur.

Seine Hände waren ruhig, als er für Timothy Cochran einen Flug nach Buenos Aires buchte. Abflug in zwei Stunden. Außer Geld, einer weiteren Kreditkarte und Papieren brauchte er nichts mehr. Sein Zeigefinger schwebte über dem Feld der Zahlungsbestätigung, verharrte und tippte schließlich auf den Button, der die Transaktion abbrach.

Hätte man ihm gestern gesagt, ein Mann könne innerhalb weniger Stunden mehr über sich selber lernen als in seinem ganzen Leben zuvor, hätte er ihm nicht geglaubt. Jetzt wurde er eines Besseren belehrt. Was er eben zu Grabowsky gesagt hatte, dass er nämlich reif sei, entpuppte sich zu seinem eigenen Erstaunen als wahr:

Fernab von selbstbetrügerischem Dickicht und allem pathetischen Gewinsel, wonach ein Mann morgens in den Spiegel schauen können müsse, stand einsam, schlicht und sturmgebeugt die Tatsache, dass er hier sein *wollte.* Nirgendwo anders und vor allem nicht unter fremder Regie. Er machte sich nicht vor, Einfluss auf die großen strategischen Linien irgendwelcher kranken Gehirne zu haben, die Europa in einen Kontinent von Bauern und Viehhirten zurückentwickeln wollten. Aber er hatte diesen Einfluss auf das eigene Leben, das nichts von beidem mehr wäre, wenn er jetzt ginge:

Weder eigen.

Noch überhaupt ein Leben …

Der Kampfgeist meldete sich zurück.

Ein Trotz, der schon Wut war.

Er hatte Grabowsky vorhin nicht die ganze Wahrheit gesagt, was die Toten in Spanien betraf. Es war ja mehr als eine Vermutung, dass die Schweizer noch lebten, und er hatte ein eigenes Team darauf angesetzt. Sobald er die Bestätigung erhielt, dass er richtig lag, würde er das Loch, in dem sie steckten, nötigenfalls eigenhändig ausräuchern.

Er hatte die letzten 30 Jahre als Agent im Dienst des BND damit verbracht, seine Regierung vor einem Zuviel an Wahrheit zu beschützen, indem er sie kaufte, erpresste, erfolterte und erlog, um sie in tiefen Löchern, wo keiner sie je finden würde, zu vergraben. Nur ein Größenwahnsinniger konnte glauben, er würde ausgerechnet jetzt damit anfangen, etwas anderes zu tun.

Wobei es diesmal nicht darum ging, irgendjemanden zu beschützen. Grabowsky erst recht nicht. Davon hätte er so viel wie eine Leiche von heißen Umschlägen. Was er wollte, war, dieser kosmopolitischen Luftnummer Grabowsky, der glaubte, über allem zu schweben, eine denkwürdige Landung zu bescheren. Kein Crash – er hatte nicht vor, das Projekt in irgendeiner Weise zu sabotieren. Aber er würde ihm seinen Stempel aufdrücken. Und Grabowsky die eigene Medizin schlucken lassen: Die Hälfte der Idioten, die du im Lauf deines Lebens triffst, sind es einzig aus dem Grund, weil sie wollen, dass du sie für Idioten hältst.

«Planänderung», meldete er nach vorne. «Wir fahren ins Büro.»

✦ ✦ ✦

Berlin, Dahlem

Als Brun das Zimmer im oberen Stockwerk betreten hatte, war ihm sofort klar gewesen, dass hier ein Verhör im klassischen Sinn weder möglich noch notwendig wäre. Was ihm aus der Enge der stickigen Luft entgegengestarrt hatte, war die uferlose Weite dreier Paare erschreckter Kinderaugen gewesen. Die Überreste der Accessoires und des Gehabes hochdrehenden Zeitgeists waren während den vergangenen Stunden welk geworden und hatten an den drei müden jungen Menschen heruntergehangen wie schmuddelige Geburtstagskostüme.

Die Regung, den Rotlockigen auf das rechte Knie zu heben, den Spezi mit der Topffrisur auf das linke, und der einstmals so kühlen Blonden, die jetzt nur noch ein Mädchen war, gütig über das Haar zu fahren, hatte jedenfalls näher gelegen als jene, die drei einer gnadenlosen Walze von Fragen und Antworten auszusetzen.

Brun war eingetreten, ruhig und behutsam, hatte erst mal das Fenster geöffnet und sich dann an den runden Tisch gesetzt. Angebrochene Wasserflaschen und leere Teller hatten darauf hingedeutet, dass sie sich verpflegt und nicht die ganze Zeit über – wie jetzt gerade – an Stuhl- und Bettkanten gekrallt herumgekauert hatten.

Bruns Fragen war ein beiläufiges gewesen. Als wäre es nur das Vorgeplänkel zu dem Teil, wo es zur Sache ginge. Wie ein Arzt, der vorgibt, bis drei zu zählen, und schon bei Eins die Spritze setzt. Es hatte funktioniert, und die Antworten der drei jungen Menschen waren präzise und in höchster Konzentration erfolgt.

Die Entscheidung zur erstmaligen Durchführung des «Ultra Music Festivals» auf europäischem Festland war vor gut zwei Jahren gefallen. Das Engagement von DJ Azeera als Haupt-Act fast zeitgleich. Nein – in dieser Phase waren sie noch nicht involviert gewesen. Ihr Job war der Event als solcher – Organisation, Durchführung, Roll-up. Ja – Marouan Ghouar hatten sie getroffen. Zuletzt vor wenigen Wochen. Um letzte Details persönlich zu klären. Es machte alles einfacher. Außerdem wirkt eine Unterschrift unter den Wünschen zu Unterbringung, Verpflegung, Transport, Personal, Merch-Verkauf und Sonderwünschen der Künstler, wenn es um Klagen und Reklamationen ging, wie ein Prellbock. Nein – es gab in diesem Fall erstaunlich wenige Sonderwünsche. Im Grunde hatte man die Angaben des Tour-Promoters eins zu eins übernommen. Vorsichtshalber hatte man noch Kontakt mit den Veranstaltern in Ibiza aufgenommen, um sicherzugehen, dass nichts vergessen oder übersehen worden war.

Hier hatte Brun nachgehakt:

«Dieser Punkt ist wichtig. Sie sagen: ‹im Grunde eins zu eins› – was heißt das? Wo gibt es Abweichungen?»

Der Junge mit der Topffrisur hatte einen um Erlaubnis bittenden Blick zu der Blonden geworfen. Sie war erteilt worden:

«Ich bin für den Backstage-Bereich zuständig», hatte er erklärt. «Normalerweise müssen für Essia Kebdani außer getrockneten Früchten und Nüssen nur Mineralwasser und jede Menge Wodka und Jägermeister bereitstehen. Für ihre Crew klassisches Buffet mit allem. Der Tourmanager will für Basel aber nur Mineralwasser für Essia. Ich habe extra zweimal nachgefragt. Wir haben unter uns noch Witze gerissen von wegen, ob ein ‹Delirium tremens› ab einem gewissen Punkt möglicherweise der bessere Kick sei als die Droge selber.»

«Okay. Sehr gut», hatte Brun gelobt. «Welche Abweichungen gab es sonst noch? Denken Sie nach.»

«Die Bühne!», war's aus dem Rotlockigen dann plötzlich herausgeplatzt.

«Was ist damit?»

«Bei einem Festival von dieser Größe kommt der Haupt-Act mit seiner eigenen Bühnenshow. Die ganze Technik und die Elemente werden vorgängig angeliefert, damit wir vor Ort die Zeit haben, alles einzurichten, bis der Künstler eintrifft. Diesmal ist alles extrem kurzfristig. Außerdem kommen sie mit drei LKWs, statt wie sonst immer mit zwei, mit einer eigenen Technik-Crew und mit einem 20-köpfigen Security-Team.»

«Hat Marouan Ghouar Gründe angegeben für diese Abweichungen?»

«Ja – einen zusätzlichen LKW brauchen sie, weil die Bühnenelemente aus sicherheits- oder versicherungstechnischen Gründen umgebaut worden und jetzt nicht nur stabiler, sondern auch schwerer sind. Dasselbe gilt für die eingebaute und dazugehörende Technik. Man will sichergehen, dass beim ersten Einsatz alles funktioniert – darum die eigenen Leute. Zur Security sagte er nur, es gebe Drohungen, und Kebdani sei nervös.»

«Gut. Sehr gut. Was noch?», hatte Brun, jetzt weniger behutsam, vorwärts gedrängt, da zumindest die beiden jungen Männer in ihrem Element gewesen waren. «Was ist mit dem Rest der Crew?»

«Alles wie immer. Ein Riesen-Tross, aber problemlos», hatte Topffrisur verkündet.

Eine Weile war es still gewesen, und Brun hatte schon gedacht, es käme nichts mehr, als die Blonde zum ersten Mal das Wort ergriffen hatte:

«Es war, als interessiere ihn alles gar nicht richtig», hatte sie zu niemand Bestimmtem gesagt. «Die Penthouse-Suite wollte er nicht. Room-Service schien unwichtig.» Und an den Rotlockigen gewandt: «Über Spa- und andere Wellness-Angebote wollte er gar nichts hören, nicht wahr?»

Eifrig entrüstetes Nicken vonseiten des Angesprochenen.

«Sogar der Merch-Verkauf – Standplatzierungen, Hinweisschilder, Personal; das, worauf alle immer so rumreiten, als hinge die Welt davon ab – schien plötzlich unwichtig. Hing dauernd am Telefon, der Mann. Mir kam's vor, als sei ihm alles ziemlich lästig. Oder einfach egal.»

Für einen Moment schienen die drei vergessen zu haben, wo sie waren. Ein Falter war klickend gegen das Glas der Lampe geflogen. Brun war aufgestanden, zum Fenster gegangen und hatte es geschlossen.

Als er zum Tisch zurückgekehrt war, hatte er ihnen gesagt, worum es ging. Es war möglich, dass am Festival ein Anschlag stattfinden solle. Die Angaben, die sie eben gemacht hatten, passten ins Bild. Um auf der sicheren Seite zu sein, müsse man die ganze Sache abblasen. Oder zumindest den Haupt-Act.

Die drei hatten Brun angesehen, als hätte er den Verstand verloren. Das könne er vergessen. Ob er wisse, von welchen Summen man hier spreche? 200.000 zahlende Festivalbesucher. Mindestens. Künstlergagen im dreistelligen Millionenbereich. Von der Infrastruktur ganz zu schweigen.

«Gibt es nicht Versicherungen für so was?», hatte Brun gefragt. «Wär ja nicht das erste Mal.»

«Ja – sicher. Aber nicht auf den bloßen Verdacht hin. Wenn die Behörden eine offizielle Warnung herausgeben, dann ja. Aber so …»

Die Blonde hatte abrupt innegehalten und schien sich wieder bewusst zu werden, in welcher Situation sie sich befanden:

«Wer sind Sie überhaupt?»

«Tut mir leid. Meine Kollegen werden es Ihnen sicher schon gesagt haben: Vorstellungs- und Kennenlern-Runden sind nicht unser Ding. Wir sind nur eine Gruppe von Leuten, die Schlimmes verhindern wollen. Sie doch sicher auch, oder?»

«Das haben nicht wir zu entscheiden. Das Festival funktioniert wie ein Franchising. Das Einzige, was eingekauft wird, sind Markennamen, Veranstaltungsrechte und Künstler. Das unternehmerische Risiko liegt beim Veranstalter. Wir hier sind nur die Agentur, die die Arbeit vor Ort macht.»

«Und wer hat es für Weil am Rhein gekauft?»

«Eine deutsche PR-Agentur. Spillman & Donabates. Und die werden auf einen netten Hinweis von uns ganz sicher nichts absagen.»

«Okay. Eine letzte Frage, dann haben Sie's hinter sich: Wenn in E-Mails, bei Meetings oder in anderen Netzwerken von dem Festival die Rede ist, wie wird es bezeichnet?»

Die Blonde schien nicht verstanden zu haben.

Brun hatte die Frage nochmals anders gestellt:

«Angenommen, Sie haben eine Frage betreffend der Markenrechte und kontaktieren zu diesem Zweck die Leute in den USA: Benutzen Sie da den Betreff ‹Ultra›, oder ‹Ultra Weil am Rhein› oder nur ‹Weil am Rhein›?»

Topffrisur verstand: «Basel. Es ist immer nur von Basel die Rede. Ist am einfachsten, und jeder weiß, worum es geht.»

«Okay. Das war's», hatte Brun gesagt und war aufgestanden. «Was ist? Möchten Sie noch eine Weile hierbleiben?», hatte er gefragt und ein Lächeln nicht unterdrücken können, als die drei ihn angestarrt hatten, ohne sich vom Fleck zu rühren.

Da erst war Bewegung in die kleine Gruppe gekommen, und Brun dicht auf den Fersen, kamen sie jetzt die Treppe in die Halle herunter, wo Miho beim Durchgang zum Flur und zur Tür mit etwas auf sie wartete, das aussah wie schwarze Reise-Schuhbeutel.

«Muss das sein?», fragte Brun.

«Ja», antwortete Miho, während er dem Rotlockigen den Stoff über den Kopf zog. «Tut mir leid.»

Brun sah dem Häufchen Menschen nach, wie sie unsicher und von dem großen bärtigen Mann fast behutsam gelotst, tastend in Richtung Tür gingen. Er wandte sich nicht um, als er feststellte, dass jemand hinter ihn trat. Er wusste, dass es Jezreel war, bevor kaum spürbar für Sekunden ihre Wange seinen Oberarm berührte.

«Und?», fragte sie.

«Sieht ganz danach aus, als lägen wir richtig mit Basel und dem Anschlag», antwortete er.

«Ich hatte gedacht, wir hätten schon alles gesehen», sagte sie schließlich. «Aber das hier ist von anderer Qualität. Es ist von einer Bösartigkeit, von der ich nicht geglaubt hatte, dass es sie wirklich gibt.»

«Doch. Das weißt du längst, Jez», widersprach er. «Das Einzige, was neu ist, ist das Ausmaß. Zeitlich und geografisch. Diese Sache scheint älter zu sein als wir selber. Und unter ‹europaweit› oder gar ‹global› tut man's offenbar auch nicht mehr. Der Rest ist, was es immer ist: eine Systemübernahme im Kostüm des Fortschritts. Das ‹Neue›, das man den Menschen verkauft, nennt sich Rettung der Demokratie und Schutz der Freiheit, obwohl jeder, wenn er nur wollte, sehen könnte, dass es etwas ist, das allem Demokratischen und Freiheitlichen in jeder Beziehung widerspricht.»

«Können wir es noch aufhalten? Kann überhaupt jemand noch irgendetwas tun, ohne das stärkende Element einer angeblich ‹tödlichen Gefahr› heraufzubeschwören?»

«Es ist, wie es immer ist», sagte Brun anstatt einer direkten Antwort. «Je fester die Feinde der Freiheit im Sattel sitzen, umso weiter können sie reiten. Wir können von unserer Seite aus nur die Pferde scheu machen, in der Hoffnung, sie da herunterzuholen. Und sei es nur für ein paar Sekunden, während derer alles in der Schwebe hängt und offenliegt, bevor das Rad sich in die eine oder die andere Richtung weiterdreht.»

Kurz legte er den Arm um ihren Nacken, zog sie an sich und küsste sie auf die Schläfe. «Was ist das eigentlich für ein Krach in der Küche?», fragte er, als er sie schon wieder freigab. «Streiten die etwa?»

«Politik, glaube ich», sagte Jezreel und ging ihm im Halbdunkel der Halle voraus in Richtung der Stimmen.

Das Bild, das sich ihnen beim Eintritt in die Küche bot, erinnerte Brun entfernt an einen TV-Polit-Talk aus vorkonsensueller Zeit, als Harmonie um jeden Preis noch nicht das Gebot der Stunde gewesen war:

Als wär's ein Podium, standen Juli Zidek, Rachmanowitsch, Joaf und Boas je auf einer Seite des inselartigen großen Tisches und redeten wild aufeinander ein, durcheinander, miteinander und offensichtlich auch aneinander vorbei. Rundherum, an Schränke, Küchenkombi, den Rand des Kamins und die Tür zur Terrasse gelehnt, stand mit Ausnahme von Miho, Lorenz und Nik Horn der Rest der Truppe und schien das Spektakel zu genießen. Auch Kron war da. Und sie wären alle nicht gewesen, was sie waren, hätten sie nicht den Haarriss in der Atmosphäre bemerkt, der mit dem Auftauchen von Brun und Jez kaum wahrnehmbar etwas veränderte.

Rachmanowitsch wandte sich zur Tür um und lachte, als er der beiden und ihrer Mienen gewahr wurde.

«Und ich dachte, wir mit unserer direkten Demokratie seien die Politnarren», kommentierte Brun.

«Da liegst du falsch, mein Freund», antwortete Rachmanowitsch. «Nicht Politik. Politische Leidenschaft. Man sagt nicht von ungefähr, dass, wo immer sich drei von uns treffen, zwei Regierungschefs sind, während der dritte die Opposition führt. Funktioniert auch, wenn's ums Essen geht.»

«Apropos Essen ...», sagte Brun.

«Kufta amishav – alles fertig», warf Juli Zidek über die Schulter, bevor sie eine weitere Salve Leidenschaftliches quer über den Tisch in Richtung von Boas von sich gab, der – Hand und Arm vor das Gesicht haltend – angesichts des Beschusses schon mal pantomimisch in Deckung ging.

«Hier», sagte Sava auf Bruns fragenden Blick hin und rückte ein Stück zur Seite. Hinter ihr auf dem Herd standen drei große Pfannen. «Eintopf mit Hackfleischbällchen.»

Brun trat hinzu und hob einen der Deckel an. «Glaubst du, irgendjemanden hier stört es, wenn ich gleich esse?», sagte er leise zu Sava. «Reich mir doch bitte ein Stück Brot von da drüben.»

«Vergiss es», sagte sie, nahm ihm den Deckel aus der Hand und legte ihn zurück auf die Pfanne. Viel zu scheppernd, viel zu laut. Mit einem Schlag verstummte jedes Gespräch, und alle Blicke richteten sich auf Brun und sie.

«Carl hat Hunger», sagte sie.

Ihr wisst, wie er ist, wenn er Hunger hat ...

Mit dem Unterschied, dass jetzt Brun das Ziel des Beschusses war, setzten die Stimmen wieder ein, während Pfannen, Töpfe und Körbe mit Brot in die Halle getragen wurden.

«Sie müssen Michael Kron sein», sagte Brun, als dieser ihm in der Betriebsamkeit zwischen Halle und Küche buchstäblich vor die Füße gespült wurde. Kron nickte. Brun streckte die Hand aus. «Schön, Sie an Bord zu haben. Ich bin Carl.» Und ohne außer dem erwiderten Händedruck eine weitere Reaktion abzuwarten, rief er in Richtung der Monitore, wo Horn sich offenbar durch immer neue Papiere wühlte, während von Lorenz nur die Beine von den Knien an abwärts zu sehen waren:

«Lorenz, Nik! Essen ist fertig!»

Die Mahlzeit verlief im Gegensatz zu dem, was man in Anbetracht des ausgelassenen Durcheinanders zuvor hätte erwarten können, bis auf einzelne Bemerkungen zum Essen schweigend. Eine Art Rückzug, ein Anlauf-Holen, das Brun an die Bucht erinnerte, die ein Teil von ihm geworden war:

Brecherzone. Brandungszone. Auslaufzone.

Meer und Menschen. Alles *ein* Lebensatem.

Irgendwann war Miho zurückgekommen, und Brun hatte erstaunt ein Gefühl alter Vollzähligkeit in sich entdeckt, als dieser sich gesetzt und von Sava einen vollen Teller hatte reichen lassen. Seine eigenen Worte von eben kamen ihm in den Sinn:

Das hier ist älter als wir alle.

Dann kam die Bewegung zurück, die Sprache und mit ihr der Fokus auf den düsteren Grund, aus dem sie hier beisammen waren. Rachmanowitsch hatte sich von Brun eine Zigarette geben lassen und sie in Erwartung des Kaffees neben die leere Tasse gelegt. Brun berichtete über das Gespräch mit den drei jungen Leuten der Event-Agentur.

«Damit, würde ich sagen, hat die Schildkröte ihren Kopf definitiv zu weit herausgestreckt», sagte Vali, als er geendet hatte.

«Man wirft uns ja gerne Paranoia vor. Aber nach allem, was wir wissen, hier noch etwas anderes zu sehen als das, was es ist, wäre nicht nur unsinnig, sondern grob fahrlässig. Wir müssen – egal, wie kurz die Zeit ist, die uns bleibt, und wie gering die Chancen sind – alles daransetzen, unsererseits einen Stoß zu führen, der in den Reihen der Leute, die uns bis heute bekannt sind, wie ein Schock wirkt.»

Nik Horn, der seit Neuestem, einer unausgesprochenen Übereinkunft Folge leistend, die Zubereitung von Kaffee übernommen hatte, kam mit einer Kanne aus der Küche. Als jeder sich bedient hatte, ergriff Rachmanowitsch das Wort:

«Ich gebe Vali recht», sagte er. Und mit einem Blick zu Brun: «Während du oben warst, habe ich versucht, das alles ein wenig zu ordnen.»

Brun verstand. Sein Nicken war mehr als das Einverständnis, für den Moment den Lead abzugeben.

«Sehr gut», sagte er.

Die Botschaft kam an.

«Okay – zuerst zu uns», hob Rachmanowitsch an. «Vorab ein paar grundsätzliche Dinge: Obwohl Richtung und Ziel dieser ARES-Sache sich mittlerweile sehr deutlich abzeichnen, hängt genau jetzt alles in einer Art Schwebe. Für uns bedeutet das knapp zwei Wochen Zeit. Alles dreht sich um diese Zeitspanne, und jeder Tag ist ein Gewinn für uns. Ob diese Leute uns wirklich für tot halten, was für uns ein Plus an Bewegungsfreiheit bedeuten würde, das wissen wir nicht. Das Epizentrum des Ganzen scheint einmal mehr Deutschland zu sein. Darauf konzentrieren wir uns.

Weiter schlage ich vor, dass wir uns nach der heutigen Nacht nicht mehr treffen. Wir sind schon viel zu lange in diesem Haus. Wir sollten zusehen, dass wir morgen früh» – er blickte auf die Uhr, sie zeigte 01:49 an – «hm, also in zirka vier Stunden, hier weg sind. Wir müssen über Kommunikationswege und mögliche Treffpunkte entscheiden. Und last but not least: Aufhalten können wir das Ganze nicht – es ist zu groß, und meine Erfahrung sagt mir, dass hier Leute involviert sind, die man als Normalsterblicher nicht zu fassen kriegt. Also spielt es für uns im Moment auch keine Rolle, von wem die Initiative ausgeht – ob von einem oder mehreren anderen Staaten oder von supranationalen Interessen.

Anyway, wir können uns und unseren eigenen Ländern und bestenfalls Europa eine Atempause verschaffen. Ob diese etwas bewirken wird, und wenn ja, was – auch das darf keine Rolle spielen. Den Versuch, in die Zukunft sehen zu wollen oder zu behaupten, man könne es, sollten wir den Politikern überlassen. Das alles hindert uns aber nicht daran, in den kommenden zwei Wochen die Initiative an uns zu reißen. Ich bin, wie gesagt, derselben Meinung wie Valentin: Wir haben nur zu gewinnen, und Halbherzigkeiten sind, egal, wie bescheiden unsere Mittel sind, fehl am Platz.

Allerdings tendiere ich nicht zu *einem* Stoß, sondern zu mehreren Stößen aus verschiedenen Richtungen. Das Ziel: Unruhe und Unordnung in den geschlossenen Reihen dieser Organisation. Für den Moment scheint alles generalstabsmäßig in eine einzige Richtung zu laufen: ein an Kadenz und Intensität zunehmendes Stakkato dessen, was seit Jahren läuft: ‹Gefahr – Angst – Rettung›, dann ‹Neue Gefahr – Neue Angst– Neue Rettung›. Was wir tun können, ist: Das ins Stocken zu bringen, indem wir andauernd irgendwo irgendwen zum Reagieren zwingen. Konkret sehe ich die Situation wie folgt.»

Rachmanowitsch stand auf, ging zur Wand und rollte das Whiteboard heran, auf dem Horns schematische Darstellung des anhand der Zahlungsströme rekonstruierten ARES-Netzwerks prangte, und drehte es um die Mittelachse. Dann hielt er abrupt inne, als erinnere er sich an etwas:

«Wenn jemand aussteigen will, dann wäre jetzt ein guter Moment dafür», sagte er.

Und zu Brun: «Ich würd's verstehen, Carl. Ihr habt, was ihr braucht, um euren eigenen Laden aufräumen zu können. Wir wissen, was ‹Basel› mit großer Wahrscheinlichkeit bedeutet, und so, wie es im Moment aussieht, kann es euch herzlich egal sein. Genauso wie der ganze Rest. Und mit reinem Gewissen kommen wir aus dieser Sache nicht raus.»

Brun hatte die Hände vor dem Gesicht gefaltet und blickte Rachmanowitsch für ein paar Sekunden schweigend an.

«Die Schweizer, so sagte man früher», hob er schließlich an, «seien von der Sorte, die einen guten Grund braucht, um in den Krieg zu ziehen. Sonst ziehen sie nirgendwo hin. Seit Jahren arbeiten verschiedene Kräfte in unserem Land im Interesse der eigenen Wänste und mit Hilfe anderer daran, diesen Grundsatz über Bord zu werfen. Das allein ist ein ziemlich guter Grund, finde ich. Ein weiterer ist der, dass es, auch wenn wir bei uns aufräumen, für unser kleines Land sehr schwierig, wenn nicht gar unmöglich wird, seine bereits heute angeschlagene Unabhängigkeit inmitten dressierter Pseudo-Nationen zu behaupten, die von einer europäischen Variante der Tscheka in die demokratischste Zukunft, die es je gab, geknüppelt werden sollen.»

Und mit einem Blick in die Runde seiner Leute:

«Ich glaube, nicht zu weit vorzupreschen, wenn ich behaupte, dass wir das alle so sehen.»

Piet bestätigte indirekt Bruns Aussage für das Team, indem er bei dem nachhakte, der nicht offiziell dazu gehörte:

«Horn? Was ist mit Ihnen?»

Der Angesprochene richtete seine Antwort gleichermaßen an Brun und an Rachmanowitsch:

«Was mich betrifft: Ich sehe das pragmatisch und eigennützig. Mich interessiert ein stabiler Finanzplatz Schweiz. Strategische Legitimität rechtfertigt hier in meinen Augen durchaus eine gewisse taktische Illegalität. Dazu bin ich bereit. Außerdem ...»

Horn sah von Brun zu Lorenz, der keine Reaktion zeigte, wieder zu Brun und schließlich auf die Papiere vor sich. Er schien zu lächeln.

«Außerdem was?», hakte Brun nach.

«Wie haben Sie letztens gesagt?», fragte Horn anstatt einer Antwort in Piets Richtung. «Dass mir der Ruf eines Investmentgottes des internationalen Staats- und Bankenkartells vorausgehe?»

Und wieder zu Brun:

«Dieser Ruf, der – ich bin nicht stolz darauf – zu meinen besten Zeiten mehr war als ein bloßer Ruf, in Verbindung mit Lorenz' eigenwilliger Interpretation von Gesetzen, macht uns in Kombination quasi zum heiligen Gral der Informations-Beschaffung. Das ist zwar nach allen gängigen Standards höchstgradig kriminell, aber ebenso effizient. Wenn Sie mich hier also brauchen können, dann bin ich dabei.»

Brun reagierte nicht auf die Ansage. Er saß da, starrte an Nik Horn vorbei auf Lorenz, sah über die Schulter zu Sava und wieder zurück. Sie hatte es ebenfalls gesehen: Als Horn von sich selber und Lorenz als dem heiligen Gral der Informations-Beschaffung gesprochen hatte, hatte Lorenz zu ihm hinübergeschaut. Nicht so, wie er es normalerweise tat, wenn er seinen Namen hörte, sondern mit einem Strahlen auf dem Gesicht, das man durchaus als den ungeschickten Versuch eines Lächelns interpretieren konnte. Nik Horn, dieser ‹erstklassige Banker-Kackstiefel›, wie Piet ihn ebenfalls genannt hatte, hatte etwas zuwege gebracht, was in all den Jahren weder Sava noch ihm gelungen war:

Lorenz verstand bei Nik Horn mehr als die Botschaft der Worte. Und es schien ihm zu gefallen.

«Carl?», fragte Rachmanowitsch. «Was meinst du?»

Brun gab sich einen Ruck: «Klingt gut für mich», sagte er und schüttelte, was Freude und Sorge gleichermaßen war, ab.

«Klingt sogar sehr gut.»

«Dann schlage ich vor, gehen wir zum Du über», sagte Rachmanowitsch zu Horn und wandte sich zum Zeichen, dass er das Grundsätzliche für geklärt hielt, wieder dem Whiteboard zu. In die Mitte zeichnete er einen Kreis, in den er ARES schrieb.

«Das ist der Kern. So wie ich das sehe, gibt es da rundherum eine Art schützenden Bogen. Einen Abwehrgürtel. Nichts, was irgendeine Beweiskraft hätte, kann direkt mit ARES in Verbindung gebracht werden. Kommunikation, Finanzierung, Rekrutierung – alles läuft durch den Filter dieses Gürtels über Umwege. Ihn müssen wir zu durchbrechen versuchen. Mit etwas Glück so, dass wir genau die Stellen treffen, die, wenn sie einknicken, die ganze Sache zum Einsturz bringen oder wenigstens beschädigen.»

«Sagtest du nicht vorhin etwas von ‹konkret›?», meldete sich Boas.

«Gleich», antwortete Rachmanowitsch, ohne sich umzudrehen, und zeichnete von dem Kreis ausgehend Striche und an deren Ende neue kleinere Kreise, die er mit Buchstabenkürzeln versah und erklärend kommentierte: UB – «‹UnityBank› mit dem Chef Guido Erhardt» – CG – «Christian Grabowsky» – ESCTF – «‹East StratCom Task Force›, diese Sibel Marquardt und ihre Mitarbeiter» – KA – «Kanzleramt mit Eric und Joan Hessberg, Steffen Arndt und dem Presseheini» – BMV – «Bundesministerium der Verteidigung mit Franz Bahlow» – BND – «hier vor allem Peter Juchatz» – USEUCOM/NATO – «und hier Brian D'Alessio» – UMF – «Ultra Music Festival mit Marouan Ghouar und Essia Kebdani» – Spillman – «brauche ich nach Carls Ausführungen von vorhin nicht weiter zu erläutern. So, das sind, soweit wir wissen, die wichtigsten Stellen des Sicherheitsmantels um ARES herum.» Und in Richtung Boas:

«Besser?»

«Ja. Langsam fängt es an, mir zu gefallen», antwortete dieser. «Aber eine Frage habe ich doch: Wenn du von den ‹wichtigsten Stellen› sprichst, meinst du damit die Stellen, die wir treffen wollen? Versteh mich nicht falsch – ich habe große Lust und absolut keine Skrupel, jeden, der an dieser Sache beteiligt ist, persönlich in das große Dunkel zu schicken.»

«Aber?» Rachmanowitsch klang nicht ungeduldig, aber drängend.

«Aber soweit ich das sehe, sind wir hier – warte mal – im besten Fall ein Dutzend Nasen. Also etwa genauso viele wie auf der Gegenseite, wenn wir ihre Mitarbeiter nicht mitrechnen. Wir waren, soweit ich weiß, alle beim Militär. Wenn du also nicht irgendwo noch zwei Reserve-Teams in petto hast, dann ist das, was ich hier sehe, quasi die Lehrbuch-Definition einer zu weit auseinandergezogenen Front. Oder anders gesagt: Es wird schwierig, die Kräfte des Gegners zu zersplittern, wenn wir zu diesem Zweck auf unserer eigenen Seite dasselbe zu tun gezwungen sind.»

«Absolut richtig», antwortete Rachmanowitsch. «Darum ist mein Vorschlag, hier, hier, hier, hier und hier zuzuschlagen.»

Der Filzstift tippte mit einem spitzen, dumpfen Klang auf die Kreise CG, Ultra, UB, ESCTF und BND.

«Das sind aufgrund der Informationen, die wir in den vergangenen Tagen gesammelt haben, die Hauptstellungen des ARES-Projekts: Finanzierung, Operationsplanung, Sicherheit und Tarnung, das Festival, also die Anschlags-Bedrohung, und schließlich die Person, bei der alle Fäden zusammenzulaufen scheinen – Christian Grabowsky. Alle anderen …»

«Warte, warte, warte», hakte Sava, Rachmanowitsch unterbrechend, ein. «Bei mir hapert's gerade: das Festival, die Finanzierung und Grabowsky … gut. Bis da komme ich mit. Aber wie kommst du auf die anderen? Woher wissen wir, dass diese ‹East StratCom Task Force› die Operationszentrale von ARES ist und der BND nicht nur als Brücke zwischen dieser und Grabowsky funktioniert, sondern auch die Abschirmung von ARES zu seinen Aufgaben zählt?»

«Wie gesagt», antwortete Rachmanowitsch, «waren wir, als ihr auf Klassenfahrt in Spanien wart, hier nicht untätig. Wir haben mit Hilfe unserer Leute zuhause sämtliche Personen, von denen uns Miho Fotos geliefert hat, unter die Lupe genommen. Mitarbeiter der ‹UnityBank› und der ‹East StratCom Task Force›, die an der Händelallee ein und aus gingen. Was letztere anbelangt, so hat die Mehrzahl der dort Beschäftigten mit Fake-News ungefähr so viel zu tun wie wir mit Geflügelzucht. Alle, die wir identifizieren konnten, sind

Ex-NATO-Leute. Mitarbeiter aus allen Bereichen des Internationalen Militärstabs, des Alliierten Kommandos Operationsführung oder eines operativen Kommandos der zweiten Ebene. Logistik, Technik, Sicherheit, Infrastruktur, Beschaffung, Waffensysteme, Analyse – alles dabei. Oder anders gesagt: Wenn diese Männer und Frauen etwas können, dann ist es die Planung militärischer Unternehmungen. So viel zur ‹StratCom› als Operationszentrale. So weit klar?»

«Verstanden, ja.»

«Was nun den BND betrifft: Da bleiben wir zugegebenermaßen im Bereich starker Indizien und stützen uns dabei auf die Information von Juli, wonach innerhalb der Organisationseinheit ‹Militärwesen› des BND vor rund zehn Jahren eine Gruppe geschaffen worden ist, die seit ihrer Gründung zur Hälfte aus EU-Geheimdienstleuten des INTCEN des Europäischen Auswärtigen Diensts besteht und von der man im Grunde nur weiß, dass sie Juchatz direkt rapportiert. Juli sagt, die interne Zuordnung zum Militärwesen sei irreführend, da die Gruppe gemäß den einsehbaren Kostenstellen fast ausschließlich mit der Erfassung und Auswertung von Verbindungen im Umkreis genau definierter geografischer Bereiche befasst sei.»

«Die ARES-Standorte?», fragte Piet.

«Das liegt zumindest nahe. Es sieht ganz danach aus, als wäre es die Aufgabe dieser Leute, sowohl sämtliche Kommunikation der Standorte zu tarnen, als auch die Standorte selbst zu schützen. Eine Art strahlenmäßiges Pendant zum Iron Dome, der abwehrt, irreführt und, was er einfängt, sammelt und weitergibt. Die SMS und die Verbindungen, die wir haben, müssen Ausreißer gewesen sein. Eine solche Organisation, wie ARES es ist, kommuniziert zwangsläufig permanent und mit hoher Intensität. Hier nichts zu finden, bedeutet, dass es nicht gefunden werden soll.»

«Okay. Alles klar», sagte Sava, als Rachmanowitsch nicht weitersprach. «Danke.»

«Immer gern», antwortete Rachmanowitsch. «Also weiter. Wo war ich?»

«Hauptstellungen des ARES-Projekts», lieferte Joaf das Stichwort.

«Genau. Also: Finanzierung, Operationen, Festival, Koordination und Grabowsky. Das sind die fünf Stellen, auf die wir uns meiner Meinung nach konzentrieren sollten. Die anderen können wir für den Moment überspringen. Wenn diese fünf hier wegfallen, lösen sie sich im besten Fall von selber auf. Wenn nicht, dann wird es sie zumindest viel Zeit kosten, sich zu reorganisieren. Mehr können wir nicht verlangen.»

«Ich will dir nicht vorgreifen, aber du sprachst vorhin in diesem Zusammenhang von ‹angreifen›», kam es von Nouriel. «Was genau …?»

«Finden. Stellen. Liquidieren», beantwortete Rachmanowitsch bündig die nur halb gestellte Frage und fügte mit einem kaum wahrnehmbaren Lächeln hinzu: «Doch noch aussteigen?»

«Nein. Ich wollt's nur richtig verstanden haben. Mir geht es hier wie Boas: Meine Gewissenszweifel halten sich in einem sehr überschaubaren Rahmen bei Leuten, für die das Schicksal von Millionen von Menschen bloß Baustoff für ihre Paläste darstellt und die Zehntausende Tote nicht nur in Kauf nehmen, sondern planen.»

«Gut. Für alles andere fehlt uns auch die Zeit. Denn das allein reicht noch nicht», fuhr Rachmanowitsch fort. «Wir brauchen zusätzlich ein Minimum an Öffentlichkeit. Jemand Glaubwürdiges, der über die Personen, ihre Verbindungen und die Todesfälle berichtet. Diese ARES-Clique hat ihr eigenes Stakkato – dem müssen wir das unsere entgegenstellen, um sie aus dem Rhythmus zu bringen: eine Liquidierung, ein Enthüllungsartikel, eine weitere Liquidierung, ein weiterer Enthüllungsartikel – und so weiter, bis die Sache zu einer Lawine wird, die auch eine Hochleistungs-Zensurbehörde und eine auf Konsens gebürstete Schreiberzunft nicht mehr aufhalten kann. Zusammen mit dem Wegfallen der Schlüsselstellen wird das die Ratten für eine Weile in ihre Löcher zurücktreiben. Und rund um ARES wird es sehr, sehr still werden. Das muss das Ziel sein. Das ist die Zeit, die es zu gewinnen gilt. Ob wir diese Zeit und das, was sie bewirkt, anschließend noch weiter auswerten können, steht in den Sternen.»

«Kennst du jemanden, der in Frage kommt?», fragte Brun. «Jemand Glaubwürdiges, der bereit wäre, zu berichten?»

«Das ist das Problem», sagte Rachmanowitsch. «Ich kenne einige. Aber wenn die es übernehmen, wird es keine fünf Sekunden dauern, bis man uns mit der Sache in Zusammenhang bringt. Was, um es nett zu sagen, in diesem Fall nicht optimal wäre. Was ist mit euch? Kennt ihr jemanden?»

Jezreel sah zu Brun. Und *ob* sie jemanden kannten! Er war Beobachter, Kundschafter, Insiderwissen-Beschaffer, Skandal-Aufdecker aus Berufung und V-Mann in eigener Sache. Einer von der Sorte, die ohne jeden Schutz und ohne fragwürdige Garantien auf Vertraulichkeit voll ins Risiko ging, wenn er mit sich einig wurde, die Information, über die er verfügte, müsse unter die Leute. Und wenn er in der Vergangenheit via Jezreel und im Rahmen einer Operation mit ihnen zusammengearbeitet hatte, dann wies dieses temporäre Bündnis stets alle Merkmale einer Doppelsieg-Strategie auf. Win-Win at its best.

Brun forderte Jez mit einem Nicken auf, fortzufahren.

«Ja», antwortete Jezreel. «Wir kennen jemanden. Er ist der Chefredakteur der ‹Berner Zeit›. Eine lokale mittelständische Tageszeitung. Einer der wenigen noch eigenständigen Verlage in der Schweiz. Christoph Raible heißt der Mann. Ein ursprünglich auf die Programmierung von Großrechnern spezialisierter Elektro-Ingenieur. Mit Ende zwanzig dann die Berufung zum Journalismus. Gründe unbekannt. Allerdings hat er sich in wenigen Jahren zum Ressortleiter Inland hochgearbeitet und steht mittlerweile im Ruf, einer der Besten zu sein. Man sagt, er gehöre zu jenen, die allwöchentlich einen Headhunter abwimmeln können. Oder müssen. Und zwar nicht nur solche aus der Schweiz.

Als der Alte, das heißt der frühere Chefredakteur, vor zwei Jahren krankheitshalber ausgeschieden ist, hat Raible übernommen. Grundsätzlich gilt: Wenn er eine Story bringt, dann kann man davon ausgehen, dass, egal, wie verrückt sie ist, er alle Fakten in der Hand hat. Wie er sich diese in Anbetracht seiner ersten Berufung beschafft, ist in der Regel sehr kreativ. Und zielführend. Kurz: Man kann Raible schlecht ignorieren, und seine Zeitung hat allein in den zwei größten sozialen Netzwerken knapp eine Million Abonnenten, was für einen solchen Verlag gigantisch ist. Die Chancen sind sehr gut, dass, wenn *wir* es sind, die ihm Informationen liefern, er diese auch bringt. Gegen ein gutes Geschäft hatte er noch nie etwas einzuwenden.»

«Genau das brauchen wir», sagte Rachmanowitsch. «Kannst du mit ihm Kontakt aufnehmen?»

«Nein.»

«Wie ‹nein›?»

«So arbeiten wir nicht. Er und ich, meine ich.»

«Er ist also auch dein Informant?»

Mit einem verständnis-innigen Zwinkern sah Rachmanowitsch Jez' an, als wollte er sagen: *Spione und ihr eifersüchtiges Rumhocken um ihre Quellen. Auch nach Jahren, und auch dann noch, wenn außer Staub und Steinen längst nichts mehr drin ist.*

«Nicht so richtig», antwortete Jez. «Aber er beharrt auf festen Regeln. Kontaktaufnahme ja. Aber immer nur persönlich.»

«Kluger Mann», kommentierte Joaf. «Ich sehe zu, dass du einen Wagen kriegst. Okay?»

«Sehr gerne», sagte Jez. «Danke. Aber wenn ich da hinfahre, dann muss ich – wie gesagt – Konkretes liefern. Wir müssen also jetzt nicht nur über das Vorgehen entscheiden, sondern auch darüber, was ich ihm sagen kann. Er wird Fragen stellen. Und er ist gut in dem, was er tut. Mit Halbgarem brauche ich ihm nicht zu kommen.»

«Absolut richtig», sagte Rachmanowitsch. «Aber ist er auch empfänglich für Dinge, die wir zwar zu erklären bereit sind, von denen wir aber nicht wollen, dass sie publik werden? Oder gehört er zu jenen, die einfach drauflosballern. Hauptsache Klicks? Versteh mich nicht falsch, Jez – ich habe sehr wohl gehört, was du vorhin gesagt hast über ihn. Aber die Zeiten sind verrückt. Und gar mancher verwechselt unversehens die Realität mit der virtuellen Welt, wenn's um die Wahrnehmung der Bekanntheit und Wichtigkeit der eigenen Person geht. Dann schaltet er unbemerkt von Qualität auf Quantität, und ab da ist's dann nur noch eine Frage der Zeit, bis man ihn vergisst. Einfach so.»

Rachmanowitsch schnippte mit dem Finger.

«Ich denke zwar nicht, dass das bei ihm der Fall ist», sagte Jez, «aber ich schau mir die letzten zwei Jahre mit Lorenz zusammen an.»

«Gut. Damit kann ich leben.»

«Lorenz?», rief Jez in Richtung der Monitore.

«Bin dabei», kam die Antwort.

«Okay», erwiderte Rachmanowitsch und warf erneut einen Blick auf die Uhr. «Bereits kurz vor drei Uhr. Machen wir weiter.»

✦ ✦ ✦

Berlin, Schiffbauerdamm

Für den Bruchteil eines Augenblicks war der besitzlose irische Bauernjunge, der er war, auf Alex' Gesicht sichtbar geworden, als Grabowsky ihm vergangene Nacht in der Lagerhalle mitgeteilt hatte, er brauche niemanden zur Abholung der sterblichen Überreste Sibel Marquardts und ihres Wagens hinzuzuholen. Alex solle das selbst übernehmen, und er, Grabowsky, würde ihm dabei helfen.

Da hatte sein Fahrer ihn in harter, bedrückter Konzentration angesehen wie einer, der sich zur Notschlachtung seiner Lieblingskuh durchringen musste.

Grabowsky hatte die Reaktion nicht kommentiert. Wie auch? Was hätte er sagen sollen, nachdem er zwei Stunden auf dem Stuhl in der Gewerbehalle gesessen und versucht hatte, zu einer Entscheidung zu kommen?

Dass ein Teil seiner selbst, den er nur flüchtig kannte, durchgelüftet werden musste?

Dass es ihm möglicherweise in diesem Moment genauso erging wie Hessberg, wenn der wieder mal entgleiste, abstürzte, aus dem Tritt geriet?

Dass er wütend war und gleichzeitig Lust verspürte, die Menschen, mit denen er es zu tun hatte, sich selbst und ihren kleingeistigen Manövern zu überlassen?

Dass er schreien wollte und, weil er das nicht konnte, Alex dabei helfen würde, eine Leiche zu entsorgen und einen Wagen loszuwerden? Und dass das immerhin besser war, als sich nach Hause bringen zu lassen und dort weiterzubrüten, ohne Lösung in Sicht?

Er war aufgestanden und Alex, der Sibel Marquardts Körper auf den Armen trug, gefolgt.

«Licht», hatte dieser gesagt, als sie zum Ausgang gekommen waren.

Grabowsky war stehen geblieben.

«Rechts.»

Grabowsky hatte die Schalter einen um den anderen gedrückt, bis die Halle mit Ausnahme der Notbeleuchtung dunkel gewesen war.

«Gehen Sie voraus, und sehen Sie nach, ob da draußen alles ruhig ist», hatte Alex ihn anschließend angewiesen.

Grabowsky, bereits erfrischt und belebt von der Erfahrung, für einmal bloß einfache Anweisungen entgegennehmen zu können, hatte getan, wie ihm geheißen.

«Schlüssel?», hatte er, sich Alex' Sprachduktus anpassend, gefragt, als die Türe schließlich hinter ihnen ins Schloss gefallen war.

Alex war bis zu Sibel Marquardts Wagen gegangen und hatte sich ihm zugewandt:

«Nehmen Sie sie. Vorsichtig. So.»

Während Alex in Hand- und Jackentasche der jungen Frau nach dem Autoschlüssel gesucht hatte, war er dagestanden und hatte an nichts anderes denken können als an das Gewicht in seinen Armen. Nicht an die junge Frau, nicht an Tod auf sein Geheiß und das Ende eines Menschenlebens, sondern einzig daran, wie unglaublich schwer sie war.

Endlich war Alex fündig geworden, hatte den Wagen entriegelt und die Tür des Kofferraums hochgeklappt.

«Legen Sie sie da rein.»

Als Grabowsky der Aufforderung gefolgt war, hatte er für einen Moment befürchtet, sein Rückgrat würde bei der Vorwärts- und gleichzeitigen Abwärts-Bewegung brechen. Es hatte standgehalten, und er selber war wieder zu Christian Grabowsky geworden.

«Okay, Alex. Folgendes», hatte er gesagt. «Ich nehme *meinen* Wagen, Sie diesen hier. Sie», mit dem Kinn hatte er in Richtung des Kofferraumdeckels gedeutet, «muss so rasch wie möglich gefunden und identifiziert werden. Todesursache nicht ermittelbar.»

«Gut», hatte Alex nur gesagt.

«Brauchen Sie Hilfe?»

«Nein.»

«Okay. Dann sehen wir uns morgen. Und … Alex?!» Sein Fahrer hatte innegehalten. «Danke! …»

Jetzt stand er wie so oft auf dem Balkon. In der Wohnung brannte kein Licht, und hier oben, weit über der Beleuchtung des Gehwegs dort unten, war er fast ein Teil der Nacht. Nicht Teil ihrer Dunkelheit, sondern ihrer Einfachheit. Das, was Menschen in der Regel nicht verstanden. Nicht verstehen wollten. Dass ein Zuviel nie und in keinem Bereich zu Schönheit, Glück, Frieden oder Kunst führte. Nur Einfachheit konnte das. Mehr noch: Einfachheit *war* Schönheit, Frieden, Glück und Kunst, wenn einer es verstand, den Anforderungen ihres schmalen Grates zu genügen. Und wenn er sich nicht fürchtete vor der Tatsache, dass sie oft qualvoller war als die komplexe Wirklichkeit, die er sich erschuf.

ARES war in der Einfachheit seiner Konzeption schön. Nicht schön wie ein Sommertag oder ein ausdrucksstarkes Gesicht. ARES' Schönheit wohnte Grauen inne und Schrecken wie einer tödlichen Flutwelle, wie der perfekten Schwärze eines Abgrunds oder einer Nacht. Sie war Erhabenheit. Was sie sabotierte, alles schwierig machte und unnötig kompliziert, das war das kleingeistige Gewühl der Menschen – ihre Intrigen, Machenschaften, Interessen, Grabenkämpfe. Ihre Gefühle, Eitelkeiten und ihr Gewissen.

Und jetzt also Juchatz. Es war der Beruf dieses Mannes, dreimal am Tag die Meinung zu ändern, sein Auftreten, seine Glaubenssätze. Sich vorzumachen, irgendeine der Varianten Peter Juchatz' sei die echte, wäre dumm. Er war keine von ihnen, und gleichzeitig war er sie alle.

Die Frage, die sich Grabowsky beantworten musste, war: Der Sache ihren Lauf lassen oder nicht? So, wie er Juchatz einschätzte, gab es zwei Möglichkeiten: Entweder würde er verschwinden und Zuflucht suchen in der auf 2100 Meter über Meer gelegenen Finca in Argentinien, von der er glaubte, dass niemand davon wüsste. Oder aber er würde seinen Stolz in die Waagschale werfen und irgendwo versteckt auf dem Bild seine Initialen hinterlassen.

Grabowsky wandte sich von der Weite der Nacht ab, trat in die Wohnung und holte, ohne Licht zu machen, eine Zigarette aus der Schale beim Kamin. Mit dem Aufflammen des Feuerzeugs und dem Knistern des anbrennenden Tabaks wurde ihm klar, dass auch hier das Gesetz der Einfachheit die Entscheidung erzwang:

Er würde der Sache ihren Lauf lassen.

Entschied sich Juchatz für Argentinien, dann konnte er ihn dort zur späteren Liquidierung sich selbst überlassen. Gab er hingegen Stolz und Eitelkeit nach, dann wäre er der Idiot, für den Grabowsky ihn nicht hielt, wenn er es so täte, dass ARES dabei zu Schaden käme.

Vielleicht lag doch ein Stück Wahrheit in dem, was man sagte: Dass die offen Untreuen oft die Treusten waren. Auch das eine Form von Schönheit.

Er drehte sich erneut um die eigene Achse, zog einen der Sessel in die Fensteröffnung und setzte sich zu einer einsamen Wache. Er würde nicht schlafen können. Das konnte er nie, wenn ein Projekt in die Phase überging, während derer die letzten Steine an ihren Platz fielen.

Der morgige Sonntag käme einem Einbiegen auf die Zielgerade gleich. Pressekonferenzen, parlamentarische Sondersitzungen, Krisentreffen, Ansprachen zur Lage von Nationen und ganz Europa, Notstands-Planspiele, Ankündigungen von Gipfeltreffen und Telefonkonferenzen würden sich jagen und sich live und in Echtzeit von der eingebetteten Medienbranche wie ein Tsunami über die Menschen Europas hinweg wälzen. Die Verheerung, obwohl nicht offen sichtbar, wäre gigantisch.

Aber sie war nicht neu, und das war das Entscheidende. Die Schraube wurde seit Jahren Stück für Stück angezogen. Permanente Angstbereitschaft, situationsgebundene Ängste, latenter Spannungszustand, Reizbarkeit, Unruhe, Leistungseinbruch, Genussunfähigkeit, Lähmung – das waren die giftigen Früchte der «Krisen» der letzten Jahre.

Dass sie identisch waren mit den Langzeitfolgen moderner Foltermethoden, war kein Zufall. Ziel war in beiden Fällen die totale Verunsicherung und damit die Unfähigkeit zu jeder Form von Widerstand. Was blieb als letztgültige Tugend einer Gesellschaft, deren Mitglieder sich ihrer Persönlichkeit, ihrer Identität, ihrer Herkunft und ihrer Alltagskultur nicht mehr sicher waren, war Angst.

Wer sich fürchtete, war ein guter Mensch.

Wer sich weigerte, war Gefährder und Feind.

An diesem Punkt war man mittlerweile angelangt, und der Großteil der 500 Millionen bunter, diverser, offener und toleranter Bürger Europas sehnte sich nach Sicherheit, Führung und Heimat. Nach dem, was sie selber als längst überholt abgeschafft hatte:

Einem Vater.

Die immergleiche einfache Wahrheit.

Rund zwei Kilometer Luftlinie Nord-Nord-West an der Chausseestraße 69 saß ein anderer Mann im Schatten hinter dem Schein einer Schreibtischleuchte und wartete. Peter Juchatz. Die Digitalanzeige der Uhr – ein goldener Designunfall der Saudis – zeigte 04:36 an.

Seine Vermutung hatte sich bestätigt. Vor einer Stunde hatte er die Meldung erhalten, dass die Schweizer nicht nur lebten, sondern sich direkt vor seiner Nase in einem Haus in Dahlem eingegraben hatten. Wie so oft in seinem Gewerbe hätte auch die größte Anstrengung mit höchster Wahrscheinlichkeit nicht zum Ziel geführt, wäre ihm nicht ein Fehler der Gegenseite zu Hilfe gekommen. In diesem Fall die Erstattung einer bizarren Anzeige gegen Unbekannt über eine Entführung:

Ein junger Mann war kurz vor Mitternacht auf dem Polizeiposten Hoppegarten aufgetaucht und hatte behauptet, von ‹feindlichen Agenten› entführt worden zu sein. Die Beamten hatten sich mit dem Rothaarigen für eine Stunde blendend amüsiert, einen Bericht ins Netzwerk gestellt und den Jungen anschließend mit dem väterlichen Rat, künftig von psychotropen Substanzen mindestens eine Armlänge Abstand zu halten, seines Weges geschickt, wo seine Leute ihn nach der ersten Kreuzung aufgegabelt und festgestellt hatten, dass sowohl die Polizei als auch die Schweizer ihn sträflich unterschätzt hatten.

Der Junge schien nämlich ein Gehirn wie ein GPS-Sender zu haben und hatte den Standort, an dem man ihn festgehalten hatte, trotz Kopfbedeckung auf einen Kilometer halb erraten, halb bestimmt. Ausgehend von diesen Informationen waren sie schließlich bei dem Haus auf dem Grat mit der Nummer 10 gelandet, das seit Kurzem an eine obskure Firma im Bereich der Medikamentenzulassung vermietet war. Der Mietvertrag lautete auf den Namen «Pharmalaw AG», als Vertreter der Mieterschaft fungierte ein gewisser Andreas Krall, hinter dem man schon seit längerem niemand anderen als den Ex-Agenten Carl Brun vermutete.

Und er, Peter Juchatz, hatte seine Leute losgeschickt. Der Auftrag: Vernichten, verbrennen, zerstören. Und anschließend saubermachen, ohne dabei die Nachbarn zu wecken.

Die Anzeige des in Gold verunstalteten Chronometers wechselte auf 04:42 Uhr. Das wäre seine Signatur auf dem Bild von ARES.

* * *

Berlin, Dahlem

Auf dem Whiteboard standen jetzt Namen.

Christian Grabowsky/Alex Nolan – Carl, Joaf, Jezreel

Guido Erhardt – Nouriel, Vali

Sibel Marquardt – Sava, Piet

Marouan Ghouar/Essia Kebdani – Michael, Miho

Peter Juchatz – Jo Burger/Oskar Ludwig

Die Lebenden und die Toten.

«Was ist mit Hessberg und seiner Frau?», hatte Joaf gefragt, nachdem Rachmanowitsch die Hauptstellungen von ARES, die er zu liquidieren beabsichtigte, und den Umgang damit präzisiert hatte.

«Sobald das erste Opfer bekannt sein wird, wird Hessberg sich mit einem Tross von Sicherheitsleuten umgeben», hatte Yuri geantwortet. «Da hätten wir in dieser kurzen Zeit sowieso keine Chance. Aber das ist nicht das Entscheidende. Er allein kann nichts ausrichten. Er kann Reden halten, mit anderen Staatschefs konferieren, den UNO-Sicherheitsrat anrufen meinetwegen. Aber auf die operative Ebene von ARES hat er keinen Einfluss – und *sie* ist es, die wir ausschalten wollen, um Zeit zu gewinnen. Bestenfalls können wir ihn als Köder benutzen.»

«Sind Köder nicht da, um gefressen zu werden?», hatte Boas nachgehakt.

«In diesem Fall reicht es vollkommen, wenn Grabowsky zu einem Zeitpunkt und an einem Ort, den wir bestimmen werden, in seine Nähe gelockt werden kann.»

«Könnte schwierig werden», schaltete Piet sich ein. «So wie's aussieht, ist es Grabowsky, der normalerweise den Takt vorgibt, und nicht umgekehrt.»

«Ja. Normalerweise. Darum müssen wir versuchen, die beiden aus ebendiesem Takt zu bringen. Es könnte funktionieren», antwortete Rachmanowitsch und fuhr, die nächste Frage vorwegnehmend, fort: «Wir haben in puncto Joan Hessberg weitergegraben.»

«Ich erinnere mich vage daran, dass dieser Ansatz beim letzten Mal nur für die Dauer von ein paar Stunden funktioniert hat», wandte Piet ein. «Vali? Warst nicht du es, der fünftausend Jahre Menschheitsgeschichte darauf verwettet hat, dass sie der perfekte Hebel sei? Diese Wette haben wir definitiv verloren. Es hat ihn keine zwei Tage gekostet, um zu Grabowsky zu rennen und uns ans Messer zu liefern. Und zwar vollkommen frei von irgendwelchen Loyalitätskonflikten.»

«Ja. Aber damals hatten wir nur die Tatsache zu bieten, dass es regelmäßige Treffen zwischen Joan Hessberg und Grabowsky gab. Und da braucht einer kein Genie zu sein, um sich eine Erklärung aus den Fingern zu saugen. Sie wird ihm vernünftige Gründe geliefert haben. Unsere Leute zuhause haben es aber nicht dabei bewenden lassen, und mittlerweile verfügen wir über ein Dossier zu Joan Hessberg, das über einige Sprengkraft für Hessbergs seelisches Gleichgewicht verfügen dürfte:

Joan Hessberg ist nicht nur seit Kindestagen mit Grabowsky bekannt – ob liiert, wissen wir nicht –, sondern arbeitet gemäß unserer Analyse seit mehr als zwanzig Jahren für ihn. Jede ihrer Ehen und auch die Liebschaften davor, dazwischen und danach waren mit großer Wahrscheinlichkeit reine Jobs.

Fakt ist: Wo immer sie auf der Bildfläche erschien, kam es im Umfeld der betreffenden Männer über kurz oder lang zu einem, sagen wir: ‹Bereinigungsprozess›, nachdem sie im inneren Zirkel angelangt war. Politiker, Top-Banker, Zentralbankbosse, Wissenschaftler, UN-Funktionäre, hohe Militärs, selbsterklärte Philanthropen, Mitglieder von Königshäusern, Chefs von Medien und anderen Konzernen oder die Shooting-Stars der großen Transformation – Joan Hessberg tauchte immer dann auf, wenn Gerüchte von der Sorte in die breite Öffentlichkeit zu schwappen drohten, die das Potenzial hatten, nicht nur einzelne Menschen, sondern den Kern des Systems selbst zu gefährden, das sich je nach Bedarf Wirtschaft oder Politik nennt. Sie schien dabei immer dieselbe Funktion zu erfüllen: die eines Skalpells, das, ohne mediale Schmerzen zu verursachen oder imagemäßige Narben zu hinterlassen, jene herausschnitt, die das Gleichgewicht störten.

Wo auch immer Joan Hessberg auftauchte, kam es zu Vorfällen von spurlosem Verschwinden, zu einer Reihe von Selbstmorden und tragischen Unfällen.»

«Du sagst ‹mit großer Wahrscheinlichkeit› ... Ich bezweifle, dass wir damit mehr Erfolg haben als beim letzten Mal. Sie kann solches problemlos als Verleumdung hinstellen, wenn er sie damit konfrontiert. Einer, der glauben will, wird sich sehr schnell überzeugen lassen.»

«Nicht, wenn wir beweisen können, dass ihr Treffen, welches zu der Beziehung und schließlich zur Heirat geführt hat, kein Zufall war. Und das können wir mittlerweile. Alles quasi auf die Minute genau orchestriert. So sehr kann keiner glauben wollen. Aber mehr dazu gleich. Wir sollten jetzt unser Vorgehen für die nächsten Wochen festlegen und dann von hier verschwinden.»

Das Resultat dessen, was folgte, waren die Namen, die jetzt auf dem Whiteboard standen. Das Konzept, für das sie sich entschieden hatten, bestand darin, dass es insgesamt fünf Pläne gab. Jedes Zweier- oder Dreier-Team würde sofort nach Verlassen des Hauses abtauchen und mit den anderen nur noch via Lorenz verbunden bleiben. Dieser wiederum würde zusammen mit Nik Horn nach Beendigung des Treffens an einen Ort außerhalb Deutschlands gebracht werden.

Bei den beiden würden ab dann sämtliche Informationen zu den Zielpersonen zusammenlaufen, die sowohl sie als auch ein Team von Yuris Leuten zuhause zusammentragen würden: Terminkalender, Tagesabläufe, Gewohnheiten, Immobilien, Reisepläne, Familie, Freunde, Geliebte und so weiter.

Ein Update der Informationen fände jede Stunde statt und wäre für alle von der Datenbank jener deutschen Stiftung abrufbar, die sich staatlich finanziert der Bekämpfung von Hass widmete. Der Zugang erfolgte wie schon bei der «UnityBank» über ein Rootkit, und die Zugriffsrechte würden alle 24 Stunden geändert. Auf demselben Weg würden auch die Koordinaten eines neuen sicheren Hauses für die Zeit nach der Operation kommuniziert.

Rachmanowitsch lachte laut auf, als Lorenz das Vorgehen geschildert hatte.

«Damit ich das richtig verstehe: Die Teams zweier Geheimdienste, die die Ermordung von fünf Staatsbürgern eines Drittstaats planen, kommunizieren allen Ernstes über den Server einer Organisation ebendieses Staates? Warum nicht gleich über den BND?», fragte er.

«Im Vergleich zum BND stellen die dort nicht nach Qualifikation, sondern nach Kriterien der Diversität ein», erklärte Lorenz, ohne eine Miene zu verziehen. «Die Leute, die für die Informations-Sicherheit zuständig sind, haben, soweit ich das sehen kann, weder von Sicherheit noch von Information eine Ahnung. Die würden es auch nicht bemerken, wenn wir ihr System komplett übernähmen. Ist oft so bei solchen Organisationen.»

Es war kurz nach fünf Uhr, als im Dunkel eines neuen Tages in einiger Entfernung der Motor eines Wagens zu hören war.

«Das wird dein Wagen sein», sagte Joaf zu Jezreel.

Sie würde in die Schweiz fahren, sich mit Christoph Raible, dem Chef der ‹Berner Zeit›, treffen und erst danach zu Brun und Joaf stoßen.

In dem Moment, als Brun aufstand, um nachzusehen, klingelte Rachmanowitschs Handy.

«Ja?», meldete er sich. Dann hörte er angespannt zu, schaute Brun an, setzte sich in Richtung Küche in Bewegung und betätigte die Lichtschalter an der Wand.

Als sein «Verstanden» im Dunkeln erklang, wussten bis auf Horn, dessen Blick im letzten Lichtstrahl fragend die Runde gemacht hatte, alle, was geschehen war:

Sie waren aufgeflogen.

«Acht Mann», sagte Rachmanowitsch. «Bewaffnet. Unsere Leute draußen sagen, sie sehen nicht wie BND-Leute aus. Sie tippen auf Militär. Wir haben vier Minuten.»

«Wie viele Leute hast du draußen?», fragte Brun.

«Fünf.»

«Okay. Waffen?»

«Hier», kam es von Joaf, der von der Küche her kam und eine Tasche, von der bisher keiner Notiz genommen hatte, auf den Tisch wuchtete.

Von da an ging alles stumm und mit Handzeichen vor sich, die im schalen Restlicht der Straßenbeleuchtung an der Vorderseite des Hauses nur knapp zu erkennen waren. Aber auch das war für keinen etwas Neues. Die folgenden Minuten verflossen in einer Art routinierter Trance.

Schließlich kam Joaf lautlos vom Flur her gerannt, wo er die Lage vor dem Haus geprüft hatte, deutete mit Daumen und Zeigefinger, als hielte er einen Würfel, «30 Sekunden» an und ging im Dunkel der nordwestlichen Ecke der Halle in Stellung.

Sie würden die einzig mögliche Taktik fahren, die in dieser Situation Erfolg versprach:

Überraschen. Zuschlagen, Kontrolle übernehmen.

Und nicht zimperlich sein. Das vor allem.

Horn und Lorenz waren nach oben geschickt worden.

Als die Vordertür mit einem Knall aufflog und gleich darauf eine Blendgranate aufblitzte, die ihren Zweck im Eingangsbereich verfehlte, war klar, dass Yuris Leute richtig lagen:

Das war klassische Häuserkampf-Taktik.

Obwohl in Zivil, waren das mit Sicherheit nicht BND-Leute. Die Frage, ob sie wussten, dass auch im Haus nicht typische Geheimdienst-Mitarbeiter, sondern ein Haufen ehemaliger Kommandosoldaten auf sie warteten, beantwortete sich in dem Moment mit einem deutlichen

Nein, als sie in einer Reihe durch den Flur kamen und schnell, automatisch und ohne weiteres Schockmanöver zum Ausschwärmen und Klären des Hauses ansetzten, sobald sie die Halle betraten.

Diese präsentierte sich ihnen ohne Nachtsichtgeräte vollkommen leer. Mit Menschen, die die Nerven hatten, sich nicht im oberen Stockwerk zu verschanzen, rechneten sie offenbar nicht.

Brun, Rachmanowitsch und ihre Leute waren im dichten Schatten von Mauervorsprüngen, Kamin, Ecken und Möbeln mindestens für die Dauer von zehn Sekunden nicht zu sehen. Auf den Effekt dieser trügerischen Sicherheit setzten sie mit angehaltenem Atem. Es schien zu funktionieren: Zwei der Männer schwenkten jetzt zur Treppe hin ab, die anderen in Richtung Küche und des hinteren Zimmers. Das waren sie, die Sekunden, die über Töten und Getötetwerden entschieden.

Joaf und Jezreel feuerten fast gleichzeitig.

Weitere dreißig Sekunden später war alles vorbei. Die Männer, die nur vier Schüsse abgegeben hatten, waren tot.

Als Horn auf dem obersten Treppenabsatz erschien, um zu sehen, wie die Sache in der plötzlich eintretenden Stille stand, fand er die anderen dabei, wie sie die Angreifer nach Ausweisen oder anderem durchsuchten, was eine Identifizierung ermöglichen könnte.

Nichts. Nicht einmal ein Handy hatten sie bei sich.

Und Yuris Leute, die jetzt von draußen hereingerannt kamen, meldeten keuchend, dass es sich bei dem Auto um einen Mietwagen handelte. Es blieb ihnen nichts anderes übrig, als schnellstmöglich ihr Zeug zusammenzupacken und von da wegzukommen.

In dem Büro an der Chausseestraße Nummer 69 flog eine Art vergoldeter Großwecker mit Digitalanzeige gegen eine Wand. Er zeigte noch bis zu seinem Aufprall 05:30 Uhr an. Dann verschwanden die Ziffern.

Keine Rückmeldung des Teams bis zu diesem Zeitpunkt! Und das konnte nur eines bedeuten: dass der Auftrag *nicht* hatte erledigt werden können. Entweder weil das Haus leer war. Oder weil die Aktion zu einem Fiasko wurde …

Dass seine Leute beim Zeitunglesen gestorben waren, war nicht anzunehmen. Aber es spielte keine Rolle. Wohl aber das, was es bedeuten konnte und was Peter Juchatz schon länger vermutete: Dass die Schweizer nicht nur gut waren, sondern auch nicht allein operierten. Gemäß Lanzetti zählte die Gruppe um Carl Brun höchstens fünf, sechs Personen. Kräftemäßig und logistisch war solches Agieren für ein so kleines Team nicht möglich. Sie mussten Hilfe haben; und zwar von jemandem, der an ARES nicht beteiligt war.

Juchatz hatte es Grabowsky von Anfang an gesagt, dass es nicht klug sei, die Israelis außen vor zu lassen. Auch auf das Risiko hin, dass sie sich querstellten. Das war immer noch besser, als sie zum Gegner zu haben. Zum Gegner, der über Mittel, Personal und Netzwerke verfügte und der es aufgrund seiner Erfahrung wie kein anderer verstand, blitzschnell zuzuschlagen, ohne gesehen zu werden.

Er hatte bei Grabowsky kein Gehör gefunden. Man sei in sehr intensivem Austausch mit diesen Leuten und namentlich mit ihrem neuen Chef, diesem Rachmanowitsch, und es gäbe keinerlei Anzeichen von Misstrauen und daher auch keinen Grund, schlafende Hunde zu wecken.

Wenn die Hunde aber längst wach waren, dann musste ab sofort auch mit der Möglichkeit gerechnet werden, dass ARES real gefährdet werden konnte. Diese Leute machten keine halben Sachen, und sie hatten sich von der schieren Größe eines Unterfangens noch nie abschrecken lassen. Im Gegenteil. Von jetzt an war jeder, der auch nur entfernt mit ARES in Verbindung stand, gefährdet.

Juchatz fragte sich, ob er so etwas wie Angst verspürte, und stellte fest, dass dem nicht so war. Was er fühlte, war Erleichterung, die eine Art Befreiung versprach. Es ging einer Entscheidung entgegen, und bald wäre es vorbei. So oder so.

Aber da war noch etwas anderes. eine Erwartung, eine freudige Gespanntheit fast. Er dachte an Grabowsky, der sich so gerne als über allem schwebend gab, als nirgendwo verankert zwischen Gottsucher und Gottspieler, zwischen Weltbeobachter, Weltdeuter und Weltgestalter. Tja … Er selber mochte ein Spion von gestern sein, der manierierte Vertreter längst überholter Grundsätze, aber er hatte die glatte Hülle des anderen durchschaut. Menschen blieben sich immer gleich. Und Menschen wie Grabowsky wurden erst dann richtig gefährlich, wenn sie bedroht wurden.

Was sich hier abzeichnete, hatte das Potenzial zu einer handfesten echten Bedrohung zu werden. Und er konnte es nicht erwarten, zu sehen, was geschehen und wie der andere reagieren würde.

Er wählte Grabowskys Nummer und informierte ihn über das Geschehene mit der schlackenrein gebrannten Leichtigkeit eines Menschen, der nur zu gewinnen hatte.

✦ ✦ ✦

Bern, Altstadt

Jezreel Vidali saß auf einem ockerfarbenen Sessel, der einer zerschlagenen Eierschale nachempfunden war, und rauchte einen ihrer Zigarillos. Wie der Sessel hatte auch der Rest der Wohnungs-Einrichtung etwas Schwebendes, Fragiles, fast Unwirkliches an sich, das sein Gegengewicht in den massiven Holzbalken und dem Sichtmauerwerk fand. Zusammen ein flüchtiges Abbild des Mannes, der hier lebte.

Jedes Mal, wenn die Asche zu lang wurde und runterzufallen drohte, stand sie auf, ging behutsam zum offenen Fester, streifte sie am Sandsteinsims ab und ging wieder zurück.

Über Nebenstraßen war sie von einem von Yuris Leuten zusammen mit Carl und Piet in Richtung Potsdam gefahren worden. Irgendwo in der Nähe eines Sees auf dem Besucherparkplatz eines Friedhofs hatten sie angehalten.

«Ihr Wagen», hatte der Fahrer zu Jez gesagt und mit dem Kinn in Richtung eines VW-Polos gedeutet, der unter den Bäumen gestanden hatte.

Sie hatte nach ihrer Tasche gegriffen, war ausgestiegen, hatte mit der flachen Hand kurz die Hand an die getönte Scheibe gelegt und war davongegangen. In ihrem Rücken hatte sie das Auto davonfahren gehört.

Bis kurz vor Basel war sie auf der Autobahn geblieben. Ab da erneut auf Nebenstraßen. Die Stadt auf der französischen Seite der Grenze umrundend, war sie bis auf die Höhe von Neuenburg gefahren und schließlich über die winzige Zollstation von Pontarlier in die Schweiz eingereist.

Jetzt hörte sie, wie das Schloss der Wohnungstür betätigt wurde. Vergeblich – sie hatte auf den Aufwand verzichtet, die Tür mithilfe ihres Einbruchswerkzeugs wieder abzuschließen.

Es musste kurz vor sieben Uhr sein. Normalerweise kam Gresch, alias Christoph B. Raible, nie vor zehn, halb elf aus der Redaktion; egal, welcher Wochentag es gerade war. Dass er diese Routine heute änderte, war nicht dem Sonntag, sondern der Tatsache geschuldet, dass die Wohnung über eine unbekannte Anzahl von Kameras verfügte und dass ihr Bewohner dem Geruch von Jezreel Vidalis Zigarillos äußerst zwiespältig gegenüberstand. Dass er die Frau, die auf ihn wartete, seit bald vier Jahren nicht mehr gesehen hatte und wusste, dass es für ihr Hiersein einen Grund gab, der ihn mit großer Wahrscheinlichkeit interessierte, tat ein Übriges.

Sie hörte ihn die Türe schließen, den wie die ganze Wohnung mit Platten belegten Flur entlanggehen, etwas Weiches auf den Boden stellen. Dann tauchte er in der türlosen Maueröffnung auf. Äußerlich schien er noch derselbe zu sein wie bei ihrem letzten Treffen. Jeans, dunkelbraune Lederstiefeletten, eine schwarze Allwetterjacke und ein Gesicht, das unter dem braunen, vom Fahrtwind aufgerichteten Haar auch mit 80 noch das des technikbegeisterten Jungen wäre.

Er musterte sie kurz und verschwand gleich wieder. Kein Grüßen, kein Nachfragen, kein «Wie oft habe ich dir schon gesagt …». Das hier war seine Wohnung, und er schien zu der Einsicht gelangt zu sein, dass es absolut keinen Grund gäbe, etwas anders zu machen als sonst auch, bloß weil Jezreel Vidali sich entschieden hatte, bei ihm aufzutauchen.

Als er zurückkam, brachte er zwei Gläser und eine Flasche Mineralwasser mit, setzte sich auf einen der Freischwinger an dem mit Papieren, Magazinen, Notizheften und Büchern überladenen Glastisch, der auf einer Konstruktion von Winkeleisen ruhte, und widmete sich der Prozedur des Einschenkens.

«Jezreel Vidali», sagte er, nachdem er einen Schluck von dem Wasser gekostet hatte, und klang dabei, als betrachte er, obwohl seine Augen auf sie gerichtet waren, weniger den Menschen als vielmehr die Buchstaben ihres Namens.

«Tut mir leid, das so zu sagen, aber du siehst aus, als hätte man dich aus einem Abflussrohr herausgeschnitten.»

«Darf ich?», fragte Jez anstelle eines Kommentars und hielt das silberne Etui mit den Zigarillos hoch.

«Ich liebe dieses Ding», sagte Gresch und deutete auf das Futteral. Jez nahm einen Zigarillo heraus, zündete ihn an und warf Raible das Etui zu.

«Du hattest es schon, als wir uns kennen gelernt haben. Du wolltest mir nie sagen, woher.» Er öffnete es, nahm das silberne Feuerzeug heraus, ließ es klicken, legte es wieder zurück in die dafür vorgesehene Ecke und klappte das Etui wieder zu.

«Also», sagte er in diesem für ihn so typischen ruhigen «Lass uns zur Sache kommen»-Ton, mit dem er es in Interviews regelmäßig schaffte, den anderen nicht nur zum Reden zu bringen, sondern auch dazu, sich gut und interessant zu fühlen. «Was verschafft mir die Ehre? Sympathie und Sehnsucht nach sozialer Interaktion werden es wohl kaum sein.»

«Haben wir Zeit?», fragte Jez.

«Vorausgesetzt, dass ich ab und zu einen Anruf entgegennehmen und meine Mails checken kann …»

«Okay», sagte Jez, stand auf, kam zum Tisch, trat hinter ihn und deutete auf den Laptop.

Dann beugte sie sich nach vorne, angelte nach einem Kugelschreiber und notierte eine Zeichenfolge auf den Rand eines Papiers. Dass es sich dabei um einen Pfadnamen handelte, brauchte sie Gresch nicht zu erklären. Er gab die Adresse ein und landete auf der Datenbank der Stiftung gegen Hassrede – und dort auf dem von Lorenz angelegten Ordner mit sämtlichen Informationen und Verweisen zu ARES.

Unterwegs im Auto hatte sie eine Art Protokoll des bisher Erfahrenen und Ermittelten aufgenommen und dort abgelegt. Eine Chronologie der Fakten, Ereignisse, Personen, Verbindungen und Verästelungen einer Sache, die nicht nur vor langer Zeit aufgegleist worden, sondern auch dabei war, ihre verheerende Wirkung zu entfalten. Sie hatte es für sich selbst getan, um alles, was sie wussten und vermuteten, zu ordnen. Und um sich ein weiteres Mal davon zu überzeugen, dass das, was sie vorhatten, begründet war.

Das war es. Und *wie* es das war!

Aber anstatt die Datei zu löschen, hatte sie entschieden, sie um die neuesten Infos von Horn und Lorenz zu ergänzen und dann später für Gresch zu verwenden. Während dieser sich die Aufnahme anhören würde, könnte sie eine Stunde schlafen.

«Was kann ich ihm sagen?», hatte sie Rachmanowitsch und Brun gleichermaßen gefragt, als sie draußen vor dem Haus gestanden hatten und die Motoren der Wagen bereits liefen.

«Ist er vertrauenswürdig?»

Rachmanowitsch hatte dabei Brun angesehen.

«Bis jetzt war er es.»

«Okay. Wie sagtest du vorhin? Keine halben Sachen? Dann machen wir das auch so: Er soll die Bomben platzen lassen. Eine nach der anderen. Gib ihm Zugriff auf alles. Aber mach ihm deutlich, dass wir für Leute, die unsauber spielen, eine ganz speziell taffe Abteilung haben. Die vergisst man dann ein Leben lang nicht. Sollte er auch nur im Entferntesten daran denken …»

«Alles klar», hatte Jez gesagt. «Ich richte es ihm aus. Er ist nicht dumm.»

«Hier. Die Audiodatei», sagte sie jetzt und zeigte auf das entsprechende Symbol. «Es gibt dir einen Überblick, worum's geht. Wann, wo, weshalb. Querverweise auf die entsprechenden Unterlagen sind im selben Ordner ebenfalls enthalten.» Und sich aufrichtend:

«Hast du irgendwo ein Abflussrohr, wo ich währenddessen duschen und mich kurz hineinlegen könnte?»

Gresch hatte bereits den Kopfhörer übergestreift und das Audiofile geöffnet.

«Was sagtest du?», fragte er.

«Abflussrohr? Dusche? Bett?»

«Flur, links. Ganz hinten», sagte er, lächelte kurz und schob sich den Kopfhörer wieder übers Ohr.

Jezreel hatte noch nichts gehört, als sie bereits die Augen öffnete und sich im Bett aufsetzte. Es waren Haut und Haar, die wussten, dass sich in der Nähe etwas regte, auch wenn man selber noch nicht wusste, was und wo. Es war dunkel jetzt. Sie hatte keine Ahnung, wie lange sie geschlafen hatte.

Vom Flur her waren Schritte zu hören.

Und gleich darauf Greschs Stimme:

«Jez? Kann ich reinkommen?»

«Ja, sicher.»

Er schob die Tür, die nur angelehnt war, auf und betätigte einen Lichtschalter. In der rechten Ecke bei den beiden Fenstern zur Gasse hin gingen zwei Lampen an und beleuchteten direkt unter sich auf dem Boden etwas, das jeder Laie sofort als einen Haufen Elektroschrott identifiziert hätte.

Jezreel – obwohl blutigster Laie – wusste es besser: Während Greschs Tage ganz dem Verlag und der Redaktion der «Berner Zeit» gehörten, entstanden hier des Nachts Ideen, Pläne, Konzepte und Prototypen neuartiger Beleuchtungssysteme für Flugzeuge und Helikopter, die er – als wär's ein Klacks – weltweit erfolgreich vermarktete. Hätte er in dem kleinen Innenhof, um den herum seine Wohnung gebaut war, auch noch ein paar Hühner gehalten, wäre man dem Gesamtbild des Menschen, der er war, schon ziemlich nahe gekommen.

«Wieviel Uhr ist es?», fragte Jez.

«Gleich Mitternacht. Wir sollten reden.»

«Ja. Ich komme gleich. Gib mir zwei Minuten.»

Als sie in die Küche kam, bullerte der Mokka-Kocher auf dem Herd. Von Gresch keine Spur. Sie öffnete einen Schrank nach dem anderen, bis sie Tassen fand, schenkte Kaffee ein und ging hinüber in den großen Raum von vorhin. Hier fand sie auch Gresch auf demselben Stuhl sitzend wie schon Stunden zuvor.

Sie stellte eine der Tassen hin und setzte sich auf den Stuhl neben ihm, um auf den Bildschirm sehen zu können. Stumm schob er ihr das silberne Etui mit den Zigarillos hin.

«Wie hoch ist die Chance, dass das hier» – er deutete auf den Bildschirm – «wirklich das ist, was ihr vermutet?»

«Ich erinnere mich nicht, dass es je deine Art gewesen ist, Fragen zu stellen, deren Antwort du schon kennst, Gresch. Wenn du auch nur einen Bruchteil der hier abgespeicherten Unterlagen gelesen hast, dann weißt du auch, dass wir über das Vermuten längst hinaus sind.»

«Und wer sind *‹wir›*?», fragte er weiter.

«Wir sind dieselben wie früher. Die, für die du unter anderem die Telefone und E-Mail-Accounts von Regierungsmitgliedern zugänglich gemacht hast. Deine Erklärung im Fall, dass ich Skrupel hatte, war stets dieselbe: *‹Mit der Datensicherheit ist es so eine Sache, Jez. Die Frage ist längst nicht mehr, ob – die Frage ist bloß, wer es bezahlen kann.›* Hast du deine Standards geändert mit dem Bezug des neuen Büros? Oder bloß den Preis? Falls ja – wir können bezahlen.»

«Das ist es nicht, Jez», erwiderte Gresch und sah sie an. «Nebst allem anderen sind in dieser Datenbank sieben Dossiers zu sieben Personen angelegt. Den laufend ergänzten Informationen zufolge arbeiten da ziemlich viele Leute dran. Gerade wurde dem Dossier ‹Grabowsky› ein detaillierter Terminkalender für die kommenden zwei Wochen hinzugefügt, mit Querverweis auf den von Eric Hessberg, dem deutschen Bundeskanzler. Verschiedene Stellen sind speziell markiert – und zwar immer solche, an welchen bei beiden noch keine Termine eingetragen sind. Außerdem wurde dem Dossier Sibel Marquardt, während du schliefst, ein weiteres Dokument beigefügt: ein Polizeibericht. Die Frau ist tot. Unfall mit Fahrerflucht in Altglienicke, Rudower Straße, Ecke Grünauer Straße. Aus noch ungeklärten Gründen ging der Wagen in Flammen auf. Was verdammt noch mal läuft hier? Und warum stellt ihr über diese Leute Dossiers zusammen, als wären es Ziele?»

«Weil es Ziele sind», antwortete Jezreel.

«Ihr wollt diese Leute also umbringen.»

Gresch sprach es aus. Nicht als Frage – vielmehr so, als müsse er es laut hören, um es als Teil der Wirklichkeit zu verstehen.

«Wir wollen nicht nur», korrigierte ihn Jezreel. «Wir werden. Aber Sibel Marquardt – das waren nicht wir. Wir sind noch nicht so weit. Entweder war das wirklich ein Unfall, oder aber die Leute, für die sie arbeitete, mussten sie loswerden. So, wie man sieben unschuldige Menschen in Spanien loswerden musste. So wie man einen unbescholtenen Buchprüfer loswerden muss. Oder Michael Kron. Oder 300 Zivilisten bei Anschlägen in Moscheen und Synagogen. Und so, wie man vermutlich auch Tausende anlässlich des ‹Ultra Music Festivals› in Weil am Rhein wird loswerden müssen. Also ja: Wir holen mit aller Kraft zum Gegenschlag aus. Wir werden diese Leute liquidieren, wenn sich dadurch auch nur eine winzige Chance ergibt, den Irrsinn aufzuhalten. Das ist die einzige Option, die wir haben. Sie ist unumstößlich. Es gibt keine Alternative, mit der wir leben könnten.»

«Da wird gerade ein neuer Ordner angelegt», sagte Gresch, deutete auf den Monitor und hörte sich an, als wäre er froh – und sei es nur für Minuten –, unter dem Bleigewicht des Wissens hervorzukriechen, das Jezreel ihm aufbürdete.

«Mach auf. Was ist es?», fragte Jez.

«Bilddateien.» Er öffnete den Ordner, und fast unmittelbar darauf startete der Ablauf einer Serie digitaler Fotos.

«Sie haben's geschafft!», sagte Jezreel und klang aufgeregt. «Darf ich vorstellen: Das ist die ARES-Basis in Spanien.»

Es klang wie: *Glaubst du mir jetzt?*

Gresch wäre nicht der leidenschaftlich treue Bewunderer seiner ersten Liebe, der Elektrotechnik, gewesen, hätte er nicht sofort verstanden, was Jez meinte:

«Ihr habt deren Drohne gekapert?», fragte er.

«Wenn ich unsere Leute richtig verstanden habe, dann fliegen wir bloß ohne Ticket mit», antwortete sie.

Die Bilder liefen vor ihren Augen über den Bildschirm. Es war nicht notwendig, sie zu kommentieren. Eine riesige Militär-Basis war nun mal eine riesige Militär-Basis. Da gab es nichts zu ergänzen oder wegzunehmen. Erst als auf den Fotos eine seltsam künstlich wirkende Bebauung auftauchte, erkundigte sich Gresch, was das sei.

«Ein detailgetreuer Nachbau des Stadtteils rund um die Plaza

Mayor in Madrid. Vollgestopft mit Kameras und Sensoren. Unsere Leute gehen von einer Art Mapped-Reality-System zum Training verschiedener Häuserkampf-Szenarien aus.»

«Das ist Wahnsinn. Es ist gigantisch, Jezreel», sagte Gresch, als wäre *er* es, der sie von dem, was er sah, überzeugen müsse. «Allein für diese Anlage hier sprechen wir von Summen in Milliardenhöhe.»

«Ich weiß», sagte sie nur und wartete auf die Fragen, die als Nächstes kommen würden. Dieselben Fragen, die auch Eric Hessberg Grabowsky gestellt hatte: jene nach dem Wer und dem Warum.

«Weil der große, umfassende, perfekte Plan für die von oben gelenkte Einigung Europas, die ‹Vorwärts, Aufwärts & Empor›-Einwicklung vom Staatenbund zum Bundesstaat seit siebzig Jahren scheitert», antwortete sie, als sie kamen. «Auf dem sogenannten demokratischen Weg war und ist es nicht zu schaffen, aus den Bruchstücken Europas ein Ganzes zu bilden, und man ging irgendwann dazu über, ein Gebilde zu gestalten, das nur noch den Eindruck eines Ganzen vermittelte. Darüber hinaus kam man nicht. Also hat man sich auf die Integration via Krisen verlegt – und das funktionierte. Die Banken- und Eurokrise hat die Finanz- und Schulden-Union möglich gemacht, die Klimakrise die Transformations-Union, die Migrations-Krise die Anfänge der Sozial-Union, die Virus-Krise die Fiskal- und Gesundheits-Union.

Das Problem dabei: Durch die Krisen wachsen die Ressentiments zwischen Bürgern und Nationen. Von Einigkeit kann weniger denn je die Rede sein. Das hartnäckige Misstrauen, das gestern noch in der Geschichte fußte, ist heute bereits wieder handfester Widerwillen gegen die erzwungene Verpflichtung der einen, die anderen auf ihre Kosten durchfüttern zu müssen, und gegen jene der anderen, gefälligst dankbar zu sein. Worte wie ‹Solidarität› und ‹Gemeinschaft› sind in den Ohren der Normalbürger längst leerer Hall. Mehr noch: blanker Hohn. Es brodelt gewaltig innerhalb der Gesellschaften der einzelnen Länder und zwischen diesen. Die Sache kann jederzeit in die Luft gehen.

Was also tun, um das Ganze einigermaßen kontrolliert eskalieren zu lassen? Und trotzdem zu erreichen, was mangels Zwangsbefugnissen der EU-Institutionen und der supranationalen Behörden nicht möglich ist? Dasselbe, was bisher auch schon funktioniert hat: Man provoziert, aufbauend auf den vorhergehenden Krisen, mittels derer man die Menschen von den Retter-Qualitäten des Staatskartells überzeugt hat, eine weitere Krise. Eine, in der es tatsächlich für jeden augenblicklich fühlbar um Sicherheit und Frieden geht. Man inszeniert praktisch vor der eigenen Haustür einen Krieg, und man lässt den Leuten die ‹Wahl› zwischen dem Chaos des Vakuums, das im Zuge der Quasi-Entwaffnung der Polizei und der Spezialkräfte entstehen wird, und einer anderen bewaffneten Gewalt zu ihrem Schutz. Diese andere Gewalt wurde in den vergangenen Jahren imagemäßig und europaweit auf ein Niveau gedimmt, das für eine pazifistische Gesellschaft absolut annehmbar ist. Krallen geschnitten, Zähne gezogen. Während der Virus-Krise wurde dieser Umstand unter Beweis gestellt. Diese Jungs sind zur Hälfte Frauen und wollen nur helfen, Leid zu verhindern.»

«Das Militär.»

«Genau.»

«Aber warum? Warum muss Europa ums Verrecken zu einem Ganzen zusammengeknetet werden?»

«Über qualifiziertes Raten kommen wir da auch nicht hinaus. Aber vieles deutet auf handfeste Interessen auf verschiedenen Ebenen hin, die klar benannt werden können. Auf einer dieser Ebenen geht es um Macht, die zuerst immer Wirtschaftsmacht ist. Keine Macht hält sich längerfristig ohne eine starke Wirtschaft.

Umgekehrt gilt: Früher oder später befielt immer der, der zahlt. Auch Wohl und Wehe, Wohlstand und Kraft der Gesellschaft eines Landes hängen immer an der Wirtschaft. Freiheit, Gesundheit, Bildung, Innovation, Zukunft. Das brauche ich dir nicht zu erklären. Deutschland ist heute wieder zu stark, und Frankreich ist im direkten Vergleich immer noch zu schwach. Das liegt in der DNA dieser Länder und ihrer Menschen. Das wird sich nie ändern. Und es muss auch nicht per se schlecht sein. Aber man will das nicht, und das ist das Entscheidende. Also sucht man nach einem Weg, alle gemeinsam in einen Rahmen zu pressen, in dem der Starke verpflichtet wird, die

Schwäche des anderen mitzutragen und sich dadurch selber zu schwächen.

So funktioniert alles, was sich Integration und Inklusion nennt. Egal ob Dorfschule oder Kontinent. Die meisten Länder Europas, allen voran Frankreich mit einer Staatsquote von 56 Prozent und einer Schuldenlast von knapp 100 Prozent des Bruttoinlandsprodukts, wollen zwar Wohlstand, aber kein wirtschaftlich dominantes Deutschland. Also organisiert man eine Nivellierung durch Erpressung und nennt es Solidarität. Wer nicht mitmacht beim großen Integrations-Bingo, ist unsolidarisch und gefährdet den Frieden Europas. Das ist die Lizenz zum Drohen: Wirtschaft funktioniert nun mal nicht, wenn man gehasst, boykottiert und abgestraft wird. Wirtschaftlicher Erfolg braucht Frieden.

Jeder, der wirtschaftlich auf einen grünen Zweig kommen und gut verdienen will, wird sich um gute Beziehungen und Frieden bemühen. Darum kuschen sie, die Deutschen. Darum funktioniert das perfide Spiel.

Eine weitere Ebene ist eine globalere, läuft aber im Grunde auf dasselbe hinaus: Es gilt ein zu starkes, zu vielfältiges, zu selbstbewusstes Europa zu verhindern, das sich mit Deutschland an der Spitze aus alten Abhängigkeiten lösen und sich neuen Partnern – beispielsweise im Osten – zuwenden könnte. Europa soll nichts Eigenes verfolgen oder werden, sondern die bequem durchregierbare Pufferzone zwischen Ost und West unter der väterlichen Aufsicht von West bleiben. Und das geht nun mal einfacher, wenn es nur *einen* Ansprechpartner gibt und nicht 27.

Außerdem vermuten wir, dass Europa nur der Anfang ist. Das Endziel ist die vielbeschworene ‹Global Governance› unter der Regie der Vereinten Nationen. Die Krisen der letzten Jahre haben ja stets in genau solchen Ansätzen gemündet: Die Finanz und Wirtschaftskrisen ließen den Ruf nach einer globalen Finanzmarktregulierung und -kontrolle im Rahmen der Vereinten Nationen laut werden. Die Klima-Krise stärkte durch die Expertise des IPCC die Vereinten Nationen. Die Virus-Krise installierte als globale Gesundheitsbehörde die WHO der Vereinten Nationen und IWF und Weltbank, die beiden Sonderorganisationen der Vereinten Nationen, als Weltkreditgeber. Mindestens 80 Länder haben sich im Zuge der Virus-Krise via Notkredite bereits in ihre Abhängigkeit begeben.

Und die Eskalation in Europa wird unserer Meinung nach schließlich den Weg in die totale militärische Integration – möglicherweise unter Führung des UN-Weltsicherheitsrats – bahnen. So weit, so schlecht – aber es geht noch schlechter, wenn man sich vor Augen hält, dass diese Institutionen unter dem Deckmantel des Öffentlichen zum größten Teil in privater Hand sind, während die Menschen glauben, es seien staatliche und damit vertrauenswürdige Organisationen in ihrem Dienst. – Kannst du mir noch folgen, Gresch?»

«Ich bin ganz bei dir, Jez. Mach weiter.»

«Okay. Die dritte Ebene schließlich ist logischerweise das System selbst, an welchem sich Politik, Großkonzerne und vor allem die Financiers im Hintergrund in nie dagewesener Weise seit Jahren mittels Regulierungen und Zentralbankenpolitik bereichern. Man nennt es Kapitalismus, wo jedem Ökonomie-Erstsemester klar sein sollte, dass das, was wir haben und was offenbar um jeden Preis verstärkt werden soll, etwas anderes ist. Etwas Neues, das mit Kapitalismus rein gar nichts mehr zu tun hat. Eine Mischung aus Feudalherrschaft und Sozialismus – ein alles durchdringendes Netzwerk von Menschen und Beziehungen, die in der Öffentlichkeit nie auftauchen, aber ohne deren Segen längst keiner mehr kaufen, produzieren, verkaufen und leben darf. Sei er Nation, sei er Unternehmer oder sei er Bürger. Eine Wirtschaft, die von staatlich kontrollierten Banken und Zentralbanken vor sich hergetrieben wird, während das Management der Konzerne der globalen Versorgungsindustrie an den Tischen sämtlicher Behörden sitzt und mithilft, die kleinen und mittleren Betriebe und damit Freiheit und Wohlstand der Nationen via Kosten und Regulierungen zu ersticken um anschließend deren Kundschaft dankend zu übernehmen. Derweil erzählen Politiker aller Parteien den Menschen, es sei ein Zeichen von wirtschaftlicher Stärke, von Stabilität und von der Vorherrschaft des freien Marktes, wenn die Aktienkurse steigen, ebenso die Preise für Immobilien, der Goldpreis und, ja, auch die Lebenshaltungskosten von Herrn und Frau Normalbürger – während in Wahrheit nur sie selber und ein paar andere auf Kosten der Vielen profitieren und dieser ‹tiefe Staat› noch tiefer wird.»

«Und ARES?», fragte Gresch wie einer, der längst weiß und trotzdem noch hören muss, als Jez dann doch einmal innehielt und einen Schluck des inzwischen kalten Kaffees nahm.

«ARES ist wie gesagt auf der einen Seite der Auftakt zur militärischen Integration, zuerst der europäischen, später dann der westlichen Streitkräfte insgesamt, und auf der anderen in der aktuellen Phase des Geschehens eine Art Konsolidierungs-Element, um das bisher Erreichte zu sichern. Als Organisation ist es, darauf deuten sämtliche vorhandenen Informationen hin, die totale Perversion in Sachen öffentlich-privater Partnerschaft und gleichzeitig die gewaltsame Zementierung des Status Europas auf dem Niveau des Freiluftarbeitslagers, zu dem die Virus-Krise es gemacht hat. Dass dabei Milliarden zu verdienen sind, brauche ich sicher nicht extra zu erwähnen.»

Jezreel hielt inne, als überblicke sie das eben Gesagte wie ein Bild.

«So sieht es aus», sagte sie schließlich. «Und wenn der Tod von fünf an dieser Sache Beteiligten die Wirkung eines Pflocks hat, der dieses Mahlwerk der Gewalt für kurze Zeit wenn auch nicht aufhält, so doch wenigstens ins Stocken bringt, dann ist dieser Preis meiner Meinung nach nicht zu hoch. Aber wir brauchen deine Hilfe.»

Als Jez fast genau 24 Stunden, nachdem sie das Haus auf dem Grat in Berlin verlassen hatte, aus Greschs Wohnung trat, tat sie es in dem Gefühl, das Bestmögliche getan und erreicht zu haben. Gresch würde sie mit allen ihm zur Verfügung stehenden Mitteln unterstützen. Und das war nicht wenig.

Unten im Laubengang der Gasse zündete sie sich einen letzten Zigarillo an und setzte sich auf eine der in den Sandsteinboden gehauenen Bänke. Im Ohr den letzten Satz des technikaffinen Journalisten, der bereits auf Hochtouren im Modus jener maximalen Bissigkeit lief, die einen guten Journalisten ausmachte und dem Grauen ein widerspenstiges Lachen entgegensetzte:

«Ob man, wenn man ganz still ist und der Wind richtig steht, die

Briten leise lachen hören kann in Anbetracht dessen, was auf dem europäischen Festland Gestalt anzunehmen scheint?», hatte er gefragt.

«Vergiss es. Alte Verbindungen rosten nicht», hatte sie geantwortet. «Vor allem in der Politik nicht, und noch viel weniger, wenn sie sich bewährt haben. Großbritannien wollte und sollte nie in Europa aufgehen. Der Austritt war kein neuer Weg, sondern bloß die längst überfällige Korrektur des Alten. Wer heute noch lacht, tut es, weil er das nicht verstanden hat.» Und nach kurzem Innehalten: «Du solltest in den kommenden Wochen vorsichtig sein, Gresch. Gibt es ...»

«Vergiss es», hatte er ihre Worte von vorhin wiederholt und sich dabei dieses unbescholtene Jungenlächeln aufs Gesicht geheftet, das jedem Gegenüber eine wohltuende Heiterkeit durchs Herz trieb.

«Ich tue so was nicht zum ersten Mal.»

«Ja – aber das hier ist ...»

«Don't worry. Okay?»

«Okay. Danke für alles.»

«Ich danke dir. Ganz tauglich, die Story ...»

Noch während Jez auf dem Treppenabsatz kehrtgemacht hatte, war die Tür der Wohnung ins Schloss geschoben worden. Auf Gresch wartete Arbeit. Bereits in wenigen Stunden würde in der Online-Ausgabe der «Berner Zeit» ein erster Artikel für morgen – Dienstag – angekündigt werden.

Entsprechend den Gepflogenheiten seiner Zeitung wäre es auch diesmal ein deutlicher Gegenpunkt zum Geplärr der großen Zeitungsverlage, die sich seit dem gestrigen Sonntag in Lobhudelei zu den am selben Tag in blindem Aktionismus verabschiedeten Maßnahmen der Regierungen ergingen. Wo landauf, landab Milliardenbeträge zur Bekämpfung von Gewalt, für Präventions-Maßnahmen, Sensibilisierungs-Kampagnen, Sondergipfel und Schutzvorkehrungen bis hin zu Ausgangssperren bejubelt wurden, würde der kleine Berner Verlag, wie so oft schon, einen kleinen Schneeball – den Bericht über den Tod einer EU-Bürokratin in Deutschland – ins Rollen bringen.

Jeder Schritt, der folgen würde, war in den vergangenen Stunden via Stiftungs-Server mit den anderen abgesprochen worden. Sie hatten einen Plan. Das Beste, was in so kurzer Zeit machbar war. Von jetzt an würden sie für kurze Zeit Tempo und Richtung bestimmen. Ob es ihr Schneeball neben der Monsterlawine konzertiert beworbener Zwangsmaßnahmen zum ‹Schutz› der Bürger Europas durch die Mainstream-Medien schaffen würde, selber zur Lawine zu werden, musste sich zeigen.

Jez hätte gern mit Brun gesprochen und wusste, dass es – ungeachtet der operativen Notwendigkeit der Nichtkommunikation – besser war, es nicht zu tun. Es wurde viel zu viel geredet. Was sie sagen wollte, war nicht sagbar. Was sie hören wollte, ebenso wenig. Worte blieben schlechte Seile, wo sie zweierlei Empfindungen verbinden sollten. Sie dennoch dafür einzuspannen war in Kauf genommenes Sterben des Besten, was Menschen zu teilen vermochten: das Wissen von Gemeinsamem.

Mai

Berlin, Schiffbauerdamm

Etwas war da. Etwas kam näher. Unaufhaltsam. Seit dem Moment, als er erwacht war, war dieses Gefühl fast körperlich. Fluchtartiges Verlassen des Bettes und die Dusche hatten nur bedingt Abhilfe geschaffen. Erst die trügerische Routine der Lektüre des von Marie Wegener zusammengestellten Pressespiegels mit den Markierungen relevanter Artikel schwächte das Gefühl eines eisernen Rings, der sich unbarmherzig um ihn zu schließen drohte.

Die meisten Texte befassten sich mit den Geschehnissen vom gestrigen Sonntag und den gefassten oder angedachten politischen Entscheidungen zur Abhilfe der Krise, die erstaunlicherweise noch keinen Namen hatte. Das würde außer Grabowsky möglicherweise keinem auffallen – in seinen Augen aber war es eine Katastrophe. Dinge – egal, ob gut oder schlecht – brauchten Namen. Irgendeinen Namen. Je hirnrissiger, umso besser.

Was keinen Namen trug, in das fühlte sich keiner involviert; es blieb außerhalb, ging einen nichts an und zog einen nicht hinein in den Wirbel der Hysterie aus Information und Emotion. Und Hysterie, das brauchten sie.

Er griff zum Handy, gab die Direktwahl von Georg Kunze ein und überschüttete den erstaunten Pressechef des Kanzleramtes, bereits als dieser sich meldete, mit einer Salve nicht jugendfreier Verwünschungen.

«Ist mir egal, wie Sie das anstellen», brüllte er, als am anderen Ende zögernd die Frage nach einer Idee laut wurde. Dann etwas ruhiger:

«Sehen Sie nach, ob Sie in der ausländischen Presse etwas finden. Wenn nicht, erfinden Sie meinetwegen ein Todesopfer und benennen Sie die Krise nach ihm. Jimmy-Krise, Thommy-Krise. Oder noch besser: ein Mädchenname. Nicht deutsch. Und setzen Sie es in jedem Text in die Nähe der Worte Gewalt, Polizeigewalt, Gewaltanwendung, Brutalität.»

Er unterbrach die Verbindung und saß eine Weile ratlos am Tisch. Der Gedanke streifte ihn, dass Kunze mit großer Wahrscheinlichkeit ein paar Kilometer Luftlinie von hier mindestens ebenso ratlos an seinem Schreibtisch saß. Der Mann hatte schon vieles erlebt, aber noch nie einen Christian Grabowsky, der aus der Haut fuhr.

Er musste sich zusammenreißen. Er scrollte weiter durch den Pressespiegel bis zur nächsten Markierung.

«EU-Spitzenbeamtin stirbt bei Unfall – Warum schweigen Polizei und Staatsanwaltschaft?», stand da. Der Name der Zeitung, «Berner Zeit», sagte ihm nichts. Aber der Ring war wieder da – und mit ihm die Enge.

Er öffnete den Link. Der Artikel war von einem gewissen Christoph B. Raible geschrieben. Die ersten Absätze befassten sich mit dem Unfall, der «East StratCom Task Force» und Sibel Marquardts Blitzkarriere, in deren Zusammenhang nicht nur hinter vorgehaltener Hand die Worte Quotenfrau und Beischlafbereitschaft herumgereicht wurden.

Er wollte gerade wegklicken, als er den Namen weniger las, als dass dieser ihn traf: Peter Juchatz. Einer behördeninternen Quelle zufolge hatte niemand anderes als der BND-Chef, mit dem Marquardt ein Verhältnis nachgesagt wurde, sie auf den Posten der Leiterin des Strategischen Kommunikations-Teams Ost, wie es zu Deutsch hieß, gehievt. Juchatz sei zu einer Stellungnahme bis Redaktionsschluss nicht verfügbar gewesen. Recherchen dieser Zeitung im Umfeld der «East StratCom Task Force» hätten indes ergeben, dass außer der nicht bestätigten Liaison Marquardt & Juchatz weitere Verbindungen zwischen dem BND und der EU-Organisation bestünden.

Entgegen der offiziellen Information auf der Website des Kommunikations-Teams, wonach dieses gerade mal eine Handvoll «Fake-News-Jäger» beschäftige, stellten sich die Fakten ganz anders dar: Weder setze die Task Force in ihren Bemühungen «auf eine Handvoll ehrenamtlicher Informanten», wie es hieß, noch handle es sich bei den Mitarbeitern um ein paar desperate Teilzeit-Wiedereinsteiger nach der Elternzeit.

Richtig sei vielmehr, dass die «East StratCom Task Force» über ganz Europa verteilt über mindestens 1.000 Mitarbeiter verfüge, wovon es sich beim größten Teil um hochqualifiziertes Personal verschiedener Geheimdienste, Streitkräfte und der INTCEN, des EU-Nachrichtendiensts, handle.

Entsprechend müsse davon ausgegangen werden, dass auch die Angaben zum jährlichen Etat des Dienstes – rund fünf Millionen Euro – reine Fantasie seien und um mindestens eine Null ergänzt werden müssten.

Folge man dem Geld, was diese Zeitung zusammen mit externen Experten unternommen habe und weiterhin unternähme, dann würde es immer obskurer im Umfeld der Einheit: Vieles deute darauf hin, dass sich hinter dem freundlichen, staatlichen Gesicht der Fake-News-Jäger nichts anderes als ein staatlich finanzierter, aber privat geführter Geheimdienst verberge, dessen Finanzierung nicht über die offiziellen Konten der Einheit fließe, sondern über ein Netzwerk privater Geber- und Empfänger-Organisationen.

Im Zentrum des verästelten Systems stehe, so scheine es, eine Firma, die sich auf die Versteigerung von Schrottkrediten spezialisiert habe und bei deren CEO es sich um keinen Geringeren als den ehemaligen BND-Chef Guido Erhardt handle. Über dessen Firma, die wiederum in enger Verbindung mit der Europäischen Zentralbank und der EIB-Gruppe stünde, würden indirekt nicht nur die offiziell nicht vorhandenen Mitarbeiter und Außenstellen bezahlt, sondern auch eine beachtliche Anzahl in- und ausländischer Medien im Sinne der «proaktiven Kommunikation» mitfinanziert. Entsprechend sei von einem noch weitaus größeren Jahres-Etat als angenommen auszugehen, zumal unter diesen Umständen auch nicht auszuschließen sei, dass die Task Force ihrerseits bloß Teil von etwas viel Größerem sei.

Der Artikel endete mit PR-Blabla für die Leserschaft und mit der Ankündigung, dass man an der Story dranbleibe. Im Übrigen sei noch nicht klar, ob man in den einzelnen Fällen von rechtlich strafbarem, möglicherweise kriminellem Tatbestand ausgehen müsse, deshalb gelte für alle namentlich genannten Personen nach wie vor die Unschuldsvermutung.

Grabowsky fühlte sein Herz hart und schnell schlagen, als fülle es seine ganze Brust aus.

Risse. Überall Risse …

Er hatte sie längst gesehen und sie zu den unvermeidlichen Übeln gezählt, die dazu führten, dass auch der perfekteste Entwurf in seiner Ausführung nie die Schönheit erreichte, die ihm als Potenzial innewohnte. Der Vorfall mit den beiden Scharfschützen in Spanien vor ein paar Monaten; der Araber, dieser Marouan Ghouar, unter der Führung der «StratCom», der ausscherte; und dann diese Musikerin, DJ Azeera. Dazu die Schweizer, die tot sein sollten und es nicht waren. Der Cyberangriff auf die «UnityBank». Sibel Marquardt und ihre Nachlässigkeit. Und schließlich Juchatz, den er mit jedem Tag weniger einzuschätzen vermochte …

Ja, sie waren längst da gewesen, die unschönen Risse am äußersten Rand – aber jetzt fraßen sie sich hinein in eine Nähe zum Kern, die gefährlich wurde und die er auf keinen Fall dulden konnte.

Juchatz hatte die Vermutung geäußert, die Schweizer seien nicht nur am Graben, sondern täten dies mit großer Wahrscheinlichkeit nicht allein. Er hatte den Hinweis nur halb ernst genommen. Nicht, weil er Juchatz' Einschätzung für falsch hielt, sondern weil er der Meinung gewesen war, ARES sei schlicht nicht mehr einzuholen oder gar aufzuhalten.

Zu weit fortgeschritten, hatte er gemeint.

Zu kurz vor dem Abschluss.

Nicht mehr zu bremsen. Jetzt aber war klar …

… dass sich jemand ganz in der Nähe befand.

In ARES' Nähe.

Und damit auch in seiner.

Er musste sofort einen zusätzlichen Sicherheitskordon um den Nukleus des Projekts legen. Zuallererst um Erhardt und die «Unity-Bank». Bereits der Angriff, der sie für drei Tage und Nächte quasi lahmgelegt hatte, war eine Katastrophe gewesen. Die gestohlenen Daten waren das eine – ihretwegen machte er sich keine Sorgen: Zu viele Leute hatten ein Interesse daran, alles zu verleugnen und als Verschwörungstheorie zu denunzieren, was einer an die Medien weitergeben könnte.

Nein – hier sah er kein Problem.

Aber während der Zeit, in der man nach der Malware, diesem unseligen Schadprogramm, gesucht hatte, die Händelallee aufgegeben und einen neuen Standort bezogen hatte, hatten keine Transaktionen stattfinden können. Das fein verästelte Netz an Geldströmen, das unablässig fließen musste, um die riesige Organisation von ARES nicht nur zu finanzieren, sondern vor allem im Verborgenen zu halten, war beinahe kollabiert.

Sollte so etwas noch einmal oder gar in größerem Ausmaß stattfinden, dann würde der ganze Kreislauf für Wochen ins Stocken geraten. Und das konnten sie sich so kurz vor dem Ziel nicht leisten.

Das Risiko, dass Leute unzufrieden würden, wenn Löhne, Lieferungen, Förderbeiträge, Bestechungs-, Schmier- und Schweigegelder unbezahlt blieben – und zwar ganz egal, welche Summe dieselben Leute während der letzten Jahre bereits abgegriffen hatten –, war zu groß.

Es war Zeit, ARES ins Zentrum des Geschehens zu holen! Er tippte Erhardts Nummer an, wartete die Ansage ab, wonach der Teilnehmer zur Zeit nicht erreichbar sei, und hinterließ die Nachricht, dass er ihn sofort zurückrufen solle. Irgendein Mitarbeiter Erhardts, der die entsprechende SIM-Card bei sich hatte, würde die Nachricht abhören und sie an seinen Chef weiterleiten.

✦ ✦ ✦

Berlin-Schmargendorf

Das Haus stand zur Hälfte unter dem ausladenden Geäst alter Bäume. Was nicht einmal seine Frau wusste: Diese Bäume waren es, für die Guido Erhardt vor 20 Jahren umgerechnet zweieinhalb Millionen Euro bezahlt hatte. Die Villa war mit ihren 18 Zimmern und sechs Badezimmern auf 1.000 Quadratmetern Wohnfläche unbestreitbar herrschaftlich, luxuriös, repräsentativ und seiner Frau ein unerschöpflicher Quell kreativer Freuden und Leiden – aber das interessierte ihn im Grunde nicht.

Er hätte denselben Preis auch für eine Baracke unter dem Schatten und Schirm dieser stummen Herolde längst vergangener Zeiten bezahlt. Das letzte Angebot, das man ihm ungefragt von Seiten eines Maklers unterbreitet hatte, lag bei neuneinhalb Millionen Euro. Die Preissteigerung war nicht etwa das Resultat natürlicher Marktbewegungen, sondern einzig jenes einer Geldpolitik, die sich als Rettung, Hilfe oder Stabilisierung ausgab, während sie in Wahrheit ausschließlich dafür sorgte, dass Leute wie er reicher wurden, während der Normalbürger grundgesichert verarmte.

Wie jeden Morgen in aller Früh war er auch an diesem Mittwoch – noch im Schlafanzug und schon mit einer Tasse Kaffee aus der Kanne, die ab fünf Uhr stets im Ankleidezimmer auf einem Halbmondtisch bereitstand – auf die große obere Terrasse und in das zu dieser Uhrzeit dunkle kühle Grün der Giganten hinausgetreten, die ihn und alles, was er sein Eigen nannte, überdauern würden.

Just in dem Moment, als er das Geländer erreichte, gingen am Ende der Zufahrt und des Gartens die Straßenlaternen aus, und er sah im Zwielicht des Morgens, was er um nichts in der Welt zu sehen wünschte: die Silhouetten waffenstarrender Wachen, die in regelmäßigen Abständen neben dem Tor und entlang des schmiedeeisernen Zauns auf fremden Befehl hin postiert waren.

Es war, als würde man ihm die Kleider vom Leib reißen – Entwürdigung, Invasion, Entblößung und Zurschaustellung dessen, was Ur-Innerstes und Ur-Eigenstes war.

Einer seiner Männer hatte ihn gestern wissen lassen, dass Grabowsky ihn dringend zu sprechen wünschte. Jetzt wusste er, warum. Seine erste Regung war, ihn anzurufen und einigermaßen gesittet aus der Haut zu fahren. Die zweite war, genau hier stehen zu bleiben, wo er stand, und zu warten, dass die Regung vorüberginge.

Er hatte immer gewusst, dass die Welt kleiner würde, wenn ARES sichtbar in Erscheinung treten würde. Aber er hatte sich stets gesagt, dass das nur die *andere* Welt, jene der normalen Menschen, betraf und seine eigene nicht berühren würde. Zum ersten Mal kam ihm jetzt der Gedanke, dass diese Annahme falsch sein könnte und dass der Ort, an dem es noch Freiheit gäbe, ihn nicht mit einschloss.

Mehr noch: dass er ihn nicht einmal kannte …

Er ging zurück ins Schlafzimmer, nahm eines der Handys, das neben dem Vide-Poche auf der antiken Kommode lag, und rief Grabowsky an.

«Ich komme mir vor wie im Krieg», sagte er anstelle einer Begrüßung, als dieser sich meldete.

«So, wie die Fakten sich darstellen, sind wir im Krieg, Guido», klang Grabowskys Stimme an sein Ohr. «Ich wollte es dir sagen, aber du warst nicht erreichbar: Irgendjemand ist immer noch aktiv. Sehr wahrscheinlich die Schweizer und dieser Brun. Ich schließe eine akute Gefährdung des engsten Kreises nicht mehr aus. Peter teilt diese Einschätzung, und wir ziehen es in der aktuellen Phase vor, lieber zu viel Vorsicht walten zu lassen als zu wenig. Du wirst von diesen Männern kaum etwas merken. Und an die Optik wirst du dich früher oder später sowieso gewöhnen müssen.»

«Wie sicher seid ihr, dass es die Schweizer sind?»

«50:50», antwortete Grabowsky. «Ich habe dir den Link zu einem Artikel einer kleinen Berner Zeitung von gestern geschickt. Lies ihn. Die Informationen sind zu gut, als dass eine so kleine Redaktion sie kaufen könnte. Die Vermutung, dass es die Schweizer sind, ist daher naheliegend. Oder aber jemand, der die Netzwerkdurchsetzungsgesetze hierzulande bewusst umgeht.»

«Kann dieser Lanzetti nichts dagegen tun?»

«Wahrscheinlich nicht. Die sind dort drüben diffiziler, wenn's ums Stilllegen privater Websites geht. Außerdem trügt die Auflagezahl der Zeitung. Im Netz ist der Verlag gleichauf mit den ganz großen Häusern. Und Lanzetti wird offenbar auf die Finger geschaut.»

«Dann sollten wir aufhören, ihn zu bezahlen», reagierte Erhardt prompt, aber ohne sich dem Gedanken weiter zu widmen. «Kann das irgendwie genutzt werden?», fragte er stattdessen.

«Hessberg könnte den Botschafter einbestellen und ihm, möglichst europaweit vernehmbar, die Leviten lesen von wegen ‹Gefährdung des Friedens›, mangelnde Solidarität oder was weiß ich. Einen sich anbietenden Sündenbock sollte man nicht ungenutzt lassen. Alte Geheimdienstregel. Außerdem ist der aktuelle Schweizer Botschafter, dieser Landmann, als einer aus der alten Besson-Clique für die Rolle perfekt.»

«Schon geschehen», drang Grabowskys Stimme aus dem Hörer. Er klang, als schmunzle er. «Er ist heute um zehn bei Hessberg. Es wird durchaus einen gewissen Unterhaltungswert haben, zu sehen, wie dieser sich permanent selbst inszenierende Kriecher mit der Situation umgeht. Wenn er, wie sonst auch, daraus einen Pro-Europa-Event macht, können wir zufrieden sein. Dann wird Oskar Ludwig als amtierender Bundespräsident reagieren müssen und uns eine Steilvorlage liefern. Die mediale Aburteilung des Landes und die mahnenden Worte aus Brüssel sind dann nur noch eine Formsache, und sie werden genug damit zu tun haben, eine weitere innenpolitische Zerreißprobe zu überstehen.»

«Gut», sagte Erhardt und frage sich, ob Grabowsky dasselbe dachte wie er. Dass nämlich, wenn die Schweizer den absehbaren internen Machtkampf hinter sich hätten, sie in einem anderen Europa erwachen würden.

«Ich weiß, dass dir das neue Sicherheitsdispositiv nicht gefällt, Guido», sagte Grabowsky in die entstehende Leere hinein und klang auf aufmunternde Weise abschließend. «Aber es ist für den Moment notwendig. Auch der zusätzliche Personenschutz. Dasselbe gilt für uns alle.»

«Aber der Unfall von Sibel Marquardt war doch nicht ...?»

«Nein», klang es aus dem Hörer. «Das war wirklich ein Unfall. Im denkbar dümmsten Moment zwar, aber operativ nicht maßgeblich. Peter hat die Task-Force übernommen.»

Nach einem weiteren «Gut» von Erhardt, der nicht wusste, dass er gerade angelogen worden war, wurde die Verbindung unterbrochen. Erhardt legte das Telefon auf die Kommode zurück, zog den Morgenrock aus und ging ins Bad. Wenn sich schon alles veränderte, dann wollte er wenigstens seine private Routine beibehalten: Rasur, Dusche, Frühstück mit seiner Frau. Alles, um der quälenden Einsicht zu entgehen, dass die neue Enge der Welt auf jener Ebene, auf der er lebte und wirkte, noch größer zu werden drohte als die, welche die Menschen da draußen mit ARES zu gewärtigen hätten. Dass der Lohn des Totalitären für seine Steigbügelhalter noch grausiger und gnadenloser wäre als das Los derer, für die sie ursprünglich und angeblich aufgerichtet worden war.

Die Menschen da draußen, egal, wie geknechtet sie am Ende wären – sie hatten doch nur zu tun, was man ihnen befahl. Leisteten sie Folge, dann war ihre Pflicht damit erledigt. Für seinesgleichen in der unmittelbaren Nähe der Macht galten andere Maßstäbe. Gehorchen allein reichte da nicht – Gefälligkeit war das Gebot.

Leute wie er mussten nicht nur tun, was man ihnen befahl, sondern auch denken, was andere dachten, wollen, was andere wollten. Alles Eigene aufgeben, um stets auf der Lauer zu liegen: um jedes Wort, jeden Wink, jedes unausgesprochene Wollen und Wünschen der Spielmacher richtig zu deuten. Kläglichste Kriecherei.

Nach dem ersten Artikel in der «Berner Zeit» war genau das geschehen, was Brun, Rachmanowitsch, Jezreel, Gresch & Co. erwartet hatten und so dringend brauchten: Bewegung im Umfeld des innersten Kerns von ARES. Bewegung, die bedeutete, dass Gewohntes verändert wurde. Und sie bedeutete außerdem, dass – egal, wie strikt die Anweisungen waren und ihre Befolgung ausfiel – ein Stück Unsicherheit Einzug halten würde. Erwartbare Überraschung sozusagen.

Wo Muster und Abläufe von einem Tag auf den anderen neu waren, fiel noch Neueres weniger auf. Darauf mussten sie setzen, auch wenn das nicht den operativen Standards entsprach, unter denen ein Team wie ihres zu arbeiten gewohnt war. Aber hier entsprach rein gar nichts den klassischen Standards, und es ging einzig darum, abzulenken und abzunutzen, um zuschlagen zu können.

Rund um die Zielpersonen war gleich nach Erscheinen des Artikels und in aller Eile ein zusätzlicher Sicherheitsring hochgezogen worden. Hessberg, Juchatz und Erhardt waren nur noch im Konvoi unterwegs; Wohnhäuser waren in Hochsicherheitszonen verwandelt worden, und Marouan Ghouar und Essia Kebdani waren zwei Tage früher als geplant nach Las Vegas abgereist.

Einen Tag später hatten zwei Männer und eine Frau unabhängig voneinander mit «British Airways», «KLM» und der «Lufthansa» dieselbe Reise mit demselben Ziel angetreten: Michael Kron, Miho und Sava, die im Zuge von Sibel Marquardts plötzlichem Verscheiden Kapazitäten frei hatten. Dasselbe galt für Boas, der sowohl Nouriel und Vali als auch Brun, Joaf und Jezreel unterstützen würde.

Die einzige Person, in deren Umfeld sich bis jetzt nichts verändert zu haben schien, war Christian Grabowsky. Aber das war auch nicht notwendig, sofern er weiterhin so reagierte, wie sie es sich von ihm erhofften in diesem Vabanque-Unternehmen. Bis jetzt schien es gut zu laufen.

Noch in der Nacht hatte Lorenz auf dem Server der Stiftung die Information hinterlegt, dass der deutsche Bundeskanzler den Schweizer Botschafter einbestellt habe. Dies wiederum würde Ludwig berechtigen, sich zwecks Verhinderung eines diplomatischen Zwischenfalls einzuschalten und ein Treffen zwischen den primär Betroffenen – in diesem Fall Peter Juchatz und Jo Burger – zu fordern. Der Forderung würde mit großer Wahrscheinlichkeit stattgegeben – schließlich wäre es eine weitere Gelegenheit, die Älpler und ihren Geheimdienst zu diskreditieren.

Während Valentin den Unsicherheitsfaktor ihrer aktuellen Operation mit dem anderer Einsätze in der Vergangenheit verglich und zum Schluss kam, dass die Unterschiede nur kosmetischer Natur waren, tat er jetzt in leichtem Sommermantel und mit Hut bereits zum dritten Mal, was offenbar die Gewohnheit dieses älteren Herrn zu sein schien, der dem geübten Auge, wenn überhaupt, dann nur dadurch aufgefallen wäre, dass man ihn nicht wahrnahm, und wenn doch, ihn weniger als Person einordnete, sondern als Teil der Umgebung: Er durchstreifte auf liebenswürdig zeitverlorene Altmännerart, kaum dass der Tag graute, die menschenleeren Straßen eines Teils von Berlin-Schmargendorf, wobei sein Weg ihn immer mal wieder durch die Max-Eyth-Straße und am schmiedeeisernen Zaun eines eindrücklichen Anwesens vorbeiführte.

Als er dieses am heutigen Mittwochmorgen von martialisch anmutenden Wachen umstellt vorfand, die in Abständen von zwanzig Metern postiert waren, war er sich nicht zu schade, beim Vorübergehen und bei jedem der postierten Soldaten ein Hutlüften anzudeuten – eine Geste, die ihm zusätzliche Jahre aufbürdete.

An der Kreuzung zur Clayallee ging er diesmal jedoch nicht nach rechts, sondern stieg bereits nach der ersten Runde auf der anderen Straßenseite in einen Renault Scenic und fuhr davon. Sein Ziel: ein Mehrfamilienhaus aus den Fünfzigern am Waldrand in der Johannisburger Allee, keine fünf Kilometer in nordöstlicher Richtung, von wo er eine Stunde früher aufgebrochen war.

Er stellte den Wagen ein gutes Stück vom Haus entfernt ab und ging die letzten Meter zu Fuß. Kaum erreichte er die Haustür, war der Summer zu hören. Leise erklomm er die Stufen ins Hochparterre und trat in die Wohnung zu seiner Linken, deren Tür nur angelehnt war.

Hier wohnte Guido Erhardts Chauffeur. Bereits nach kurzer Observierung war klar gewesen, dass sie es hier wirklich nur mit einem Fahrer zu tun hatten. Fast ein Junge noch. Unbescholten und ohne Arg lebte er sein Leben, und als Nouriel ihm am gestrigen Abend kurz nach elf zum Haus und zur Eingangstür gefolgt war, hatte der junge Mann ihn gegrüßt und ihm die Türe aufgehalten, was bewirkt hatte, dass Nouriel, als er ihm den Unterarm um den Hals gelegt hatte, behutsamer gewesen war, als er es sich selber eingestanden hätte.

«Wehren Sie sich nicht», hatte er geflüstert, während er dem jungen Mann die Halsschlagader abgedrückt hatte. «Es wird einfacher, wenn Sie loslassen. So ist gut.»

Der Junge war ohnmächtig geworden, und hinter Nouriel waren Boas und Vali im Treppenhaus aufgetaucht. Geräuschlos hatten sie ihm die Schlüssel abgenommen, die Wohnungstür geöffnet und ihn hineingetragen.

Drei Minuten später hatte er sich geregt und – auch hier ganz der Junge – war ungestüm und blindwütig auf Boas losgegangen. Erst als er festgestellt hatte, dass sein Anrennen gegen dessen Brust keinerlei Reaktion oder Wirkung zeitigte, und Boas ihn gefragt hatte, ob er eine weitere Runde schlafen wolle, er habe die Wahl, er mache das gerne für ihn, war er in sich zusammengesunken und hatte sich zwischen den drei fremden Männern auf einen der quadratischen Schemel in dem winzigen, engen Schlauch von Küche gesetzt.

«Was wollen Sie von mir?», hatte er gefragt und in die drei Gesichter hochgesehen, die ihn von oben herab betrachtet hatten.

«Von Ihnen bis auf ein paar Informationen gar nichts, junger Mann», hatte Vali geantwortet.

«Und auch hier haben Sie die Wahl», hatte Nouriel ergänzt. «Es liegt ganz bei Ihnen, wie das hier abläuft.»

«Und wenn ich Ihnen sage, was Sie wissen wollen, dann lassen Sie mich gehen?» Der Typ hatte hoffnungsvoll geklungen.

«Nicht gleich. Ein paar Stunden müssen Sie es mit uns aushalten.»

«Haben Sie Kaffee hier? Oder Tee?», hatte Vali gefragt.

«Ja. Hinter Ihnen im Schrank.»

Nouriel und Boas hatten Platz gemacht und sich in den nicht minder engen Flur verdrückt, wo sie an die Wand gelehnt stehen geblieben waren.

«Bilder scheinen nicht so Ihres zu sein», hatte Boas bemerkt, während er die von seinem Standort her einzusehenden nackten Wände in Augenschein genommen hatte. Und ohne eine Reaktion abzuwarten: «Darf ich Ihre Toilette benutzen?»

«Das fragen Sie mich, nachdem Sie mich überfallen und die Wohnung übernommen haben?»

«Oh – das eine hat mit dem anderen gar nichts zu tun», hatte Boas geantwortet. «Also? Darf ich?»

Der junge Mann hatte eine resignierte «Nur zu»-Geste angedeutet, und Boas war verschwunden.

Es hatte keine Stunde gedauert, bis sie alles über Erhardts Gewohnheiten gewusst hatten. Der Rest der Nacht war wie so oft Warten gewesen.

Als Vali jetzt in die Wohnung trat, empfing ihn Stille. Ein Blick zur Linken in die Küche sagte ihm, dass es eine von der guten Sorte war. Nouriel saß auf einem der Stühle und blickte von einem Prospekt für Gartengeräte hoch. «Im Wohnzimmer», sagte er nur, dann stand er auf und folgte Vali.

«Und?», fragte Boas, als sie eintraten. Er saß auf einem beigefarbenen Sessel, während der junge Mann auf der dazugehörenden Couch schlief.

«Es ist genauso, wie wir es erwartet haben: Sie rüsten auf. Überall bewaffnete Posten auf dem Gelände. Wenn Erhardt noch nicht nervös war, dann ist er es spätestens jetzt. Auch wenn er das selber vielleicht noch nicht weiß. Der muss sich ja vorkommen wie im Krieg.»

«Umso besser», kommentierte Nouriel, der hinter Vali ins Wohnzimmer trat. «Dann kauft er uns unsere Geschichte auch viel eher ab.»

«Und hier?», frage Vali.

«Alles ruhig.»

«Gut. Ihr müsst jetzt los. Habt ihr alles?»

«Alles da. Wir sehen uns» – Nouriel blickte auf die Uhr – «in genau anderthalb Stunden, alter Mann.» Kurz kam Valentins Hand auf dessen Schulter zu liegen. Dann waren die beiden weg – weder ihre Schritte noch die Tür zu hören. Erst der dumpfe Blubber-Sound eines Achtzylinders unten in der Einfahrt war Zeuge ihres Daseins.

Dann Stille. Und erneutes Warten.

Guido war still heute. Nicht dass das etwas Neues gewesen wäre. Im Gegenteil: Juliane Erhardt kannte und schätzte ihre seit 33 Jahren schweigenden Tagesanfänge am Frühstückstisch mit Blick auf das, was ihr gemeinsames Leben war. Und doch war heute etwas anders. Die Stille vervielfachte sich wie unter Druck, als würde eine unsichtbare Walze all das, was normalerweise Freiwilliges und Offenes auf der Basis unverbrüchlicher Gewähr war, zu zermalmen drohen.

Mit dem Finger bog sie den Rand der Zeitung etwas hinunter, so dass sie sein Gesicht sehen konnte.

«Was ist los?», fragte sie.

Guido Erhardt hob den Blick, und sie wusste sofort, dass dieser nicht aus einem Text in einer Zeitung, sondern aus einem Ort in großer Tiefe auftauchte. Einem dunklen Ort. Er sah sie an, faltete das Blatt zusammen und legte seine Hand auf die ihre:

«Ich habe falsche Entscheidungen getroffen, Jule. Ich werde dir heute Abend alles erklären, aber jetzt muss ich los. Kai wird gleich mit dem Wagen hier sein.»

Ohne ihre Hand loszulassen, stand er auf, drückte seine Lippen auf ihr Haar, verharrte und schien sich nur gewaltsam dazu bewegen zu können, sich aufzurichten und zu gehen.

Seit Jahren zum ersten Mal sah sie ihm nach, wie er das Zimmer durchquerte, durch die Tür in die Halle ging, ihrem Blick entschwand. Der sie lähmende Eindruck letzter Gültigkeit wurde durch den dumpfen Klang des Motors seines Wagens um Punkt sieben Uhr kaum gemildert.

Neben der Limousine, bei der es sich nicht um seinen Dienstwagen handelte, sondern dem Ton nach um eine Art Raubtier von Audi, standen zwei fremde Männer in schwarzen Anzügen. Erhardt stockte, überwand das Gefühl, eine Beute zu sein, und trat entschlossen auf den Größeren zu, der ihm den Schlag auf der Beifahrerseite aufhielt.

«Was soll das? Wo ist Kai?», fragte er in einem herrischen Ton, von dem er innerlich Lichtjahre entfernt war.

«Das kann ich Ihnen leider nicht sagen, Herr Erhardt», antwortete der Große, der sein grau-blondes gelocktes Haar in einem Pferdeschwanz trug. Duktus und Ton wollten nicht recht zu der katzenhaften Geschmeidigkeit passen, mit der er sich bewegte.

«Wir haben bloß Anweisung, Sie zu fahren.»

«Und von wem kommt die Anweisung?», insistierte Erhardt, obwohl ihm längst klar war, dass diese Männer nur auf direkten Befehl Juchatz' und auf Geheiß Grabowskys hier sein konnten.

«Bitte steigen Sie ein», sagte der Große dann auch anstelle einer Antwort.

Als die Tür sich schloss, wurde das Gefühl, in der Falle zu sitzen, fast übermächtig. Erhardt zwang sich, ruhig zu atmen. Grabowskys Stimme waberte durch sein Bewusstsein: «An die Optik wirst du dich früher oder später sowieso gewöhnen müssen.»

Der Schub der Beschleunigung schaffte etwas Abhilfe. Der vertraute Druck war real, die Kraft eines V8-Motors, der Klang, der für Sekunden ein Brüllen war. Ihm wurde wohler. Kurz nur, dann das nächste innerliche Stocken, als sie auf der Clayallee nicht nach rechts in Richtung Stadtzentrum, sondern nach links abbogen.

Erhardt wartete ab. Als sie kurz darauf erneut rechts und in Richtung Grunewald fuhren, wusste er, dass etwas nicht stimmte. Die Bestätigung des Wissens fand er in dem nicht funktionierenden Mechanismus der Trennscheibe zur Fahrerkabine.

Noch während er die Regung, an die Scheibe zu klopfen, zu hämmern und zu klatschen gewaltsam niederrang, fragte er sich, warum er dies tue. Es gab ja keine Form mehr zu wahren, keine Contenance, wo nicht Menschen, sondern die eisernen Arme eines anonymen Apparats, wie ARES es war, nach einem griffen.

Was er nicht verstand, war, weshalb man ihn loswerden wollte. Oder besser: Warum schon jetzt. Sie waren doch noch gar nicht so weit …

Er merkte erst, dass er stark schwitzte, als der Wagen hielt. Sie standen in einem Stück Wald. Er hatte das Gefühl für Raum und Zeit verloren. Ein Teil von ihm schien die Ewigkeit zu ahnen.

Der Schlag auf der anderen Seite wurde geöffnet. Der Mittelgroße mit dem auf Millimeter getrimmten Haar stieg ein. In der Hand hielt er eine Spritze. Keine Spur von Gewaltbereitschaft oder Einschüchterung.

«Zeigen Sie her», sagte er und klang wie ein Arzt, als er seinen Hals, ohne ihn zu berühren, in Augenschein nahm.

Erhardt hob zu seinem eigenen Erstaunen gehorsam das Kinn an.

«Sie werden mich töten.»

Es war halb Frage, halb Feststellung.

«Ja.»

«Warum? Es wird Probleme geben mit der Finanzierung zum jetzigen Zeitpunkt.»

«Sie verwechseln da was, Herr Erhardt. Wir sind nicht Freunde Christian Grabowskys. Wir sind Freunde der Freiheit, und wir hoffen mit aller Kraft, dass es Probleme mit der Finanzierung geben wird.»

Etwas Seltsames spielte sich ab. Guido Erhardt ließ den Atem fahren, als sei ihm eine gewaltige Last von der Seele genommen. Mehr noch, als hätte man einen lindernden Balsam auf eine Wunde gegeben, die seit Jahren schwärte. Ein Zittern durchlief seinen Körper, er schwitzte nicht mehr.

«Bitte sagen Sie Juliane … Juliane ist meine Frau …»

«Ich weiß, Herr Erhardt.»

«Bitte sagen Sie ihr …»

«Ja?»

«Nichts.»

Sie weiß es, dachte er.

Sie weiß es längst. Alles.

«Ich möchte nicht eingeschläfert werden wie ein Tier», sagte er zu der immer noch geschlossenen Scheibe.

Die Silbe des letzten Wortes schien noch in der Luft zu hängen, als Boas schoss. Schalldämpfer und Unterschallmunition ließen den Schuss wie einen sehr lauten Sektkorken klingen. Nouriel, der neben dem Wagen stand, hatte nach dem leisen Ritschratsch des Verschlusses kaum etwas davon gehört.

✦ ✦ ✦

Las Vegas, Caesars Palace

Die Rooftop-Villa des zum Caesars gehörenden Nobu Hotels bot mit ihrer Fläche von rund 1.000 Quadratmetern ebenso Platz für eine nahöstliche Großfamilie wie für einen Weltstar mit Entourage während einer der allabendlichen Partys. Wem's trotzdem zu eng wurde, wich aus auf die ebenso große Terrasse mit Blick über Sin City.

Dass es sich hier um ein sonderbares Arrangement handelte, störte keinen der Anwesenden. Sonderbar deshalb, weil DJ Azeeras Show nicht im Caesars Palace, sondern im MGM Grand stattfinden würde. Der Grund, warum sie nicht dort untergebracht wurde, war der, dass die dreistöckige Skyloft, die sie sonst immer bewohnte, bereits belegt war von der Hochzeitsgesellschaft einer Influencerin, deren hervorragende Leistung darin bestand, mal ein Kerl gewesen zu sein, und die ihre Follower und Sponsoren gleichermaßen mit Fotografien der Wasser-Einlagerungen in ihren Beinen infolge der Hormon-Einnahme, mit Geständnissen ihrer Benzodiazepin-Abhängigkeit und mit dem schlagfertigen Charme einer Puffmutter im Bann hielt.

Marouan, der seit den Vorkommnissen in Konstanz unter dem Namen Julien Comte reiste, hatte auf weinerliche Art halbherzig herumgetobt und dann eingewilligt, auf Kosten des MGM Grand im Caesars zu logieren. Essia hatte es nicht interessiert. Warum auch – für sie wurde gefahren, bestellt, bezahlt, gebucht, geregelt, gefeiert – im Grunde gelebt. Egal, wo.

Es war kurz nach Mitternacht jetzt, und keiner der langsam in Stimmung kommenden Gäste in der Suite hatte es mitgekriegt, als Marouan Hals über Kopf aus der Tür seines Zimmers – das wie die anderen über einen separaten Eingang verfügte – rausgestürmt und ohne Ziel geflohen war. Der Grund war ein Anruf von der Rezeption kurz zuvor gewesen.

«Für Sie wurde etwas abgegeben, Herr Comte», hatte die Stimme am Telefon gesagt.

«Schicken Sie's rauf. Eingang drei.»

«Sehr gerne. Ich schicke gleich jemanden hoch.»

Keine zwei Minuten später hatte es geklopft. Ein gelber Umschlag war gegen einen Geldschein getauscht worden, die Türe geschlossen. Die Tatsache, dass der Umschlag das Logo des MGM Grand trug, hatte ihn vermuten lassen, dass es sich um Unterlagen im Zusammenhang mit dem Gig handelte. Kurz hatte er überlegt, ihn neben die Obstschale auf dem Tisch zu werfen und erst morgen zu öffnen. Dann hatte das ihm eigene Pflichtgefühl gesiegt.

Und von da an war er gefallen. Ins bodenlos Leere.

Und in eine beklemmende, ohnmächtige Wut hinein.

Der Umschlag hatte die Papierausdrucke zweier Zeitungsartikel enthalten. Erschienen in einer Schweizer Publikation namens «Berner Zeit». Der eine vom Dienstag, der andere vom Donnerstag. Also gestern.

Beide handelten vom Tod eines Menschen.

Sibel Marquardt und Guido Erhardt.

Während die Behörden im Fall der Leiterin der «East StratCom Task Force» von einem Unfall ausgingen, gab es im Fall Erhardts keine Zweifel: Der ehemalige BND-Chef und heutige CEO einer auf die Versteigerung von Schrottkrediten spezialisierten Firma namens «UnityBank» war in einem Waldstück im Westen Berlins erschossen worden. Zwei unabhängige Quellen, die anonym bleiben wollten, hatten die Vermutung der Redaktion bestätigt, wonach ebendieses Unternehmen eine Verbindung zwischen den beiden Personen und damit den Todesfällen darstelle:

Der inoffizielle und maßgebliche Teil der «East StratCom Task Force», bei dem es sich nicht wie offiziell behauptet um ein Dutzend Fake-News-Jäger im Dienst des Europäischen Auswärtigen Diensts, sondern um eine Mischung aus Geheimdienst und militärischer Terrorzelle handle, sei in der Tat über die «UnityBank» finanziert worden. Allerdings nicht über den regulären Etat des Auswärtigen Diensts – was allein schon befremdlich genug wäre –, sondern direkt und indirekt via EIB-Gruppe und EZB. Direkt, indem die «UnityBank» der EZB Schrottkredite zu vollkommen überhöhten Preisen verkaufte, indirekt durch EIB-Förderbeiträge an Hunderte von Stiftungen, die nach diesem Umweg – und um eine satte Provision reduziert – an die «UnityBank» zurückflossen und von da weiter an die Task-Force.

Bei besagten Stiftungen handle es sich um reine Kunstprodukte, deren Zwecke allesamt irgendwas mit Klima, Rassismus oder Gesundheit zu tun hatten und die von Politikern oder von Familienmitgliedern von Politikern gegründet worden waren und «betrieben» wurden. Während bereits diesen Sachverhalten das Potenzial innewohne, die beteiligten Institutionen, wenn nicht sogar die EU schlechthin, in Frage zu stellen, sei dies, so legten die der Redaktion vorliegenden Unterlagen nahe, bloß die Spitze eines Eisbergs, dessen Ausmaß zum jetzigen Zeitpunkt nur erahnt werden könne.

Alle Indizien wiesen darauf hin, dass das für die «East StratCom Task Force» etablierte Finanzierungsnetzwerk auch bei anderen Projekten zum Tragen komme. Es müsse beim aktuellen Stand der Informationen davon ausgegangen werden, dass sowohl öffentliche Informationskampagnen als auch «private» PR-Aktionen, Veranstaltungen und Bürgerinitiativen bis hin zu politischen Bewegungen und geheimen militärischen Projekten in Zusammenarbeit mit nationalen Streitkräften und der NATO mit der «UnityBank» und ihrem Netzwerk in Verbindung stünden.

Die Zeitung nehme auch weiterhin sämtliche Hinweise in dieser Sache entgegen und gehe ihnen nach. Zur Zeit konzentriere man sich jedoch aus Aktualitätsgründen auf die Verbindung zwischen der «UnityBank», der «East StratCom Task Force» und der Berliner PR-Firma Spillman & Donabates, die auch die Bundesregierung zu ihren Mandanten zähle, sowie einer ihrer Tochterfirmen, die für die erstmalige Veranstaltung des «Ultra Music Festivals» in Weil am Rhein in zwei Wochen verantwortlich zeichne. Dies aus dem Grund, dass es nachweisbare und direkte Verbindungen zwischen dem Management eines der gebuchten Künstler und der obskuren «East StratCom Task Force» gebe.

Marouan hatte gelesen, erneut gelesen. Die Echtheit der Artikel und der «Berner Zeit» auf dem Tablet überprüft. Die Like-Zahlen auf den Accounts der Zeitung in sozialen Netzwerken gecheckt. Die Anzahl der Teilungen der Artikel. Allein der Text vom Dienstag war über 20.000 Mal geteilt worden. Der gestrige stand bereits bei 23.000.

Er war nun wirklich kein Social-Media-Experte, aber für ihn sah alles danach aus, als würde ihnen die Sache in den nächsten Stunden um die Ohren fliegen. Und es sah vor allem auch danach aus, als hätte jemand beschlossen, sich ihnen entgegenzustellen. Und zwar, indem er die Personen im Zentrum, zu denen auch er gehörte, ausschaltete.

Mit der Wucht eines Schlages brachen die Beats, das Gelächter und all die anderen Party-Sounds von nebenan in die Stille seiner Gedanken ein. Es war so einfach! Sollten auch er und Essia auf der Abschussliste des unsichtbaren Feindes stehen, dann könnte ihr Mörder längst hier sein.

Unter den Gästen, den Fans.

Als gekaufter Teil der Entourage.

Es gab keinerlei Schutz.

Und es wäre ein Klacks, sie auszuschalten …

Da hatte er es nicht mehr ausgehalten, hatte Papiere und Tablet auf dem Bett liegen lassen und war geflohen. Kreidebleich und schlotternd wie einer auf Entzug, mitten hinein in die kitsch-kreischende Normalität einer Las-Vegas-Nacht.

Lobby.

Casino.

Bar.

Da erst ein Innehalten, ein Durchatmen.

Worte, die offenbar verstanden wurden.

Die Barfrau stellte einen doppelten Wodka vor ihn hin. Ohne Eis.

Der Teil von ihm, der sich über die Ironie der Situation lustig machte, die darin bestand, dass das, was ihn in diesem Moment rettete, dasselbe war, was er an Essia am meisten verachtete, versetzte ihn in neuerliche Panik.

Er trank und bestellte gleich wieder.

Erst als die Blonde am anderen Ende der Bar – Kategorie «Klassische Schönheit, keine 20 mehr» – das Lächeln ihrer beinahe künstlich grün wirkenden Augen auf ihn richtete und er mit sich selbst eine sehr hohe Wette abschloss, dass sie in echt eine Rothaarige war, wurde es etwas besser. Es waren immer Frauen gewesen, die ihn gerettet hatten. Auch und gerade dann, wenn er der Meinung gewesen war, es sei umgekehrt.

Er wartete, bis das Lächeln ihre Lippen erreichte, dann ging er zu ihr hin. Sava sah ihn auf sich zukommen. Mittelgroß, dunkelhaarig, dunkeläugig, schlank. Die Miene in herablassender, bereits nicht mehr ganz nüchterner Weise siegesgewiss. Darauf gespiegelt sowohl der Habitus des routinierten und erfolgreichen Dandys als auch die natürlich verpflichtende Arroganz des Arabers allem Gottlosen gegenüber.

Letzteres kam ihr zu Hilfe: Es war unwichtig, ob sie mitzog in Sachen Alkohol – sie war da in dieser Bar, sie sprach mit einem fremden Mann, sie war eine Kāfira und er ein Gläubiger auf der Suche nach Erlösung von dem Schock, den sie ihm zugefügt hatten.

Miho und Michael Kron saßen lachend beim Bier an einem Tisch in der Nähe der Bar. Marouan Ghouar, der sich jetzt Julien Comte nannte, bestellte eine Flasche Wodka und ließ sie aufs Zimmer schreiben. In kurzen Abständen, als bringe er damit eine lästige Pflicht hinter sich, trank er vier Gläser. Was zwischen ihm und Sava an Worten gewechselt wurde, verdiente die Bezeichnung «Gespräch» nicht. Es war bloß der Austausch staatsbürgerlicher Eckdaten und die Abklärung terminlicher und sexueller Verfügbarkeit.

Dann stand er auf, ging ihr voraus in die Lobby, durch den Eingangsbereich und die Schwingtüren und trat unter das ausladende Vordach, wo sofort bei seinem Auftauchen einer der Boys davonstob und keine zwei Minuten später mit der stromlinienförmigen Schönheit eines Bentley Cabrios der Continental-Reihe vorfuhr. Einer jener Wagen, von denen die Kataloge zwar den CO_2-Ausstoß in der Stadt, auf der Autobahn, im Parkhaus und in der Waschanlage bis auf vier Stellen hinter dem Komma, nie aber den Preis auswiesen.

Obwohl es sich um einen Mietwagen handelte, wie Sava wusste, schien Marouan auf eine fast kindliche Art stolz darauf zu sein. Während sie einstieg, warf sie einen Blick in Richtung der Eingangstür. Miho und Michael waren da und warteten ebenfalls auf ihren Wagen. Von da an ging alles in jedem vorstellbaren Sinn sehr schnell.

Marouan bretterte ungeachtet irgendwelcher Geschwindigkeits-Begrenzungen über den Boulevard gen Norden und anschließend, die 600 PS des Wagens voll ausfahrend, mit über 300 Stundenkilometern auf die Route 95 in Richtung Wüste.

Hatte ihr Austausch bereits vorher nicht die Merkmale einer Konversation aufgewiesen, so stellten sie ihn jetzt ganz ein. Marouan schien vergessen zu haben, dass die blonde Rothaarige überhaupt da war. Das Lenkrad nur mit dem eingehakten Daumen der linken Hand haltend, schien er der Flasche in seiner Rechten mehr Aufmerksamkeit zu schenken als der Straße. In regelmäßigen Abständen hob er sie an die Lippen, nahm einen Schluck und stieß dann etwas Unverständliches aus, das dem Ton nach ein Fluch oder eine Verwünschung war.

Ohne dass er es merkte, lief ein dünner Speichelfaden an seinem Kinn hinunter. Sava machte ihn darauf aufmerksam.

«*Was* sagst du?!», fragte er mit einer Stimme, als müsse man hier drin noch wie vor 80 Jahren gegen Wind- und Motorgeräusche anbrüllen.

«Du hast da was am Kinn», brüllte Sava zurück.

«Scheiße», sagte er, die Frau neben sich bereits wieder vergessend, stieg viel zu grob auf die Bremse und zog den Wagen schlitternd auf eine Schotterpiste, die ins Nichts zu laufen schien. Im Rückspiegel leuchtete ein Paar sich nähernder Scheinwerfer auf. Kaum kam der Bentley zum Stillstand, öffnete Sava die Tür und stieg aus.

«Was soll das?», maulte Marouan, während er im Handschuhfach nach einem Kleenex fischte. «Steig ein. Hier draußen wird's nicht wärmer.»

Als keine Antwort kam, hob er genervt den Kopf und blickte in die Mündung einer Glock 17. Ob er noch etwas dachte, wusste er nicht.

«Alles okay?», fragte Miho, während der Schuss längst verklungen war und doch noch da war, als er neben Sava trat, die in stummer Effizienz die Taschen von Marouans Kleidern leerte. Sie kannten sich nicht gut, und sie wusste, dass er wusste, dass es besser wäre, wenn einer ihrer eigenen Leute hier wäre. Carl. Piet. Oder Nouriel. Und sie hörte in seiner Frage, was sie gesagt hätten und wozu er sich nicht berechtigt fühlte: *Unfassbar gute Arbeit, Mädchen.*

«Ich nehme mir den Wagen vor», sagte er.

Sie legte kurz ihre Hand an seinen Oberarm: *Danke.* Laut und Kron, der neben dem Wagen stand, mit einschließend, sagte sie:

«Okay. Danach lasst uns verschwinden. Wir haben nur noch vier Stunden bis zum Abflug.»

Um kurz nach sechs würde sie als Erste ihre Maschine zurück nach Europa besteigen. Miho und Kron im Abstand von jeweils maximal zwei Stunden nach ihr. Vier Stunden also, um sich um Essia Kebdani zu kümmern.

Zuhause hatte es eine heftige Diskussion gegeben wegen der jungen DJane. Sava hatte mit allen ihr zur Verfügung stehenden Argumenten gegen die Notwendigkeit gefightet, dass man sie töten müsse.

«Sie ist gerade mal 26, und nach allem, was unsere Informationen hergeben, *leidet* die junge Frau nicht am Stockholm-Syndrom – nein, es ist Teil ihrer Persönlichkeit», hatte sie gesagt. Und abschließend:

«Was sie tut und jemals getan hat, tut sie, weil ein anderer es will. Sie selber ist in ihren eigenen Augen bis auf die Musik nichts. Es gibt keinen Grund, sie zu töten! Ist dieser Marouan Ghouar erst mal weg, ist auch das Risiko weg.»

«Eine junge Frau, die auf Weisung anderer alles tut – und ich meine damit wirklich *alles;* inklusive das Zünden einer Bombe mit Zehntausenden von Toten –, ist also kein Risiko in deinen Augen?»

Piets Fragen war um ein Haar ein Höhnen gewesen.

«Ganz abgesehen davon, dass so ein ‹Tourmanager› in fünf Minuten ersetzt werden kann.»

Sava hatte nichts mehr gesagt. Ihr war klar gewesen, dass Essia Kebdani eine Zeitbombe war. Diesmal konnten sie sie retten, indem sie die Hände, in die sie geraten war, aus der Gleichung nahmen. Aber beim nächsten Mal wäre keiner von ihnen da. Und derjenige, für den sie würde leben wollen, konnte ein noch größeres Monster sein als Marouan Ghouar.

Außerdem war sie erwachsen.

Volljährig. Strafmündig. Schuldfähig.

Sie wusste, wozu sie ‹Ja› gesagt hatte.

«Könnte man sie nicht drüben unter irgendeinem Vorwand den Behörden übergeben?», hatte Valentin unerwartet Partei für das Mädchen ergriffen.

«Wie stellst du dir das vor?», hatte Nouriel gefragt. «Sie vor dem Sheriff's Office aussetzen?»

«Wir müssen bloß sicher sein, dass sie nicht auftreten kann», hatte Jezreel – den toten Punkt überwindend, an den die Diskussion gelangt war – in die Runde geworfen. «Ein gebrochener Arm würde diesen Zweck erfüllen. Was aber das Risiko betrifft, das sie in der Zukunft darstellt: Das ist nicht unser Job. Wir müssten ansonsten das halbe Universum umbringen.»

Dabei war es geblieben. Fast. Sie würden Essia Kebdani nicht einen, sondern beide Arme gebrauchsuntauglich machen.

Sava stellte hinten am offenem Fenster des Ford F-150 Picku-ps sitzend fest, dass sie die Fahrt zurück in die Stadt genoss. Die Kühle der wüstennahen Nacht, die schon fast Kälte war. Der Sternenhimmel, der irgendwo da oben sein musste. Das Schweigen der beiden Männer, die sie kaum kannte. Brüder.

«Was ist da los?», fragte Miho in die Stille hinein.

Sava schreckte auf. Sie war kurz eingenickt. Obwohl noch ziemlich weit entfernt, waren vor ihnen auf dem Boulevard die unverkennbaren Blaulichter von Polizei-Einsatzfahrzeugen und Ambulanzen zu sehen.

«Das ist auf der Höhe vom Caesars Palace», stellte Kron fest, was jedem sofort klar gewesen war.

Er verlangsamte so wie der Rest der Automobilisten, die um diese Zeit an diesem Ort in Scharen und langen Kolonnen unterwegs waren, passierte auf der teilweise abgesperrten Gegenfahrbahn das Hotel und ließ sich von der Polizei auf den Flamingo Boulevard durchwinken. Auf dem Parkplatz des «Bellagio Resort & Casino» fuhr er in eine Parklücke und stellte den Motor ab.

Sava und Miho hatten bei ihrer Ankunft im Hotel als Ehepaar Isabelle und Eric Waber eingecheckt. Frisch verheiratet. Sehr verliebt. Ihrer Rolle treu, gingen sie eng umschlungen zu Fuß die Einfahrt des Caesars Palace, deren linke äußere Ecke abgesperrt und von Behördenfahrzeugen überstellt war, in Richtung Haupteingang hoch.

Obwohl hier und weiter hinten an der Seite des Hauptgebäudes gellendes Scheinwerferlicht stellenweise eine Szenerie beleuchtete, die sie nicht überblicken konnten, und trotz des geschäftigen Treibens Dutzender Menschen lag dieselbe Stille über allem, wie sie vorhin draußen die kalte Einöde nach dem Schuss bedeckt hatte.

Sava und Miho waren nicht die einzigen Hotelgäste, die erst um diese Zeit zum Hotel zurückkehrten. Bei der Absperrung drohte eine Menschentraube zu entstehen. Zwei Hotelmitarbeiter in Concierge-Uniform kamen vom Eingang hergeeilt, umrundeten das halb neugierige, halb verschreckte Grüppchen und trieben es mit dem Versprechen von Drinks auf Kosten des Hauses wie eine Schar Gänse von dem weg, was eindeutig ein Tatort war.

In der marmornen Weitläufigkeit der Lobby, verlassen von den beiden Concierges, bemächtigte sich der kleinen Schicksalsgemeinschaft auf Höhe des Brunnens in der Mitte ein ratloses Zögern. Blicke mit vielsinnigem Schulterzucken wurden ausgetauscht, das eine oder andere Lächeln. Über allem die Frage, die keiner zu stellen wagte: Gab es die Gratisdrinks in der Cocktail Lounge, in der Lobby-Bar – oder an beiden Orten?

Eine junge Frau in dunklem Zweiteiler und einem goldenen Rechteck auf der linken Brust, das sie als Chloé vorstellte, brachte Erlösung. Mit ihr kamen Leben und Worte zurück, und es dauerte keine zehn Minuten, bis Miho und Sava aus Bruchstücken von Information herausgefiltert hatten, was sie wissen mussten.

Sprung aus dem 28. Stockwerk.

Junge Frau.

Europäerin.

DJane.

Offenbar Hotelgast wegen eines Auftritts.

Eine Show im MGM Grand in Las Vegas …

«Brauchst du noch was aus dem Zimmer?», fragte Miho.

Sava, als wäre sie der Sprache nicht mehr mächtig, schüttelte nur den Kopf.

«Okay. Komm. Wir gehen.»

Stehen. Springen. Fallen. Schlafen. Unterlegt vom Klangteppich ihrer Musik die immergleiche Aufeinanderfolge, die ihr Leben war:

Stehen.

Springen.

Fallen.

Schlafen.

Gerade war sie wieder gestanden.

Hatte das Leben geliebt, lachen wollen, winken, die Welt und jeden wissen lassen, dass es sie gab. Immer noch. «Ich bin hier!»

Alles war wieder gut gewesen, als sie aus Konstanz abgereist waren: Sound, Beat, Gegenwart. Vielleicht sogar Allah. Sie hatte nicht danach gefragt. Raffael war nicht tot – bloß weit weg. Zwischen ihr und Marouan das Einvernehmen früherer Tage.

Las Vegas hätte *jeder* Ort der Welt sein können. Es spielte keine Rolle, sie brauchte eine Stadt nicht zu verstehen, solange sie die Ordnung um sich her in jedem Zustand verstand. Sich verlieren in Klängen, in Alkohol, in Lachen und Lärm und im Wissen, dass das Gerüst morgen früh noch dasselbe wäre, die Richtung, der Weg.

Die Party hatte Fahrt aufgenommen, sie war da gewesen, ganz da und doch in der Distanz einer anderen Welt. Sternschnuppe.

«Du bist schon ‹getrennt lebend› zur Welt gekommen», hatte Marouan mal gesagt, als sie das Kreuz auf einem der Hundertschaften von Einreiseformularen als Scherz in das entsprechende Feld gezeichnet hatte.

Jemand neben ihr hatte gelacht. Am Ende lachen alle über dasselbe, hatte sie gedacht. Wir lachen über uns. Der Angst ins Gesicht. Immer der Angst.

Jemand hatte ihr ein neues Glas gereicht. Die Gedanken waren zerfallen, geblieben bloß einzelne Worte. Es reichte. Ordnung brauchte keine ganzen Sätze.

Von der Terrasse hatte sie sich in den Salon spülen lassen, unter der geschwungenen Treppe hindurch, vorbei am Media-Raum, dem Billard-Tisch, einem Zen-Garten und einem Whirlpool. Endlich der Übergang in den Schlafzimmerbereich. Einer der zur Villa gehörenden Butler war ihr begegnet.

Die Tür zu Marouans Zimmer.

Klopfen, keine Reaktion.

Erneutes Klopfen, dann war sie eingetreten.

Der Raum von endgültiger Leere.

Chaos, das nicht zu Marouan passte.

Papiere auf dem Bett. Das Tablet.

Rufen. Das Bad. Keine Antwort.

Zurück. «Berner Zeit».

Sibel Marquardt. «UnityBank».

Guido Erhardt. Spillman. «Ultra Music Festival» …

Das schlagartige Verstehen, dass ihre Ordnung nicht eine Welt, sondern bloß ein winziger Teil einer Riesenmaschine war.

Eine Wodka-Flasche lag auf dem Bett.

Ein Glas auf dem Teppichboden.

Es war vorbei. Nicht bloß ein Ende.

Das Ende.

Darüber hinaus zu denken, dazu fehlte ihr die Kraft eines anderen. *Ihr* Ende. Draußen vor dem Fenster eine Lücke in der Glaswand, die Besoffene und anderweitig Beeinflusste und Derangierte vor dem ultimativen Absturz bewahren sollte. Die Schiebetür. Die Beats von weiter vorne, wo die Terrasse sich öffnete. Rooftop. Sky Lounge. Nur vier Schritte.

Zierliche Füße in hellblauen Ballerinas trugen den federleichten Körper. Eine matt-silberne Alu-Abdeckung. Der Schritt darüber hinweg. Die Kante des Glases, das über die Hüftknochen schabte, als wolle es sie halten. Der letzte Vorsprung.

Stehen. Springen. Fallen. Schlafen.

Fallen …

Essia Kebdani, alias DJ Azeera, hinterließ ihrer Familie ein Vermögen von 142 Millionen Euro.

✦ ✦ ✦

Berlin, Chausseestraße

«Willst du mir verraten, *was genau das* noch bringen soll?», fragte Juchatz mehr die Wand hinter seinem Schreibtisch, zu der er sich auf seinem Ledersessel hingedreht hatte, als Christian Grabowsky, der am Telefon darauf beharrte, dass Juchatz das Treffen mit den Schweizern einhielt, das im Zuge der Einbestellung des Botschafters bei Eric Hessberg vereinbart worden war.

«Es ist vorbei, Christian. Sie sind alle tot.»

«Und deiner Meinung nach sollte man jetzt was genau tun? Den Bundestag auflösen? Einen nationalen Trauertag ausrufen?» Grabowskys Stimme war leiser geworden und schneidender. «Reiß dich zusammen, Peter. Nichts ist vorbei. Es geht alles ganz normal weiter. Warum auch nicht? Du bist immer noch Chef des BND, Hessberg ist Bundeskanzler, die Banken wackeln, die Märkte hängen an einem seidenen Faden, die Erde erwärmt sich, auf den Straßen Europas herrscht Krieg und es ist Montagmorgen. Gar nichts ist vorbei.»

Diesmal war der Schock aus einer Richtung gekommen, aus der sie ihn nicht erwartet hatten. Während man nach drei Artikeln der «Berner Zeit», von denen jeder ARES näher einkreiste, schon fast fingernägelkauend auf die nächste Enthüllung gewartet hatte, hatte in den USA, genauer gesagt in Las Vegas, ein Drama seinen Ausgang genommen, dessen Echo seit nunmehr zwei Tagen um die Welt ging.

Essia Kebdani, alias DJ Azeera, war von der Terrasse ihrer Suite in den Tod gesprungen. Und ihren Tourmanager, einen gewissen Julien Comte, hatte man erschossen in seinem Auto an einem Straßenrand nördlich der Stadt gefunden.

Das Medienecho und die Reaktionen in der Öffentlichkeit waren so gigantisch, dass nebst DJ-Kollegen, öffentlichkeitsbedürftigen Stars und Sternchen der Musikbranche, alternden Models und Aura-Lesern mit Inseraten in der Yellow Press sogar Staatspräsidenten der Versuchung kostenloser PR nicht widerstehen konnten und sich entblödeten, einem «Jahrhunderttalent» zu huldigen, dessen Namen sie bis vergangene Woche noch nie gehört hatten.

Für ein paar Leute, von denen wirklich fast niemand die Namen, geschweige denn die Gesichter kannte, sah die Sache freilich anders aus. Grabowsky hatte keine Ahnung gehabt, wem die Stimme am Telefon gehörte, als er den Anruf am Samstagabend entgegengenommen hatte. Auf eine Begrüßung war ebenso verzichtet worden wie auf die Vorstellungsrunde:

«Sie waren Scharfschütze bei der Army.»

Es war keine Frage gewesen.

Und Grabowsky hatte auf eine Antwort verzichtet.

«Wie heißt es so schön: Als Scharfschütze musst du das Ziel sehen …»

«… aber das Ziel darf dich nicht sehen», hatte Grabowsky den Satz automatisch beendet, der ihm in einem anderen Leben eingeprügelt worden war.

«Sehen Sie», hatte der andere fortgefahren, «es ist eine beklagenswerte Tatsache, dass in der Minute, in der die Dinge vorübergehend aus dem Ruder laufen, Menschen das Ziel aus den Augen lassen, sich bewegen und für den Feind sichtbar werden. Wie werden Sie es halten, Herr Grabowsky?»

«Ich denke, man sollte immer zuerst sich selbst beherrschen, bevor man in Erwägung zieht, Städte zu bezwingen.»

«Sie sind ein kluger Mann. Glauben Sie, Sie können Hessberg und die anderen bei der Stange halten?»

«Ja.»

«Gut.»

Es hatte abschließend geklungen, und Grabowsky war in die sich schließende Tür gegrätscht: «Darf ich Sie etwas fragen?»

«Fragen Sie.»

«Wird ARES abgesagt? Oder auf Eis gelegt?»

Etwas, das ein Räuspern sein konnte oder ein heiseres Lachen, war an sein Ohr gedrungen:

«Davon kann keine Rede sein. Wir können und wollen es uns nicht leisten, Neues zu unternehmen und uns von einer derart großen, nur halb beendeten Aufgabe abzuwenden. Für den Moment sieht es zwar ganz danach aus, als hätten der Zufall und ein paar wild gewordene Freunde, die glauben, nicht mit am Tisch zu sitzen, uns einen Strich durch die Rechnung gemacht. Aber es ist nur eine Verzögerung – und Sie und ich wissen, dass Angriffe durch leichte Verzögerungen nur umso wirkungsvoller werden. Die Ausgangslage optimiert sich dadurch quasi von selber:

Anstatt des Anschlags werden sämtliche Kräfte jetzt auf die Polizeigewalt-Thematik konzentriert. Drei weitere Wochen Gift und Geifer aus den Redaktionsstuben, Dauerempörung, und die Panzerkolonnen der höheren Moral via Politik werden dafür sorgen, dass bis dahin alles, was man gemeinhin als ‹Gesellschaft› bezeichnet, in grauenhafter Auflösung begriffen sein wird.»

«Wird das reichen?», hatte Grabowsky gefragt. Was er meinte: Wird das reichen, um ARES auf die Straßen Europas zu bringen? Werden die Menschen nach all dem wirklich noch nach Schutz rufen, oder werden sie – müde der permanenten Erregung – schlicht und einfach ihre Ruhe haben wollen?

«Das wird sich zeigen. Wir haben in jedem Land einen Spielraum für Ad-hoc-Maßnahmen einkalkuliert. Wenn die Ausnutzung einzelner dieser Maßnahmen nicht reichen sollte, dann wird es auf jeden Fall ihre Summe tun.»

«Und wie könnte die Summe all dieser Spielräume aussehen?»

Erneut dieses Lachen, das vielleicht gar keines war:

«Suchen Sie sich etwas aus. Es ist alles da. Finanzmärkte stehen vor dem Kollaps, Staaten vor der Pleite und mit ihnen ungefähr 30 Prozent der Unternehmen, das Leben ist kaum noch bezahlbar mit dem einzigen zugelassenen Geld, das Klima ist den Menschen nicht wohlgesinnt, und außerdem gibt es da draußen jede Menge Viren.»

So der Anruf vom Samstag ... Grabowsky gab sich einen Ruck und konzentrierte sich wieder auf das Telefonat mit Juchatz. Er hatte nicht mitbekommen, was dieser gerade gesagt hatte: «Bitte entschuldige, Peter. Was hast du gesagt? Bei mir laufen ein Dutzend TVs.»

«Ich sagte, ich bewundere deinen Optimismus.»

«Es gibt keinen Grund, nicht optimistisch zu sein, Peter. Sag mir nicht, Rückschläge seien dir nicht vertraut. Genau das ist es nämlich, was wir hier haben: ein Rückschlag. Zugegeben – es ist einer von der empfindlichen Sorte. Aber im Verhältnis zum großen Ganzen ist er überschaubar.»

«Was ist mit diesem Schweizer Verlag? Der macht weiter und weiter. Hast du den Artikel von heute Morgen gesehen?»

Nein – hatte Grabowsky nicht. «Warte kurz», sagte er und holte die Website der Zeitung aufs Tablet:

«In Kauf genommene Gefährdung der eigenen Bevölkerung? Gerüchte um Anschlag auf ‹Ultra Music Festival›. Veranstalter und Bundesregierung halten trotz Hinweisen an Durchführung fest», stand da.

«Ich sehe es», sagte er. «Mach dir deswegen keine Sorgen. Ich kümmere mich darum. Die Show kann abgesagt werden. Es spielt für uns keine Rolle. Und Hessberg kann sich, wenn er es geschickt anstellt, als Volksvater profilieren.»

«Wie soll ich mich den Schweizern gegenüber verhalten? Diese *leidigen* Behauptungen haben ja *überhaupt erst* zu der Einbestellung des Botschafters und zu diesem Treffen geführt.»

«Väterlich. Ich muss euch bestrafen, aber es tut mir mehr weh als euch», antwortete Grabowsky.

«Geht es auch etwas *konkreter?*»

«Nein. Überleg dir was.»

«Okay.»

«Okay was?»

«Okay – alles klar. Ich muss *los,* wenn ich die Herren der Alpen nicht warten lassen will.»

«Nimm das nicht auf die leichte Schulter, Peter. Die Schweiz kann für uns noch entscheidend werden. Wenn erst die Furchtsamsten in Sachen Souveränitäts-Abgabe davon überzeugt sind, dass aufgrund der Geschehnisse Sicherheit der Freiheit vorzuziehen sei, und dies via Volksabstimmung kundtun, dann wird das beim Rest Europas Signalwirkung haben. Was auch immer Burger und Ludwig aufzubauen glauben – es wird nicht halten, wenn die Gefahr groß und die Regierung schwach genug zu sein scheint. Vergiss das nicht. Die beiden sind im Grunde arme Schweine. Stehen auf verlorenem Posten.»

Es war verrückt, aber das Gespräch mit Grabowsky hatte Juchatz Mut gemacht. Vielleicht war es auch der Wirkstoff Venlafaxin, den er sich hatte verschreiben lassen und seit ein paar Tagen in dreifacher Dosis einnahm.

Auch hier galt: Es spielte keine Rolle. Er würde weitermachen. Das Einzige, was er bedauerte, war die Tatsache, dass er sich in puncto Grabowsky und dessen Reaktion im Angesicht näher kommender Gefahr getäuscht hatte. Es würde ihm allem Anschein nach verwehrt bleiben, ihn um sich schlagen und außer Kontrolle geraten zu sehen. Zäher Hund unter der ruhigen Glätte seiner Fassade.

Über die altmodische Gegensprechanlage meldete seine Assistentin die Ankunft von Oskar Ludwig, Jo Burger und eines Individuums mit dem bescheuerten Namen Piet Hauser.

«Ist der Raum abhörsicher», fragte Jo Burger, als Juchatz ihm nach Oskar Ludwig strahlend die Hand reichte und, Piet ignorierend, mit einladender Geste in Richtung des Tischs in dem kleinen Konferenzraum deutete.

«Meine *Herren* – wenn ich nicht *vollkommen falsch* informiert worden bin, dann stehen heute keine *Staats*geheimnisse auf der Tagesordnung», antwortete Juchatz und klang dabei auf fast widerwärtige Art glücklich.

Burger und Ludwig tauschten einen Blick.

«Ich muss darauf beharren», insistierte Burger und gab den sich überschätzenden Kleinstaatler derart überzeugend, dass Ludwig sich räuspernd die Faust vor den Mund hob.

Juchatz deutete die Geste fälschlicherweise als den Versuch, den alten Geheimdienstler zu bremsen, und witterte Morgenluft. Er hatte absolut keine Lust, mit drei hinterwäldlerischen Bedenkenträgern ins Souterrain in eine der stickigen Kammern zu gehen und den wenigen vorhandenen Sauerstoff mit konspirativem Nonsens zu verbrauchen.

«Bei allem *Respekt,* Herr Burger. Ich sehe keine Notwendigkeit, hier einen Aufwand zu betreiben, welcher der Situation doch *wirklich* nicht angemessen wäre. Die ganze Sache ist *von Anfang an* überbewertet worden. Als der erste Artikel in dieser Zeitung erschien, war man hier über die unhaltbaren Behauptungen derart schockiert, dass man überreagiert hat. *Zugegeben. Unser Fehler.* Aber mittlerweile haben wir uns schon *fast* an die täglichen ‹Enthüllungen› gewöhnt.»

Letzteres von einem gackernden Lachen gefolgt, das ebenso abrupt verstummte, wie es eingesetzt hatte.

«Dass wir es begrüßen würden, wenn Ihrerseits Maßnahmen ergriffen würden, um solche Hetze im Sinne gegenseitigen Respekts in

Zeiten wie diesen zu unterbinden oder zu widerlegen, liegt auf der Hand.»

Burger, der sich als Einziger auf einen der Stühle gesetzt und die Beine übereinandergeschlagen hatte, fegte Juchatz' Rede mit einer verächtlichen Geste vom Tisch.

«Es wird Sie nicht überraschen, wenn ich Ihnen sage, dass solches Unterbinden nicht den Gepflogenheiten unseres Landes entspricht. Dass man andernorts unter Pressefreiheit nur noch die freie Wahl der Adjektive aus einer vorgegebenen Liste versteht, interessiert uns nicht. Und was nun das von Ihnen erwähnte Widerlegen anbelangt …», er sah demonstrativ um sich, als inspiziere er den Raum, «so wiederhole ich mich: Nicht hier.»

Es kostete Juchatz für einen Moment große Anstrengung, sich an die Weisung Grabowskys zu halten und nicht in die Luft zu gehen. Ausschließlich zu Ludwig, den er damit dazu zu bewegen hoffte, seinen geriatrischen Bluthund an die Leine zu nehmen, lenkte er ein:

«Lassen Sie mich in diesem Zusammenhang etwas über die Presse sagen, das auch Ihnen nicht neu sein dürfte: Sie ist nicht zuverlässig in dem, was sie bringt, wie sie es bringt, und in dem, was sie nicht bringt. Ich bitte Sie an dieser Stelle mehr denn je, den Berichten unseres Botschafters und unseres Außenministers größere Bedeutung beizumessen als jeder medialen Verlautbarung. Sie waren noch nie dazu geschaffen, Kontinuität, Verständnis und in letzter Konsequenz Frieden zu fördern. Das Gegenteil ist ihr Geschäft. Wir tragen dem Rechnung. Sie nicht. Wir denken, das ist ein Fehler. Aber ungeachtet dieser unterschiedlichen Herangehensweise sollte keinem Presseorgan eine solche Wichtigkeit eingeräumt werden, dass es Gespräche und Beziehungen auf unserer Ebene zu beeinträchtigen in der Lage ist.»

Oskar Ludwig stellte erstaunt fest, dass Juchatz seine manierierte Art zu sprechen geändert hatte. Es war, als stünde ein anderer vor ihnen.

«Meine Herren», schaltete er sich jetzt ein. «Hier liegt, glaube ich, ein Missverständnis vor. Wir sind nicht hier, um presserechtliche Finessen zu erörtern. Und auch nicht, um etwaige Wogen im Hinblick auf das Wahljahr bei uns zu glätten. Ich bin mir sehr wohl bewusst, dass von uns geradezu erwartet wird, dass wir mit allen Mitteln versuchen, ein günstiges Bild unserer Tätigkeit seit Übernahme der Regierungsgeschäfte zu zeichnen. Aber sehen Sie uns an, Herr Juchatz: Wir sind alte Männer. Was für die jüngere Generation ein ‹Jahr des großen Windes› ist, stellt für uns zwölf ganz normale Arbeitsmonate dar, und wir ziehen es vor, erst nach Ablauf unserer gesamten Amtszeit beurteilt zu werden, und nicht schon auf halbem Weg, wie das heute Mode ist.

Ich bitte Sie daher, uns in diesem Grundsatz auch hier und jetzt entgegenzukommen – lassen Sie uns arbeiten. Wir alle wissen, dass der gegenwärtige Friede kein solider Friede ist, was uns sehr besorgt. Wie diesem Umstand abgeholfen werden kann, ist indes etwas, das des vollkommenen Vertrauens bedarf. Wir würden es daher wirklich sehr begrüßen, wenn unser Gespräch, das für uns entscheidend ist, in einem abhörsicheren Raum stattfinden könnte.»

Gemäß den ihnen vorliegenden Plänen des BND-Hauptquartiers gab es auf jeder Etage mindestens einen abhörsicheren Konferenzraum. Als Juchatz nach Ludwigs Plädoyer über die Gegensprechanlage jemanden instruierte, Mineralwasser und Kaffee in E12 zu bringen, war beiden sofort klar, dass es sich um einen der kleinsten Räume im Untergeschoss handelte.

Ob diese Wahl der Notwendigkeit oder der Rache des Bürokraten entsprach, war unwichtig. Was für sie zählte, war, dass die Zeit, die es in Anspruch nähme, von dort zum Eingangsbereich und zum Wagen zu kommen, denkbar kurz war, was sowohl für sie als auch in Bezug auf einen nicht sofort wieder in den oberen Etagen auftauchenden Juchatz optimal wäre.

«Folgen Sie mir, meine Herren», sagte Juchatz, öffnete die Tür und hieß sie mit königlicher Geste und im trügerischen Geist der Geringschätzung vorausgehen.

Er hatte verloren und wusste es nicht.

✦ ✦ ✦

Berlin, Insel Schwanenwerder

Eric Hessberg staunte. Vor allem darüber, wie schnell er sich an die Veränderung gewöhnt hatte. War ihm der Gedanke, in einem Konvoi unterwegs und ständig von Wachen umgeben zu sein, noch vor Monatsfrist zutiefst zuwider gewesen, nahm er die solcherart gestaltete Wirklichkeit heute gelassen hin. Mehr noch: empfand es als eine Art Geburtsrecht, geschützt und umkreist zu werden wie das Zentrum eines Sonnensystems.

Die ersten Kontrollposten zur Sicherung der Villa standen bereits bei der Brücke, die auf die Insel führte. Das Gros der Schutzeinheit war im Umfeld des Hauses postiert. Dass Grabowsky mit seiner Gefährdungsanalyse nicht falsch lag, war spätestens seit heute auch ihm klar. Juchatz war tot. Offiziell an Herzversagen gestorben. Inoffiziell an einer Überdosis Thiopental, einem bis ins neue Jahrtausend hinein genutzten Narkosemittel, wie ihm Grabowsky erklärt hatte.

Und das war nun ein weiterer Grund, warum Hessberg staunte: Da war keine Spur von Angst in ihm. Er war ruhig. Konzentriert. In jeder Beziehung in Höchstform. Fast schien es, als finde er mit jedem Brocken an Sicherheit, der unter seinen Füßen wegbrach, mit jeder Katastrophe, mit jedem Schritt in den Sturm hinein mehr Kraft in sich selber. Als wäre er für Krisen und die Gefahr geschaffen, die diese auch für jene immer bargen, die sie auslösten und nutzten.

Der heutige Tag war ein weiterer kommunikativer Marathon gewesen nach einem Wochenende, das Europa für weitere zwei Tage in einen Hexenkessel verwandelt hatte: Demonstrationen, Kundgebungen, Schweigemärsche, in die, als wäre sie darauf abgestimmt, die Nachricht vom Freitod Essia Kebdanis wie ein düsterer Vorbote des Kommenden hereingeplatzt war. Ideale Bedingungen, um das im Grunde spektakuläre Ableben des BND-Chefs unter den Tisch fallen zu lassen.

Sie wussten, dass mit großer Wahrscheinlichkeit die Schweizer dafür verantwortlich waren. Aber sie wussten ebenso gut, dass sie ihnen in jeder Beziehung in die Hände spielen würden, wenn sie zugäben, dass das kleine Land, von dem man nicht müde wurde, es verächtlich niederzumachen und zu denunzieren, den mächtigen BND, die Bundesrepublik Deutschland und damit Europa ausgetrickst habe. Dass die Bergler nicht krochen, sich nicht fürchteten und nicht im Traum daran dachten, sich erpressen zu lassen.

Nein – sie würden ihnen nicht den Gefallen tun, sie zu beschuldigen. Man hatte lediglich eine Meldung an die Presse herausgegeben, die die Öffentlichkeit über den tragischen und plötzlichen Tod Peter Juchatz' und die temporäre Besetzung der Stelle durch Verteidigungsminister Franz Bahlow informierte.

Viel wichtiger war etwas anderes, und darüber hatte er heute fast den ganzen Tag jedem, der fragen wollte oder musste, Rede und Antwort gestanden: Zur Sicherung der verschiedenen Veranstaltungen und im Zuge der Skandale vom vorletzten Wochenende war in Deutschland, in Frankreich, in Schweden und in Italien das Militär anstelle der Polizeikräfte zum Einsatz gekommen.

Ein voller Erfolg.

Totale Deeskalation.

Wo doch viele das Gegenteil befürchtet hatten! ...

Sogar die kritischsten Stimmen mussten heute zugeben, dass die Truppen sich ihrer Aufgabe mit genau der richtigen Mischung aus Einfühlungsvermögen und Durchgriffsbereitschaft gewidmet hatten. Als hätte zwischen Kundgebungs-Teilnehmern und Sicherheitskräften eine Übereinkunft bestanden, dass man sich eine Chance gewähren und guten Willen zeigen wolle.

Die Tatsache, dass ein paar unverbesserliche Holzköpfe von Randalierern, die den Pakt zu gefährden drohten, nicht nur vom Gros der anderen Demonstranten als solche erkannt und abgesondert, sondern von den Soldaten ohne großes Aufheben und nicht zimperlich einkassiert wurden, hatte ein Übriges getan.

Grabowsky hatte auch hier recht behalten, als er gesagt hatte, die ungeplanten Vorkommnisse seien – von der Tragik jetzt mal abgesehen – zwar lästig, aber nicht entscheidend. Vielleicht sei diese Entwicklung der Ereignisse im Endeffekt sogar besser.

Und das war nun der dritte Punkt, über den Hessberg staunte: Ein Teil von ihm hatte, ohne dass es ihm zu Bewusstsein gekommen war, Grabowsky entthront und war bereit zu glauben, es ohne ihn zu schaffen. Keine Frage – er bewunderte ihn, mochte ihn, brauchte ihn. Aber er war auch bereit, ihn in geradezu nonchalanter Verlogenheit und Scheinheiligkeit abzusägen und demjenigen mit dem größten Appetit zum Fraß vorzuwerfen.

Es hatte nichts mit den Umständen zu tun, mit dem, was sie während der letzten Jahre gemeinsam getan und durchgefochten hatten und was man durchaus als Spießgesellentum bezeichnen konnte. Es war schlicht das Wissen um die Macht, es zu können, und die Kraft, es durchzuziehen, wenn er es wollte. Und wenn er …

… Joan an seiner Seite wusste.

In dem Moment fuhr der Wagen auf das Kies-Rondell vor der Villa. Hier waren die Wachen nicht zu sehen. Hessberg war zufrieden. Die bewaffneten Halbaffen hatten den ganzen Einfahrtsbereich verschandelt, und er hatte sein Missfallen gegenüber dem Einsatzleiter sehr deutlich geäußert.

Oben ging die Tür auf, und Joans Gesicht tauchte auf. Strahlend. Sie bedeutete ihm mit beiden Händen, zu ihr zu kommen, und sah aus wie ein Kind, das sich Sand gegen die Brust schaufelt. Er nahm die Treppe mit zwei Sprüngen, ließ die Aktentasche fallen, hob Joan hoch und drehte sich mit ihr im Kreis.

«Lass das, Eric», lachte sie. «Komm. Deine Rede. Gerade wird sie ausgestrahlt. Ich will nicht alles verpassen.»

Sie fasste ihn bei der Hand und zog ihn mit sich durch die dunkle Eingangshalle zur Couch-Ecke, wo der große Fernseher lief.

« …Gerüchte haben sich nicht bestätigt», hörte er sich selber sagen, auf den sich in rasender Geschwindigkeit verbreitenden Artikel der «Berner Zeit» Bezug nehmend. Er fand, er sah verdammt gut aus. «Trotzdem erachten wir es als richtig, das ‹Ultra Music Festival› in Weil am Rhein abzusagen. Wir haben uns diese Entscheidung nicht leicht gemacht. Aber wir sind der Meinung, dass, solange nicht minutiös geklärt ist, wie und warum es zu diesen Gerüchten kommen konnte, wir kein Risiko eingehen dürfen. Es ist meine erste Aufgabe als Bundeskanzler – und die meiner Ministerinnen, Minister und Mitarbeitenden –, für die Sicherheit unserer Bürgerinnen und Bürger und in diesem Fall über die Grenzen hinweg für die Bürgerinnen und

Bürger Europas zu sorgen. Wer mit diesem Verständnis meines Auftrages nicht einverstanden ist, sollte also nicht *mir* böse sein, sondern unserer Verfassung.»

Sein kaum wahrnehmbares Jungenlächeln war kurz aufgetaucht, um gleich wieder zu verschwinden. Die Journalisten hatten fast verliebt an seinen Lippen geklebt. So zumindest sein Eindruck, den Grabowsky ihm bestätigt hatte. Es war perfekt gelaufen. Und es war noch besser geworden, als er angekündigt hatte, die Bundesregierung habe außerdem entschieden, sämtliche Kosten, welche durch die Absage des Festivals entstünden, zu übernehmen. Dass diese Maßnahme gleichbedeutend war mit Geschenken des Staats an Privatpersonen, nämlich die Firma Spillman & Donabates und die Markeninhaber des Festivals, die freilich nicht vom Staat, sondern von den Steuern jener Leute bezahlt wurden, die für die Teilnahme an solchen Events in der Regel weder die Zeit noch das Geld hatten, wollte der schreibenden Zunft aber partout nicht auffallen. Im Gegenteil: Sie erklärte Hessberg stante pede zum Retter der Witwen und Waisen.

Er ließ sich in das ausladende Grau der Couch fallen und hörte nicht länger hin. Er wollte nur noch eines. Joan sehen. Joan ansehen.

Sie saß direkt neben ihm, klebte am vordersten Rand des Polsters und ließ den Fernseher keine Sekunde aus den Augen. Als er seinen Arm ausstreckte und ihr über den Rücken fuhr, legte sie ihre Hand, ohne den Blick vom Bildschirm abzuwenden, auf sein Knie. Sie abzulenken war unmöglich. Sie liebte das hier fast genauso wie ihn: die Analyse von Reden und ihrer Wirkung auf die Zuhörer. Sie hatte fast einen beängstigenden siebten Sinn für letzteres, und er hatte es noch nie erlebt, dass sie falsch lag.

Dann zerriss das Bild von ihnen beiden.

Genau in der Mitte.

Sie hatte geglaubt, für alles gewappnet zu sein. Wie denn auch nicht! Sie hatte sich nicht nur von jeder Art widerlicher Kerle flachlegen lassen und sie anschließend auch noch geheiratet, hatte in puncto öffentlicher Selbsterniedrigung bis auf den Knochen geschnitten, hatte verraten, hintergangen, bestochen, um ihr Leben gefürchtet und war seit nunmehr fast einem Jahrzehnt mit einem Mann verheiratet, den sie von Anfang an verkauft, getäuscht und belogen hatte.

Trotzdem war sie keine Viertelstunde vor seiner Rückkehr an einem Punkt gewesen, an dem sie gedacht hatte, nicht weitermachen zu können. Nicht zu schaffen, was sie in den kommenden Wochen zu tun beabsichtigte: ihn verlassen. Sie war in Panik geraten, ohne zu wissen, warum. Sie hatte Christian angerufen.

«Was machst du gerade, Jo?», hatte er gefragt, als hätte er ihre panischen Worte nicht gehört.

«Was meinst du?», hatte sie gefragt und im selben Moment festgestellt, dass die winzige Irritation, welche die scheinbar zusammenhangslose Frage auslöste, bereits genügt hatte, um die Panik zu vertreiben.

«Siehst du?», hatte Grabowsky gesagt. «Schon besser. Und jetzt hör mir zu, Jo. Hörst du mir zu?»

«Ja.»

«Es ist gut, dass du fühlst, was du fühlst. Eric hat nicht einen unbeweglichen, apathischen Klotz geheiratet, sondern dich. Einen Menschen. Und es sind zehn Jahre, Joan. Die wischt man nicht so einfach weg. Aber glaub mir: Eric hat den Schritt getan. Er weiß es noch nicht, aber er hat verstanden, was Macht bedeutet. Und er ist ihr mit Haut und Haaren verfallen. So sehr, dass ich künftig verdammt gut auf die Beine meines Stuhls werde achtgeben müssen.»

«Aber all das, was gerade den Bach runtergeht. Die Morde. Das war alles nicht geplant, Chris. Was, wenn es zu viel ist für ihn?»

«Ja – da hast du recht: Was in der nächsten Zeit politisch auf ihn zukommt, wird kein Spaziergang. Aber ich versichere dir: Er wird es packen. Er wird zu seiner besten Form auflaufen. Ich wiederhole mich: Er wird es lieben. Schalte den Fernseher ein. Irgendwo wird eine Wiederholung seiner Rede von heute Abend laufen. Sieh sie dir an und sag mir dann, ob ich recht habe.»

«Bleibst du dran?»

«Ich bleibe immer dran, Jo. Immer.»

Sie hatte den Fernseher eingeschaltet und war schon im Programm des öffentlich-rechtlichen Rundfunks auf Erics Gesicht gestoßen.

«Und?», hatte Grabowsky nach einer Weile an ihrem Ohr gefragt.

«Du hast recht. Er war nie besser.»

«Vergiss das nicht. Und außerdem …»

«Außerdem was?», hatte sie gefragt, als er nicht weitergeredet hatte.

«Du musst ihn nicht verlassen, Jo, wenn du nicht willst. Unsere Abmachung war die, dass danach Schluss ist. Keine neuen Eheprojekte mehr. Das ist alles.»

«Und du? Wir?», hatte sie gefragt.

«Ich will wissen, dass es dich gibt, Jo. Und ich will, dass es dir gut geht. Ich muss los. Denk darüber nach.»

Er hatte aufgelegt, und sie hatte der Heiserkeit, die sich in seine Stimme geschlichen hatte, nachgelauscht und stattdessen Motorengeräusche gehört. Eric war hier.

In der Dunkelheit des Montagabends lag Hoch-Zeit in der Luft. Grabowsky hatte recht: Er war in Hochform. Und er mochte, was er sah, als sie ihn mit sich vor den Fernseher und auf die Couch gezogen hatte. Gerade hatte er seine Hand auf ihren Rücken gelegt, als es an der Tür klingelte und die Szenerie zerbrach.

Eric kam mit einem Sprung auf die Beine, beugte sich zu ihr herunter, drückte ihr einen Kuss auf die Lippen:

«Ich geh schon. Erwartest du einen Liebhaber? Soll ich was ausrichten?»

Sie warf ihm ein Kissen hinterher und verfehlte ihn.

Als sie jetzt die Stille bemerkte und realisierte, dass sie schon fast zehn Minuten dauerte, ging sie nachsehen. Sie fand ihn auf einem der Sessel sitzend, die links und rechts den Übergang von der Halle in den Wohnbereich markierten.

Er war kreidebleich.

Und als er aufsah und sie anblickte, tat er es mit dem rot geäderten Blick eines Wahnsinnigen. Zwei Meter vor ihm auf dem Boden lag ein geöffneter Umschlag.

«Eric …», sagte sie und wagte nicht weiterzusprechen. Langsam und ihn nicht aus den Augen lassend, als wäre er ein tollwütiger Hund, lief sie auf ihn zu, ging in die Hocke und hob den Umschlag auf. Ein Wust Papiere und Fotos fielen heraus. Zuoberst kam ein Bild zu liegen: Christian und sie im Pergamonmuseum. Ihr Kopf lag an seiner Schulter.

Sie war erleichtert, sah hoch, wollte schon lachen.

Wollte zu ihm hinlaufen, in seine Arme.

Ich kann dir alles erklären, Eric! Ich liebe dich!

Das hier ist nichts!

«Sieh dir den Rest auch an», forderte er sie auf.

Sie schob die Fotos beiseite und nahm die Papiere zur Hand. Sie waren vollgeschrieben mit Daten, Jahreszahlen, Buchstabenfolgen, die Orte, Städte, Kontinente bezeichneten. Alles zusammen das Koordinatensystem ihres Lebens mit Christian und für ihn. Die Schrittfolge eines bald zwanzig Jahre währenden Tanzes. Die Ballade zweier ewiger Kinder, welche die Absolution für den Verrat anderer nur von sich selber brauchten.

Sie hob erneut die Augen, und erst jetzt sah sie die Pistole zwischen Lehne und Polster stecken. Sie erschrak nicht. Es war, als hätten die vergangenen Minuten ihr Kontingent an Erschrecken erschöpft.

Sie setzte sich, wo sie stand, auf den glatten Boden. Schneidersitz, Ellbogen auf die Knie gestützt, Hände vor dem Gesicht verschränkt. Sie fühlte große Trauer und schon die Kälte der Distanz. Aber keine Angst, nein. Sie sah ihn an.

«Worauf warten wir, Eric?», fragte sie.

«Ich habe Grabowsky angerufen. Er müsste gleich hier sein.» In dem Moment klingelte es.

«Warum ins Wasser gehen, wenn man einen einzelnen Hai töten will?», hatte Joaf gefragt. «Ich bin dafür, ihn in eine Falle zu locken, aufs Trockene zu zerren und dort totzuschlagen.»

Die Falle war das Dossier über Joan Hessberg. Das Trockene die Villa auf der Insel Schwanenwerder. Die Falle war gestellt – Joaf hatte als Mitarbeiter der Firma «Blitz & Kurier» den Umschlag abgeliefert. Was blieb, war warten, ob der Hai kommen würde.

Was nach keiner großen Sache klang, hätte bereits in der ersten

Phase schiefgehen können. Die Insel war seit vergangener Woche eine Festung. Die Tatsache, dass die Wachen nicht in unmittelbarer Nähe des Hauses standen, war nebst der Dunkelheit ihre Chance und gleichzeitig eines der beiden größten Risiken, sehr bald aufzufliegen. Das andere war die Frage, ob es sich hier um ARES-Leute oder eine Einheit der regulären Truppen handelte, in der jeder jeden kannte wie sich selber. War letzteres der Fall, dann war das Maß der Unruhe, die Joaf verbreitete, der ausschlaggebende Faktor zu Erfolg oder Misserfolg.

Als Joaf mit dem weißen «Blitz & Kurier»-Lieferwagen bei der Brücke angelangt war, hatten die dort postierten Soldaten ihn erwartungsgemäß aufgehalten. Geblendet vom hellen Schein einer Maglite, war er aufgefordert worden, sogleich auszusteigen und alle Türen zu öffnen.

Während einer der schwerbewaffneten Männer in den Innenraum des Wagens gestiegen und jede Schachtel umgedreht hatte, war der andere mit den Papieren, welche die Sendung als Dokumente aus dem Verteidigungsministerium und Joaf als Doron Roth auswiesen, zur Seite getreten und hatte zu telefonieren begonnen.

Ganz der Kurier unter Zeitdruck, hatte Joaf alle zwei Sekunden auf seine Uhr geschaut und ansonsten geschwiegen. *«Ich habe in diesem Job schon alles erlebt, Jungs. Ihr macht euren Job, ich meinen. Gleiches Boot und so weiter»,* hatte sein ganzes Verhalten gesagt.

Endlich war der Soldat mit dem Papierkram zurückgekommen und hatte ihm alles mit einem knappen «In Ordnung» ausgehändigt. Beide Männer hatten deutsch gesprochen, und auch die Ankündigung des Kuriers bei der Villa, die durchgegeben worden war – «Paket für Libero. Wir schicken ihn rauf» – war auf Deutsch erfolgt. Von da an hatte man ihn überall durchgewinkt, und endlich stand er auf dem Kies-Rondell vor der Villa.

Als er das, was jetzt gleich käme, geübt und Brun und Jezreel abwechselnd die Zeit gestoppt hatten, war seine Bestzeit 39 Sekunden gewesen. Aussteigen, Schiebetüre auf, zum Haus, klingeln, Umschlag abgeben, zum Wagen zurück, in den Laderaum, Schachtel öffnen, Anzug, Ballistikgürtel, Beinholster, Weste, Sturmhaube, Helm,

Handschuhe, Waffen, aussteigen und auf sich aufmerksam machen. Jetzt erfolgte der Blick auf die Uhr automatisch. 36 Sekunden.

Er hatte seine Runde um den Wagen, den er zu inspizieren schien, noch nicht beendet, als eine der Wachen vom unteren Ende der Einfahrt her rief, was bei ihm los sei.

«Hier ist was faul. Wo ist der Kerl?», rief Joaf zurück und deutete auf den Lieferwagen. «Müsste der nicht längst wieder weg sein?»

Kaum hatte er es ausgesprochen, kamen die beiden Soldaten, welche in der Auffahrt am nächsten beim Haus standen, angerannt. Der eine sprach im Laufen in sein Funkgerät. Keine Minute später schwärmte ein Dutzend Männer auf der Suche nach dem Kurier aus.

«Sieh oben nach», sagte der Mann, der offenbar das Kommando hatte, zu Joaf und wies in Richtung Eingangstür.

Joaf machte kehrt, rannte die Treppe hoch und klingelte. Die Tür wurde aufgerissen, und ihm gegenüber stand innerhalb von fünf Minuten zum zweiten Mal Eric Hessberg mit blutunterlaufenen Augen.

Joaf erklärte ihm die Situation. Hessberg brauchte lange, um zu verstehen, was los war.

«Gehen Sie wieder rein. Schließen Sie alle Türen ab. Wir melden uns, sobald sich die Lage geklärt hat.»

«Ich erwarte jemanden», antwortete Hessberg von weit her.

«Wer ist es?»

«Christian Grabowsky.»

«Okay. Seine Daten haben wir. Wir schicken ihn rein, sobald er da ist.»

Die Falle war zugeschnappt. Die Türe wurde wieder geschlossen, Joaf machte kehrt und signalisierte «negativ» in Richtung des Kerls, der die Befehle erteilte. Der Mann bedeutete ihm, sich dem Rest der Männer bei der Suche anzuschließen.

«Libero erwartet Besuch», meldete Joaf und wollte gerade «Christian Grabowsky» sagen, als die Meldung kam, dass ebendieser auf dem Weg zur Villa sei.

«Ich mach das», sagte Joaf und blieb am Fuß der Treppe stehen. Der andere nickte und schickte sich an, seine Position am großen offenen Tor wieder einzunehmen, als in der Nähe das laute Rufen einer Frau zu hören war: Jezreel.

Der Mann passierte das Tor und trat auf die Fahrbahn, um zu sehen, was weiter vorne, von wo die Stimme zu kommen schien, los war. Er sah eine Frau im Schein einer Straßenlaterne stehen und mit den Armen winken wie eine Ertrinkende, während sich gleichzeitig Christian Grabowskys Limousine aus der anderen Richtung näherte.

Joaf kam jetzt ebenfalls angerannt.

«Soll ich nachsehen, was da vorne los ist?», fragte er.

«Nein. Ich mach das. Kümmere du dich um Grabowsky.» Sprach's, beorderte zwei seiner Männer her und lief los in Richtung der Frau.

Als Grabowskys Wagen in die Auffahrt einbog, hielt er an. Das Fenster auf der Fahrerseite wurde heruntergelassen.

«Was ist da los», fragte Alex Nolan, Grabowskys Fahrer, den Uniformierten.

«Störfall. Scheint aber nichts Ernstes zu sein», antwortete Joaf. «Die Situation wird gerade geklärt. Libero erwartet Sie.»

Der Mann starrte Joaf an, als grabe er nach etwas, das er mal gewusst hatte, und fuhr dann die Ausfahrt hoch. Oben stieg er aus, sah hinter sich und erneut auf Joaf, der ihm, das Gewehr im Anschlag, zu Fuß folgte und dabei die Umgebung unaufhörlich nach Bewegung oder potenzieller Gefahr abzusuchen schien.

Alex öffnete den hinteren Schlag, und Grabowsky stieg aus. Joaf blickte zu ihnen hin. Ein Nicken von Alex signalisierte ihm, dass er es übernehmen würde, seinen Chef auf dem Weg zur Haustür zu sichern. Joaf gab zu verstehen, dass er verstanden hatte, und wandte sich wieder der Straße zu.

Es waren vielleicht fünf Sekunden, die es dauerte, um die Treppe hochzugehen und zu klingeln. Als Alex Nolan sich um die eigene Achse drehte, um erneut den Vorplatz zu prüfen, während er mit Grabowsky darauf wartete, dass die Tür geöffnet wurde, traf ihn der Schuss. Ein penetrantes Klicken, als fliege ein Insekt gegen eine Glasscheibe.

Alles geschah jetzt gleichzeitig.

Alex ging zu Boden

Grabowsky schnellte herum.

Die Tür wurde aufgerissen.

Der zweite Schuss fiel.

Grabowsky sackte zu Füßen Hessbergs zusammen.

Dieser reagierte instinktiv. Nicht panisch, sondern zu Joafs Erstaunen kontrolliert. Dem Schrei aus dem Innern des Hauses folgte dessen Urheberin, Joan Hessberg.

Ihr Mann stellte sich, ohne zu zögern, mit ausgebreiteten Armen wie ein Schutzschild vor sie hin und drängte sie langsam, Schritt für Schritt, nach hinten. Joaf hätte ihn ohne Probleme erschießen können, und Eric Hessberg wäre – offenbar ebenso ohne Probleme – für seine Frau gestorben.

Trotz allem …

Joaf machte kehrt, rannte die Einfahrt runter und den anderen Uniformierten nach. In seinem Innern das Bild des letzten Blicks von Christian Grabowsky:

Noch nie zuvor in seinem Leben hatte er in einem Gesicht eine derartige Erschöpfung gesehen …

Vorne in der Biegung der Straße sah er gerade noch, wie Jezreel den Männern deutete, in welche Richtung sie «einen Mann» hatte fliehen sehen. Keiner achtete auf den geparkten Wagen, der im Schatten einer Zypresse hinter ihr am Straßenrand stand und an dessen Steuer Brun saß.

Als Joaf auf gleicher Höhe war, verlangsamte er seine Schritte und umrundete das Auto, als nähme er es genauer unter die Lupe. Gleichzeitig behielt er die Soldaten im Auge, die ein Stück weiter vorne stehen geblieben waren und offenbar Weisungen entgegennahmen. Gleich darauf drangen sie paarweise in die umliegenden Gärten ein. Zwei von ihnen gingen auf der Straße weiter. Keiner sah zurück.

Joaf zwängte sich durch die hintere Tür des Wagens auf den Rücksitz und ließ sich in den Fußraum fallen.

«Wie sieht's aus?», fragte er.

«Die Brücke können wir vergessen», antwortete Brun, der diese zusammen mit Jezreel kurz nach dem «Blitz & Kurier»-Gefährt und mit Ausweisen, die sie beide als Mitarbeiter des Gästehauses Schwanenwerder auswiesen, passiert hatte. «Dort kam gerade Verstärkung an, als wir durch waren. Um also deine Frage zu beantworten: Es sieht nach einem Bad aus.»

Jezreel stieg ebenfalls ein, und Brun fuhr ohne aufzublenden los, passierte das Anwesen Hessbergs ohne Schwierigkeiten und bog ihm fast gegenüber auf ein Grundstück mit Seeanstoß ein. Zwischen diesem und dem Nachbargelände verlief ein schmaler Pfad bis ans Ufer. Ihm folgte er, bis an Weiterfahrt nicht mehr zu denken war, und hielt an.Die aktuelle Temperatur der Havel betrug 16 Grad.

* * *

Polen, Tatra-Nationalpark

Unmittelbar nachdem Bundeskanzler Eric Hessberg in seinem Domizil überfallen worden war, wie die Medien bereits in der Nacht berichteten, verschwand vom Server einer deutschen Stiftung, die sich namens der Bundesregierung für nicht weniger als die Stärkung der demokratischen Zivilgesellschaft einsetzte, eine ungeheure Datenmenge. Enthalten waren unter anderem Informationen zu sieben Personen.

Im Verlaufe von zehn Tagen waren die Dateinamen dieser Dossiers einer um den anderen durch Zahlen ersetzt worden, die sich mit dem Todeszeitpunkt ebendieser Personen deckten. Als letztes war der Dateiname «CG/AN» durch eine entsprechende Ziffernfolge ausgetauscht worden.

Die IT-Verantwortliche der Stiftung bemerkte zwar einmal und durch puren Zufall, dass sich der Cursor ohne ihr Zutun über den Bildschirm zu bewegen schien, schrieb das Phänomen aber ihrer emotionalen Überlastung zu und hatte außerdem zwischen einer vierstündigen Gemeinschaftssitzung zum Thema der umweltgerechten Altpapierentsorgung und einem Mediationsgespräch im Zuge des Vorwurfs rassistisch motivierter Mikroaggression gegen einen Mitarbeitenden weder den Nerv noch die Zeit noch die Lust, der Sache nachzugehen. Weder dachte sie auch nur eine Sekunde daran, die Geräte vom Netzwerk zu nehmen, geschweige denn versuchte sie, einen möglichen Einstiegspunkt zu ermitteln oder den Netzverkehr auf verdächtige Aktivitäten hin zu kontrollieren.

Als der Vorfall das nächste Mal ihre Gedanken streifte, gratulierte sie sich dazu, nichts unternommen zu haben, denn seither lief alles einwandfrei, und der Virenscan hatte auch nichts ergeben.

Die letzte Information, die der Datenbank hinzugefügt worden war, bevor sie vollumfänglich gelöscht wurde, waren die Koordinaten eines großen Blockhauses im polnischen Teil des Tatra-Nationalparks an der Grenze zur Slowakei auf rund 1500 Metern Höhe.

Am Sonntag waren sie – einzeln, ausgelaugt, erschöpft und hungrig auf unterschiedlichen Routen anreisend – schließlich alle da gewesen. Alle bis auf Juli Zidek, Nik Horn, Miho und Michael Kron – die drei letzteren waren im Schatten, der ihr natürliches Umfeld war, verschwunden, als hätte es sie nie gegeben. Juli Zidek war nach ihren Ferien zurück beim BND. Als Letzte trafen gegen Abend im Rotorensturm eines «Augusta-Westland 109» Yuri Rachmanowitsch, Oskar Ludwig und Jo Burger ein.

«Wissen unsere Freunde der Agentur, dass wir bei ihnen auf Klassenfahrt sind?», hatte Piet bei seiner Ankunft Brun gefragt. Dass er mit «Agentur» die polnische Agentur für Innere Sicherheit, also den Inlandsgeheimdienst, meinte, hatte sich von selbst verstanden.

«Ihretwegen sind wir überhaupt hier. Ob du's glaubst oder nicht: Für einmal hat man uns eingeladen. Soweit ich es beurteilen kann, wird das hier weniger eine operative Nachbesprechung als vielmehr eine Planungssitzung.»

«Planung? Und ich hatte geglaubt, es ginge darum, uns aus der Schusslinie zu nehmen.»

Piets Lachen, das den Worten gefolgt war, hatte die unterdrückte und dennoch intensive Spannung der letzten Tage, die jeder unabhängig von den anderen mit sich herumtrug, gelöst. Was Rachmanowitsch letzthin gesagt hatte, dass nämlich alles in der Schwebe hing, traf nach wie vor zu. Es war noch nicht vorbei, und Unruhe und Nervosität lagen so dicht unter der Oberfläche der hier versammelten Menschen, die einmal mehr sehr viel für sehr wenig riskiert hatten, dass Brun glaubte, sie regelrecht riechen zu können.

Man gab sich ruhig und wartete konzentriert darauf, zu sehen, was sich hinter dem Pulverrauch der geschlagenen Schlacht entwickelte. Das Problem dabei war aber, dass der Rauch immer dichter wurde. Und das, was einer einmal als Gottes größte Segnung bezeichnet hatte, nämlich die Gewissheit, seine Pflicht getan zu haben – diese Gewissheit schmolz mit jedem verstreichenden Tag und in Anbetracht der Ereignisse, die sich um sie her in Europa abspielten, schneller dahin.

Die Anschläge, die eingeschränkte Versammlungsfreiheit, die verstärkten Kontrollen, die folgenden Demonstrationen, die finale Eskalation der Polizeigewalt, die Sicherung unerlaubter Kundgebungen durch das Militär, weitere Einschränkungen des Demonstrationsrechts und schließlich der medial tagelang ausgeschlachtete Überfall auf den deutschen Bundeskanzler hatten nicht nur zu einer massiven Anlegerflucht aus Europa und abstürzenden Kapital- und Kreditmärkten und Börsen geführt, sondern erneut zu der bedrückten, misstrauischen Stimmung maximaler Unsicherheit, die man nach überwundener Pandemiegefahr gerade eben erst hinter sich gelassen haben wollte.

Auf den ersten Blick schien es dasselbe wie vor zwei Jahren zu sein, einfach in anderer Farbe – auf den zweiten zeigte sich aber deutlich, dass es anders war und sich die Menschen für jeden sicht- und hörbar und dennoch ungesehen und ungehört in etwas Neues hineintreiben ließen.

Der Großteil der Europäer wäre, würde man sie fragen, sicherlich der Meinung, die unzivilisierte Barbarei eines Krieges könne es in Zeiten erfolgreich abgeschlossener Aufklärung nimmermehr schaffen, die Zivilisation Europas zu zerstören. Dabei vergaß man, dass, wenn sogenannte «zivilisierte Gesellschaften» anfingen, sich unzivilisiert und barbarisch zu verhalten – egal, aus welchem Grund –, sich jede Zivilisation selbst zerstörte.

Brun und seine Leute waren lange genug in dem Geschäft, um zu sehen, dass man sich auf genau diesem Weg befand.

Als Brun vor die Hütte und in die kristallklare abendliche Kälte des Bergfrühlings hinaustrat, wo rechterhand auf der Leeseite des auslandenden Berggrates der Helikopter gelandet war, gestand er sich ein, was es war, das da so knapp unter der Oberfläche brodelte. Der Grund für die Unruhe und die Nervosität.

Es war Ohnmacht. Nichts anderes.

Das tiefe Bewusstsein einer Vergeblichkeit, das seit Jahren mit der unbeugsamen Kraft eines Menschen rang, der sich zusammen mit ein paar anderen und mit allem, was er hatte, gegen diese Ohnmacht und gegen die Versuchung des Sich-Fügens wehrte. Eine Form von Müdigkeit.

Als er jetzt aber Yuri Rachmanowitsch, Jo Burger und Oskar Ludwig, seinen Vater, aus dem Helikopter steigen und auf sich zukommen sah – die letzteren beiden gut zwanzig Jahre älter als er –, verzog sich das Gefühl schlagartig.

Wo ganze Nationen die Rechte und Freiheiten ihrer Bürger von Machtmenschen, Ideologen, Rattenfängern und anderen Tyrannen zertrampeln ließen und bereit waren, es Schutz und Solidarität zu nennen, würden sie wohl für die Verbrechen ebendieser Leitfiguren schwer zu büßen haben. Nicht nur dadurch, dass alles, worauf ihre Gesellschaft in wirtschaftlicher, sozialer und rechtlicher Basis fußte, vernichtet war, sondern auch dadurch, dass sie sich damit zwingend dem verzweifelten Terror und der letzten Plünderung aussetzten, mit welchen die Tyrannen sich gegen den Verlust ihrer Macht wehren würden.

Aber es gab da auch noch eine andere Seite, die für Brun gerade in dem Bild der drei Männer, die jetzt auf ihn zukamen, ihren Ausdruck fand und die man in wenige Worte fassen konnte:

Freunde der Freiheit. Starke Männer und Frauen.

«Carl!», rief Burger aus einigen Metern Entfernung. «Du machst ein Gesicht wie einer, der beim Versuch, aus einem Sumpf hinaus und an Land zu gelangen, beinahe ersoffen wäre.»

Seine schwere alte Hand landete, von einem Lachen begleitet, auf Bruns Schulter und sagte etwas ganz anderes. So war es immer.

«Genau dasselbe dachte ich eben von euch», sagte Brun und sah einen nach dem anderen an. «Bloß den Teil mit dem ‹an Land gelangen› wollte ich weglassen. Was ist los …?»

«Du hast die Nachrichten noch nicht gelesen», sagte Rachmanowitsch nur. Es war keine Frage, und er fuhr fort: «Nebst der Tatsache, dass man jetzt auch offiziell zur direkten Staats- und Unternehmens-

Finanzierung übergeht, um die ‹Wirtschaft zu stabilisieren›; nebst der Tatsache, dass die Sicherheitsmaßnahmen europaweit und zum Schutz der Bürger vor ‹Unruhen› via Verfassungsänderungen permanent gemacht werden; nebst der Tatsache, dass ein bedingungsloses Grundeinkommen gute Chancen hat, Realität zu werden – die Vereinten Nationen haben auf Grundlage von Arbeitspapieren des IWF gerade einen Vorschlag aus dem Hut gezaubert, wie solches weltweit umzusetzen wäre; und nebst der Tatsache, dass Eric Hessbergs Umfragewerte zusammen mit seinem Selbstvertrauen gerade durch die Decke gehen und er zusammen mit seiner Frau gefeiert wird wie der verlorene Sohn dafür, dass er die verbleibenden Freiheiten der Bürger den Hunden zum Fraß vorwirft … Neben all diesen Facts, hier die News: Letzte Nacht kam es in den Redaktionsräumlichkeiten der ‹Berner Zeit› zu einer Explosion.»

«Was?», kam es leise und doch so, dass es wie ein Aufschrei klang, aus dem Hintergrund. Keiner der vier hatte bemerkt, dass Jezreel aus dem Haus und auf die Gruppe zugekommen war.

«Wie viele?», fragte sie nur.

«Keine, Jezreel. Keine Opfer. Dein Journalistenfreund scheint ein kluger Mann zu sein», antwortete Burger. «Gleich nachdem er sein journalistisches Zermürbungs-Bombardement eingeleitet hatte, hat er alle seine Mitarbeiter ins Homeoffice geschickt. Keiner war da, als es geschah.»

«Das klingt nach einem *Aber*», konstatierte Brun, ohne zu drängen.

«Wie gesagt: Raible scheint ein kluger Mensch zu sein. Hat alles mit Kameras ausgestattet und ist im Besitz von Aufnahmen von vier Männern, die in derselben Nacht nicht nur das Gebäude am Bubenbergplatz, sondern auch die Redaktionsräumlichkeiten betreten und kurz vor der Explosion wieder verlassen haben. Ich habe die Aufnahmen gesehen, Carl. Das waren keine Gelegenheits-Brandstifter.»

«ARES?»

«Sieht ganz danach aus. Jedenfalls Männer, für die das Eindringen in Häuser Routine zu sein scheint.»

«Was wird er mit den Bildern machen?»

«Raible? Was wohl, Carl!», platzte Rachmanowitsch heraus. «Der

Mann ist der Chef einer Zeitung. Der hat Blut geleckt. Der macht weiter. Jetzt erst recht.»

«Gut», sagte Brun. «Sehr gut. Er *muss* weitermachen.»

Plötzlich war die Sonne weg, und mit einem Schlag wurde es kalt, die Farben, die Luft, ja, auch der Ort selbst schienen anders zu werden und Brun sich erst jetzt zu erinnern, dass drinnen sein Team und Rachmanowitschs Leute warteten.

«Kommt», sagte er. «Ihr holt euch noch den Tod hier draußen.»

Er ging den anderen voraus auf das Haus zu und hielt die Tür auf. Ein Blick zurück auf Rachmanowitsch, der stehen geblieben war. Er schloss die Tür und trat zu ihm. Erneut hatte der Himmel sich verändert und die sichtbare Welt verwandelt. Schlagartig war es dunkler geworden. Aber es war nicht die versöhnliche Dunkelheit eines Tagesendes, sondern jene eines drohenden Unwetters.

Eine dräuende Stille hatte sich über alles gelegt.

Und ein Gefühl von Leere.

Auf der anderen Talseite schlug ein Blitz ein.

Sekunden später ohrenbetäubender Donner.

«Wenn's donnert, hat der Blitz dich verpasst», sagte Rachmanowitsch. «Man muss sich das immer wieder in Erinnerung rufen. Um uns her donnert es gerade gewaltig. Das ist ein gutes Zeichen, Carl.»

Wie auf ein Kommando hin machten die beiden Männer kehrt und rannten zur Hütte. Kaum standen sie unter dem ausladenden Vordach, fielen laut und schwer in der dem Donner folgenden Stille die ersten Tropfen.

«Viel Holz», bemerkte Rachmanowitsch, als sie durch die Tür direkt in den großen Raum traten, der die ganze untere Etage des Blockhauses einnahm und der zugleich Salon, Wohn- und Esszimmer wie auch Küche war.

Die Bemerkung wurde der Wirklichkeit nicht gerecht. Das hier war nicht *viel* Holz – hier war schlicht *alles* aus Holz. Waschbecken und Geschirr inklusive.

Über dem offenen Feuer hing eine Pfanne. Es roch nach Paprika. Der große Tisch war gedeckt. Rund um das Feuer und seine kulinarische Fracht saßen in unterschiedlichen Abständen Nouriel, Sava,

Boas und Joaf und starrten, Mienen wohlwollenden Misstrauens zur Schau tragend, auf den eisernen Topf, als könnte er jeden Moment explodieren.

«Piet kocht», sagte Sava auf Rachmanowitschs fragenden Blick hin nur.

«Die wollten das», rief dieser von der Küche her. «Meine Bedingung war: Entweder so oder gar nicht. Entweder ein landestypisches Gericht nach Männerart, oder nichts. Für irgendwas mit Rucola reiß ich mir kein Bein aus.»

«Bigos?», fragte Rachmanowitsch und meinte damit den polnischen Sauerkraut-Eintopf mit verschiedenen Fleisch- und Wurstsorten.

«Bingo», strahlte Piet und kam, ein Küchentuch im Gürtel hängend, das an ihm wie ein Taschentuch wirkte, auf die Ankömmlinge zu.

«Wo ist Lorenz?», frage Brun und blickte sich in dem großen Raum um.

«Oben», antwortete Sava. «Mittlerweile hat er sicher einen der Lem-Satelliten gehackt. Ich glaube nicht, dass er es weiß – aber Horn fehlt ihm, und das setzt ihm zu. Ich schau mal nach ihm.»

«Gut.»

Sava verschwand, und im selben Moment wusste Brun, dass Jez ihn vom anderen Ende des Raums her ansah. Eine vertraute Berührung. Als er die Augen hob, wies sie mit einem leichten Heben des Kinns auf Rachmanowitsch, der zusammen mit Valentin und Burger etwas abseits stand. Alle drei sahen sie aus, als wären sie gerade einem Hagel von Schlägen entronnen. Valis Blick, der ihn suchte, schien um hundert Jahre älter zu sein als noch vor fünf Minuten.

Und als hätte Brun eine Frage gestellt, rang er sich ein knappes Kopfschütteln ab.

«Nicht jetzt», schien er zu sagen. *«Noch nicht.»*

Die hier versammelten Leute wären nicht, wer sie waren, und mit großer Wahrscheinlichkeit auch längst nicht mehr am Leben, hätten sie nicht ein Gespür – mehr noch: einen Instinkt – für unsichtbar sich Umschichtendes, Verschiebendes und sich neu Ordnendes zwischen einzelnen Menschen in einem Raum. Ein Blick in die Runde sagte

Brun, dass genau dies auch jetzt der Fall war und dass jeder wusste, dass etwas passiert war. Und genauso hatte jeder Valentins Geste verstanden:

Nicht jetzt. Noch nicht.

«Wie viele Tage muss das noch kochen?», wandte sich Brun an Piet.

«Diese Delikatesse ist bereit, wenn *du* es bist», antwortete Piet, trat zwischen den Stühlen hindurch ans Feuer, zog sich ein Paar ihm bis in die Mitte der Unterarme reichende rote Lederhandschuhe über und hievte den gusseisernen Topf vom Feuer.

Das Essen verlief schweigend, was normal ist, wo die Sorge mit am Tisch sitzt. Keiner schien richtig hungrig zu sein. Jo Burgers Worte hatten ihrer Fracht zum Trotz schließlich etwas Befreiendes:

«So wie es aussieht, kann sich unser Mann bei der ‹Berner Zeit›, Christoph Raible, trotz des Anschlags über etwas nicht beklagen: einen Mangel an Informationszuträgern und Hinweisgebern. Seinen Angaben zufolge ist ein Teil des Redaktions-Teams mittlerweile nicht mehr mit Recherche, sondern ausschließlich mit der Überprüfung solcher Informationen befasst. Funktionäre, Wissenschaftler, Militärs, Banker und Zentralbanker rennen ihm mit Insiderwissen die Türe ein. Heute unter anderem ein Mitarbeiter des Instituts für Virologie der Charité Berlin mit einer für morgen geplanten Pressemitteilung, die über eine noch nicht begutachtete Vorab-Veröffentlichung berichten wird. Was normalerweise von den Redaktionen der großen Zeitungen ignoriert würde, hat in diesem Fall das Potenzial einer Bombe, spricht das Kommuniqué doch von einer Mutation des Virus schon vor zwei Jahren, das dieses nicht nur infektiöser, sondern auch gefährlicher mache. Die Mutation, die unter der Bezeichnung D614G firmiere, sei vor Kurzem in den in Europa kursierenden Virenstämmen entdeckt worden und breite sich viel stärker aus als andere Varianten. Es müsse davon ausgegangen werden, dass man am Anfang eines neuen großen und verheerenden Ausbruchs einer Pandemie stehe. Die Angaben seien zwar ohne Gewähr, aber da man wisse, welche Rolle der Zufall gerade zu Beginn der Verbreitung eines solchen Erregers spiele, müsse in Sachen Pathogenität und Mortalität vom

Schlimmsten ausgegangen werden. Es werden Sterberaten bis zu 30 Prozent herumgereicht.»

«Und das wird morgen publiziert?»

Sava klang fassungslos.

«So wie's aussieht – ja», antwortete Oskar Ludwig an Burgers Stelle. «Was das bedeutet, brauche ich euch nicht zu erklären. Ein neuerlicher, totaler und europaweiter Lockdown wird das Mindeste sein, was wir erwarten können. Diesmal allerdings mit einer neuen Finesse: Es werden, so die Information eines Militärs, sogenannte ‹Hochrisikogebiete› bestimmt und speziell durch das Militär gesichert werden – Checkpoints inklusive: Die ganze Region Katalonien, die Lombardei, Venetien und weitere – alles in allem 22 Gebiete, die in der Vergangenheit mit etwas zu viel Autonomie-Vokabular aufgefallen sind. Außerdem Problemstädte wie Paris, Marseille, Malmö, Brüssel und so weiter.»

Und nach einer kurzen Pause, als hätte er einen neuen Anlauf holen müssen:

«Die Schweiz und ein paar Staaten Osteuropas, in denen laut EU Demokratie und Rechtsstaat schon seit langem gefährdet sind, werden außerdem innerhalb Monatsfrist als Ganzes zu Seuchenherden erklärt werden.»

«Die ziehen das wirklich durch», kam es von Nouriel, der Savas Hand umkrallt hielt.

«Wir wissen es nicht», hielt Oskar Ludwig dagegen. «Wir werden es sehen. Die Arbeit von Christoph Raible und die Geschehnisse der letzten Wochen sind nicht zu unterschätzen. Die für morgen geplante Mitteilung der Charité zeigt zwar, dass der absolute Wille, das Gefüge zu festigen, vorhanden ist und in die Tat umgesetzt wird. Die Anzahl der Whistleblower spricht aber eine andere Sprache: dass sich nämlich dasselbe Gefüge erst hier, dann dort lockert.»

«Deine Einschätzung und Hoffnung in allen Ehren», antwortete Brun seinem Vater. «Aber wenn diese Charité-Info rausgeht, dann sind die Folgen – Panik und dann Akzeptanz jedweder Maßnahmen zum Schutz der Bevölkerung – absehbar.»

«Nicht zwingend», widersprach Ludwig. «Nach allem, was wir hören, sind die Informanten Raibles zu einem großen Teil bereit, ihre Jobs und mehr zu riskieren. Offenbar haben viele von ihnen seit Jahren auf genau diese Gelegenheit gewartet.»

«Auf welche Gelegenheit denn?», warf Piet ein. «Dass sie eines Morgens erwachen und feststellen, dass sie nicht mehr feige sind?»

«Nein. Darauf, eine reelle Chance zu haben. Und zwar dadurch, dass erstens ein ernstzunehmender Verlag auf sie hört, und zweitens darauf, nicht mehr allein zu sein mit dem, was sie behaupten, und damit auch nicht mehr als halbirre Ego-Shooter oder Lakaien zu gelten, die für ein diskretes schwarzes Gehalt alles tun, was man von ihnen verlangt.»

«Also doch Feigheit.»

Piet klang auf eine düstere Art zufrieden.

«Wie auch immer», fuhr Ludwig fort. «Für eine Wende ist es meiner Meinung nach nie zu spät. Das ist nicht nur im Leben ganz allgemein, sondern auch in der Politik ein guter Grundsatz. Tatsache ist, dass die Enthüllungen der ‹Berner Zeit› und die diskrete Schützenhilfe durch uns diese Wende bewirkt zu haben scheinen.

Besagter Mitarbeiter der Charité ist bereit, sämtliche Unterlagen zu liefern, die das Gegenteil dessen belegen, was morgen der Presse mitgeteilt wird. Dass nämlich Rückschlüsse zu den Auswirkungen der Mutation zum aktuellen Zeitpunkt vollkommen unmöglich seien und dass aus der Dominanz der Virus-Variante in Europa mitnichten auf eine schnellere Ausbreitung geschlossen werden könne.

Außerdem sei der Stand der Erkenntnis heute jener, dass das Virus solche Mutationen gar nicht nötig habe, weil es längst sehr gut angepasst sei. Kurz: Er wird belegen, dass die Behauptungen jeder Grundlage entbehren und reine Angstmacherei sind. Wir werden vonseiten der offiziellen Schweiz dazu die Hilfestellung bieten, die notwendig ist, um der Sache mehr Glaubwürdigkeit zu verleihen.»

«Und dann?», hakte Nouriel nach. «Nachdem diese Leute die offizielle Schweiz auf sämtliche kursierenden schwarzen Listen gesetzt haben werden, die im Umlauf sind?»

«Dann werden wir verhandeln.»

Ludwig schien die Ruhe selbst zu sein, während er die Worte aussprach, die in der aktuellen Situation so grotesk erschienen, dass eine Reaktion der Leute um den Tisch ausfiel.

Piets süffisante Wiederholung des Worts «Ver-han-dellln» hatte die Qualität eines sinnlosen Echos.

«Genau», fuhr Ludwig fort. «Wir werden auf Verhandlungen drängen, um die absehbaren Probleme mit den schwarzen Listen zu lösen. Wir werden die sein, die guten Willen zeigen und um jeden Preis eine Lösung finden wollen. Die EU – wer immer das ist – wird sich zumindest dem Schein nach mit uns an einen Tisch setzen müssen.

Und wenn die Verhandlungen schließlich aufgenommen werden, werden wir sie bis an den Punkt führen, an dem der wahre Wille der EU zutage tritt. Wer will, wird dann sehen können, dass das Scheitern der Beziehungen in sämtlichen aktuellen Krisen und Herausforderungen nicht an der tendenziellen Rosinenpickerei der Schweiz liegt und nie daran gelegen hat, sondern am prinzipiellen Unwillen zur Zusammenarbeit dieser Monsterbehörde. Dass hier nicht Kooperation gefragt ist, sondern Befehl.

Bei all dem werden wir Christoph Raible und seine ‹Berner Zeit› einbetten und auf eine Weise berichten lassen, die es den anderen Verlagen nicht möglich macht, andauernd wegzusehen. Wir werden – wenn nötig im Originalton – aufzeigen, dass diese Leute nicht zu uns kommen, um freundlich über mögliche Kompromisse zu reden, sondern um zu drohen. Und wir werden deutlich machen, dass wir das nicht dulden werden. Keine Konzession ohne Gegenkonzession.»

Und nach einer Pause zu allen:

«Wir haben eine Chance in diesem «David gegen Goliath»-Spiel. Was wir brauchen, ist Ruhe, Überlegung, Zeit, Beharrlichkeit und Mut. Der Ernst der Situation verlangt von uns genau das. Auf keinen Fall dürfen wir Beschlüsse aufgrund von Drohungen fassen, wie das bei uns in den letzten Jahren Mode geworden ist. Denn wie gesagt: Wir haben eine Chance – das Gefüge ist noch nicht so fest, wie man uns glauben machen will.»

«Aber die vergangenen Wochen haben gezeigt, dass in den Händen dieser Leute nicht nur eine ungeheure Macht liegt, sondern auch, dass sie in ihren Handlungen vor keinem moralischen Gebot haltmachen», sagte Jez, die bis dahin stumm zugehört hatte.

«Was ist, wenn die uns einfach überrennen? Wenn sie die Schweiz vom europäischen Binnen- und Finanzmarkt ausschließen? Auch wenn's zum eigenen Schaden ist? Glaubst du wirklich, Oskar, die Mehrheit der Schweizer würden da standhalten und auf Freiheit pochen?»

«Wir haben keine andere Wahl, Jezreel», antwortete Burger an Ludwigs Stelle. «Aber wir sollten auch nicht vergessen, dass ein derart zentralistisches Regime auch große Schwächen hat. Das gibt uns außer der Möglichkeit, die Zivilbevölkerung aufzurütteln, unsere Armeespitze auszuwechseln und schrittweise zurück zu alter Abwehrbereitschaft zu finden, noch eine weitere Chance: Die, dass nämlich unser hartnäckiger Widerstand und die Nadelstiche permanenter Berichterstattung durch die ‹Berner Zeit› auf allen Ebenen dieses Gebildes zu internen Machtkämpfen führen. Wenn das eintritt, dann werden diese Leute die Bevölkerung mit allen Mitteln von diesen inneren Auseinandersetzungen abzulenken versuchen. Und sei es mit neuem Terror. Wir werden auch das erwarten und, sollte es eintreten und wir es belegen können, damit sofort an die Öffentlichkeit gehen und die Unruhe mit allen Mitteln verstärken.»

Eine Weile blieb es still nach Burgers Worten. Trotzdem stand wie eine sicht- und hörbare Größe eine Frage im Raum:

«Ist das alles?»

«Sagtest du nicht, wir seien nicht nur mit Wissen der polnischen Agentur, sondern auf deren Einladung hin hergekommen?», fragte Piet nach endlosen Sekunden plötzlich in Bruns Richtung.

Da war es. Das, was sie brauchten, um weiterzumachen: Bezug. Sie waren Geheimdienstleute. Nichts existierte ohne Bezug. Auch nicht Hoffnung. Brun, der kurz zu Vali aufblickte, sah Abenteuerliches, das sich um dessen Augen und Mund abspielte.

«Und ich dachte schon, es fragt keiner mehr», sagte er laut. «Richtig. Wir sind eingeladen worden. Und das ist die wirklich gute Nachricht: Wir sind nicht allein. Die Agentur für Innere Sicherheit Polens sowie möglicherweise zwei weitere Dienste befreundeter Staaten werden uns unterstützen bei der Aufgabe, diese Unruhe zu stiften, von der Jo spricht.»

«Mit dem Segen ihrer Regierungen?», fragte Nouriel.

«Da bin ich überfragt», antwortete Brun. «Und im Grunde interessiert es mich auch nicht.»

«Offiziell werden keinerlei Kontakte stattfinden», ergänzte Ludwig. «Das Angebot für einen back-channel, eine Verbindung durch die Hintertür, ist gemacht worden. Ob es angenommen oder überhaupt übermittelt wird, entzieht sich meiner Kenntnis.»

«Morgen findet hier das erste Treffen statt», übernahm Brun wieder. «Dann wissen wir mehr. Tatsache ist, dass diese Leute dasselbe wollen wie wir. Freiheit und Unabhängigkeit.»

«Die Frage ist nur, ob die Menschen der Schweiz und dieser anderen Länder das auch wollen.» Sava klang nicht überzeugt.

«Auch das können wir nicht wissen», bestätigte Ludwig.

«Wir können es nur mit aller Kraft versuchen. Gelingt es, dann haben wir eine Chance, als Nation und freiwillige Schicksalsgemeinschaft durch die schwierige Zeit, die uns bevorsteht, hindurchzukommen. Isoliert, permanent bedroht, aber frei. Gelingt es nicht, dann wird der bevorstehende Zusammenbruch der Wirtschaft und des Finanzsystems das erledigen und alles Bisherige, vor dessen Verlust man so große Angst hat, vollständig zerstören. Die nächste Generation erhält dann, wenn möglich, eine neue Chance. Das alles ist so alt wie die Menschheit selbst. Es war schon immer schwarz-weiß. Nicht bunt, nicht in Hunderten von Grautönen – nein: schwarz-weiß. Freiheit oder Unfreiheit. Was mich betrifft, so brauche ich nicht mehr Gründe, um alles, wirklich alles, was in meiner Macht steht, in Bewegung zu setzen.»

«Wie sehen deine Leute das, Yuri?», fragte Brun Rachmanowitsch, der während der letzten halben Stunde den Anschein erweckt hatte, über etwas zu brüten. Und erst jetzt fiel es Brun auf, dass auch Joaf und Boas von einer Schweigsamkeit waren, die von einem anderen Schlachtfeld sprach als dem, welches er und seine Leute hier inspizierten.

Obwohl nichts darauf hindeutete, hätte er in dem Moment einen

Hunderter darauf gewettet, dass etwas an Rachmanowitsch zusammenzuckte, als er seinen Namen hörte. Der Mann kam gerade von unglaublich weit her.

«Die Sache ist die, Carl», hob er an. «Du hast deine Leute in der Person des Bundespräsidenten hier. Für mich trifft das *nicht* zu, und ich bin nicht befugt, hierüber zu reden.»

Beinahe hätte Brun gelacht ob dieser für Rachmanowitsch vollkommen untypischen Antwort, die jeder Politbüro-Formel alle Ehre gemacht hätte.

Er ließ es sein. Denn während die Worte wohl Floskel waren, klangen in der Stimme eine Ratlosigkeit mit und Spuren einer Finsternis, die Brun und jedem am Tisch nur allzu vertraut waren. Alle hatten sie es schon erlebt – zuletzt vor zwei Jahren –, dass man alles riskierte, um am Ende feststellen zu müssen, dass jene, die das Gewonnene auszuwerten hatten – sei es Zeit, sei es Information oder ein anderer Vorsprung –, dies in einer Art taten, die genau das zur Folge hatte, was man unter Einsatz seines Lebens zu verhindern ausgezogen war. Aus Naivität, Böswilligkeit, Bequemlichkeit, Opportunismus oder schlicht aus Ignoranz. Es spielte keine Rolle.

Ludwig würde in der Schweiz in den kommenden Wochen mit Ähnlichem zu kämpfen haben. Seine Bundesratskollegen und ein großer Teil der Parlamentarier schienen der festen Überzeugung zu sein – oder gaben zumindest vor, es zu sein –, dass, wenn man den Vertretern einer Institution, egal, wie totalitär sie sich gebärdet, anständig entgegentrete, sich diese ebenfalls anständig verhalten würden.

Dass das falsch war, dafür standen die letzten 20 Jahre bilateraler Beziehungen mit den EU-Behörden eindrücklich Zeuge. Entgegenkommen und Anstand wurden hier stets als Schwäche ausgelegt. Der Fehler oder das falsche Kalkül bestand darin, in den Vertretern solch geballter zentralistischer Macht Menschen zu sehen, die diese Macht als anständige Menschen ausführen und nicht als Wasserträger eines Totalitarismus, der jede Verpflichtung bricht, sobald ihm dies für seine Zwecke günstig erscheint.

Oh ja – Brun verstand, was die tiefen Furchen in Rachmanowitschs Stimme bedeuteten. Er würde hier nicht weitergraben.

Plötzlich zerbarst die Szenerie um ihn her. Wo die Stimmen der anderen zu einem Murmeln geworden waren, brach auf einen Schlag Gejohle herein, Lachen, eine Hand landete schwer auf seiner Schulter.

Als er aufblickte, sah er als Erstes Jezreel. Das Gesicht von einer so tiefen Röte überzogen, wie er es an ihr noch nie gesehen hatte. Dann ein Blick zu seinem Vater, und er verstand. Verstand, dass dieser dasselbe in Rachmanowitschs Worten verstanden und gehört hatte wie er selber und dass er das einzig Wirkungsvolle getan hatte, das diese Worte schlagartig in Vergessenheit geraten lassen würde. Er hatte es ihnen gesagt.

«Ich liege doch nicht falsch, Carl, oder?», hakte Ludwig jetzt nach, als er bemerkte, dass Brun nicht zugehört hatte.

«Heute ist doch euer erster Hochzeitstag?»

«Du altes Waschweib. Was soll das?», rief Brun lachend, während er in seine Hemdtasche griff, wo normalerweise das Softpack mit seinen Zigaretten steckte. Statt ihrer holte er jetzt ein dunkelblaues weiches Säckchen hervor und ließ es mit Schwung quer über die glatte Oberfläche des Tischs zu Jezreel gleiten.

«Frohen Hochzeitstag», sagte er. Ein Blick zu Rachmanowitsch bestätigte ihm, dass dieser sehr schnell einordnen konnte, was hier gerade vor sich ging, und dass es das einzig seinetwegen tat.

Es verstand sich von selber, dass jetzt die Fragen auf Brun einprasselten und nicht auf Jezreel, und er gab ausführlich Auskunft über das Wie, das Wo und das Wann im Wissen, dass keiner nach dem Warum und Wozu fragen würde. Da war sie wieder, die Kameradschaft, die wie nichts anderes sonst über jede Grenze der Verbundenheit hinausging, indem sie die unsichtbaren Grenzen, die einer um sich her zog, nicht nur nie überschritt, sondern, wie vorhin in Yuris Fall, auch verteidigte.

Sogar Lorenz, den Sava überredet hatte, zum Essen nach unten zu kommen und der mit seinem Laptop an der oberen Ecke des Tisches saß, schien den Stimmungswechsel um sich her wahrgenommen zu haben, was sich darin äußerte, dass er den zuvor unberührten Teller zu sich heranzog und aß. Und es dauerte nicht lange, bis aus dem gusseisernen Kessel heiße Soße über die kalten Reste in den Tellern gegossen, Wasser durch Wein ersetzt, mit großem Appetit gegessen und der Koch überschwänglich gerühmt wurde.

Weitersehen würden sie später.

Und weitermachen. Immer weiter.

Es war kurz nach drei Uhr in der Früh, als Brun für eine letzte Zigarette vor das Haus trat und feststellte, dass die Welt eine andere war: Weiß. Das Unwetter hatte Schnee gebracht, was um diese Jahreszeit in dieser Höhe nichts Ungewöhnliches war. Trotzdem verstärkte die unberührte helle Stille unter dem Sternenhimmel in ihm die Gewissheit, eine Chance zu haben.

Während der letzten Stunden hatten sie gearbeitet und das Treffen von morgen vorbereitet. Es war nötig gewesen – auch im Fall, dass sich erneut alles verändern und die Zusammenkunft abgesagt würde. Das gemeinsame laute Überlegen hatte dazu geführt, dass am Ende aller Taktik und aller strategischen Planspiele das blieb, was ihnen Grund und Sinn lieferte: ein Weg, ein Ziel und die Überzeugung, dass, auch wenn es Schwierigkeiten gäbe und man den Weg etwas anpassen müsste, sie an Ziel und Richtung unbeirrbar festhalten würden: die unbeugsame Verteidigung des Rechts und damit der Freiheit. Und vor allem: nicht schwach, sondern in jeder Beziehung stärker werden.

Denn ein Land, das schwach ist, lädt seinen diktaturaffinen Gegner geradezu ein, es mit Beschlag zu belegen oder gleich in Besitz zu nehmen. Im Umkehrschluss bedeutete das für sie auch, mit allen ihnen zur Verfügung stehenden Mitteln laut und ohne Unterlass auf die Schwächen der sie unter Druck setzenden oder erpressenden Institutionen hinzuweisen. Koordiniert und in die Tat umgesetzt würde all das im Schatten der offiziellen Regierungspolitik vielleicht von Brun selber.

Das war neben der Zigarette ein weiterer Grund, warum er allein hier draußen stand, während drinnen nach und nach die Lichter ausgingen.

In einer kurzen Pause, als er am Feuer gestanden hatte, waren Burger und Ludwig an seine Seite getreten.

«Warum habe ich bloß das Gefühl, ich sollte zusehen, schleunigst von hier wegzukommen?», hatte er gleichsam in die Flammen gesagt, während in ihm ein Wissen aufgetaucht war, das er längst mit sich herumgetragen hatte.

Ludwigs Worte waren denn auch mehr eine Bestätigung als eine Frage:

«Wir brauchen dich drin, Carl», hatte er gesagt. «*Ich* brauche dich drin.»

Was damit gemeint war, war Brun sofort klar gewesen: Er sollte offiziell wieder für den Nachrichtendienst des Bundes arbeiten. Und zwar nicht als Leiter eines operativen Teams, sondern als Chef des Ladens.

«Und was ist deine Aufgabe?», hatte Brun sich an Burger zu seiner Rechten gewandt.

«Ich steh nur hier, um dich nötigenfalls daran zu erinnern, dass, wer weiß, was große Freiheit bedeutet, auch große Verantwortung zu tragen hat und dazu auch in der Lage ist. Nicht alle können das. Wer es aber kann, wird nie ganz am Leben sein und zu der Größe heranwachsen, die in ihm liegt, wenn er sich davor drückt.»

«Gebt mir bis morgen früh Zeit», hatte er schließlich gesagt, und die beiden waren ohne weiteres Drängen abgezogen.

Sie wussten um den Kampf, den er ab diesem Moment auszutragen haben würde: den zwischen einem Stück Himmel im Norden Schottlands und der Bürde einer Freiheit, die mehr war als das Eigene; zwischen dem beschaulichen Frieden dessen, der sich aus den Arenen der Aktualität zurückgezogen hat in innere Räume und der Erfüllung des Mannes, der unter Aufbieten des Besten in sich und an den Grenzen aller Gewissheiten immer wieder hindurchbrach – für sich selbst ebenso wie für jene, die nicht seine Kraft hatten.

Es würde eine lange Nacht, ein zähes Ringen werden, das mit dem Feststehen eines Siegers noch nicht an seinem Ende wäre:

«Ich lasse dich nicht, du segnest mich denn.»

Brun hatte nicht gehört, dass die Tür in seinem Rücken geöffnet und jemand lautlos hinter ihn getreten war. Jezreel.

«Danke», sagte sie und legte ihre Wange zwischen seine Schulterblätter, während ihre Arme ihn umfassten. Dann trat sie neben ihn.

«Gefällt es dir?», fragte Brun und strich, sie umfangend, über die Kette, die sie inzwischen um den Hals trug.

«Ja.»

Was sie meinte und wovon sie nicht wusste, dass sie es mit einem Mädchen teilte, das vor Wochenfrist aus dem 28. Stock eines Hotels in Las Vegas gesprungen war und diesen vergessenen Gedanken in all den Jahren stets in sich getragen hatte:

«Ich bin hier. Ganz freiwillig. Ganz in der Gegenwart.»

«Gute Nacht», sagte sie und lehnte sich an ihn, ohne Anstalten zu machen, wieder hineinzugehen.

«Gute Nacht, Jez.»

Juli

Nähe Bern

Gut zwei Monate nach dem Treffen in Polen erschien in der ‹Berner Zeit› unter dem Titel «Rätselhafte Explosions-Serie» der folgende kurze Artikel:

«Es war ein mysteriöser Vorfall, der sich in der Nacht von Samstag auf Sonntag ereignete: Rund 50 Kilometer südlich von A Coruña, der bekannten Hafenstadt an der Küste Galiciens, fanden innerhalb eines Radius' von rund 20 Quadratkilometern mehrere heftige Explosionen statt. Die Rauchsäulen, so berichten Augenzeugen, seien am nächsten Tag noch in weitem Umkreis zu sehen gewesen.

Gerüchte über ein Munitionslager der spanischen Streitkräfte, das in die Luft gegangen sei, machen seither die Runde. Die Explosion sei so gewaltig gewesen, dass mehrere Menschen dabei getötet worden seien.

Ob diese Version der Geschehnisse stimmt, ist allerdings zweifelhaft: Dieser Zeitung liegen vertrauliche Berichte vor, wonach es sich bei dem Gelände nicht um ein Munitionslager, sondern um eine geheime militärische Einrichtung des Nordatlantik-Bündnisses und bei der Explosion nicht um ein Unglück, sondern um einen gezielten Angriff gehandelt habe.

Die spanischen Behörden haben eine Untersuchung des Vorfalls eingeleitet und angekündigt, keine Auskunft zu erteilen, bis erste Erkenntnisse vorliegen. Was auch immer im Nordwesten Spaniens geschehen ist – wäre es ein isolierter Vorfall, dann wäre Abwarten wohl die pietätvollste und professionellste Haltung. Aber genau das scheint nicht der Fall zu sein: Der Redaktion liegen Informationen aus Geheimdienstkreisen vor, wonach sich in mindestens acht weiteren europäischen Ländern ähnliche Vorfälle ereignet haben sollen. Unter anderem in Polen, Tschechien, Italien und Ungarn.»

Der Artikel schloss damit, dass man mit Insidern aus Militär- und NATO-Kreisen sowie mit Spezialisten in Kontakt stehe, die möglicherweise in der Lage und bereit seien, sowohl Licht in das Dunkle dessen zu bringen, was man mit Fug und Recht eine Anschlags-Serie nennen könne, als auch das komplizierte Netzwerk der Geldflüsse innerhalb und rund um das Militärbündnis näher zu beleuchten.

Bereits zum aktuellen Zeitpunkt könne man die Leserschaft jedoch dahingehend informieren, dass man im Zuge der Recherchen auf alte Bekannte gestoßen sei:

Offenbar spiele die Firma «UnityBank», über welche die Zeitung im Mai im Zusammenhang mit der Finanzierung der obskuren «East StratCom Task Force», einer angeblichen Zweigstelle für proaktive Kommunikation des Europäischen Auswärtigen Diensts, berichtet habe, auch hier eine zentrale Rolle. Hervorzuheben sei in diesem Zusammenhang die Tatsache, dass diese Einrichtung nicht nur nicht mehr existiere, sondern scheinbar auch nie existiert habe.

Bei dem Mann, der den Artikel im anbrechenden Tag und auf der Runde über ein einsames Waldgrundstück mit Haus in der Nähe von Bern gelesen hatte, handelte es sich um Carl Brun. Seit irgendwann im Mai der neue Leiter des Nachrichtendiensts des Bundes.

Jetzt blieb er stehen, blätterte zu den Kleinanzeigen und überflog die Seite.

«Gut gemacht», murmelte er, als sein Blick an dem Inserat hängen blieb, das die baldige Eröffnung eines mexikanischen Steakhouses mit Namen «Churasco La Coruña» im Norden Berns bewarb. Er dachte an seine Leute, sein Team, an Joaf, Lorenz, Yuri, Sava und die andern, faltete die Zeitung zusammen, stopfte sie in die Gesäßtasche und brach seinen Waldgang heute in dem Bewusstsein ab, dass die Freiheit noch nicht verschwunden und er noch nicht allein sei. Weder hier draußen, noch dort vorne, wo der schwarze Zwickel eines Daches sich jetzt scharf gegen die Dämmerung abzeichnete.

«Wer aber sich vertieft in das vollkommene Gesetz der Freiheit und dabei beharrt und ist nicht ein vergesslicher Hörer, sondern ein Täter, der wird selig sein in seinem Tun.»

– Jakobus 1,25

Von Monika Hausammann alias Frank Jordan weiterhin erhältlich:

Monika Hausammann
«Die große Verkehrung»
Dem Humanismus mit biblischem Denken begegnen. Eine Ansage
144 Seiten, Hardcover, gebunden
Format 13,5 × 21 cm
Bestell-Nr. 204233 / ISBN 978-3-03848-233-8
Erstmals erschienen im März 2022 / 2. Auflage im Juni 2022
Genre: Sachbuch

Facts: Gehört zu den «Bestselling Books» bei Fontis

«Ein Buch mit Sprengkraft! Ein Essay, der nicht weniger will, als den Humanismus mit biblischem Denken zu kontern. Das ist mal eine Ansage! Eine lohnende, wie ich meine.»

«In unserer zunehmend kleinteiligen, digitalen und fluiden Welt stürzt sich die Autorin in den unübersichtlich gewordenen Strom der Sprache und versteht es wie ein geübter Fährmann, den Sprachstrom der Bibel von den Stromschnellen des Zeitgeistes zu unterscheiden. Auf diese Weise macht sie die ‹Denkfiguren der Verkehrung› sichtbar, die uns wie ein Strudel nach unten, in die Absurditäten persönlicher und kollektiver Lebenslügen zieht.

Das Buch ist eine wichtige Stimme im Sprachstrom unserer Zeit. Es lädt zum Aufwachen ein, zum Mitschwimmen, gewiss auch zum Widerspruch. Vor allem aber mahnt es die dringend notwendige Debatte an, in der wir uns als Erben und Gestalter der abendländischen Kultur neu positionieren müssen, auch entgegen medial inszenierter und politisch suggerierter Alternativlosigkeiten. Wir brauchen Zwischenrufe dieser Art, die uns von dem faulen Frieden und der lauen Trägheit fortziehen, der wir uns nur zu gern ergeben. Frei werden heißt, sich zu verantworten, ohne auszuweichen. Die heilige Unruhe dieser Botschaft ist denen gewiss, die den Sprachstrom dieses Buches durch sich hindurchlassen.»

– Dominik Klenk, Verlagsleiter Fontis-Verlag

«Wir haben die Wahl. Eine großartige Nachricht.»

– Monika Hausammann

Weitere Bücher von Monika Hausammann alias Frank Jordan

Alle bisherigen «Carl-Brun»-Fälle
aus dem «Lichtschlag Buchverlag»

«Was Monika Hausammann, alias Frank Jordan, in diesen Zeiten heraushebt, ist ihre politische Unerschrockenheit, ihr Freigeist. Es ist eine Story über Verrat, Anmaßung von Macht und die Fallstricke des Gottspielens. Nichts ist, wie es scheint. Und wie in allen ihren Büchern zerfließen in den Figuren auch diesmal das Gute und das Böse wie Wasserfarben, sie zerfließen wie im richtigen Leben, sie sind widersprüchlich, die Strippenzieher und die Handlanger, sie sind gleichzeitig gerissen und dumm, Täter und Opfer. Ich habe das Buch nicht mehr aus der Hand gelegt. Und ich habe [viele Stellen] unterstrichen, was ich zuletzt mit einer Formulierung aus einem Don-Winslow-Thriller gemacht habe.»

– Der deutsche Journalist und Publizist Matthias Matussek

«Der vierte Polit-Thriller der Schweizer Autorin Monika Hausammann, alias Frank Jordan, verbindet einmal mehr in genialer Weise vordergründige Realitäten mit hintergründiger Fiktion. Der Roman ist von beklemmender Realität, unglaublich packend erzählt und hervorragend recherchiert.»

– Der Schweizer Publizist Robert Nef in der «WirtschaftsWoche»

«Die Ministerin», 404 Seiten
Lichtschlag Buchverlag, ISBN 978-3-939562-43-6
«Der Fonds», 600 Seiten
Lichtschlag Buchverlag, ISBN 978-3-939562-77-1
«Das Attentat», 552 Seiten
Lichtschlag Buchverlag, ISBN 978-3-939562-88-7

Zu Monika Hausammann und ihrem Alias, Frank Jordan

Als die Schriftstellerin und Kolumnistin Monika Hausammann mit ihrem Sachbuch «Die große Verkehrung» zur Fontis-Familie stieß, tat das auch ihr Alias, der Thriller-Autor Frank Jordan mit seinem letzten Roman «Ares». Während Hausammann als Chronistin politische und gesellschaftliche Entwicklungen zu ergründen und festzumachen sucht, verpackt Jordan sie in seiner Roman-Reihe rund um den Nachrichtendienst-Offizier Carl Brun in mitreißende Plots politischer Intrigen und menschlicher Abgründe und dehnt sie bis an die äußersten Grenzen des gerade noch Denkbaren aus.

Was Hausammann bzw. Jordan antreibt und verbindet: Ihr radikales Einstehen für einen biblischen Freiheitsbegriff, der immer den Einzelnen in das Zentrum der Verantwortung stellt. Beider Bücher sind deshalb stets Absage und Ansage zugleich: Eine Absage an das Verdampfen des Einzelnen als Verantwortungs- und Gewissensträger in der Anonymität des «man» oder des «wir». Eine Ansage angesichts der immensen Gefährdung da, wo gegen die Gabe und Aufgabe solcher Freiheit angelebt wird. Dass dabei in Frank Jordans Fall Thriller entstehen, die einen nicht nur ans Buch fesseln, sondern schon mal Entwicklungen vorausnehmen, die ein oder zwei Jahre später in ähnlicher Form eintreten, zeigt, dass «beide» feine Antennen haben für die stets lauernden Versuchungen des Menschen – egal, ob in Politik, Privatleben oder Geschäft.